Los chicos de Biloxi

John Grisham es autor de cuarenta y nueve libros que se han convertido en números 1 en las listas de best sellers de Estados Unidos de manera consecutiva y que han sido traducidos a casi cincuenta idiomas. Sus obras más recientes incluyen *El sueño de Sooley*, *La lista del juez*, *Los adversarios*, *Los chicos de Biloxi* y *Tiempo de perdón*, que está siendo adaptada como serie por HBO. Grisham ha ganado dos veces el Premio Harper Lee de ficción legal y ha sido galardonado con el Premio al Logro Creativo de Ficción de la Biblioteca del Congreso de Estados Unidos. Cuando no está escribiendo, Grisham trabaja en la junta directiva de Innocence Project y Centurion Ministries, dos organizaciones dedicadas a lograr la exoneración de personas condenadas injustamente. Muchas de sus novelas exploran problemas profundamente arraigados en el sistema de justicia estadounidense. John vive en una granja en Virginia.

Para más información, visita la página web del autor:
www.jgrisham.com

También puedes seguir al autor en Facebook, X e Instagram:
🅕 John Grisham
❌ @JohnGrisham
🅞 @JohnGrisham

JOHN GRISHAM

Los chicos de Biloxi

Traducción de
Ana Isabel Sánchez Díez

DEBOLS!LLO

Papel certificado por el Forest Stewardship Council®

MIXTO
Papel | Apoyando la
silvicultura responsable
FSC® C117695

Título original: *The Boys from Biloxi*

Primera edición en esta colección: julio de 2025

© 2022, Belfry Holdings, Inc.
© 2023, 2025, Penguin Random House Grupo Editorial, S. A. U.
Travessera de Gràcia, 47-49. 08021 Barcelona
© 2023, Ana Isabel Sánchez Díez, por la traducción
Diseño de la cubierta: Penguin Random House Grupo Editorial
basado en el diseño original de Andrea Falsetti
Imagen de la cubierta: © Chantal Cecchetti

Printed in Spain – Impreso en España

ISBN: 978-84-663-8126-0
Depósito legal: B-8.813-2025

Impreso en Black Print CPI Ibérica
Sant Andreu de la Barca (Barcelona)

P 3 8 1 2 6 0

PRIMERA PARTE

LOS CHICOS

1

Hace cien años, Biloxi era una bulliciosa comunidad turística y pesquera situada en la costa del Golfo. Una parte de sus doce mil habitantes trabajaba en la construcción naval; otra, en hoteles y restaurantes; pero la mayoría se ganaba la vida gracias al mar y su abundante suministro de marisco. Los trabajadores eran inmigrantes de Europa del Este, la mayor parte de Croacia, donde sus antepasados llevaban siglos pescando en el Adriático. Los hombres se afanaban en las goletas y los arrastreros que mariscaban en el Golfo, mientras que las mujeres y los niños desbullaban ostras y envasaban gambas a diez centavos la hora. Había cuarenta conserveras, unas junto a otras, en una zona conocida como Back Bay. En 1925, Biloxi exportó veinte millones de toneladas de marisco al resto del país. La demanda era tan grande y la oferta tan profusa que la ciudad presumía de ser «la capital mundial del marisco».

Los inmigrantes vivían en barracones o en las típicas casas alargadas y de fachada estrechísima de Point Cadet, una península ubicada en el extremo oriental de Biloxi, a la vuelta de la esquina de las playas del Golfo. Sus padres y sus abuelos eran polacos, húngaros, checos y croatas y ellos se habían adaptado con rapidez a las costumbres de su nuevo país. Los niños aprendían inglés, se lo enseñaban a sus padres y no solían hablar su lengua materna en casa. A los funcionarios de aduanas, la mayoría de aquellos apellidos les habían parecido impronunciables, así que se los modificaron y americanizaron en el puerto de

Nueva Orleans y en Ellis Island. En los cementerios de Biloxi había lápidas con nombres como Jurkovich, Horvat, Conovich, Kasich, Rodak, Babbich y Peranich. Estaban esparcidos aquí y allá y mezclados con los Smith, Brown, O'Keefe, Mattina y Bellande. Los inmigrantes tendían a vivir en clanes y a protegerse mutuamente, pero en la segunda generación ya se casaban con las primeras familias francesas y con anglosajones de todo tipo.

La ley seca seguía vigente y, en el sur profundo, la mayor parte de los baptistas y los metodistas se acogían a la vida seca con gran rectitud. Sin embargo, a lo largo de la costa, las personas de ascendencia europea y convicciones católicas no veían la abstinencia con tan buenos ojos. De hecho, Biloxi nunca llegó a ser una comunidad abstemia, a pesar de la Decimoctava Enmienda. Cuando la ley seca se extendió por todo el país en 1920, Biloxi apenas lo notó. Sus bares, garitos, antros, pubs de barrio y clubes de lujo no solo permanecieron abiertos, sino que prosperaron. Los tugurios clandestinos no eran necesarios, porque había alcohol por todas partes y a todo el mundo le daba igual, sobre todo a la policía. Biloxi se convirtió en un destino popular para los sureños sedientos. A eso se le sumó el atractivo de las playas, la calidad del marisco, el clima templado y los buenos hoteles y el turismo floreció. Hace cien años, la costa del Golfo llegó a conocerse como «la ribera de los pobres».

Como siempre, el vicio desenfrenado demostró ser contagioso. Los juegos de azar se unieron al consumo de alcohol como otra de las actividades ilegales más populares. Surgieron casinos improvisados en bares y clubes. Se jugaba al póquer, al *blackjack* y a los dados a plena vista y por todas partes. En los vestíbulos de los hoteles de moda había hileras de máquinas tragaperras que funcionaban con insolencia haciendo caso omiso de la ley.

Los burdeles existían desde siempre, aunque se mantenían en la clandestinidad. Ese no era el caso de Biloxi. Abundaban y daban servicio no solo a sus clientes más fieles, sino también a policías y políticos. Muchos se encontraban en los mismos edificios que los bares y las mesas de juego, de modo que los jóvenes que andaban en busca de placer no tenían que hacer más de una parada.

Pese a que no se exhibían con tanta libertad como el sexo y el alcohol, era fácil acceder a drogas como la marihuana y la heroína, sobre todo en bares musicales y tabernas.

Muchas veces, a los periodistas les costaba creer que ese tipo de actividades ilegales estuvieran tan abiertamente aceptadas en un estado en especial conservador desde el punto de vista religioso. Escribían artículos sobre las salvajes e irresponsables costumbres de Biloxi, pero nada cambiaba. A las personas con autoridad no parecía importarles. La opinión predominante era sencilla: «Así es Biloxi». Los políticos en campaña despotricaban contra el crimen y los predicadores bramaban desde los púlpitos, pero nunca se hizo un esfuerzo serio por «limpiar la costa».

El mayor obstáculo al que se enfrentaba cualquier intento de reforma era la corrupción que desde hacía tiempo dominaba a la policía y a los funcionarios electos. Los agentes del cuerpo policial y los ayudantes de sheriff trabajaban a cambio de sueldos miserables y estaban más que dispuestos a aceptar la pasta y mirar hacia otro lado. Los políticos municipales se dejaban sobornar con facilidad y prosperaban a buen ritmo. Todos ganaban dinero y todos se divertían, ¿por qué fastidiar algo que funcionaba tan bien? Nadie obligaba a los bebedores y a los jugadores a dirigirse hacia Biloxi. Si no les gustaban esos vicios, podían quedarse en casa o irse a Nueva Orleans. Pero, si decidían gastarse el dinero allí, sabían que la policía no los molestaría.

La actividad delictiva recibió un gran impulso en 1941, cuando el ejército construyó una enorme base de entrenamiento en los terrenos sobre los que en su día se había alzado el Club de Campo de Biloxi. La bautizaron como «base aérea de Keesler», en honor a un héroe de la Primera Guerra Mundial oriundo de Mississippi, y el nombre no tardó en convertirse en sinónimo del mal comportamiento de las decenas de miles de soldados que se preparaban para la guerra. El número de bares, casinos, burdeles y locales de estriptis aumentó de manera espectacular. Al igual que la delincuencia. La policía comenzó a recibir un aluvión de quejas por parte de los soldados: tragaperras amañadas, ruletas trucadas, crupieres tramposos, bebidas adulteradas y prostitutas con las manos largas. Como los dueños de los establecimientos ganaban dinero, se quejaban poco, pero había muchas peleas, agresiones a sus chicas y ventanas y botellas de whisky rotas. Como siempre, la policía protegía a los que les pagaban y la puerta de la cárcel se abría solo para los soldados. Más de medio millón de ellos pasaron por Keesler camino de Europa y el Pacífico y, más tarde, de Corea y Vietnam.

En Biloxi, el vicio resultaba tan rentable que, como no podía ser de otra manera, atrajo al habitual repertorio de personajes de los bajos fondos: delincuentes profesionales, fugitivos, destiladores de alcohol, contrabandistas, traficantes, estafadores, sicarios, proxenetas, matones y una clase más ambiciosa de capos del crimen. A finales de la década de 1950, una rama de una banda de matones violentos —no muy estructurada y conocida como «la mafia Dixie»— se asentó en Biloxi con la intención de convertir la ciudad en su territorio y de hacerse con una parte del pastel del vicio. Antes de dicha banda, siempre había habido envidias entre los propietarios de los clubes, pero todos ganaban dinero y les iba bien. De vez en cuando se producía algún asesinato y las acostumbradas amenazas; sin embargo, ningún grupo se planteaba seriamente hacerse con el control.

Aparte de la ambición y la violencia, la mafia Dixie tenía poco en común con la verdadera Cosa Nostra. No eran familia, así que no había mucha lealtad. Sus miembros —y el FBI nunca sabía con certeza quién formaba parte del grupo y quién no ni cuántos aseguraban integrarlo— eran una mezcla dispersa de chicos malos e inadaptados que prefería la delincuencia al trabajo honrado. No había organización ni jerarquía establecidas. No había un capo en la cima, camorristas en la base ni matones de nivel medio entre ellos. Con el tiempo, el dueño de un club consiguió consolidar su posición y adquirir más influencia. Se convirtió en el Jefe.

Lo que sí tenía la mafia Dixie era una propensión a la violencia que dejaba atónito al FBI. A lo largo de su historia, mientras evolucionaba y se abría paso hacia el sur, hacia la costa, fue dejando tras de sí un asombroso número de cadáveres. Casi ninguno de esos asesinatos se resolvía jamás. La organización se regía por una sola norma, un estricto e inquebrantable juramento de sangre: «No te chivarás a la policía». A los soplones, o los encontraban en una zanja, o no los encontraban jamás. Se rumoreaba que ciertos barcos camaroneros descargaban cadáveres lastrados a veinte millas de la costa, en las profundas y cálidas aguas del estrecho del Mississippi.

A pesar de la reputación de desgobierno de la ciudad, en Biloxi los propietarios controlaban la delincuencia y la policía la vigilaba de cerca. A la larga, el vicio terminó concentrándose en una zona concreta de la población, un tramo de alrededor de un kilómetro y medio de la autopista 90, que corría en paralelo a la playa: el Strip. Estaba repleto de casinos, bares y burdeles y a los ciudadanos que respetaban la ley les resultaba sencillo pasar de él. Lejos de allí, la vida era normal y segura. Si querías buscar problemas, no costaba encontrarlos. De lo contrario, era fácil evitarlos. Biloxi prosperó gracias al marisco, los astilleros, el turismo, la construcción y una formidable ética del trabajo alimentada por los inmigrantes y su sueño de alcanzar una vida mejor. La ciudad construyó colegios, hospitales, iglesias, autopistas, puentes, diques, parques, instalaciones recreativas y todo lo necesario para mejorar la vida de sus habitantes.

2

La rivalidad comenzó como una amistad entre dos niños con muchas cosas en común. Ambos eran inmigrantes de tercera generación, nietos de croatas, y ambos habían nacido y se habían criado en Point, como se conocía a Point Cadet. Sus respectivas familias vivían a dos calles de distancia. Sus padres y sus abuelos se conocían bien. Asistían a la misma iglesia católica, al mismo colegio, jugaban en las mismas calles, solares y playas y los fines de semana ociosos pescaban en el Golfo con sus padres. Nacieron con un mes de diferencia, en 1948, y los dos eran hijos de veteranos de guerra jóvenes que se habían casado con su novia de toda la vida y formado una familia.

Los juegos del Viejo Mundo con los que se entretenían sus antepasados tenían poca importancia en Biloxi. Los solares y los campos para la juventud estaban pensados única y exclusivamente para el béisbol. Como todos los chicos de Point, ambos empezaron a lanzar y a batear poco después de aprender a andar y lucieron con orgullo su primer uniforme a los ocho años. A los diez, ya llamaban la atención y se hablaba de ellos.

Keith Rudy, el mayor de los dos por veintiocho días, era un pícher zurdo que lanzaba con fuerza pero a lo loco y que asustaba a los bateadores con su falta de control. También bateaba desde el lado izquierdo y, cuando no se hallaba en el montículo, estaba allá donde lo quisieran sus entrenadores: en el jardín, en la segunda base o en la tercera. Como no había guantes de receptor para zurdos, aprendió a recibir, fildear y lanzar con la mano derecha.

Hugh Malco era un pícher diestro que lanzaba aún más fuerte y con más precisión. Era aterrador enfrentarse a él a cuarenta y cinco pies de distancia, de manera que la mayoría de los bateadores de diez años preferían esconderse en el banquillo. Un entrenador lo convenció para que bateara desde el lado izquierdo, siguiendo la lógica de que la mayoría de los lanzadores de esa edad eran diestros. Babe Ruth bateaba con la zurda, al igual que Lou Gehrig y Stan Musial. Mickey, por supuesto, era capaz de batear desde ambos lados, pero era de los Yankees. Hugh le hizo caso a su entrenador porque era un jugador fácil y quería ganar.

El béisbol era el mundo de ambos niños y el clima cálido de la costa les permitía jugar casi todo el año. Los equipos de las Ligas Menores se formaban a finales de febrero y empezaban a jugar a mediados de marzo; dos partidos a la semana durante al menos doce semanas. Cuando terminaba la temporada regular —con el campeonato de la ciudad—, empezaba el béisbol serio con el Juego de Estrellas. Biloxi dominaba las eliminatorias estatales y se esperaba que pasara al torneo regional. Ningún equipo había conseguido aún llegar a Williamsport para el gran espectáculo, pero el optimismo se mantenía alto todos los años.

La iglesia era importante, al menos para sus padres y sus abuelos, pero para los muchachos la verdadera institución era el equipo de los Cardinal. En el sur profundo no había equipos profesionales en las Grandes Ligas. La emisora KMOX retransmitía todos los partidos desde San Luis, con Harry Caray y Jack Buck, y los chicos conocían a los jugadores de los Cardinal, su posición, estadísticas, ciudad de origen y puntos fuertes y débiles. Escuchaban todos los partidos, recortaban todos los marcadores del *Gulf Coast Register* y se pasaban horas en los solares repitiendo todas las entradas. Ahorraban hasta el último centavo para comprar cromos de béisbol y cambiarlos era un asunto muy serio. Su marca preferida era Topps, sobre todo porque el chicle duraba más.

Cuando llegaba el verano y se acababa el colegio, las calles de Point se llenaban de niños jugando al *corkball*, al *kickball*, al *Wiffle ball* y a otra decena de variantes del juego. Los mayores se apoderaban de los solares y de los campos de las Ligas Menores, donde elegían equipo y jugaban durante horas. En los días importantes se iban a casa, se aseaban, comían algo, descansaban los brazos y las piernas agotados, se ponían el uniforme y volvían corriendo a los campos para jugar los partidos de verdad, los que atraían a grandes multitudes de familiares y amigos. A última hora de la tarde y a primera hora de la noche, bajo las luces, los chicos lo daban todo jugando y se chinchaban en el campo. Disfrutaban de los vítores de los aficionados y se reprendían sin piedad entre ellos. Un error provocaba una avalancha de abucheos. Un jonrón silenciaba al banquillo contrario. Un lanzador difícil sobre el montículo proyectaba una sombra sobre cualquier posible oponente. Las malas decisiones del árbitro eran tabú, al menos para los jugadores, pero el público no conocía límites. Y en todas partes —en las gradas, en los aparcamientos e incluso en las casetas—, los radiotransistores retransmitían sin cesar el jugada a jugada de la KMOX, así que todo el mundo estaba al tanto del marcador de los Cardinal.

Cuando tenían doce años, Keith y Hugh vivieron una temporada mágica. El primero jugaba en un equipo patrocinado por DeJean Packing. El segundo, en otro patrocinado por Shorty's Shell. Dominaron la temporada y sus respectivos equipos perdieron solo una vez, ante el otro, por una única carrera. Se lanzó una moneda al aire y el DeJean Packing pasó al campeonato de la ciudad, en el que masacraron a un equipo de West Biloxi. Keith fue lanzador durante las seis entradas, cedió dos *hits*, forzó cuatro bases por bolas y bateó dos jonrones. Hugh y él salieron elegidos por unanimidad para el Juego de Estrellas de Biloxi y, por primera vez, fueron compañeros de equipo oficiales, aunque habían jugado juntos en innumerables partidos del barrio.

Con Hugh disparando desde el lado derecho y Keith aterrorizando a los bateadores desde el izquierdo, Biloxi era el firme favorito para ganar otro campeonato estatal. Después de una semana de preparación, los entrenadores cargaron al equipo en tres camionetas y emprendieron el viaje de veinte minutos hacia el oeste, por la autopista 90, para llegar al torneo estatal de Gulfport. Cientos de aficionados los siguieron formando una tumultuosa caravana.

El torneo estuvo dominado por los equipos del sur del estado: Biloxi, Gulfport, Pascagoula, Pass Christian y Hattiesburg. En el primer partido contra Vicksburg, los lanzamientos de Keith solo le permitieron al equipo contrario conseguir un *hit* y Hugh bateó un jonrón con las bases llenas. En el segundo partido fue Hugh quien solo le cedió un *hit* al equipo contrario y Keith le devolvió el favor con dos jonrones. En cinco partidos, Biloxi anotó treinta y seis carreras, encajó solo cuatro y se llevó el título estatal. La ciudad lo celebró y despidieron a los chicos con una fiesta antes de que se fueran a Pensacola. La competición en el siguiente nivel era muy distinta, puesto que les esperaban los equipos de Florida.

Nada entusiasmaba más a los muchachos que un viaje por carretera: moteles, piscinas y comer en restaurantes. Hugh y Keith compartían habitación y eran los líderes indiscutibles del equipo, ya que los entrenadores los habían nombrado cocapitanes. Eran inseparables, dentro y fuera del campo, y todas las actividades giraban en torno a ellos. En el terreno de juego eran competidores y animadores feroces, siempre alentando a los demás a jugar con inteligencia, obedecer a los entrenadores, desprenderse de los errores y estudiar el juego. Fuera de él organizaban los encuentros del equipo, encabezaban las bromas, aprobaban los apodos, decidían qué películas se veían, a qué restaurantes se iba y apoyaban a los compañeros que se sentaban en el banquillo.

En el primer partido, Hugh cedió cuatro *hits* y Biloxi venció a un equipo de Mobile, los campeones estatales de Alabama. En el segundo, Keith estuvo más descontrolado que nunca y concedió ocho bases por bolas antes de que lo sentaran en la cuarta entrada; Biloxi perdió por tres carreras ante un equipo de Jacksonville. Dos días después, un equipo de Tampa consiguió cuatro carreras con Hugh como lanzador en la sexta entrada baja y se llevó la victoria.

La temporada había terminado. El estado de Florida aplastó una vez más los sueños de Biloxi de jugar en la Serie Mundial de las Pequeñas Ligas en Williamsport. El equipo se retiró al motel para lamerse las heridas, pero, poco después, los chicos volvían a estar chapoteando en la piscina e intentando llamar la atención de unas chicas mayores en biquini.

Sus padres los observaban desde la orilla, bajo las sombrillas, mientras disfrutaban de un cóctel. Por fin había terminado aquella temporada tan larga, estaban impacientes por volver a casa y terminar el verano sin el ajetreo diario del béisbol. Casi todos los padres estaban allí, acompañados de otros parientes y unos cuantos aficionados acérrimos de Biloxi. Algunos eran amigos íntimos y otros solo conocidos simpáticos. La mayoría eran de Point y se llevaban bien, aunque, entre aquel grupo, el trato no era igual para todos.

Lance y Carmen Malco, los padres de Hugh, se sentían un poco rechazados, y con razón.

3

Cuando el abuelo de Hugh bajó del barco en Nueva Orleans en 1912, tenía dieciséis años y casi no hablaba inglés. Sabía pronunciar «Biloxi» y el funcionario de aduanas no necesitó nada más. Los barcos llegaban atestados de europeos del Este, muchos con parientes a lo largo de la costa de Mississippi, y los de aduanas estaban ansiosos por hacer circular a esa gente y enviarla a otro lugar. Biloxi era uno de sus destinos favoritos.

En Croacia, el muchacho se llamaba Oron Malokovic, otro trabalenguas. Algunos funcionarios eran pacientes y se esforzaban por registrar el nombre correctamente. Otros se mostraban apurados, impacientes o indiferentes, o puede que incluso pensaran que le estaban haciendo un favor al inmigrante al rebautizarlo con un apellido que se adaptase con más facilidad a su nuevo país. En honor a la verdad, algunos nombres de «allá lejos» eran difíciles de pronunciar para los angloparlantes. Nueva Orleans y la costa del Golfo tenían una rica historia dominada por el francés y el español y, ya a comienzos del siglo XIX, esas lenguas se habían fundido sin problemas con el inglés. Sin embargo, las lenguas eslavas, tan cargadas de consonantes, eran harina de otro costal.

Como sea, Oron se convirtió en Aaron Malco, una identidad que aceptó a regañadientes porque no le quedó más remedio. Armado con la nueva documentación, se dirigió a toda prisa a Biloxi, donde un pariente le consiguió una habitación en un barracón y un trabajo desbullando ostras en una «ostrería».

Como sus compatriotas, subsistía a duras penas, trabajaba cuantas más horas mejor y ahorraba unos cuantos dólares. Al cabo de dos años encontró un empleo mejor construyendo goletas en un astillero de Back Bay, también en Biloxi. Le pagaban mejor, pero era un trabajo físicamente exigente. Ya convertido en un adulto, Aaron medía más de metro ochenta, era ancho de hombros y cargaba con enormes maderos que, por lo general, requerían de dos o tres hombres más. Se ganó el aprecio de sus jefes y lo pusieron al mando de su propia cuadrilla, además de aumentarle el sueldo. A los diecinueve años ganaba cincuenta centavos la hora, un salario de gran nivel, y trabajaba todas las horas que le ofrecía la empresa.

Cuando Aaron tenía veinte años se casó con Lida Simonovich, una chica croata de diecisiete años que había tenido la suerte de nacer en Estados Unidos. Su madre había dado a luz dos meses después de llegar en barco desde Europa junto con el padre de la niña. Lida trabajaba en una fábrica de conservas y, en su tiempo libre, ayudaba a su madre, que era costurera. La joven pareja se fue de alquiler a una de las típicas casas estrechas y alargadas de Point, donde se rodearon de familiares y amigos, todos ellos del Viejo Continente.

Sus sueños se truncaron ocho meses después de la boda, cuando Aaron se cayó de un andamio. El brazo y la pierna rotos se curarían, pero las vértebras de la parte baja de la espalda que se había destrozado lo dejaron casi tullido. Pasó meses encerrado en casa, convaleciente, y fue recuperando poco a poco la capacidad de andar. Sin trabajo, la pareja sobrevivía gracias al inagotable apoyo de su familia y sus vecinos. Les preparaban comida en abundancia, les pagaban el alquiler y el párroco, el padre Herbert, se pasaba todos los días por la casa para rezar, tanto en inglés como en croata. Con la ayuda de un bastón que nunca sería capaz de abandonar del todo a pesar de sus heroicos esfuerzos, Aaron emprendió la difícil tarea de buscar trabajo.

Un primo lejano era propietario de una de las tres tiendas de comestibles de Point. Se apiadó de él y le ofreció un empleo barriendo los suelos, reponiendo mercancías y, con el tiempo, manejando la caja registradora. Aaron no tardó en hacerse cargo de la tienda y el negocio mejoró. Conocía a todos los clientes, a sus hijos y a sus abuelos y hacía cualquier cosa con tal de ayudar a las personas necesitadas. Actualizó el inventario, retiró los artículos que rara vez se vendían y amplió la tienda. Cuando estaba cerrada, incluso iba a buscar los productos para los clientes y se los llevaba a casa en una bicicleta de reparto vieja. Con Aaron al mando, su jefe decidió abrir una tienda de telas dos manzanas más allá.

Él vio una oportunidad con otra expansión: convenció al susodicho para que alquilara el edificio de al lado y abriera un bar. Corría el año 1920, el país estaba en plena ley seca y los inmigrantes católicos de Biloxi tenían más sed que nunca. Aaron hizo un trato con un contrabandista de licores de la zona y abasteció su bar con una impresionante variedad de cervezas, algunas incluso europeas, y una decena de marcas de los populares whiskies irlandeses.

Todas las mañanas abría la tienda al amanecer y ofrecía café cargado y repostería croata a los pescadores y a los trabajadores de las conserveras. Todas las noches, a última hora, Lida horneaba una bandeja de *krostules*, tiras de masa fritas en aceite con azúcar en polvo, que se volvieron muy populares entre los madrugadores. Durante la mañana, Aaron se afanaba apoyado en su bastón, despachaba en el mostrador, cortaba carne, reponía las estanterías, barría el suelo y atendía las necesidades de sus clientes. A última hora de la tarde abría el bar y recibía a su clientela habitual. Cuando no estaba sirviendo bebidas, volvía de nuevo a la tienda, que cerraba después del último cliente, por lo general alrededor de las siete. A partir de ese momento se quedaba detrás de la barra sirviendo copas, bromeando con los amigos, contando chistes y difundiendo cotilleos. Normalmente cerraba sobre las once, cuando el último turno de trabajadores de la conservera daba por terminada la jornada.

En 1922, Lida y Aaron dieron la bienvenida a su primer hijo y lo bendijeron con el apropiado nombre estadounidense de Lance. Enseguida lo siguieron una hija y otro hijo. La casa estrecha se les quedó pequeña y Aaron convenció a su jefe para que les alquilara un espacio, aún sin terminar, encima del bar y de la tienda de comestibles. La familia se instaló allí mientras un equipo de carpinteros levantaba paredes y construía una cocina. Las jornadas de dieciséis horas de Aaron se alargaron aún más. Lida dejó su trabajo para criar a la familia y para trabajar también en la tienda de comestibles.

En 1925, su jefe murió de un inesperado ataque al corazón. A Aaron no le caía bien su viuda y no veía futuro bajo su mando. La convenció para que le vendiera el bar y la tienda de comestibles y, por mil dólares en efectivo y un pagaré, se convirtió en el dueño de ambos negocios. El pagaré se abonó en dos años y Aaron abrió otro bar en el lado oeste de Point. Con dos bares de éxito y una tienda de comestibles muy concurrida, los Malco prosperaron más que la mayoría de las familias inmigrantes, aunque no presumían de ello de ningún modo. Trabajaron más que nunca, ahorraron, continuaron viviendo en el mismo piso y no alteraron sus costumbres de inmigrantes austeros y frugales. Siempre estaban dispuestos a ayudar a los demás y Aaron solía hacerles pequeños préstamos a sus amigos cuando los bancos se los negaban. Eran generosos con la iglesia y nunca faltaban a la misa de los domingos.

Sus hijos empezaron a trabajar en la tienda en cuanto alcanzaron la edad suficiente. A los siete años, Lance era todo un hito en Point: montado en su bicicleta, repartía a domicilio los comestibles que cargaba en una cesta. A los diez, ya estaba sirviendo botellines fríos de cerveza en la barra del bar y controlando a los clientes.

Al inicio de su carrera empresarial, Aaron fue testigo del lado oscuro del juego y no quiso tener nada que ver con él. Además de porque era ilegal, ese fue el motivo por el que tomó la decisión de no permitir partidas de cartas ni dados en la trastienda. La tentación siempre estaba ahí y algunos clientes se quejaban, pero él se mantuvo firme. El padre Herbert lo celebraba.

La Gran Depresión ralentizó la industria marisquera, pero Biloxi sobrellevó el temporal mejor que el resto del país. Las gambas y las ostras seguían abundando y la gente tenía que comer. El turismo se resintió, pero las conserveras siguieron activas, aunque a un ritmo más lento. En Point, muchos trabajadores se quedaron sin empleo y comenzaron a retrasarse en el pago de los alquileres. Aaron asumió con gran discreción las hipotecas de decenas de casas y se convirtió en casero. Aceptaba pagarés por los alquileres atrasados y, muchas veces, se olvidaba de ellos. Jamás desahuciaron a nadie que viviera en una de las casas de los Malco.

Cuando Lance se graduó en el instituto de Biloxi, jugó con la idea de ir a la universidad. A Aaron no le entusiasmaba el plan, porque necesitaba a su hijo en el negocio familiar. Lance se matriculó en unas cuantas asignaturas en una facultad cercana y, como cabía esperar, mostró aptitudes para las finanzas y la economía. Sus profesores lo animaron a seguir estudiando en la escuela estatal de magisterio, que estaba en Hattiesburg, no muy lejos de allí, y, aunque el joven acarició el sueño, no se atrevió a mencionárselo a su padre.

Entonces llegó la guerra y Lance se olvidó de continuar con sus estudios. El día después de Pearl Harbor se alistó en los marines y salió de su casa por primera vez. Se embarcó con la Primera División de Infantería y entró en acción en el norte de África. En 1944, cuando los aliados invadieron Italia, desembarcó con la primera oleada en Anzio. Como hablaba croata, lo enviaron junto con otros cien soldados a Europa del Este, donde los alemanes se estaban batiendo en retirada. A principios de 1945 pisó la vieja patria, el lugar de nacimiento de su padre y de sus abuelos, y le escribió a Aaron una larga carta en la que le describía la tierra devastada por la guerra. Terminaba con: «Gracias, padre, por tener el valor de abandonar tu hogar y buscar una vida mejor en América». El aludido lloró al leerla y luego la compartió con sus amigos y la familia de Lida.

Mientras los aliados perseguían a los alemanes hacia el oeste, Lance entró en acción en Hungría y Polonia. Dos días después de la liberación de Auschwitz, su pelotón y él recorrieron los caminos de tierra del campo de concentración y asistieron, atónitos e incrédulos, al entierro de cientos de cadáveres demacrados en fosas comunes. Tres meses después de la rendición alemana, Lance regresó ileso a Biloxi, pero con recuerdos tan horribles que juró olvidarlos.

En 1947 se casó con Carmen Coscia, una chica italiana a la que había conocido en el instituto. Con motivo de su boda, Aaron les regaló una casa en Point, en una zona nueva y de viviendas más bonitas que se estaban construyendo para los veteranos. Lance retomó con naturalidad su papel en los negocios de Aaron y dejó la guerra atrás. Pero estaba inquieto y aburrido de la tienda y los bares. Era ambicioso y quería ganar dinero de verdad con los juegos de azar. Su padre seguía oponiéndose con firmeza y tuvieron varios desencuentros.

Trece meses después de su boda, Carmen dio a luz a Hugh y el inicio de una nueva generación llenó a la familia de júbilo. En Point Cadet no paraban de nacer bebés y una avalancha de bautizos mantenía ocupado al padre Herbert. Las familias jóvenes crecían y los mayores lo celebraban. La vida en Point estaba en su mejor momento.

Biloxi volvía a prosperar y el negocio del marisco estaba más vivo que nunca. A medida que repuntaba el turismo, comenzaron a construirse hoteles de lujo en las playas. El ejército decidió conservar Keesler como base de entrenamiento, puesto que así se aseguraba un flujo constante de soldados jóvenes en busca de diversión. Se abrieron más bares, casinos y burdeles y el ajetreo del Strip aumentó más todavía. Siguiendo la costumbre establecida, la policía y los políticos se llevaban el dinero al bolsillo y miraban hacia otro lado. Cuando se inauguró el hotel *art déco* Broadwater Beach, el vestíbulo estaba lleno de hileras de flamantes máquinas tragaperras compradas a un comerciante de Las Vegas, a pesar de que seguían siendo ilegales.

Tras convertirse en padre, Lance moderó sus ambiciones de involucrarse más en el vicio. Además, Aaron seguía manteniendo un control férreo sobre las empresas y se tomaba muy en serio su reputación. El negocio familiar cambió de manera radical en 1950, cuando Aaron Malco murió repentinamente de una neumonía a los cincuenta y cuatro años. No dejó testamento, de manera que sus bienes se dividieron en cuatro partes iguales entre Lida y sus tres hijos. La mujer estaba desconsolada y se sumió en una depresión larga e incapacitante. Lance y sus dos hermanos discutieron por las propiedades familiares y la situación desembocó en un cisma. Pasaron años peleándose, para gran consternación de su madre. La salud de Lida no paraba de empeorar y al final Lance, su primogénito y su favorito desde siempre, la convenció para que firmara un testamento que le concedía el control de todos los bienes. Lo mantuvieron en secreto hasta el día de la muerte de Lida. Cuando su hermana y su hermano lo leyeron, amenazaron con demandar, pero Lance resolvió la disputa ofreciéndoles cinco mil dólares en efectivo a cada uno. Su hermano aceptó el dinero y abandonó la costa. Su hermana se casó con un médico y se mudó a Nueva Orleans.

A pesar de los dramas familiares y de la creencia generalizada de que Lance había conseguido ganarles la partida a sus hermanos, Carmen y él seguían gozando de buena reputación en Point. Vivían de forma modesta, aunque podían permitirse lo contrario, y eran personas activas y generosas. Eran los mayores contribuyentes a la iglesia de San Miguel y sus programas de ayuda comunitaria y nunca dejaban de echar una mano a los menos afortunados. Algunos incluso admiraban a Lance por considerarlo el Malco más listo, dispuesto a trabajar con ahínco para ganarse la vida.

Fuera de Point, sin embargo, Lance había empezado a ceder a sus ambiciones. Compró un club nocturno como socio en la sombra y convirtió la mitad en un casino. La otra mitad era un bar de copas aguadas y demasiado caras que los soldados se mostraban más que dispuestos a pagar, sobre todo cuando se las servían camareras guapas con atuendos que dejaban poco a la imaginación. Las habitaciones del piso de arriba se alquilaban por medias horas. El negocio iba tan bien que Lance y su socio abrieron otro club, más grande y bonito. Lo llamaron Red Velvet e instalaron un llamativo letrero de neón, el más brillante de toda la autopista 90. El Strip acababa de nacer.

Carmen dejó su trabajo en la tienda y se convirtió en madre a tiempo completo. Lance trabajaba tanto de día como de noche y se ausentaba a menudo, pero ella mantenía el hogar unido y cuidaba con mimo a sus tres hijos. No estaba de acuerdo con las incursiones de su marido en el mundo oscuro, pero rara vez mencionaban sus clubes. Ganaban mucho dinero y tenían más que la mayoría de los habitantes de Point. Quejarse no serviría de nada. Lance era de la vieja escuela, su padre había llegado del Viejo Continente: el hombre gobernaba la casa con puño de hierro y la mujer criaba a los hijos. Carmen aceptó su papel con templanza y serenidad.

Es posible que sus momentos más felices fueran los que vivían en los campos de béisbol. El pequeño Hugh se convirtió en un jugador destacado a los ocho años y no paraba de mejorar. Durante la temporada anual de fichajes, todos los entrenadores lo querían como primera opción. Cuando tenía diez años, lo seleccionaron para la liga de los de doce, toda una rareza. Su único igual era su amigo Keith Rudy.

4

El clan de los Rudy llevaba en Point casi tanto tiempo como el de los Malco. En alguno de los muchos documentos de la Aduana de Nueva Orleans, «Rudic» se convirtió en «Rudy», que no era un apellido estadounidense común, pero sí más digerible que cualquier nombre procedente de Croacia.

El padre de Keith, Jesse Rudy, había nacido en 1924 y, como todos los demás niños, se crio entre conserveras y barcos camaroneros. Al día siguiente de cumplir dieciocho años, se alistó en la Marina y lo mandaron a combatir en el Pacífico. Centenares de chicos de Point estaban en la guerra, así que la unida comunidad a la que pertenecían elevó innumerables plegarias. La misa diaria se llenaba hasta los topes. Las cartas de las tropas se leían en voz alta a los amigos: los padres las comentaban mientras tomaban cervezas y las madres mientras tejían en los clubes de punto. En noviembre de 1943, la guerra llegó a casa cuando llamaron a la puerta de la familia Bonovich. A Harry, marine, lo mataron en Guadalcanal; fue la primera muerte de Point y solo la cuarta del condado de Harrison. Los vecinos lo lloraron y ayudaron de mil maneras mientras la oscura nube de la guerra se cernía, aún más pesada, sobre ellos. Dos meses después murió el segundo muchacho.

Jesse sirvió en un destructor de la Flota del Pacífico. Resultó herido en octubre de 1944, durante la batalla del golfo de Leyte, cuando su barco recibió el impacto directo de un bombardero en picado pilotado por un kamikaze. Lo sacaron del mar con graves quemaduras en ambas piernas. Dos meses después llegó al hospital naval de San Francisco, donde lo atendieron buenos médicos y no le faltaron enfermeras jóvenes y guapas.

Floreció un romance y, cuando lo licenciaron en la primavera de 1945, regresó a la costa con dos piernas frágiles, un petate con todas sus pertenencias y una novia de diecinueve años. Agnes se había criado en una granja de Kansas y siguió a Jesse hasta su casa con gran ansiedad. Nunca había estado en el sur profundo y se esperaba todos los estereotipos habituales: aparceros sin zapatos, paletos desdentados, crueldad segregacionista y demás, pero estaba locamente enamorada de él. Alquilaron una casa en Point y se pusieron a trabajar. A Agnes la contrataron como enfermera en Keesler, mientras que Jesse iba saltando de un trabajo sin futuro a otro. Sus limitaciones físicas le impidieron incluso conservar un empleo a tiempo parcial en un barco camaronero, para gran alivio suyo.

Agnes se sorprendió al darse cuenta de que se había adaptado enseguida a la vida en la costa. Le encantaba lo unidas que estaban las comunidades de inmigrantes, que la acogieron sin reservas ni prejuicios. Le restaron importancia a su origen angloprotestante. Tras más de ochenta años en el país, los matrimonios entre distintos grupos étnicos eran algo común y aceptado. Agnes disfrutaba de los bailes y las fiestas, de alguna copa esporádica y de las grandes reuniones familiares. La vida en la Kansas rural siempre fue mucho más tranquila. Y seca.

En 1946, el Congreso financió una ley para promover la reintegración de los soldados a la vida civil y, de repente, miles de jóvenes veteranos pudieron costearse estudios superiores. Jesse se matriculó en una facultad cercana y cursó todas las asignaturas de Historia que se ofrecían. Su sueño era ser profesor de Historia de Estados Unidos en un instituto de secundaria. Su sueño inconfesable era convertirse en un catedrático erudito y dar clases en una universidad.

Formar una familia no entraba en sus planes, pero los Estados Unidos de la posguerra demostraron ser una tierra fértil.

Keith nació en abril de 1948 en Keesler, donde los veteranos y sus respectivas familias recibían atención médica gratuita.

Veintiocho días después, Hugh Malco nació en la misma planta. Sus familias se conocían de los corrillos de inmigrantes de Point y los dos padres eran amigos, aunque no íntimos.

Cinco meses después de la llegada de Keith, Jesse y Agnes sorprendieron a su familia con la noticia de que se iban fuera a estudiar. Al menos él. La universidad más cercana en la que podría cursar una carrera de cuatro años era la Escuela Estatal de Magisterio, que estaba ciento veinte kilómetros más al norte, en Hattiesburg. Pasarían fuera un par de años y luego regresarían. El de Jesse sería el primer título universitario de la familia Rudic/Rudy y sus padres se sintieron justamente orgullosos. Agnes y él metieron sus pertenencias y a Keith en su Mercury de 1938 y se dirigieron al norte por la autopista 49. Alquilaron un apartamento minúsculo en el campus de Hattiesburg y, a los dos días, Agnes ya había conseguido trabajo de enfermera con un grupo de médicos. Lograron compatibilizar el trabajo de ella con las clases de él y se las arreglaron para no tener que pagar niñeras que se hicieran cargo del pequeño Keith. Jesse se matriculó en todas las asignaturas que pudo y completó sus estudios sin problema alguno.

Al cabo de dos años, cuando terminó, contemplaron la posibilidad de quedarse y que cursara un máster. Sin embargo, el problema de la fertilidad volvió. Cuando Agnes se dio cuenta de que estaba embarazada de su segundo hijo, decidieron que la época universitaria había terminado y que Jesse tenía que empezar una verdadera carrera profesional. Volvieron a la costa y alquilaron una casa en Point. Como no quedaban vacantes en el departamento de Historia del instituto de Biloxi, Jesse aceptó un puesto de profesor de Educación Cívica en Gulfport. Su primer sueldo fue de dos mil setecientos dólares al año. Agnes volvió a Keesler como enfermera, pero tuvo complicaciones con el embarazo y le tocó pedir la baja.

Beverly nació en 1950. Jesse y Agnes acordaron que dos hijos serían bastantes durante un tiempo y se pusieron serios con el tema de la planificación familiar. Al final él consiguió un puesto de profesor de Historia en el instituto de Gulfport y recibió un ligero aumento de sueldo. Ella trabajaba a tiempo parcial y, como la mayoría de las parejas jóvenes de la posguerra, apenas se mantenían a flote y soñaban con cosas mejores. A pesar de sus cautelosos esfuerzos, las cosas se torcieron sin saber cómo y Agnes se quedó embarazada por tercera vez. Laura llegó solo catorce meses después que Beverly y, de la noche a la mañana, la casa se les quedó demasiado pequeña. Sin embargo, los padres de Jesse vivían solo cuatro puertas más abajo y había tíos y tías al otro lado de la calle. Cuando Agnes necesitaba ayuda o incluso un descanso ocasional, le bastaba con dar un grito para que alguien se pusiera en camino. Las madres y las abuelas del barrio se enorgullecían sobremanera de criar a los hijos ajenos.

Uno de los temas favoritos de Jesse y Agnes, del que hablaban susurrando en alguno de sus escasos momentos de tranquilidad, era la idea de marcharse de Point. Aunque el apoyo era crucial y lo valoraban, en ocasiones también les resultaba sofocante. Todo el mundo se metía en sus asuntos. Había poca intimidad. Si se saltaban la misa del domingo por cualquier motivo, lo normal era esperar que todo un desfile de familiares y amigos se pasaran por la tarde por su casa para ver quién estaba enfermo. Si uno de los niños tenía fiebre, se convertía en un asunto de vida o muerte en la calle entera. La falta de intimidad era un problema. La de espacio, otro aún mayor. La casa se les había quedado pequeña y la situación no haría más que empeorar a medida que sus hijos crecieran. Pero cualquier mejora supondría una complicación. Con tres niños pequeños a los que atender, Agnes no podía trabajar, lo cual les supuso un duro golpe, puesto que, cuando la contrataban a jornada completa, ganaba más que Jesse. El sueldo de su marido no llegaba aún a los tres mil dólares anuales y los aumentos salariales para profesores nunca eran una prioridad.

Así que siguieron soñando. Y, a pesar de lo difícil que les resultaba, intentaban abstenerse de mantener relaciones sexuales en la medida de lo posible. Un cuarto hijo estaba descartado.

Llegó de todos modos. El 14 de mayo de 1953 recibieron a Timothy en una casa llena de personas que le deseaban lo mejor y que, en su mayor parte, convenían en silencio que con cuatro bastaba. Los vecinos estaban hartos de globos y tarta.

Durante su breve lapso como universitario, aunque universitario casado, Jesse solo hizo un amigo significativo. Felix Perry también se licenció en Historia, pero, después de graduarse, cambió súbitamente de rumbo y decidió hacerse abogado. Como era un magnífico estudiante, no tuvo ningún problema para que lo admitieran en la facultad de Derecho de la Ole Miss, la Universidad de Mississippi, y terminó la carrera en tres años como el primero de su promoción. Consiguió trabajo en un buen bufete de Jackson y se embolsaba un salario envidiable.

Llamó para avisar de que tenía que ir a Biloxi por un asunto de trabajo y «¿Te parece si quedamos para cenar?». Con cuatro hijos menores de cinco años, Jesse no podía ni plantearse salir una noche, pero Agnes insistió.

—Solo te pido que no vuelvas borracho a casa —le dijo entre risas.

—¿Cuándo fue la última vez que pasó eso?

—Nunca. Venga, largo de aquí.

Soltero, lejos de casa y con dinero en el bolsillo, el amigo buscaba diversión. Disfrutaron del gumbo, las ostras crudas y el pargo a la parrilla del Mary Mahoney's, todo ello regado con una buena botella de vino francés. Felix había dejado claro que la noche corría de su cuenta, que se la facturaría a un cliente. Jesse nunca se había sentido tan mimado. Pero, a medida que avanzaba la cena, la prepotencia de su viejo amigo comenzó a irritarlo. Felix ganaba mucho dinero, vestía trajes impresionantes, conducía un Ford de 1952 y el ascenso de su carrera no parecía tener fin a la vista. Se convertiría en socio al cabo de siete años, puede que ocho, y eso sería como ganar el premio gordo.

—¿Has pensado alguna vez en la abogacía? —preguntó—. Porque, bueno, no vas a seguir dando clase en un instituto para siempre, ¿no?

Tenía toda la razón, pero Jesse no estaba dispuesto a reconocerlo.

—He pensado en muchas cosas últimamente —dijo—. Pero me encanta lo que hago.

—Eso es importante, Jesse. Me alegro por ti, pero no sé cómo consiguen sobrevivir los profesores de este estado. El sueldo es ridículo. Sigue siendo el más bajo del país, ¿no?

En efecto, lo era, pero aquella observación, viniendo de Felix, era innecesaria.

Se pasaron la mitad de la cena hablando de asociados y socios, demandas y juicios y, para Jesse, la conversación tuvo dos vertientes. Por un lado, le resultó un tanto irritante que le recordaran que dedicarse a la enseñanza siempre supondría una dificultad económica, sobre todo para un hombre que era el único proveedor de la familia y tenía cuatro hijos en casa. Por otro, cuanto más hablaban, más interés le despertaba la idea de convertirse en abogado. Teniendo en cuenta que ya había cumplido los treinta, parecía un reto imposible, pero tal vez le viniera bien enfrentarse a algo así.

Felix pagó la cuenta y se marcharon en busca de «lío», según sus palabras. Era de un condado pequeño en el que no había ni una gota de alcohol (los ochenta y dos condados seguían respetando la ley seca en 1954) y solo conocía de oídas la leyenda del vicio de Biloxi. Quería beber, jugar a los dados, ver algo de piel y quizá pagar por pasar un buen rato con una chica.

Como todos los muchachos de Biloxi, Jesse se había criado en una cultura y en una ciudad en las que algunos disfrutaban de las cosas malas —el juego, las prostitutas, las bailarinas de estriptis, el whisky...—, todas ellas ilegales, aunque aceptadas igualmente. De adolescente, él también fumaba a escondidas en los salones de billar y bebía cerveza en ciertos bares, pero, una vez que se pasó la novedad, se olvidó de aquellas actividades prohibidas. En todas las familias había un joven con deudas de juego o problemas con el alcohol y todas las madres sermoneaban a sus hijos acerca de los peligros que acechaban justo al otro lado de la ciudad. La noche anterior a que Jesse se marchara al campo de entrenamiento y a la guerra, varios amigos y él se fueron de bares y se gastaron sus últimos dólares en prostitutas. A la mañana siguiente durante el desayuno, su madre no dijo ni una palabra sobre lo tarde que había llegado la noche anterior. No fue el único soldado que se despidió con resaca. Cuando regresó a casa, tres años más tarde, lo hizo con una esposa y su breve periodo de calavera había terminado. De vez en cuando, una vez al mes como mucho, quedaba con sus amigos para tomar una cerveza rápida después del trabajo. Su bar favorito era el Malco's Grocery y muchas veces veía allí a Lance sirviendo copas.

No tenía claro en qué tipo de «lío» quería meterse Felix, pero el lugar más seguro para perder dinero era el Jerry's Truck Stop, un clásico de la autopista 90, la avenida principal junto a la costa. Hacía años, el establecimiento de Jerry se dedicaba realmente a vender gasóleo y a atender a los camiones que pasaban por allí. Luego añadió un bar detrás de la cafetería y empezó a ofrecer los licores más baratos de la costa. A los camioneros les encantó la iniciativa y difundieron por toda la región la noticia de que allí podías tomarte una cerveza helada para acompañar los huevos con salchichas. Jerry amplió el bar y se llenó los bolsillos hasta que el sheriff lo informó de que beber y conducir no eran compatibles. Hubo varios accidentes provocados por camioneros ebrios y murió gente. Jerry tenía que elegir: o gasóleo o alcohol. Eligió lo segundo; quitó los surtidores, convirtió el taller en un casino y empezó a atender a soldados en lugar de a camioneros. El Truck Stop se convirtió en el garito más famoso de Biloxi.

Felix pagó el dólar de la entrada y se dirigieron hacia la barra larga y brillante. Un segundo después se quedó boquiabierto al fijarse en dos preciosas bailarinas contoneándose alrededor de un poste con movimientos que jamás había visto. El club era un lugar ruidoso, oscuro y lleno de humo, con luces de colores que barrían la pista de baile. Encontraron un hueco junto a la barra y dos jóvenes muy maquilladas, vestidas con una blusa escotada y una falda muy corta, los abordaron enseguida.

—¿Nos invitáis a una copa, chicos? —preguntó la primera mientras se embutía entre ambos y pegaba las tetas al pecho de Felix.

La otra se acercó a Jesse, que ya sabía cómo funcionaba la cosa.

—Claro —dijo aquel, deseoso de gastar dinero—. ¿Qué va a ser?

Jesse miró a uno de los cuatro camareros, que ya estaba esperando para prepararles las copas. Apenas unos segundos más tarde, les sirvió dos cócteles altos y verdosos para las chicas y dos vasos de burbon para los chicos.

El simpático camarero asintió con entusiasmo y dijo en voz alta:

—Recuerden, la cuarta consumición les sale gratis.

—¡Guau! —exclamó Felix casi a gritos.

O sea que, para que los números cuadraran, cualquiera tendría que pagar al menos ocho copas para considerar que la noche le había salido redonda. Las bebidas verdes no eran más que agua azucarada con un colorido agitador de plástico y una cereza encima. En su debido momento, las chicas cogerían los agitadores y se los guardarían en un bolsillo. Cuando terminara la noche y cerraran la caja, les pagarían cincuenta centavos por cada uno, no por hora. Cuantas más copas les sacaban a los clientes, más dinero ganaban. Los lugareños ya se conocían la jugada y habían acuñado el término *B-drinking* para referirse a esta forma de alterne. Los turistas y los militares no sabían de qué iba el tema y no dejaban de pedir.

Las chicas eran guapas y cuanto más jóvenes mejor. Como ganaban bastante y las oportunidades para las mujeres en las ciudades pequeñas escaseaban, ponían rumbo a la costa, hacia una vida más desenfrenada. Eran muy numerosas las historias de muchachas criadas en granjas que trabajaban con empeño en los clubes durante unos años, ahorraban dinero y volvían a casa, donde nadie sabía a lo que se habían dedicado durante ese tiempo. Se casaban con su antiguo novio del instituto y tenían familia.

Felix estaba con Debbie, una auténtica veterana capaz de detectar un buen blanco, aunque tampoco hacía falta una gran intuición. Le dijo a su amigo:

—Vamos a bailar. Cuídanos las copas.

Desaparecieron entre la multitud. Sherry Ann se acercó más a Jesse y este sonrió y le dijo:

—Mira, yo no voy a entrar al trapo. Estoy felizmente casado y tengo cuatro hijos en casa. Lo siento.

Ella suspiró, sonrió, lo comprendió y repuso:

—Gracias por la copa.

Unos segundos más tarde, ya estaba trabajando en el otro extremo de la barra. Tras unos minutos de magreo en la pista, Felix y Debbie pasaron por allí a recoger las copas. Él le susurró, aunque en voz alta:

—Oye, nos vamos arriba. Dame media hora, ¿vale?

—Descuida.

De repente, Jesse se encontró solo en la barra y, para evitar que volvieran a intentar cazarlo, se dirigió al casino y empezó a pasear por él. Había oído rumores sobre la creciente popularidad del Truck Stop, pero, aun así, le sorprendió el número de mesas. Las paredes se hallaban ocultas tras máquinas tragaperras. Las mesas de ruleta y de dados estaban a un lado, y las de póquer y *blackjack*, al otro. Había decenas de jugadores, casi todos hombres y muchos de uniforme, fumando, bebiendo y gritando mientras se gastaban el dinero. Las camareras corrían de acá para allá tratando de satisfacer la demanda de cócteles. Y eso un martes por la noche.

Jesse sabía que debía evitar la ruleta y los dados porque estaban amañados. Era bien conocido que el único juego honesto de la ciudad era el *blackjack*. Encontró un taburete vacío en una concurrida mesa de veinticinco centavos y sacó dos dólares, su límite. Una hora más tarde había ganado dos dólares con cincuenta y no había ni rastro de Felix por ninguna parte.

A las once llamó a su hermano y lo convenció de que fuera a buscarlo.

Al año siguiente, en 1955, Jesse se matriculó en las clases nocturnas de la facultad de Derecho de Loyola, en Nueva Orleans. Desde la cena con Felix, se había obsesionado con la idea de convertirse en abogado y apenas hablaba, al menos con Agnes, de otra cosa. Al final su mujer se hartó de mantener siempre las mismas conversaciones y dejó a un lado sus reticencias. Con cuatro hijos pequeños, buscar trabajo de enfermera, aunque fuera a tiempo parcial, quedaba totalmente descartado, pero apoyaría a su marido y juntos lograrían que las cosas salieran bien. Ambos detestaban la idea de endeudarse, pero, cuando el padre de Jesse les ofreció un préstamo de dos mil dólares, no tuvieron más remedio que aceptarlo.

Los martes al salir del instituto se dirigía a toda prisa hacia Nueva Orleans, un trayecto de dos horas, y llegaba unos quince minutos tarde a la clase de las seis. Los profesores eran comprensivos con sus alumnos y con las limitaciones que ser empleados a jornada completa en otros lugares imponía sobre su tiempo. Estaban en la facultad de Derecho, por la noche, sacando adelante sus estudios de la forma más complicada posible, de modo que la mayoría de las normas eran flexibles. Durante cuatro horas, en las que se impartían dos asignaturas, Jesse tomaba muchos apuntes, participaba en debates y, siempre que podía, leía el material de las clases por adelantado. Asimilaba la ley y se entusiasmaba con sus retos. A última hora de la noche, cuando la segunda asignatura llegaba a su fin, muchas veces era el único alumno que seguía bien despierto y deseoso de interactuar con el profesor. A las 21.50 en punto salía a toda prisa del aula y se dirigía hacia su coche para volver a casa. A medianoche, Agnes siempre lo esperaba con la cena recalentada y preguntas sobre sus asignaturas.

Raro el día que dormía más de cinco horas y se despertaba antes del amanecer para preparar sus propias clases de Historia o corregir trabajos.

Los jueves por la noche se marchaba de nuevo a Loyola para asistir a otras dos clases. Nunca se saltaba ninguna, como tampoco se saltaba ni un solo día de trabajo, ni una misa ni una cena familiar. Sus hijos iban creciendo y él siempre tenía tiempo para jugar con ellos en el patio o llevarlos a la playa. Era habitual que Agnes se lo encontrara a medianoche en el sofá, muerto de cansancio, con un grueso libro de estudio abierto y apoyado en el pecho. Cuando sobrevivió al primer año con unas calificaciones estelares, una noche abrieron una botella de champán barato y lo celebraron. Luego se quedaron dormidos. Una de las ventajas del agotamiento era la falta de energía para las relaciones sexuales. Cuatro hijos eran suficientes.

Sus estudios avanzaban y familiares y amigos comenzaron a darse cuenta de que no estaba persiguiendo un sueño descabellado, así que cierto grado de orgullo permeó su mundo. Sería el primer abogado de Point, el primero de todos aquellos hijos y nietos de inmigrantes que habían trabajado y se habían sacrificado en el nuevo país. Corrían rumores de que se marcharía y otros de que se quedaría. ¿Se iría a trabajar a un buen bufete de Biloxi o abriría su propio despacho en Point y ayudaría a su gente? ¿Era cierto que quería trabajar en un gran bufete de Nueva Orleans?

Aun así, los curiosos se guardaban sus preguntas para sí. Aquellos murmullos jamás llegaron a oídos de Jesse. Tenía demasiadas cosas que hacer como para preocuparse por los vecinos. No tenía intención de abandonar la costa e intentó presentarse a todos los abogados de la ciudad. Se pasaba por los juzgados y entablaba amistad con los jueces y sus secretarios.

Después de cuatro años sudando sangre en las clases nocturnas y de perder incontables horas de sueño, Jesse Rudy se graduó con honores en Loyola, aprobó el examen de abogacía de Mississippi y aceptó un puesto de asociado en un bufete de tres personas situado en la avenida Howard, en el centro de Biloxi. Su salario inicial era equivalente al de un profesor de Historia de instituto, pero tenía el aliciente de las primas. Al final de cada año el bufete calculaba el total de sus ingresos y recompensaba a cada abogado con una prima basada en las horas trabajadas y en los nuevos negocios generados. Resuelto y tenaz, Jesse empezó su carrera de inmediato fichando todas las mañanas a las cinco.

Aunque al principio su título de Derecho no supuso una gran diferencia en términos monetarios, para el banquero hipotecario sí tuvo un significado importante. Conocía bien el bufete y tenía a los socios en gran consideración. Aprobó la solicitud de préstamo de Jesse y la familia se mudó a una casa de tres dormitorios en la parte occidental de Biloxi.

Era el primer abogado de ascendencia croata de la ciudad, de modo que no tardó en verse desbordado por la avalancha de problemas jurídicos cotidianos de su gente. No podía decir que no, así que se pasaba horas preparando testamentos baratos, escrituras y contratos sencillos. Nunca se aburría de ello y recibía a sus clientes en su precioso despacho como si fueran millonarios. El éxito de Jesse Rudy se convirtió en fuente de muchas historias de orgullo en Point.

Para su primer gran caso, un socio le pidió que investigara varios asuntos relacionados con un trato empresarial que se había torcido. El propietario del Truck Stop había acordado verbalmente venderle su negocio a una banda local encabezada por un tipo llamado Snead. También había un contrato escrito sobre el terreno y otro sobre un alquiler o dos. Las partes llevaban un año negociando sin asesoramiento legal y, como no podía ser de otra manera, había confusión y tensión. Todo el mundo estaba enfadado y dispuesto a demandar. Incluso habían amenazado al propietario del Truck Stop con pegarle una buena paliza.

Los miembros de la banda preferían esconderse detrás de Snead y permanecer en el anonimato, pero, a medida que fueron arrancando capas, quedó claro, al menos entre los abogados, que el principal inversor no era otro que Lance Malco.

5

La guerra de precios empezó en un burdel. Un gánster de poca monta llamado Cleveland compró un viejo club llamado Foxy's en el Strip. Añadió un ala barata para dedicarla al juego y otra un poco más bonita para sus putas. Aunque no había un precio fijado por media hora de placer con una chica, la tarifa que solía aceptarse en general, y la que habían acordado tácitamente los propietarios, era de veinte dólares. En Foxy's se redujo a la mitad y la noticia corrió por Keesler como la pólvora. Y, dado que los soldados tenían sed tanto antes como después, también se redujo el precio de la cerveza barata de barril. El local estaba a reventar y no había aparcamiento suficiente.

Para sobrevivir, algunos de los clubes de gama baja rebajaron también sus tarifas. Entonces los propietarios empezaron a robarse las chicas. La economía del vicio de Biloxi, siempre en frágil equilibrio, dio un vuelco. En un intento de restablecer el orden, unos cuantos gorilas se pasaron una noche por el Foxy's, abofetearon a un camarero, les pegaron una buena tunda a dos porteros y transmitieron la advertencia de que vender sexo y alcohol por menos de «la tarifa establecida» era inaceptable. Las palizas resultaron contagiosas y una ola de violencia se extendió por el Strip. Una emboscada detrás de un garito provocaba un contraataque en otro. Los dueños se quejaron a la policía, que los escuchó, aunque no se preocupó demasiado. Todavía no se había producido ninguna matanza y, bueno, eran cosas de chicos. ¿Qué peligro tenían unas cuantas peleas? Hay que dejar que los delincuentes gestionen sus propios mercados.

En medio de aquella agitación, que se prolongó durante más de un año, entró en escena un novato estrella. Se llamaba Nevin Noll y era un recluta de veinte años que se había alistado en las fuerzas aéreas para escapar de los problemas en los que se había metido en casa, en el este de Kentucky. Procedía de una familia de armas tomar formada por destiladores ilegales y todo tipo de delincuentes y lo habían educado para desconfiar de la ley. Hacía décadas que ni uno solo de sus parientes varones intentaba mantener un trabajo honrado. Sin embargo, el joven Nevin soñaba con marcharse y forjarse una vida más espléndida como gánster famoso. Se fue antes de lo esperado y con prisas.

Dejó tras de sí a dos chicas embarazadas como mínimo, con sus correspondientes padres furiosos, y una orden de arresto por agresión provocada por la brutal paliza que le había propinado a un ayudante de sheriff fuera de servicio. Pelear en él era instintivo; prefería dar puñetazos a beber cerveza fría. Medía un metro noventa, era ancho de hombros y fuerte como un buey; además, sus puños eran extraordinariamente rápidos y eficaces. Cuando llevaba seis semanas de entrenamiento básico en Keesler, ya había roto dos mandíbulas, arrancado numerosos dientes y mandado a un chico al hospital con una conmoción cerebral.

Una pelea más y lo licenciarían con deshonor.

No tardó en ocurrir. Un sábado por la noche estaba jugando a los dados en el Red Velvet con un par de amigos cuando estalló una discusión acerca de unos dados sospechosos. Un jugador enfadado dijo que estaban «trucados» e hizo ademán de recuperar sus fichas. El crupier fue más rápido. Un segundo crupier empujó al jugador, que había bebido y que, por supuesto, no se tomó bien el empujón. Nevin acababa de tirar los dados, había perdido y también desconfiaba de la mesa. Como gran parte de sus clientes eran soldados y propensos a la bebida, el Red Velvet contaba con muchos porteros que siempre estaban atentos a los chicos de uniforme. Nada excitaba más a Nevin que los puños voladores, así que se metió en la pelea. Cuando un empleado del casino lo empujó hacia atrás, él le lanzó un gancho de izquierda al mentón y lo dejó inconsciente de golpe. Dos guardias se le abalanzaron al cabo de un instante y ambos terminaron con la nariz rota antes siquiera de haber lanzado un puñetazo. Los cuerpos volaban en todas direcciones y él quería más. Sus dos amigos de la base se apartaron y lo observaron con admiración. Ya lo habían visto antes. Los hombres adultos, daba igual de qué tamaño, no eran más que sacos de boxeo cuando se acercaban demasiado al señor Noll.

El crupier de la mesa de dados saltó sobre ella y le asestó un golpe tremendo con el rastrillo. Alcanzó a Nevin en el hombro, pero no le hizo daño. Él le pegó cuatro puñetazos en la cara y le hizo sangre con todos.

El juego cesó cuando una multitud se arremolinó en torno a la mesa de dados. Nevin se alzó en medio de una pila de hombres magullados y ensangrentados y miró a su alrededor con los ojos desorbitados sin parar de repetir: «Venga, vamos, ¿quién es el siguiente?». Nadie avanzó hacia él.

Todo terminó sin más derramamiento de sangre cuando aparecieron dos gorilas con sendas escopetas. Nevin sonrió y levantó las manos. Ganó la pelea, pero perdió la batalla. Una vez esposado, los guardias lo tiraron al suelo de una patada en las piernas y se lo llevaron a rastras. Otra noche en la cárcel.

El domingo por la mañana a primera hora, Lance Malco y su jefe de seguridad reunieron a los dos crupieres y a los dos guardias de seguridad, ninguno de los cuales estaba de humor para hablar, y les pidieron que les contaran la pelea. El segundo crupier tenía la mandíbula terriblemente hinchada. La cara del de la mesa de dados era un amasijo de cortes: uno en cada ceja, otro en el puente de la nariz y el labio inferior roto. Los dos guardias de seguridad se habían puesto una bolsa de hielo en la nariz y apenas veían a través de los ojos nublados e hinchados.

—¡Menudo equipo! —exclamó Lance con sorna—. ¿Un solo hombre ha causado todo este daño?

Uno por uno, los obligó a describir lo sucedido. Muy a su pesar, los cuatro se mostraron maravillados de la rapidez con la que los había atacado.

—Debe de ser boxeador o algo así —dijo uno de los guardias.

—El muy cabrón sabe pegar, eso está claro —intervino el otro.

—Y que lo digáis —replicó Lance, riendo—. Ya os lo veo en la cara.

No los despidió, sino que fue al juzgado y vio a Nevin Noll comparecer ante el juez y declararse no culpable de cuatro cargos de agresión. Su abogado de oficio le explicó al tribunal que a su cliente lo habían licenciado de Keesler justo el día anterior y que se volvía a Kentucky. Eso ya debería ser castigo suficiente, ¿no?

Noll quedó en libertad a cambio de una fianza baja y se le ordenó marcharse en menos de dos días. Lance acorraló al abogado de Nevin y le preguntó si podía hablar un momento con su cliente; le dijo que quizá estuviera dispuesto a retirar los cargos si llegaban a un acuerdo. Tenía buen olfato para el talento, ya fuera para los repartidores de cartas hábiles, las chicas jóvenes y guapas o los hombres violentos. Reclutaba a los mejores y les pagaba bien.

Para Nevin Noll, aquello fue un milagro. Podía olvidarse del ejército y de volver a Kentucky y conseguir un empleo de verdad haciendo lo que siempre había soñado: trabajar para un jefe del crimen organizado, ocuparse de la seguridad, frecuentar bares y burdeles y, de vez en cuando, reventar algún cráneo que otro. Se convirtió al instante en el empleado más leal que Lance Malco contrataría en su vida.

El Jefe, como ya se lo conocía en aquel momento, degradó a los guardias de seguridad de la nariz rota y los destinó al camión que recogía el licor de un barco. A Noll lo pusieron en el despacho del piso de arriba, una «suite corporativa» del Red Velvet, y empezó a aprender los entresijos del negocio.

Cleveland, el propietario del Foxy's, había aguantado numerosas amenazas y seguía vendiendo sexo barato. Debían hacer algo, y Lance vio la oportunidad de mostrar su verdadero liderazgo. Sus chicos y él idearon un sencillo plan de ataque que elevaría a Nevin Noll a nuevas cumbres o haría que lo mataran.

A las cinco de la tarde de un viernes de principios de marzo de 1961, un centinela avisó al Jefe de que Cleveland acababa de aparcar su nuevo Cadillac en su plaza habitual, detrás del Foxy's. Diez minutos después, Nevin Noll entró, se acercó a la barra y pidió una copa. La sala estaba prácticamente vacía, pero una banda estaba montando sus instrumentos en un rincón y se estaban llevando a cabo los preparativos necesarios para hacer frente a otra noche ajetreada. La seguridad era escasa, pero eso cambiaría al cabo de más o menos una hora.

Noll le preguntó al camarero si el señor Cleveland había llegado y le dijo que quería hablar con él.

El hombre frunció el ceño, continuó secando una jarra de cerveza y contestó:

—No lo sé. ¿Quién lo pregunta?

—Bueno, pues yo sí lo sé. Me ha enviado el señor Malco. Conoces al señor Lance Malco, ¿verdad?

—Nunca he oído hablar de él.

—Claro que no. No esperaba que supieras gran cosa.

Noll se bajó del taburete y se encaminó hacia el final de la barra.

—¡Eh, pedazo de gilipollas! —gritó el camarero—. ¿Adónde crees que vas?

—Voy a ver al señor Cleveland. Sé que está escondido aquí atrás.

El empleado no era un hombre pequeño y había dispersado un buen número de peleas.

—No tan deprisa, amigo —dijo y lo agarró del brazo izquierdo.

Fue un error. Con el derecho, Noll se volvió y le asestó un golpe en la mandíbula izquierda. Se oyó un crujido y el camarero cayó al suelo como un ladrillo, inconsciente. Un matón con un sombrero de vaquero negro se materializó al salir de entre las sombras y cargó contra Noll, que cogió una jarra de cerveza vacía de la barra y se la estampó en la oreja. Con ambos en el suelo, miró a su alrededor. Dos hombres sentados a una mesa lo miraban con la boca abierta. Los miembros de la banda se habían quedado paralizados y no sabían ni qué hacer. Él los saludó con un gesto de la cabeza y desapareció tras unas puertas batientes. El pasillo estaba oscuro, la cocina se encontraba más adelante. Un excamarero le había dicho a Malco que el despacho de Cleveland estaba detrás de una puerta azul al final del estrecho pasillo. Noll la abrió de una patada y anunció su llegada:

—Hola, Cleveland, ¿tienes un minuto?

Un muchacho corpulento, vestido con abrigo y corbata, intentó levantarse a toda prisa de una silla. No llegó a hacerlo, puesto que Noll le propinó tres puñetazos rápidos en la cara. Cayó al suelo, gimiendo. Cleveland estaba sentado detrás de su escritorio, atendiendo una llamada de teléfono, y ahora sostenía el auricular en el aire. Durante uno o dos segundos, la sorpresa le impidió reaccionar. Dejó caer el aparato y se agachó para abrir un cajón, pero ya era demasiado tarde. Noll se abalanzó sobre él por encima del escritorio, lo abofeteó con fuerza y lo tiró de la silla. El objetivo era pegarle una buena paliza, no matarlo. El Jefe quería a Cleveland vivo, al menos de momento. Sin usar nada más que los puños, le rompió las mandíbulas, le partió los labios, le saltó varios dientes, le puso los ojos morados, le laceró las mejillas y la frente y le separó el hueso de la nariz de la cavidad craneal. Cuando el muchacho corpulento empezó a emitir más sonidos, Noll cogió un cenicero pesado y se lo estampó en la parte posterior de la cabeza.

Se abrió una puertecita lateral y apareció una rubia platino de unos treinta años que, al ver la carnicería, estuvo a punto de dejar escapar un grito. Se tapó la boca con ambas manos y se quedó mirándolo, horrorizada. Él se sacó enseguida un revólver del bolsillo trasero y señaló una silla con la cabeza.

—¡Siéntate y no abras la boca! —gruñó.

La mujer avanzó de espaldas hacia la silla, incapaz de hacer ni un solo ruido. De un bolsillo delantero, Noll se sacó un tubo de veinte centímetros, un silenciador, y lo enroscó en el cañón del revólver. Lanzó un tiro al techo y la rubia soltó un alarido. Disparó de nuevo contra la pared, un metro por encima de la cabeza de la mujer, y le dijo:

—¡Me cago en la leche, escúchame!

Ella estaba demasiado horrorizada para reaccionar. Disparó otra vez contra la pared, con el mismo ruido sordo.

Se le acercó, le apuntó con el arma y dijo:

—Dile a Cleveland que tiene siete días para cerrar este sitio. ¿Entendido?

Consiguió asentir. «Sí».

—Volveré dentro de una semana. Si sigue aquí, le haré daño de verdad.

Desenroscó el silenciador, se lo arrojó al regazo a modo de recuerdo y se metió el revólver en el cinturón. Salió del despacho, se coló en la cocina y salió por la puerta de atrás.

La guerra de precios había terminado.

Cleveland pasó tres semanas en un hospital, conectado a muchos tubos y un respirador. El cerebro se le hinchaba de vez en cuando y los médicos le inducían un coma tras otro. Temerosa de que Noll les hiciera otra visita, su novia, la rubia platino, cerró el Foxy's a la espera de recibir órdenes de Cleveland. Cuando por fin le dieron el alta, no podía andar y lo sacaron en silla de ruedas. Aunque había sufrido daños cerebrales, tuvo el suficiente sentido común como para darse cuenta de que su ambiciosa aventura empresarial en el Strip había llegado a su fin.

Como Nevin Noll era nuevo en ese ambiente, nadie lo reconoció y no resultó posible identificarlo. Sin embargo, su ataque en solitario contra el Foxy's se convirtió en leyenda al instante y no dejó dudas de que Lance Malco era, en efecto, el Jefe.

Un banco ejecutó la hipoteca del club y mandó sellar las puertas y las ventanas del local con listones de madera. Permaneció cerrado durante seis meses y luego se lo vendieron a una empresa de Nueva Orleans… controlada por Lance Malco.

Con ya cuatro clubes a su cargo, este dominaba la mayor parte del vicio de la costa. La pasta entraba a raudales y él lo compartía con su banda y los políticos que importaban. Creía con firmeza en gastar dinero para satisfacer las demandas de sus clientes y por eso ofrecía el mejor alcohol, las mejores chicas y el mejor juego al este del Mississippi.

La competencia era un problema constante. El éxito generaba imitaciones y había una hilera interminable de dueños de clubes que trataban de hacerse un hueco. Algunos conseguía cerrarlos presionando al sheriff. Otros mostraban más resistencia y contraatacaban. Siempre existía la amenaza de la violencia, que no era extraño que se materializase.

La familia Malco se marchó de Point y se mudó a una preciosa casa nueva al norte de Biloxi. Vivían con rejas y guardias y el Jefe rara vez iba a ninguna parte sin Nevin Noll a su lado.

6

La otrora prometedora carrera deportiva de Hugh Malco llegó bruscamente a su fin un caluroso día de agosto. Cursaba su segundo año en el instituto de Biloxi y tanto él como otro montón de quinceañeros estaban sufriendo los dos entrenamientos diarios de la pretemporada de fútbol americano y soñando con entrar en el primer equipo. Las cosas no iban bien. Había al menos cien jugadores en el campo, casi todos mayores y más grandes y rápidos. Los Biloxi Indians competían en la Big Eight, la conferencia de élite del estado, y el talento nunca era un problema. El equipo estaba repleto de veteranos, muchos de los cuales jugarían en la universidad. Los de segundo curso rara vez entraban en el primer equipo y solían quedar relegados al segundo.

Los días de gloria de las Ligas Menores de béisbol, cuando Hugh y Keith Rudy dominaban todos los partidos, ya habían pasado. A esa edad, algunos de los mejores jugadores seguían creciendo y desarrollándose y otros se quedaban atrás. Había atletas que alcanzaban su punto álgido a los doce o trece años. Los más afortunados seguían madurando y mejorando. Hugh no estaba creciendo tan rápido como los demás y su velocidad, o la falta de ella, era una desventaja conocida.

Aquel día se torció una rodilla y se dirigió cojeando hacia la sombra. Un preparador físico le puso hielo e informó al entrenador del equipo, que no tenía mucho tiempo para preocuparse por un modesto jugador de segundo año. Hugh fue al médico al día siguiente y el diagnóstico fue distensión de ligamentos. Nada de fútbol durante al menos un mes. Se acercó a los entrenamientos con las muletas durante unos cuantos días, pero pronto se cansó de ver a sus compañeros sudar bajo el calor y el polvo. Cuanto más los miraba, más cuenta se daba de que en realidad no le gustaba ese deporte.

Lo suyo era el béisbol, aunque temía que también se le estuviera escapando de entre los dedos. La temporada de verano no le había ido bien. El brazo derecho que tanto había aterrorizado a los bateadores a cuarenta y cinco pies apenas intimidaba a sesenta. Lo había pasado mal tanto en el montículo como en el plato y no había conseguido entrar en el equipo de las estrellas. Ahora Keith medía diez centímetros más y era aún más rápido en las bases. Hugh estaba orgulloso de su amigo por haber entrado en dicho equipo, pero también estaba verde de envidia. Su amistad se complicó aún más cuando Keith pasó el corte en agosto y se convirtió en el tercer *quarterback* del primer equipo, uno de los solamente cinco jugadores de segundo año de la plantilla. En una ciudad apasionada por el fútbol americano, su estatus se elevó y Keith comenzó a relacionarse con otro tipo de gente. Los alumnos lo admiraban. Las animadoras y las chicas que seguían al equipo ahora lo consideraban aún más guapo.

Como pasó a tener las tardes libres, Hugh se dedicó a holgazanear durante varias semanas, hasta que su padre sacó el látigo. Lance nunca había estado de manos cruzadas y era incapaz de tolerar la idea de que los chavales fueran vagos. En sus clubes y propiedades había un montón de trabajos ocasionales y metió a su hijo mayor en nómina. Pagándole en mano, por supuesto. Lance controlaba más dinero en efectivo que cualquier otra persona del estado y era generoso con él. Le regaló a Hugh una camioneta de segunda mano y lo convirtió en su chico de los recados. No transportaba nada ilegal, solo comida y suministros para los restaurantes y materiales de construcción para las obras.

Carmen detestaba que su hijo anduviera rondando por los clubes y relacionándose con gente turbia, pero a Hugh le gustaban el trabajo y el dinero. Su madre fue a quejarse a Lance y este le prometió que vigilaría al chico y evitaría que se metiera en problemas.

Sin embargo, los bajos fondos resultaron ser irresistibles para un adolescente curioso, sobre todo siendo el hijo del dueño, y, poco tiempo después, Hugh conoció a Nevin Noll en una mesa de billar en la trastienda del Truck Stop. Este le dio un paquete de cigarrillos, luego una cerveza fría y se hicieron amigos enseguida. Le enseñó a jugar al billar, al póquer y al *blackjack*, además de a apostar a los caballos y en los partidos de fútbol. Hugh no tardó en convertirse en el corredor de apuestas para los partidos de sus amigos del instituto. Mientras Keith se afanaba en los entrenamientos diarios en el campo y se sentaba en el banquillo los viernes por la noche, Hugh ganaba dinero prediciendo los resultados de los partidos de fútbol universitario y profesional. Lance sabía los peligros a los que se enfrentaba el chico, pero estaba demasiado ocupado como para que le importara. Estaba construyendo un imperio que, seguramente, Hugh heredaría algún día. Tarde o temprano, su hijo quedaría expuesto a todo tipo de actividades delictivas. Nevin le había dicho a su jefe que estaba vigilando a su hijo y que no había nada de lo que preocuparse. Lance lo dudaba, pero se limitó a seguir a lo suyo y a cruzar los dedos.

La vida de Hugh cambió de manera radical cuando vio a Cindy Murdock, una rubita vivaracha de hermosos ojos castaños y magnífica figura. Una tarde, mientras él descargaba cajas de refrescos, ella entró en el Red Velvet y lo saludó al pasar. Hugh se quedó prendado de ella y preguntó al camarero quién era. No era más que otra chica que decía tener dieciocho años, como todas las demás, aunque nadie lo comprobaba.

Hugh se la mencionó a Nevin, que enseguida vio un enredo inofensivo que le resultó demasiado atractivo para dejarlo escapar. Les organizó un encuentro amoroso y el chaval, a la edad de quince años, entró en un mundo nuevo. La señorita Murdock lo absorbió de inmediato y no pensaba en nada más. Mientras sus compañeros de clase contaban chistes verdes, intercambiaban revistas de chicas y fantaseaban, Hugh disfrutaba del sexo de verdad cada vez que podía. Ella se mostraba más que dispuesta y le parecía divertidísimo tener al hijo del señor Malco comiendo de su mano. A Nevin empezó a preocuparle que otros empleados murmuraran sobre el pequeño romance y les buscó a los tortolitos un lugar más seguro en uno de los moteles baratos propiedad de la empresa.

Lance estaba impresionado por el creciente interés de su hijo por el negocio, pero, al mismo tiempo, Carmen notó un inquietante cambio de comportamiento en Hugh. Le encontró los cigarrillos y se enfrentó a él, pero el muchacho le contestó que no se preocupara, que todos los chavales fumaban. Incluso estaba permitido en el instituto, nota de los padres mediante. Su madre se dio cuenta de que el aliento le olía a cerveza y él le restó importancia entre risas. Qué puñetas, ella bebía, Lance bebía y todas las personas que conocían disfrutaban del alcohol. Él no tenía ningún problema, así que había que relajarse. Se saltaba las clases y la misa de los domingos y se juntaba con una pandilla más pendenciera. Lance, cuando estaba en casa, hacía caso omiso de las preocupaciones de su mujer y decía que el chico no era más que un adolescente normal. El nuevo rumbo de Hugh y la indiferencia de su padre añadieron otra tensión a un matrimonio que iba deshaciéndose poco a poco.

Cindy vivía en un apartamento barato con otras cuatro chicas del oficio. Como por la noche trabajaban hasta tarde, muchas veces dormían hasta mediodía. Al menos una vez a la semana, Hugh se saltaba el instituto y las despertaba con hamburguesas con queso y refrescos. Se convirtió en uno más de la pandilla y disfrutaba escuchando sus sesiones de critiqueo. Los camareros, los porteros y los guardias de seguridad las molestaban a menudo. Contaban historias hilarantes de viejos que no eran capaces de cumplir en la cama y de borrachos con peticiones extrañas. Pasando aquellos ratos con un grupo de prostitutas, Hugh aprendió más sobre el negocio que los gánsteres que lo regentaban.

Una mañana a última hora llegó al apartamento y se las encontró a todas aún dormidas. Mientras desempaquetaba la comida que les había llevado, vio el bolso de Cindy en la encimera de la cocina. Le dio la vuelta y cayeron unas cuantas cosas. Entre ellas, su carnet de conducir. Su verdadero nombre era Barbara Brown, tenía dieciséis años y era de un pueblo de Arkansas.

Se daba por hecho que todas las chicas eran más jóvenes de lo que decían. El umbral de los dieciocho años era la regla general, pero a nadie le importaba. La prostitución era ilegal en cualquier caso, así que ¿qué más daba? La mitad de los policías de la ciudad eran clientes.

La edad de la muchacha lo inquietó durante uno o dos días, pero no mucho más. Él tenía solo quince. Todo era consentido y, sin duda, eran compatibles. Con el tiempo, sin embargo, cuando fue encariñándose más con ella, la idea de que su chica se acostara con cualquier hombre que pagara por ello empezó a molestarle. Hugh no era bienvenido en los clubes nocturnos por varias razones, en especial por su edad, y nunca la había visto sacarles copas a los soldados vestida con sus escuetas prendas. Cuando se enteró de que Cindy había empezado a hacer estriptis y bailes eróticos privados, le pidió que los dejara. Ella se negó y tuvieron una gran pelea, durante la cual ella le recordó que los demás pagaban en metálico por la compañía que él recibía gratis.

Nevin le advirtió que Lance había empezado a hacer preguntas sobre su relación con la chica. Alguien de dentro del club se había chivado. Hugh le dijo a Cindy que tenían que distanciarse un poco y trató de mantenerse alejado. Estuvo una semana sin verla, pero no pensó en otra cosa. Ella volvió a recibirlo con los brazos abiertos.

Una tarde Cindy no acudió a una cita y Hugh se echó a la calle para intentar encontrarla. Al anochecer fue al apartamento para ver si estaba allí y se sorprendió de lo que vio. Su chica tenía el ojo izquierdo amoratado e hinchado. Un pequeño corte en el labio inferior. Entre lágrimas, le contó que su último cliente, un habitual que se había ido volviendo cada vez más agresivo físicamente, le había pegado la noche anterior. Dado su aspecto, faltaría al trabajo varios días y, como siempre, necesitaba el dinero.

Era un asunto grave en más sentidos que el obvio. Una adolescente había recibido una paliza por parte de un bruto de al menos cuarenta años. Procedía presentar cargos penales, aunque Hugh sabía que no llamarían a la policía. Si Cindy decidía informar a su supervisor, el tema se trataría «a nivel interno». Lance protegía a sus chicas y les pagaba bien, por eso contaba con un flujo constante de muchachas procedentes de lugares desconocidos. Si se corría la voz de que no estaban seguras en sus clubes, su negocio se resentiría.

La noche anterior, Cindy se había marchado a toda prisa y no se lo había dicho al encargado. Le daba miedo chivarse; en ese momento le daba miedo todo y necesitaba un amigo. Hugh pasó horas sentado a su lado poniéndole hielo en las heridas.

Al día siguiente buscó a Nevin Noll y le contó lo que había sucedido. Su amigo le dijo que se encargaría de la situación. Habló con el gerente del club y averiguó la identidad del cliente. Tres días más tarde, con Cindy ya de vuelta en el trabajo y ocultando los daños bajo una capa aún más gruesa de maquillaje, Nevin le pidió a Hugh que fuera a dar una vuelta con él.

—¿Adónde? —preguntó, aunque en realidad no importaba.

Admiraba a Noll y quería hacerse aún más amigo suyo. En muchos sentidos, lo consideraba un hermano mayor que se las sabía todas.

—Vamos a Pascagoula a ver Chrysler nuevos —respondió Noll con una sonrisa.

—¿Vas a comprarte uno?

—No. Creo que nuestro chico trabaja en un concesionario de allí. Nos pasaremos a charlar un ratito con él.

—Parece divertido.

—Tú te quedarás en el coche, ¿eh? Ya iré yo a hablar con él.

Media hora más tarde aparcaron cerca de una hilera de preciosas berlinas Chrysler nuevecitas. Nevin se bajó, se acercó a una, la miró y, mientras estudiaba la pegatina de la ventanilla, un vendedor lo abordó con un hola exagerado y una sonrisa llena de dientes. Le tendió la mano como si fueran viejos amigos, pero él no se la estrechó.

—Busco a Roger Brewer.

—Ese soy yo. ¿En qué puedo ayudarlo?

—Estuviste en el Red Velvet el lunes por la noche.

El otro perdió la sonrisa y giró la cabeza para mirar hacia atrás. Se encogió de hombros y, en tono arrogante, soltó:

—¿Y qué?

—Pasaste un rato con una de nuestras chicas, Cindy.

—¿De qué va todo esto?

—Quizá me interese comprarme un coche.

—¿Quién narices eres?

—Ella pesa cincuenta kilos y tú le diste una paliza.

—¿Y?

Brewer tenía pinta de ser un hombre que ya había utilizado los puños en otras ocasiones y que no rehuía la violencia. Se cuadró ante Nevin y esbozó una mueca de desprecio.

Él dio otro paso al frente para colocarse a buena distancia para golpearlo y dijo:

—Es una cría. ¿Por qué no abofeteas a alguien de tu tamaño?

—¿A ti, por ejemplo?

—Sería un buen punto de partida.

Brewer se lo pensó mejor y le espetó:

—Lárgate de aquí.

Hugh bajó aún más en el asiento delantero, pero no se le escapó ni un solo detalle. Tenía la ventanilla bajada y estaba lo bastante cerca como para oír la conversación.

—No se te ocurra volver, ¿entendido? —dijo Nevin—. Lo tienes prohibido a partir de este momento.

—Vete al infierno. Haré lo que me dé la gana.

El primer puñetazo fue tan rápido que Hugh estuvo a punto de perdérselo. Un derechazo cruzado impactó de lleno en la mandíbula de Brewer con tal fuerza que se le fue la cabeza hacia atrás y se le doblaron las rodillas. Cayó sobre la parte delantera de un sedán nuevo, se recuperó y lanzó un salvaje gancho de derecha que Nevin esquivó con facilidad. El siguiente golpe de este fue un derechazo directo al estómago de Brewer que le arrancó un chillido al vendedor. Con un combo de izquierda-derecha-izquierda le desgarró las cejas y le reventó los labios. Luego lo derribó con un fuerte gancho de derecha sobre el capó del sedán. Nevin le tiró de los pies para que se cayera al suelo y Brewer se golpeó la nuca contra el parachoques mientras se desplomaba. Ya en el asfalto, le propinó una patada en plena nariz; parecía dispuesto a matarlo a golpes.

—¡Eh! —gritó alguien y Hugh vio a dos hombres corriendo hacia ellos.

Nevin no les hizo el menor caso y volvió a patear a Brewer en la cara. Cuando el primer tipo estuvo lo bastante cerca, él se dio la vuelta y le asestó un gancho de izquierda que lo derrumbó al instante. El segundo se detuvo, paralizado, y, rápidamente, se lo pensó dos veces.

—¿Quién eres?

Como si eso importara. Nevin lo agarró por el nudo de la corbata y le estampó la cabeza contra el tapacubos delantero izquierdo del sedán. Con los tres en el suelo, volvió a centrarse en Brewer y le pegó dos patadas en la entrepierna; el segundo golpe le aplastó los testículos y aquel gruñó como un animal moribundo.

Nevin se subió al coche, lo arrancó y se alejó de allí como si no hubiera pasado nada. Mientras salían del aparcamiento, Hugh volvió la vista atrás. Los tres seguían en el suelo, aunque el segundo rescatador se había puesto a cuatro patas e intentaba recomponerse.

Pasaron varios minutos antes de que rompieran el silencio. Al final, Nevin dijo:

—¿Te apetece un helado?

—Eh, bueno.

—Hay un Tastee-Freez aquí cerca —dijo aquel con aire despreocupado, como si hubiera sido un día normal y corriente—. Hacen los mejores batidos de plátano de la costa.

—Vale. —Hugh seguía sin dar crédito a lo que había ocurrido, pero tenía varias preguntas—. Oye, esos tíos de ahí atrás… ¿no llamarán a la policía?

A Nevin le entró la risa ante semejante tontería.

—No. No son tontos. Si ellos llaman a la policía, yo llamaré a la esposa de Brewer. Esto es la ley de la selva, hijo.

—¿No estás preocupado por ellos?

—¿Por qué? ¿De qué tendría que preocuparme?

—A ver, el primer tipo, el tal Brewer, podría estar malherido.

—Eso espero. Ese es el objetivo, joven Hugh. Les haces daño, pero no los matas. Acaba de recibir un mensaje que no olvidará nunca, no volverá a pegar a nuestras chicas.

El muchacho se limitó a sacudir la cabeza.

—Ha sido bastante alucinante. Te los has cargado a los tres en un abrir y cerrar de ojos.

—Bueno, chaval, dejémoslo en que tengo cierta experiencia.

—¿Te dedicas a esto todo el tiempo, entonces?

—No, no todo el tiempo. La mayoría de nuestros clientes conocen las reglas. De vez en cuando nos encontramos con un imbécil como Brewer y tenemos que echarlo. Lo más frecuente, sin embargo, es que unos cuantos soldaditos de la base área se emborrachen y se metan en peleas.

Nevin entró en el Tastee-Freez y se detuvo en el carril del autoservicio. Pidió dos batidos de plátano grandes y encendió la radio. Estaba sintonizada en la emisora WVMI Biloxi, que daba la casualidad de ser también la favorita de Hugh.

—¿Has boxeado alguna vez? —preguntó Nevin.

Él negó con la cabeza.

—Yo usé mucho los puños de niño. No me quedaba otra. Un tío mío fue boxeador en el ejército, antes de que lo expulsaran, y me enseñó lo básico. Y no siempre usábamos guantes. Cuando tenía dieciséis años, lo noqueé. Me dijo que tenía las manos más rápidas que había visto en su vida. Me animó a alistarme en el ejército o en las fuerzas aéreas, sobre todo para que me largara de las montañas, pero también para que pudiera boxear en equipos organizados.

Nevin se encendió un cigarrillo y le echó un vistazo a su reloj de pulsera. Hugh le miró las manos y los dedos y no vio ni rastro de la paliza.

Le preguntó:

—¿Boxeaste mientras estuviste en Keesler?

—Un poco, sí, pero era más divertido pelear contra los yanquis, que no paraban de menospreciarnos. No dejaba de meterme en líos y al final me echaron. Además odiaba llevar uniforme.

Una chica mona se acercó patinando al coche y les entregó el pedido. Cuando volvieron a la autopista 90 y pusieron rumbo a Biloxi, Nevin sintió la necesidad de ofrecerle más consejos mundanos a su joven protegido. Tras darle un buen trago al batido con la pajita, dijo:

—La chavala esta con la que sales, Cindy… No te encariñes demasiado, ¿vale? Ya lo sé, ya lo sé, ahora mismo estás radiante porque es tu primer amor, pero no va a traerte más que problemas.

—Nos emparejaste tú.

—Sí, cierto, pero ya te has divertido una temporada, así que pasa página. Ya irás aprendiendo que ahí fuera hay un montón de mujeres.

Hugh se metió la pajita en la boca y absorbió aquel consejo no solicitado.

Nevin continuó:

—Se habrá largado antes de que te des cuenta. Van y vienen. Es demasiado guapa para quedarse. Volverá a casa y se casará con algún viejo amigo de la iglesia.

—Solo tiene dieciséis años.

—¿Y tú cómo lo sabes?

—Lo sé y punto.

—No me sorprende. Todas mienten.

Hugh se quedó callado mientras se planteaba la vida sin Cindy Murdock. Nevin ya había hablado bastante y decidió que era el momento de callarse. Solo tenía veintitrés años y, aunque había vivido mucho, nunca se había enamorado en serio de una mujer.

Una sirena los sobresaltó. Hugh se dio la vuelta y vio a un ayudante de sheriff en un coche patrulla azul y blanco.

—¡Mierda! —exclamó Nevin mientras se apartaba hacia el arcén de la transitada autopista. Luego miró a Hugh con una sonrisa y le dijo—: Yo me encargo.

Bajó y se encontró con el tipo a medio camino entre ambos coches. Por suerte, era del condado de Harrison. Habían cruzado desde el condado de Jackson hacía menos de un kilómetro.

El de Harrison era dominio del sheriff Albert «Lorzas» Bowman, de quien se rumoreaba que era el funcionario público mejor pagado del estado. Sin embargo, tan solo una parte mínima de sus ingresos llegaba a los libros de contabilidad.

El ayudante empezó haciéndose el duro.

—El carnet de conducir, por favor.

Nevin se lo entregó e intentó no mostrarse altivo. Sabía lo que estaba a punto de ocurrir. El otro no.

—Hemos recibido un aviso de Pascagoula —prosiguió el hombre—. Nos han dicho que un tipo que conducía un coche idéntico a este tenía que responder a unas preguntas. Algo relacionado con una agresión en el concesionario de Chrysler.

—Bien, ¿qué quiere preguntarme?

—¿Ha estado en dicho concesionario?

—Acabo de salir de allí. Tenía que ver a un hombre llamado Roger Brewer. Imagino que ahora mismo estará en el hospital y lo estarán cosiendo. Se pasó por el Red Velvet el lunes por la noche y pegó a una de nuestras chicas. No volverá a hacerlo.

El ayudante de sheriff le devolvió el carnet de conducir y miró a su alrededor sin tener muy claro qué debía hacer a continuación.

—¿Debo deducir, entonces, que trabaja en el Red Velvet?

—Sí. Mi jefe es Lance Malco. Es él quien me ha mandado a ver a Brewer. Por nuestra parte, ya está todo arreglado.

—De acuerdo. Diría que para nosotros también, entonces. Llamaré por radio a Pascagoula y les diré que por aquí no hemos visto nada.

—Con eso nos vale. ¿Podría decirme cómo se llama? El señor Malco querrá saberlo.

—Claro, Wiley Garrison.

—Gracias, ayudante Garrison. Si alguna vez necesita un trago, avíseme.

—No bebo.

—Gracias de todas formas.

7

El Baricev's era una conocida marisquería de la playa de Biloxi, cerca del centro; un restaurante popular, con muy pocas mesas para la gran demanda que fomentaban tanto los lugareños que lo preferían como los turistas que habían oído hablar de su reputación. Las reservas se veían con malos ojos, ya que llevar un registro no resultaba prioritario, así que solía haber una larga cola ante la puerta principal. No obstante, a algunos habitantes de la ciudad les daban su mesa favorita sin tener que esperar ni un segundo.

El sheriff Albert «Lorzas» Bowman era un habitual e insistía en sentarse siempre a la misma mesa de la esquina. Comía allí al menos una vez a la semana y la cuenta siempre se le cargaba al dueño de un club nocturno o al administrador de un hotel. Le encantaban las pinzas de cangrejo y la platija rellena y sus visitas solían alargarse durante horas.

Nunca cenaba vestido con su uniforme oficial, sino que escogía un bonito traje holgado y arrugado para estas ocasiones. No quería que la gente se lo quedara mirando, aunque todo el mundo conocía a Lorzas. Sin embargo, casi nadie lo admiraba por su merecida reputación de corrupto, pero era un político de la vieja escuela que estrechaba todas las manos y besaba a todos los niños. Hacerlo lo compensaba con victorias aplastantes en las reelecciones.

Lorzas y Rudd Kilgore, su sheriff adjunto y chófer, llegaron temprano y se tomaron un whisky *sour* mientras esperaban al señor Malco. Este llegó a las ocho en punto, acompañado de su número dos, un lugarteniente al que solo conocían como Tip. Como de costumbre, Nevin Noll les había hecho de chófer y los esperaría en el coche. Aunque Lance confiaba en él sin reservas, aún era demasiado joven para participar en reuniones de negocios.

Los cuatro se estrecharon la mano, intercambiaron saludos como viejos amigos y se sentaron a la mesa. Pidieron más copas y se prepararon para hincarle el diente a una larga cena.

Lance había convocado el encuentro por un motivo. A veces, aquellas cenas no eran más que una bonita forma de darle las gracias a un sheriff corrupto que aceptaba sus sobornos y no se metía en sus asuntos. Otras, en cambio, había que tratar algún asunto preocupante. Una enorme bandeja de ostras crudas aterrizó en el centro de la mesa y empezaron a comer.

Bowman tenía que quitarse un asunto insignificante de en medio. Preguntó:

—¿Habéis oído hablar de un tal Winslow? Es un chico al que llaman Butch.

Lance miró a Tip, que, instintivamente, negó con la cabeza. En respuesta a cualquier pregunta directa, sobre todo si la formulaba un policía, siempre empezaba con un «No» cortante.

Lance añadió:

—Creo que no. ¿Quién es?

—Ya me lo imaginaba. Lo encontraron el fin de semana pasado en una zanja de Nelly Road, a unos ochocientos metros de la autopista 49. Estaba vivo, pero por poco. Le habían pegado una paliza de muerte. Sigue en el hospital. Su último lugar de trabajo conocido fue en el club náutico. Husmeamos un poco y nos dijeron que Butch era crupier de *blackjack* y tenía las manos largas. Alguien nos comentó que había trabajado para vosotros repartiendo cartas en el Truck Stop.

Tip sonrió y dijo:

—Sí, ahora me acuerdo. Lo pillamos robando y lo echamos. Hace como un año.

—¿No le hicisteis un seguimiento?

—No hemos sido nosotros, sheriff —sentenció Tip.

—Ya me lo imaginaba. A ver, chicos, ya sabéis que yo no me meto en cuestiones disciplinarias a menos que haya un cadáver. Alguien estuvo a punto de matar a este chico.

—¿Adónde quieres llegar con todo esto, sheriff? —quiso saber Lance.

—A que no quiero cadáveres.

—Entendido.

Tip pidió dos jarras de cerveza y se afanaron con las ostras. Cuando llegó el momento de entrar en materia, Bowman preguntó:

—Bueno, ¿qué os preocupa?

Lance se acercó un poco más y, bajando la voz, dijo:

—A ver, no es de extrañar, pero te diré que este lugar se está llenando de gente. Demasiado. Y ahora nos ha llegado el rumor de que hay una nueva banda echando un vistazo.

—Te va muy bien, Lance —contestó Bowman—. Tienes tus clubes y tus garitos y son más que los de cualquier otro. Calculamos que gestionas al menos un tercio del negocio de la costa.

Se lo lanzó por encima de la mesa como si estuviera especulando con las cifras. Lorzas llevaba sus propios y meticulosos registros. Cuando decía algo del tipo «calculamos», el mensaje era que sabía con exactitud qué parte del vicio estaba bajo el control de Malco.

—Puede que sí, pero lo difícil es mantenerlo. Estoy seguro de que has oído hablar de la mafia de State Line.

—Sí, he oído hablar de ellos, pero no los he visto.

—Pues están aquí. Hace un mes nos llegó el rumor de que se mudaban a la costa. Parece ser que las cosas se están complicando demasiado en la frontera y quieren bajar hacia el sur. Biloxi les resulta atractivo, puesto que aquí el ambiente favorece los negocios.

El sheriff le hizo señas a la camarera y pidió gumbo, pinzas de cangrejo y platija rellena. Cuando la joven se marchó, dijo:

—Son peligrosos, según dicen.

—Sí, según dicen. Tenemos un tipo que trabajó allí y los conoce bien. Lo echaron no sé por qué, dice que tuvo suerte de escapar.

—¿Tienen algún garito?

—Se rumorea que intentan comprar el O'Malley's.

Bowman frunció el ceño y miró fijamente a Kilgore. No les gustaba la noticia, sobre todo porque los recién llegados a la ciudad no se habían puesto en contacto con ellos. Las reglas del juego eran sencillas: para administrar cualquier establecimiento ilegal en el condado de Harrison, había que obtener la aprobación de Bowman. Se le pagaban unas cuotas y él se encargaba de repartir el dinero entre la policía y los políticos. A Lorzas no le importaba la competencia. Que se abrieran más clubes y cervecerías significaba que él ganaría más dinero. Las bandas podían pelearse todo lo que quisieran entre ellas siempre y cuando su cuenta de resultados estuviera asegurada.

—Se te da muy bien proteger tu territorio, Lance —dijo—. Has hecho un gran trabajo de consolidación. ¿Qué quieres que le haga?

Lance se echó a reír y replicó:

—Bueno, no sé, sheriff. ¿Echarlos?

Lorzas también se echó a reír y se encendió un cigarrillo. Exhaló una nube de humo y lo dejó en el cenicero.

—Eso es cosa tuya, Lance. Yo no regulo el comercio. Solo me aseguro de que sigáis en el negocio.

—Y te lo agradecemos mucho, sheriff, no me malinterpretes. Pero mi objetivo también es seguir en el negocio. Ahora mismo podría decirse que las cosas nunca nos han ido mejor, ni a mí ni a ti, y me gustaría que siguieran así. Todo el mundo se atiene a las reglas, nadie se ha vuelto demasiado ambicioso, al menos de momento. Pero, si permitimos que esta banda se instale aquí, habrá problemas.

—Ten cuidado, Lance. Si alguien termina muerto, llegará la revancha. El ojo por ojo y todo eso. Y no hay nada que anime tanto a los mojigatos de por aquí como una guerra de bandas. ¿Quieres que tus negocios aparezcan en primera plana?

—No, y creo que este es el momento perfecto para que evites esa guerra. Frénales los pies a los nuevos y deshazte de ellos. Si compran el O'Malley's, ciérraselo. A ti no te dispararán, sheriff. No están tan locos.

Les sirvieron el gumbo en unos cuencos enormes y se llevaron las conchas de las ostras. Tip rellenó las cuatro copas de cerveza y los hombres disfrutaron de la comida. Al cabo de unos bocados, Bowman dijo:

—Habrá que esperar, darle algo de tiempo al asunto. Hablaré con O'Malley, a ver qué me cuenta.

Lance gruñó, sonrió y dijo:

—Nada, como siempre.

El pub O'Malley's estaba en un viejo almacén, a una manzana del Strip. Dos semanas después de la reunión en Baricev's, el sheriff adjunto Kilgore se pasó por allí una tarde y entró. La barra estaba oscura y tranquila, era demasiado pronto para la *happy hour*. Dos motoristas jugaban al billar en la trastienda y un cliente habitual se había hecho fuerte en el otro extremo de la barra.

—¿Qué va a ser? —preguntó el camarero con una sonrisa.

—Estoy buscando a Chick O'Malley.

La sonrisa desapareció.

—Esto es un bar. ¿Quiere tomar algo?

—Ya te he dicho lo que quiero.

Kilgore llevaba abrigo y corbata. De un bolsillo, se sacó una placa y la agitó delante del camarero, que la miró durante largo rato.

—Chick ya no es el dueño. Lo ha vendido.

—¿No me digas? ¿Quién es el nuevo propietario?

—No está.

—No te he preguntado si está. Te he preguntado quién.

—Ginger.

—Arresto a las mujeres con un solo nombre.

—Ginger Redfield.

—Por fin empezamos a entendernos. Coge el teléfono y dile que la estoy esperando.

El camarero consultó su reloj de pulsera y dijo:

—Debe de estar a punto de llegar. ¿Le sirvo algo?

—Café solo. Recién hecho.

—Ahora mismo.

Kilgore se sentó a la barra y escudriñó las botellas que había bajo el espejo. El café no estaba recién hecho, pero se lo bebió de todas formas. Resultó obvio que la mujer había entrado por la puerta de atrás, puesto que la delantera no se había abierto en ningún momento. Quince minutos después, el camarero reapareció y le dijo:

—Ginger ya puede recibirlo.

Kilgore sabía dónde estaba el despacho porque lo había visitado en varias ocasiones para cobrar las cuotas. Siguió al camarero hacia la trastienda y subió unas escaleras estrechas que daban a un pasillo largo y oscuro con una hilera de puertas pequeñas a la izquierda. La prostitución no era el fuerte del O'Malley's. Los principales ingresos de Chick provenían del alcohol y el póquer, pero casi todos los garitos tenían unas cuantas habitaciones arriba, por si acaso. Las paredes olían a pintura reciente y la moqueta era nueva.

Un toque femenino. Al fondo del pasillo, Ginger abrió la puerta de su despacho en cuanto se acercaron y le hizo un gesto con la cabeza a Kilgore para que entrara. El camarero desapareció. Era una mujer corpulenta, de unos cincuenta años, ataviada con un vestido muy ajustado y demasiado escotado por delante. Tenía los pechos pegados a la barbilla y parecía algo incómoda, aunque Kilgore intentó no fijarse. Llevaba el pelo teñido de negro, a juego con la espesa capa de rímel que le cubría las pestañas. Daba la mano como un hombre y era todo sonrisas.

—Encantada de conocerlo. Ginger Redfield. —Tenía una voz grave y rasposa, como deteriorada por la nicotina.

—Un placer. Rudd Kilgore.

—Ya tenía curiosidad por saber cuándo iban a pasarse por aquí.

—Pues ya estoy aquí. ¿Le importa que le pregunte cuánto tiempo hace que se ha hecho cargo del pub?

—Un par de semanas.

—¿Es de por aquí?

—De por aquí y de por allá.

Kilgore sonrió; estuvo a punto de dejarlo pasar, pero luego dijo:

—Ese tipo de respuestas no traen más que problemas, señorita Redfield.

—Llámame Ginger. Soy de Mobile, los últimos años los he pasado en la frontera del estado.

—Llámame Kilgore. Sheriff adjunto del departamento del sheriff del condado de Harrison.

En menos de veinticuatro horas, Lorzas y Kilgore averiguarían que Ginger Redfield y su marido habían regentado un establecimiento en la frontera entre Tennessee y Mississippi y tenían un largo historial de actividades delictivas. Él estaba cumpliendo una condena de diez años en Tennessee por el homicidio de un contrabandista. Su hijo mayor cumplía condena en Florida acusado de posesión ilegal de armas. Para no ser menos, el benjamín era sospechoso de dos asesinatos, pero estaba en paradero desconocido. Se rumoreaba que era asesino a sueldo.

Estos antecedentes se los proporcionó el sheriff del condado de Alcorn, Mississippi, un veterano con veinte años de experiencia que conocía muy bien a la familia. Según su detallado relato, Ginger y su banda habían entablado una guerra contra otros propietarios de clubes a lo largo de la frontera estatal. «Esos cabrones siempre andaban pegándose tiros —fue la descripción del sheriff—. Ojalá tuvieran mejor puntería. No nos hacen ninguna falta por aquí».

El caso es que alguien levantó una bandera blanca, se acordó una tregua y las cosas se calmaron, hasta que el marido de Ginger mató a un contrabandista en una pelea por un camión cargado con un alijo de bebidas alcohólicas. Ella vendió el negocio, desapareció y hacía un año que no se la veía por aquella zona.

El sheriff se despidió: «Me alegro de que sea toda tuya, compañero. Esa mujer no da más que problemas».

—¿Dónde está Chick? —preguntó Kilgore.

Ginger sonrió y fue una sonrisa atractiva que le suavizó considerablemente los rasgos duros. Veinte años atrás y con quince kilos menos, debía de haber sido una verdadera belleza, pero la vida en los bares le había añadido muchas arrugas y endurecido las facciones. Encendió un cigarrillo sin filtro y Kilgore hizo lo propio con un mentolado.

—No lo sé —contestó—. No me lo dijo y yo no se lo pregunté. Me dio la impresión de que se iba de la ciudad.

—Ah, ¿sí? ¿Has asumido tú el pasivo de este garito?

—Eso es entrometerse un poco en mis asuntos, ¿no te parece?

—Llámalo como quieras. Chick llevaba retraso en el pago de sus cuotas.

—¿Sus cuotas?

—Mira, Ginger, no soy tan tonto como para pensar que te vendió este local sin explicarte unos cuantos conceptos básicos. Y el más básico de todos es que la puerta permanece abierta siempre y cuando la licencia de actividad esté al día.

Ella volvió a sonreír, dio una larga calada y dijo:

—Es posible que me dijera algo de una licencia. Supongo que no es de las que se piden en la cámara de comercio.

—Ja, ja. Las controlamos nosotros y cuestan mil dólares al mes. Chick llevaba dos meses de retraso. Si quieres que tu pub siga abierto, tienes que ponerte al corriente.

—Eso es excesivo, Kilgore. Es una cifra cuantiosa a cambio de protección.

—No ofrecemos protección y no nos metemos en batallas callejeras ni en guerras territoriales. La licencia tan solo te permite mantener el negocio abierto y portarte bien, más o menos.

—¿Portarme bien? Todo lo que vendemos es ilegal.

—Y venderás mucho si ajustas los precios, proteges a tus chicas y mantienes las peleas y las trampas al mínimo. Eso es lo que entendemos por buen comportamiento.

Ginger se encogió de hombros y pareció mostrarse de acuerdo.

—Vale, entonces debemos dos de los grandes, ¿no?

—Tres. Los dos pasados y el actual. Todo en efectivo. Mañana más o menos a esta hora mandaré a un tipo llamado Gabe. Lo reconocerás porque solo tiene un brazo.

—Un bandido manco.

—Ja, ja. A todo esto: las tragaperras, ahí es donde está el dinero, por si pretendes hacer planes a largo plazo.

—Ya las tengo pedidas. ¿Hay algún límite en cuanto al número?

—Ninguno. Las decisiones sobre cómo dirigir este sitio dependen única y exclusivamente de ti. Solo tienes que portarte bien, Ginger. —Kilgore apagó su cigarrillo Salem en el cenicero que había encima del escritorio de la mujer y se encaminó hacia la puerta. Se detuvo, le dedicó una sonrisa y añadió—: Mira, solo para ofrecerte un detallito de bienvenida. Tu reputación te precede y puede que otros licenciatarios te reciban con frialdad.

—¿Ya hay problemas?

—Es posible. Algunos de los chicos conocen la mafia de State Line y están un poco preocupados.

Ginger se echó a reír y exclamó:

—¡Ah, eso! Bueno, diles que se relajen. Venimos en son de paz.

—No entienden ese concepto. No les gusta la competencia y menos si viene de otras organizaciones.

—No puede decirse que seamos una organización, señor Kilgore. Esa mafia está muy lejos de aquí.

—Ten cuidado.

Abrió la puerta y se fue.

8

Después de tres años trabajando a destajo como único asociado del bufete, Jesse Rudy comenzaba a necesitar un cambio de aires. Los dos caballeros de mayor edad que lo habían contratado nada más aprobar el examen de acceso a la abogacía llevaban un par de décadas ejerciendo la profesión a un ritmo pausado y se conformaban con revisar documentos y llevar asuntos que no requiriesen litigios contenciosos. Jesse, por el contrario, disfrutaba de la emoción y los desafíos de la sala del juzgado y veía su futuro en ella. Tenía casi cuarenta años y cuatro hijos a los que mantener; sabía que redactar testamentos y escrituras no le proporcionaría los ingresos que necesitaba. Agnes y él decidieron lanzarse, pedirle un préstamo a un banco y abrir su propio bufete. Ella trabajaba a media jornada como secretaria cuando no tenía que hacer malabarismos con sus obligaciones como madre. Jesse trabajaba incluso más horas que antes y recurría a sus contactos en Point para encontrar casos mejores. Se ofrecía voluntario para representar a acusados indigentes y perfeccionar así sus habilidades en el juzgado. La mayoría de los abogados de Biloxi, como sucede en casi todas las ciudades pequeñas, preferían la estabilidad de un despacho tranquilo alejado de la sala del juzgado. Jesse era más ambicioso y veía dinero en los veredictos de los jurados.

Aun así, su nuevo despacho de la avenida Howard permanecía abierto a todos y no rechazaba a nadie que necesitara un abogado. No tardó en verse más atareado que nunca y le gustaba poder quedarse con todos los honorarios. Al ser el único profesional del despacho, no se esperaba que compartiera sus ingresos con nadie más que con Agnes. Ella llevaba la contabilidad y se le daba mejor que a su marido descartar a la chusma.

Una mañana a primera hora, Jesse estaba solo en el despacho y el timbre sonó. No fue capaz de ignorarlo. No tenía citas programadas a aquella hora, así que supuso que la interrupción se debía a la visita de algún cliente nuevo. Se dirigió a la entrada y saludó a Guy y Millie Moseley, de Lima, Ohio. Unos cincuenta y cinco años, bien vestidos y con un Buick último modelo aparcado junto a la acera. Los acompañó a la sala de reuniones y preparó tres tazas de café.

Los Moseley empezaron disculpándose por haberse presentado sin avisar, pero les había ocurrido algo terrible y estaban sin blanca y lejos de casa. Casi habían finalizado un viaje de dos semanas de duración en el que habían llegado hasta Tampa. El día anterior, ya de regreso, se dirigían hacia Nueva Orleans para pasar una noche en la ciudad cuando se produjo la tragedia.

Era evidente que no estaban heridos. El precioso coche que tenían aparcado en la puerta no parecía dañado. Siendo como era un abogado con mucho trabajo en las calles de Biloxi, enseguida sospechó que habían tenido problemas en el lado más turbio de la ciudad.

Guy comenzó el relato y Millie se enjugó los ojos enrojecidos e hinchados con un pañuelo de papel. Él no dejaba de lanzarle miradas a su esposa, como si estuviera desesperado por ganarse su aprobación, pero no lo estaba logrando ni por asomo. Resultaba evidente que quien había metido la pata era el marido, que el villano era él; Millie debía de haber intentado convencerlo de que se alejara de la locura en la que se había metido, fuera cual fuese, así que ahora la confesión y la búsqueda de la absolución eran cosa de Guy.

Cinco minutos más tarde, Jesse sabía exactamente lo que había pasado.

La primera pista fue la ubicación. El Blue Spot Diner, en la autopista 90, que tenía vistas a la playa. Era una vieja fonda que anunciaba panecillos caseros y filetes baratos. Hacía unos años, un buscavidas sin escrúpulos llamado Shine Tanner había comprado el local y, aunque mantuvo la cafetería tal como estaba, también añadió una sala en la trastienda en la que organizaba noches de bingo y cerveza que atraían mucha clientela. También tenía mesas de cartas y unas cuantas tragaperras, pero no ofrecía chicas. Prefería sacarle el dinero a un público de edad más avanzada y mantener alejados a los soldados y los universitarios.

Después, Guy dijo:

—Nos sirvieron un buen desayuno, aunque ya era tarde; la cafetería estaba vacía. —Esa fue la segunda pista. A Shine le encantaba timar a los forasteros cuando no tenía mucho trabajo—. Y la cuenta ascendió a dos dólares. Me disponía a pagar cuando la camarera, que se llamaba Lonnie, nos preguntó si nos gustaban los juegos de azar. No supimos muy bien qué decirle, así que nos soltó: «Mirad, aquí juega todo el mundo. Es una diversión inofensiva. Fijaos en esta baraja de cartas. Yo saco una. Vosotros sacáis otra. Si la vuestra es más alta que la mía, el desayuno os sale gratis. Es un simple juego de doble o nada».

En ese momento, Millie consiguió decir:

—Llevaba la baraja de cartas en el bolsillo. Estoy convencida de que estaban marcadas.

Guy sonrió a su mujer, que no le devolvió el gesto.

—Así que barajó —continuó el marido—. Y, madre mía, con qué arte lo hacía la chica. Tres rondas más tarde, le había ganado cuatro dólares. Luego ocho. Luego perdí y volví a cero. Otra vez ocho. Llegó otro cliente y la camarera se fue a tomarle nota. No podía marcharme porque me debía ocho dólares.

—Yo quería irme —dijo Millie.

Él hizo caso omiso de su comentario y clavó la mirada en su taza de café. Cuando continuó, lo hizo hablando en voz más baja.

—Entonces apareció un hombre que creo que era el dueño, un tipo muy majo; nos preguntó si queríamos ver su casino.

—¿Bajo, calvo, sin un solo pelo en el cuerpo, muy moreno y bronceado? —preguntó Jesse.

—Sí, ese. ¿Lo conoce?

—Es el propietario.

La siguiente pista. Shine Tanner apareció en escena para tender la trampa.

—La camarera nos pagó los ocho dólares y lo seguimos hasta el casino a través de una puerta pegada al lateral de la cafetería. Estaba oscuro y vacío. Nos dijo que estaba cerrado, que no abría hasta las seis, pero que tenía un juego nuevo que quería enseñarnos.

—¿El de la bolita? —preguntó Jesse.

—Sí, ¿ha estado en el casino?

—No, pero he oído hablar de la mesa de bolita. También se llama «razzle».

—Eso nos dijo. Había una mesa verde, como de fieltro, que parecía un tablero de damas muy grande. Las casillas estaban numeradas del uno al cincuenta. Nos dijo que el juego se basaba en los dados y en la aritmética y que era fácil ganar. Me preguntó si quería apostar unos dólares para enseñarme cómo se jugaba. Lonnie se asomó un momento y me preguntó si quería una copa. El dueño le dijo que la barra estaba cerrada y se pusieron a discutir sobre si podían ofrecerme una copa o no, como si fuera un asunto importantísimo. A mí no me apetecía, pero, después de tanto alboroto, me sentí obligado a pedir una cerveza.

Millie negó con la cabeza y continuó mirando a la pared.

—El caso es que el hombre agitó ocho dados, los lanzó y luego los recogió casi igual de rápido. Dijo que sumaban treinta y ocho. Colocó dos de mis dólares en el número treinta y ocho. Si la siguiente tirada era más alta, ganaba yo. Si era más baja, perdía, pero había más reglas que iba introduciendo a medida que avanzaba el juego. Decía que la única manera de perder era dejar de jugar antes de ganar diez partidas. No estoy seguro de si llegué a entender todas las reglas.

—No las entendiste —señaló Millie amablemente.

—Lonnie me sirvió una cerveza.

—Eran solo las diez y media —volvió a intervenir ella.

—Sí, cariño, eran solo las diez y media y tendría que haber parado. Ya hemos tenido esta conversación más de una vez. Tendría que haberme dado la vuelta, haberme montado en el coche y proteger nuestro dinero. ¿Te sientes ya mejor?

—No.

Jesse ya había oído bastante. Esas historias eran habituales en la costa: turistas de clase media-alta que conducían coches bonitos con matrícula de otro estado y que se convertían en víctimas de los timos y engaños de tahúres y crupieres tramposos. Levantó las manos y dijo:

—A ver, amigos, vayamos al grano. ¿Cuánto dinero se han dejado en el Blue Spot?

Millie se moría de impaciencia por soltar:

—Seiscientos dólares, todo lo que teníamos. No podemos permitirnos ni pagar la gasolina para volver a casa. ¿Cómo has podido ser tan tonto?

El pobre Guy se hundió otro par de centímetros o tres ante esta última arremetida. Resultaba evidente que había oído cosas mucho peores en las últimas horas.

—¿No podemos hacer algo? —le suplicó Millie a Jesse—. No es más que un estafador que nos ha engatusado y nos ha robado el dinero. Debe de haber alguna ley al respecto en este estado atrasado.

—Me temo que no, señora. Todos los juegos de azar son ilegales en Mississippi, pero me avergüenza decir que aquí, en la costa, se ignora esa prohibición.

—Solo entramos a desayunar.

—Lo sé. Es algo que sucede con mucha frecuencia.

Guardaron silencio absoluto mientras Millie lloraba un rato más y Guy miraba al suelo como si buscara un agujero en el que hundirse. Jesse miró el reloj. Había perdido casi veinte minutos con aquella pobre gente.

—Cuéntale el resto —le espetó ella a su marido.

—¿Qué?

—Ya sabes, lo de esta mañana.

—Ah, eso. Bueno, no podemos permitirnos seguir hasta Nueva Orleans, así que hemos reservado una habitación barata calle abajo. Esta mañana, a primera hora, hemos vuelto a la cafetería porque anoche no pegué ojo y quería decirle cuatro verdades a ese hombre para que me devolviera el dinero. Sin embargo, al llegar, vemos a dos policías desayunando dentro. Entro y le lanzo una mirada asesina a Lonnie. Ella me devuelve el gesto con cara de arrogancia y me pregunta: «¿Qué quieres?».

»Le contesto: "Quiero mi dinero".

»Y va y me dice: "No tengo ganas de que me montes el numerito. Será mejor que te vayas".

»"Quiero mi dinero", le dije.

»No me di ni cuenta de que los policías venían hacia mí. Me dieron un par de empujones, me dijeron que me largara y que no volviera nunca más.

Millie ya llevaba callada demasiado rato. Le dijo a Jesse:

—Casi lo arrestan, por si no fuera suficiente todo lo demás. ¿No habría sido maravilloso? Guy Moseley, el tipo duro, encerrado en una celda con una panda de borrachos.

Jesse volvió a levantar las manos y dijo:

—A ver, amigos, siento muchísimo lo que les ha pasado, pero no puedo hacer nada al respecto.

—¿No puede demandarlo? —preguntó Guy en tono exigente.

—No, no hay causa legal.

—¿Robar no es una causa legal? —preguntó Millie—. Ese juego era una estafa, solo tenían que esperar a que apareciera algún pringado. ¡Y vaya si apareció!

—Déjalo ya —le gruñó Guy a su mujer—. Ya has visto a esos polis. Qué demonios, seguro que también están en el ajo.

Jesse contuvo una sonrisa y pensó: «Por fin aciertas en algo».

—Se ha quedado hasta con nuestros cheques de viaje —farfulló ella.

—Cállate ya, por favor —rogó Guy.

Pero Millie no le hizo caso y continuó:

—Se fue metiendo cada vez más. Yo no paraba de decirle: «Vámonos de aquí». Pero no, aquí el señor Jugador Empedernido se negaba a dejarlo. Ese timador le permitía ganar de vez en cuando, lo justo para mantenerlo enganchado. Me enfadé y me fui al coche y esperé y seguí esperando; sabía muy bien que iba a perderlo todo. Por fin salió, a punto de llorar, con la misma cara que si acabase de ver un fantasma. Fue una suerte que no perdiera hasta la camisa.

—Por favor, Millie.

Jesse quería que se marcharan de su despacho antes de que se enzarzasen en una buena bronca. Durante un segundo pensó en recomendarles un buen abogado de divorcios, pero, para eso, antes tendrían que llegar a su casa. Miró el reloj y dijo con calma:

—Tengo que estar en el juzgado a las nueve, así que vamos a ir despidiéndonos.

Ahora Guy sí que parecía estar a punto de echarse a llorar. Se frotó la cara y preguntó con la voz seca:

—¿Puede prestarnos cincuenta dólares para volver a Ohio?

—Lo siento, pero no es ético que un abogado le preste dinero a un cliente.

—Se lo devolveremos, lo juro —dijo Millie—. En cuanto volvamos a casa.

Jesse se puso de pie e intentó ser educado.

—Lo siento, amigos.

Se fueron sin darle las gracias. Los oyó despotricar junto al bordillo cuando llegaron a su Buick e imaginó que la situación no haría más que empeorar mientras mendigaban dinero para seguir hacia el norte y llegar a Ohio.

Se sirvió otra taza de café y volvió a la sala de reuniones, donde se sentó mirando hacia la calle. Los entendía hasta cierto punto, pero una buena dosis de precaución les habría ahorrado tiempo, dinero y problemas. Mucha gente viajaba a la costa con ganas de buscar líos y sabía muy bien dónde encontrarlos. Otros, como los Moseley, pasaban por allí y se topaban por casualidad con el mundo del vicio. Eran corderos inocentes en manos de lobos y no tenían ni la menor oportunidad de salir indemnes. Había muchos Shine Tanner que se ganaban la vida con su ingenio en lugar de con un trabajo honrado.

La corrupción nunca permanece estanca. Se extiende porque los hombres codiciosos ven en ella dinero fácil y porque existe una demanda inagotable de gratificación y de la promesa de ganar dinero rápido. A Jesse no le molestaban los clubes, los bares ni el comercio ilícito que ofrecían a la clientela dispuesta. Tampoco los hombres como Lance Malco, Shine Tanner y esa gente de su calaña que se beneficiaba del vicio. Lo que Jesse detestaba con todas sus fuerzas era que los encargados de hacer cumplir la ley se dejaran sobornar. La corrupción estaba haciendo ricos a personajes como Lorzas Bowman y otros funcionarios electos. La mayoría de los policías y los políticos tenían las manos sucias. Lo más peligroso era no saber en quién confiar.

El actual fiscal de distrito, que también ostentaba un cargo electo, era un hombre decente que nunca había mostrado interés alguno en hacer frente al crimen organizado. Para ser justos, si la policía no investigaba ni perseguía a los delincuentes, al fiscal de distrito no le llegaban casos que procesar. Eso frustraba a los reformistas —funcionarios honrados, predicadores y ciudadanos que respetaban la ley— que querían «limpiar la costa».

Un mes antes, Jesse había quedado para desayunar con un juez de Audiencia Territorial jubilado y con un pastor. Había sido un encuentro tranquilo celebrado en una cafetería sin máquinas tragaperras a la vista. Los dos hombres aseguraban representar a un grupo poco cohesionado de personas con conciencia cívica a las que les preocupaba el continuo aumento de las empresas delictivas. Corrían rumores de que se estaban introduciendo drogas, sobre todo marihuana, y de que esas sustancias se conseguían con facilidad en algunos clubes nocturnos. Los viejos pecados existían desde hacía décadas en la costa y, aunque seguían siendo ilegales, se habían aceptado en ciertos círculos. Pero las drogas representaban una amenaza más ominosa y había que acabar con ellas. Ahora estaba en juego el futuro de los niños.

Ambos se sentían frustrados con los políticos. La posición de Lorzas Bowman se hallaba firmemente afianzada, dirigía una maquinaria bien organizada y parecía intocable. Había demostrado que podía comprar todas las elecciones. Pero el fiscal de distrito era distinto: representaba al Estado, se lo consideraba el abogado del pueblo y, por lo tanto, tenía el deber de luchar contra el crimen. Se habían reunido con él para expresarle sus preocupaciones, pero, una vez más, había mostrado poco interés.

Se les ocurrió la audaz idea de que Jesse Rudy haría un trabajo magnífico como fiscal de distrito. Era muy conocido en Biloxi y tenía seguidores en Point, una de las circunscripciones más grandes del distrito formado por los tres condados. Su reputación era estelar. Se lo tenía por irreprochable. Pero ¿tendría el valor necesario para luchar contra la mafia?

Jesse se sintió halagado por la idea y honrado por la confianza. Estaban a principios de 1963, un año de elecciones en el que todos los cargos, desde el de gobernador hasta el de forense del condado, pasarían por las urnas. Como de costumbre, el fiscal de distrito no tenía candidatos competidores, al menos de momento. Se esperaba que Lorzas Bowman obtuviera otros cuatro años sin una oposición seria. Nada cambiaría a menos que un nuevo fiscal tomara posesión del cargo y lo abordara con un enfoque del todo distinto.

Jesse prometió plantearse la candidatura, pero tenía importantes reservas. Estaba intentando arrancar un bufete y eso le exigía mucho trabajo diario. No disponía de dinero para financiar una campaña. Nunca se le había pasado por la cabeza convertirse en político y no tenía claro que fuera algo que llevara en la sangre. El mayor inconveniente sería la promesa de que perseguiría a los delincuentes. Conocía a Lance Malco de toda la vida y, aunque seguían mostrándose educados el uno con el otro cuando la situación lo requería, vivían y trabajaban en mundos distintos. Le resultaba casi imposible imaginarse amenazando su imperio.

Jesse tampoco tenía ningún interés en poner en peligro la seguridad de su familia. Su hijo Keith y Hugh Malco seguían siendo amigos, aunque no tan íntimos como cuando tenían doce años y participaban en el Juego de Estrellas. Entre los chicos era bien sabido que Hugh comenzaba a dar muestras de que seguiría los pasos de su padre. Andaba por los clubes, fumaba, bebía y presumía de conocer a las chicas. Había abandonado los deportes de equipo y decía que ahora era boxeador.

Pero, una vez plantada la semilla, Jesse no era capaz de librarse de la idea. A pesar de sus vacilaciones, terminó por contárselo a Agnes. La noticia recibió una acogida tibia.

9

Tras cuatro combates en el club Buster's Gym, Hugh sumaba una victoria, una derrota y dos empates. El hecho de haber sobrevivido sin que lo noquearan lo animó a dar el siguiente paso. Buster, su entrenador, no lo veía tan claro, pero no solía decir que no cuando un boxeador nuevo estaba ansioso por subirse al cuadrilátero. El torneo Guantes de Oro se celebraba a finales de febrero en el gimnasio de la iglesia católica de San Miguel y Buster, soberano indiscutible del boxeo *amateur* en la costa, controlaba la cartelera. Intentaba proteger a sus novatos y asegurarse de que sobrevivirían, al menos hasta el final del primer asalto.

Hugh no había recibido su primera clase en un gimnasio. Nevin Noll encontró dos pares de guantes de dieciséis onzas y una tarde se pusieron en guardia detrás del Red Velvet para disfrutar de una lección amistosa. Solo lo básico: postura, posición de las manos, cabeza hacia atrás y movimientos de los pies. Hugh estaba aterrorizado, porque había visto a Nevin en acción y sabía lo rápidos que eran sus puños, pero aceptó el hecho de que unas cuantas hemorragias de nariz formaban parte del entrenamiento. No hubo derramamiento de sangre durante las primeras clases, en las que Nevin le enseñó con gran paciencia a mantener las manos en alto. También le advirtió que dejara el tabaco y la cerveza mientras estuviera entrenando.

Durante la primera clase de Hugh en Buster's, al viejo entrenador le gustó lo que vio. Aunque tenía los pies un poco lentos, el chaval era un atleta dispuesto a esforzarse. Hizo de esparrin con varios boxeadores experimentados y al final se llevó un buen puñetazo en la nariz, aunque eso no hizo más que aumentar su determinación. Nunca competiría por una medalla olímpica, pero era un boxeador nato que disfrutaba con el contacto y al que no le daba miedo recibir golpes. No tardó en empezar a ir al gimnasio casi todas las tardes. Le gustaba compaginar su trabajo a tiempo parcial con sus encuentros amorosos con la señorita Cindy y una o dos horas en Buster's. Las tareas escolares fueron convirtiéndose en una prioridad cada vez menor.

A Lance le gustaba la idea de que su hijo estuviera aprendiendo a boxear. Todos los chavales necesitaban disciplina y, además, Hugh nunca había sido un gran jugador de fútbol americano. Carmen estaba horrorizada y juró no pisar ni un solo combate.

Tras una pésima temporada de fútbol sentado en el banquillo, Keith estaba sufriendo un invierno aún peor como alero suplente en el segundo equipo de baloncesto. El tiempo de juego era escaso, pero al menos sudaba cada tarde. Como la mayoría de sus amigos, veía el baloncesto como una forma de mantenerse en forma entre la temporada de fútbol americano y la de béisbol. Sentían curiosidad por el repentino interés de Hugh en el boxeo y les entusiasmó saber que su amigo iba a subirse al cuadrilátero en el torneo anual Guantes de Oro. Hugh no difundió la noticia a los cuatro vientos. Aunque estaba ansioso por disputar su primer combate de verdad, también le preocupaba la posibilidad de que lo noquearan delante de sus amigos.

El torneo atraía a una gran cantidad de público todos los años y, cuando el *Gulf Coast Register* publicó un artículo sobre dos de los favoritos de la zona, añadió también un listado de los combates de la primera ronda. En la categoría de peso wélter, con 65,7 kilos, Hugh Malco se enfrentaría a Jimmy Patterson en el décimo combate de la cartelera inaugural. Como siempre, Keith leyó la página de deportes durante el desayuno y, al ver el nombre, se sintió orgulloso de su amigo y decidió ponerse manos a la obra. En el instituto organizó un grupo de hinchas y Hugh, que recibió mucha más atención de la que deseaba, se convirtió en el héroe del momento. El nudo en el estómago se le hizo cada vez más grande y apenas consiguió comer. A media tarde había empezado a replantearse el combate y compartió sus dudas con Nevin Noll.

—Es normal —le dijo este para intentar tranquilizarlo—. Yo vomité dos veces antes de mi primer combate.

—Vaya, ya me siento mucho mejor.

—Las mariposas desaparecerán en cuanto te den el primer puñetazo.

—¿Y si es el puñetazo que me noquea?

—Pega tú antes. Te irá bien, Hugh. Solo tienes que dosificarte. Aunque no sean más que tres asaltos, te parecerán una hora.

Hugh se encendió un cigarrillo y Nevin le espetó:

—Creía que te había dicho que dejaras de fumar.

—Son los nervios.

El torneo comenzaba el martes por la tarde y las finales se celebraban el sábado por la noche. Los primeros combates fueron los de los novatos de las divisiones de menor peso y pasaron sin pena ni gloria. La mayoría de los chicos parecían reacios a pegarse puñetazos. A las siete de la tarde, el gimnasio estaba abarrotado, y el público, listo para la acción. Una espesa capa de humo de puros y cigarrillos flotaba sobre el cuadrilátero. Había vendedores de perritos calientes y palomitas y, en una esquina, una barra donde ofrecían cerveza fría.

El alcohol seguía siendo ilegal en todo el estado, pero, al fin y al cabo, estaban en Biloxi.

Keith y su pandilla de ruidosos admiradores llegaron y esperaron el gran combate con entusiasmo. Cuando Hugh subió al cuadrilátero, sus amigos le aplaudieron como locos, lo cual no hizo sino aumentar el estrés de la experiencia. Por la megafonía, el locutor presentó a los boxeadores y el público vitoreó a Hugh Malco, el claro favorito. Su oponente, Jimmy Patterson, era un chico flacucho de Gulfport con pocos seguidores.

Justo antes de que sonara la campana, Hugh bajó la mirada hacia la primera fila y sonrió a su padre, que estaba sentado junto a Nevin Noll. Su madre se había quedado en casa, rezando. No había mujeres entre el público. Buster le untó vaselina en las mejillas y en la frente y le dijo por enésima vez:

—Ve despacio. Dosifícate. Lo tumbarás en el tercer asalto.

El entrenador sabía de sobra lo que iba a ocurrir. Los dos novatos bailarían el uno alrededor del otro durante el primer minuto y luego uno de ellos le asestaría al otro un puñetazo que iniciaría una pelea callejera a la antigua usanza. Se necesitaban al menos cinco combates para que los muchachos aprendieran a medir las fuerzas.

Keith, el animador, se puso en pie y empezó a corear:

—¡Vamos, Hugh! ¡Vamos, Hugh!

Este se puso en pie de un salto, entrechocó los guantes y les lanzó una sonrisa enorme y confiada a sus amigos. Sonó la campana: el combate había empezado. Se encontraron en el centro del cuadrilátero y lanzaron y esquivaron unos cuantos golpes para tomarse las medidas. Jimmy Patterson medía ocho centímetros más que Hugh, tenía los brazos más largos y se alejaba constantemente de él para mantener la distancia. Lo de los brazos se convirtió en un problema cuando le lanzó a Hugh varios directos de izquierda inofensivos. Nevin tenía razón. Los primeros puñetazos le calmaron los nervios. Mantuvo las manos en alto y acorraló a Patterson en un rincón en el que se propinaron distintos golpes sin apenas hacerse daño. La racha enardeció al público. Los cánticos de «¡Vamos, Hugh!» ahogaban todos los demás ruidos. Patterson se dio la vuelta y bailó hacia el centro del cuadrilátero; Hugh lo siguió. A mitad del primer asalto, Malco se sorprendió de lo entrecortada que tenía la respiración. «Dichoso tabaco. Dosifícate, dosifícate, dosifícate». Patterson dio con su ritmo y lo acribilló a directos de izquierda. Estaba anotando puntos, aunque hacía poco daño. Hugh permanecía agachado e inclinado hacia delante y, desde la esquina, Buster no paraba de gritarle: «¡Levanta la cabeza! ¡Levanta la cabeza!».

A Lance le resultaba imposible mantener la calma mientras veía a su hijo en el cuadrilátero. Gritaba una y otra vez: «¡Dale, Hugh! ¡Dale, Hugh!». Nevin Noll también estaba sentado en el borde de la silla y chillaba.

Hugh no oía nada, salvo su propia respiración. Acorraló a Patterson en una esquina, pero su contrincante se cubrió y escapó. Le pareció que el primer asalto duraba una hora y, cuando por fin sonó la campana, se encaminó hacia su esquina y les dedicó otra sonrisa a Keith y a los chicos. Buster lo sentó mientras un segundo le vertía agua en la boca. El entrenador le dijo:

—Oye, cada vez que lanza ese directo de izquierda, baja la mano derecha, ¿vale? Finge un gancho de derecha y luego lánzale uno de izquierda. ¿Entendido?

Hugh asintió, pero le costaba concentrarse. Tenía el corazón desbocado, la sangre le corría a toda velocidad por las venas. Había sobrevivido al primer asalto sin sufrir daño alguno y, mientras el público lo vitoreaba, se dio cuenta de lo mucho que estaba disfrutando del combate. Ahora lo único que necesitaba era pegarle una paliza a Patterson.

Su contrincante tenía otros planes. Abrió el segundo asalto con los mismos bailes y golpes lanzados a distancia y Hugh no consiguió inmovilizarlo contra las cuerdas. Además, cometió fallos graves con un par de derechazos descontrolados y Patterson contraatacó con más directos a la nariz. A mitad del asalto, Hugh se frustró, se agachó e intentó atacar. Patterson le asestó un derechazo que lo dejó aturdido y se le doblaron las rodillas. No cayó, pero el árbitro intervino y le hizo una cuenta de ocho. Para cuando terminó, Hugh volvía a tener la vista despejada y estaba enfervorizado. Iba a perder el combate a base de dejar que Patterson lo bombardeara. Tenía que acercarse y lanzarle unos cuantos golpes al cuerpo. Buster seguía gritándole: «¡Levanta la cabeza! ¡Levanta la cabeza!». Pero los largos brazos del otro se lo ponían difícil. Hugh prácticamente lo placó y forcejearon contra las cuerdas hasta que el árbitro los separó. Su oponente dio un paso atrás y lanzó un izquierdazo salvaje que falló. Tal como había dicho Buster, bajó la mano derecha, así que Hugh le lanzó un gancho de izquierda que no iba a llegar a ningún sitio hasta que Patterson se interpuso en su trayectoria. Le impactó en la mandíbula derecha, volvió a tirarlo contra las cuerdas y Hugh fue lo bastante rápido como para propinarle un derechazo mientras caía. El contrincante se desplomó en una esquina y ahí se quedó un buen rato.

Fue el primer KO de la noche y el público enloqueció. Hugh no sabía qué hacer —nunca había dejado a nadie fuera de combate— y el árbitro tuvo que empujarlo hacia una esquina neutral. Cuando empezó a contar, estaba claro que Patterson no iba a levantarse a tiempo. Keith y sus amigos gritaban y Hugh les sonrió de nuevo mientras daba saltitos de puntillas. Estaba casi tan aturdido como su oponente. Pasaron los minutos y el otro por fin se incorporó, bebió un poco de agua, sacudió la cabeza y se puso de pie. Su entrenador lo paseó alrededor del cuadrilátero varias veces mientras terminaba de recuperar el sentido. En el momento adecuado, Hugh se acercó y le dijo: «Buen combate». Jimmy sonrió, pero resultaba evidente que quería bajar cuanto antes.

Cuando el árbitro levantó la mano de Hugh y el locutor lo declaró vencedor por KO, el público estalló en aplausos. Él disfrutó de la gloria y sonrió a su padre y a Nevin, además de a sus compañeros de instituto. Curiosamente, se acordó de Cindy y pensó que ojalá hubiera estado allí para presenciar su mejor momento. Pero no, estaba en el Red Velvet sacándoles copas a los soldados. Nevin tenía razón. Había llegado el momento de dejar de verla.

El miércoles fue un día de instituto normal. El artista del noqueo llegó unos minutos antes de lo habitual. Su nombre aparecía en el periódico de la mañana y preveía pasar un día agradable siendo objeto de la admiración de sus compañeros. La voz se corrió a toda prisa y ya circulaban por ahí diferentes versiones de su dramática victoria. Keith, que siempre tenía mucho que decir, anunció el KO en la tutoría general de primera hora e invitó a todo el mundo a la segunda ronda de combates el jueves por la noche. Su nuevo héroe se enfrentaría a un tipo llamado Pelusa Foster, que, según el periódico, llevaba ocho combates invicto.

En realidad no decía tal cosa. Keith estaba exagerando para intentar despertar el máximo entusiasmo posible por el combate. Cuando el profesor le hizo un gesto de asentimiento con la cabeza, aquel continuó diciendo que, después de ver al menos una decena de peleas la noche anterior, opinaba que su nuevo héroe, el artista del noqueo, necesitaba cuanto antes un apodo pegadizo de boxeador. Un simple «Hugh» no sería suficiente. Por lo tanto, les correspondía a ellos, sus mayores admiradores, encontrárselo. En aquella asamblea surgieron todo tipo de motes: Hacha, Esquiva, el Asesino, Bazuca, Caracortada, Bruno, Rocky, Sandman, Babyface, Navaja, Láser, Metralleta Malco... Como las cosas se le estaban yendo de las manos, el profesor hizo una lista en la pizarra con los diez mejores y convocó una votación; sin embargo, en ese momento sonó el timbre y no decidieron nada. Hugh entró en su primera clase sin haber cambiado de identidad, sin un apodo original para intimidar a sus oponentes o hacerse famoso.

Aquel miércoles terminó la jornada escolar sin saltarse ninguna clase y, después de que el timbre sonara por última vez, se marchó a ver a Cindy. No la encontró en su apartamento y una de sus compañeras de piso terminó confesándole que se había marchado de la ciudad.

—Ha renunciado, Hugh.

—¿Cómo que «ha renunciado», qué quieres decir?

—Que ha dejado el trabajo. Se ha ido a casa. Creo que su hermano la ha encontrado y la ha obligado a volver.

Él se quedó atónito y dijo:

—Pero tengo que hablar con ella.

—Olvídalo, Hugh. No va a volver.

Se marchó en busca de Nevin Noll. No estaba en el Truck Stop, ni en el Red Velvet ni en el Foxy's ni en ninguno de sus garitos habituales. Un camarero le susurró: «Creo que están teniendo problemas con el O'Malley's. Es posible que ande por allí, pero más te vale mantenerte alejado. La cosa está que arde».

Hugh aceptó el consejo y se alejó del Strip, solo en su camioneta, hacia donde nadie lo oyera balbucear porque había perdido a su chica. Habían estado más de cinco meses juntos y ella le había enseñado cosas que el muchacho ni siquiera había soñado y, por más que despreciara la forma en que Cindy se ganaba la vida, Hugh había encontrado la manera de perdonarla y seguir adelante. Ahora no podía desaparecer sin despedirse.

Condujo hasta Buster's y se sometió a un entrenamiento ligero por pura inercia, solo porque era lo que Buster esperaba de él. Preguntó aquí y allá si alguien había visto a Pelusa Foster en el cuadrilátero, pero se marchó sin conseguir ningún tipo de información. Tenía la cabeza en su chica, no en el boxeo. Sabía que Nevin hacía guardia en el Red Velvet todas las tardes a partir de las cinco, cuando empezaba la *happy hour* y comenzaban a cobrar entrada. Lo encontró acodado en la barra tomándose un refresco y fumándose un cigarrillo con una de las camareras.

Nevin frunció el ceño al verlo y le dijo:

—¿Buscas otra pelea?

—No, solo necesito hablar.

—Aquí no. Aún eres demasiado joven, Sugar Ray.

—Vamos fuera.

Detrás del club, se encendieron sendos cigarrillos.

—¿Qué le ha pasado a Cindy? —preguntó Hugh.

Nevin negó con la cabeza mientras expulsaba una nube de humo.

—Te he dicho mil veces que te olvides de ella.

—Ya lo sé, pero, por favor, ¿qué ha pasado?

—Ayer recibimos una llamada de unos policías de Arkansas. Alguien había dado con su paradero y sabía que estaba trabajando aquí. Como ya sabes, tiene solo dieciséis años. No lo reconocimos y le dijimos a la policía que la chica tenía un documento identificativo que acreditaba que tenía dieciocho. Ya sabes cómo va el tema. Así que esta mañana se han presentado dos policías de Arkansas con su hermano. No hemos tenido más remedio que cooperar y ahora ya está de nuevo en su casa, que es donde debería estar. Olvídala, Hugh. No es más que una fulana cualquiera. Habrá muchas más en el mismo sitio del que salió ella.

—Ya.

—Tendrías que estar pensando en el combate de mañana por la noche. Cada vez serán más duros.

—Estaré preparado.

—Pues tira ese cigarrillo.

A primera vista, no estaba claro de dónde venía el mote de Pelusa. No tenía una cabellera espesa ni, mucho menos, vello facial al que pudiera referirse. Tenía solo dieciséis años y le había comentado como de pasada a uno de los boxeadores de Biloxi que había ganado cinco de sus seis combates. Nadie le había preguntado aún por el apodo, aunque lo cierto era que no importaba. Lo que sí importaba eran su constitución corpulenta y sus bíceps descomunales. Extraordinarios para un adolescente. Si Jimmy Patterson era delgado como un palillo, Pelusa Foster era grueso como un hidrante. Aquel tampoco tenía paciencia para los bailes y los directos. Él quería un KO en el primer asalto, a poder ser en los primeros treinta segundos, y estuvo a punto de lograrlo.

En cuanto sonó la campana, mientras Hugh seguía sonriendo a sus compañeros del instituto, Pelusa cruzó el cuadrilátero a toda velocidad, como un toro furioso, y empezó a descargar ganchos de derecha y de izquierda que, de haber impactado cerca de la cabeza de Hugh, habrían acabado con él aunque hubiera sido un peso pesado. Por suerte, no acertó con ninguno y, sobresaltado, el muchacho se cubrió y trató de mantenerse alejado de las cuerdas. Su instinto de supervivencia se activó de inmediato y se agachó y esquivó la embestida lo mejor que pudo. Pelusa estaba frenético, lanzaba cuero desde todas las direcciones mientras siseaba y gruñía como un animal herido. Buster gritó: «Cúbrete, cúbrete. ¡Está loco!».

Hugh, al igual que las demás personas presentes, sabía que Pelusa lo estaba dando todo y que no aguantaría los asaltos. La cuestión era si él sería capaz de sobrevivir a la embestida. En cualquier caso, al público le estaba encantando la acción desenfrenada y era un clamor.

Alcanzó a Hugh con un *uppercut* que lo tambaleó. Lo dejó fuera de combate con un cruzado de derecha. Cayó a la lona mientras Pelusa se cernía sobre él, gritando algo que nadie entendía. El árbitro lo empujó hacia una esquina mientras Hugh conseguía ponerse a cuatro patas. Miró a través de las cuerdas y estableció contacto visual con Nevin Noll, que gritaba y agitaba el puño: «¡Levanta! ¡Levanta! ¡Levanta!».

Respiró hondo, miró al árbitro y, a la cuenta de cinco, se puso en pie de un salto. Se agarró a la cuerda superior para recuperar el equilibrio, se limpió la nariz con el antebrazo y vio sangre. Tenía que elegir. O quedarse a cubierto junto a las cuerdas como un boxeador de verdad y dejar que se lo comiera vivo, o ir a por aquel cabrón.

Pelusa cargó como un imbécil, gruñendo, con las manos bajas, dispuesto a embestir con todo contra su objetivo. En lugar de retroceder, Hugh dio un paso rápido adelante y lanzó el mismo gancho de izquierda con el que había derrotado a Patterson. Le acertó justo en la boca y lo sentó de culo en la lona, como si le hubieran quitado la silla. Pelusa miró a su alrededor con incredulidad e intentó levantarse. Se tropezó, cayó contra las cuerdas y le costó ponerse en pie. Mientras el árbitro contaba hasta diez, el público gritó aún con más fuerza. Cuando terminó el conteo, Pelusa asintió y retomó los gruñidos.

Los dos se encontraron en el centro del cuadrilátero y pelearon como matones callejeros hasta que la campana les salvó la vida. El árbitro los separó a toda prisa. A ambos les manaba sangre de la nariz. Ya en su taburete, Hugh se tragó todo el agua que le ofrecieron y trató de recuperar el aliento mientras un segundo le introducía bastoncillos en las fosas nasales. Buster le decía algo así como «¡Tienes que cubrirte! No puede seguir a este ritmo». Pero sus palabras solo eran parte del ruido. A Hugh le palpitaba la cabeza y le resultaba imposible pensar en nada que no fuera sobrevivir. Cuando sonó la campana, se levantó de un salto y se dio cuenta de lo mucho que le pesaban los pies.

Si en la esquina de Pelusa le habían pedido que bajara el ritmo, el púgil hizo caso omiso del consejo. Volvió a la carga sin haber perdido ni un ápice de su instinto camorrista. Hugh se cubrió un momento contra las cuerdas y trató de bloquear los puñetazos, pero recibir golpes no tenía gracia. Como Pelusa peleaba con las manos a los lados, siempre tenía la cabeza expuesta. Hugh vio un hueco, lanzó un combo rápido de izquierda-derecha, acertó de pleno y vio con orgullo que Pelusa caía al suelo con fuerza y rodaba hasta una esquina. El escándalo de la multitud fue ensordecedor. «¡Quédate en el suelo, coño!», dijo Hugh, pero el otro sabía aguantar los golpes. Se puso de pie, agitó los brazos en señal de invencibilidad, esperó a la cuenta de diez y atacó. Treinta segundos después, él estaba en la lona, aplastado por un derechazo salvaje que no llegó a ver. Se sentía aturdido y atontado y, durante un instante, pensó en quedarse en el suelo. Estaba más seguro tumbado de espaldas. Una derrota en su segundo combate real no era tan importante. Luego pensó en su padre, en Nevin Noll, en Keith y en todos sus amigos y se levantó a la cuenta de cinco y empezó a dar saltitos.

A mitad del segundo asalto se hizo evidente que el ganador sería el que aún se mantuviera en pie al final del tercero. Ninguno de los dos se echó atrás y, durante los últimos noventa segundos, estuvieron muy igualados y se golpearon de lo lindo. Entre asalto y asalto, el árbitro se acercó a ambas esquinas para observar los daños.

—Está bien —le aseguró Buster mientras le limpiaba la cara a Hugh con agua fría—. Solo le sangra la nariz, no tiene nada roto.

—No quiero ver ni un solo corte —dijo el árbitro.

—Ni uno.

—¿Ha tenido suficiente?

—Ni de coña.

«Habla por ti», estuvo a punto de decir Hugh. Estaba cansado de pelear y esperaba no tener que volver a ver a Pelusa Foster en su vida. Entonces el público empezó a corear de nuevo: «¡Vamos, Hugh! ¡Vamos, Hugh!», y el cántico hizo temblar las paredes del gimnasio. A los aficionados les estaba encantando aquella pelea de callejón a la vieja usanza y querían más. Al diablo con el boxeo de caballeros. Buscaban sangre.

Hugh se levantó, ligero como un trozo de ladrillo, y se puso a dar saltitos por el cuadrilátero mientras esperaba a que sonara la campana. Se produjo una conmoción en la esquina de su oponente. El árbitro le estaba gritando al entrenador de Pelusa.

Buster le dijo:

—El chaval tiene un corte encima del ojo derecho. Ve por él. ¡Dale con todas tus fuerzas! ¿Me oyes?

Hugh asintió y entrechocó los guantes. Sentía que el ojo derecho se le estaba cerrando y con el izquierdo veía borroso.

Sonó la campana y Pelusa se puso de pie. El árbitro seguía hablando con su entrenador, que salió del cuadrilátero deslizándose bajo las cuerdas. Con la amenaza de quedar descalificado por un mal corte, el contrincante necesitaba un nocaut rápido. Entró a saco y le asestó a Hugh un golpe bajo en el riñón derecho. Le hizo un daño de mil demonios y se dobló de dolor. Luego le lazó varios *uppercuts* y, a los pocos segundos de haberse iniciado el último asalto, Hugh volvía a estar en la lona, intentando ponerse a cuatro patas y acordarse de cómo se llamaba.

El público se lo recordó: «¡Vamos, Hugh!».

Se puso en pie por última vez, le hizo un gesto con la cabeza al árbitro, como si todo estuviera de maravilla, y se preparó para la arremetida. Pelusa y él intercambiaron puñetazos y empezaron a pegarse una paliza tremenda mientras los aficionados gritaban pidiendo más. Para gran sorpresa de Hugh, el otro cayó tras una ráfaga de golpes y dio la impresión de que al fin se había quedado sin combustible. Él estaba seguro de ello, pero aún faltaba como mínimo un minuto. Su contrincante se puso en pie con pesadez. El árbitro les hizo saludarse tocándose los guantes y luego dio la señal para que siguieran peleando. Se amarraron en el centro, ambos demasiado cansados para lanzar más golpes. De pronto, el árbitro detuvo el combate y llevó a Hugh a su esquina. Le limpió la cara y le dijo a Buster:

—Tiene un corte. El otro chico también. Los dos tienen la nariz destrozada y han caído tres veces. Voy a detener el combate. Es un empate. ¡Ya está bien!

Los abucheos del público cuando el empate se anunció por megafonía fueron estruendosos, pero a los boxeadores les dio igual. Hugh y Pelusa se felicitaron por la soberana paliza y abandonaron el cuadrilátero.

Dos horas más tarde estaba tumbado en el sofá de la sala de estar con bolsas de hielo en la cara. Carmen estaba encerrada en su dormitorio, hecha un mar de lágrimas. Lance había salido fuera a fumarse un cigarrillo. Habían discutido y peleado y habían hablado de más delante de los niños. La madre no daba crédito a que su hijo hubiera vuelto a casa tan magullado, lleno de cortes y dolorido. El padre estaba orgulloso del muchacho y decía que el árbitro se había equivocado al parar la pelea. En su opinión, Hugh iba camino de una decisión unánime.

10

Siempre había habido rumores de que el Carousel Lounge estaba en venta. Su propietario, Marcus Dean Poppy, era un hombre de negocios voluble e inestable que bebía demasiado y tenía deudas de juego. No era un negocio bien gestionado porque el tío solía estar demasiado resacoso como para ocuparse de los detalles. Aun así, generaba beneficios gracias a que estaba ubicado en el centro del Strip. Alcohol, estríperes, prostitutas y juego: lo tenía todo y se mantenía a flote, aunque a duras penas. Lo que poca gente sabía era que Poppy se había metido en líos con unos tipos de Las Vegas y necesitaba efectivo. Mandó a Earl Fortier, su lugarteniente de confianza, a reunirse con Lance Malco en su despacho del Red Velvet. Lance, Tip y Nevin Noll lo recibieron, aunque recelaban de su reputación de persona taimada.

La mayoría de los hombres con los que se cruzaban en su día a día tenían, hasta cierto punto, tal reputación.

Disfrutaron de una cerveza fría con Fortier, hablaron de pesca y por fin entraron en materia. Era un trato sencillo. Poppy quería veinticinco mil dólares por el Carousel, en efectivo y sobre la mesa. El club no tenía deudas, todas las cuentas estaban al día.

Lance frunció el ceño, negó con la cabeza y dijo:

—Veinticinco es demasiado. Valoro el club en veinte.

—¿Estás ofreciendo veinte? —preguntó Fortier.

—Sí, y además Marcus Dean debe comprometerse a no hacernos la competencia durante tres años.

—Eso no supondría un problema. No se quedará por aquí. Dice que va a volver a Hot Springs, que le gusta estar cerca del hipódromo.

—¿Aceptará veinte?

—Lo único que puedo hacer es preguntárselo. Te llamaré mañana.

Fortier se marchó en su coche hasta el O'Malley's, donde se reunió con Ginger Redfield a solas en su despacho. Ella le ofreció una copa, pero él la rechazó. Le dijo que Marcus Dean Poppy iba a vender el Carousel y que había hecho un trato con Lance Malco por veinte mil dólares. ¿Podía superarlo?

Sí, podía. Estaba encantada con la oportunidad y ofreció lo que ellos querían: veinticinco mil dólares por adelantado, pagaderos mediante cheque certificado.

Al día siguiente, Fortier llamó a Lance y le dijo que tenían un trato por veinte mil dólares en efectivo. Una mitad por adelantado con un sencillo acuerdo de compraventa; la otra, cuando los abogados terminaran sus diabluras al cabo de más o menos una semana. Dos días después, Fortier volvió al Red Velvet con un acuerdo de dos páginas ya firmado por Marcus Dean. El abogado de Lance estaba presente y le dio el visto bueno al contrato. Como no había bienes inmuebles de por medio, quitando el alquiler a largo plazo, el papeleo final se terminaría sin demora. Fortier se marchó con diez mil dólares en efectivo y condujo hasta el O'Malley's, donde sacó otro contrato, también firmado con anterioridad por Marcus Dean Poppy. Ginger lo leyó con atención, lo firmó y le entregó a Fortier un cheque certificado por valor de veinticinco mil dólares. Él fue directamente al banco de Ginger, cobró el cheque y entró en el Carousel, con aire bastante triunfal y treinta y cinco mil dólares en efectivo en el maletín.

Marcus Dean se mostró encantado y le dio dos mil de propina a su chico. Esperó dos días y él mismo llamó a Lance con la terrible noticia de que el Servicio de Impuestos Internos acababa de hacer una redada en su casa y estaba imponiéndole gravámenes fiscales federales a todo. No había trato. La sorpresa de Lance se transformó de inmediato en enfado y le exigió que le devolviera los diez mil dólares. Marcus Dean le dijo que no habría problema, aunque, por supuesto, sí que lo había. El Servicio de Impuestos Internos se estaba incautando de todo el dinero en efectivo que encontraba. Marcus Dean podía conseguirle cinco mil dólares en cuestión de un día o así y el resto «muy pronto».

A Lance le olió a chamusquina e hizo unas cuantas llamadas. Como medraba en un mundo de dinero ilícito, no tenía contacto con nadie ni remotamente relacionado con el Servicio de Impuestos Internos. Sin embargo, su abogado tenía un amigo que conocía a alguien. Mientras tanto se extendió el rumor de que Ginger Redfield había comprado el Carousel. El club cerró de manera temporal, en teoría por problemas fiscales.

Marcus Dean desapareció y no volvió a atender las llamadas de Lance Malco. Al final se corrió la voz de que el Servicio de Impuestos Internos no estaba investigando ni el Carousel ni a Marcus Dean Poppy.

En el Strip en 1963 estafarle mil dólares a la persona equivocada podía provocar daños permanentes: lesiones graves en la cabeza, pérdida de miembros, ceguera… Con diez mil dólares, el estafador bien podía darse por muerto. Nevin Noll terminó por encontrar a Fortier y le dio un ultimátum: tenía siete días para devolver el dinero; de lo contrario, que se atuviera a las consecuencias.

Pasó una semana y luego otra. Nadie había visto a Poppy. Lance estaba convencido de que, en efecto, había huido de la zona para siempre y se había quedado con el dinero. Un equipo de obreros de la construcción contratado por Ginger se plantó en el Carousel y empezó a ponerlo a punto para celebrar una gran reapertura.

Fortier también evitaba ser visto y había abandonado el Strip, aunque no la costa. Se había puesto a vender coches usados para un amigo en Pascagoula y vivía allí en un apartamento pequeño. Un sábado por la noche volvió a casa medio borracho tras una fiesta, acompañado de su novia Rita. Se quitaron la ropa deprisa, se metieron en la cama y la cosa ya empezaba a calentarse cuando un hombre salió del armario, a dos metros y medio de distancia, y se puso a disparar con una pistola. Earl recibió tres balazos en la cabeza, al igual que Rita, que consiguió emitir un grito breve antes del final.

Uno de los vecinos de al lado, el señor Bullington, oyó los disparos y los describió como «ruidos sordos y amortiguados»; desde luego no se parecían en nada al estrépito de un arma disparada en un espacio reducido. Balística diría que lo más probable era que el pistolero hubiera utilizado algún tipo de silenciador, cosa que tendría sentido en un asesinato que se había planeado cuidadosamente.

El señor Bullington también oyó el grito y eso lo llevó a apagar las luces, acercarse a la ventana trasera de la cocina y mirar. Segundos después vio que un hombre salía del edificio, cruzaba a toda velocidad un pequeño aparcamiento y desaparecía al doblar una esquina. Era blanco, de alrededor de un metro ochenta de estatura, complexión media, pelo y gorra oscuros y unos veinticinco años. El señor Bullington esperó un momento, luego salió por la puerta de atrás de su piso y, protegido entre las sombras, siguió al hombre. Oyó el ruido del motor de un coche al ponerse en marcha y, escondido detrás de unos arbustos, vio al asesino alejarse en un Ford Fairlane de 1961 de color marrón claro y con matrícula de Mississippi. No obstante, estaba demasiado lejos para ver los números.

Fortier estaba muerto en su cama, pero Rita no. Los médicos esperaron tres días para desconectarla, pero ella aguantó. Al cuarto empezó a murmurar.

La noticia de los asesinatos despertó interés a lo largo de toda la costa, pero no sorprendió a nadie. Los periódicos describieron a Fortier como un vendedor de coches usados con un pasado escabroso. Había trabajado en los clubes de Biloxi y cumplido condena por agresión con agravantes. El último empleo de Rita había sido sirviendo mesas en un asador de Pascagoula, pero sus huellas no tardaron en revelar una larga carrera como camarera en el Carousel. Un empleado que los conocía a los dos declaró que habían mantenido una relación amorosa intermitente durante muchos años. Según él, Rita solo era camarera y nunca había trabajado en las habitaciones del piso de arriba. Aunque tampoco importaba mucho, teniendo en cuenta que sobrevivía conectada a una máquina.

Pascagoula se encontraba en el condado de Jackson, dominio del sheriff Heywood Hester, un funcionario público relativamente honesto que detestaba tener en la puerta de al lado a Lorzas Bowman y su maquinaria. El hombre llamó de inmediato a la policía estatal y centró toda su atención en la investigación. Sus ciudadanos no veían los tiroteos entre bandas con tan buenos ojos como los del condado de Harrison, de modo que estaba decidido a resolver el asesinato y llevar a alguien ante la justicia.

Una semana después de los hechos, Rita consiguió garabatear en un bloc de notas el nombre «Nevin». Eludiendo a las autoridades de Biloxi, un agente encubierto de la policía estatal merodeó por el Strip el tiempo necesario para enterarse de la animadversión existente entre Lance Malco y Marcus Dean Poppy. Todo el mundo sabía que Nevin era uno de los subjefes de Malco. Resultó bastante sencillo averiguar que era propietario de un Ford Fairlane de 1961 de color marrón claro y el señor Bullington lo identificó.

En un ataque por sorpresa a las tres de la madrugada, Nevin Noll se despertó al oír el golpeteo de unos nudillos en la puerta de su casa. Siempre se enfrentaba a las visitas sospechosas del mismo modo, así que sacó una pistola pequeña de debajo del colchón. En la puerta, le informaron de que la policía tenía una orden de arresto contra él y otra para registrar su apartamento. Estaba rodeado. «Salga con las manos en alto». Obedeció y nadie resultó herido.

Se lo llevaron a Pascagoula y lo encerraron sin fianza. La policía registró su apartamento y encontró un pequeño arsenal de pistolas, rifles, escopetas, puños americanos, navajas automáticas, porras y cualquier otra arma que un matón digno de ese nombre pudiera necesitar. La policía estatal y el sheriff Hester intentaron interrogarlo, pero Nevin exigió un abogado.

Lance Malco estaba furioso con él por haberse metido en un lío tan grave. Aunque había autorizado el golpe contra Fortier ordenándole al joven que se encargara del asunto, había dado por hecho que recurriría a un sicario. Nevin llevaba años dándole la lata para que lo dejara matar a alguien, decía que estaba cansado de las palizas y que quería progresar, pero, a base de reprimendas, Lance lo había obligado a dejar el tema. Quería que se quedara justo donde estaba, a su lado. Los asesinatos a sueldo solo costaban cinco mil dólares por servicio. Nevin valía mucho más que eso.

Lance fue a visitarlo a la cárcel dos días después del arresto y se reunió en privado con él. Después de echarle una buena bronca, en la que le dejó claro lo estúpido que había sido al matar a Fortier en el condado de Jackson en vez de en el de Harrison, donde Lorzas estaba al mando, y después de señalar otros cuantos errores evidentes del chico, el jefe le preguntó por la mujer, Rita. En principio, no tendría que haber estado allí. Fortier vivía solo y Nevin había dado por sentado que volvería solo a última hora de la noche de aquel sábado. Ya estaba en la casa, escondido, cuando la pareja entró tambaleándose y empezó a desnudarse. No tuvo más remedio que matarla a ella también, o al menos intentarlo.

—Pues has fallado, ¿no? Ha sobrevivido y ahora está hablando con la policía.

—Le disparé tres veces. Es un milagro.

—¿No sabías que los milagros ocurren? No dejar nunca un testigo es una regla básica.

—Ya, ya lo sé. ¿No podemos encargarnos de ella?

—Cállate. Ya tienes bastantes problemas.

—¿Puedes sacarme de aquí?

—Estoy en ello. Burch vendrá mañana. Haz todo lo que te diga.

Joshua Burch era un conocido abogado penalista de la costa. Su reputación se extendía desde Mobile hasta Nueva Orleans y era el tipo al que había que recurrir cuando un hombre con algo de dinero se encontraba en apuros. Hacía tiempo que se había convertido en uno de los favoritos de los gánsteres y era un habitual de los bares más elegantes del Strip. Trabajaba mucho y se divertía aún más, pero mantenía una fachada de respetabilidad ante la comunidad. Era un abogado feroz en la sala del juzgado; mantenía la calma bajo presión y siempre estaba bien preparado. Los jurados confiaban en él, independientemente de las cosas horribles de las que hubieran acusado a sus clientes, y rara vez perdía un veredicto. Cuando Burch participaba en un caso, la sala siempre estaba abarrotada.

Se entusiasmó al conocer la noticia del asesinato de Fortier; sospechaba que estaba relacionado con las bandas y pasó casi una semana esperando la llamada. Quería que la policía detuviera a alguien y resolviese el crimen. Burch deseaba que lo llamaran para la defensa.

Lo primero que no le gustó de Nevin Noll fue la mirada: fría, dura, ni un parpadeo; era la expresión de un psicópata que no conocía la piedad. Mira así a un miembro del jurado y votará a favor de la condena sin pensárselo dos veces. Tenían que trabajar esa mirada, puede que empezando con un par de gafas extrañas.

Lo segundo fue la arrogancia. Pese a estar encerrado en una cárcel del condado, el chico se mostraba arrogante, imperturbable y despreocupado ante la gravedad de los cargos que se le imputaban. No pasaba nada o, si pasaba, estaba claro que no era algo que no pudiera borrarse del mapa. Burch tendría que enseñarle humildad.

—¿Dónde estabas en el momento del asesinato? —le preguntó a su cliente.

—No lo sé. ¿Dónde quiere que estuviera?

Hasta el momento no había obtenido ni una sola respuesta clara.

—Bueno, parece que el estado está montando un caso bastante convincente. Los policías creen que tienen el arma homicida, aunque Balística aún no lo ha confirmado. Hay un par de testigos, uno de los cuales recibió tres tiros en la cara y, evidentemente, afirma que fuiste tú quien apretó el gatillo. Vamos a empezar con mal pie en esto, Nevin. Y, cuando las pruebas están en contra del acusado, suele resultar útil que tenga una coartada. ¿Es posible que estuvieras jugando al póquer con unos amigos en Biloxi mientras disparaban al señor Fortier en Pascagoula? ¿O quizá con una novia? Al fin y al cabo era sábado por la noche.

—¿A qué hora creen que le dispararon?

—La estimación preliminar es que en torno a las once y media.

—Fue más bien hacia la medianoche. Pues, sí, mira, estaba jugando a las cartas con unos amigos y luego, sobre las doce, me fui a la cama con mi chica. ¿Qué le parece?

—Me parece estupendo. ¿Quiénes eran tus amigos?

—Eh… Bueno, tendré que pensarlo.

—Vale, ¿quién es tu chica?

—También tengo que pensarlo. Son más de una, ¿sabe?

—Entiendo. Aclara bien lo de los nombres, Nevin. Son personas a las que se les pedirá que suban al estrado y verifiquen tu historia, así que tienen que ser muy de fiar.

—No hay problema. Tengo muchos amigos. ¿Puede sacarme de aquí?

—Estamos en ello, pero tu fianza está fijada en un millón de pavos. El juez no ve el asesinato con buenos ojos, ni siquiera si se trata de una sabandija como Fortier. Tenemos una audiencia sobre la fianza la semana próxima e intentaré que la baje. El señor Malco está dispuesto a ofrecer varios inmuebles. Ya veremos.

Dos semanas después del entierro de Fortier, Marcus Dean Poppy se apropió de la mesa en la que desayunaba todos los días en el comedor principal del hotel Arlington de Hot Springs, Arkansas. No había asistido al más que parco funeral a pie de sepultura que se le había ofrecido; de hecho, ni siquiera se le pasaba por la cabeza acercarse a Biloxi. El asesinato era una clara advertencia para el señor Poppy, que la había entendido a la perfección y estaba haciendo planes para irse a Sudamérica durante unos meses. Ya estaría allí de no ser por la increíble racha de buena suerte que estaba teniendo en Oaklawn, el hipódromo cercano. No podía marcharse ahora. Su ángel le decía que recogiera sus ganancias y se largara de inmediato. Su demonio lo había convencido de que su racha de suerte no acabaría jamás. De momento el control lo tenía el segundo.

Wilfred, su camarero, que llevaba un esmoquin negro desvaído, le sirvió un bloody mary en vaso alto y le dijo:

—Buenos días, señor Poppy. ¿Lo de siempre?

—Buenos días, Wilfred. Sí, por favor.

Cogió su copa, miró a su alrededor para ver si alguien lo observaba y luego bebió un buen trago a través de la pajita. Chasqueó los labios, sonrió y esperó a que el vodka le llegara pronto al cerebro y le despejase algunas telarañas de la noche anterior. Estaba bebiendo demasiado, pero también estaba ganando. ¿Por qué enredar con una combinación tan maravillosa? Cogió un periódico, lo abrió por la sección de deportes y empezó a consultar las carreras del día. Volvió a sonreír. Era asombroso lo rápido que viajaba el vodka de la pajita a las telarañas.

Wilfred le sirvió dos huevos revueltos con tostadas untadas en mantequilla y le preguntó si deseaba algo más. El señor Poppy le hizo un gesto grosero con la mano para que se marchara. De pronto, cuando se llevó un bocado de huevos a la boca, apareció un joven caballero vestido con un traje muy elegante y, sin mediar palabra, se sentó frente a él.

—¡Oye! —exclamó el señor Poppy.

Nevin dijo:

—Mira, Marcus Dean, trabajo para Lance y te manda recuerdos. Ya nos hemos encargado de Fortier. Tú eres el siguiente. ¿Dónde está el dinero?

Aquel se atragantó con los huevos y tosió hasta escupirlos. Se limpió la camisa con una servilleta de lino e intentó no dejarse arrastrar por el pánico. Bebió un poco de agua helada y se aclaró la garganta.

—El periódico decía que estabas en la cárcel.

—¿Te crees todo lo que lees en los periódicos?

—Pero...

—He salido bajo fianza. Todavía no hay fecha para el juicio. ¿Dónde está el dinero, Marcus Dean? Diez de los grandes, en efectivo.

—Bueno, eh... A ver, no es tan fácil.

Nevin echó un vistazo en torno a la sala y dijo:

—Últimamente vives muy bien. Te has buscado un sitio muy bonito, entiendo que Al Capone fuera un huésped habitual en su día. Las habitaciones no son baratas. Hay carreras de ponis todos los días. Tienes veinticuatro horas, Marcus Dean.

Wilfred se acercó con cara de preocupación y preguntó:

—¿Va todo bien, señor Poppy?

El hombre consiguió asentir con aire vacilante. Nevin señaló el bloody mary y dijo:

—Tomaré uno de esos.

Marcus Dean observó al camarero mientras se alejaba y a continuación preguntó:

—¿Cómo me has encontrado?

—Eso no importa, Poppy. Nada importa, salvo los diez mil dólares. Quedaremos para desayunar aquí mañana por la mañana a la misma hora y me darás el dinero. Y no hagas ninguna tontería, como intentar escapar. No estoy solo y te estamos vigilando.

Marcus Dean cogió el tenedor y luego lo dejó caer. Le temblaban las manos y tenía la frente perlada de gotas de sudor. Al otro lado de la mesa, el joven Nevin Noll se mostraba muy tranquilo, incluso sonreía. Cuando llegó el segundo bloody mary, le dio un buen sorbo. Miró hacia el plato y le preguntó a su acompañante:

—¿Vas a comerte las tostadas enteras?

—No.

Estiró la mano, levantó media rebanada de pan y se la comió casi toda.

Marcus Dean se terminó la copa y le pareció que respiraba mejor.

En voz baja, dijo:

—Aclaremos una cosa. Te doy el dinero y, después, ¿qué pasa?

—Que me marcho y se lo entrego al señor Malco, el legítimo propietario.

—¿Y a mí qué me pasa?

—A ti no merece la pena matarte, Poppy. ¿Para qué molestarse? A menos, claro, que decidas regresar a la costa. Eso sería un tremendo error.

—No te preocupes. No volveré.

Nevin bebió otro sorbo generoso y continuó sonriendo. Marcus Dean respiró hondo y dijo casi en un susurro:

—Verás, hay una forma más sencilla de hacer todo esto.

—Soy todo oídos.

Poppy miró de nuevo a su alrededor como si hubiera espías vigilándolo. En la mesa más cercana, una pareja de más de noventa años removía sus respectivas gachas de avena y trataban de ignorarse mutuamente.

—Vale, el dinero está arriba, en mi habitación —dijo—. No te muevas de aquí e iré a por él.

—Me gusta. Mejor pronto que tarde.

—Dame diez minutos.

Se limpió la boca y, a continuación, dejó la servilleta sobre la mesa.

—Te espero aquí —dijo Noll—. Nada de cosas raras. Tengo hombres fuera. Si te pones tonto, te liquidaré aún más deprisa que a Fortier. No tienes ni idea, Poppy, de lo cerca que está ahora mismo de terminar mal.

Al contrario: lo sabía muy bien. Le entregó el dinero en un sobre y se quedó mirando a Noll mientras este salía del restaurante. Se tomó otro bloody mary para calmar los nervios y luego se encaminó hacia el baño, entró en la cocina, bajó las escaleras del sótano, salió por una puerta de servicio y se escondió en un callejón hasta que estuvo convencido de que no lo observaba nadie. Se metió en el coche, arrancó y no consiguió relajarse hasta que cruzó la frontera con Texas.

11

El fiscal del decimonoveno distrito era un joven solemne e inexperto llamado Pat Graebel. Había salido elegido hacía cuatro años y, en 1963, cuando volvía a optar al puesto sin oposición, le llegó su mayor caso como caído del cielo. Nunca había procesado a nadie por asesinato y el hecho de que Nevin Noll fuera una figura tan conocida en los bajos fondos de Biloxi aumentaba aún más las expectativas. Los ciudadanos del condado de Jackson, los mismos que habían votado a Graebel como fiscal de distrito, se enorgullecían de su reputación de personas que acataban la ley y miraban con desprecio a la gentuza que tenían al lado, en Biloxi. De vez en cuando, la delincuencia se desbordaba, les salpicaba y tenían que hacerse cargo del desaguisado, cosa que generaba todavía más resentimiento. La presión que sentía el joven Graebel por conseguir una condena era enorme.

Al principio, el caso parecía irrefutable. Rita Luten, la otra víctima y testigo fiable, se recuperaba a un ritmo lento pero constante. Estaba paralizada y apenas podía hablar, pero los médicos esperaban que su estado mejorara. El señor Bullington, el vecino de la puerta de al lado, estaba aún más seguro de que había visto a Nevin Noll escapar de la escena del crimen. El experto en balística del laboratorio estatal de criminalística decía que el revólver de calibre 22 encontrado en el apartamento de Noll era la misma arma con que se habían efectuado los seis disparos. El móvil sería más difícil de demostrar, dados los caprichos de los bajos fondos, pero la acusación creía que podría presentar testigos del Strip que, bajo presión, declarasen que el tiroteo fue resultado de un acuerdo comercial que se había ido al garete. Otra aterradora historia de violencia entre bandas.

Pat Graebel no tenía ni la menor idea de hasta qué punto era capaz la mafia de sabotear un caso. Una semana antes de la fecha prevista para el inicio del juicio en el juzgado del condado de Jackson, en Pascagoula, Rita Luten desapareció. Él no se había tomado la molestia de enviarle una citación, un error perdonable pero muy grave. Dio por hecho, como todos los demás, que la mujer se presentaría de buen grado y señalaría al acusado como el asesino que le había pegado tres tiros en la cara. Es cierto que Rita quería justicia, pero lo que necesitaba de verdad era dinero. Una noche, ya tarde, se subió voluntariamente a una ambulancia y la trasladaron a un centro de rehabilitación privado en las inmediaciones de Houston, donde ingresó bajo seudónimo. Todos los contactos se gestionaban a través de un abogado que trabajaba para Lance Malco, al que también se le enviaban las facturas, pero eso no llegaría a demostrarse jamás. Graebel tardó tres meses en localizarla y, para entonces, ya hacía tiempo que el juicio había terminado.

El siguiente testigo en desaparecer fue el señor Bullington. Al igual que Rita, se marchó en plena noche y no paró de conducir hasta que se registró en el hotel y casino Flamingo de Las Vegas. No solo tenía algo de dinero en efectivo en el bolsillo, sino también el consuelo de saber que los dos matones que lo habían estado siguiendo no le pegarían una paliza que lo dejara inconsciente.

El día anterior al comienzo el juicio, Graebel solicitó una audiencia y, durante el transcurso, puso el grito en el cielo por la desaparición de sus testigos. Joshua Burch le siguió el juego y se mostró sumamente preocupado por lo ocurrido, además de asegurarle al tribunal que no sabía nada al respecto. Era demasiado inteligente para ensuciarse las manos intimidando a testigos.

Burch había tendido otra trampa y Graebel cayó de lleno en ella. El abogado defensor logró convencer al juez de que juzgara los dos casos por separado, empezando por el asesinato de Fortier. El tiroteo contra Rita Luten y su intento de asesinato irían a juicio un mes más tarde. Ella sería una testigo importante en el juicio de Fortier, pero su ausencia no tenía por qué malograr el proceso.

Burch sabía que desaparecería en el último momento, aunque nunca lo reconoció.

En la audiencia, Graebel argumentó con vehemencia que las fuerzas del mal estaban actuando, que intentaban socavar su caso, así como boicotear la justicia y demás. Sin embargo, sin pruebas, el juez no podía hacer nada. Como la acusación no tenía ni idea de dónde estaban Rita y el señor Bullington en ese momento, parecía poco probable que los encontraran y se presentaran para testificar. El juicio debía continuar.

Un buen juicio por asesinato rompía la monotonía de cualquier ciudad pequeña, así que la sala del juzgado estaba abarrotada cuando los doce elegidos tomaron asiento y miraron a los abogados. Pat Graebel fue el primero en intervenir y se aturulló bastante. En su defensa hay que decir que resultaba difícil decir qué pretendía probar el Estado cuando no tenía ni idea de cuál de sus testigos sería el siguiente en desaparecer. Se apoyó mucho en el arma del crimen y agitó la pistola de un lado a otro como si estuviera desalojando un salón en el salvaje Oeste. Los expertos del laboratorio criminalístico del estado testificarían que la pistola se utilizó para matar a Earl Fortier y herir de gravedad a Rita Luten. Y que la misma pistola se encontró en el apartamento del acusado, Nevin Noll, junto con otras muchas armas.

Hacia el final de su alegato de apertura, tartamudeando y balbuceando, Graebel trató de vincular décadas de corrupción y crimen organizado a lo largo de «la costa, tan querida por todos», con las fuerzas del mal que seguían actuando «por ahí», pero se mostró incapaz de atar cabos. No fue una buena intervención en su juicio más importante.

Joshua Burch, por el contrario, ocupaba el centro del escenario en una sala en la que había defendido muchos casos. Lucía un traje milrayas de color gris claro con el chaleco a juego y lo había complementado con un pañuelo de bolsillo rosa, un reloj de bolsillo y una cadena de oro. Cuando se levantó de la mesa de la defensa, se encendió un puro y se dedicó a lanzar nubes de humo por encima de los miembros del jurado mientras se paseaba de un lado a otro.

El Estado no tenía ninguna prueba, ningún testimonio. Había arrastrado a su cliente, Nevin Noll, un joven sin antecedentes penales de ningún tipo, hasta la sala del juzgado con cargos falsos. La ley no exigía que subiera al estrado, pero esperen. El señor Noll estaba ansioso por sentarse en él, jurar que diría la verdad y contarle al jurado exactamente lo que no había hecho. Los cargos contra él eran inaceptables. La policía había detenido a la persona equivocada. El juicio era una pérdida de tiempo, porque, en ese mismo instante, el hombre que había matado a Earl Fortier estaba ahí fuera, en la calle, seguro que riéndose del espectáculo que se estaba produciendo en la sala.

Primero fue el turno del Estado y Graebel estaba impaciente por ganar puntos con las sangrientas fotografías de la escena del crimen. Los miembros del jurado, alarmados, se las pasaron con rapidez e intentaron no quedarse mirándolas boquiabiertos. Los inspectores expusieron los datos relativos al apartamento y la posición de los cadáveres. El forense se pasó dos horas explicando con todo detalle qué había matado a Earl Fortier, aunque para los miembros del jurado, y para todos los demás, resultaba bastante obvio que la causa habían sido los tres balazos en la cabeza.

Joshua Burch sabía muy bien que no debía enzarzarse en una discusión con un experto y solo le hizo unas cuantas preguntas sin importancia. Nevin Noll permaneció sentado a su lado y se las ingenió para transmitir una imagen de seguridad. La mirada fría y dura había desaparecido, sustituida por una sonrisa constante lograda a base de relajantes musculares. La jurado número siete era una joven de veintiséis años atractiva con la que intercambió miradas en varias ocasiones.

La prueba más importante apareció el segundo día a primera hora, cuando el experto en balística del Estado vinculó el arma del crimen directamente con el acusado. No tenía vuelta de hoja. El revólver de calibre 22 del que se habían incautado en el apartamento de Noll era, sin lugar a duda, el mismo que se había utilizado para matar a Earl Fortier y herir a Rita Luten.

Cuando el Estado dio por concluida su intervención a la hora de la comida, su caso parecía sólido.

Después de comer, no obstante, Joshua Burch no tardó en empezar a socavarlo. Comenzó hablando de una partida de póquer en una trastienda del Foxy's y llamó al estrado a tres jóvenes que declararon bajo juramento que, en el momento del asesinato, estaban jugando a las cartas con Noll a más de treinta kilómetros de distancia. En el turno de preguntas de la acusación, Graebel se abalanzó sobre ellos y estableció que los tres eran amigos de aquel y trabajaban en una de las varias empresas propiedad de Lance Malco. Aun así, Joshua Burch los había preparado a conciencia y los tres consiguieron evadir las insinuaciones con protestas de que, sí, eran amigos y demás, pero nada podría disuadirlos de decir la verdad. Jugaban a las cartas a menudo y, sí, iban a fiestas, se lo pasaban bien con jovencitas y consumían cerveza y whisky del bueno. Qué narices, todos estaban solteros y tenían poco más de veinte años, así que ¿por qué no?

A continuación llegó Bridgette y se convirtió en la estrella del espectáculo. Le contó al jurado que Nevin y ella llevaban saliendo unos meses y que empezaban a ver un futuro juntos. La noche en cuestión, ella estaba trabajando de camarera en el Foxy's y había quedado con él cuando este terminara su partida de póquer. Siguieron el plan y, hacia medianoche, estaban juntos en una habitación del piso de arriba. Era muy atractiva, tenía unas curvas rotundas y una larga melena rubia y, cuando hablaba, era como si arrullara el micrófono al estilo Marilyn Monroe.

El jurado estaba compuesto por diez hombres y dos mujeres. La mayoría de los varones se quedaron embobados con Bridgette y su testimonio, sin duda pensando que el acusado se lo había pasado de muerte aquella noche. La idea de que Noll la hubiera dejado sola en la cama y se hubiese marchado corriendo a disparar a dos personas en la cabeza les parecía ridícula.

Graebel indagó en el pasado de ella, pero no encontró gran cosa. También la habían aleccionado bien. Le preguntó con curiosidad por las habitaciones del piso de arriba y cayó en otra trampa. Bridgette se ofendió y le espetó: «¡No soy puta, señor Graebel! Soy camarera y tengo tres trabajos para poder volver a la universidad». Él se quedó paralizado como un ciervo ante los faros de un coche y dejó caer sus notas. De repente, ya no tenía más preguntas para la testigo y volvió corriendo a sentarse en su silla.

Ahora que se había mencionado la universidad, Joshua Burch sintió la necesidad de averiguar más sobre los estudios de la joven durante su segundo interrogatorio. Su sueño era llegar a ser enfermera y luego, quizá, médica. Los hombres del jurado no podían dejar de fantasear con que les tomara la tensión.

Lo cierto era que Doris (su verdadero nombre) era una joven de diecinueve años que había abandonado el instituto y que llevaba al menos dos años atendiendo las necesidades de sus adinerados clientes en las habitaciones del piso de arriba. Con ese aspecto y ese cuerpo era demasiado buena para trabajar como una prostituta normal y corriente y enseguida la habían ascendido a la primera categoría, en la que el club cobraba setenta y cinco dólares por una hora en su compañía. Sus clientes eran mayores y tenían más dinero.

Cuando Joshua Burch terminó de interrogarla, le ordenaron que se retirara. La mayoría de los miembros masculinos del jurado observaron todos y cada uno de sus movimientos mientras abandonaba la sala. No les costó creerse la coartada de la defensa.

Y lo de la pistola también tenía una explicación. Joshua tuvo la astucia de llamar a su cliente al estrado justo después de que Bridgette se hubiera marchado. Nevin, que había recibido una preparación exhaustiva, miró a los miembros del jurado con una expresión solemne y el ceño fruncido cuando puso la mano sobre la Biblia y juró decir la verdad; luego empezó a mentir.

Mintió acerca de la partida de póquer con sus tres amigos, mintió acerca del encuentro amoroso con Bridgette en el preciso instante en el que estaban disparando a Fortier y a Rita y mintió acerca de la pistola. Cierto, estaba en su poder, como muchas otras armas.

—¿Por qué tiene tantas? —le preguntó Burch en tono teatral.

—Por una razón muy sencilla —respondió Noll con gran seriedad—. En mi trabajo como encargado de seguridad del club, muchas veces tengo que disolver peleas y pedirles a algunos de nuestros clientes más alborotadores que se vayan. No es raro que lleven pistolas y navajas. A veces se las quito. Otras me limito a decirles que se marchen. Es un trabajo que puede resultar arriesgado, sobre todo los viernes y los sábados por la noche, cuando la gente tiene ganas de bulla. Algunos vuelven al club al día siguiente o al otro, se disculpan y nos piden que les devolvamos las armas. A otros no volvemos a verles el pelo. Con los años he ido acumulando una buena colección. Me quedo con las mejores y el resto las vendo.

Joshua Burch se acercó a la mesa de la taquígrafa, cogió la Ruger y se la pasó al testigo.

—Dígame, señor Noll, ¿reconoce esta pistola?

—Sí, señor.

—¿Y cuándo la vio por primera vez?

Nevin pareció devanarse los sesos para tratar de dar con la fecha exacta, pese a que ya se la habían proporcionado hacía varias semanas.

—Pues creo que fue el martes después de que dispararan al señor Fortier.

—Cuéntele al jurado lo que ocurrió.

—Sí, señor. Estaba en el Foxy's y no había mucho movimiento, que es lo normal a esas alturas de la semana. Entonces entraron dos tipos, se sentaron a una mesa en una esquina y pidieron unas copas. Dos de nuestras chicas se unieron a ellos y continuaron bebiendo. Varias rondas más tarde se pusieron a discutir con unos que estaban jugando al billar por algo relacionado con una de ellas. Antes de que nos diéramos cuenta, se había convertido en una pelea en toda regla: volaban las sillas, las botellas, los palos de billar… Las chicas gritaban. Intentamos separarlos. Vi que uno de ellos echaba mano a una pistola, a esta que tenemos aquí; la llevaba en el bolsillo del abrigo, pero no le dio tiempo a sacarla antes de que lo golpearan en la cabeza con un taco de billar. Le abrió la cabeza. Le quité el arma antes de que terminara matando a alguien y enseguida controlamos la situación. Eché del club a los dos primeros, los metí en su coche y les dije que no se les ocurriera volver. Estaban muy borrachos. El dueño de la pistola tenía la cara llena de sangre. No los había visto nunca y no los he vuelto a ver.

—¿Y se quedó con el arma?

—Sí, señor. Me la llevé a casa y la limpié. Es de calidad, esperaba que el dueño volviera al club y preguntara por ella. Sin embargo, como ya he dicho, no he vuelto a verlo.

—¿Puede describirle al jurado cómo era el hombre?

Nevin se encogió de hombros. Cuando creas un personaje ficticio, puede ser lo que te dé la gana.

—Sí, señor. De mi estatura y complexión, más o menos; diría que tenía unos treinta años, con el pelo moreno.

—Cuando se marcharon, ¿conducía él?

—No, señor. El coche era suyo, pero estaba bastante machacado y su amigo se puso al volante.

—¿Qué coche era?

—Un Ford Fairlane, marrón claro.

Pat Graebel se hundió unos cuantos centímetros más en su silla mientras su caso entero quedaba reducido a cenizas. Lo de la coartada estaba colando. Bridgette y los chicos del póquer lo habían clavado. Ahora también había perdido la pistola humeante, la habían hecho desaparecer con una explicación que le impediría volver a recuperarla como prueba clara de culpabilidad.

Por lo general, a los fiscales no se les ofrece la oportunidad de interrogar a acusados que son delincuentes conocidos y trabajan para mafiosos conocidos. Tienen historiales y antecedentes penales que deben mantenerse alejados del jurado. Sin embargo,

Nevin Noll se encontraba en los inicios de su carrera y todavía no lo habían condenado por nada grave o delictivo y, además, se mostraba plenamente confiado en su capacidad de hacer frente a cualquier cosa con la que Graebel pudiera atacarlo.

Este le preguntó:

—Señor Noll, ¿quién es su jefe?

—Trabajo en el restaurante Foxy's, en Biloxi.

—¿Y quién es el dueño del Foxy's?

—El señor Lance Malco.

—Según ha dicho, usted es el encargado de seguridad.

—Eso es.

—¿Y en qué consiste ese trabajo?

—Me encargo de la seguridad.

—Entiendo. ¿Por qué se necesita seguridad en un restaurante?

—¿Por qué se necesita seguridad en cualquier negocio?

—Las preguntas las formulo yo, señor Noll.

—Sí, señor. Adelante.

—¿A qué tipo de problemas de seguridad se enfrentan en el restaurante Foxy's de Biloxi?

—Bueno, acabo de describir una pelea. Ocurren de vez en cuando; tenemos que disolverlas y, en fin, deshacernos de los camorristas.

—Ha dicho que los dos hombres estaban bebiendo, ¿verdad?

—Así es.

—¿O sea que en el Foxy's se sirve alcohol?

—¿Es una pregunta?

—Eso diría yo, sí.

Noll rompió a reír y miró a los miembros del jurado, la mayoría de los cuales estaban a punto de unirse a él.

—Señor Graebel, ¿me está preguntando si servimos bebidas alcohólicas en el Foxy's? Porque, si es así, la respuesta es sí.

—Y eso es ilegal, ¿no?

Noll sonrió y levantó ambas manos.

—Vaya a hablar con mi jefe, ¿vale? Yo no soy el dueño y no sirvo copas. Me están juzgando por asesinato, ¿no le parece ya bastante grave?

Varios de los miembros masculinos del jurado estallaron en carcajadas, lo que provocó que a Noll se le escapara la risa de nuevo. El buen humor se propagó de inmediato por la sala y decenas de espectadores se unieron a la diversión.

El pobre y joven Pat Graebel se quedó plantado junto al estrado, convertido en el blanco del chiste, en el tonto del momento, en el gran fiscal cuyo caso había quedado en nada.

Dos horas más tarde, los miembros del jurado volvieron a entrar en la sala. La mayor parte de ellos parecían haberse divertido con el proceso. El juicio se había convertido en una parodia. Los doce votaron «no culpable» y Nevin Noll quedó absuelto de su primera acusación.

12

Keith estaba de jardinero derecho, medio dormido, con un ojo puesto en las luciérnagas que titilaban en la penumbra, y el otro, en la acción que se desarrollaba a lo lejos. Las bases estaban llenas, el lanzador lo estaba pasando mal y… a nadie le importaba. El partido no tenía ninguna relevancia. Se trataba de un torneo insignificante cuya intención era atraer a equipos de toda la costa, pero la mayoría se había echado atrás. El ganador no avanzaría hacia ningún sitio. La temporada de la Legión Estadounidense había terminado y los chicos estaban cansados de jugar. Resultaba obvio que los padres también lo estaban, puesto que no había nadie en las gradas, solo unas cuantas novias aburridas cotilleando entre ellas y haciendo caso omiso del partido.

Se oyó un claxon en el aparcamiento y Keith saludó con la mano a su pandilla. El coche era un Pontiac Grand Prix de 1963, nuevo, de color rojo manzana y descapotable, puede que el vehículo más alucinante de todo Biloxi en ese momento. El conductor era Hugh Malco, y la ocasión, su decimosexto cumpleaños. El coche había sido una sorpresa de su padre, y los chicos, todos los cuales aún conducían el viejo sedán familiar, y eso si tenían suerte, nunca habían visto un regalo mejor. Por supuesto, sentían envidia, pero también estaban entusiasmados de poder pasearse por las calles de la ciudad con tanto estilo. Hugh parecía decidido a agotar la garantía de veinte mil kilómetros en los dos primeros meses. Siempre tenía dinero para gasolina gracias a lo que ganaba trabajando para su padre y también a una paga generosa.

Y disponía de mucho tiempo libre. Había dejado el béisbol y los demás deportes de equipo y, para divertirse, entrenaba en el gimnasio Buster tres días a la semana. Participaba en torneos de boxeo por todo el estado y perdía tantos como ganaba, pero le encantaba la emoción del combate. También se enorgullecía del hecho de que él se subiera al cuadrilátero y sus amigos no. Lo animaban, pero no tenían agallas para ponerse los guantes.

Una pelota lenta y perezosa se desvió hacia la línea del campo exterior derecho y Keith la cogió al vuelo, lo que supuso la eliminación final. Diez minutos más tarde estaba en el asiento trasero del Grand Prix camino del puerto deportivo. Hugh iba al volante y conducía con más precaución desde que la semana anterior le habían puesto una segunda multa por exceso de velocidad. El copiloto era Denny Smith, que estaba a cargo de la nevera de las cervezas. Junto a Keith, en la parte trasera, iba Joey Grasich, otro chico de Point Cadet que había empezado la primaria con Hugh y con Keith. El padre de Joey era capitán de barco y se ganaba la vida pescando. Era dueño de varias embarcaciones, entre ellas la lancha de ocho metros de eslora que los chicos iban a tomar prestada para el viaje. Todos los padres le habían dado el visto bueno a la aventura: una acampada de fin de semana en Ship Island.

Vaciaron el maletero del Grand Prix y cargaron el equipo y las neveras en el barco. A Hugh no le hacía ninguna gracia dejar su coche nuevo en el aparcamiento del puerto deportivo, pero no tenía más remedio. Lo admiró, le limpió una mancha que vio en el parachoques trasero, lo cerró con llave y después bajó corriendo por el muelle y se subió de un salto a la lancha que ya se alejaba. El práctico del puerto silbó a Joey y le dijo que redujera la velocidad. El muchacho obedeció mientras abrían otra ronda de latas de Schlitz. Pronto llegaron al estrecho del Mississippi y las luces de la ciudad comenzaron a desvanecerse tras ellos.

Ship Island era una franja estrecha de tierra a veinte kilómetros de distancia. Era una isla barrera que se llevaba la peor parte de los muchos huracanes que azotaban la costa, pero, entre tormenta y tormenta, era popular entre campistas y excursionistas. Los fines de semana, las familias se acercaban en barco hasta allí para disfrutar de largos pícnics. Los ferris organizaban excursiones para turistas y lugareños. Los adolescentes se escapaban a la isla para entregarse a los juegos propios de su edad y portarse mal. Se sabía que los soldados pasaban fines de semana de borrachera allí; sus fiestas suscitaban quejas constantes.

Los cuatro amigos conocían bien la isla y pescaban en sus aguas desde que eran pequeños. Navegando en aquella lancha, que contaba con un pequeño motor fueraborda, estaba a una hora de distancia. Se quitaron los pantalones cortos y se relajaron en la cubierta mientras traqueteaban por el agua. Se encendieron cada uno un cigarrillo y se abrieron una cerveza. Keith no era fumador, pero de vez en cuando disfrutaba de un Marlboro. Sin contar a Hugh y el boxeo, era el único deportista serio que quedaba en el grupo. No tardaría en empezar su tercer curso en el instituto y tenía probabilidades de ser *quarterback*. Los dos temidos entrenamientos diarios estaban a la vuelta de la esquina y no le quedaba mucho para ponerse en forma. Seguro que, con el calor y la humedad, expulsaría aquella cerveza tan rica por los poros de la piel. Durante las carreras de velocidad, el mero hecho de pensar en un cigarrillo le provocaría arcadas. Pero, de momento, saborearía sus pequeños vicios. Los chicos tenían dieciséis años y ser independientes durante un fin de semana, libres para hacer casi lo que quisieran, los tenía entusiasmados.

Joey, el capitán del barco, había jugado en las Ligas Menores de béisbol contra Keith y Hugh, pero nunca había llegado a ser un jugador estrella. Al igual que su padre, prefería pasar el tiempo en el barco y en el Golfo, a ser posible practicando pesca deportiva. Denny Smith era, quizá, el chico más lento del instituto de Biloxi y nunca había probado los deportes de equipo. Era un buen músico que sabía tocar varios instrumentos. Sacó la guitarra y empezó a rasguearla mientras se acercaban a la isla.

Era bien sabido que Hugh frecuentaba los clubes que los demás tenían estrictamente prohibidos. No fanfarroneaba, pero sí dejaba entrever que había estado con varias de las chicas que trabajaban en el negocio familiar. Nunca les había hablado a sus amigos de Cindy y no reconocería que se había enamorado hasta la médula de una prostituta adolescente ni aunque lo apuntaran con una pistola. Ella ya era historia y él había pasado a otras chicas, siempre vigilado de cerca por Nevin Noll. Los chavales bromeaban sobre colarse en los clubes con él y ver a las estríperes. Hugh, sin embargo, sabía que lo decían en serio y estaba decidido a enseñarles a sus amigos las habitaciones del piso de arriba algún día.

Denny siguió rasgueando las cuerdas y tocó «Your Cheatin' Heart», de Hank Williams, uno de los cantantes favoritos de los muchachos y una leyenda que había actuado varias veces en el Slavonian Lodge. También había sido muy conocido en los bares y algunas de sus borracheras eran legendarias. Sus amigos cantaron con él, gritando y desafinando tanto como les vino en gana. No había ningún otro barco a la vista. El estrecho estaba en calma. Había luna llena. Cerca de la playa, Joey detuvo el motor fueraborda y la lancha flotó en silencio hasta la orilla. Descargaron los bártulos, montaron dos tiendas y encendieron un fuego. Colocaron cuatro chuletones gruesos encima de la parrilla y, como no podía ser de otra manera, todos ofrecieron abundantes consejos sobre cómo debían cocinarse. Se los comieron con gusto, los regaron con cerveza y, cuando estuvieron llenos, se sentaron junto al mar a charlar hasta la medianoche mientras las olas rompían con suavidad a su alrededor. Había otra hoguera unos cien metros hacia el este, más campistas, y hacia el oeste oían risas de chicas.

Durmieron hasta tarde y se despertaron bajo un sol abrasador. Se dieron un baño matutino, salieron a explorar y encontraron a las chavalas. Eran un poco mayores y algunas habían ido acompañadas de su novio. Venían de Pass Christian, un pueblo situado unos treinta kilómetros al oeste de Biloxi, y eran bastante simpáticas, pero no querían compañía.

Joey los llevó hasta el muelle de la isla, donde un ferry descargaba a los excursionistas que se acercaban a pasar el día. Un vendedor ofrecía perritos calientes y refrescos y comieron algo ligero mientras contemplaban el ir y venir de los barcos. Cerca de un viejo fuerte vieron a un grupo de soldados de la base aérea disputando un tumultuoso partido de vóley playa. Tenían mucha cerveza y convidaron a sus nuevos invitados a unirse a la diversión. Tenían unos veinte años, procedían de todos los rincones del país, eran más toscos que los muchachos y empleaban un lenguaje más grosero. Keith pensó que lo mejor sería que se negaran educadamente, pero a Hugh le apetecía jugar. Al cabo de una hora bajo el sol y con el ambiente cargado de humedad, suspendieron el partido para tomarse una cerveza y darse un baño en el mar.

A media tarde volvieron al campamento y se echaron una siesta larga. Estaban cansados, torrados y deshidratados por el exceso de cerveza, así que les pareció una idea magnífica abrirse otra ronda. Al ponerse el sol, encendieron una hoguera y se hicieron perritos calientes para cenar.

El domingo, Hugh despertó temprano al resto de la pandilla y les dijo que tenían que darse prisa. El fin de semana les depararía una aventura más, una de la que habían oído hablar, pero que nunca habían vivido. Levantaron el campamento, empujaron la lancha hacia el mar y pusieron rumbo al faro de Biloxi. Una hora más tarde atracaron en el puerto deportivo y descargaron. Hugh se mostró encantado de ver que su reluciente coche nuevo seguía intacto y esperándolos.

Los sacó de la ciudad conduciendo hacia el norte por la autopista 49 durante varios kilómetros y luego enfiló una carretera comarcal que se adentraba en los bosques de pinos. En un camino de grava vieron otros coches y camiones aparcados aquí y allá a lo largo de las cunetas y en los campos. Varios hombres se dirigían a pie hacia un viejo granero con un tejado de zinc descascarado. Aparcaron y siguieron a los demás hasta que los detuvo un hombre con una escopeta.

—Sois demasiado jóvenes para estar aquí —gruñó.

Hugh no se dejó intimidar y dijo:

—Nos ha invitado Nevin Noll.

El tío dejó de fruncir el ceño, asintió y dijo:

—De acuerdo, seguidme.

Cuando se acercaron al granero, empezaron a oír gritos y voces de hombres alterados. Había cola para entrar. Los guiaron hasta una puerta lateral y les dijeron que esperaran. El guardia desapareció en el interior.

—Esto sigue siendo ilegal, ¿no? —preguntó Joey.

—Joder, ya lo creo —contestó Hugh riendo—. Las mejores peleas de gallos de la costa.

Entonces apareció Nevin y Hugh se lo presentó a los otros tres. Se sabían su nombre porque él les había contado innumerables historias. Noll les dijo:

—Quedaos al fondo, lejos del resto de la gente. Esta mañana estamos a tope.

Franquearon la puerta estrecha y entraron en otro mundo.

Habían convertido el granero en una gallera para celebrar peleas de gallos. En el centro había un foso lleno de arena, de unos dos metros cuadrados, y todo lo demás estaba construido a su alrededor. Lo bordeaba un muro de tablas de algo más de medio metro de alto, cuyo objetivo era evitar que los gallos se escaparan, y encima de él había un mostrador estrecho en el que los hombres que estaban sentados en primera fila apoyaban los codos y dejaban las bebidas. Detrás de ellos había varias filas de bancos, cada uno más alto que el anterior, para que los espectadores vieran la acción desde arriba. Tras la última hilera y en los pasillos y las salidas había un batiburrillo de sillas de jardín, butacas de teatro viejas, bancos de iglesia, taburetes, barriles dados la vuelta y cualquier otra cosa apta para sentarse. Solo había hombres. Estaban todos apretujados. Una espesa capa de humo de puros y cigarrillos flotaba sobre la gallera, indiferente al esfuerzo de varios ventiladores de pie enormes que intentaban en vano disipar la humedad. Fuera había al menos treinta y dos grados, pero cerca del foso la temperatura era aún más alta. El tabaco de mascar era muy común y algunos hombres de los asientos delanteros escupían los restos sobre la arena. Casi todos llevaban un vaso de papel alto con alcohol y se pasaban botellas de mano en mano.

Hacían mucho ruido, hablaban a voces e incluso se chillaban desde lados opuestos del foso en tono amistoso para divertirse. Estaban esperando a la siguiente pelea, momento en el que les cambiaría el humor. En una esquina, detrás de una sección de asientos, dos hombres con camisa blanca y corbata trabajaban detrás de un mostrador recogiendo el efectivo, registrando las apuestas, intentando con todas sus fuerzas mantener en orden el ajetreo del juego. En otra esquina, las voces aumentaron aún más de volumen y se oyeron más gritos cuando dos adiestradores entraron desde los corrales exteriores y se encaminaron hacia el foso. Cada uno llevaba un gallo y, cuando entraron en la arena, los levantaron en alto para que la multitud los admirara.

Los gallos de pelea eran agresivos por naturaleza hacia todos los machos de su misma especie. Los buenos criadores elegían a los más pesados y rápidos y los cruzaba una y otra vez para aumentar la fuerza y resistencia de sus ejemplares. Los entrenaban obligándolos a correr largas distancias y a saltar obstáculos y los alimentaban con esteroides y adrenalina para mejorar su rendimiento. Dos semanas antes del combate, los encerraban en una caja pequeña y oscura para aislarlos e incrementar su agresividad.

Ambos adiestradores se movían con mucho cuidado, puesto que los gallos iban equipados con unos garfios de acero afilados como cuchillas atados a las patas, armas mortales que parecían picahielos curvos en miniatura.

Un señor con sombrero de vaquero negro y pajarita a juego gritaba aquí y allá animando a que se hicieran todas las apuestas. Hugh dijo:

—Ese es Phil Arkwright, el dueño del local. Gana mucho dinero con este tinglado.

—¿Y ya habías estado aquí antes? —preguntó Keith pese a que ya sabía la respuesta.

—Un par de veces —respondió Hugh con una sonrisa—. A Nevin le encantan estas peleas.

—¿Y tu padre lo sabe?

—Supongo.

Estaban detrás de la última fila, mirando hacia el foso. Hugh se sentía como en casa. Los otros tres eran incapaces de cerrar la boca. Los dos adiestradores se encontraron en el centro de la gallera, se acuclillaron, dejaron que los gallos se tocaran el pico y luego los soltaron. Los animales lucharon a picotazos mientras graznaban y cacareaban con ferocidad, rodaban por la arena y las plumas volaban. Uno consiguió inmovilizar al otro y lo atacó con los garfios, le clavó los de ambas patas. El pájaro herido consiguió levantarse y tenía sangre en el pecho. Intercambiaban embestidas y heridas y ninguno retrocedía. Al que se le veían más manchas de sangre empezó a desvanecerse y el otro se acercó para rematarlo. La mitad del público quería más sangre; la otra, una pausa. Nadie estaba callado.

Las reglas no preveían un tiempo límite ni paradas. En la gallera de Arkwright, todos los combates eran a muerte.

Cuando el perdedor dejó de moverse, el susodicho entró en el foso y le hizo un gesto al adiestrador del ganador para que se llevara a su pájaro al corral. El hombre consiguió agarrarlo sin que lo acuchillara y lo sostuvo en alto para que el público le aplaudiera. Al gallo no parecía importarle la adulación. Forcejeaba para intentar ver al pájaro moribundo sobre la arena y quería rematarlo. El adiestrador del perdedor apareció con un saco de arpillera, lo recogió con cuidado y se lo llevó a rastras entre los abucheos de quienes habían apostado por él. Su dueño se lo comería para cenar.

Manadas de hombres se abalanzaron sobre la mesa de apuestas para cobrar sus beneficios. Un mozo de cuadra rastrilló la arena e intentó tapar la sangre. Se encendieron puros nuevos y circularon botellas.

Hugh dijo:

—¿Queréis jugar, chicos?

Los tres negaron con la cabeza. Joey preguntó:

—¿Qué opina la policía de esto?

Aquel se echó a reír y señaló el foso.

—Fíjate en la primera fila del otro lado, ¿ves a ese tío gordo con una camisa de rayas y una gorra verde? Es nuestro querido sheriff, Lorzas Bowman. Y ese es el asiento que tiene reservado. Viene todos los domingos por la mañana, excepto durante los años en los que se celebran elecciones, que de vez en cuando va a la iglesia.

—¿Ese es Lorzas Bowman? —dijo Denny—. No lo había visto en mi vida.

—El sheriff más corrupto del estado —confirmó Hugh—. También el más rico. Oye, es el momento de apostar y la siguiente pelea es la más importante. Hay un criador de los alrededores de Wiggins que tiene los pájaros más agresivos de todo el estado. Tiene un *whitehackle* nuevo que se llama Elvis y que se supone que es imbatible.

—¿Un *whitehackle*? —preguntó Keith.

—Sí, una de las razas de gallos de pelea más populares.

—Ah, perdona.

—¿Elvis? —quiso saber Joey—. ¿Les ponen nombre?

—A algunos sí. Elvis tiene una especie de penacho negro y se cree muy guapo. Se enfrenta a un Hatch de Luisiana y es favorito tres a uno. Yo voy a apostar cinco dólares al Hatch. Eso son quince si gano. ¿A alguien le apetece un poco de acción?

Los tres negaron con la cabeza y observaron a Hugh mientras se abría paso serpenteando entre la multitud y se acercaba al mostrador de apuestas. Debía de estar muy convencido de su suerte, porque volvió con cuatro botellas de cerveza Falstaff.

La inminencia del combate principal había hecho aumentar todavía más el bullicio. Los hombres hacían cola para apostar mientras Phil Arkwright los arengaba para que se dieran prisa; los gallos se estaban poniendo nerviosos. Los animales por fin hicieron su entrada triunfal en el recinto, con los adiestradores apretándoles firmemente las alas para mantenerlos bajo control. Cuando los gallos se vieron, estuvieron a punto de arrancarse las plumas en su ansia por escapar de las manos de los adiestradores. Ambas razas eran famosas por su estilo de lucha a vida o muerte: ni retirada ni rendición.

Hugh, que ahora tenía dinero en juego, empezó a gritar como los demás, como si un gallo a treinta metros de distancia fuera a entenderlo. Elvis no se parecía en nada al cantante, salvo por el espeso plumaje negro que le subía por la nuca y le coronaba la cabeza. Los espolones afilados como cuchillas le brillaban como si se los hubieran pulido.

Se tocaron los picos y los adiestradores se apartaron muy rápido. La multitud comenzó a rugir, un montón de hombres adultos gritaban a dos pájaros que luchaban en la arena. Los gallos cacareaban y atacaban, se jugaban la vida. Elvis era un poco más alto y aprovechaba su altura para lanzar picotazos furiosos. El Hatch lo derribó, le dio la vuelta y parecía dispuesto a abalanzarse sobre él cuando, de pronto, Elvis levantó el vuelo, bajó en picado hacia el otro y se le posó en el lomo mientras lo sajaba con ambos garfios. El Hatch se llenó repentinamente de sangre y no conseguía alejarse para que Elvis parase. Este último se olió un KO rápido y atacó aún más deprisa. Al final, el otro consiguió zafarse de la embestida, pero le costaba caminar. Resultaba evidente que estaba malherido. El público, o al menos los que habían apostado por él, se quedó atónito al ver lo rápido que Elvis había despedazado a su favorito. Se abalanzó de nuevo sobre su contrincante, le dio la vuelta y, como un experto en artes marciales, le rajó la garganta con un garfio. Estuvo a punto de decapitar al Hatch, que de repente se quedó indefenso.

Era un deporte sangriento y la muerte formaba parte de él. Arkwright no era ni de los que mostraban compasión ni de los que le escamoteaban emociones a su público, así que permitió que Elvis continuara mutilando a su oponente durante unos segundos más. La acometida duró menos de un minuto.

Hugh se quedó sin habla, así que sus amigos acudieron en su ayuda.

—Muy buena apuesta, Hugh —dijo Keith entre risas.

—¿Vienes a menudo por aquí? —preguntó Denny.

—No es que haya sido una pelea muy decente —añadió Joey.

Hugh, que siempre se tomaba las cosas a buenas, levantó ambas manos en señal de rendición y dijo:

—Vale, muy bien, me lo merezco. ¿Queréis enseñarme cómo se hace? Apostemos entre nosotros en la próxima pelea. Un dólar cada uno.

Pero sus amigos estaban demasiado pelados para apostar. Se terminaron las cervezas mientras veían unos cuantos combates más y luego volvieron al coche. Su largo fin de semana había terminado. No le contarían a nadie que habían visitado la gallera de Arkwright, aunque el padre de Hugh no tardaría en enterarse. En realidad, a Lance Malco le daba igual. Su hijo solo tenía dieciséis años, pero era maduro para su edad y, desde luego, sabía cuidarse solo. No mostraba ningún interés por la universidad y a él no le suponía ningún problema.

Necesitaba al chico en el negocio familiar.

13

Dos días después del Día de Acción de Gracias de 1966 encontraron el cadáver de Marcus Dean Poppy en un callejón, detrás de un burdel de Decatur Street, en el barrio Francés. Lo habían golpeado con un objeto contundente y rematado con dos tiros en la cabeza. Tenía los bolsillos vacíos; no llevaba cartera ni ningún documento identificativo. Como era de esperar, dentro del burdel nadie reconoció haberlo visto antes. Nadie había oído nada en el callejón. La policía de Nueva Orleans tardó dos semanas en determinar quién era y, para entonces, ya no quedaba ni la más mínima esperanza de encontrar al asesino. Era una ciudad dura, con mucha delincuencia, y la policía estaba acostumbrada a encontrar cadáveres en los callejones. Un inspector husmeó un poco en Biloxi y elaboró un breve retrato de la víctima, que en su día había sido propietario del Carousel Lounge, pero al que llevaban más de tres años sin ver por la ciudad. Localizaron a un hermano suyo en Texas y lo informaron de la muerte, pero no mostró ningún interés en recuperar el cadáver.

La noticia por fin se abrió camino hasta el *Gulf Coast Register*, pero apareció en la página tres, esquina inferior izquierda, y era fácil no verla. El periodista había conseguido relacionar el asesinato con el de Earl Fortier, sucedido en 1963. Aquel crimen había desembocado en un juicio en el que habían absuelto a Nevin Noll.

Nadie había querido hacer declaraciones. Las personas que habían conocido tanto a Poppy como a Fortier, o hacía tiempo que se habían ido o se ocultaban entre las sombras. Quienes leyeron el artículo y conocían a los personajes de los bajos fondos de Biloxi supusieron que por fin Lance Malco había conseguido saldar otra vieja deuda. Era bien sabido que Poppy lo engañó cuando le vendió el Carousel Lounge a Ginger Redfield y a su banda y que solo era cuestión de tiempo que Malco se hiciera cargo de él. El local se había convertido en un casino y club nocturno todavía más popular que antes, que rivalizaba con el Foxy's y el Red Velvet y que Lance seguía codiciando. Ginger era una mujer de negocios muy dura y lo dirigía con mano de hierro. Además del O'Malley's, había añadido a su haber otro club en el Strip y un par de bares en el norte de la ciudad. Era ambiciosa y, cuanto más expandía su imperio, más inevitablemente invadía un terreno que Lance Malco consideraba suyo por derecho.

Se avecinaba un enfrentamiento. La tensión flotaba en el ambiente mientras ambas bandas se vigilaban. Lorzas Bowman conocía las calles y había advertido a los dos señores del crimen que no les convenía iniciar una guerra abierta. Desde un punto de vista egoísta, quería más clubes, más juego, más de todo, pero era lo bastante listo como para entender la necesidad de mantener la paz en los intercambios comerciales. En el momento en el que empezaran los tiroteos, no habría forma de controlarlos. Por Dios, todos estaban ganando dinero, mucho dinero, así que ¿por qué volverse aún más codiciosos? El típico tiroteo entre bandas no haría más que exasperar al público, atraer una atención no deseada y, con toda probabilidad, provocar la injerencia de la policía estatal y los federales.

Jesse Rudy leyó el artículo sobre el asesinato de Poppy y supo lo que había ocurrido. Era otro desalentador recordatorio del desgobierno que no paraba de crecer en su ciudad. Por fin había tomado la decisión de hacer algo al respecto.

Keith había vuelto a casa para pasar las vacaciones de Navidad y una noche, después de cenar, Jesse y Agnes reunieron a sus cuatro hijos en la sala de estar para celebrar una reunión familiar. Beverly tenía dieciséis años, Laura quince y ambas estudiaban en el instituto de Biloxi. Tim tenía trece y también estaba en secundaria.

Jesse les anunció que su madre y él habían mantenido muchas y largas conversaciones sobre el futuro y habían tomado la decisión de que él se presentaría al cargo de fiscal de distrito en las elecciones del año siguiente, 1967. Rex Dubisson, el fiscal de distrito en esos momentos, estaba llegando al final de su segundo mandato y sería un oponente formidable. Estaba atrincherado con la vieja guardia y estaría bien financiado. Casi todos los abogados de la zona lo apoyarían, así como la mayor parte del resto de los cargos electos. Y, lo que era aún más importante, contaría con el respaldo de los propietarios de los clubes nocturnos, de los mafiosos y de los demás delincuentes que hacía años que controlaban la política local. Los hijos de todos se conocían.

Con suerte, Jesse dispondría del apoyo de los que estaban de parte de la ley, que deberían de ser la mayoría de los votantes. Sin embargo, había muchos que defendían la reforma de boquilla mientras, en secreto, disfrutaban de la vida fácil de la costa. Les gustaban los clubes lujosos, los buenos restaurantes con cócteles y carta de vinos y los bares de barrio alejados del Strip. Muchos políticos habían hecho campaña prometiendo reformas, pero habían sucumbido a la corrupción una vez elegidos. Y luego estaban los que habían conseguido mantener la integridad haciendo la vista gorda. Él no tenía intención de hacerlo.

La campaña sería extenuante y quizá peligrosa. En cuanto los mafiosos se dieran cuenta de que sus planes de reforma iban en serio, seguramente se producirían amenazas e intimidaciones. Él jamás pondría en peligro el bienestar de su familia, pero dudaba mucho que alguien se atreviera a amenazar con hacerles daño de verdad. Y, sí, todos saldrían a la calle, llamarían a las puertas y pondrían carteles en los jardines.

Keith, el mayor y el líder indiscutible de la manada, fue el primero en hablar y dijo que a él todo aquello no le daba ningún miedo. Estaba orgulloso de la decisión de sus padres y no veía la hora de empezar a hacer campaña. En la universidad se había acostumbrado a los comentarios sobre Biloxi. Una gran parte de los alumnos tenía una visión romántica del vicio y de la diversión que ofrecía. Muchos habían estado en los clubes y los bares. Pocos comprendían el lado oscuro del Strip. Y había quienes miraban con recelo a cualquiera que procediese de Biloxi.

Si a Keith le parecía buena idea, Beverly, Laura y Tim estaban de acuerdo. Aguantarían cualquier posible comentario malicioso de los compañeros del instituto. Estaban orgullosos de su padre y apoyaban su decisión.

Jesse les advirtió que debían mantener sus planes en secreto. Anunciaría su candidatura al cabo de un mes, más o menos; hasta entonces ni una palabra. La elección se resolvería en las primarias demócratas de agosto, así que les esperaba un verano muy ajetreado.

Cuando terminó la conversación, todos los miembros de la familia se cogieron de la mano y Jesse los guio en una oración.

Dos noches más tarde, Keith quedó con su antigua pandilla en un bar nuevo del centro. El estado por fin había cambiado sus anticuadas leyes sobre el alcohol y permitía que cada condado votara sí o no a la venta de licores. Nadie se sorprendió cuando los condados de la costa —Harrison, Hancock y Jackson— votaron a favor de inmediato. Las licorerías y los bares empezaron a hacer negocio enseguida. A partir de los dieciocho años era legal beber. Esto mermó el mercado del vicio, pero los gánsteres llenaron el vacío con marihuana y cocaína. El juego y las chicas seguían teniendo demanda. Los negocios del Strip continuaban prosperando.

Hugh trabajaba para su padre y era capataz de un equipo de obreros de la construcción que estaba edificando unos apartamentos nuevos. O eso decía. Los demás sospechaban que andaba por los clubes. Joey Grasich estaba de permiso de la Marina.

Denny Smith estudiaba a tiempo completo en una escuela universitaria y seguía viviendo en casa de sus padres.

Los cuatro se retiraron a una mesa, se pidieron una jarra de cerveza cada uno y se encendieron un cigarrillo. Joey contó anécdotas del entrenamiento básico en California, un lugar del que se había quedado prendado. Con un poco de suerte, lo destinarían a un submarino y se mantendría alejado de Vietnam.

A los chicos les parecía increíble haber acabado el instituto y estar acercándose a la edad adulta. Sentían curiosidad por la carrera beisbolística de Keith en la Universidad del Sur de Mississippi y su amigo les contó que las pruebas de otoño le habían ido bien. No logró entrar en el equipo, pero tampoco lo habían eliminado. El entrenador quería que se ejercitara todos los días a partir de febrero para ver cómo se le desarrollaba el brazo. El equipo tenía muchos lanzadores, pero en el béisbol nunca había suficientes.

Hugh se había retirado del boxeo. A lo largo de los dos años que duró su carrera, había disputado dieciocho combates, ganado nueve, perdido siete y empatado dos. Buster, su entrenador, había terminado por desesperarse con sus hábitos de entrenamiento, puesto que el muchacho reconocía que no quería dejar la cerveza, ni el tabaco ni tampoco las chicas. Siempre ganaba el primer asalto, perdía fuelle en el segundo y sobrevivía a duras penas en el tercero, cuando le pesaban los pies y le costaba respirar.

Las cervezas no paraban de llegar y Hugh dijo:

—Oye, ¿os acordáis de Pelusa Foster, mi segundo combate del Guantes de Oro?

Se echaron a reír y contestaron que por supuesto que se acordaban.

—Pues me enfrenté a él dos veces más en el cuadrilátero. El árbitro paró aquella primera pelea porque los dos teníamos cortes. Un año después lo gané por puntos en un torneo en Jackson. Dos meses más tarde fue él quien me ganó por puntos. Le cogí una manía terrible, la verdad. El caso es que hace unos tres meses disputamos nuestro cuarto combate, aunque este no fue en el cuadrilátero. Fue sin guantes. Una noche lo vi en el Foxy's con un grupo de amigos, todos borrachos como cubas, armando jaleo. Yo estaba trabajando con el equipo de seguridad e intentaba mantenerme alejado de ellos. Como suele ocurrir, estalló una pelea y tuve que intervenir. Cuando Pelusa me vio, sonrió de oreja a oreja y nos saludamos. Controlamos la pelea, echamos a un par de lerdos y Pelusa empezó a decir chorradas como que me había pegado una paliza las tres veces y que los árbitros y los jueces lo habían jodido. Él seguía boxeando y se puso a alardear de que al cabo de un par de meses ganaría el campeonato estatal de peso wélter y después iría a las Olimpiadas. Una gilipollez como un piano. Le dije que se callara porque estaba hablando a gritos. El local estaba hasta los topes y el resto de los clientes empezaban a hartarse de oírlo. Se puso chulo, se me encaró y me preguntó si quería otra pelea. Ese día había mucha seguridad y otro tipo se interpuso entre nosotros. A Pelusa le sentó como un tiro y me lanzó un derechazo descontrolado que me rebotó en la coronilla, uno de esos ganchos de borracho que los buenos boxeadores saben esquivar. Pero ya sabéis cómo es Pelusa, él va siempre a por el gran noqueo. Lo golpeé en la mandíbula y se montó la bronca. Nos calentamos de lo lindo mientras sus amigos se nos tiraban encima. Menudo caos. Fue maravilloso. Pelusa no estaba muy fino, puesto que la borrachera le afectaba al equilibrio. Lo tiré al suelo y, cuando me separaron de él, le estaba machacando la cara. Al final los echamos a la calle y llamamos a la policía. La última vez que lo vi se lo estaban llevando esposado.

—¿Presentasteis cargos?

—No, no solemos hacerlo. Al día siguiente fui al juzgado, hablé con la policía y conseguí que lo soltaran. Tenía la nariz rota y los ojos hinchados. Lo llevé a su casa y le dije que no volviera nunca. Le metí una buena paliza.

—¿O sea que trabajas en seguridad? —preguntó Joey—. Creía que estabas construyendo apartamentos.

—Eso lo hago durante el día. A veces trabajo en los clubes. Algo hay que hacer por las noches.

Su arrogancia no había hecho más que aumentar con la edad. Su padre era el rey de los bajos fondos, tenía mucho dinero y poder y ahora estaba preparando a su primogénito para que aprendiera el negocio. Le pagaba bien y Hugh siempre tenía dinero de sobra. Y coches rápidos, ropa más bonita y gustos más caros.

Continuaron charlando y después disfrutaron de alguna aventura más de las que Hugh vivía en los clubes. Tomó la palabra y se deleitó contándoles anécdotas acerca de los personajes turbios con los que se topaba en el Strip.

Keith lo escuchaba, reía, bebía cerveza y actuaba como si no pasara nada, pero sabía que aquellos momentos tenían los días contados. Las amistades estaban a punto de cambiar o de desaparecer para siempre. Faltaban pocos meses para que su padre, y el resto de su familia, se encontrara en medio de una complicada campaña política que enfrentaría lo nuevo contra lo viejo, el bien contra el mal.

Lo más seguro era que aquella fuera la última cerveza que Hugh y él se tomaban juntos. En el momento en el que Jesse Rudy anunciara su campaña, el conflicto quedaría claramente definido y no habría vuelta atrás. Al principio, a los bajos fondos les haría gracia que otro político más prometiera limpiar Biloxi, pero eso no tardaría en cambiar. Jesse Rudy tenía una voluntad de hierro y una sólida brújula moral y jugaba para ganar. Lucharía contra los delincuentes hasta las últimas consecuencias, hasta conseguir llegar a las urnas.

Y su familia estaría a su lado.

Keith no tenía claro de qué lado se pondrían sus otros amigos. Denny ya estaba aburrido de la escuela universitaria, pero no pondría en peligro el aplazamiento del servicio militar que le garantizaban sus estudios superiores. Hugh y él se estaban planteando renovar varios locales comerciales juntos. Denny no tenía un centavo, así que cualquier posible financiación procedería, sin lugar a duda, del señor Malco. Todo el mundo sabía que sus tentáculos se extendían también hasta muchos negocios legales y que los utilizaba para blanquear dinero negro.

En su momento, el padre de Joey había sido buen amigo de Lance, pero era pescador comercial y se mantenía alejado de los mafiosos. Keith no tenía ni idea de cómo reaccionaría Joey a una ruptura de la pandilla.

La posibilidad de que el grupo se dividiera por cuestiones políticas era inquietante, pero las fallas geológicas se encontraban justo bajo la superficie.

Salieron del bar y se embutieron en el deportivo nuevo de Hugh, un Mustang descapotable de 1966. Los llevó al Mary Mahoney's Old French House y pagó en efectivo un gran banquete a base de chuletones y marisco.

Keith presintió que sería la última noche que pasaban juntos en la ciudad.

SEGUNDA PARTE

EL CRUZADO

14

Un día desapacible y ventoso de finales de febrero, Jesse Rudy se dirigió al juzgado del condado de Harrison para reunirse con Rex Dubisson, el fiscal de distrito. Su despacho estaba en la primera planta, al final del mismo pasillo en el que se encontraba la sala principal. Ambos se conocían desde hacía años y habían trabajado en muchos casos para bandos opuestos. En cuatro ocasiones se habían enfrentado en la sala y luchado por la culpabilidad o la inocencia de los clientes de Jesse. Como cabía esperar, Rex había ganado tres de esos cuatro casos. Los fiscales de distrito rara vez iban a juicio con procesos que no estuvieran seguros de ganar. Los hechos estaban de su parte, porque, por lo general, los acusados eran culpables.

Los dos abogados se respetaban mutuamente, aunque la convicción de que Rex tenía poco interés en luchar contra el crimen organizado matizaba la admiración de Jesse. Era un buen fiscal que gestionaba una oficina unida y presumía, como cabía esperar, de un índice de condenas del 90 por ciento. Eso sonaba muy bien en los almuerzos del Rotary Club, pero lo cierto era que al menos el mismo porcentaje de la gente a la que encausaba era culpable de algo.

Después de que les sirvieran un café y de que terminaran de comentar el tiempo, Jesse dijo:

—No voy a andarme por las ramas. He venido a decirte que me presento a fiscal de distrito y que anunciaré mi candidatura mañana.

Rex lo miró con incredulidad y al final contestó:

—Bueno, gracias por avisar. ¿Te importaría decirme por qué razón?

—¿Debo tener un motivo?

—Claro que sí. ¿Te parece mal cómo dirijo la oficina?

—Bueno, supongo que podría decirse que sí. Estoy harto de la corrupción, Rex. Lorzas Bowman lleva compinchado con los mafiosos desde que asumió el cargo hace doce años. Saca beneficios de todos y cada uno de los aspectos del vicio y se reparte el dinero con el resto de los políticos. La mayoría está en el ajo. Y tú eres consciente de todo esto. El sheriff regula el mercado y permite que gente como Lance Malco, Shine Tanner, Ginger Redfield y los demás dueños de clubes sigan con sus negocios sucios.

Rex rompió a reír y le dijo:

—¿O sea que eres reformista, otro político que promete limpiar la costa?

—Algo así.

—Todos han fracasado estrepitosamente, Jesse. Y tú no serás la excepción.

—Bueno, al menos lo intentaré. Que ya es más de lo que has hecho tú.

Rex se quedó pensativo un buen rato y al fin dijo:

—Vale, las líneas de batalla están definidas. Bienvenido a la lucha. Solo espero que no salgas herido.

—Eso no me preocupa.

—Pues debería.

—¿Es una amenaza, Rex?

—Yo no amenazo, pero a veces hago advertencias.

—De acuerdo, gracias por la advertencia, pero no voy a dejar que me intimidéis ni tú ni Lorzas ni ninguna otra persona. Haré una campaña limpia y espero lo mismo de ti.

—Por aquí la política no tiene nada de limpio, Jesse. Estás siendo ingenuo. Es un juego sucio.

—No tiene por qué serlo.

Jesse había imaginado una fiesta de presentación a la que invitaría a amigos, a otros abogados, quizá a varios cargos electos y a unos cuantos reformistas comprometidos para declarar su candidatura. Sin embargo, había muy poco interés en un alarde reformista tan abierto y organizar un acto así resultó ser más difícil de lo esperado. Por eso, en lugar de lanzar su campaña con discursos y titulares, decidió iniciarla poco a poco y con discreción.

Al día siguiente del encuentro con Dubisson se reunió con un grupo formado por varios pastores, un concejal de Biloxi y dos jueces jubilados. Se mostraron encantados con la noticia de que se presentaría y le prometieron apoyo y algo de dinero para la campaña.

Un día más tarde se reunió con los redactores del *Gulf Coast Register* y les expuso sus planes. Había llegado el momento de cerrar los clubes y de acabar con los negocios de los mafiosos. El juego y la prostitución seguían siendo ilegales y prometió servirse de la ley para librarse de ellos. Ahora el alcohol se había legalizado en el condado y, en teoría, la Autoridad Estatal de Bebidas Alcohólicas no concedía licencias para vender alcohol si un club permitía los juegos de azar. Estaba decidido a hacer cumplir la ley. Un problema evidente era que los estriptis no eran ilegales. Un club con una licencia de alcohol válida podía obrar libremente y contratar a todas las chicas que quisiera. Sería casi imposible vigilar esos locales tan de cerca como para determinar cuándo los estriptis desembocaban en actividades más ilícitas. Jesse era consciente del reto y se mostró vago respecto a cualquier plan específico.

A los redactores les encantó saber que habría una campaña que, sin duda, generaría muchas noticias, pero recibieron el optimismo de Jesse con bastante escepticismo. No era la primera vez que oían todo aquello. Le preguntaron sin rodeos que cómo pensaba hacer cumplir la ley teniendo en cuenta el poco interés que el sheriff mostraba en hacerlo. Su respuesta fue que no todos los policías eran corruptos. Confiaba en poder ganarse la confianza de los honrados, apoyarse en la policía estatal y conseguir denuncias. Una vez que las tuviera, pensaba presionar para lograr procesamientos y juicios con jurado.

Jesse tuvo mucho cuidado de no nombrar a ninguno de sus objetivos potenciales. Todo el mundo sabía quiénes eran, pero era demasiado pronto para provocar una guerra abierta desafiando públicamente a mafiosos y delincuentes. Los redactores insistieron unas cuantas veces, pero él se negó a dar nombres. Ya habría tiempo para eso más adelante.

La reunión lo animó y salió de ella con el convencimiento de que el periódico, una voz importante en la costa, lo apoyaría. Al día siguiente, en la portada aparecía una bonita foto suya con el titular: «Jesse Rudy entra en la carrera por la fiscalía».

Lance Malco leyó el artículo y le pareció divertido. Conocía a Jesse desde que eran pequeños, desde los tiempos de Point Cadet, y una vez, hacía muchos años, lo había considerado su amigo, aunque nunca íntimo. Aquellos días habían quedado atrás. Las nuevas líneas de batalla estaban claras y la guerra había comenzado. A Lance, sin embargo, no le preocupaba. Para que Jesse pudiera comenzar con sus travesuras, antes tenía que salir elegido, y Lorzas Bowman y su maquinaria jamás habían perdido unas elecciones. El susodicho se sabía todas las estrategias al dedillo y era experto en trucos sucios: votos múltiples, recaudar grandes sumas de dinero no declarado, comprar bloques de votos, difundir mentiras, intimidar a los votantes, acosar a los trabajadores electorales, sobornar a los funcionarios electorales y votar por correo en nombre de personas muertas. Lorzas nunca había tenido verdadera competencia y disfrutaba jactándose de la necesidad de tener al menos un oponente en cada elección. Enfrentarse a un enemigo en las urnas le permitía recaudar aún más dinero. Él también se presentaba a la reelección y, cuando por fin apareciera un adversario, activaría su maquinaria política a la máxima potencia.

Lance no tardaría en quedar con Lorzas para tomarse una copa y comentar estas últimas novedades. Trazarían su oposición y planearían sus trucos sucios. Aun así dejaría clara una cosa: Jesse y su familia estaban vedados y no recibirían amenazas. Al menos durante los primeros meses. Si su campaña de reforma ganaba terreno, cosa que Lance dudaba bastante, entonces Lorzas y sus chicos podrían recurrir a sus viejos métodos intimidatorios.

Durante la primavera de 1967, Jesse hizo una gira en la que recorrió todos los clubes cívicos y pronunció decenas de discursos. Los miembros del Rotary Club, los del Civitans, los del Lions, los de la Junior Chamber, los de las asociaciones de veteranos y demás siempre estaban buscando oradores para sus almuerzos e invitaban casi a cualquiera que saliera en las noticias. Jesse perfeccionó sus habilidades en la tribuna y habló de una nueva etapa en la costa, sin corrupción y sin el historial de vicio desenfrenado en el que todo valía y cada uno hacía lo que le venía en gana. Era un orgulloso hijo de Biloxi y Point Cadet, provenía de una familia humilde, lo habían criado unos inmigrantes muy trabajadores que amaban su nuevo país y estaba cansado de la terrible reputación de su ciudad. Como siempre, evitó dar nombres, pero enseguida enumeró locales, como el Red Velvet, el Foxy's, el O'Malley's, el Carousel, el Truck Stop, el Siesta, el Sunset Bar, el Blue Ocean y varios más, a modo de ejemplo de «pozos de inmoralidad» que no tenían cabida en la nueva Costa del Golfo. Su accesorio favorito era un memorándum enviado desde el cuartel general de Keesler. Era una advertencia oficial, dirigida a todos los miembros de las fuerzas armadas, en la que se incluía una lista de sesenta y seis «establecimientos» de la costa que les estaban «vedados». La mayoría se encontraban en Biloxi y se mencionaban prácticamente todos los bares, tabernas, clubes, salas de billar, moteles y cafeterías de la ciudad. «¿En qué clase de lugar vivimos?», le preguntaba Jesse a su público.

Por lo general era bien recibido y disfrutaba de aplausos educados, pero la mayoría de quienes lo escuchaban dudaban de sus posibilidades de éxito.

A pesar de que tenía mucho trabajo en el bufete, todas las tardes dedicaba dos o tres horas a recorrer las calles y llamar a puertas. Había casi cuarenta y un mil votantes registrados en el condado de Harrison, seis mil seiscientos en Hancock y tres mil doscientos en Stone, y su objetivo era conocer al mayor número posible de ellos. Apenas tenía dinero para folletos y carteles. Los anuncios radiofónicos y las vallas publicitarias quedaban descartados. Confiaba en el trabajo duro, en patearse las calles y en su inquebrantable determinación de conocer a los votantes. Cuando tenía tiempo, Agnes se unía a él y trabajaban juntos en muchas calles, Jesse en un lado y su esposa en el otro. Cuando las clases terminaron en mayo y Keith volvió a casa de la universidad, los cuatro hijos cogieron con entusiasmo las pilas de folletos y se pusieron a recorrer centros comerciales, partidos de béisbol, pícnics de iglesia, mercados al aire libre y cualquier otro lugar en el que pudieran encontrar una buena cantidad de gente.

Era año de elecciones, momento de que las campañas políticas se pusieran serias. Todos los cargos, desde el de gobernador hasta el de alguacil del condado y el de juez de paz, se someterían a las urnas. Todos los fines de semana había un mitin en algún lugar del distrito y la familia Rudy jamás se lo perdía. Jesse habló en varias ocasiones antes o después de Rex Dubisson y ambos consiguieron mantener la cordialidad. El susodicho se apoyaba en su experiencia y alardeaba de su tasa de condenas del 90 por ciento. Él contraatacaba con el argumento de que el señor Dubisson no perseguía a los verdaderos delincuentes. Lorzas se las había ingeniado para forzar a un antiguo ayudante de sheriff a presentarse contra él y su maquinaria ya funcionaba a plena capacidad. Su presencia en una tribuna de oradores siempre garantizaba una buena afluencia. El puesto de gobernador enfrentaba a dos políticos muy conocidos, John Bell Williams y William Winter, y, cuando la carrera se calentó en pleno verano, los votantes se entusiasmaron aún más. Los observadores predecían una participación récord.

A nivel local había pocos candidatos republicanos; todos —conservadores, liberales, blancos o negros— se presentaban como demócratas, de manera que las elecciones se decidirían en las primarias del 4 de agosto.

El movimiento reformista con el que Jesse soñaba no cobró fuerza. Tenía muchos partidarios que querían el cambio y estaban deseosos de ayudar; sin embargo, muchos se mostraban reticentes a que los identificaran con una campaña que aspiraba a apartarse de una forma tan radical de cómo se hacían las cosas desde hacía décadas. Era algo que lo frustraba, pero no podía bajar el ritmo. Cuando llegó julio, prácticamente había abandonado su despacho y dedicaba la mayor parte del tiempo a estrechar manos. De seis a nueve de la mañana era un abogado que atendía a sus clientes, pero después era un candidato político con kilómetros que recorrer.

Dormía poco y, a medianoche, Agnes y él solían tumbarse en la cama a repasar la jornada y planear la del día siguiente. El hecho de que, hasta el momento, no hubieran recibido amenazas, ni llamadas anónimas ni intentos de intimidación por parte de Lorzas y los mafiosos era un alivio.

El primer indicio de que se avecinaban problemas se produjo a principios de julio, cuando alguien rajó y desinfló los cuatro neumáticos nuevos de un Chevrolet Impala. El coche era propiedad de Dickie Sloan, un joven abogado que trabajaba de manera voluntaria como director de la campaña de Jesse. Lo tenía aparcado en el camino de entrada de su casa y allí se lo encontró destrozado una mañana temprano, cuando salió para marcharse al despacho. En ese momento no se le ocurrió ninguna razón, aparte de sus actividades políticas, por la que alguien quisiera rajarle las ruedas. La amenaza lo inquietó mucho, casi tanto como a su esposa, y Sloan decidió abandonar el puesto. Jesse confiaba mucho en su gestión y se llevó una gran decepción cuando se asustó tan fácilmente. A falta de un mes para las elecciones sería difícil encontrar otro voluntario dispuesto a dedicar el tiempo necesario para dirigir la campaña.

Keith cubrió el vacío de inmediato y, con solo diecinueve años, asumió la responsabilidad de recaudar fondos, dirigir a los voluntarios, tratar con la prensa, vigilar a la oposición, imprimir carteles y folletos y hacer todo lo necesario para mantener a flote una campaña de bajo presupuesto. Se entregó en cuerpo y alma a la tarea y no tardó en empezar a trabajar dieciséis horas diarias, como su padre.

El muchacho formaba parte de un equipo semiprofesional de la Liga de la Costa y tenía la sensación de que estaba perdiendo el tiempo. Seguía pasándoselo bien en el campo, pero también comenzaba a aceptar la realidad de que, como jugador de béisbol, tenía los días contados. Estaba inmerso en la política y aprendiendo todos sus entresijos de primera mano. Se crecía ante el reto de organizar una campaña y ante el objetivo de conseguir más votos que el adversario. Dejó el equipo y el béisbol y jamás volvió la vista atrás.

De vez en cuando se cruzaba con Joey, con Denny y con otros viejos amigos de Point, pero hacía meses que no veía a Hugh Malco. Según esos otros chicos, el susodicho mantenía una actitud discreta y trabajaba mucho para su padre. Keith sospechaba que estaban amañando las elecciones locales, pero todavía no tenía pruebas de ello. Los neumáticos rajados fueron la primera pista de que la mafia empezaba a ponerse nerviosa. Y no había manera de demostrar quién estaba detrás de aquel acto vandálico. La lista de posibles sospechosos era larga.

Jesse advirtió a su familia y a los voluntarios que se anduvieran con cien ojos.

Las leyes electorales exigían que todos los candidatos presentaran un informe trimestral que detallara todos los fondos recaudados y las cantidades gastadas. A 30 de junio, él había recaudado casi once mil dólares y se lo había gastado todo. La campaña de Rex Dubisson declaró catorce mil de ingresos y nueve mil de gastos. Las leyes sobre la presentación de dichos informes estaban plagadas de lagunas y, por supuesto, se referían solo a los fondos «sobre cuerda». Nadie se creía que Rex dispusiera de unas sumas tan míseras. Y, dado que los siguientes informes no debían presentarse hasta el 30 de septiembre, mucho después de las primarias del 4 de agosto, el dinero de verdad se lo estaban guardando sin tener que preocuparse por justificarlo.

El ataque comenzó el 10 de julio, tres semanas antes de las elecciones, cuando todos los hogares con votantes registrados recibieron por correo un paquete con materiales impresos profesionalmente. Entre ellos se incluía una hoja de veinte por veinticinco con la foto policial de Jarvis Decker, un hombre negro con un ceño amenazador. Encima de ella, una pregunta gritaba: ¿POR QUÉ ES JESSE RUDY BLANDO CON EL CRIMEN? Debajo de la imagen había un artículo de dos párrafos que contaba que, hacía solo dos años, Jesse Rudy había representado a Jarvis Decker en un caso de violencia de género y había conseguido «que el matón saliera impune». Dicho delincuente convicto con un «pasado violento» había pegado a su mujer, que presentó cargos, pero Jesse Rudy, con su astuto trabajo legal, «barrió el caso de los tribunales». Una vez libre, Decker abandonó la zona y se trasladó a Georgia, donde fue condenado no por una, sino por dos violaciones. Estaba cumpliendo cadena perpetua y jamás se le concedería la libertad condicional.

De no haber sido por el abogado, lo habrían condenado en Biloxi, lo habrían encerrado y lo habrían mantenido «alejado de la calle». El relato sesgado no dejaba muchas dudas: Jesse Rudy era el responsable de las violaciones.

La verdad era que el tribunal lo había designado a él para que representara a Decker. La esposa, la supuesta víctima, no se había presentado en el juzgado y le había pedido a la policía que retirara los cargos. Después se divorciaron y Jesse no había vuelto a saber nada del cliente.

Pero la verdad no era importante. Ese abogado representaba a muchos delincuentes culpables y era blando con el crimen. Un folleto, también incluido en el paquete, pregonaba a los cuatro vientos la ferocidad de Rex Dubisson, un fiscal veterano conocido por ser «duro con el crimen».

El efecto del envío fue devastador, no solo porque apenas rozaba los límites de la verdad, sino, sobre todo, porque Jesse no tenía medios para contrarrestarlo. Un envío tan masivo costaba miles de dólares y casi no quedaba tiempo, ni desde luego dinero, para preparar una respuesta.

La gran sala de reuniones del bufete Rudy se había convertido en el cuartel general de la campaña. Las paredes estaban cubiertas de carteles y mapas y los voluntarios no paraban de entrar y salir. Allí se reunió con Keith, Agnes y varias personas más para intentar calcular el impacto del envío. El ambiente era tenso y sombrío. Les habían encajado un puñetazo en las tripas y casi parecía absurdo volver a lanzarse a la calle a llamar a las puertas.

Al mismo tiempo, a lo largo de la autopista 90 aparecieron ocho prominentes vallas publicitarias con una atractiva imagen de Rex Dubisson bajo el lema: DURO CON EL CRIMEN. En la radio empezaron a emitirse anuncios cada sesenta minutos para promocionar el historial de Dubisson como cazacriminales habitual.

Mientras conducía por la costa y escuchaba la radio, Jesse dejó atrás una valla tras otra y reconoció lo evidente: su adversario y sus partidarios habían hecho acopio de dinero, planeado con esmero la emboscada final y asestado un golpe aplastante. A menos de un mes para las elecciones, su campaña parecía perdida.

Keith trabajó noche y día y elaboró un folleto que le presentó a su padre una mañana temprano mientras se tomaban un café. La idea era cubrir todo el distrito con un envío masivo en el que no se mencionara a Dubisson, sino que se centrara en la delincuencia organizada, que era el verdadero motivo de su campaña. Contendría fotografías de los clubes nocturnos más infames, donde se había permitido que los juegos de azar, la prostitución y las drogas florecieran durante años. Keith ya había obtenido los detalles y explicó que ese envío costaría cinco mil quinientos dólares. No tenían tiempo para recaudar ese dinero entre los simpatizantes, que, de todos modos, estaban sin blanca. El joven, que jamás había pedido prestado un centavo, preguntó si sería posible conseguir un crédito de alguna forma.

En su día, Jesse y Agnes ya se habían planteado discretamente la idea de pedir una segunda hipoteca para ayudar a financiar la campaña, pero no se habían decidido a hacerlo. Ahora la idea volvía a estar sobre la mesa y Keith se mostraba más que de acuerdo. Estaba seguro de que conseguirían devolver el dinero. Si Jesse ganaba las elecciones, no le faltarían nuevos amigos y además ostentaría una posición de poder. Sus credenciales impresionarían al banco y podría negociar mejores condiciones. Si las perdía, la familia se volcaría en el bufete y encontraría la manera de pagar la hipoteca.

El valor de su hijo los convenció para ir al banco. Keith se presentó en la imprenta y no aceptó un no por respuesta. Durante un largo fin de semana, un equipo de una decena de voluntarios trabajó sin descanso rellenando sobres y escribiendo direcciones. El lunes por la mañana cargó con casi siete mil paquetes gruesos hasta la oficina de correos y exigió que se agilizaran las entregas. Todas las casas, apartamentos y caravanas del distrito en las que hubiera algún votante registrado recibirían el envío.

La reacción fue alentadora. Jesse y su equipo habían aprendido por las malas la lección de que el correo directo resultaba muy eficaz.

15

Siendo como era el funcionario electo más rico del estado, Lorzas Bowman poseía una impresionante cartera de propiedades. Su esposa y él vivían en un barrio tranquilo de West Biloxi, en una casa modesta que cualquier sheriff honrado podría permitirse. Llevaban allí veinte años y seguían pagando las mensualidades de la hipoteca, como cualquier otra persona de la calle. Para escaparse, se iban de vacaciones a su apartamento de Florida o a su cabaña de las Smokies, casas de las que rara vez hablaban. Lorzas también era dueño, junto con un socio, de una propiedad frente al mar en Waveland, en el vecino condado de Hancock. Aunque su mujer no lo supiera, también tenía intereses en una urbanización nueva en Hilton Head.

Su escondite favorito era su cabaña de caza, oculta en lo más profundo de los pinares del condado de Stone, a unos cincuenta kilómetros al norte de Biloxi. Era allí, lejos de las miradas indiscretas, donde a Lorzas le gustaba reunir a sus chicos y a sus socios para hablar de negocios y política.

Dos semanas antes de las elecciones invitó a unos amigos a ir a su cabaña para comerse unos chuletones y tomarse unas copas. Se juntaron en un patio cubierto a orillas de un lago pequeño y se sentaron en unas mecedoras de mimbre bajo un ventilador de techo traqueteante. Rudd Kilgore, su sheriff adjunto, chófer y principal cobrador de sobornos, servía burbon y vigilaba la parrilla. Lance Malco había ido acompañado de Tip y Nevin Noll. Rex Dubisson estaba solo.

Se distribuyeron copias del reciente envío de la campaña de Rudy. A Lance le cabreaba que el logrado folleto incluyera una foto en color del Red Velvet, su club insignia, y que el discurso escrito hablara mal de él. Para Lance, era el primer indicio de guerra abierta por parte de Jesse Rudy.

—No pierdas los nervios —le dijo Lorzas con su marcado acento del sur mientras sujetaba un puro negro entre dos dedos y un burbon con la otra mano—. No veo que se haya producido ningún movimiento a favor de Rudy. El chaval está arruinado y supongo que está pidiendo dinero prestado, pero no le bastará. Lo tenemos todo bien atado. —Miró a Dubisson y le preguntó—: ¿Cuánto efectivo tienes?

—No nos falta —respondió Rex—. Nuestro último envío sale mañana y es bastante fuerte. No podrá responder.

—Eso dijiste la última vez —señaló Lance.

—Cierto.

—No sé —dijo Malco mientras agitaba el folleto—. Esto ha llamado la atención de los mojigatos. ¿No te preocupa?

—Claro que sí —contestó Rex—. Es política, así que puede ocurrir cualquier cosa. Rudy ha hecho una buena campaña y se ha dejado la piel. Tened en cuenta, chicos, que hace ocho años que no tengo que currármelo de verdad en una campaña. Esto es algo nuevo para mí.

—Lo estás haciendo bien —dijo Lorzas—. Solo tienes que seguir haciéndome caso.

—¿Y el voto negro? —preguntó Lance.

—Bueno, no es muy numeroso, como ya sabes. Menos del 20 por ciento, si es que van a votar. Tengo a los predicadores de nuestro lado y les entregaremos el dinero el domingo antes de las elecciones. Dicen que no hay de qué preocuparse.

—¿Son de fiar? —preguntó Rex.

—Hasta ahora siempre han cumplido, ¿no? Llevarán a su gente a votar en autobuses de la iglesia.

—La posición de Rudy en Point Cadet parece bastante fuerte —señaló Rex—. Estuve por allí el fin de semana pasado y recibí una acogida bastante fría.

Lance replicó:

—Conozco Point tan bien como Rudy. Esa es su base y es posible que la gane, pero estará reñido.

—Dejad que se lleve Point —dijo Lorzas mientras expulsaba una bocanada de humo—. Hay otras catorce urnas en el condado de Harrison y esas las controlo yo.

—¿Y Hancock y Stone? —preguntó Lance.

—Bueno, para empezar, en Harrison hay cuatro veces más votos que en los otros dos condados juntos. Qué leches, en el condado de Stone no hay siquiera de quién hablar. Los votos están en Biloxi y en Gulfport, chicos, ya lo sabéis. Tenéis que relajaros un poco.

—En el condado de Stone no tendremos problemas —afirmó Dubisson—. Mi mujer es de allí y su familia tiene influencia.

Lorzas se rio y dijo:

—Tú sigue atacándolo con los envíos y la radio y déjame el resto a mí.

Tres días después, el distrito recibió otra avalancha de folletos. La foto en color mostraba a una mujer blanca, enferma y en silla de ruedas con un tubo de oxígeno metido en la nariz. Aparentaba unos cincuenta años, tenía el pelo largo, grasiento y canoso y muchas arrugas. En negrita, encima de la foto, aparecía el siguiente texto en letra de imprenta negra y entrecomillado: «Jarvis Decker me violó».

Decía que se llamaba Connie Burns y describía lo que había ocurrido cuando Decker irrumpió en su casa de una zona rural de Georgia, la ató y se marchó dos horas después. Tras la terrible experiencia y la pesadilla del juicio, su mundo se derrumbó por completo. Su marido la abandonó y empezó a tener problemas de salud. No tenía a nadie que la mantuviera y demás. Ahora vivía en una residencia de ancianos y no podía pagarse los medicamentos que necesitaba.

Su historia terminaba así: «¿Por qué se permitió que Jarvis Decker vagara libremente por el mundo y nos violara a mí y a otras mujeres? Tendría que haber estado cumpliendo condena en Mississippi y así habría sido si no fuera por las hábiles artimañas del abogado penalista defensor Jesse Rudy. Por favor, no elijan a ese hombre. Se codea con criminales violentos».

Jesse estaba tan alterado que se encerró en su despacho, se tumbó en el suelo e intentó respirar hondo. Agnes estaba al final del pasillo, en el baño, vomitando. Los voluntarios de la campaña se apelotonaron en la sala de reuniones y se quedaron mirando el contenido del envío sumidos en un silencio horrorizado. La secretaria decidió no contestar al teléfono, que sonaba sin parar.

Diez días antes de las elecciones, Jesse Rudy presentó una demanda ante el Tribunal de Equidad con la intención de que a Rex Dubisson se le prohibiera distribuir material de campaña que contuviese mentiras flagrantes. Exigió una audiencia urgente sobre el asunto.

El daño estaba hecho y el tribunal no tenía poder para repararlo. El juez de equidad podía ordenar que Dubisson detuviera los futuros envíos y anuncios que no fueran ciertos, pero, en plena campaña, ese tipo de mandamientos judiciales eran poco frecuentes. Jesse sabía que no podía ganar la batalla judicial, pero ese no era el motivo de la demanda. Quería publicidad, que el artículo apareciera en la primera página del *Gulf Coast Register* para que los votantes se dieran cuenta de lo sórdida que era la campaña de su fiscal de distrito. Momentos después de presentar la demanda en el juzgado, se dirigió a la sede del periódico y le entregó en mano una copia de su denuncia al director. A la mañana siguiente fue noticia de portada.

Esa tarde, el juez de equidad convocó una audiencia sobre el caso que congregó a una buena cantidad de público. En primera fila había varios periodistas. Como parte demandante, Jesse fue el primero en hablar y comenzó con una furibunda descripción del «anuncio de la violación», como él lo llamaba. Se paseó de un lado al otro de la sala agitándolo en el aire, refiriéndose a él como «descaradamente falso» y «un ruin truco de campaña diseñado para enardecer a los votantes». Connie Burns era el alias de una mujer a la que, con casi total seguridad, la campaña de Dubisson había pagado para que les permitiera utilizar su historia ficticia. Las verdaderas víctimas de Jarvis Decker eran Denise Perkins y Sybil Welch y él tenía copias de las acusaciones y de los acuerdos de aceptación de culpabilidad para demostrarlo. Las presentó como pruebas.

El problema del caso era que, aparte del papeleo, no disponía de ninguna prueba real. No había encontrado a Connie Burns, o quienquiera que fuese, ni tampoco a las dos verdaderas víctimas de violación. Con tiempo y dinero, Jesse podría haberlas localizado e intentado convencerlas de que se desplazaran hasta Biloxi o firmasen declaraciones juradas, pero, quedando solo una semana para las elecciones, resultaba imposible.

Los abogados litigantes veteranos conocían el viejo dicho «Cuando el caso es endeble, carga las tintas de la teatralidad». Jesse estaba enfadado, indignado y herido; se había convertido en la víctima de un sucio truco de campaña. Cuando por fin se calmó, cedió la palabra y Rex Dubisson tuvo la oportunidad de responder. Parecía atónito, como si lo hubieran pillado con las manos en la masa. Tras unos cuantos argumentos inconexos, el juez lo interrumpió:

—Bueno, ¿y entonces quién es Connie Burns?

—Es un alias, señoría. La pobre mujer es víctima de una agresión sexual violenta y no quiere verse implicada.

—¿Cómo que no quiere verse implicada? Le ha permitido usar su fotografía y su declaración, ¿no?

—Sí, pero solo bajo seudónimo. Vive lejos de aquí y cualquier posible publicidad generada en Biloxi no llegará hasta su lugar de residencia. Estamos protegiendo su identidad.

—Y está tratando de culpar a Jesse Rudy de su violación, ¿verdad?

—Bueno, no directamente, seño…

—Venga ya, señor Dubisson. Es justo lo que está haciendo.

El único propósito de este anuncio es culpar al señor Rudy y convencer a los votantes de que todo fue culpa suya.

—Los hechos son los hechos, señoría. El señor Rudy representó a Jarvis Decker y consiguió que saliera impune. Si lo hubieran mandado a la cárcel aquí, en Mississippi, no habría podido violar a ninguna mujer en Georgia. Así de sencillo.

—Nada es así de sencillo, señor Dubisson. Estos anuncios me resultan repugnantes.

Los abogados fueron turnándose en la discusión y la vista se volvió aún más beligerante. Cuando el juez le preguntó a Jesse qué tipo de desagravio quería, este exigió que Dubisson hiciera otro envío masivo en el que se retractara de sus anuncios, admitiese la verdad y se disculpara por haber engañado de forma deliberada a los votantes.

El susodicho se opuso con vehemencia y arguyó que el tribunal no tenía autoridad para exigirle que hiciera ningún desembolso. Jesse replicó que era obvio que él, Dubisson, tenía mucho dinero para gastar.

Iban y venían como dos pesos pesados en el centro del cuadrilátero y ninguno de los dos cedía un solo milímetro. Era teatro del bueno y los periodistas no paraban de garabatear. Cuando ambos estaban a punto de llegar a las manos, el juez les ordenó que se sentaran y zanjó el asunto. Dictaminó:

—No tengo poder para deshacer lo que se ha hecho con estos anuncios. Sin embargo, ordeno que ambas campañas cesen de inmediato la promulgación de anuncios, tanto impresos como en antena, que no estén respaldados por los hechos. El incumplimiento de esta orden dará lugar a multas severas e incluso a penas de cárcel por desacato al tribunal.

Para Rex Dubisson, la victoria fue inmediata, pero, aun así, algo vacía. No tenía previsto realizar más envíos ni anuncios atacantes.

Para Jesse, la victoria llegó la mañana siguiente, cuando la portada del *Register* publicó una cita impagable: «Estos anuncios me resultan repugnantes».

Los últimos días de la campaña fueron un torbellino de discursos políticos, barbacoas, mítines y peticiones de voto. Jesse y sus voluntarios se dedicaban a ir de puerta en puerta desde media mañana hasta el anochecer. Keith y él chocaban de lleno respecto a la estrategia. Su hijo quería coger el anuncio de Connie Burns, ponerle el eslogan «Estos anuncios me resultan repugnantes», hacer varios miles de copias en la imprenta e inundar el distrito con ellas. Pero Jesse discrepaba porque opinaba que los anuncios ya habían hecho bastante daño. Recordarles a los votantes sus vínculos con un violador no haría sino afianzar su creencia de que había hecho algo malo.

Durante el último fin de semana de la campaña «se puso el dinero sobre la mesa», como suele decirse. Se entregaron sacos de efectivo a los pastores negros que habían prometido autobuses enteros de votantes. Los jefes de distrito de Lorzas Bowman cogieron más y lo distribuyeron entre sus propios equipos de conductores. Se prepararon cientos de votos por correo a nombre de personas fallecidas desde las últimas elecciones.

El 4 de agosto, el día de las elecciones, Jesse, Agnes y Keith votaron temprano en el colegio electoral que les correspondía, un centro de educación primaria. Para el hijo, que era la primera vez que votaba, fue un honor escoger la papeleta de su padre. Y fue un placer votar contra Lorzas y los demás políticos que tenía en nómina. La participación fue alta en todos los distritos electorales de la costa y los Rudy pasaron el día visitando a sus encuestadores. No hubo quejas de acoso ni intimidación.

Cuando las urnas cerraron a las seis de la tarde, comenzó la ardua tarea del recuento manual de los votos. Eran casi las diez de la noche cuando los primeros presidentes de mesa llegaron al juzgado con sus respectivos recuentos y urnas para que los secretarios electorales procedieran a contar los votos por segunda vez. Jesse y su equipo esperaban con nerviosismo en la sala de reuniones del bufete mientras hacían que los teléfonos echaran humo. El condado de Stone, el menos poblado de los cinco, comunicó su recuento final a las once menos cuarto. Jesse y Dubisson se habían repartido los votos a partes iguales, una señal alentadora. El entusiasmo disminuyó cuando el segundo se llevó el condado de Hancock con un 62 por ciento de los votos.

Se sabía que Lorzas retrasaba la comunicación del recuento de Harrison hasta que se hubiera emitido el de los demás condados. Siempre se había sospechado que había juego sucio, pero nunca se había demostrado. Por fin, a las tres y media de la mañana, Jesse recibió la llamada de un secretario electoral del juzgado. Le habían pegado una buena tunda en todas las circunscripciones de Biloxi excepto en Point, donde había ganado por trescientos votos, que no eran suficientes para infligir daño alguno en la maquinaria de Bowman. Dubisson había recibido casi dieciocho mil votos, lo cual suponía una paliza del 60 por ciento.

En total, en todo el distrito formado por tres condados, Jesse había convencido a 12.173 votantes de que la reforma era necesaria. Los demás, casi dieciocho mil, se conformaban con el *statu quo*.

Nadie se extrañó de que Lorzas arrollara a su desventurado oponente y se llevase casi el 80 por ciento de los votos.

Daba la sensación de que las cosas no iban a cambiar mucho, al menos a lo largo de los siguientes cuatro años.

Jesse pasó dos días dándole vueltas a la derrota y planteándose impugnar las elecciones. Casi mil ochocientos votos por correo parecían sospechosos, pero seguían sin bastar para cambiar el resultado.

Lo habían machacado en una pelea sucia y había aprendido algunas lecciones duras. La próxima vez estaría preparado para el combate. Para entonces tendría más dinero.

Les prometió a Keith y Agnes que no dejaría de hacer campaña en ningún momento.

16

Con las elecciones ya en el pasado y aquellos molestos reformistas puestos de nuevo en su sitio, 1968 comenzó con un estallido. Mientras trabajaba para controlar las votaciones, Lorzas había conseguido apaciguar ciertas rencillas que llevaban largo tiempo fraguándose, pero las cosas no tardaron en escapársele de las manos.

Un ambicioso delincuente llamado Dusty Cromwell abrió un garito en la autopista 90, a unos ochocientos metros del Red Velvet. Su bar se llamaba Surf Club y al principio solo vendía alcohol legal. Con la licencia de bebidas alcohólicas en la mano, enseguida abrió un casino ilegal y expandió el negocio transformándolo en un club de estriptis que anunciaba un espectáculo de variedades exclusivamente femenino. Cromwell era un bocazas e iba diciendo por ahí que quería convertirse en el rey del Strip. Sus planes se vieron truncados cuando el Surf Club ardió hasta los cimientos un domingo por la mañana a primera hora, cuando no había nadie por allí. Tras una somera investigación policial, fue imposible determinar la causa del incendio. Cromwell sabía que había sido provocado y les envió a Lance Malco y a Ginger Redfield el mensaje de que buscaría venganza. No era la primera vez que oían algo así y se prepararon para lo que se avecinaba.

En aquel mundillo, todos sabían que Mike Savage era el pirómano más eficaz y a menudo recurrían a él en casos de fraude a las aseguradoras. Trabajaba por cuenta propia y nadie lo tenía en nómina, pero frecuentaba el Red Velvet y se sabía que se relacionaba con Lance Malco y otros miembros de la mafia Dixie. Una noche salió del club y ya nunca volvió a casa. Al cabo de tres días, su mujer por fin llamó a la comisaría del sheriff y denunció su desaparición. Un granjero del condado de Stone se percató de que había un coche desconocido aparcado en el bosque de sus terrenos y le pareció que había algo que no encajaba. Cuanto más se acercaba, más intenso era el tufo. Los buitres lo sobrevolaban en círculos. Llamó a la policía y, tras comprobar la matrícula, averiguaron que el vehículo pertenecía a Mike Savage, de Biloxi. Cuando abrieron el maletero, el hedor provocó náuseas a los ayudantes de sheriff. El cadáver abotargado estaba cubierto de sangre seca. Tenía las muñecas y los tobillos atados con cuerda de embalar. Le faltaba la oreja izquierda. La autopsia reveló que tenía numerosas heridas de arma blanca y que le habían rajado la garganta con gran violencia.

Una semana después del hallazgo del cadáver, un paquete dirigido a Lance Malco llegó al Red Velvet. Dentro, envuelta en una bolsa de plástico, había una oreja izquierda humana. Llamó a Lorzas, que le mandó un equipo para echar un vistazo.

El motivo fue fácil de determinar, al menos para Lance, aunque no había sospechosos, ni testigos ni nada útil en la escena del crimen. Dusty Cromwell le había enviado un mensaje, pero él no era de los que se dejaban intimidar. Se reunió con Lorzas y le exigió que tomara medidas. El tipo, como siempre, le recordó que él no se metía en batallas territoriales ni en disputas entre mafiosos. «Arréglalo tú», le dijo.

El *Gulf Coast Register* informó puntualmente del asesinato, aunque los detalles eran escasos. La mayoría de la gente que conocía los bajos fondos de Biloxi sabía que no había sido más que un ajuste de cuentas entre bandas.

Uno de los matones de Dusty era un gorila llamado Clamps, una auténtica bestia que había pasado diez de sus treinta años en la cárcel por robar coches y atracar tiendas. Con el Surf Club convertido en cenizas, se había quedado sin trabajo a tiempo completo y andaba en busca de problemas. Todavía no había matado a nadie, pero su jefe y él lo estaban negociando. Al final no tuvo oportunidad de hacerlo. Cuando Dusty lo envió a Nueva Orleans a recoger un cargamento de marihuana, Nevin Noll lo siguió. El envío se retrasó y Clamps se registró en un motel cerca de Slidell. A las tres de la mañana, Nevin aparcó su coche, que en ese momento lucía matrícula de Florida, y caminó algo más de medio kilómetro hasta el motel. La recepción estaba cerrada, no había ni una sola luz encendida y los pocos clientes que había parecían estar durmiendo. Eligió una habitación que estaba vacía y, con un destornillador plano, abrió el pomo de la única puerta. El motel era muy básico y no tenía cerraduras ni cadenas de seguridad. Salió y, a oscuras, se encaminó hasta la habitación en la que su objetivo dormía a pierna suelta. Consiguió abrir la puerta en un santiamén, encendió la luz y, mientras Clamps intentaba despertarse, centrarse y averiguar qué demonios estaba pasando, Nevin le pegó tres tiros en la cara con un revólver de calibre 22, amortiguados por un silenciador de veinte centímetros. Lo remató con otros tres disparos en la nuca. Cogió la cartera, el dinero, las llaves del coche y la pistola que había debajo de la almohada y lo metió todo, incluidos el destornillador y la Ruger, en la bolsa de viaje barata con la que su víctima había viajado hasta allí. Apagó la luz, esperó quince minutos y se marchó en el coche de Clamps. Aparcó detrás de un área de servicio para camiones, quitó a toda prisa las matrículas de Mississippi, las sustituyó por unas de Idaho y continuó hasta una gasolinera que no abría por la noche. Dejó allí el coche, volvió al suyo y regresó a Biloxi.

La policía de Slidell tardó nueve días en identificar a la víctima. Su última dirección conocida estaba en Brookhaven, Mississippi. El *Gulf Coast Register* no informó del asesinato.

Al principio, Dusty Cromwell dio por hecho que Clamps había recogido la marihuana y se había fugado con ella. Tres semanas después del asesinato, recibió un paquete, una caja de cartón sin nombre ni dirección del remitente. Dentro había una cartera con un carnet de conducir expedido a nombre de Willie

Tucker, alias Clamps. Debajo de la cartera estaban sus placas de matrícula.

La policía de Slidell se trasladó hasta Biloxi y se reunió con el sheriff Lorzas Bowman, que nunca había oído hablar de nadie llamado Willie Tucker. Aquel sospechaba que el chico era una víctima más de la escalada de tensión que se estaba produciendo en el Strip, pero no dijo nada al respecto. Cuando se trataba de reyertas entre mafias y de cadáveres, Lorzas no sabía nada, menos aún si había policías de fuera de la ciudad husmeando. Cuando se marcharon, fue al Red Velvet y entró en el despacho de Lance.

Este, como cabía esperar, también aseguró que él jamás había oído hablar del tal Willie Tucker. Había muchos malhechores en la costa y la violencia empezaba a volverse contagiosa. Lorzas le advirtió que no intensificara el enfrentamiento. Si se cometían demasiados asesinatos por venganza, atraerían la atención de personas ajenas. Un par de cadáveres aquí y allá se consideraba normal. Una guerra entre bandas, en cambio, estaba destinada a acabar en los periódicos.

Dusty demostró ser tan despiadado como Lance. Se reunió con un asesino a sueldo de la mafia Dixie llamado Ron Wayne Hansom y negoció con él un contrato de quince mil dólares para matar a Lance Malco. El pago inicial fue de cinco mil dólares; el resto se le entregaría una vez completado el encargo. El sicario, que gestionaba su negocio desde Texas, pasó un mes en la costa y decidió que la tarea era demasiado arriesgada. Malco apenas se dejaba ver y siempre iba protegido. Se largó de la ciudad con el dinero, pero no sin antes emborracharse en un bar y alardear de haber matado a hombres en siete estados distintos. Una camarera que lo estaba escuchando oyó mencionar el nombre de Malco en más de una ocasión. La noticia ascendió rápidamente por el escalafón y Lance se alarmó lo bastante como para llamar a Lorzas, que a su vez llamó a un viejo amigo de los Rangers de Texas. Conocían a Hansom y lo arrestaron en Amarillo. Dusty se enteró de su paradero y envió a dos de sus muchachos a charlar con él. El detenido negó estar implicado en el complot para matar a Malco y, como los Rangers no tenían pruebas, lo dejaron en libertad. Los dos matones de Biloxi le tendieron una emboscada y lo dejaron inconsciente de una paliza.

Saber que el dueño de otro club del Strip había ordenado que lo asesinaran sacó a Lance de sus casillas, así que le envió a Dusty el mensaje de que, si no abandonaba la ciudad en menos de treinta días, sería él, Lance Malco, quien contratara a un sicario. Aquel no se acobardó y le dijo que estaba buscando a otro asesino a sueldo. Lance conocía a unos cuantos más que Dusty y, durante dos meses, las cosas estuvieron tranquilas pero tensas mientras los bajos fondos esperaban a que las balas empezaran a volar. La siguiente atravesó el parabrisas delantero del coche de Lance mientras Nevin iba al volante y las esquirlas de cristal les provocaron cortes a ambos. En el hospital los cosieron y les dieron el alta.

Hugh llevó a su padre a casa y durante el trayecto solo habló de venganza. Le horrorizaba que una bala le hubiera pasado tan cerca. Cada vez que se volvía para mirarlo y veía los vendajes, le entraban ganas de llorar. En casa, Carmen estaba totalmente hundida y alternaba los ataques de histeria con arrebatos de ira contra su marido por haberse involucrado tanto en el mundo de la delincuencia. Hugh trató de refrenarla, de ejercer de árbitro entre sus padres y de disipar los temores de sus hermanos pequeños. Dos días más tarde llevó a su padre al despacho del Red Velvet y le anunció que, a partir de ese momento, asumía los papeles de guardaespaldas y de chófer. Se quitó la chaqueta y le mostró con gran orgullo una Ruger automática de calibre 45.

Detrás de las vendas y de los puntos, Lance sonrió y preguntó:

—¿Sabes usarla?

—Claro. Me ha enseñado Nevin.

—Llévala siempre encima, ¿vale? Y no la uses a menos que sea necesario.

—Ese momento ha llegado, papá.

—Eso lo decidiré yo.

Lance estaba harto y sabía que había llegado el momento de destruir al enemigo. Le encargó a Nevin una misión que tendría que cumplir fuera de la ciudad: tratar con el Bróker, un intermediario bien relacionado famoso por su talento para encontrar al sicario adecuado para cualquier trabajo. En un bar de Tupelo acordaron que cargarse a Dusty Cromwell costaría veinte mil dólares. Nevin no conocía la identidad del asesino ni quería conocerla.

Antes de que eso ocurriera, estalló una batalla callejera. Tres matones de Dusty entraron en el Foxy's armados con bates de béisbol y golpearon a todo el que se movía, incluidos dos porteros, dos camareros, varios clientes y una especialista en cócteles que intentaba huir. Rompieron todas las mesas, las sillas, las luces de neón y las botellas de alcohol y estaban a punto de acabar con uno o dos camareros cuando un guardia salió de la cocina y abrió fuego con una pistola. Uno de los matones sacó la suya e iniciaron un tiroteo mientras corrían a toda velocidad hacia la puerta. El otro los siguió hasta el aparcamiento y vació su automática. Las balas impactaron contra la fachada del edificio y en algunos coches aparcados más cerca. Un portero con la frente ensangrentada salió tambaleándose del interior, con un revólver en la mano, para ayudar al guardia. Se subieron a un coche y persiguieron a los matones, que disparaban a mansalva por las ventanillas mientras huían de la escena con el chirrido de neumáticos de fondo. El tiroteo continuó por la autopista 90; los coches implicados sorteaban el tráfico y los horrorizados conductores de los demás vehículos se agachaban para ponerse a cubierto. Cuando una bala atravesó el parabrisas delantero del coche perseguidor, el guardia decidió que había llegado la hora de poner fin a aquella locura y se detuvo en un aparcamiento.

Él y el portero no lo sabían, pero uno de sus muchos disparos dio en el blanco y alcanzó a uno de los matones en el cuello. Murió mientras lo operaban en el hospital de Biloxi. Sus dos compañeros lo habían soltado en la puerta y luego habían desaparecido. Como era típico en aquella época, el muerto no llevaba cartera ni carnet de identidad. El coche en el que habían huido, acribillado a balazos, no apareció nunca. Por suerte, ninguna de las personas que se encontraban en el Foxy's terminó muerta, pero a siete tuvieron que hospitalizarlas.

Dos semanas más tarde, una agradable tarde de domingo, Dusty paseaba por la playa cogido de la mano de su novia, chapoteando con los pies en la orilla. Llevaba una lata de cerveza en la mano, la última que se tomaría. A seiscientos metros de distancia, un ex francotirador del ejército conocido como el Fusilero tomaba posiciones en el primer piso de un motel de playa situado al otro lado de la autopista 90. Apuntó su Logan de confianza, un rifle militar de calibre 45, y apretó el gatillo. Un milisegundo después, la bala impactó contra la mejilla derecha de Dusty y le salió por la nuca. Su novia prorrumpió en gritos, horrorizada, y otra pareja acudió a ayudarla. Cuando llegó la policía, el Fusilero estaba en el puente sobre la bahía de Biloxi camino de Mobile.

La muerte de Cromwell causó mucho alboroto y el *Gulf Coast Register* por fin despertó y empezó a indagar. «La guerra del mundo del hampa» se había cobrado la vida de al menos cuatro hombres, todos ellos conocidos por estar implicados en la prostitución, las drogas y el juego. De un modo u otro, todos estaban relacionados con los clubes nocturnos del Strip. Corrían rumores de que había habido más asesinatos, así como palizas e incendios. Lorzas Bowman no hizo muchas declaraciones, pero le aseguró al periódico que su comisaría estaba investigando los asesinatos de forma activa.

Como todos los ciudadanos respetables, Jesse Rudy observaba la guerra y no esperaba mucho de las investigaciones. Y, aunque el poco empeño de Rex Dubisson en enjuiciar los asesinatos le generaba frustración, en el fondo estaba encantado de que el fiscal de distrito mostrara tan poco interés. En su próxima campaña haría hincapié en los benévolos esfuerzos de su oponente por frenar a las bandas. Que hubiera más violencia no haría más que contribuir a la causa de Jesse. La gente estaba disgustada y quería que alguien hiciera algo.

La naturaleza intervino de forma inimaginable y detuvo la matanza. Una tormenta arrasó los clubes nocturnos del Strip, así como la mayor parte de los de Biloxi. Asestó un golpe demoledor no solo a la vida nocturna, sino también a todas las industrias de la costa.

Y condujo directamente a la elección de Jesse Rudy.

17

La del verano de 1969 fue una temporada muy activa en el Caribe, pero no había razón para creer que el huracán Camille fuera a resultar tan mortífero. Cuando bordeó el norte de Cuba el 15 de agosto, era una insignificante tormenta de categoría 2 cuya trayectoria se preveía que tocara tierra en algún punto de la región conocida como el mango de Florida. Siguió avanzando hacia el norte y se calmó un poco después de abandonar Cuba, pero luego se intensificó muy deprisa en las cálidas aguas del Golfo. No era una tormenta amplia, pero su falta de tamaño no hizo sino aumentar su velocidad. El 17 de agosto ya era de categoría 5 y bramaba hacia la costa. No obedeció las predicciones y apuntó a Biloxi a matar.

La costa del Golfo estaba acostumbrada a los huracanes; todo el mundo disponía de historias que contar y cada uno tenía su favorita. Las alertas formaban parte de la vida cotidiana y, por lo general, la gente se las tomaba con calma. Nadie había visto nunca una marejada ciclónica de seis metros, así que esas previsiones les parecían absurdas. Los residentes de primera línea de playa cubrieron las ventanas con paneles de madera, compraron pilas, comida y agua y sintonizaron la radio; las precauciones habituales. Habían cumplido con esa rutina muchísimas veces. No fueron incautos. Más tarde, los que sobrevivieron dirían que, sencillamente, nunca habían visto nada parecido a Camille.

El domingo 17 de agosto por la tarde, los meteorólogos determinaron que la tormenta no iba a virar hacia el este. Las alarmas y las alertas civiles se activaron en todas las ciudades costeras: Waveland, Bay St. Louis, Pass Christian, Long Beach, Gulfport, Biloxi, Ocean Springs y Pascagoula. Los avisos urgentes eran terribles y pronosticaban una marejada ciclónica sin precedentes y vientos inauditos. La evacuación de última hora fue caótica y la mayor parte de los residentes decidió quedarse a capear el temporal.

A las nueve de la noche, con un viento cada vez más intenso, el alcalde de Gulfport ordenó que se abrieran las puertas de la cárcel. Les dijeron a todos los presos que se marcharan a casa, que ya irían a buscarlos. Ni uno solo aceptó la oferta. La electricidad y las líneas telefónicas dejaron de funcionar a las diez de la noche.

A las once y media, Camille tocó tierra entre Bay St. Louis y Pass Christian. Solo tenía ciento treinta kilómetros de ancho, pero la estructura del ojo era muy firme, y los vientos, históricos. Era de categoría 5, el segundo huracán más fuerte que había azotado Estados Unidos hasta ese momento. Su presión barométrica cayó a 682 milímetros de mercurio o novecientos milibares, la segunda más baja de la historia del país. Durante un momento fugaz, sesenta segundos enteros, los indicadores de velocidad del viento alcanzaron los 281 kilómetros por hora y luego Camille arrasó con ellos. Los expertos calcularon que los vientos máximos llegaron a los 320 kilómetros por hora. Arrastraron a tierra un muro de agua de más de siete metros de altura. En algunos lugares, la marejada alcanzó los nueve.

Las ciudades más pobladas situadas hacia el este —Biloxi, Gulfport y Pascagoula— se llevaron la peor parte de la rotación de Camille en sentido contrario a las agujas del reloj. Casi todos los edificios de la autopista 90 y de la playa quedaron destruidos. La propia autopista cedió y los puentes que formaban parte de ella se derrumbaron. El tendido eléctrico y las líneas telefónicas se quebraron y desaparecieron en las aguas turbulentas. Seis manzanas tierra adentro desde la playa, barrios enteros quedaron destruidos. Desaparecieron seis mil hogares. Otros catorce mil sufrieron daños graves. La tormenta mató a 143 personas, la mayoría de las cuales vivían cerca de la playa y se habían negado a evacuar. Colegios, hospitales, iglesias, tiendas, edificios de oficinas, juzgados, parques de bomberos…, todo quedó devastado.

Camille no había terminado. Perdió fuerza a gran velocidad en el valle del Ohio y luego viró hacia el este para proseguir con la catástrofe. Sobre el centro de Virginia se fusionó con un sistema de baja presión denso que parecía estar esperándola. Juntos descargaron 762 milímetros de lluvia en veinticuatro horas en el condado de Nelson, Virginia, y causaron inundaciones históricas que arrasaron carreteras, casas y vidas; 153 personas fallecieron en dicho estado.

Lo último que se supo de la tormenta fue que se desvanecía sobre el Atlántico. Por suerte, nunca volvería a haber otra Camille. Sus daños fueron tan increíbles que el Servicio Meteorológico Nacional retiró su nombre.

El lunes 18 de agosto, cuando amaneció, las nubes habían desaparecido. La tormenta fue tan rápida que se marchó enseguida y se llevó su viento y su lluvia a otra parte. Pero aún era agosto en Mississippi y, a media mañana, la temperatura superaba los treinta grados.

La gente salió de entre los escombros y empezó a moverse de un lado a otro; eran como zombis conmocionados por el terror de la noche y la devastación que se extendía ante ellos. Se oían gritos cuando encontraban a amigos, vecinos y seres queridos que no habían sobrevivido. Buscaban cadáveres, coches e incluso casas.

De repente, la vida había quedado reducida a lo básico: comida, agua y refugio. Y atención sanitaria; más de veintiún mil personas habían resultado heridas y no había ni hospitales ni clínicas.

El gobernador había desplazado a cinco mil miembros de la Guardia Nacional a Camp Shelby, unos ciento diez kilómetros más al norte. Al alba, partieron hacia el sur en caravanas mientras escuchaban los primeros informes en la radio. Setenta y cinco mil personas habían perdido su casa. Miles habían muerto o desaparecido. Los guardias no tardaron en encontrarse con árboles enteros tendidos sobre la autopista 49. Se sirvieron de motosierras y excavadoras para despejar la carretera y tardaron casi seis horas en llegar a Biloxi.

La 101.ª División Aerotransportada los seguía de cerca. Cuando las primeras imágenes de la costa se emitieron en las noticias de la noche, la ayuda estatal, federal y privada empezó a llegar a raudales. Decenas de organizaciones caritativas se movilizaron y enviaron equipos de médicos, enfermeras y voluntarios. Las iglesias y organizaciones religiosas enviaron a miles de trabajadores humanitarios, la mayoría de los cuales durmieron en tiendas de campaña. Además de alimentos y agua, llegaron toneladas de suministros médicos, casi todos por barco para evitar las carreteras intransitables.

Tardaron un mes en restablecer la electricidad en los hospitales y colegios que pudieron abrir. Más aún en contabilizar el número total de desaparecidos. Llevó años reconstruir los hogares de aquellos que lo deseaban.

Durante los seis meses posteriores a la tormenta, la costa tuvo un aspecto similar al de un campo de refugiados de guerra. Hileras de tiendas verdes del ejército que hacían las veces de hospitales; filas de barracones; miles de soldados acarreando escombros; voluntarios atendiendo los centros de distribución de alimentos y agua; grandes carpas llenas de ropa e incluso muebles; y largas colas para entrar.

Aunque eran gente resiliente, el desafío resultaba casi abrumador; aun así resistieron con tenacidad y, poco a poco, lo reconstruyeron todo. El impacto de la tormenta fue inmenso y los dejó aturdidos. Sin embargo, no tenían más remedio que sobrevivir. Centímetro a centímetro, las cosas mejoraban un poco cada día. La apertura de los colegios a mediados de octubre representó un hito. Cuando Biloxi recibió a su archirrival, Gulfport, en un partido de fútbol americano un viernes por la noche, se batieron récords de afluencia en las gradas y la vida pareció casi normal.

Camille abrió un abanico de oportunidades únicas para los mafiosos. Todos tuvieron que suspender temporalmente sus actividades, pero sabían que el negocio se recuperaría enseguida. La zona estaba atestada de soldados, trabajadores humanitarios y una increíble acumulación de gentuza atraída por los desastres y las mercancías gratuitas que se repartían. Toda aquella gente estaba lejos de casa, cansada, estresada y necesitada de alcohol y entretenimiento.

Lance Malco no dedicó mucho tiempo a lamerse las heridas. Su casa, situada a un kilómetro y medio de la playa, no sufrió grandes daños. Por el contrario, sus clubes del Strip, el Red Velvet y el Foxy's, desaparecieron por completo, destruidos por el viento y arrastrados por las aguas hasta quedar reducidos a trozos de hormigón. El Truck Stop estaba destrozado, pero aún en pie. Dos de sus bares habían desaparecido; otros dos estaban en más o menos buen estado. Tres de los moteles que poseía junto a la playa también quedaron hechos escombros. Por desgracia, dos de sus bailarinas perecieron en uno de ellos. Lance les había ordenado que evacuaran. Pensaba enviarles un cheque a sus respectivas familias.

Mientras él, Hugh y Nevin inspeccionaban los daños del Red Velvet con el primer perito del seguro, se fijaron en que, incrustados en los cimientos de hormigón, había ocho grandes cuadrados de lo que parecía ser metal. El perito sintió curiosidad y les preguntó qué eran. Lance y Nevin contestaron que no tenían ni idea. Los cuadrados eran, en realidad, imanes que hasta entonces habían permanecido ocultos bajo la gruesa alfombra sobre la que estaban instaladas las mesas de dados. Los dados trucados tenían imanes más pequeños detrás de algunos números. Manipulando varios juegos de dados, los taimados crupieres incrementaban las probabilidades de que ciertos números aparecieran en el juego.

Después de tantos años recibiendo acusaciones de tener las mesas amañadas, gracias a Camille, por fin habían pillado a Lance. Pero el desafortunado perito no era jugador y no tenía ni idea de lo que estaba viendo. Nevin le guiñó un ojo a su jefe y ambos pensaron lo mismo: no había nadie en el mundo capaz de calcular la cantidad de dinero que aquellos imanes le habían reportado al club nocturno.

Las pólizas de seguros redactadas en Mississippi cubrían los daños causados por el viento, con cláusulas de exclusión específicas y cuidadosamente formuladas para los daños causados por el agua. Las batallas «viento contra agua» no habían estallado todavía, pero las compañías de seguros ya se estaban preparando para afrontarlas. Cuando la aseguradora de Lance le denegó la indemnización alegando que los daños los había causado el agua, este amenazó con demandar. No cabía duda de que la marejada ciclónica había anegado sus clubes nocturnos de la autopista 90.

Como tenía más dinero en efectivo que el resto de los dueños de clubes nocturnos, estaba decidido no solo a ser el primero en abrir, sino además a reabrir una versión mucho más elegante del Red Velvet. En Baton Rouge encontró a un constructor con personal y suministros.

Antes de que la mayoría de los propietarios de casas hubieran retirado los escombros de su jardín y su calle, Lance ya estaba reconstruyendo su club más emblemático. Pensaba añadir un restaurante, ampliar el bar y construir más habitaciones en el piso de arriba. Tenía muchos planes. Hugh, Nevin y él estaban convencidos de que la mayoría de sus competidores del Strip no sobrevivirían a Camille. Era el momento de gastar a lo grande y establecer un monopolio.

18

Viento contra agua.

En el último momento, la tarde del mismo domingo en que Camille tocó tierra, Jesse y Agnes decidieron evacuar. Los niños y ella se dirigirían al norte, a casa de los padres de Agnes, en Kansas. Jesse insistió en quedarse. Llenaron la ranchera familiar de provisiones y agua a toda prisa y, con Keith al volante, se despidieron de Jesse con un adiós asustado.

Doce horas más tarde, el abogado deseó haberse marchado con ellos. No recordaba haber pasado tanto miedo en su vida, ni siquiera durante la guerra. Jamás volvería a enfrentarse a un huracán.

Su casa sobrevivió a nivel estructural, pero sufrió graves daños. La mayor parte del tejado salió volando por los aires. Nunca averiguaron el paradero del pequeño porche delantero. Casi todas las ventanas quedaron hechas añicos. La crecida provocada por la marejada ciclónica llegó hasta tres metros de la puerta delantera. Los vecinos de la parte sur de la calle no tuvieron tanta suerte y les entró agua. Jesse se pasó dos días retirando escombros e hizo horas de cola para conseguir dos lonas grandes en un centro de distribución de la Cruz Roja. Contrató a un adolescente que buscaba trabajo y se afanaron a pleno sol para asegurar las aberturas del tejado. La lluvia había empapado gran parte del mobiliario y tuvo que tirarlo. Un equipo de la Guardia Nacional lo ayudó a cubrir las ventanas con madera contrachapada. También le suministraron agua embotellada y una caja de sopa de tomate, que se comía directamente de la lata porque no había forma de calentarla. Tras cinco días de trabajo caluroso y agotador, hizo cola en un puesto de la Guardia y le entregaron un teléfono. Llamó a Agnes, que seguía en Kansas, y casi se echa a llorar al oír su voz. Ella también sollozó, al igual que los niños. Como no había electricidad y los días eran largos y calurosos, les dijo que se quedaran allí hasta que la situación mejorara.

Había voluntarios y trabajadores humanitarios por todas partes, de modo que reunió una cuadrilla para limpiar su despacho del centro. En las paredes de la planta baja, la cota de agua llegaba justo hasta los dos metros y veintiocho centímetros y todo estaba destrozado. Era incapaz de imaginarse ejerciendo la abogacía allí, pero todos los despachos que lo rodeaban se encontraban en el mismo estado catastrófico. Rendirse no era una opción y cada día que pasaba comportaba una pequeña mejora.

Por las tardes, cuando el sol empezaba a desvanecerse y el aire era algo más fresco, iba a comprobar cómo estaban sus vecinos y los ayudaba a retirar escombros y hacer reparaciones. Casi todo el mundo estaba pendiente de los demás. Dentro de las casas dañadas hacía demasiado calor, así que se juntaban bajo la sombra de los árboles que aún quedaban en pie. Joe Humphrey, que vivía tres puertas más abajo, había conseguido que un guardia nacional le diera una caja de cervezas; también le entregó una bolsa de hielo y las Falstaff frías nunca les habían sabido mejor. Los vecinos lo compartían todo: cerveza, tabaco, comida, agua, ánimos e historias.

Habían sobrevivido. Otros no tuvieron tanta suerte y gran parte de las charlas de la calle se referían a los que habían muerto.

El bufete Rudy reabrió el 2 de octubre, unas seis semanas después de Camille. Jesse dedicó gran parte del primer día a acosar a su perito del seguro llamándolo una y otra vez con su nuevo teléfono. La sede de la compañía, la Action Risk Underwriters, estaba en Chicago. Era una de las cuatro aseguradoras más grandes de la costa y, durante las semanas posteriores a la tormenta, Jesse se dio cuenta de que tanto la ARU como el resto de las compañías estaban poniendo trabas a todas las reclamaciones y no tenían la menor intención de cumplir las pólizas de forma directa. Sus negativas tajantes eran sencillas: los daños los había causado el agua, no el viento.

Cuando el juzgado volvió a abrir sus puertas el 10 de octubre, Jesse entró con paso firme y presentó catorce demandas en su nombre y en el de sus vecinos. Demandó a las cuatro compañías de seguros más importantes y les exigió el pago íntegro, además de daños punitivos por mala fe. Llevaba semanas amenazando con demandar y las aseguradoras apenas le devolvían las llamadas. Con al menos veinte mil casas arrasadas o con daños graves, las compañías habían quedado muy expuestas. Su estrategia iba tomando forma. Negarían todas las reclamaciones, se aferrarían a su dinero y alargarían el proceso con la esperanza de que la mayoría de los asegurados no dispusiera de medios para litigar.

Entretanto, la gente intentaba sobrevivir con lonas sobre la cabeza y madera contrachapada en las ventanas. Muchas casas eran inhabitables y los propietarios habían acampado en el patio trasero. Otros vivían en tiendas de campaña. Algunos se habían visto obligados a huir y se habían mudado a casas de amigos y familiares en el sur de Mississippi. En los bosques del norte de la ciudad, de la noche a la mañana surgió una comunidad entera, conocida como Camille Ville, en la que mil personas vivían en tiendas de campaña y caravanas. Casi todos tenían pólizas de seguro válidas, pero no encontraban peritos.

Jesse estaba enfadado y decidido. Cuando presentó la primera oleada de demandas, avisó al *Gulf Coast Register* y se sometió de buen grado a una entrevista. Al día siguiente apareció en primera plana y el teléfono de su despacho empezó a sonar. No pararía durante meses.

En términos de ganancias, los casos no eran valiosos. En 1969, el valor medio de una casa en el condado de Harrison era de veintidós mil dólares. Jesse y Agnes habían pagado veintitrés mil quinientos por la suya cuatro años antes y un constructor había estimado que los daños causados por la tormenta ascendían a ocho mil quinientos, sin contar los muebles. Sus primeras demandas estaban dentro de ese rango y todas eran por daños provocados por el viento. Había inspeccionado personalmente todas las casas y sabía más que de sobra que la marejada ciclónica no había sido la causante. Durante un tenso intercambio con un perito, le había explicado que los daños por agua los había producido el aguacero que había caído después de que el tejado saliera volando. Camille soltó 254 milímetros de lluvia en doce horas. Si quitas el tejado, todo lo que hay debajo queda empapado. De hecho, con la única protección de unas endebles lonas de plástico, cada tormenta conllevaba nuevas aventuras para los propietarios.

Aun así, la compañía de seguros rechazó la reclamación.

Jesse presentó primero las demandas de los casos más sencillos. Los más complejos implicarían tanto daños por viento como por agua y los tramitaría más adelante. Tenía mucho donde escoger. Se había corrido la voz y los clientes le llegaban en tromba. Estaba recibiendo muchos más de los que esperaba y le preocupaba no ser capaz de cubrir los gastos generales. Pero eso ya era un desvelo constante mucho antes de Camille. Todavía no había terminado de pagar la segunda hipoteca que había solicitado para financiar la campaña de hacía dos años.

En cualquier caso, tenía poco tiempo para preocuparse y ya no había vuelta atrás. Había acaparado el mercado de los casos de Camille y presentaba una decena de denuncias por semana. Trabajaba dieciocho horas al día, seis días a la semana, y había entrado en un estado mental distinto en el que nada importaba salvo la causa. Con Keith de nuevo en la universidad para completar su último curso y Agnes encargándose de mantener a la familia unida, estaba muy corto de personal. Sus hijas adolescentes, Beverly y Laura, iban al bufete después del instituto y a menudo se quedaban hasta altas horas de la noche para intentar mantener los archivos organizados.

Al rescate acudieron los Pettigrew, dos hermanos de Bay St. Louis. El cadáver de su padre había aparecido en un árbol al día siguiente del paso de Camille. La casa familiar, totalmente asegurada, estaba a ochocientos metros de la playa y había sufrido daños tan graves que era inhabitable. Su madre se había ido a vivir a McComb con una hermana. La compañía de seguros, también la ARU, había rechazado la reclamación.

Los hermanos, Gene y Gage, parecían gemelos, pero se llevaban once meses. Tenían el mismo aspecto, la misma voz, la misma ropa y la extraña costumbre de terminar las frases del otro. Se habían licenciado juntos en Derecho en la Ole Miss el anterior mes de mayo y habían abierto un pequeño despacho en Bay St. Louis. Camille se lo había llevado todo, hasta el último pedazo. Ni siquiera habían encontrado sus diplomas.

La tragedia que habían vivido los había puesto furiosos y buscaban pelea. Leyeron acerca de lo que estaba haciendo Jesse Rudy y un día se presentaron en su bufete y le pidieron trabajo. A él le cayeron bien de inmediato, prometió pagarles siempre que pudiera y en aquel mismo momento contrató dos asociados nuevos. Dejó lo que estaba haciendo, los encerró en la sala de reuniones para impartirles una sesión de formación y les enseñó los apasionantes entresijos de la lectura de pólizas de seguros. Se marcharon a medianoche. Al día siguiente mandó a Gage a Camille Ville para que se reuniera con varios clientes nuevos. Gene comenzó con las sesiones de toma de contacto de los que se pasaban a diario por el despacho a pedir información.

En la costa había más abogados aceptando casos similares, aunque ni por asomo tantos como Jesse Rudy. Lo observaban de lejos, con atención y curiosidad. La actitud general de sus compañeros era ir un poco más despacio, dejar que él fuera el primero y esperar a que machacara a las compañías en la primera serie de juicios. Puede que entonces las aseguradoras se sentaran a la mesa de negociaciones y llegasen a acuerdos justos.

Para Jesse, los pleitos no estaban exentos de riesgos. Era evidente que el agua de la marejada había destruido muchas de las casas, sobre todo las más cercanas a la playa. Esas demandas serían complicadas de ganar. Si perdía los juicios, las compañías no se sentirían tan amenazadas y rechazarían las reclamaciones de una forma aún más agresiva. Se hallaba en juego su reputación. Sus clientes estaban sufriendo, en muchas ocasiones tenían comportamientos poco racionales y no solo esperaban justicia, sino también algún tipo de retribución. Si no lo conseguía, su carrera como abogado litigante estaría acabada y más le valdría esconderse en su despacho y redactar escrituras.

En cambio, si ganaba y lo hacía a lo grande, las recompensas serían generosas. No se haría rico ganando demandas de ocho mil dólares, pero al menos mejoraría su liquidez. Obligar a las compañías de seguros a someterse le proporcionaría una publicidad que no podía comprarse con dinero.

A finales de año, el sentimiento de odio absoluto hacia las compañías de seguros era generalizado. Jesse quería un juicio, en su sala del juzgado de Biloxi, y hacía mucha presión para conseguirlo. La oposición era formidable. Las aseguradoras, sabiamente, habían decidido contratar a grandes bufetes de Jackson para que las defendieran y se habían mantenido alejadas de los abogados de la costa. Jesse había presentado más de trescientas demandas en la Audiencia Territorial del condado de Harrison. Aquello era un auténtico chollo para los bufetes encargados de la defensa, así que recurrieron a todas las herramientas y trucos a su alcance para retrasarlo y enterrarlo en papeleo.

Los hermanos Pettigrew demostraron estar a la altura de la tarea y aprendieron más sobre litigios e intercambio de pruebas en tres meses de lo que habrían aprendido por su cuenta en cinco años. Animaron a Jesse a seguir presentando demandas. Ellos se encargarían del correo, mantendrían los archivos ordenados y responderían a los bufetes defensores.

Durante la pequeña fiesta que celebraron en el despacho dos días antes de Navidad, Jesse sorprendió a todo el mundo anunciando que ascendía a Gene y Gage a socios júnior. Añadiría sus nombres al membrete. Ahora el letrero de la fachada leería: RUDY & PETTIGREW, ABOGADOS. Era, sobre todo, un gesto simbólico. Los verdaderos socios se repartían los honorarios y de eso no había mucho.

El juez Nelson Oliphant, de setenta y un años, subió al estrado, se acercó el micrófono y miró al público. Sonrió y dijo:

—Buenos días, señoras y señores. Menuda concurrencia. Me parece que nunca había visto a tanta gente en una audiencia petitoria.

Jesse les había pedido a sus clientes que abarrotaran la sala y les había dicho que, bajo ningún concepto, debían sonreír ante nada. Estaban enfadados, frustrados y preparados para que se hiciera justicia. Estaban hartos de las compañías de seguros y de sus abogados y querían que Oliphant, que era del condado de Harrison y, por lo tanto, uno de los suyos, supiera que iban en serio. Pronto se presentaría a la reelección.

Jesse estaba sentado a la mesa de los demandantes entre los hermanos Pettigrew. Al otro lado, apiñados en torno a la mesa de la defensa, había al menos una decena de hombres de Jackson bien vestidos, con asociados y secretarias sentados a su espalda, en primera fila. Entre la manada también se encontraban los ejecutivos de seguros.

Oliphant dijo:

—Señor Rudy, puede proceder.

Jesse se puso en pie y se dirigió al tribunal.

—Gracias, señoría. He presentado varias mociones para que se celebrara una audiencia hoy, pero antes me gustaría abordar la cuestión de la fecha de algunos juicios. Tengo al menos diez casos preparados, aunque supongo que debería decir que yo estoy preparado. —Hizo un gesto con el brazo que pretendía abarcar a todos los abogados defensores y continuó—: Parece que estos señores no van a estarlo nunca. Hoy es 3 de febrero. ¿Puedo sugerir que fijemos el juicio de algunos casos el mes que viene?

Oliphant miró al escuadrón de la defensa y al menos cuatro de ellos se pusieron en pie. Antes de que abrieran la boca, dijo:

—Esperen un momento. No voy a escucharlos a todos decir lo mismo. ¿Cuál es su primer caso, señor Rudy?

—Luna contra Action Risk Underwriters.

—De acuerdo. Creo que el señor Webb es el abogado principal de la ARU. Señor Webb, puede responder.

Simmons Webb se levantó y dio unos cuantos pasos hacia delante.

—Gracias, señoría —dijo con gran educación—. Agradezco la oportunidad de comparecer hoy aquí, ante su tribunal. Sin duda, mi cliente comprende que los demandantes deseen acelerar las cosas y celebrar el juicio, pero tenemos derecho a completar el proceso de intercambio de pruebas. Estoy seguro de que el señor Rudy lo entiende.

Jesse, todavía de pie, dijo:

—Señoría, hemos terminado el intercambio de pruebas y estamos listos para el juicio.

—Bien, señoría, nosotros no hemos terminado. El señor Rudy solo ha tomado dos declaraciones.

—Deje que yo lleve mi caso, señor Webb, y usted lleve el suyo. No necesito más declaraciones.

El juez se aclaró la garganta e intervino:

—Debo decir, señor Webb, que ha sido usted bastante lento en el proceso de intercambio de pruebas. Me parece que su cliente, la ARU, no tiene ninguna prisa por ir a juicio.

—No estoy de acuerdo, señoría. Se trata de casos complicados.

—Pero las demandas las presentó el señor Rudy, ¿no? Si él está listo, ¿por qué usted no?

—Hay mucho que hacer, señoría.

—Pues hágalo y pronto. El juicio del caso queda fijado para el lunes 2 de marzo en esta misma sala. Escogeremos un jurado y dejaremos que decida el veredicto.

Webb fingió incredulidad y se agachó para cuchichear con otro hombre de traje oscuro. Levantó la mirada y dijo:

—Con el debido respeto, señoría, nos oponemos a que la fecha se nos notifique con tan poca antelación.

—Y, con el debido respeto, rechazo su objeción. ¿Cuál es el siguiente caso, señor Rudy?

—Lansky contra la ARU.

—¿Señor Webb?

—Bueno, una vez más, señoría, aún no estamos preparados para el juicio.

—Prepárense, entonces. Han tenido tiempo de sobra y bien sabe Dios que su parte dispone de ayuda legal abundante y con talento.

—Nos oponemos, señoría.

—Desestimada. Este es el plan, señor Webb y demás abogados de la defensa: voy a reservar las dos primeras semanas de marzo para juzgar tantos de estos casos como nos sea posible. No creo que sean procesos largos. Teniendo en cuenta el intercambio de pruebas, no hay muchos testigos. Estos demandantes tienen derecho a que se los escuche y vamos a hacerlo.

Al menos cinco de los abogados defensores se levantaron de un salto y empezaron a hablar.

—Por favor, por favor, caballeros —dijo su señoría—. Siéntense. Los invito a presentar sus objeciones por escrito. Adelante, preséntenlas y ya las desestimaré más tarde.

Los demás se sentaron y Webb intentó controlar su frustración.

—Señoría, está demostrando bastante severidad y este es un claro ejemplo de por qué a mi cliente le preocupa no tener un juicio justo en el condado de Harrison.

En el momento más oportuno, Jesse soltó una frase que se había preparado y reservado para este instante:

—Bueno, señor Webb, si su cliente pagara las reclamaciones, no acabaríamos allí, ¿verdad?

Webb se volvió y señaló a Jesse con un dedo.

—Mi cliente tiene motivos legítimos para denegar esas reclamaciones, señor Rudy.

—¡Y una mierda! Su cliente se está aferrando a su dinero y actuando de mala fe.

El juez Oliphant lo interrumpió:

—Señor Rudy, lo amonesto por emplear lenguaje soez. Por favor, absténgase de repetirlo.

Jesse asintió y dijo:

—Perdone, señoría. No he podido evitarlo.

Aunque solo fuera por eso, la audiencia sería recordada como la primera vez que un abogado había gritado la palabra «mierda» en una sesión pública en el condado de Harrison.

Webb respiró hondo y dijo:

—Señoría, solicitamos un cambio de juzgado.

—No se lo reprocho, señor Webb —contestó el juez en tono tranquilo—, pero la gente de este condado ha sufrido mucho. Aún están sufriendo y tienen derecho a decidir estos casos. Moción denegada. Se acabaron los retrasos.

19

Durante las disputas que fueron surgiendo antes del juicio, Jesse no tardó en darse cuenta de que el juez Oliphant estaba claramente del lado de los asegurados. Concedió casi todas las peticiones hechas en nombre de los demandantes. Bloqueó la mayoría de los movimientos de las compañías de seguros.

A Oliphant y Jesse les preocupaba no ser capaces de encontrar suficientes jurados imparciales para decidir los casos. Todos los residentes del condado se habían visto afectados por la tormenta y el mal comportamiento de las compañías de seguros era ahora la comidilla en la iglesia y en las cafeterías que habían reabierto. La gente estaba sedienta de sangre, cosa que sin lugar a duda beneficiaba a Jesse, pero que también ponía en grave peligro la posibilidad de hallar candidatos aptos para formar un jurado desinteresado. El hecho de que hubiera tantos desplazados dificultaba aún más la selección de los miembros.

Ambos se reunieron en privado, algo que en circunstancias normales estaría prohibido, pero, como los abogados de Jackson estaban muy lejos, en sus edificios altos, jamás se enterarían. Las compañías de seguros los habían elegidos a ellos: otro error. Jesse tenía once casos contra la ARU que estaban ya listos para ir a juicio. Eran casi idénticos: la misma aseguradora, viviendas dañadas por el viento y no por la marejada y el mismo constructor respetable dispuesto a testificar sobre los daños. El juez Oliphant decidió tomar los tres primeros —Luna, Lansky y Nikovich— y combinarlos en el primer juicio. Simmons Webb y su banda patalearon y protestaron, incluso amenazaron con acudir al Tribunal Supremo de Mississippi en busca de protección. Gracias a los canales extraoficiales, el juez Oliphant sabía que los miembros del Supremo sentían la misma simpatía por las compañías de seguros que Jesse Rudy.

El lunes 2 de marzo, la sala del tribunal volvía a estar abarrotada, había espectadores apoyados en las paredes y alguaciles dirigiendo el tráfico. La multitud se desbordaba incluso hacia el pasillo, donde hombres y mujeres enfadados esperaban a poder sentarse dentro. En su despacho, el juez Oliphant estableció las normas y les recalcó a los abogados que el caso se juzgaría lo más rápido posible y que no toleraría el más mínimo intento de retrasarlo.

Con mucho esfuerzo, se habían entregado cuarenta y siete citaciones a los posibles jurados y todos ellos se presentaron para cumplir con su deber. Sirviéndose de un cuestionario diseñado por su señoría y el señor Rudy, excusaron a trece porque tenían pendientes reclamaciones contra alguna compañía de seguros por daños a la propiedad. A cuatro los excusaron por razones de salud. A dos porque eran familiares de personas fallecidas en la tormenta. A otros tres porque conocían a la familia de otras víctimas.

Cuando quedaban solo veinticuatro candidatos, el juez Oliphant le concedió media hora a cada uno de los abogados para interrogarlos. Jesse consiguió controlar su agresividad, pero no dejó duda de que él era el valedor de los buenos y de que iban a enfrentarse al mal. A través de su creciente red de clientes había descubierto más cosas sobre aquellas veinticuatro personas de lo que la defensa llegaría a saber jamás. Simmons Webb se presentó como un hombre campechano y con profundas raíces en el sur de Mississippi que solo estaba allí para buscar la verdad. A veces, sin embargo, se mostraba nervioso y parecía saber que la mafia quería su pellejo.

Tardaron dos horas en seleccionar a los doce miembros, todos los cuales juraron escuchar los hechos, sopesar las pruebas y decidir el veredicto con imparcialidad. Sin siquiera un descanso, el juez Oliphant concedió a los abogados quince minutos para sus discursos de apertura y señaló con la cabeza a Jesse, que ya estaba en pie y camino del estrado del jurado para pronunciar las observaciones preliminares más breves de su carrera. Gage Pettigrew lo cronometró: un minuto y cuarenta segundos.

—Señoras y señores del jurado, no tendríamos que estar aquí. No tendrían que estar sentados donde están y estoy convencido de que tienen mejores cosas que hacer. Yo tampoco tendría que estar aquí dirigiéndome a ustedes. Mi cliente, el señor Thomas Luna, sentado a nuestra mesa con una camisa azul, no tendría que estar viviendo en una casa sin tejado y con solo una lona de plástico para protegerse contra la lluvia, el viento, las tormentas, el frío, el calor y los insectos. No tendría que estar viviendo en una casa con moho negro en las paredes. No tendría que estar viviendo en una casa casi sin muebles. Lo mismo es válido para el señor Oscar Lansky, el caballero de la camisa blanca. Vive a dos casas del señor Luna, en la calle Butler, a unos ochocientos metros al norte de aquí. En cuanto a mi tercer cliente, el señor Paul Nikovich, no tendría que estar viviendo en un granero propiedad de su tío en el condado de Stone. Estas tres familias tendrían que estar viviendo en su casa, cuya hipoteca siguen pagando, debo añadir, con todas las comodidades y servicios a los que tenían acceso antes de Camille. Son casas dañadas hace más de seis meses, casas debidamente aseguradas con pólizas suscritas por la ARU, casas que siguen abandonadas bajo lonas azules y parcheadas con paneles de madera contrachapada.

Jesse respiró hondo y dio un paso atrás. Elevó la voz y continuó:

—Y estarían llevando una vida normal en su casa si no fuera por las despreciables acciones de Action Risk Underwriters. —Señaló a Fred McDaniel, un perito sénior de la compañía que estaba sentado junto a Simmons Webb. Aquel se estremeció, pero no apartó la mirada de un expediente que tenía sobre la mesa—. No tendríamos que estar aquí y, sin embargo, ya ven. Así que, ya que nos hemos visto forzados a reunirnos en esta sala, aprovechemos el tiempo al máximo. Dentro de unas horas tendrán la oportunidad de decirle al señor McDaniel y a su gran compañía de Chicago que la gente del condado de Harrison cree que un contrato es un contrato, que una póliza de seguro es una póliza de seguro y que llega un momento en el que las empresas codiciosas tienen que pagar.

La brevedad de Jesse pilló a Simmons Webb desprevenido y, durante unos instantes, solo fue capaz de revolver sus papeles. El juez Oliphant dijo:

—Señor Webb.

—Por supuesto, señor juez, acabo de encontrar la póliza. —Se puso en pie y se acercó al estrado del jurado con una falsa sonrisa de oreja a oreja—. Señoras y señores del jurado, esta es la póliza del seguro de hogar que mi cliente expidió a la familia Luna. Es casi idéntica a las que extendió para los Lansky y los Nikovich. —La sostuvo en alto y empezó a pasar hojas con gesto exagerado—. Aquí, en la página cinco, la póliza dice claramente, y cito: «Quedan excluidos de todas las coberturas establecidas en la presente póliza los daños a la estructura principal de la vivienda, así como a anexos tales como porches, techados, garajes, patios y terrazas, y a dependencias exteriores tales como lavaderos, cobertizos de herramientas, etcétera, causados por inundaciones, crecidas de agua, mareas crecientes o marejadas provocadas por huracanes y/o tormentas tropicales». —Arrojó la póliza sobre su mesa y se quedó plantado delante del jurado—. Ahora bien, este caso no es tan claro y sencillo como parece. Los daños causados por las tormentas suelen ser complicados, porque en casi todas las grandes tempestades hay casas que reciben el impacto del viento y también se inundan de agua.

Webb empezó a divagar sobre la dificultad de determinar con exactitud qué había causado daños en una estructura determinada y le dijo al jurado que presentaría testigos expertos, hombres formados en la materia, que les mostrarían lo que ocurre en una tormenta de esa magnitud. Fingió sentir una gran compasión por todos «los buenos paisanos de aquí abajo» que habían sufrido los efectos de Camille y afirmó que tanto su cliente como él estaban allí para ayudar. Esta afirmación le granjeó unas cuantas miradas escépticas de los miembros del jurado. Se perdió un par de veces y se hizo evidente, al menos para Jesse, que estaba optando por la vieja estrategia de «Si los hechos no están de tu parte, intenta confundirlos».

—Un minuto —dijo al final el juez Oliphant.

Cuando Webb se sentó, él casi sintió vértigo. Su oponente representaba a las compañías de seguros más importantes del estado y tenía fama de ser un negociador duro. Sin embargo, era obvio que resolvía los casos cerrando acuerdos, no defendiéndolos en la sala. Su discurso de apertura no había sido impactante.

El primer testigo fue Thomas Luna. Jesse lo guio por los preliminares y le pidió que le describiera al jurado el horror de soportar un huracán con vientos estimados en más de trescientos veinte kilómetros por hora. Su abogado lo había preparado bien y además Luna era un excelente narrador de historias. Su hijo de veinte años y él se habían quedado en casa y, en varias ocasiones a lo largo de la noche, tuvieron que encerrarse en un armario y agarrarse el uno al otro mientras la estructura temblaba violentamente a su alrededor; estaban convencidos de que saldría volando por los aires en cualquier momento. El viento arrancó la casa de enfrente hasta los cimientos y la desparramó a lo largo de varias manzanas. La marejada ciclónica llegó a menos de cincuenta metros de su casa. El señor Luna describió el final de Camille, la luz del sol, los vientos en calma y los increíbles daños causados en su calle.

Los miembros del jurado conocían bien la historia y Jesse no insistió en ella. Presentó un presupuesto solicitado a un constructor capaz de llevar a cabo las reparaciones; ascendía a un total de ocho mil novecientos dólares. Su otra prueba era una lista de muebles, enseres y ropa que habían quedado destruidos. La demanda total ascendía a once mil trescientos dólares.

Tras una pausa de treinta minutos para comer, el señor Luna volvió al estrado y contestó a las preguntas de Simmons Webb, que repasó de forma minuciosa el presupuesto de las reparaciones como si buscara fraudes. El señor Luna sabía mucho más de carpintería que el abogado y se enzarzaron en una discusión. Jesse protestó dos veces:

—Señoría, solo está perdiendo el tiempo. El jurado ya ha visto el presupuesto.

—Sigamos adelante, señor Webb.

Pero este fue metódico, incluso tedioso. Cuando terminó, Jesse llamó a declarar a Oscar Lansky y luego a Paul Nikovich, que contaron historias similares. A las cuatro y media de la tarde del lunes, los miembros del jurado y los espectadores ya habían oído bastante sobre los horrores de Camille y el daño que había causado. El juez Oliphant ordenó un receso de quince minutos para permitirles estirar las piernas y tomarse un café.

El siguiente testigo fue el constructor que había examinado las tres viviendas y calculado los daños. Se mantuvo firme en cuanto a su trabajo y a sus cifras y no permitió que Webb le buscara tres pies al gato. Sabía, gracias a sus años de experiencia, que las crecidas casi siempre dejan una línea de inundación, o una altura máxima de agua, y que suele ser fácil determinar cuánta ha entrado en un edificio. En ninguna de las tres casas había dicha línea. Los daños los había causado el viento, no el agua.

Eran casi las siete y media de la tarde cuando el juez Oliphant al fin cedió y levantó la sesión hasta el día siguiente. Dio las gracias a los miembros del jurado y les pidió que volvieran a las ocho de la mañana dispuestos a seguir trabajando.

El martes por la mañana, el primer testigo de Jesse fue un profesor de ingeniería civil de la Universidad Estatal de Mississippi. Con la ayuda de varios diagramas y mapas ampliados, hizo un seguimiento de Camille a medida que se acercaba a tierra, con el ojo entre Pass Christian y Bay St. Louis. Sirviéndose de los datos obtenidos de la tormenta y de informes documentados de testigos, expuso ante el jurado la trayectoria de la marejada ciclónica. Calculó que su altura en el faro de Biloxi, el punto de referencia más famoso, era de entre siete y nueve metros y mostró enormes fotos de la absoluta devastación producida entre la playa y las vías del tren, situadas unos ochocientos metros tierra adentro. Más allá de las vías, que estaban a tres metros sobre el nivel del mar, la marejada perdió intensidad, puesto que las aguas empezaron a dispersarse por una zona más amplia. A kilómetro y medio de la playa, la marejada aún tenía metro y medio de altura y seguía impulsada por vientos horrendos. En la zona de Biloxi donde vivían los demandantes, la altura oscilaba entre los sesenta y los noventa centímetros dependiendo de las irregularidades del terreno. Había examinado miles de fotografías y vídeos tomados tras el desastre y opinaba que las tres viviendas en cuestión estaban justo en el límite del alcance de la marejada. Por supuesto, se habían producido grandes inundaciones en las zonas bajas, pero no en la calle Butler.

Simmons Webb rebatió las conclusiones del ingeniero e intentó argumentar que nadie sabía con exactitud dónde había terminado la marejada ciclónica. Camille había tocado tierra en plena noche. Grabarla en el apogeo de su furia había sido imposible. No existían testigos porque nadie en su sano juicio se había quedado en la calle.

Había un famoso vídeo de un hombre del tiempo de la televisión plantado en medio de la autopista 90 a las siete y media de aquella tarde. Los vientos soplaban a «solo doscientos diez kilómetros por hora» e iban ganando fuerza. Llovía a mares. Una ráfaga de viento lo derribó y, durante unos tres segundos, el operador de cámara lo grabó dando tumbos por encima de la mediana como un muñeco de trapo. Después el cámara acabó boca abajo. No se conocían más grabaciones de ningún otro insensato esperando para saludar a Camille a esas horas del día.

A media tarde, Jesse había concluido su caso. El resto de los presentes y él sufrieron entonces el monótono e impenetrable toma y daca entre Simmons Webb y su testigo estrella, un experto en daños causados por huracanes que trabajaba para la American Insurance League, la AIL, en Washington. El doctor Pennington había dedicado su carrera profesional a hurgar entre los escombros, a fotografiar, medir e investigar de todas las formas posibles los daños causados en viviendas y otros edificios por las tormentas más graves. Después de una incomprensible conferencia sobre la imposibilidad virtual de saber con certeza si un fragmento de material de construcción había sido dañado por el viento o el agua, procedió a ofrecer opiniones confusas sobre los casos en cuestión.

Si el objetivo de Webb con el doctor Pennington era sembrar la duda y confundir al jurado, tuvo un éxito rotundo.

Dos meses antes, Jesse le había tomado declaración al experto durante dos horas y pensó que, a cualquier persona del condado de Harrison que tuviera sangre en las venas, le causaría una impresión pésima. Era estirado, pomposo y culto y estaba orgulloso de ello. Aunque hacía décadas que había abandonado Cleveland, se las había ingeniado para conservar el acento nasal y algo pedante del Medio Oeste septentrional, que a todo el que viviera más al sur de Memphis le resultaba tan agradable como unas uñas arañando una pizarra.

Cuando ya no podían enredar más las cosas, Webb cedió a su testigo y Jesse salió directo a la yugular. Enseguida estableció que el doctor Pennington llevaba más de veinte años trabajando para la AIL; que la AIL era una organización comercial financiada por la industria de las aseguradoras para investigar desde incendios provocados hasta la seguridad de los automóviles, pasando por las tasas de suicidio; que una rama de la AIL también estaba involucrada en presionar al Congreso para obtener más protección; que la AIL batallaba frecuentemente con las asociaciones de consumidores en materia de legislación; etcétera. Después de amonestar al experto durante media hora, su jefe parecía la encarnación del mal.

Jesse sospechó que los miembros del jurado empezaban a ponerse nerviosos y decidió asestar el golpe final cuanto antes. Le preguntó al doctor Pennington cuántas veces había testificado en casos de tormentas en los que la cuestión que debía dirimirse era si fue el viento o el agua. El experto se encogió de hombros, satisfecho de sí mismo, como si no tuviera ni idea de cuál era la respuesta: demasiadas como para acordarse. Jesse le preguntó cuántas veces le había dicho a un jurado que los daños los había causado el viento y no el agua.

Cuando el doctor Pennington vaciló y miró a Webb en busca de ayuda, Jesse se acercó a la esquina de su escritorio y le dio unas palmaditas a una montaña de papeles que medía al menos cuarenta y cinco centímetros de alto.

—Vamos, doctor Pennington —lo instó—. Aquí tengo su historial. ¿Cuándo fue la última vez que testificó a favor de un asegurado y no en su contra? ¿Cuándo fue la última vez que intentó ayudar a la víctima de una tormenta? ¿Cuándo fue la última vez que ofreció una opinión en contra de una compañía de seguros?

El testigo pareció balbucear algo mientras buscaba las palabras. Antes de contestar, Jesse lo cortó:

—Eso me imaginaba. No hay más preguntas, señoría.

Los tres casos quedaron en manos del jurado a las 17.10. Un alguacil los condujo a la sala de deliberaciones mientras otro les llevaba café y dónuts.

Veinte minutos más tarde, ya estaban de vuelta. Antes de que muchos de ellos se terminaran el dónut, y de que los abogados y los espectadores tuviesen tiempo de concluir su visita al baño, un alguacil informó a Oliphant de que los veredictos ya estaban listos.

Cuando todo el mundo hubo ocupado su sitio, el juez leyó las notas del presidente. El jurado fallaba a favor de los tres demandantes y concedía once mil trescientos dólares a Thomas Luna, ocho mil novecientos a Oscar Lansky y trece mil ochocientos a Paul Nikovich. Además, el jurado los indemnizaba con siete dólares diarios en concepto de gastos de manutención, según el texto de la póliza, durante los 198 días transcurridos desde el momento en que se produjeron los daños. Y, por si fuera poco, el jurado añadía un interés a un tipo anual del 5 por ciento por la cuantía de toda la reclamación, contando a partir del 17 de agosto, el día en que Camille arrasó la ciudad.

En resumen, los jurados les concedían a los tres demandantes hasta el último centavo que Jesse había solicitado y no quedaba duda alguna de que, si lo hubieran tenido permitido, les habrían dado más.

En el despacho, el juez Oliphant se quitó la toga e invitó a los abogados a tomar asiento. Los dos días de juicio habían resultado agotadores. Todos los juicios con jurado eran estresantes, pero la sala abarrotada y la acechante lista de casos no hacían sino aumentar la tensión.

El juez dijo:

—Buen trabajo, amigos. Estaba convencido de que podríamos lograrlo en dos días. ¿Alguna idea sobre cómo agilizar la siguiente ronda?

Jesse resopló y miró a Simmons Webb.

—Claro, dile a tu cliente que pague las reclamaciones.

El otro sonrió y contestó:

—Bueno, Jesse, como sabes, el abogado no siempre puede decirle al cliente lo que tiene que hacer, menos aún cuando el cliente tiene mucho dinero y ningún miedo.

—Entonces ¿cómo los asustamos?

—Según mi experiencia, estas compañías hacen lo que quieren sin tener en cuenta el miedo.

—Estoy seguro de que en algún lugar de las entrañas de la ARU hay un equipo de actuarios que han hecho números y les han dicho a los peces gordos de arriba que será más barato denegar las reclamaciones y pagar las costas judiciales. ¿No es así, señor Webb? —dijo el juez Oliphant.

—Señor juez, no puedo comentar el proceso de toma de decisiones de mi cliente. Ni aunque supiera cuál es. Y, créame, no quiero saberlo. Yo me limito a hacer mi trabajo y cobrar.

—Estás haciendo un gran trabajo —dijo él, pero solo por cortesía.

Seguía sin sentirse precisamente impresionado por las habilidades de Webb en la sala del juzgado.

El juez le preguntó a Jesse:

—¿Tienes ya preparados los tres siguientes?

—Preparadísimos, juez.

—Bien, empezaremos a las ocho de la mañana.

20

Con un juez amistoso llevando el proceso con mano dura, el litigio de tipo cadena de montaje de Jesse empezó a funcionar a toda máquina. En las dos primeras semanas de marzo llevó a juicio once casos seguidos contra la ARU y los ganó todos. Se convirtió en un calvario extenuante y, para cuando terminó, todo el mundo necesitaba un descanso. Webb y su pandilla regresaron a toda prisa a Jackson con la esperanza de no volver a ver Biloxi en la vida. El juez Oliphant pasó a otros asuntos apremiantes. Jesse volvió a su bufete para ocuparse de los detalles de varios clientes que no tenían nada que ver con Camille, pero le resultó prácticamente imposible. Cuantos más juicios ganaba, más atención recibía en el *Gulf Coast Register* y más gente llamaba a su puerta.

Los veredictos le resultaron satisfactorios a nivel profesional y moral, pero gravosos desde el punto de vista económico. Jesse no había conseguido sacarle ni un centavo a la ARU ni a ninguna otra de las grandes aseguradoras. Varias de las compañías más pequeñas se asustaron y empezaron a liquidar reclamaciones, así que le llegaron algunos honorarios con cuentagotas. Tenía casi mil demandas contra nueve compañías distintas y todas las tarifas eran contingentes. En lugar del tercio habitual que pedían los abogados, aceptó el 20 por ciento. Sin embargo, cuando le entregaban los cheques era incapaz de obligarse a aceptar dinero de clientes que habían perdido tanto. Por lo general negociaba el acuerdo a la baja y se conformaba con el 10 por ciento.

Ese mismo mes, Jesse, su bufete y sus clientes recibieron de parte de Simmons Webb la desalentadora notificación de que la ARU iba a recurrir los veredictos ante el Tribunal Supremo de Mississippi, donde los recursos tardaban alrededor de dos años en resolverse. Era una noticia frustrante y llamó a Jackson para quejarse al abogado defensor. De nuevo, este, que cada vez mostraba más simpatía, le explicó que él se limitaba a hacer lo que su cliente le ordenaba.

Jesse llamó a continuación al juez Oliphant, que acababa de enterarse de la noticia de los recursos. Extraoficialmente insultaron a la ARU en particular y al sector de los seguros en general.

A finales de marzo, su señoría detectó un hueco en su agenda y notificó a las partes que se programaban tres juicios más y que darían comienzo el lunes 30. Webb se quejó de lo injusto de la situación. El juez Oliphant le sugirió que recurriera a otros talentos del bufete o que dejase de quejarse. Nadie se compadecía del bufete de abogados más grande de todo el estado. Webb y su equipo se presentaron, se llevaron la misma paliza que en los once primeros juicios y volvieron a Jackson con el rabo entre las piernas.

Tras un descanso de dos semanas, llegó el momento de iniciar otra ronda de juicios. El juez Oliphant había expresado su preocupación acerca de que quizá estuvieran llegando a un punto en el que fuera imposible encontrar jurados aptos en el condado de Harrison. Había demasiados conflictos, demasiados sentimientos intensos. Decidió trasladar los siguientes procesos sesenta y cinco kilómetros más al norte, a la ciudad de Wiggins, la sede del condado de Stone, uno de los tres de su distrito. A lo mejor allí encontraban jurados más neutrales.

No era probable. Camille aún era de categoría 3 cuando cruzó la frontera del condado y causó daños por valor de veinte millones de dólares en Wiggins y sus alrededores.

El 16 de abril, el juez Oliphant trabajó con gran paciencia en el proceso de selección y, tras ocho largas horas, encontró a doce personas en las que podía confiar. Aunque tampoco importaba mucho. La buena gente del condado de Stone estaba tan cabreada como sus vecinos del sur y no mostró ninguna piedad hacia las aseguradoras. Se juzgaron siete casos a lo largo de diez días y los demandantes los ganaron todos.

Webb, totalmente derrotado, informó a Jesse de que también recurriría su última tanda de veredictos favorables.

Wiggins estaba a medio camino de Hattiesburg, donde Keith Rudy cursaba con éxito su último semestre en la Universidad del Sur de Mississippi. En lugar de ir a clase y después juguetear con las chicas junto a la piscina, estaba en la sala del juzgado de Wiggins tomando notas, observando a los miembros del jurado y absorbiendo todos los aspectos del juicio. Lo habían aceptado en la facultad de Derecho de la Ole Miss y avanzaría el inicio de sus estudios matriculándose en la escuela de verano. Planeaba incorporarse al bufete de su padre en menos de tres años.

Tras veintiún enfrentamientos en los tribunales por lo que solo podían considerarse «pequeñas reclamaciones», algunas verdades comenzaban a hacerse evidentes. En primer lugar, que Jesse Rudy no pensaba echarse atrás y, si era necesario, llevaría a juicio los mil casos. En segundo lugar, que defendería sus veredictos apelados ante cualquier autoridad. Tercero, que, aunque estaba machacando a los abogados defensores y consiguiendo algo de publicidad, su estrategia no estaba funcionando. La ARU parecía no inmutarse: sus cuentas de resultados estaban bien protegidas en Chicago mientras sus clientes seguían viviendo bajo lonas agujereadas y con moho negro. La frustración de los afectados iba en aumento. La del abogado estaba al límite.

Jesse llevaba meses insistiéndole al juez Oliphant, tanto por medio de documentos presentados en el registro como en conversaciones extraoficiales, para que le permitiera presentar una demanda por daños punitivos. La estrategia de las grandes aseguradoras había quedado al descubierto en audiencia pública: negar todas las reclamaciones legítimas, no hacer caso a los asegurados y amedrentarlos hasta el sometimiento para luego esconderse detrás de los mejores abogados que pudieran permitirse pagar. La estrategia apestaba a mala fe y era causa de daños punitivos. Si Jesse tuviera un par de oportunidades de enfrentarse a los ejecutivos de la ARU, quizá las cosas cambiaran.

El juez Oliphant era un jurista tradicional con opiniones conservadoras sobre el concepto de daños. Nunca había admitido una demanda por punitivos y le repugnaba la idea de permitir que los abogados rebuscaran en los activos de una empresa para sacar más de lo que se había perdido. Tampoco creía que esas demandas disuadieran de futuras malas conductas. Pero las acciones de las compañías de seguros lo tenían asqueado y sentía una gran simpatía por los asegurados que estaban recibiendo el maltrato. Al final accedió y le dio luz verde a Jesse.

Simmons Webb se escandalizó y amenazó con presentar una apelación interlocutoria ante el Tribunal Supremo del Estado. Los daños punitivos eran algo inaudito en Mississippi.

El juez Oliphant lo convenció de que sería un error.

El caso era otro de los que Jesse había presentado contra la ARU e implicaba daños más graves que la mayoría de los demás. La casa estaba inhabitable y el constructor estimaba que las reparaciones costarían dieciséis mil cuatrocientos dólares. Jesse no perdió el tiempo y atacó de inmediato. El primer perito de la reclamación estaba en el estrado y el abogado le mostró una serie de fotografías ampliadas de los daños que había sufrido la casa. Era obvio que el joven había tenido la suerte de evitar los tribunales hasta el momento, pero su falta de experiencia no le hizo ningún favor. Al principio adoptó la estrategia de discutir con su interrogador y Rudy le permitió tirar tanto de la cuerda como para ahorcarse. Una foto tras otra, el perito aseguró que los daños en las paredes, los suelos y las puertas los había provocado la inundación de la marejada ciclónica, y entonces Jesse le pidió que explicara los desperfectos causados por el agua cuando se había demostrado que la marejada no había llegado hasta la casa. Quedó claro que el perito habría dicho cualquier cosa que su jefe quisiera oír.

Su jefe, el director de zona, fue el siguiente y se mostró a todas luces incómodo desde el momento en que juró decir la verdad. La ARU le había enviado tres cartas de rechazo al cliente de Jesse y el abogado le pidió al director de distrito que se las leyera al jurado. En la tercera, la reclamación se denegaba por «daños obviamente causados por el agua». Jesse cogió esa frase y le golpeó con ella en la cabeza hasta que el juez Oliphant le pidió que parara. Resultó evidente que al jurado le había encantado la aniquilación.

Un vicepresidente de la ARU, el que debía de haber sacado el palito más corto, subió al estrado para defender el honor de su empresa. Cuando llegó su turno, Jesse lo sometió a un despiadado interrogatorio que Simmons Webb intentó detener con repetidas interrupciones y por fin logró hurgar tan hondo como para descubrir la verdad. Cuando Camille tocó tierra, la ARU tenía aseguradas 3.874 viviendas en los condados de Harrison, Hancock y Jackson. Hasta la fecha, casi el 80 por ciento de los propietarios, 3.070 para ser exactos, habían presentado reclamaciones.

—Y de ese número, señor, ¿cuántas ha liquidado su empresa?

—Uf, no lo sé. Tendría que comprobar los registros.

—Se le pidió que los trajera.

—Pues no estoy seguro. Lo consultaré con mis abogados.

El juez Oliphant, que hacía tiempo que había abandonado su papel de árbitro imparcial, gruñó:

—Señor, tengo la citación aquí mismo. Se le ordenó que trajera todos los registros relacionados con las reclamaciones presentadas desde la tormenta.

—Sí, señor, pero verá…

—Lo acusaré de desacato.

Simmons Webb se puso de pie, pero era como si le hubiera comido la lengua el gato. Enseguida, Jesse decidió solucionar el asunto diciendo casi a gritos:

—No se preocupe, señoría, yo sí tengo los registros.

Agitó una carpetilla de papel manila de tamaño folio. La sala se sumió en un silencio sepulcral y Webb se dejó caer en su silla. Con un perfecto toque teatral, Jesse se acercó al testigo y dijo:

—Señoría, en este expediente tengo copias de todas las reclamaciones legítimas que la ARU ha pagado y resuelto.

Se dio la vuelta, miró al jurado y abrió la carpeta. Estaba vacía. No cayó nada.

Señaló al vicepresidente con rabia y le espetó:

—Ni una sola. Su corrupta empresa no ha pagado ni una sola reclamación.

Webb consiguió levantarse de nuevo a la velocidad del rayo.

—¡Protesto, señoría! ¡Ese lenguaje es ofensivo!

El juez Oliphant levantó ambas manos y Jesse esperó a que lo reprendiera. Todos se quedaron mirando al primero, que empezó a rascarse la cabeza como si le estuviese costando decidir si el término en cuestión debía eliminarse del acta. Al final dijo:

—Señor Rudy, la palabra «corrupta» es inapropiada. Protesta admitida.

Webb negó con la cabeza, frustrado, y dijo:

—Señoría, solicito que se suprima del acta.

Justo lo que Jesse quería.

—Sí, de acuerdo. Señoras y señores del jurado, he amonestado al señor Rudy y les pido que prosigan como si la palabra «corrupta» no se hubiera pronunciado.

En ese momento y durante las horas siguientes, la palabra que dominó los pensamientos y los comentarios de los miembros del jurado fue y sería, por supuesto, «corrupta».

Le concedieron al demandante dieciséis mil cuatrocientos dólares por daños reales, más los gastos diarios y los intereses desde el día posterior a la tormenta. Y también concedieron cincuenta mil en daños punitivos, un récord en los tribunales estatales de Mississippi.

El veredicto fue portada del *Register* y tuvo una fuerte repercusión en los bufetes de abogados y juzgados de toda la costa. Inquietó a los ejecutivos de las aseguradoras en sus lujosos y lejanos despachos. Rompió el muro de piedra de sus denegaciones e hizo que sus estrategias viraran en distintas direcciones.

Durante la primera semana de mayo, Jesse repitió su actuación en una abarrotada sala del juzgado del condado de Hancock, en Bay St. Louis. De su amplia variedad de clientes, eligió a uno con una póliza emitida por la Coast States Casualty, la cuarta aseguradora más importante de la costa y la que Rudy más había llegado a despreciar. Los abogados de la compañía, también de un gran bufete de Jackson, se sintieron abrumados desde el mazazo inicial del juez. Sus ejecutivos, a los que una citación judicial había llevado a rastras hasta Bay St. Louis desde Nueva Orleans, estaban como pez fuera del agua y no fueron rivales para las granadas de Jesse. Ellos evitaban los juzgados con todas sus fuerzas. Él se crecía en ellos.

Un jurado enfurecido condenó a la empresa a pagar cincuenta y cinco mil dólares en concepto de daños punitivos.

La semana siguiente, de nuevo en el condado de Hancock, Jesse expuso su caso con el ya acostumbrado ritmo trepidante que había ido perfeccionando y luego esperó agazapado hasta el momento de tenderles una emboscada a los portavoces corporativos que la Old Potomac Casualty había enviado para proteger sus preciados activos. Intentaron defender sus acciones escudándose en los informes de campo, todos los cuales demostraban con claridad que los daños en cuestión los había causado el agua, no el viento. Un ejecutivo, alarmado por la ferocidad del ataque del abogado del demandante, se puso tan nervioso que se refirió a la tormenta como el huracán Betsy, otro fenómeno legendario de 1965.

El jurado le concedió hasta el último centavo que había solicitado y añadió cuarenta y siete mil dólares en concepto de indemnización punitiva.

Como los demás, todos los veredictos se recurrieron ante el Tribunal Supremo de Mississippi.

En mayo, Keith se licenció en Ciencias Políticas por la Universidad del Sur de Mississippi. Tenía veintidós años, seguía soltero —un estado que en realidad no buscaba cambiar— y estaba ansioso por empezar la carrera de Derecho en la Ole Miss en junio. Pasó de un viaje a las Bahamas con sus amigos y se fue directo al bufete de su padre, que se había convertido en su garito habitual de los fines de semana. Se había hecho muy amigo de Gage y Gene Pettigrew y las largas horas de trabajo generadas por el brutal calendario de juicios de Jesse no estaban exentas de diversión. A última hora de la tarde, cuando el padre al fin se iba a casa, los chicos echaban la llave y sacaban la cerveza.

Durante una sesión, Keith tuvo la brillante idea de publicar un boletín mensual para los clientes con información actualizada sobre todos los aspectos de los litigios de Camille. Informes de juicios, los últimos veredictos, reimpresiones de las noticias de los periódicos, entrevistas con asegurados, recomendaciones de buenos constructores, etcétera. Por supuesto, Jesse tendría que decir algo en todas las ediciones. Era el abogado más popular de la costa y tenía a las compañías de seguros contra las cuerdas. La gente quería leer sobre él. La lista de destinatarios incluiría a todos los clientes, que ahora eran más de mil doscientos, pero también a otros abogados, asistentes jurídicos, secretarios e incluso jueces. Y la táctica más brillante sería la inclusión de todos y cada uno de los asegurados con reclamaciones.

Gene argumentó que la publicidad podía conllevar problemas, puesto que seguía estando estrictamente prohibida en el todo el estado. Gage no estaba de acuerdo. El boletín no era un intento manifiesto de captar clientes, sino un medio de compartir información con personas que la necesitaban.

Keith lo veía como un momento excepcional y perfecto para (1) tener contentos a los clientes, (2) captar a clientela nueva de forma sutil y (3) recordar a los votantes del segundo distrito judicial que Jesse Rudy era un abogado de armas tomar en el que podían confiar. El boletín evitaba las complejidades de la política y, al mismo tiempo, podía ser una hermosa tarjeta de presentación y la primera salva de la campaña para fiscal de distrito del año siguiente. Escribió el primer número, lo bautizó como *Informe sobre los litigios de Camille* y se lo enseñó a su padre, que quedó impresionado. Debatieron sobre la lista de destinatarios y Jesse se mostró inflexible en su convencimiento de que el envío se consideraría publicidad. A regañadientes, accedió a una tirada inicial de dos mil clientes y otras personas que se habían puesto en contacto con su despacho.

El boletín fue un éxito. A los receptores les encantó que les prestaran tanta atención y los animó ver que su abogado impulsaba sus casos de una forma tan activa. Hicieron circular sus ejemplares y los compartieron con sus vecinos. En el bufete empezaron a recibir a desconocidos que acudían con el boletín en la mano y pedían hablar con el señor Rudy. Sin que nadie lo supiera, Keith imprimió centenares de copias adicionales de la primera edición, escrita casi íntegramente por él, y fue dejándolas como quien no quiere la cosa por juzgados, oficinas de correos, ayuntamientos y en una tienda de campaña improvisada que hacía las veces de punto de reunión no oficial en Camille Ville.

Y entonces llegó el momento de marcharse a la facultad de Derecho. La última noche que pasó en Biloxi quedó con Joey y Denny en un nuevo antro de Back Bay, un bar barato situado en un extremo de una antigua ostrería y fábrica de conservas. Con miles de trabajadores humanitarios aún en la ciudad, alguien se había dado cuenta de que pasaban sed y había abierto un bar. Lo más curioso era que no había estríperes ni habitaciones en el piso de arriba, tampoco máquinas tragaperras.

El ajetreo de las tareas de limpieza tras Camille no había cesado en ningún momento, pero tardarían años, no meses, en darse por concluidas. Muchas casas, tiendas y oficinas no se reconstruirían jamás. Había montañas de escombros a la espera de que alguien se las llevara para quemarlas. Denny trabajaba diez horas al día conduciendo un camión volquete para un contratista del Gobierno que era de Dallas. No era un empleo maravilloso, pero le pagaban bien. Joey habló del negocio de la pesca, que se estaba recuperando muy bien. La tormenta había alterado el estrecho durante alrededor de un mes, pero los peces habían vuelto, como siempre. La enorme cantidad de escombros que la marejada había arrastrado estaba ahora en el fondo del Golfo y atraía a los peces para desovar. Las cosechas de ostras eran especialmente abundantes.

Por fin abordaron el tema de Hugh. Keith llevaba al menos tres años sin verlo, como mínimo desde las últimas elecciones. Y eso era bueno, convinieron los otros dos. Lo veían de vez en cuando y les había dejado claro que ni su padre ni él querían saber nada de los Rudy. Se habían dicho demasiadas cosas en el fragor de la campaña. Jesse había prometido enfrentarse a los clubes nocturnos y cerrarlos por actividad ilegal. Incluso había utilizado una foto del Red Velvet en uno de sus envíos.

—No te acerques a él —le advirtió Denny—. Está buscando problemas.

—Venga ya —dijo Keith—. Si Hugh entrara por la puerta ahora mismo, le invitaría a una cerveza y hablaríamos de fútbol. ¿Qué iba a hacerme?

Denny y Joey intercambiaron una mirada. Sabían más de lo que querían contar.

El segundo se encogió de hombros y dijo:

—Se mete en muchas peleas, Keith, le gusta trabajar de portero e intimidar a la gente. Como siempre, disfruta intercambiando puñetazos.

—¿Su viejo lo obliga a trabajar de gorila de discoteca?

—No, es lo que a él le gusta. Dice que es donde está la acción y, además, que así es el primero en ver a las chicas.

—Dice que algún día se hará cargo del negocio y que quiere aprenderlo desde cero —intervino Denny—. Lleva a su padre en coche de aquí para allá, va armado, se pasa el día en los clubes, prueba a las mujeres... Es todo un gánster, Keith. No te conviene acercarte a él.

—Creía que teníais un negocio a medias.

—Puede que antes de Camille, pero ahora ya no. Hugh es demasiado para mí, es un tío duro de verdad y le va mucho la marcha. Ya no es mi amigo.

Para cambiar de tema, Joey dijo:

—¿Habéis leído lo de Todd Foster, el chico de Ocean Springs?

Ambos negaron con la cabeza.

—Ya me lo imaginaba. Lo mataron en Vietnam hace un par de semanas, es la vigésimo tercera víctima de la costa. No debía de ser muy listo, porque, para empezar, se presentó voluntario y luego se alistó otras dos veces.

—Qué horror —dijo Keith, aunque ya se habían acostumbrado a ese tipo de historias.

—El caso es que tenía un apodo. A que no lo adivináis.

—¿Cómo quieres que lo sepamos? Tapón. Tapón Foster.

—Prueba con Pelusa. Pelusa Foster. El tipo al que vimos en el Guantes de Oro la noche en que Hugh y él se reventaron a leches. El árbitro declaró un empate.

Keith se sintió sobrecogido y triste a la vez.

—¿Cómo íbamos a olvidarlo? —dijo—. Fuimos todos, no parábamos de armar jaleo y de gritar: «¡Vamos, Hugh! ¡Vamos, Hugh!».

—Nunca olvidaré aquel combate —aseguró Denny—. Pelusa era duro como una piedra y encajaba muy bien los golpes. ¿No volvieron a enfrentarse?

Joey sonrió.

—¿Te acuerdas? Hugh nos contó que habían disputado dos combates más, con una victoria para cada uno, y que luego llegaron a las manos en un club una noche en la que Pelusa se pasó de la raya. Según nuestro querido amigo Hugh, ganó por KO.

—Desde luego. Jamás perdía las peleas que nadie había visto.

Se echaron a reír y bebieron un trago de cerveza. Llevaban juntos desde el momento en que empezaron la primaria en Point y habían compartido muchas aventuras. Keith quería que su amistad durara para siempre, pero sospechaba que se estaban distanciando. Denny seguía buscando una carrera profesional y no hacía grandes avances. Joey parecía conformarse con seguir los pasos de su padre y dedicar el resto de su vida a pescar. Y Hugh había desaparecido. A nadie le extrañaba que se hubiera integrado en el mundo del crimen, del que no había forma de escapar. Los mafiosos de carrera como Lance Malco, o terminaban en la cárcel, o los mataban de un balazo, o morían entre rejas. Ese era también el futuro de Hugh.

21

Los pleitos se habían topado con una nueva realidad. Las compañías de seguros podían permitirse demorar las reclamaciones por daños, pero no podían sobrevivir a jurados enfurecidos dispuestos a hacer todo lo que Jesse Rudy les pidiera. Cuando el valor de una reclamación de quince mil dólares se cuadruplicó con la adición de daños punitivos, llegó el momento de ondear la bandera blanca. Pero, como no podía ser de otra manera, la rendición sería tediosa y frustrante.

El inicio se produjo en la sala del tribunal de Wiggins mientras los abogados esperaban a que el juez Oliphant ocupara el estrado y comenzase la selección del jurado. Simmons Webb se acercó a la mesa de la acusación, se agachó y susurró:

—Jesse, mi cliente ya ha tenido bastante.

Aquellas palabras eran mágicas, pero la expresión de Rudy no cambió.

—Vamos al despacho del juez —propuso.

El susodicho se quitó la toga y señaló la pequeña mesa de reuniones.

—Señoría, por fin he convencido a mi cliente para que llegue a acuerdos y pague las reclamaciones —empezó Webb.

El juez no pudo reprimir una sonrisa. Estaba cansado del trajín de juicios y necesitaba un descanso.

—Qué buena noticia —dijo—. ¿Cuáles son sus condiciones?

—Bueno, en el caso que nos ocupa, el asegurado reclama daños por valor de trece mil dólares. Emitiremos un cheque por esa cantidad.

Jesse estaba listo para abalanzarse sobre él.

—De ninguna manera —repuso—. Lleváis casi un año reteniendo ese dinero y no tenéis derecho a usarlo gratuitamente. Cualquier acuerdo debe incluir intereses y gastos de manutención.

—No tengo claro que la ARU vaya a aceptar algo así.

—Pues entonces empecemos el juicio. Estoy listo, señor juez.

Su señoría levantó las manos y pidió silencio. Miró a Webb y le dijo:

—Si va a establecer acuerdos sobre estos casos, tendrá que hacerlo como es debido. Estas personas tienen derecho a la indemnización por daños, a gastos y a intereses. Hasta el momento, todos los jurados han estado de acuerdo con eso.

—Señor juez, créame, soy consciente de ello, pero tendré que comentarlo con mi cliente —repuso Webb—. Deme cinco minutos.

—Y otra cosa —dijo Jesse—. Acepté estos casos con un 20 por ciento de contingencia, pero no es justo que mis honorarios salgan del dinero que mis clientes necesitan con tanta desesperación. Se vieron obligados a presentar las demandas por la mala fe de su compañía, así que será su compañía la que tenga que pagar quinientos dólares de honorarios legales por cada caso.

Webb se encolerizó y dijo en tono arrogante:

—Eso no aparece en la póliza.

—Los daños punitivos tampoco —replicó Jesse.

El otro tartamudeó algo, pero no supo contestar.

Él volvió a atacar:

—¿Y desde cuándo cumple tu cliente con la póliza?

—Venga, Jesse, que no estás delante del jurado.

—No, el jurado está ahí fuera y estoy dispuesto a que se siente y celebremos otro juicio. Si todo va bien, pediré cien mil dólares en daños punitivos.

—Tranquilízate. Dame cinco minutos, ¿vale?

Webb salió del despacho y el juez y Jesse exhalaron al unísono.

—¿Se habrá acabado ya esto? —preguntó Oliphant casi para sí.

—Quizá. Podría ser el principio del fin. La semana pasada me reuní con los abogados de la Coast States en Jackson para intentar llegar a un acuerdo sobre sus casos. Era la primera vez que mostraban voluntad de hablar. Hasta ahora, las grandes no habían ni pestañeado. Si la ARU y la Coast States se rinden, el resto no tardará en seguirlas.

—¿Cuántos casos tienes ahora?

—Mil quinientos contra ocho empresas distintas. Pero solo he presentado doscientas demandas, las de los casos cuyos daños por viento son evidentes. Los otros son más complicados, como sabe. Será más difícil alcanzar un acuerdo debido a los daños provocados por el agua.

—Por favor, Jesse, no presentes más demandas. Estoy harto de estos juicios. Y hay otra cosa que me tiene muy preocupado: ya no soy imparcial y eso, para un juez, no es bueno.

—Lo comprendo, señoría, pero nadie puede culparlo. Estas puñeteras compañías de seguros están podridas y, si usted no hubiera admitido mi demanda por daños punitivos, no estaríamos hablando de un acuerdo. Todo esto ha sido posible gracias a usted, señor juez.

—No, el mérito es tuyo. Ningún otro abogado de la costa se ha atrevido a llevar a juicio estos casos. Los han aceptado, sí, pero están esperando a que tú fuerces los acuerdos.

Jesse sonrió y reconoció la verdad. Pasaron varios minutos antes de que Webb volviera y, cuando lo hizo, parecía un hombre nuevo: tenía el rostro relajado, los ojos brillantes y una sonrisa más amplia que nunca. Extendió una mano y dijo:

—Trato hecho.

Jesse se la estrechó y repitió:

—Trato hecho. Ahora no saldremos de esta sala hasta que tengamos un acuerdo por escrito, redactado en presencia del juez, que cubra todos mis casos y clientes.

El juez Oliphant se puso la toga, entró en la sala y mandó a los potenciales jurados a casa. Jesse informó a su cliente de que habían llegado a un acuerdo y había un cheque en camino.

Sin embargo, pasaron semanas antes de que alguien lo viera. Era como si la ARU hubiera escrito un manual sobre cómo demorar reclamaciones y se hubiese limitado a pasar al siguiente capítulo. Era habitual que los peritos no devolvieran las llamadas telefónicas y, si lo hacían, nunca era con prontitud. Una cantidad asombrosa de documentos se perdían en el correo. Todas las cartas de la compañía se enviaban siempre en el último momento posible. Una de sus estratagemas favoritas era llegar a acuerdos con la gente que había contratado abogados y hacer caso omiso de la que no.

La Coast States se avino a un acuerdo dos semanas después que la ARU y el procedimiento resultó igual de farragoso. A finales de julio, casi todas las compañías de seguros habían hecho ofertas para alcanzar un acuerdo. Los constructores, de pronto, no daban abasto y en los barrios devastados retumbaba el estrépito de los martillos y las sierras mecánicas.

Rudy & Pettigrew recibió su primera remesa de cheques para los ochenta y un clientes que habían demandado a la ARU. De repente tenían algo más de cuarenta mil dólares en concepto de honorarios en el banco y aquel dinero redujo el estrés de forma considerable. Jesse recompensó a sus socios con jugosas bonificaciones e hizo lo propio con su secretaria y su asistente jurídico a tiempo parcial. Llevó algo de dinero a casa para Agnes y los niños. Le envió un cheque a Keith, que seguía en la facultad de Derecho. E ingresó cinco mil dólares en su cuenta para la campaña, puesto que nunca había llegado a cerrarla.

Los litigios no habían terminado ni por asomo. Los clientes que vivían más cerca de la playa habían sufrido daños a todas luces causados por la marejada. Aun así, la postura de Jesse era que los vientos, de al menos doscientos ochenta kilómetros por hora, habían arrancado los tejados y los porches horas antes de que llegara la inundación. Para demostrarlo, no obstante, necesitaría expertos y dinero.

La hermosa mañana del primer aniversario de Camille, una multitud se reunió cerca de los restos de la iglesia del Redentor, la iglesia episcopal más antigua de la costa. La banda municipal tocó durante media hora mientras la gente iba llegando. Un pastor presbiteriano ofreció una florida oración y después lo siguió un sacerdote que fue más sucinto. El alcalde de Biloxi habló de la voluntad de hierro y el espíritu de lucha de la gente de la costa. Señaló a su derecha y habló de la reconstrucción del puerto de la ciudad. A su izquierda, al otro lado de la autopista 90, se estaba levantando un nuevo centro comercial. Ya se habían retirado la mayor parte de los escombros y los ruidos de la recuperación cobraban fuerza todos los días. Tambaleante y herida como nunca, la costa había caído de rodillas, pero volvería a levantarse.

Se inauguró un precioso monumento en homenaje a las víctimas.

Cuando Camille arrasó los clubes nocturnos y se lo llevo todo salvo las losas de hormigón, en algunos sectores se pensó con optimismo que tal vez Dios hubiera enviado un mensaje, que quizá hubiese emitido al fin un juicio contra los malvados. Fue un tema popular entre varios predicadores después de la tormenta. El infame vicio de Biloxi había desaparecido. Hasta nunca. Alabado sea el Señor.

Sin embargo, los pecadores seguían teniendo sed y, cuando el Red Velvet y el O'Malley's reabrieron tres meses después de Camille, se llenaron hasta los topes de inmediato y se formaron largas colas para acceder a ellos. Su popularidad inspiró a otra gente y pronto surgieron oportunistas por todas partes. Los terrenos que daban a la playa, que antes eran caros, ahora estaban vacíos y había muchos propietarios que no pensaban volver.

¿Para qué construirse una casa cara y arriesgarse a otro fenómeno así? Los precios cayeron en picado y eso atrajo aún más interés.

Cuando llegó la Navidad de 1969, el *boom* de la construcción a lo largo del Strip ya había empezado. Los edificios eran de metal barato, apenas capaces de soportar los vientos de una buena tormenta de verano. Se decoraban con todo tipo de toldos, pórticos, puertas de colores, ventanas falsas y letreros de neón.

La costa seguía atestada de obreros de la construcción, jornaleros, voluntarios, vagabundos y miembros de la Guardia Nacional, por no hablar de los nuevos reclutas de Keesler, de modo que la escena de los clubes nocturnos regresó de inmediato. El sector del vicio fue, probablemente, el primero en recuperarse por completo tras la tormenta.

22

Como era un edificio antiguo hecho de hormigón y ladrillos, el Truck Stop resistió los vientos y las inundaciones y aún seguía en pie cuando la tormenta pasó. Lance puso a Hugh a cargo de las reparaciones y renovaciones y, cuando el club volvió a abrir en febrero, el chico decidió que aquel sería su nuevo garito. Tenía que distanciarse de su padre y de Nevin Noll. Tenía veintidós años y necesitaba un reto. Estaba cansado de llevar a Lance de acá para allá y de escuchar sus consejos no solicitados. Estaba cansado de detener peleas en el Foxy's y en el Red Velvet; de servir copas cuando faltaba algún camarero; de las quedas advertencias de su madre sobre la vida criminal… De las chicas no estaba cansado, pero sentía curiosidad por descubrir cómo sería una relación más seria. Tenía un apartamento propio, vivía solo y le gustaba. Y empezaba a sentirse impaciente.

El empleo oficial de Hugh era regentar tiendas que abrían toda la noche y que también vendían gasolina barata. Lance era dueño de varias a lo largo de toda la costa y las utilizaba para blanquear el dinero de los clubes. Pagaban en efectivo y con descuento las existencias que compraban para proveerlas y, una vez que los productos llegaban a las estanterías, se convertían en legítimos. Las ventas se contabilizaban correctamente, se pagaban impuestos, etcétera. Al menos algunas veces. Lo cierto era que alrededor de la mitad de los ingresos brutos nunca se registraban. El dinero sucio se volvía aún más sucio.

Hugh había abandonado el boxeo al darse cuenta de que sus puntos fuertes —cabeza dura, manos rápidas y su afición por intercambiar golpes— se veían contrarrestados por sus malos hábitos de entrenamiento. Siempre le había gustado el gimnasio, pero Buster acabó echándolo cuando lo pilló fumando por tercera vez. A Hugh le gustaban demasiado la cerveza, el tabaco y la vida nocturna como para mantenerse en forma para pelear. Cuando lo dejó, empezó a pasar las tardes en el Truck Stop jugando al billar y matando el tiempo. Le encantaba el póquer y pensó en irse a Las Vegas y dedicarse a las cartas a tiempo completo, pero nunca fue capaz de ganar de forma constante. Se convirtió en un as del billar y ganó varios torneos, pero no había suficiente dinero en juego.

El trabajo honrado nunca lo había atraído. Conoció a unos traficantes de drogas y se aventuró en el negocio, pero la brutalidad del mundillo lo repugnó. El dinero resultaba atractivo, pero los riesgos eran mucho mayores. Si no le disparaban, estaba casi seguro de que acabarían pillándolo. Los chivatazos estaban muy extendidos y conocía a hombres a los que habían metido entre rejas durante décadas. También había oído hablar de un par a los que habían atado, amordazado y arrojado al Golfo.

Una noche estaba en la mesa de billar cuando Jimmie Crane entró en su vida. No lo había visto nunca y nadie sabía de dónde había salido. Mientras se tomaban unas cervezas, el tío le dijo que acababa de salir en libertad condicional de una cárcel federal tras cumplir cuatro años por pasar armas de contrabando desde México. Hablaba mucho, era carismático y relataba no pocas anécdotas divertidas sobre su vida en prisión. También contaba que su padre era miembro de la mafia Dixie y dirigía una banda de atracadores de bancos en Carolina del Sur. Un golpe les salió mal, le pegaron un tiro al que apenas sobrevivió y ahora estaba cumpliendo cadena perpetua. Jimmie aseguraba que estaba ideando un plan para ayudarlo a escapar. Hugh y los demás dudaban de muchas de las historias del chico, pero lo escuchaban y se reían de todos modos.

El joven se convirtió en cliente habitual del Truck Stop y Hugh disfrutaba de su compañía. Jimmie también evitaba los trabajos honrados y afirmaba que ganaba mucho dinero apostando, aunque siempre había evitado las mesas del Strip. Decía que en el negocio todo el mundo sabía que en Biloxi estaban amañadas. Conducía un buen coche y no parecía preocuparle el dinero. Algo extraño, pensaba Hugh, para un tipo que acababa de pasar cuatro años en la cárcel.

Tuvo una charla con Nevin, que, a su vez, habló con un detective privado. Las historias de Jimmie eran ciertas. Lo habían detenido en Texas por un delito de armas y había cumplido condena en una cárcel federal de Arkansas. Su padre era un famoso atracador de bancos. Lance nunca había oído hablar de él, pero un par de veteranos conocían su reputación.

Jimmie estaba convencido de que podía ganar una fortuna con el comercio de armas. Por toda Sudamérica, donde la posesión no era tan popular como en Estados Unidos, se fabricaban pistolas, rifles y escopetas. A pesar de que acababa de cumplir condena por contrabando, estaba impaciente por realizar otra incursión en el negocio. Hugh sentía curiosidad y pronto aquel tema de conversación se convirtió en casi el único para ellos.

El primer obstáculo era el dinero. Necesitaban diez mil dólares para comprar un cargamento de armas, cuyo valor en la calle sería al menos cinco veces superior al de la inversión. Jimmie conocía el negocio, a los intermediarios de Texas, las rutas de transporte y a los traficantes del país, que les comprarían cualquier cosa que pasasen por la frontera. Al principio, Hugh se mostraba suspicaz y creía que su nuevo amigo, o bien era un agente encubierto, o bien un auténtico estafador que había salido de la nada e intentaba hacerse con el dinero de los Malco.

Con el tiempo, sin embargo, empezó a confiar en él.

—No tengo diez mil dólares —anunció Hugh mientras se tomaban una cerveza.

—Ni yo —dijo Jimmie, tan arrogante como siempre—. Pero sé cómo conseguirlos.

—Te escucho.

—En todas las ciudades pequeñas hay una joyería en plena calle principal, justo al lado de la cafetería. Anillos de diamantes en el escaparate, relojes de oro, perlas, rubíes..., lo que se te ocurra. Los dueños son papá y mamá y tienen una adolescente que masca chicle mientras atiende el mostrador. Sin ningún tipo de seguridad. A la hora de cerrar, lo meten todo en una caja fuerte y se van a casa. Los más listos se llevan los diamantes y los meten bajo la almohada. Pero la mayoría no son tan inteligentes; llevan años haciendo lo mismo y no tienen de qué preocuparse.

—¿También sabes reventar cajas fuertes?

—No, imbécil, no sé reventar cajas. Hay una forma más sencilla de hacerlo y las probabilidades de que te pillen son de una entre mil.

—Vaya, nunca había oído hablar de algo así.

—Pues sigue escuchando.

Eligieron la ciudad de Zachary, en Luisiana, justo al norte de Baton Rouge y a tres horas de Biloxi. Tenía bastante movimiento, una población de cinco mil habitantes y una coqueta joyería en la calle principal. Hugh, vestido con chaqueta y corbata, entró a las diez de la mañana con su futura esposa, Sissy, una de sus estríperes favoritas. Para interpretar su papel, la chica se había tapado más que de costumbre y llevaba un vestido blanco y sencillo, aunque con un escote tan pronunciado que dejaba al descubierto gran parte de sus generosos pechos. No lucía ni una gota de maquillaje ni de rímel, solo un toque de pintalabios, y tampoco se había cardado el pelo; tenía el aspecto de una fulana mona, casi honesta. El señor Kresky, de unos sesenta años, los saludó con cordialidad y se mostró encantado de saber que buscaban un anillo de compromiso. Qué buena pareja hacían. Sacó dos estuches expositores con sus mejores diamantes y les preguntó de dónde eran. De Baton Rouge, y habían oído hablar de su tienda, de su maravillosa selección y de lo razonables que eran sus precios. Cuando Sissy se inclinó hacia delante para contemplar los anillos, el señor Kresky no pudo evitar fijarse en su escote y se sonrojó.

La chica miró a su alrededor, señaló varios anillos más y el hombre sacó otros dos expositores con gran habilidad.

Entonces entró otro cliente, un joven amable que saludó con un gran entusiasmo. Dijo que quería ver unos relojes y el señor Kresky le señaló un expositor antes de volver rápidamente con Sissy.

Hugh se acercó un poco y le dijo al joyero:

—¿Ve el bolso que lleva esta chica? Ahí dentro hay una pistola.

El otro cliente, Jimmie, dio un paso hacia ellos y dijo:

—Y yo tengo otra aquí mismo.

Se abrió la chaqueta y le mostró la Ruger que llevaba sujeta al cinturón. Después se dirigió hacia la puerta, giró el pestillo y le dio la vuelta al cartel, de ABIERTO a CERRADO.

Hugh le ordenó:

—Meta todo eso en una bolsa ahora mismo y nadie saldrá herido, ¡deprisa!

—¿Qué es esto? —preguntó el señor Kresky con los ojos a punto de salírsele de las órbitas.

—Se llama atraco —ladró aquel—. Espabile, antes de que empecemos a disparar.

Hugh rodeó el mostrador, se hizo con dos bolsas grandes y empezó a coger todas las joyas y los relojes que tenía al alcance de la mano.

—Esto es increíble —protestó el señor Kresky.

—¡Cállese! —le espetó él.

En cuestión de segundos, las dos bolsas estaban llenas y las vitrinas saqueadas. Hugh agarró al joyero y lo tiró al suelo mientras Sissy se sacaba del bolso un rollo de cinta adhesiva plateada.

—Por favor, no me hagan daño —suplicó el hombre.

—Cállese y nadie saldrá herido.

Hugh y Jimmie le ataron los tobillos y las muñecas y, con bastante brusquedad, le taparon la boca con cinta y le envolvieron la cabeza hasta dejarle solo un agujero pequeño para respirar. Sin decir palabra, Jimmie cogió una bolsa, abrió la puerta y se marchó. Dobló la esquina y se subió al Pontiac Firebird de 1969 de Hugh, que lucía un nuevo juego de matrículas de Luisiana. No le pareció que nadie se fijara en él. Acercó el coche hasta la puerta de la joyería, Hugh y Sissy se subieron con la otra bolsa y la huida fue limpia y rápida. Cinco minutos después estaban fuera de la ciudad, rumbo al norte, muertos de risa por lo astutos que se sentían. Había sido tan fácil como robarle un caramelo a un niño. Sissy, en el asiento de atrás, ya se estaba probando anillos de diamantes.

Condujeron a una velocidad razonable, no tenía sentido arriesgarse, y una hora más tarde cruzaron a Mississippi. En la ciudad fluvial de Vicksburg pararon a comer en un puesto de perritos calientes y después continuaron hacia el norte por la autopista 61, en pleno corazón del delta del río homónimo. En una estación de servicio metieron sus objetos de valor —dos decenas de anillos de diamantes, varios colgantes de oro, pendientes y collares con rubíes y zafiros y veintiún relojes— en una caja metálica y la escondieron en el maletero. Tiraron las bolsas y los expositores de la tienda del señor Kresky. Sustituyeron las matrículas de Luisiana por unas de Arkansas. A las tres de la tarde cruzaron el río Mississippi y pronto llegaron al centro de Helena, una ciudad de diez mil habitantes con una calle principal concurrida pero no abarrotada. Aparcaron con la joyería a la vista y observaron el ir y venir de los clientes.

Hugh y Jimmie habían discutido acerca de la estrategia. El primero quería estudiar minuciosamente cada objetivo y planificar sus movimientos. El segundo consideraba que era mala idea, puesto que, cuanto más tiempo pasaran cerca de la escena, más probabilidades habría de que alguien se fijara en ellos. Quería atacar rápido y largarse de la ciudad antes de que la cosa se torciera. Sissy no tenía opinión al respecto y se limitaba a mostrar su entusiasmo por participar en la aventura. Era mucho más divertida que sacarles copas a los soldados y acostarse con ellos.

A las tres y media de la tarde, cuando estuvieron convencidos de que no había ningún cliente dentro de Mason's Keepsakes, Hugh y Sissy, cogidos de la mano, entraron en la tienda y saludaron a la señora Mason, la mujer que atendía el mostrador. Poco después estaba cubierto de estuches de terciopelo que exhibían decenas de diamantes baratos. Hugh le dijo que quería gastarse un poco más y la señora llamó a gritos a alguien que había en la trastienda. El señor Mason apareció con una caja cerrada que abrió y mostró con orgullo a aquella pareja de jóvenes atractivos.

Jimmie entró en la joyería con una sonrisa dibujada en la cara y preguntó por los relojes. Sacó su Ruger y, unos segundos después, los Mason estaban en el suelo rogando por su vida. Cuando les rodearon con cinta adhesiva los tobillos, las muñecas y la boca, Jimmie fue el primero en salir, cargado con una bolsa que decía MASON'S KEEPSAKES llena de joyas. Hugh y Sissy lo siguieron minutos después con otra. La huida fue fácil, nadie los miró siquiera dos veces. Dos horas más tarde llegaron al centro de Memphis, reservaron una bonita habitación en el hotel Peabody, en el centro de la ciudad, y se fueron al bar. Después de una larga cena, los tres durmieron juntos en la misma cama y se montaron una buena juerga.

Jimmie, el delincuente más experimentado, tenía una gran intuición y ningún miedo. Era de la firme opinión de que no debían cometer dos robos en el mismo estado y Hugh enseguida estuvo de acuerdo. Sissy no tenía voto en la planificación y se conformaba con dormitar en el asiento trasero. Los chicos le permitieron lucir parte del botín de Mason's y la joven se lo pasó en grande haciendo de modelo de collares y pulseras.

A las diez de la mañana siguiente atracaron una joyería en Ripley, Tennessee, y cuatro horas más tarde asaltaron Toole's Jewelers en Cullman, Alabama. El único contratiempo que surgió fue que el señor Toole se desmayó al ver la Ruger de Jimmie y, mientras lo envolvían en cinta adhesiva, les pareció que estaba muerto.

Tras cuatro golpes impecables, decidieron no tentar a la suerte y volver a casa. Estaban eufóricos por lo sencillo que les había resultado cometer aquellos delitos e impresionados por su propia astucia y por la calma con la que habían actuado bajo presión. Sissy, en concreto, poseía un talento innato para interpretar a la futura recién casada; rebosaba ingenuidad y cariño puro hacia Hugh mientras se probaba un anillo tras otro. Él era incapaz de quitarle las manos de encima y los hombres del otro lado del mostrador tampoco lograban pasar por alto sus magníficas curvas. Empezaron a considerarse los Bonnie y Clyde contemporáneos: iban en su coche arrasando las pequeñas ciudades del sur sin dejar pistas y haciéndose ricos.

Cuando les quedaba una hora para llegar a Biloxi, empezaron a reñir sobre dónde esconder el botín. ¿Quién iba a guardarlo y dónde? ¿Cómo iban a repartírselo? Hugh y Jimmie no tenían pensado dividirse el premio a partes iguales con Sissy; solo era una estríper, aunque disfrutaban de su compañía, se reían de sus tonterías y se les iba la cabeza cuando se desnudaba. Sin embargo, ambos eran delincuentes sagaces y sabían muy bien que ella era el eslabón débil. Si aparecía algún policía con ganas de hacer preguntas, sería la primera en cantar. Al final accedieron a que Hugh escondiera la mercancía en su apartamento durante unos días. Jimmie aseguraba que tenía un contacto en Nueva Orleans que les conseguiría un precio justo por las joyas.

Pasaron dos semanas sin una palabra, sin ningún indicio de que fueran a tener problemas. Hugh fue a la biblioteca más grande de Biloxi y buscó en los periódicos de Luisiana, Arkansas, Tennessee y Alabama. No vio nada. Los de mayor tirada no habían informado de los atracos. La biblioteca no estaba suscrita a los semanarios de los pueblos pequeños. Jimmie y él supusieron, sin equivocarse, que los cuerpos policiales de las cuatro ciudades no estaban cooperando porque desconocían la existencia de esos otros delitos similares.

Hugh dejó su Firebird en un aparcamiento público situado una manzana al sur de Canal Street, en Nueva Orleans. Jimmie y él se adentraron en el barrio Francés, se dirigieron al Chart Room de Decatur y se tomaron una cerveza. Llevaban sendas bolsas de deporte en las que habían repartido el botín. El siguiente paso resultaba traicionero debido a la incertidumbre. El traficante era un hombre llamado Percival, que, en principio, parecía de fiar. Pero ¿quién puñetas era de fiar en un negocio tan despiadado? Hasta donde ellos sabían, el tío incluso podría estar trabajando de incógnito y deseando tenderles una trampa que los mandara a la cárcel. Jimmie había movilizado a sus contactos y estaba convencido de que se dirigían al lugar correcto. Hugh le había pedido consejo a Nevin Noll y le había contado un rollo sobre un amigo que necesitaba vender unos diamantes robados. Aquel hurgó en los bajos fondos y volvió con la noticia de que se podía confiar en Percival.

Su establecimiento estaba en Royal Street, entre dos lujosas tiendas de antigüedades francesas de alta gama. Cuando entraron, estaban nerviosos, pero intentaron aparentar calma, como si supieran exactamente lo que hacían. Las vitrinas con monedas raras, brazaletes de oro grueso y magníficos diamantes los impresionaron. Un hombrecillo regordete con un puro negro pegado a la comisura de la boca surgió de entre unas cortinas gruesas y, sin sonreír, preguntó:

—¿Queríais algo?

Hugh tragó saliva y contestó:

—Sí, tenemos que ver a Percival.

—¿Qué buscáis?

—No queremos comprar. Queremos vender.

El hombre frunció el ceño como si fuera a abrir fuego o a llamar a la policía.

—¿Nombre?

—Jimmie Crane.

Negó con la cabeza como si no le dijera nada.

—¿Vender qué?

—Tenemos diamantes y unas cuantas cosas más —respondió aquel.

—No habéis venido nunca por aquí.

—No.

Los miró de arriba abajo y no le gustó lo que vio. Gruñó, exhaló otra espesa nube de humo hacia el techo y al final dijo:

—Voy a ver si está ocupado. Esperad aquí.

Como si hubiera algún otro sitio en el que esperar. Desapareció entre las cortinas. Les llegaron susurros desde la trastienda. Hugh se distrajo con un expositor de billetes de dólar confederados mientras Jimmie admiraba un estante de monedas griegas. Pasaron varios minutos y se plantearon marcharse, pero no tenían donde ir.

Las cortinas se abrieron y el hombrecillo les gruñó:

—Por aquí.

Lo siguieron por un pasillo estrecho forrado de fotos de *pin-ups* de la Segunda Guerra Mundial y desplegables de *Playboy*. Abrió una puerta y les hizo un gesto con la cabeza para que entraran. Cerró a sus espaldas y dijo:

—Tengo que registraros. Brazos arriba. —Hugh obedeció y el hombre le pasó las manos por el cuerpo—. No vas armado, ¿verdad?

—No.

—El último policía que se presentó aquí se llevó un tiro.

—Interesante, pero no somos policías —dijo Jimmie en tono de broma.

—No te hagas el listillo, chaval. Brazos arriba. —Lo registró y dijo—: Los dos tenéis la cartera en el bolsillo trasero izquierdo. Sacadla despacio y dejadla sobre el escritorio. —Hicieron lo que se les pedía. El hombrecillo se quedó mirando las carteras y continuó—: Ahora, sacad los carnets de conducir y entregádmelos. —Estudió el de Hugh y gruñó—: Mississippi, ¿eh? Claro. —Al aludido no se le ocurrió ninguna respuesta, aunque tampoco se esperaba que dijera nada. El hombre miró el carnet de Jimmie con el mismo aire de censura y después volvió a hablar—: Bien, así funcionan aquí las cosas: me quedaré con vuestro carnet hasta que Percival termine. Si todo va bien, os lo devuelvo. ¿Entendido?

Asintieron porque no estaban en condiciones de oponerse. Su botín tenía poco valor si no conseguían venderlo y, hasta el momento, el susodicho era su única posibilidad. Si, en efecto, las cosas iban bien, tenían pensado volver pronto con otro cargamento.

—Esperad aquí. Sentaos.

Les señaló dos sillas destartaladas, ambas cubiertas de revistas viejas. Los minutos pasaban y las paredes de la húmeda habitación empezaban a venírseles encima.

Por fin, la puerta se abrió y les dijo:

—Por aquí.

Lo siguieron hacia el fondo del edificio y se detuvieron ante otra puerta. El hombrecillo le dio unos golpecitos con los nudillos al mismo tiempo que la abría. Cuando entraron, la cerró tras ellos y se quedó haciendo guardia a metro y medio de distancia.

Percival estaba sentado tras un escritorio impecable, en una enorme silla tapizada con estampado de leopardo. Podía tener tanto cuarenta como setenta años. Llevaba el pelo teñido de color caoba oscuro y peinado de punta en la parte superior de la cabeza, por lo demás afeitada. De las orejas le colgaban aros desparejados. A aquel hombre le encantaban las joyas. Gruesos cordones de oro le rodeaban el cuello y le caían sobre el pecho velludo. Tenía todos los dedos adornados con anillos llamativos. Fruslerías y baratijas le tintineaban en las muñecas.

—Sentaos, chicos —dijo con voz aguda y algo afeminada.

Obedecieron y no pudieron evitar quedarse mirando a la criatura que tenían delante. Él les devolvió el gesto desde detrás de unas gafas redondas de montura roja. Se estaba fumando un cigarrillo que colgaba del extremo de una larga boquilla dorada cuya punta sujetaba entre los dientes amarillos.

—Biloxi, ¿eh? Hace tiempo tuve un amigo de allí. Lo pillaron y lo metieron entre rejas. Es un negocio peligroso, muchachos.

Hugh se sintió obligado a responder y estuvo a punto de decir: «Sí, señor», pero el «señor» no le encajaba ni por asomo.

Como ninguno de los dos abrió la boca, Percival extendió la mano hacia el escritorio y dijo:

—Bien, enseñadme las golosinas.

Vaciaron las dos bolsas de anillos, colgantes, alfileres, collares, pulseras y relojes. El otro no hizo ningún esfuerzo por tocar las joyas, sino que se mantuvo a cierta distancia, mirándolas por encima de su larga nariz, más allá de la boquilla y el cigarrillo. Dio una calada y dijo:

—Bueno, bueno, alguien ha salido de compras. Y diría que por pequeños negocios familiares. No me digáis de dónde las habéis sacado porque no quiero saberlo.

Por fin se inclinó y cogió un anillo de compromiso de medio quilate, momento en el que los chicos se fijaron en que llevaba las uñas pintadas de un rojo intenso. Hizo chasquear los dientes sobre la punta de la boquilla y negó con la cabeza como si estuviera perdiendo el tiempo. Despacio, sacó una hoja de papel de un cajón y destapó una pesada pluma de oro. Detrás de ellos, su guardia expulsó una nube de humo azul de puro.

Metódicamente, Percival fue cogiendo los objetos uno por uno; se los acercaba a las horribles gafas, chasqueaba los dientes y luego anotaba una cifra. Dio la sensación de que apreciaba un par de pendientes de rubí y, mientras los estudiaba, se arrellanó más en la silla y estiró los pies descalzos hacia ellos bajo el escritorio. El esmalte de las uñas de los pies hacía juego con el de las manos.

Hugh y Jimmie mantuvieron una expresión seria en la cara, pero sabían que se pasarían todo el camino de vuelta a Biloxi riéndose a carcajadas. Si es que salían con vida de allí.

Percival no llevaba reloj y estaba claro que no le llamaban nada la atención, pero, aun así, examinó con minuciosidad todos los ejemplares y les asignó un valor. Fue como si el tiempo se detuviera y el mundo se paralizase. Pero fueron pacientes, porque el que tenía el dinero era Percival.

Trabajaba en silencio mientras fumaba un Camel sin filtro tras otro. El fumador de puros que tenían detrás tampoco ayudaba mucho con sus continuas caladas. Una eternidad más tarde, Percival volvió a echarse hacia atrás y anunció:

—Os ofrezco cuatro mil pavos por el lote.

Habían calculado que el valor de venta al público de aquellas joyas rondaba los diez mil dólares, pero ya se esperaban una depreciación importante.

Jimmie dijo:

—Habíamos pensado que cinco mil sería un precio más justo.

—Ah, ¿sí? Bueno, chicos, aquí el experto soy yo, no vosotros. —Miró al fumador de puros y dijo—: ¿Max?

Sin vacilar, este respondió:

—Cuatro doscientos como mucho.

—Vale, os pagaré cuatro doscientos en efectivo ahora mismo.

—Trato hecho —dijo Hugh.

Su amigo asintió. Percival miró a Max y este salió de la habitación. Después, el primero preguntó:

—¿Vuestro proveedor es estable?

Jimmie se encogió de hombros y Hugh bajó la mirada hacia el suelo. Al hacerlo, volvió a atisbar el rojo de las uñas de los pies de Percival.

—Hay más —contestó Jimmie—. ¿Estás en el mercado?

El otro se echó a reír y respondió:

—Siempre. Pero tened cuidado ahí fuera. Hay muchos ladrones en este negocio.

Durante el trayecto de regreso a casa repetirían esa advertencia alrededor de cien veces, muertos de risa.

Max regresó con una gran caja de puros y se la entregó a su jefe. Percival sacó una pila de billetes de cien dólares, contó cuarenta y dos muy despacio y los distribuyó en una fila ordenada. El otro les devolvió los carnets de conducir. Al salir, le dieron las gracias a Percival y le prometieron volver, agradecidos de que no se levantara ni les tendiera la mano.

En cuanto salieron a Royal Street, aspiraron el aire húmedo y se dirigieron hacia el bar más cercano casi corriendo.

El dinero fácil era adictivo, pero resistieron el impulso de embarcarse en otra oleada de atracos. A Sissy le pagaron con quinientos dólares y unas cuantas joyas. Dedicaron un mes a planear y, cuando les pareció el momento oportuno, salieron de Biloxi un martes por la mañana temprano y condujeron tres horas hacia el este, hasta la ciudad de Marianna, en Florida, que tenía una población de siete mil doscientos habitantes. Faber's Jewelry era una tiendecita situada en un extremo de Central Street, lejos de una concurrida cafetería. Aparcaron en una calle secundaria y se arengaron mutuamente. Hugh y Sissy entraron en la joyería y la señora Faber les dio la bienvenida. Se mostró encantada de enseñarle a la joven pareja sus mejores anillos de compromiso. No había más clientes en la tienda, así que se puso aún más contenta cuando Jimmie entró y preguntó por los relojes de pulsera. Cinco minutos después, la mujer estaba tirada en el suelo envuelta en cinta adhesiva y todos y cada uno de sus diamantes habían desaparecido.

Pasaron la noche en Macon, Georgia, y cenaron en una cafetería del centro, pero la ciudad era demasiado grande y había mucha gente en las tiendas. Condujeron dos horas hacia el este, hasta Waynesboro, la capital del condado de Burke, y localizaron un blanco fácil. Tony's Pawn and Jewelry estaba en Liberty Street, la calle principal, enfrente del juzgado.

Jimmie había empezado a quejarse de que su papel en los atracos era muy limitado y quería cambiarle el trabajo a Hugh, que se consideraba el mejor actor. A Sissy en realidad le daba igual: ella seguiría siendo la estrella en cualquier caso y lo haría estupendamente con cualquiera de los dos futuros maridos. Al final, Hugh accedió a quedarse en el coche y esperar a que entraran y empezasen la rutina.

La dependienta era una adolescente llamada Mandy que llevaba años trabajando en Tony's a media jornada. Le encantaba enseñar anillos de compromiso a las novias y sacó los mejores para Sissy y Jimmie. Cinco minutos más tarde, Hugh salió del coche con una pistola pequeña en el bolsillo. No se había dado cuenta de que su colega llevaba la Ruger en el cinturón, bajo la chaqueta.

Mientras Sissy se probaba anillos, Mandy desvió un momento la mirada y vio la pistola. Se asustó, pero fingió que todo iba bien. Cuando Jimmie le preguntó si tenían diamantes más grandes en la caja fuerte, dijo que sí y fue a buscarlos. En el despacho informó a Tony de que el cliente llevaba una pistola. Su jefe llevaba años en el negocio y sabía que sus artículos atraían a todo tipo de personas. Cogió una Smith & Wesson automática de calibre 38 y salió a la tienda. Cuando Jimmie lo vio llegar con el arma, se asustó y echó la mano a la Ruger.

Hugh estaba a tres metros de la puerta principal cuando varios disparos retumbaron en el interior de la joyería. Una mujer chilló. Los hombres soltaban gritos furiosos y desesperados. Una bala hizo añicos el enorme escaparate y el estruendo de otras quebró el aire y se oyó por toda la calle. Hugh se agachó y se escabulló por una esquina. Su primer impulso fue subirse al Firebird y marcharse a toda prisa. Oyó sirenas, más gritos, gente que corría de un lado a otro; todo era un caos. Decidió esperar, mezclarse con los curiosos y evaluar los daños. Cruzó la calle y se quedó delante del juzgado, rodeado de otros espectadores conmocionados. Dos policías se agacharon y entraron en la tienda; otros agentes los siguieron. Entonces llegó la primera ambulancia e, instantes después, la segunda. Los ayudantes de sheriff cortaron el tráfico y ordenaron a la multitud que se apartara.

Por fin se corrió la voz y los primeros relatos cobraron vida. Unos atracadores armados habían asaltado la tienda y Tony se había enfrentado a ellos. Estaba herido, pero no de gravedad. Los dos ladrones, un hombre y una mujer, habían muerto.

Siendo como eran delincuentes con experiencia, Jimmie y Hugh sabían muy bien que no debían dejar nada que llevara su nombre en la escena. En ese momento, la cartera y la ropa de su colega estaban en el maletero del Firebird, junto con el bolso de mano y los efectos personales de Sissy. En el bolso con el que había entrado en la tienda solo había una pistola y cinta adhesiva. Hugh estaba demasiado aturdido para pensar con claridad, pero su instinto le decía que se largara de la ciudad lo antes posible. Con la mirada clavada en el espejo retrovisor, salió de Waynesboro, Georgia, por primera y última vez en su vida.

Augusta era la ciudad más cercana. Cuando estuvo convencido de que no lo habían seguido, se detuvo en un motel a las afueras de la ciudad y pasó una tarde que se le hizo eterna esperando las noticias de las seis. El atraco frustrado de Waynesboro era la primicia. El jefe de policía confirmó la muerte de dos personas aún no identificadas, un hombre y una mujer, ambos de unos treinta años. Al anochecer, Hugh, impaciente por abandonar el estado, condujo hasta Carolina del Sur, subió por el oeste hacia Carolina del Norte y siguió hasta Tennessee.

No tenía ni idea cuál consideraba Jimmie Crane que era su hogar, pero había comentado un par de veces que su madre se había mudado a Florida después de que a su padre lo metieran en la cárcel. No sabía de dónde era Sissy e incluso dudaba que ese fuera su verdadero nombre. Aunque tampoco importaba, porque no tenía intención de notificarle nada a nadie. Con el tiempo, encontraría la manera de echar un vistazo a los registros del Red Velvet y tal vez descubrir algo más sobre ella. Llevaba dos meses acostándose con Sissy de vez en cuando y le había cogido cariño.

Dos días después, por fin, volvió a casa. Muerto de miedo y convencido de que no había sido más que un completo imbécil, poco a poco fue retomando sus viejos hábitos. El robo a mano armada no era su vocación. El tráfico de armas era cosa de otros.

Un mes más tarde, dos agentes del FBI le hicieron una visita a Lorzas Bowman en el despacho del sheriff. Por fin habían relacionado los robos entre sí y las cinco primeras víctimas habían ayudado a un dibujante a preparar los retratos robot de los tres miembros de la banda. Habían identificado el Red Velvet como el último lugar de trabajo de la mujer, Karol Horton, que respondía al nombre artístico de Sissy. Ahora estaba muerta. Su compinche, Jimmie Crane, era un delincuente convicto que acababa de salir en libertad condicional y tenía un carnet de conducir de Mississippi. Dirección postal de Biloxi. También estaba muerto. Buscaban al tercer sospechoso.

Por una vez, Lorzas era del todo inocente y no sabía nada de los atracos. ¿Por qué iba a estar al tanto de ellos? Habían tenido lugar en otros estados, lejos de la costa.

El tercer retrato robot se parecía mucho al hijo de Lance Malco, pero Lorzas no dijo nada. Los agentes del FBI podían enseñarlo por todo Biloxi, pero la gente que conocía a Hugh no diría ni una palabra. Cuando se marcharon, envió a Kilgore, su sheriff adjunto, a hablar con Lance.

Hugh consiguió trabajo en un carguero que transportaba gambas congeladas a Europa y, durante los siguientes seis meses, nadie volvió a verlo en Biloxi.

23

El año 1971 había elecciones y Jesse Rudy no perdió el tiempo a la hora de anunciar su candidatura a fiscal de distrito. A principios de febrero alquiló el salón de la Asociación de Veteranos de Guerra y celebró un acto para amigos y simpatizantes. Hubo una gran afluencia de público y Rudy agradeció mucho el apoyo temprano. En un discurso breve volvió a prometer que utilizaría el cargo para hacer lo que se suponía que todo fiscal de distrito debía hacer: luchar contra la delincuencia y llevar a los criminales ante la justicia. A grandes rasgos, habló de la corrupción que había asolado la costa durante décadas y de la actitud despreocupada de las fuerzas del orden hacia el vicio que campaba por doquier. No dio nombres porque no era necesario. Todos los presentes conocían sus objetivos. Los insultos llegarían más tarde; los discursos se alargarían.

El *Register* cubrió el evento y Jesse salió en portada por enésima vez a lo largo de los últimos cuatro años. Desde Camille, ningún abogado de la costa había recibido tanta publicidad como él.

Agnes tenía ciertas reservas respecto a que su marido se presentara de nuevo a las elecciones. La vileza de la primera contienda contra Rex Dubisson estaba aún demasiado reciente. Los trucos sucios tardarían mucho tiempo en olvidarse. El elemento del peligro estaba siempre presente, en segundo plano, aunque casi nunca se hablara de él. Con Keith en la facultad de Derecho, Beverly y Laura en la Universidad del Sur de Mississippi y Tim a punto de empezar también la universidad en otoño, el presupuesto familiar estaba tan ajustado como siempre. El sueldo de fiscal de distrito apenas cubría los gastos de tener a cuatro hijos estudiando. El bufete de abogados los mantenía a flote, así que, según ella, ¿por qué no concentrarse en él y dejar que Dubisson u otro continuara ignorando a los delincuentes?

Jesse, sin embargo, discrepaba. Escuchó sus preocupaciones una y otra vez, pero estaba demasiado centrado en su misión. Desde la derrota de 1967, su determinación de convertirse en el fiscal jefe de la costa no había hecho más que aumentar. Keith, que todavía estaba en primero de Derecho, opinaba lo mismo y animaba a su padre a presentarse.

Tras su anuncio, Jesse se reunió con los redactores del *Register*. El encuentro no fue bien debido a lo agresivo de su enfoque. En su opinión, el periódico llevaba demasiado tiempo cruzado de brazos y sin prestar atención a la corrupción. Adoraban la delincuencia. Los asesinatos, las palizas y los incendios eran siempre noticia de portada. Cuando los mafiosos entraban en guerra, el *Register* vendía aún más ejemplares, pero rara vez escarbaban para explorar las causas de la violencia. Y eran demasiado tibios en cuanto a quién respaldaban. Casi nunca criticaban a Lorzas Bowman. Cuatro años antes, el periódico no había apoyado ni a Dubisson ni a Jesse.

Les enseñó a los periodistas el infame anuncio de «Jarvis Decker me violó» que Dubisson había utilizado en 1967. Les recordó el comentario del juez: «Estos anuncios me resultan repugnantes».

—Era falso —les dijo Jesse en tono de reproche—. Al final encontramos a la mujer, a la tal Connie Burns, que, por supuesto, no era Connie Burns. Tardé dos años en localizarla. Se llama Doris Murray y reconoció que alguien de la campaña de Dubisson le pagó trescientos dólares por posar para la foto y contar estas mentiras. Fue un anuncio devastador. Ustedes estuvieron en el juzgado. Cubrieron la audiencia, pero no movieron ni un dedo para investigar la historia. Permitieron que Dubisson se fuera de rositas.

—¿Cómo la encontró? —preguntó un redactor, algo avergonzado.

—Con esfuerzo. Pateando las calles. Llamando a puertas. Se llama periodismo de investigación, amigos. Y, si Dubisson vuelve a intentarlo esta vez, lo demandaré aún más rápido. Y estaría bien que ustedes indagaran un poco.

Prosiguieron con la conversación incómoda y, al cabo de un rato, el redactor jefe preguntó:

—¿O sea que lo que quiere es que lo respaldemos?

—Me da igual. Tiene poca importancia. Siempre se dan mucha prisa en mostrar su apoyo al gobernador, al fiscal general y a otros cargos que significan poco para la gente de la calle. Sin embargo, afirman ser imparciales en las elecciones locales. Mirar hacia otro lado no hace más que fomentar la corrupción.

Salió de la reunión y la consideró un éxito. Los había hecho avergonzarse y tartamudear.

Su siguiente parada fue una reunión con Rex Dubisson, una visita de cortesía con un propósito. Con un par de excepciones, ambos se las habían arreglado para evitarse durante cuatro años. El fiscal rara vez acudía a los juzgados, cosa que, en opinión de Jesse, era parte del problema. Sacó el anuncio de Jarvis Decker y prometió interponer demandas muy graves si los trucos sucios volvían a empezar. Dubisson replicó que el anuncio era cierto. Él se lanzó a lo que casi podría considerarse una diatriba y contó la historia de la búsqueda y localización de Doris Murray. Tenía una declaración jurada firmada por la mujer en la que admitía haber recibido dinero de la campaña de Dubisson a cambio de una foto y una historia falsa.

El tono de la reunión se elevó y Jesse se marchó del despacho hecho una furia. Su mensaje había quedado claro.

Cuando se habían enfrentado por primera vez, Dubisson contaba con la ventaja de ser el que ostentaba el cargo, de tener un nombre conocido y mucho dinero. Ahora, sin embargo, debido a Camille y a los litigios subsiguientes, el panorama había cambiado en más de un sentido. Jesse Rudy era un nombre famoso en todas las casas y muchos lo consideraban un abogado litigante con agallas y talento que luchaba contra las compañías de seguros y ganaba. En los círculos jurídicos se rumoreaba que el bufete le iba bien y que ganaba mucho dinero. Llevaba cuatro años de campaña y había hecho muchos amigos. Sus socios, los Pettigrew, eran del condado de Hancock y su familia estaba bien relacionada. La trágica muerte de su padre durante la tormenta Camille había conmovido a toda la comunidad. Su popularidad les granjearía al menos un millar de votos.

En cuanto su rival se marchó, Dubisson cerró la puerta de su despacho con llave y llamó a Lorzas Bowman. A lo mejor tenían un problema.

Durante el asalto inicial de Jesse al sector de los seguros conoció a una abogada joven llamada Egan Clement. Tenía treinta años y trabajaba en Wiggins, en el condado de Stone, el hogar de su familia desde hacía todo un siglo. Su padre era el inspector de educación del condado y gozaba de gran prestigio.

Egan nunca había demandado a una compañía de seguros, pero tenía clientes con reclamaciones por daños a la propiedad que no estaban recibiendo respuesta. Jesse dedicó parte de su tiempo a guiarla por todos los detalles del proceso y se hicieron amigos. La ayudaba con las demandas y le decía cuándo llegar a un acuerdo y cuándo ir a juicio.

De los condados del segundo distrito, el de Stone era el que menos población tenía y Dubisson lo había ganado por treinta y un votos. Jesse no pensaba volver a perderlo. Sorprendió a Egan con la propuesta de que se presentara como candidata a fiscal de distrito. Una carrera a tres bandas diluiría aún más la fuerza de aquel y desviaría parte de su atención y su dinero hacia un objetivo distinto a Jesse. Si se presentaba, la joven conseguiría que su nombre se hiciera conocido, algo necesario para todo abogado de pueblo. El trato era simple: si lo hacía y perdía, él la contrataría como ayudante.

El trato era pura estrategia política y competitiva, pero no contrario a la ética. Jesse la había visto en acción y sabía que tenía potencial. Además, le gustaba la idea de tener a una fiscal tenaz en su equipo.

En abril, Egan Clement presentó su candidatura oficial al puesto de fiscal de distrito. El acuerdo se mantuvo en secreto, por supuesto, y solo existió en virtud de un apretón de manos.

A principios de mayo, tras su último examen, Keith volvió corriendo a casa para volcarse de lleno en la campaña. Aún motivado por la primera derrota, no había dejado de animar a su padre para que se presentara de nuevo. Le había picado el gusanillo; le encantaba la política y estaba tan decidido como Jesse a ganar, y a lo grande. Se planteó la idea de volver a matricularse en la escuela de verano, pero necesitaba un descanso. Aunque el primer año le había ido bien y había sacado unas notas impresionantes, prefería pasar los tres meses siguientes sumergido en los vaivenes del mundo de la política de la costa.

Redactó los primeros anuncios de la campaña y los dejó listos para cuando Dubisson empezara a jugarles malas pasadas con los envíos directos, si es que lo hacía. No tuvieron que esperar mucho. A lo largo de la primera semana de junio, los anuncios que repetían el tema de que el cargo electo debía ser «duro con el crimen» inundaron el distrito. También incluían estadísticas que presumían de una tasa de condenas del 90 por ciento, etcétera. Había una imagen, una foto de Dubisson en el juzgado señalando con enfado a un testigo que quedaba fuera del encuadre. Había testimonios de víctimas de delitos que expresaban su admiración sin complejos por el fiscal que había encerrado a los perpetradores. Los anuncios no tenían nada original, eran lo que cabía esperar del fiscal que ocupaba el cargo. Eran justos y equilibrados y no mencionaban en ningún momento ni a Jesse Rudy ni a Egan Clement.

La campaña de Rudy contraatacó de inmediato con un envío que devolvía el golpe… con fuerza. El anuncio enumeraba siete asesinatos sin resolver en los últimos seis años. Siete asesinatos que seguían figurando en la categoría de «no procesados». La insinuación era clara: el fiscal no estaba haciendo un buen trabajo con los delitos graves. Para ser justos, Dubisson no podía procesar asesinatos que las fuerzas policiales apenas investigaban. Al menos cinco de ellos estaban relacionados con las bandas y Lorzas Bowman nunca había mostrado mucho interés cuando los mafiosos tenían que ajustar cuentas con alguien. Pero eso no se mencionaba en el anuncio. A continuación se enumeraban los delitos que sí habían conducido a arrestos y penas, con especial énfasis en los hurtos, los trapicheos con drogas, la violencia de género y la conducción bajo los efectos del alcohol. En la parte inferior, en negrita, aparecía un eslogan que sería recordado y repetido: «Rex Dubisson, duro con los rateros».

La semana siguiente, las vallas publicitarias situadas a lo largo de las autopistas 90 y 49 se convirtieron en llamativos anuncios en los que se leía: REX DUBISSON: DURO CON LOS RATEROS.

Cualquier impulso que el fiscal pudiera haber heredado gracias a su prevalencia en el cargo se desvaneció de la noche a la mañana. Abandonó su eslogan de «Duro con el crimen» e intentó encontrar tracción en otros ámbitos. El 4 de Julio se celebraba una gran barbacoa en la que también se ofrecería un mitin político, pero Dubisson se excusó diciendo que estaba enfermo y no asistió a la fiesta. Varios de sus voluntarios repartieron folletos, pero la gente de Rudy los superaba claramente en número. Jesse pronunció un exaltado discurso en el que arremetió contra su oponente por no haber hecho acto de presencia. Se lanzó a la yugular e introdujo el único tema que todavía asustaba a todos los ciudadanos que respetaban la ley: la droga estaba entrando a raudales en la costa, primero la marihuana y ahora también la cocaína, y la policía y los fiscales, o hacían caso omiso del tráfico, o se beneficiaban de él, o se dormían en los laureles.

En ningún momento mencionó en público ni a Lorzas Bowman ni a la gente de los clubes nocturnos. Se avecinaba una guerra, pero esperaría hasta salir elegido para empezarla. En privado, en cambio, los llamó a todos por su nombre y prometió acabar con sus negocios.

Dos semanas antes de las primarias de agosto, la campaña de Dubisson revivió con unos anuncios radiofónicos que pregonaban sus doce años de experiencia. Era un fiscal veterano que había enviado a cientos de delincuentes a la cárcel de Parchman. Siete años antes, en su mejor momento, había llevado a juicio y conseguido que condenaran a un hombre, Rubio, que había matado a su esposa y a sus dos hijos. Era un caso fácil, con muchas pruebas condenatorias, que hasta un estudiante de tercero de Derecho podría haber ganado. Sin embargo, el jurado lo sentenció a la pena capital y ahora Rubio estaba en Parchman esperando a que lo ejecutaran. Para cualquier fiscal del cinturón de la muerte de Estados Unidos, no había mayor premio que el de enviar a un hombre al patíbulo. En los anuncios, Dubisson se jactaba de la condena y prometía estar presente cuando llevaran a Rubio a la cámara de gas. En un estado donde el 70 por ciento de la población creía en la pena de muerte, la recepción de los anuncios fue buena.

Entonces Lorzas Bowman abrió el grifo del dinero y Dubisson inundó las ondas con anuncios de televisión. El canal de Biloxi era el único de la costa y pocos políticos locales podían permitírselo. A finales de julio, a la campaña de Rudy apenas le quedaba dinero y no pudo responder a la acometida. Eran anuncios de treinta segundos hechos por profesionales, impecables y convincentes. Presentaban a Rex Dubisson como un fiscal de distrito arrojado, en guerra contra los siniestros narcotraficantes sudamericanos.

Si había que reconocerle algo, era que en sus anuncios se había mantenido alejado de los ataques contra su oponente. Estaba convencido de que un solo truco sucio más lo llevaría de cabeza a la sala del juzgado. Jesse Rudy estaba deseándolo y la publicidad negativa solo lo favorecería a él. Sin embargo, su equipo y él no pudieron hacer nada salvo mirar y sentir horror mientras los anuncios de Dubisson se emitían, al parecer, sin parar.

Keith redactó varios donde se lo acusaba de «comprar» las elecciones. Se publicaron casi a diario en el *Register* y acabaron por quebrar el endeble presupuesto de la campaña. Se habló de la posibilidad de que Jesse recurriera de nuevo al banco para pedir un préstamo a la desesperada, pero al final él mismo vetó la idea. Estaba convencido de que tenía la batalla ganada, aunque las tornas parecieran estar cambiando. En los discursos y en las conversaciones privadas que mantenía con los votantes lamentaba el uso de grandes sumas de dinero para comprar unas elecciones.

Cuando el 5 de agosto por fin se contaron los últimos votos, se vio que Egan Clement era el margen de la victoria. Había ganado en el condado de Stone por ciento cincuenta votos y, aunque solo había obtenido el 11 por ciento del total, le había arrebatado a Dubisson un apoyo crucial. Desde el principio, Agnes había tenido la sensación de que muchas mujeres votarían discretamente por ella y no se había equivocado. Los hermanos Pettigrew se habían impuesto en el condado de Hancock por un margen de ochocientos veinte votos. Y en el condado de Harrison, el viejo bastión de la maquinaria de Lorzas Bowman, Jesse había recibido casi novecientos votos más que Rex Dubisson.

Con un 51 por ciento del total, evitó la segunda vuelta y se convirtió en el nuevo fiscal de distrito.

Introducir a Egan Clement en la carrera había sido un movimiento arriesgado. Su candidatura bien podría haber forzado una segunda vuelta que él no podía permitirse. Sin limitaciones de dinero y acceso a la televisión, Dubisson habría salido reelegido. Sin embargo, el exfiscal aceptó la derrota con elegancia y le deseó a Jesse la mejor de las suertes.

Una semana después del recuento de votos, Keith cargó el coche y volvió a la facultad de Derecho.

24

El sheriff llegó a Baricev's media hora antes y vio varias caras conocidas. Estrechó manos, le dio las gracias a la gente por sus votos, prometió mantenerlos a salvo, etcétera. Como de costumbre cuando no estaba de servicio, llevaba su traje azul y corbata y ofrecía el aspecto de un próspero hombre de negocios. Daba la sensación de disfrutar de su papel de jefe de la maquinaria que siempre cumplía. Todo el mundo conocía a Lorzas, les gustaba su manera de comportarse. Al fin y al cabo era un tipo bastante afable y su última victoria aplastante lo había vuelto aún más alegre. Su fama de ser posiblemente el sheriff más corrupto de todo el estado estaba muy extendida, pero, quitando eso, dirigía la comisaría con mano dura y no les pasaba una a los delincuentes comunes. El ciudadano medio rara vez veía su lado más oscuro. En general mantenía el vicio bajo control y a los mafiosos a raya.

Acompañado de Rudd Kilgore, su sheriff adjunto, por fin se abrió paso hasta su mesa de la esquina, donde pidieron dos cervezas frías y un plato de ostras crudas. Lance Malco y Nevin Noll llegaron a la hora acordada y los cuatro se acomodaron en torno a la mesa. Les sirvieron más bebidas y ostras. El resto de los comensales, los que eran de la zona, sabían que no les convenía intentar espiar.

—Hace tiempo que no veo a tu chaval —dijo Lorzas.

Hacía meses que nadie veía a Hugh.

—Sigue en alta mar —dijo Lance—. Se está tomando un descanso. ¿Alguna noticia de los federales?

—No. Ha pasado bastante tiempo. Aunque dudo que se hayan dado por vencidos. —Lorzas colocó una ostra gorda en equilibrio sobre una galleta salada y luego se la metió entera en la boca. La regó con cerveza y se limpió con el dorso de la mano—. Atracar joyerías. ¿De dónde sacó la idea? ¿Le enseñaste tú?

Lance lo fulminó con la mirada y le espetó:

—Mira, Lorzas, ya hemos tenido esta conversación por lo menos tres veces. No tiene sentido volver sobre lo mismo.

—Fue una estupidez.

—Sí, tremenda. Pero ya me ocuparé yo de él.

—Más te vale. Hasta que no aparezcan los federales, no es asunto mío. Porque, a ver, el chico se enfrentará a cinco cargos por robo a mano armada en cuanto esos agentes sean capaces de sumar dos más dos, que lo harán. No son un puñado de inútiles, Lance.

Llamaron a una camarera y pidieron pinzas de cangrejo a la parrilla y platija rellena, los platos favoritos de Lorzas.

La reunión no era para hablar de Hugh y lo estúpido que había sido. La elección de Jesse Rudy los tenía inquietos. No tenían claro lo que planeaba el nuevo fiscal, pero ellos no iban a sacar nada bueno de su nombramiento.

—Me parece increíble que Rex haya perdido las elecciones —dijo Nevin.

Lorzas se estaba tragando otra ostra.

—No hizo lo que le dije. La última vez ganó a lo grande porque se quitó los guantes y se ensució las manos. Esta vez no lo ha hecho. Creo que Rudy lo tenía asustado. Lo había amenazado con demandarlo y no sé qué más y Rex se echó atrás.

—¿Cuál va a ser el primer movimiento de Jesse? —preguntó Lance.

—Eso tendrás que preguntárselo a él. Yo diría que va a tomar medidas drásticas contra los juegos de azar. Es más fácil de demostrar. Si yo fuera tú, me andaría con cuidado.

—Ya te lo he dicho, Lorzas, nosotros no tenemos juegos de azar. Tengo cuatro clubes y tres bares y no se juega en ninguno de ellos. Los funcionarios del Estado que llevan lo de la licencia de bebidas alcohólicas vienen de vez en cuando y echan un vistazo. Como vean un solo dado, nos la retiran. No podemos correr ese riesgo. No nos va mal solo con la bebida y las chicas.

—Ya, ya lo sé. Pero te convendría ser un poco más restrictivo, conocer bien a tus clientes.

—Sé cómo llevar los clubes, Lorzas. Tú y yo llevamos mucho tiempo haciendo negocios. Tú encárgate de lo tuyo que yo me encargo de lo mío. Y, por cierto, que no se me olvide felicitarte por tu aplastante victoria.

El sheriff hizo un gesto con la mano para restarle importancia a sus palabras.

—No es nada. Los votantes saben reconocer el talento cuando lo ven.

—¿De dónde sacaste a ese payaso? —preguntó Nevin.

A lo largo de su próspera carrera, Lorzas había demostrado una gran habilidad para convencer a toda una serie de bichos raros de que se presentaran como candidatos contra él. En su opinión, optar a un cargo sin oposición era mala idea. Enfrentarse a uno o dos adversarios, cuanto más débiles mejor, le permitía mantener su maquinaria bien engrasada y recaudar fondos a toda velocidad. A su último contrincante, Buddy Higginbotham, lo habían condenado una vez por robar gallinas, mucho antes de que intentara enderezarse y se hiciese policía en el condado de Stone. Al 11 por ciento de los votantes les había resultado atractivo.

Se echaron unas risas contando historias de Buddy mientras fumaban. Lorzas había atacado un buen puro; los otros tres prefirieron un cigarrillo. Las fuentes de pinzas de cangrejo y platija llegaron y cubrieron la mesa. Cuando la camarera se marchó, Nevin dijo:

—Tenemos una idea.

Lorzas asintió, ya con la boca llena.

Aquel se inclinó un poco más hacia él.

—Ese sitio nuevo que se llama Siesta, el que está por ahí

arriba, en Gwinnett... Lo lleva un matón llamado Andy, abrió hace dos meses.

Kilgore dijo:

—Hemos pasado por allí, le vendimos una licencia.

—Bueno, pues acaba de abrir un casino pequeño en la trastienda. Dos mesas de dados, ruleta, tragaperras, un poco de *blackjack*... La puerta está siempre cerrada, controlan a quién dejan entrar.

—Deja que lo adivine —dijo Lorzas—. Quieres que se lo cierre.

—No, tú no. Que lo haga la policía municipal. Les daremos un chivatazo. Ellos se encargan de la redada, salen en las noticias y quedan bien. El Estado le retira la licencia de bebidas alcohólicas al Siesta. A Rudy le llega un caso fácil para iniciar su nueva carrera. Y nosotros podemos observarlo desde fuera y ver cómo gestiona las cosas.

Lorzas soltó una risita y dijo:

—Sacrificar a uno de los tuyos, ¿eh?

—En efecto. Andy es un capullo, ya se ha llevado a dos de nuestras chicas. Hay que echarlo del negocio y dejar que el nuevo fiscal de distrito se pavonee todo lo que quiera.

El otro se metió un enorme bocado de platija en la boca y sonrió, tal vez por el pescado o quizá por la idea.

—¿Quién más tiene juegos de azar?

Nevin miró a Lance, que respondió:

—Ginger tiene una habitación privada en el Carousel. Cartas y dados. Es solo para socios y cuesta entrar.

—No vamos a meternos en los asuntos de Ginger —aseguró Lorzas.

—Tampoco te lo he pedido. Has preguntado tú.

—La sala de bingo de Shine Tanner funciona de miedo —dijo Nevin—. Se rumorea que a ciertas personas concretas también les ofrece tragaperras y ruletas.

—No es muy listo —afirmó Lorzas—. Está haciendo el agosto con el bingo y el alcohol y, aun así, lo pone en peligro con lo demás.

—Siempre hay demanda, Lorzas —dijo Lance.

El sheriff se echó a reír y repuso:

—¿Y no te alegras de ello? Sigamos hablando del tal Andy. El problema de servirle un caso fácil en bandeja a Rudy es que seguro que se le sube a la cabeza. No va a darnos más que problemas y no nos conviene impulsar su carrera de cruzado.

—Bien visto —dijo Lance.

Lorzas apuró su cerveza y sonrió a este y a Nevin.

—Chicos, parecéis preocupados. ¿Tengo que recordaros que el cementerio está lleno de políticos que prometieron limpiar la costa?

Siguiendo «un chivatazo anónimo», la policía de Biloxi irrumpió en el Siesta un viernes por la noche y detuvo a diecisiete hombres a los que sorprendió *in fraganti* jugando a los dados y al *blackjack*. También arrestaron a Andy Rizzo, el propietario. Dispersaron a la clientela, pusieron candados en las puertas y volvieron al día siguiente a confiscar las máquinas tragaperras y las mesas de ruleta y dados. Todos los sospechosos salieron en libertad bajo fianza al cabo de unos días, aunque Andy, debido a sus amplios antecedentes penales, pasó un mes en la cárcel mientras sus abogados se peleaban.

Jesse convocó a su primer gran jurado y acusó a los dieciocho hombres. En las declaraciones que le ofreció a un periodista del *Gulf Coast Register* alabó la labor de la policía municipal y prometió acciones más agresivas contra los clubes nocturnos. Los juegos de azar y la prostitución proliferaban y a él lo habían elegido para encerrar a los delincuentes o expulsarlos de la ciudad.

En el caso de los diecisiete clientes, cuatro de los cuales eran soldados de la base aérea de Keesler, se mostró indulgente y les permitió declararse culpables, pagar una multa y cumplir un año de cárcel, con suspensión total de la pena. En el de Andy se negó a negociar y preparó el caso para ir a juicio. Estaba deseando enzarzarse en un buen enfrentamiento en los tribunales, sobre todo contra un acusado que era a todas luces culpable, pero al final aceptó una condena de siete años de cárcel. Nada nuevo para Andy, pero la dureza de la sentencia puso nerviosos a los dueños de los clubes nocturnos y cerraron los casinos… temporalmente.

El caso era demasiado fácil y a Jesse le olió a gato encerrado. Intentó establecer algún vínculo con el jefe de policía de la ciudad, pero no encontró nada. El susodicho llevaba años en el cargo y conocía bien las fuerzas que operaban en la costa.

La idea de recurrir a la ley estatal de perjuicio público surgió de Keith. En la Ole Miss, en su asignatura de Abogacía en el Tribunal de Equidad, el profesor pasó de puntillas sobre una ley poco utilizada que permitía que cualquier ciudadano interpusiera una demanda para prohibir que otro ciudadano llevase a cabo actividades que fuesen ilegales y perjudiciales para el bien público. El caso que estudiaron se refería a un propietario que permitía el vertido de aguas residuales a un lago público.

Keith le envió un memorándum a su padre, que al principio se mostró escéptico. Si demostrar la presencia de juegos de azar era muy difícil ahora que los casinos cribaban a sus clientes, demostrar la existencia de la prostitución sería un reto aún mayor. Pero los meses de su primer año iban pasando y la impaciencia de Jesse no hacía más que aumentar.

Se desplazó hasta Pascagoula en su coche y se reunió con Pat Graebel, el fiscal del decimonoveno distrito, formado por los condados de Jackson, George y Greene. El primero estaba en la costa, pero, a diferencia de los otros dos, jamás había tolerado la criminalidad que había hecho tristemente célebre a Biloxi. Nueve años antes, en su época de novato, Graebel había sufrido una derrota tremenda a manos de Joshua Burch en el juicio de Nevin Noll por el asesinato a sangre fría de Earl Fortier. Aquel descalabro aún le escocía, sobre todo porque Noll era un hombre libre que le hacía el trabajo sucio a Lance Malco.

Graebel sentía un desprecio enorme hacia Lorzas Bowman, los políticos que este controlaba y los mafiosos que lo habían hecho rico. Las fuerzas policiales del condado de Jackson tenían que dedicar demasiado tiempo a limpiar la suciedad que les salpicaba desde el condado de al lado. Un año antes de Camille, un delincuente de la zona había abierto un club nocturno en una carretera rural entre Pascagoula y Moss Point. Era un bocazas y se jactaba de que pretendía fundar su propio Strip en el condado de Jackson. Tenía chicas y dados y las cosas le iban viento en popa hasta que el sheriff Heywood Hester hizo una redada un sábado por la noche y arrestó a treinta clientes. Pat Graebel no mostró ninguna piedad con el dueño: consiguió una condena por apuestas ilegales en la Audiencia Territorial y lo mandó a Parchman diez años.

Esta sentencia tuvo una amplia repercusión en las cervecerías y salones de billar del condado de Jackson y el mensaje quedó claro: todo matón de por allí que tuviera ambiciones debía, o buscarse un trabajo honrado, o trasladarse al condado de Harrison.

Jesse le expuso sus planes de ir a por los clubes de estriptis de Biloxi. Necesitaba unos cuantos policías honestos dispuestos a actuar de incógnito y a conseguir que les ofrecieran servicios sexuales. Llevarían micrófono, las conversaciones se grabarían y abandonarían «la cita» antes de que nadie se quitara la ropa. De lo contrario, podría acarrearles problemas. Las chicas no eran tontas; de hecho, la mayoría tenían mucha experiencia y habían visto de todo, así que, cuando sus clientes se echaran atrás en el último momento, sospecharían de inmediato.

A Pat Graebel le gustó el plan, pero quiso pensárselo un poco más. El jefe de policía de Pascagoula era muy amigo suyo, además de un servidor de la ley duro e irreprochable. Le gustaba trabajar de incógnito y mantenía vigilados a los narcotraficantes. Seguro que al sheriff Hester también le apetecía un poco de acción. Y Graebel tenía buenos contactos entre la policía municipal de la ciudad de Moss Point. Era fundamental que utilizaran a agentes a los que no pudieran identificar en ningún lugar de Biloxi.

Un mes más tarde, dos hombres que llevaban micrófonos ocultos y respondían a los respectivos alias de Jason y Bruce entraron en el Carousel un jueves por la noche, se sentaron a una mesa, pidieron algo de beber y se pusieron a admirar a las estríperes que bailaban en el escenario. En menos de un minuto atrajeron la atención de dos fulanas que estaban a la espera de abalanzarse sobre algún cliente.

«¿Invitáis a una copa a este par de chicas?» era la insinuación habitual y nunca fallaba. La camarera les llevó dos vasos altos llenos de un brebaje rojo, azucarado y sin alcohol. Los hombres se tomaron una cerveza. Las prostitutas sacaron los bastoncillos y se los guardaron para cobrarlos más tarde. En el escenario, las bailarinas se contoneaban al ritmo de una canción de los Doobie Brothers que sonaba a todo volumen por los altavoces. En la mesa, Jason y Bruce pidieron otra ronda y las mujeres se les acercaron tanto que casi se les sentaron en el regazo. Al final, una de ellas pronunció la siguiente insinuación: «¿Queréis una cita?».

Por fin habían entrado en materia y los cuatro intercambiaron bromas acerca de qué quería decir en realidad «una cita». Varias cosas. Podían emparejarse e ir a una habitación de la trastienda para disfrutar de unos momentos de intimidad, una especie de magreo. O, si los chicos iban en serio, podían alquilar una habitación en el piso de arriba por cincuenta dólares la media hora y «hacer de todo».

Jason y Bruce eran en realidad dos policías de paisano procedentes de Pascagoula, ambos felizmente casados. Ninguno de los dos había sentido nunca la tentación de entrar en un club nocturno de Biloxi. Como agentes de la ley, se fijaban en todo y les resultaba obvio que las habitaciones traseras y del piso de arriba recibían bastante tráfico. En aquel ambiente de música alta, bailes, copas y estriptis, el negocio de las putas funcionaba a buen ritmo.

Una vez que consideraron que las proposiciones que habían recibido serían suficiente, los dos hombres retrasaron la acción alegando que tenían hambre. Les apetecía una hamburguesa con patatas fritas y les prometieron a las chicas que las buscarían más tarde. Se acercaron a la barra, pidieron la comida y vieron que las prostitutas se apartaban un momento y luego se lanzaban sobre otros dos clientes potenciales.

La operación encubierta se prolongó durante seis semanas en las que varios agentes, todos ellos policías y ayudantes de sheriff vestidos de paisano y procedentes de las ciudades del decimonoveno distrito de Graebel, se arriesgaron a entrar en el Carousel y charlar con las chicas. No había indicios de que ni estas ni sus encargados sospecharan nada. Jesse escuchó las conversaciones grabadas y se convenció de que conseguiría demostrar un patrón de actividad delictiva.

Cuando tuvo pruebas suficientes, presentó una demanda ante el Tribunal de Equidad del condado de Harrison para que se prohibiera que el Carousel desarrollara cualquier tipo de actividad comercial. Se lo notificó a la Autoridad Estatal de Bebidas Alcohólicas y exigió que le retiraran al club la licencia que le permitía vender licores. Y entregó en mano una copia de la demanda en el *Gulf Coast Register*. El periódico se lo agradeció con un artículo en portada. Su guerra había comenzado.

Nadie se extrañó cuando Ginger Redfield contrató a Joshua Burch para que defendiera su club nocturno y, en una contundente impugnación, el abogado negó todo acto delictivo y solicitó al tribunal que desestimara los cargos. Jesse presionó mucho para que se acelerara la audiencia, pero Burch demostró ser todo un experto en alargar las cosas. Pasaron dos meses mientras los abogados presentaban una moción tras otra y discutían por una fecha en el juzgado.

Ni que decir tiene que la alarmante medida del nuevo fiscal de distrito incomodó a los bajos fondos. Con las importantes restricciones al juego que se habían impuesto en la costa, los clubes nocturnos dependían de la prostitución para amasar dinero extra. A la mayoría le iba bien con el alcohol y los estriptis, ambas cosas aún legales, pero el dinero de verdad se ganaba en las habitaciones de arriba.

Lance Malco estaba furioso y comprendía la gravedad del ataque contra sus negocios. Si Jesse Rudy lograba cerrar el Carousel, cualquier otro club podría ser el siguiente. Puso a sus chicas a raya y les dio órdenes estrictas de mantenerse alejadas de cualquiera con quien no hubieran tratado antes. Se reunió con Joshua Burch y tramaron una agresiva línea de defensa.

El Tribunal de Equidad tenía jurisdicción sobre asuntos no penales, como las relaciones domésticas, las validaciones testamentarias, los temas de zonificación, las elecciones y otra decena de asuntos que no requerían de juicios con jurado. Popularmente se lo conocía como «el tribunal de divorcios», ya que el 80 por ciento de los casos tenían que ver con matrimonios fracasados y la custodia de los hijos. Los casos de perjuicio público eran una rareza.

El juez de equidad era el honorable Leon Baker, un jurista de cierta edad hastiado tras años de hacer de árbitro entre cónyuges enfrentados y de elegir quién se quedaba con los niños. Como muchos otros ciudadanos de la costa, se había criado despreciando los clubes nocturnos y jamás había puesto un pie en uno. Cuando se cansó de los abogados y de sus maniobras, les paró los pies y fijó una audiencia para el caso.

Era una ocasión histórica, la primera vez que alguien arrastraba hasta los tribunales a uno de los infames garitos del Strip para intentar cerrarlo. La sala se llenó hasta los topes y, aunque la mayoría de los gánsteres se mantuvieron alejados de ella, todos estaban bien representados. Nevin Noll se sentó en la última fila y, por supuesto, informaría a Lance Malco de todo lo que ocurriera. Como propietaria del Carousel, Ginger Redfield no tuvo más remedio que sentarse a la mesa de la defensa junto a Joshua Burch, que, como siempre, estaba encantado con la abundancia de público.

Jesse Rudy fue el primero en hablar y prometió exponer un claro patrón de actividad delictiva. Llamaría al estrado a seis hombres, todos ellos agentes de incógnito, que testificarían que habían acordado pagar a cambio de servicios sexuales en el Carousel. El dinero no cambió de manos y no hubo sexo, pero la ley afirmaba con claridad que, una vez fijado el precio, el delito ya se había cometido. Jesse agitó una pila de papeles y los describió como citaciones válidas que había emitido para las chicas que trabajaban en el club. Las citaciones no habían llegado a manos de sus destinatarias porque Lorzas Bowman les había ordenado a sus ayudantes que no las entregaran.

—¿Quiere a esas mujeres en la sala? —preguntó el juez Baker.

—Sí, señoría. Tengo derecho a citarlas.

Aquel miró a un alguacil.

—Vaya a buscar al sheriff y dígale que venga inmediatamente —le dijo antes de dirigirse a Joshua—. Señor Burch.

Este se levantó, saludó con educación al tribunal y se lanzó a una interminable explicación de cómo se gestionaba el Carousel. Las chicas solo eran camareras que servían copas a los chicos, una diversión inofensiva. Por supuesto, algunas eran bailarinas profesionales a las que les gustaba actuar con poca ropa, pero eso no era ilegal.

Nadie lo creyó, ni siquiera el juez.

El primer testigo fue Chuck Armstrong, un policía de Moss Point. Contó que había ido al club nocturno con un amigo, Dennis Greenleaf, también policía, y que había invitado a una copa a una joven llamada Marlene. No le dio su apellido en ningún momento. Bebieron y bailaron y al final ella le hizo la proposición: le ofreció que pasaran media hora en una habitación del piso de arriba. Por cincuenta dólares en efectivo tendría acceso a todo el sexo que quisiera. Él aceptó el precio y las condiciones. No quedó la menor duda de que habían alcanzado un acuerdo, pero entonces le dijo que quería esperar una hora y pedir algo de comer. Ella se fue a buscar clientes a otra mesa y perdió interés en él. Cuando la chica desapareció, Dennis y él se marcharon del club.

En su turno, Joshua Burch le preguntó al testigo si entendía el término «proxenetismo».

—Claro que entiendo lo que significa. Soy agente de policía.

—Entonces seguro que comprende que procurarse los servicios de una prostituta también es un delito, penado con multa y condena de cárcel.

—Sí, lo comprendo.

—¿Así que, como agente de la ley, está reconociendo aquí mismo, bajo juramento, que cometió un delito?

—No, señor. Era una operación encubierta y, si conociera el trabajo policial, entendería que muchas veces nos vemos obligados a fingir que somos personas que en realidad no somos.

—¿Así que no era su intención cometer un delito?

—No.

—¿No fue al club nocturno con toda la intención de enredar a Marlene para que cometiera un acto de prostitución?

—No, señor. Repito que era una operación encubierta. Teníamos buenas razones para creer que se estaban desarrollando actividades delictivas y fui para comprobarlo en persona.

Burch intentó tenderle al testigo varias trampas para que admitiera su propia actividad delictiva, pero Jesse lo había preparado. Dennis Greenleaf fue el siguiente y su testimonio fue casi idéntico al de Armstrong. Burch arremetió contra él y trató de describirlo como el autor del delito, un agente de la ley que se aprovechaba de jovencitas que solo servían copas y hacían su trabajo.

Los cuatro testigos siguientes también eran policías y ayudantes de paisano y, a mediodía, las preguntas y respuestas ya resultaban monótonas. No cabía duda de que el Carousel era un nido de prostitución. Antes de la pausa para comer, el sheriff adjunto Kilgore llegó a la sala y le explicó al juez Baker que el sheriff Bowman había tenido que ausentarse por unos temas urgentes y estaba fuera de la ciudad. Le interrogaron a él por qué no se habían entregado las citaciones, un asunto rutinario, en opinión de Baker. Le dio las cinco citaciones y le ordenó que se las entregara a las «camareras» de inmediato. Kilgore se comprometió a hacerlo y la audiencia se aplazó hasta la mañana siguiente.

No estaba claro si los ayudantes de sheriff habían ido siquiera al club a buscar a las testigos o no, pero a las nueve de la mañana del día siguiente Kilgore informó de que ninguna de las cinco trabajaba ya en el Carousel. Por si las cosas no eran ya lo bastante confusas, los nombres que figuraban en las citaciones eran alias. Las chicas habían desaparecido.

Esto enfureció al juez Baker, pero no sorprendió a nadie. Joshua Burch llamó a Ginger Redfield al estrado y, con gran tranquilidad, ella negó que en su club se cometiera ningún tipo de delito. Se le daba bien mentir y explicó que no toleraba la prostitución y que nunca había visto pruebas de dicha práctica.

Jesse estaba ansioso por interrogarla: era su primera oportunidad real contra un capo del crimen. Le pidió que repitiera su testimonio sobre la prostitución en el Carousel y ella lo hizo. El fiscal le recordó que estaba bajo juramento y le preguntó si entendía que el perjurio era otro delito. Joshua Burch protestó a voz en grito y el juez Baker la admitió. Rudy le preguntó por las cinco camareras e intentó sonsacarle cómo se llamaban en realidad. Ginger contestó que no lo sabía porque las «señoritas» solían utilizar nombres falsos. A continuación, Jesse la interrogó sobre la contabilidad y a la testigo no le quedó más remedio que admitir que las chicas cobraban en metálico y, por lo tanto, no aparecían en los registros. Explicó que las camareras iban y venían, que su plantilla era inestable en el mejor de los casos y que no tenía ni idea de adónde habrían ido a parar las cinco.

La siguiente pregunta abordó el tema del juego en el Carousel y ella volvió a asegurar que no sabía nada de eso. Ni tragaperras ni póquer ni *blackjack* ni mesas de dados ni de ruleta. Burch protestó contra esa línea de interrogatorio y le recordó al tribunal que el supuesto perjuicio era la prostitución. El fiscal de distrito no había presentado ninguna prueba relativa a los juegos de azar. El juez Baker estuvo de acuerdo y le dijo a Jesse que pasara a otro asunto. El turno de preguntas de Rudy duró dos horas y tuvo momentos tensos, ya que ambos abogados se enredaron en discusiones mientras la testigo mantenía la calma y, a veces, incluso parecía divertida. El juez Baker intentó arbitrar los enfrentamientos, pero perdió la paciencia. En aquel momento se hizo evidente que no se creía ni una palabra de lo que había dicho la testigo y que no toleraba las actividades ilícitas de su club nocturno.

La audiencia terminó antes del almuerzo. Ambas partes esperaban que el juez Baker tomara el asunto en consideración y reflexionara sobre él durante varios días. Sin embargo, las sorprendió con una sentencia firme. Declaró que el Carousel causaba perjuicios públicos y ordenó su clausura inmediata y permanente.

Las puertas del club estuvieron cerradas durante una semana, hasta que Joshua Burch presentó un recurso de apelación y pagó una fianza de diez mil dólares. La ley permitía su reapertura mientras tuviera una apelación pendiente, un proceso largo.

Jesse ganó la batalla, pero la guerra distaba mucho de haber terminado. Le demostró lo difícil que sería luchar contra los propietarios de los clubes nocturnos. Sin la ayuda de la policía local ni de Lorzas Bowman, los cuerpos policiales le servirían de poco. Recurrir a agentes honrados de otras ciudades requeriría mucho tiempo y sería arriesgado. Además, costaba mucho atrapar a las prostitutas: nadie sabía cómo se llamaban en realidad y desaparecían en un abrir y cerrar de ojos.

25

Tal como Lance veía las cosas, si su negocio había sido capaz de sobrevivir, por un lado, a la pérdida de los ingresos generados por los juegos de azar que había provocado el entrometimiento de la Autoridad Estatal de Bebidas Alcohólicas y, por el otro, al peor huracán de la historia, por supuesto que sobreviviría a un nuevo fiscal de distrito con aires de grandeza. El asunto del Carousel no lo asustó solo a él, sino también al resto de los propietarios, pero al cabo de unas semanas las chicas volvieron, al igual que sus clientes. A Malco se le ocurrió la ingeniosa idea de exigirles a sus parroquianos habituales que se «afiliaran al club». Las puertas estaban abiertas para cualquiera que quisiera beber, bailar y ver a las estríperes, pero, si un caballero deseaba algo más, tenía que mostrar su carnet de socio. Y, para conseguirlo, tenían que conocerlo los porteros, los camareros y los gerentes. La norma ralentizaba un poco el tráfico, pero también hacía prácticamente imposible el trabajo encubierto de los policías. Lance había ampliado las fotos de los seis agentes a los que Jesse Rudy había enviado a infiltrarse al Carousel y después a declarar ante el juez. Las había pegado a la pared de la cocina de sus distintos clubes y los empleados estaban ojo avizor. Antes de llegar a la barra para pedir una copa, un desconocido de aspecto decente y menos de cincuenta años tenía al menos tres pares de ojos posados en él.

Aquella forma de cribar a los clientes funcionó tan bien que los demás no tardaron en imitarla. Poco tiempo después, varios propietarios de clubes se sintieron tan seguros que reabrieron los casinos, aunque solo para los socios.

Sin embargo, cualquier posible sensación de seguridad volvió a tambalearse cuando el fiscal de distrito efectuó su siguiente jugada. Jesse convocó un gran jurado en secreto y presentó ante él a cuatro de los seis agentes que habían testificado en el juicio del Carousel. Por unanimidad, el gran jurado acusó a Ginger Redfield de cuatro cargos de promoción de la prostitución por «incitar, provocar, persuadir o animar a sabiendas a otra persona a prostituirse» y por «tener el control de un lugar y permitir intencionadamente que otra persona lo utilizara para la prostitución». La pena máxima por cada cargo era una multa de cinco mil dólares o diez años de prisión, si no ambas cosas.

Jesse llevó la acusación lacrada al despacho del juez Oliphant y le pidió que la leyera. Necesitaba un favor. La ley exigía que el acusado recibiera una copia de la acusación en mano, pero Lorzas Bowman no era de fiar. Aquel llamó al sheriff, que era harto difícil de encontrar, y le dijeron que el jefe estaba fuera de la ciudad. El sheriff adjunto Kilgore estaba al cargo de la comisaría aquella mañana y el juez le pidió que se pasara de inmediato por su despacho. Cuando llegó, media hora más tarde, Jesse le enseñó la acusación. El juez Oliphant le ordenó que se la entregara a Ginger Redfield, la arrestara y la llevara a la cárcel. La fianza quedó fijada en quince mil dólares.

Joshua Burch estaba sentado a su escritorio cuando recibió la llamada de Ginger. Con la voz muy tranquila, la mujer le contó que la habían arrestado en su despacho del O'Malley y que incluso la habían esposado; que Kilgore la había llevado hasta su coche patrulla, la había metido en el asiento trasero y la había trasladado a la cárcel, donde la habían procesado, le habían sacado una foto policial y la habían encerrado en la única celda para mujeres. Había sido un proceso bastante humillante, pero ella parecía imperturbable.

Burch salió a toda prisa hacia allí y no paró de sonreír en todo el camino, emocionado ante la perspectiva de participar en otro caso de gran repercusión. Ya casi veía los titulares.

Ginger lo estaba esperando en la salita en la que los abogados se reunían con sus clientes. Se había negado a ponerse el mono naranja reglamentario y seguía ataviada con un vestido y tacones. Burch leyó el acta de acusación con expresión seria y dijo:

—Esto es un buen follón.

—¿Y eso es lo único que se te ocurre decirme? ¡Pues claro que es un follón! De lo contrario no estaría aquí sentada, en la cárcel. ¿Cuándo me vas a sacar?

—Pronto. Ya he llamado a un fiador. ¿Cuánto tardarías en conseguir mil dólares en efectivo?

—Mi hermano está en camino.

—Estupendo. Te sacaré en cuestión de horas.

Ginger encendió un cigarrillo y le dio una calada larga. Burch la conocía lo suficiente como para estar convencido de que tenía hielo en las venas. Durante la audiencia del Carousel no había aparentado nerviosismo en ningún momento y, a veces, hasta parecía que el procedimiento le hacía gracia. Exhaló el humo poco a poco y dijo:

—Rudy podría tener un buen caso, ¿no?

Tenía un caso de la leche. Los seis policías encubiertos subirían al estrado y su testimonio sería convincente. Burch los había visto bajo presión y sabía que tendrían credibilidad ante cualquier jurado. Si además se tenía en cuenta la sentencia de perjuicio público por prostitución contra el Carousel, sí, sin lugar a duda, Jesse Rudy llevaba las de ganar.

Pero Burch dijo:

—Les plantaremos cara. Pondremos a todas las chicas de acuerdo, las prepararemos. No pierdo muchos casos, Ginger.

—Bueno, este no puedes perderlo, porque no pienso ir a la cárcel.

—Ya lo hablaremos. Ahora hay que sacarte de aquí.

—Acabo de pasar dos horas ahí detrás, en una celda, y no es para mí. Mi marido lleva seis años encerrado y está fatal. Joshua, prométeme que no iré a la cárcel.

—No puedo prometerte algo así. Nunca se lo prometo a nadie. Pero has contratado al mejor y desplegaremos una defensa fuerte.

—¿Cuándo iré a juicio?

—Dentro de bastantes meses, puede que incluso de un año. Tendremos tiempo de sobra.

—Tú sácame de aquí.

Burch salió de la cárcel y se dirigió hacia el Red Velvet, donde se reunió con Lance Malco y le describió la acusación. Al principio, este se quedó de piedra, pero su reacción no tardó en transformarse en ira. Cuando se calmó un poco, dijo:

—Supongo que puede acusarnos a todos, ¿no?

—Sí, en teoría. El gran jurado suele aprobar automáticamente todo lo que presenta el fiscal de distrito. Pero no creo que lo haga.

—¿Y por qué no?

—Diría que va a usar a Ginger para sentar jurisprudencia. Si consigue que la condenen, entonces empezará a mirar a su alrededor. Como bien sabes, no le faltarán acusados potenciales.

—Ese hijo de puta está fuera de control.

—No, Lance, al contrario: lo tiene todo bajo control. Ostenta un poder enorme y puede acusar casi a cualquiera. Sin embargo, eso no equivale a conseguir condenas. Se está jugando muchísimo, porque, si pierde, tendrá que dedicarse de nuevo a perseguir ladrones de coches.

—No puedes dejar que gane, Burch.

—Confía en mí.

—Siempre lo he hecho.

—Gracias. Entretanto, córtalo todo. Ni apuestas ni prostitutas.

—No estamos metidos en el juego, ya lo sabes.

—Sí, pero hay mucho por todas partes.

—No puedo controlar el resto de los clubes.

—No será necesario. Cuando se enteren del arresto de Ginger, se pondrán las pilas y rápido. Haz correr la voz de que no debe haber ni apuestas ni chicas durante los próximos seis meses.

—Eso es justo lo que quiere Rudy, ¿no?

—Haz un descanso. Juega limpio. Llevas en el negocio el tiempo suficiente como para saber que la demanda siempre vuelve.

—No lo sé, Burch. Corren aires de cambio. Ahora tenemos un fiscal de distrito engreído al que le gusta ver su nombre impreso.

—El mejor consejo que puedo darte es que no hagas ninguna estupidez.

Lance por fin sonrió mientras le hacía un gesto para que se marchara.

A última hora de la tarde, él y su hijo salieron del Strip y se encaminaron hacia el norte para dirigirse al condado de Stone. Hugh iba al volante, dado que había recuperado su antiguo puesto de chófer tras una temporada en un carguero y otra en una plataforma petrolífera en alta mar, ambas organizadas por su padre. Esos empleos habían terminado de convencerlo de que no era apto para el trabajo honrado. Lance se había mostrado implacable tras enterarse de los atracos y le había prometido que una metedura de pata más haría que el chaval terminara expulsado del negocio familiar, en la cárcel o ambas cosas. Hugh había renunciado de buena gana a sus sueños de convertirse en traficante de armas y se había vuelto a adaptar sin problema a sus viejas rutinas de jugar al billar, beber cerveza y ocuparse de sus tiendas de alimentación.

Serpentearon entre los bosques de pinos y aparcaron delante de la cabaña de caza de Lorzas. Kilgore cocinaba filetes a la parrilla en la terraza y su jefe ya estaba bebiendo burbon.

Había llegado el momento de debatir qué hacían con Jesse Rudy.

26

El fiscal de distrito le asignó a su ayudante, Egan Clement, la investigación de siete asesinatos sin resolver ocurridos entre 1966 y 1971. Se creía que cinco de ellos estaban relacionados con las bandas, ya que las víctimas estaban involucradas, de un modo u otro, con el crimen organizado. Cada cierto tiempo estallaba una lucha territorial y entonces un asesinato desembocaba en su inevitable venganza. Lorzas Bowman tenía un ayudante al que consideraba su principal investigador, pero se trataba de un agente que carecía de formación y experiencia, sobre todo porque el sheriff tenía poco interés en malgastar mano de obra en la resolución de asesinatos del hampa. La realidad era que los casos estaban aparcados y no había nadie intentando resolverlos.

Después de que Jesse jurara su cargo, tardó cinco meses en echar un vistazo a los archivos del departamento del sheriff. Para tratarse de expedientes de asesinatos, eran bastante finos y revelaban poca cosa. También solicitó con insistencia la ayuda de la policía estatal, pero solo le confirmaron lo que ya esperaba oír: que el condado de Harrison era dominio de Lorzas Bowman y el Estado prefería evitarlo. El FBI tampoco había intervenido. Los asesinatos, así como una plétora de actividades delictivas de todo tipo, comprometían leyes estatales, no federales.

A Egan le inquietaba especialmente el asesinato de Dusty Cromwell. Su muerte no era una gran pérdida para la sociedad, pero lo habían matado de una forma que le resultaba mortificante. Le habían disparado en una playa pública, durante una tarde cálida y soleada, a menos de un kilómetro y medio del faro de Biloxi. Al menos una decena de testigos oyó el estrépito del disparo del rifle, aunque nadie vio al pistolero. Una familia —madre, padre y dos hijos— estaba a menos de doce metros de Dusty cuando le volaron media cabeza y vieron la carnicería mientras su novia gritaba pidiendo ayuda.

El expediente del departamento del sheriff contenía un montón de fotografías cruentas, además del informe de la autopsia, que concluía lo obvio. Los testigos firmaron declaraciones en las que relataban lo que habían visto, que era poco más que un hombre muerto al instante por el impacto de un único balazo en la cabeza. Una breve biografía de Cromwell enumeraba las peripecias de un matón con un pasado turbio y tres condenas por delitos graves. Era el dueño del Surf Club y, cuando le quemaron el local hasta los cimientos, juró vengarse de Lance Malco, Ginger Redfield y demás, aunque a los «demás» no se los nombraba. En resumen, Dusty se las había ingeniado para ganarse unos cuantos enemigos temibles a lo largo de su corta carrera como mafioso.

Jesse estaba convencido de que quien se encontraba detrás del asesinato era Lance Malco. Egan estaba de acuerdo y la teoría de ambos, aunque más bien habría que llamarla «especulación», era que Lance había recurrido a Mike Savage, un conocido pirómano, para incendiar el Surf Club. Cromwell se vengó matando al susodicho y cortándole una oreja. Después contrató a alguien para que eliminara a Lance y el golpe fue casi un éxito. La bala que llevaba el nombre de Malco falló por poco, le destrozó el parabrisas y a Nevin Noll y a él les llovieron las esquirlas de cristal. Convencido de que su vida corría peligro, Lance contrató a un asesino a sueldo para que se encargara de Dusty.

Era una historia interesante y bastante verosímil, pero para la que carecían por completo de pruebas.

La legislación estatal sobre la pena de muerte convertía el asesinato por encargo en un delito capital, castigado con la muerte en la cámara de gas de la cárcel de Parchman. Lance y su banda habían matado a varios hombres y no tenían motivo para dejar de hacerlo. Habían demostrado que eran inmunes a las acusaciones. El único al que habían acusado y detenido era a Nevin Noll. Hacía diez años, lo juzgaron por el asesinato de Earl Fortier en Pascagoula, pero quedó en libertad porque el jurado lo declaró inocente.

Como fiscal de distrito, Jesse había jurado cumplir con el deber de perseguir todos los delitos graves, con independencia de quién los hubiera cometido o de lo despreciable que hubiera sido la víctima. No les tenía miedo ni a Lance Malco ni a sus matones y los acusaría a todos en cuanto tuviera pruebas para hacerlo. Pero encontrarlas parecía imposible.

Sin ningún tipo de ayuda por parte de la policía, Jesse decidió ensuciarse las manos. Los delincuentes a los que perseguía participaban en un juego mortal sin reglas ni conciencia. Para atrapar a un ladrón, necesitaba contratar a otro.

La mula se llamaba Haley Stofer. Iba conduciendo con cuidado por la autopista 90, respetando todas las leyes de circulación, cuando de repente se topó de bruces con un control de carretera justo al oeste de Bay St. Louis. El sheriff del condado de Hancock había recibido un chivatazo y quería charlar con él. Le encontraron más de treinta y cinco kilos de marihuana en el maletero. Según el informante, Stofer trabajaba para un traficante de Nueva Orleans y se dirigía a Mobile. Durante su segundo día en la cárcel del condado, el abogado del detenido le comunicó que se enfrentaba a treinta años de cárcel.

Jesse informó al susodicho de que exigiría la pena máxima y de que no habría acuerdo. La droga entraba a raudales desde Sudamérica, todo el mundo estaba alarmado. Se estaban aprobando leyes muy duras. Había que actuar con severidad para proteger a la sociedad.

Stofer tenía veintisiete años, era soltero y ni siquiera era capaz de concebir la posibilidad de pasarse las tres décadas siguientes entre rejas. Ya había cumplido tres años de condena en Luisiana por robar coches y prefería la vida en el exterior. Durante un mes esperó sentado en una calurosa celda a que se produjera algún movimiento en su caso. Los traficantes de Nueva Orleans le pagaron un abogado que no hizo mucho más que advertirle que mantuviera la boca cerrada si no quería pagar las consecuencias. Pasó otro mes y seguía callado.

Un día, le sorprendió que lo esposaran y se lo llevaran a la sala pequeña y estrecha en la que los presos se reunían con sus letrados. Quien estaba esperándolo no era su abogado, sino el fiscal de distrito. Habían intercambiado una breve mirada furibunda en el juzgado durante la vista preliminar.

—¿Tienes unos minutos? —le preguntó Jesse.

—Supongo. ¿Dónde está mi abogado?

—No lo sé. ¿Un cigarrillo?

—No, gracias.

Él se encendió uno; no parecía tener prisa.

—El gran jurado se reúne mañana y te acusará de todos esos cargos de los que hablamos en el juzgado.

—Sí, señor.

—Puedes declararte culpable o ir a juicio, aunque en realidad no importa, porque van a caerte treinta años de todas formas.

—Sí, señor.

—¿Conoces a alguien que haya cumplido condena en la cárcel de Parchman?

—Sí, señor. En Angola conocí a un tipo que había cumplido condena allí.

—Estoy convencido de que se alegró de salir de allí.

—Sí, señor. Me dijo que es el peor sitio del país.

—No me imagino cómo debe de ser pasar treinta años ahí dentro, ¿tú sí?

—Mire, señor Rudy, si está pensando en ofrecerme algún tipo de trato en el que me quita unos cuantos años de condena a cambio de que delate a mis colegas, la respuesta es no. Da igual dónde me envíe: me degollarán en menos de dos años. Yo los conozco. Usted no.

—No, para nada. Estaba pensando en otra banda. Y en un trato distinto que no conlleva ningún tiempo entre rejas. Cero. Sales y no vuelves a mirar atrás.

Stofer se miró los pies y luego levantó la vista hacia Jesse, con el ceño fruncido.

—Vale, no entiendo nada.

—¿Pasas a menudo por Biloxi?

—Sí, señor. Estaba en mi ruta.

—¿Has parado alguna vez en los clubes nocturnos?

—Claro. Cerveza fría y muchas chicas.

—Bueno, esos clubes los gestiona una banda de delincuentes. ¿Has oído hablar de la mafia Dixie?

—Sí. Corrían historias sobre ellos en la cárcel, pero no sé gran cosa.

—Es una especie de grupo de chicos malos que forman una banda no muy organizada. Empezaron a actuar por aquí hace veinte años y, con el tiempo, se hicieron con el negocio de los clubes, donde ofrecían alcohol, juego, chicas e incluso drogas. Y así siguen. Camille los echó a todos, pero volvieron enseguida. Gánsteres, ladrones, proxenetas, delincuentes, pirómanos... Hasta tienen sus propios sicarios. Han dejado un montón de cadáveres a sus espaldas.

—¿Adónde quiere ir a parar con todo esto?

—Quiero que vayas a trabajar para ellos.

—Parecen un grupo encantador.

—Tanto como tus narcotraficantes.

—Con antecedentes penales me resulta difícil encontrar trabajo, señor Rudy. Lo he intentado.

—Eso no es excusa para traficar con drogas.

—No estoy poniendo excusas. ¿Por qué iba a querer trabajar para esos chicos?

—Para no pasar treinta años en la cárcel. En realidad no tienes opción.

Stofer se pasó los dedos por la melena espesa, que le llegaba hasta los hombros.

—¿Sigue en pie lo del cigarrillo? —Jesse le dio uno y se lo encendió—. Yo creo que mi abogado debería estar presente —comentó.

—Despídelo. No puedo confiar en él. Nadie conoce la existencia de este trato, Stofer. Solo nosotros dos. Deshazte de tu abogado o lo fastidiará todo.

El acusado se vació los pulmones expulsando nubes de humo azul por ambas fosas nasales. Soltó el resto por la boca y dijo:

—A mí tampoco me cae muy bien.

—Es un canalla.

—Tengo que pensármelo, señor Rudy. Es un poco abrumador.

—Tienes veinticuatro horas. Volveré mañana y leeremos la acusación juntos, aunque imagino que ya sabes lo que te espera.

—Sí, señor.

Al día siguiente, sentados a la misma mesa, Jesse le pasó a Stofer los documentos de la acusación. Los leyó despacio; el dolor se hizo evidente en la expresión de su rostro. Treinta años era algo inconcebible. Nadie sobrevivía tres décadas en Parchman.

Cuando terminó, dejó los papeles sobre la mesa y preguntó:

—¿Tiene un cigarrillo?

Ambos se encendieron uno. Jesse le echó un vistazo a su reloj de pulsera como si tuviera mejores cosas que hacer.

—¿Sí o no?

—No tengo elección, ¿verdad?

—Lo cierto es que no. Despide a tu abogado y nos pondremos a trabajar.

—Ya lo he despedido.

Jesse sonrió y dijo:

—Una jugada inteligente. Cogeré esta acusación y la esconderé en un cajón. Puede que no volvamos a verla nunca. Si metes la pata o me das una puñalada trapera, se acabó. Si te haces el listillo y te escapas, hay un 80 por ciento de probabilidades de que terminen cogiéndote. Añadiré diez años y te garantizo ahora mismo que cumplirás hasta el último minuto de una condena de cuarenta años, con trabajos forzados.

—No voy a escaparme.

—Buen chico. —Jesse se agachó, cogió una bolsa de la compra no muy grande y la dejó sobre la mesa—. Tus cosas. Las llaves del coche, la cartera, el reloj de pulsera y casi doscientos dólares en metálico. Vete a Biloxi, instálate, pásate por un par de garitos, el Red Velvet y el Foxy's, y que te den trabajo.

—¿Haciendo qué?

—Lavar los platos, barrer el suelo, hacer las camas…, me da igual. Curra mucho, escucha aún más y ten cuidado con lo que dices. Intenta que te asciendan a camarero. Son los que lo ven y lo oyen todo.

—¿Cuál es mi tapadera?

—No la necesitas. Eres Haley Stofer, veintisiete años, de Gretna, Luisiana. Un chaval de Nueva Orleans. Buscas trabajo. Tienes antecedentes penales, algo que admirarán. No te importa ensuciarte las manos.

—¿Y qué estoy buscando?

—Solo un empleo. Una vez dentro, mantén la cabeza baja y el oído aguzado. Eres un delincuente, Stofer, te las apañarás.

—¿Cómo le informo?

—Mi despacho está en el primer piso del juzgado del condado de Harrison, en Biloxi. Preséntate allí a las ocho en punto de la mañana el primer y el tercer lunes de cada mes. No llames con antelación. No le digas a nadie adónde vas. Tampoco digas en la oficina quién eres. Te estaré esperando y nos tomaremos un café.

—¿Y qué pasa con el sheriff que me arrestó?

—Tú arranca el coche y no mires atrás. Le he puesto una excusa. De momento no nos dará problemas.

—Supongo que debería darle las gracias, señor Rudy.

—Todavía no. Nunca olvides, Stofer, que estos tipos te matarían sin dudarlo. No bajes la guardia en ningún momento.

27

En mayo de 1973, Jesse y Agnes, junto con sus dos hijas, Laura y Beverly, hicieron el trayecto de seis horas en coche que separaba Biloxi de Oxford para disfrutar de un fin de semana de celebración. Keith se graduaba con honores en Derecho en la Ole Miss y la familia estaba justamente orgullosa. Como en la mayoría de las promociones, los mejores estudiantes se marcharían a las grandes ciudades —Jackson, Memphis, Nueva Orleans o puede que incluso Atlanta— para trabajar por horas en los grandes bufetes que representaban a empresas. Los de segundo nivel solían quedarse en el estado y trabajar en bufetes más pequeños especializados en materia de seguros. La mayoría de los graduados volvían a casa, donde se incorporaban al bufete familiar, conocían a alguien con un despacho en la plaza del juzgado o tenían el valor de establecerse por su cuenta y se declaraban dispuestos a demandar.

Keith tenía claro adónde iría desde el primer día de clase, así que no se había tomado la molestia de hacer una sola entrevista. Le encantaba Biloxi, idolatraba a su padre y le entusiasmaba la idea de ayudar a transformar Rudy & Pettigrew en un bufete importante en la zona de la costa. Había estudiado mucho, al menos durante los dos primeros años, porque el derecho lo fascinaba. Durante el tercer curso, sin embargo, se enamoró de una morena llamada Ainsley que le resultó mucho más interesante. La chica solo tenía veinte años, era más joven que Laura y Beverly, y aún le quedaban dos años más de universidad, así que ni Keith ni ella tenían muchas ganas de vivir una relación a distancia.

La graduación de primavera era una época de reuniones de las clases de la facultad de Derecho, de reencuentros de antiguos alumnos, conferencias judiciales, sesiones del comité del colegio de abogados y fiestas y cenas. Los juristas atascaban el campus y la ciudad. Como Jesse no había asistido a la Ole Miss, sino que había seguido la ruta de la escuela nocturna de Loyola, bastante más ardua, se sentía un poco fuera de lugar. Sin embargo, le sorprendió gratamente el número de jueces y abogados que reconocieron su nombre y quisieron estrecharle la mano. Apenas llevaba año y medio en el cargo y había recibido más atención de la que pensaba.

Mientras se tomaban unas copas, varios abogados bromearon con él sobre el tema de la limpieza de la costa. «No te hagas demasiadas ilusiones», le decían con expresión seria. Llevaban años disfrutando de escapadas de una o dos noches hasta allí para pasárselo en grande. Jesse les reía las gracias, más decidido que nunca a reanudar su guerra.

Tras la ceremoniosa entrega de la toga y el birrete el domingo, llegó el momento de las cámaras. En todas las fotos que Keith se sacó con su familia y amigos, Ainsley aparecía a su lado.

En el camino de vuelta a casa, Jesse y Agnes estaban convencidos de que acababan de pasar el fin de semana con su futura nuera. A Laura le parecía una chica adorable. A Beverly le divertía lo prendado que estaba su hermano. Era su primera relación seria y se había enamorado hasta la médula.

Cuando Joshua Burch por fin llegó al final de su impresionante lista de tácticas dilatorias, y cuando el juez Nelson Oliphant por fin se hartó de dichas tácticas, el asunto de «El Estado de Mississippi contra Ginger Eileen Redfield» quedó visto para sentencia. A Jesse se le había agotado la paciencia hacía meses y apenas se hablaba con el señor Burch, aunque consideraba poco profesional discutir y ponerles mala cara a los abogados contrarios. Como fiscal de distrito y representante del Estado, su deber era, como mínimo, esforzarse por comportarse mejor que los demás.

Un miércoles por la tarde, el juez Oliphant convocó a los señores Rudy y Burch en su despacho y les entregó la lista de posibles jurados que el secretario del distrito y él acababan de recopilar. Contenía sesenta nombres, todos de votantes registrados en el condado de Harrison. Plenamente consciente de los antecedentes de la acusada en los bajos fondos y de la gentuza con la que se relacionaba, al juez Oliphant le preocupaba proteger a sus jurados potenciales de «influencias externas». Les soltó un sermón a ambos abogados sobre los inconvenientes de intentar manipular al jurado y los amenazó con duras sanciones si le llegaban rumores de cualquier tipo de contacto indebido. Jesse se tomó el sermón con filosofía, porque sabía que él no era el destinatario. Burch también lo asimiló sin objeciones. Sabía que Ginger y los de su calaña eran capaces de cualquier cosa. Prometió advertirla.

Dos horas más tarde, el sheriff adjunto Kilgore aparcó detrás del Red Velvet, entró por una infame puerta amarilla que quedaba medio escondida detrás de unos contenedores de mercancías viejos y se dirigió a toda prisa al despacho de Malco.

Después de Camille habían querido reconstruir el local tan deprisa que el contratista leyó mal los planos e instaló una puerta que no era necesaria. Sin embargo, había demostrado tener un gran valor, puesto que se había convertido en el pasadizo secreto de los hombres de bien que no querían que se los viera entrando y saliendo por la puerta delantera del club. Para visitar a sus chicas favoritas, aparcaban en la parte de atrás y franqueaban la puerta amarilla.

Kilgore arrojó una copia de la lista del jurado sobre el escritorio de Lance.

—Sesenta nombres. Lorzas dice que conoce al menos a la mitad.

Malco la cogió y estudió todos los nombres sin decir palabra. Era un hombre de negocios discreto, por lo que evitaba los actos públicos y rara vez se esforzaba por relacionarse con extraños. Hacía tiempo que había aceptado la realidad de que la mayoría de la gente lo consideraba un hombre turbio y deshonesto, y le daba igual siempre y cuando el dinero continuara entrando a espuertas. Era más rico que casi cualquier otra persona de la costa. El único evento al que asistía era la misa de los domingos.

Marcó seis nombres que le sonaban de algo.

Kilgore reconoció a quince.

—Ostras, llevo viviendo aquí más de cuarenta años y creo que conozco a mucha gente —dijo—, pero cada vez que recibo una de estas listas de jurados me siento como un extraño.

Mientras Joshua Burch insistía en sus maniobras y retrasos, tanto él como Lance y Ginger se habían convencido de que aquel juicio era un enfrentamiento crucial con Jesse Rudy. El fiscal ya había ganado el caso de perjuicio por prostitución, aunque habían apelado y el Carousel estaba más concurrido que nunca. Aun así suponía una gran victoria para él, sobre todo si el Tribunal Supremo de Mississippi confirmaba la sentencia del juez de equidad y obligaba a cerrar el club. Una condena penal por regentar un burdel acabaría con Ginger entre rejas, todos sus clubes cerrados y Rudy envalentonado para utilizar la misma ley para acusar y procesar a otros.

Aunque los propietarios de los clubes nocturnos eran una banda desorganizada y heterogénea de maleantes que competían entre sí, se despreciaban mutuamente y a menudo se peleaban, había momentos en los que Lance era capaz de imponer cierto respeto y conseguir que los demás lo siguieran por su propio bien. El juicio de Ginger Redfield fue uno de esos momentos.

Repartieron copias de la lista. A las nueve de la noche de aquel mismo día, los dueños de todos y cada uno de los clubes nocturnos, bares, salones de billar y locales de estriptis tenían el documento y ya estaban haciendo averiguaciones sobre los nombres.

Los dos primeros testigos a los que el Estado llamó al estrado fueron Chuck Armstrong y Dennis Greenleaf, los dos mismos policías de paisano que habían testificado en el caso de perjuicio público hacía diez meses. Fueron al Carousel, invitaron a una copa a Marlene y a otra chica, siguieron pidiendo bebidas y luego negociaron el precio de una visita al piso de arriba. Se fijaron en que más camareras se dedicaban a captar clientes y en que había bastante gente entrando y saliendo del bar. También vieron a varios hombres haciendo lo mismo que ellos, aunque los otros sí terminaron yéndose con las chicas.

Joshua Burch ya había interrogado a ambos testigos en el otro juicio y Jesse Rudy los había preparado a fondo. No perdieron la calma y se mantuvieron firmes y profesionales cuando el otro los acusó de solicitar servicios sexuales y de intentar llevar a las jóvenes por el mal camino.

Jesse estuvo atento al jurado mientras Burch se alejaba. Ocho hombres, cuatro mujeres, todos blancos. Tres baptistas, tres católicos, dos metodistas, dos pentecostales y dos pecadores descarados que decían no tener ningún tipo de afiliación religiosa. A la mayoría de ellos parecía hacerles gracia la excesivamente teatral insinuación de que los agentes estaban corrompiendo a las ingenuas camareras. No había nadie en ciento cincuenta kilómetros a la redonda del juzgado que no conociera la reputación de los clubes nocturnos. Llevaban años oyendo aquellas historias.

La tarea de Keith consistía en tomar notas, observar a los miembros del jurado e intentar estar atento al público que tenía detrás. La sala estaba llena solo a medias y no vio a ningún otro propietario de clubes. Sin embargo, durante el testimonio de Greenleaf, echó un breve vistazo a su alrededor y se sorprendió al ver a Hugh Malco sentado en la última fila. Intercambiaron una mirada y luego ambos la apartaron con indiferencia, como si a ninguno de los dos le importara lo que estuviese haciendo el otro. Hugh llevaba el pelo más largo y se estaba dejando bigote. Parecía más corpulento y Keith pensó que se debía al consumo excesivo de cerveza en los salones de billar. Había pasado mucho tiempo desde 1960 y sus años de gloria como estrellas del béisbol. La división entre ambos era profunda y permanente.

Pero, a pesar de lo distintas que habían sido sus respectivas trayectorias, Keith, aunque solo fuera por un segundo, sintió nostalgia por su viejo amigo.

Tras el descanso matutino, Jesse llamó al estrado a otros dos agentes y su testimonio fue similar al de los dos primeros. De nuevo las mismas rutinas de captación de clientes, pero con chicas distintas, y las mismas promesas de sexo a cincuenta dólares la media hora, el doble por sesenta minutos.

Mientras Burch se entregaba a otra de sus interpretaciones teatrales en su turno de preguntas, Jesse tomaba notas y observaba a los miembros del jurado. El número ocho era un hombre llamado Nunzio, de cuarenta y tres años, presunto metodista, que parecía totalmente ajeno al juicio; tenía la extraña costumbre de mirar al techo o hacia sus zapatos.

Keith, que no quería perderse ni un segundo de aquel juicio tan emocionante, estaba sentado en una silla junto a la barandilla, detrás de su padre. Le pasó una nota que decía: «Número 8, Nunzio, no escucha, actúa raro. ¿Habrá tomado ya una decisión?».

Comieron un sándwich rápido en la sala de reuniones del bufete. A Egan Clement le preocupaba el jurado número tres, el señor Dewey, un anciano propenso a echar cabezadas. Al menos la mitad de los miembros del jurado, sobre todo los baptistas y los pentecostales, estaban de acuerdo y ansiosos por asestar un golpe a favor de la vida honesta. Las intenciones de la otra mitad eran más difíciles de interpretar.

Por la tarde, Jesse concluyó el caso del Estado con los dos agentes encubiertos restantes. Su testimonio se diferenció poco del de los cuatro primeros y, para cuando Burch terminó de hostigarlos, las palabras «prostituta» y «prostitución» se habían empleado tantas veces que apenas quedaban dudas acerca de que el club nocturno de la acusada era poco más que un burdel al uso.

A las tres de la tarde, el Estado anunció que no llamaría a nadie más al estrado. Joshua Burch citó de inmediato a su testigo estrella. Cuando Marlene ocupó su asiento y juró decir la verdad, lucía un aspecto menos atractivo que nunca. Su verdadero nombre era Marlene Hitchcock, tenía veinticuatro años y en aquellos momentos residía en Prattville, Alabama. Llevaba un vestido holgado de algodón que le cubría hasta el último centímetro del pecho y le llegaba por debajo de las rodillas. Iba calzada con unas sandalias sencillas, como las que podría llevar su abuela. No se había aplicado ni una gota de maquillaje en la cara, solo una ligera capa de brillo rosa en los labios. Nunca había tenido que usar gafas, pero Burch le había buscado un par y, con aquella montura redonda, podría haberse hecho pasar por bibliotecaria escolar.

Ahora que habían terminado de declarar, Chuck Armstrong y Dennis Greenleaf se habían sentado en la tercera fila a ver el juicio y apenas la reconocieron.

En un intercambio ensayado con esmero, Burch la guio a través de un testimonio que revelaba una vida dura: obligada a abandonar el instituto, un primer matrimonio con un auténtico fracasado, empleos mal pagados…, hasta que, cuatro años antes, había llegado a Biloxi y encontrado trabajo sirviendo copas en el Carousel. Nunca (1) había ofrecido servicios sexuales, (2) ni le había propuesto mantener relaciones a un cliente, (3) ni había visto prostituirse a otras chicas (4) ni había oído hablar de que en el piso de arriba hubiera habitaciones para mantener relaciones sexuales, etcétera. Negó en redondo, y con gran elegancia, que en el Carousel se establecieran conversaciones en torno a ningún tipo de actividad sexual. Admiraba mucho a la «señorita Ginger» y le gustaba trabajar para ella.

Su testimonio era tan descaradamente falso que apenas resultaba creíble. Ningún ser humano decente prestaría juramento, nada menos que sobre una biblia, para luego lanzarse a mentir con tal desenfreno.

Jesse empezó su turno de preguntas en tono agradable, comentando las aventuras de Marlene con las nóminas. La chica reconoció que trabajaba solo a cambio de las propinas y que no declaraba sus ingresos. Así no había deducciones por cosas tan inoportunas como los impuestos, las retenciones para la seguridad social o el seguro de desempleo. De repente se echó a llorar al describir lo mucho que le costaba ganar y ahorrar unos cuantos dólares para enviárselos a su madre, que estaba criando a la hija de Marlene, una niña de tres años.

Si Rudy quería ganar puntos al presentarla como una defraudadora fiscal, había fallado. Los miembros del jurado, sobre todo los hombres, parecían enternecidos. Incluso vestida de aquel modo y con la cara lavada, era una mujer guapa a la que le brillaban los ojos cuando no lloraba. Los hombres de la tribuna del jurado le estaban prestando atención.

Jesse pasó al tema del sexo, pero no llegó a ninguna parte. Ella negó con rotundidad cualquier insinuación de que se dedicara a ese negocio. Cuando el abogado insistió demasiado, Marlene sobresaltó a todo el mundo al espetarle: «¡No soy prostituta, señor Rudy!».

El fiscal no sabía muy bien cómo tratarla. Al fin y al cabo, el asunto era bastante delicado. ¿Cómo se cuestiona la vida sexual de otra persona en una audiencia pública?

Burch olió su debilidad y atacó sin dudarlo. Llamó a cinco testigos consecutivos: las cinco camareras a las que los agentes de paisano habían acusado, las mismas que habían desaparecido de la costa durante el juicio anterior. Las subió al estrado. Nada de ropa ajustada, ni de faldas cortas, ni de melenas cardadas, ni de rímel, ni de tintes rubios blanquecinos, ni de joyas ni de tacones llamativos de fulana. Las seis, en conjunto, podrían haberse hecho pasar por un coro de chicas jóvenes durante la reunión de oración del miércoles por la noche.

Todas cantaron las alabanzas de la señorita Ginger y de lo buenísima jefa que era. Gestionaba el club con mano de hierro, no toleraba a los borrachos ni a los alborotadores y protegía a sus chicas. Sí, desde luego: algunas, las estríperes, subían al escenario a hacer sus cosas. Eran el gancho, las chicas a las que ellos iban a ver. Pero eran intocables y eso formaba parte del atractivo.

Dos de las camareras reconocieron haber tenido citas con clientes, pero solo fuera del trabajo. Era otra de las muchas reglas de la señorita Ginger. Una de las relaciones duró varios meses.

Las cuatro mujeres del jurado se dieron cuenta enseguida de la farsa y perdieron el interés. La postura de los hombres era más difícil de adivinar. A Joe Nunzio le había caído bien Marlene, pero no había tardado en volver a centrarse en sus zapatos. El señor Dewey se había pasado la mayor parte del testimonio anterior dormitando, pero las chicas sí le habían llamado la atención y había escuchado hasta la última palabra.

Hacia el mediodía del segundo día, Burch ya había presentado el Carousel como un lugar casi apto para niños, con diversión sana para toda la familia.

Después de comer continuó su defensa con más de lo mismo. Presentó a cuatro mujeres más que ofrecieron un testimonio similar. Solo eran chicas que trabajaban mucho y servían copas, que intentaban ganarse la vida. Su testimonio no podía verificarse. Como no existían registros, podían decir lo que les viniera en gana y Jesse no podía hacer nada al respecto. Intentó averiguar su nombre, dirección actual, edad y fecha de inicio de empleo, pero hasta eso era difícil.

Durante un largo receso vespertino, el juez Oliphant le sugirió a Burch que quizá ya hubieran oído bastante. El abogado de la defensa le contestó que tenía más testigos, más camareras, pero estuvo de acuerdo en que los miembros del jurado empezaban a cansarse.

—¿Subirá la acusada al estrado? —preguntó Oliphant.

—No, señor, no va a declarar.

Aunque Jesse se moría de ganas de someter a Ginger a un largo interrogatorio, la respuesta de Burch no le sorprendió. Durante el juicio anterior, la acusada se había mostrado serena y tranquila en el estrado, pero Jesse no había ahondado en su pasado en su turno de preguntas. Con un jurado mirando, estaba convencido de que conseguiría ponerla nerviosa y engañarla para que diera una mala respuesta. Burch estaba lo suficientemente preocupado como para mantenerla alejada del estrado. Además, por lo general no era buena idea permitir que el acusado subiera a declarar.

El juez Oliphant tenía lumbalgia y estaba tomando medicamentos que a veces interferían con su estado de alerta, así que necesitaba un descanso. Levantó la sesión hasta la mañana siguiente.

El coche de Jesse estaba en el aparcamiento contiguo al juzgado y, cuando se acercaron a él, el fiscal vio que había algo metido debajo de uno de los limpiaparabrisas. Era un sobrecito blanco, sin ningún tipo de marca. Lo cogió y se sentó al volante mientras Egan ocupaba el asiento del copiloto. Keith, que seguía siendo el novato, se sentó en la parte de atrás. Su padre abrió el sobre y sacó una tarjetita blanca. Alguien había escrito: «Joe Nunzio ha recibido dos mil dólares en efectivo por votar no culpable».

Se la pasó a Egan, que la leyó y se la pasó a Keith por encima del hombro. Condujeron en silencio hasta el bufete, despejaron la sala de reuniones y cerraron la puerta.

La primera cuestión era si decírselo al juez Oliphant. La nota podía ser una broma, un montaje, un truco. Por supuesto, también podía ser verdad, pero, sin más pruebas, era poco probable que aquel hiciera gran cosa. Quizá interrogase a los miembros del jurado por separado e intentara interpretar el lenguaje corporal de Nunzio. Pero, si este había aceptado el dinero, lo más seguro sería que no confesara.

Como siempre, había dos jurados suplentes. Si recusaban al susodicho, el juicio seguiría adelante.

Jesse podía solicitar la nulidad del juicio, una jugada poco frecuente por parte del Estado. Si se la concedían, todo el mundo se iría a casa y el caso volvería a juzgarse en otro momento. No obstante, dudaba que el juez Oliphant le concediera una petición así. Los juicios nulos eran algo que solicitaban los abogados defensores, no los fiscales.

Tras dos horas de lluvia de ideas, decidió no hacer nada. El caso quedaría en manos del jurado a primera hora de la mañana siguiente y pronto sabrían si Nunzio tramaba algo y, en ese caso, qué.

Jesse comenzó su alegato final con una impactante condena de la acusada, la señorita Ginger, y su casa de mala reputación. Enfrentó el testimonio de seis dedicados agentes de la ley, que habían trabajado de incógnito y vestidos de paisano, con el de un verdadero desfile de mujeres de vida alegre que también se habían presentado ante el jurado vestidas de paisano. Imagínense qué aspecto tenían cuando les sacaban copas a los clientes y les ofrecían servicios sexuales.

Burch estuvo a la altura y arremetió contra los policías por colarse en el Carousel con la única intención de «entrampar» a las camareras para que se portaran mal. Sí, aquellas señoritas procedían de ambientes escabrosos y hogares rotos, pero no era culpa suya. Habían conseguido trabajo gracias a la bondad de su clienta, la señorita Ginger, que les pagaba un buen dinero por servir copas.

Mientras Burch se paseaba de un lado a otro como un actor de teatro veterano, Jesse observaba a los miembros del jurado. Era el único momento del juicio en el que podía estudiarlos a fondo sin preocuparse de que lo pillaran lanzándoles miradas furtivas. Joe Nunzio se había negado a establecer contacto visual con él durante su alegato final, pero no quitaba los ojos de Burch.

La mayoría votaría culpable, pero la ley exigía un veredicto unánime, ya fuera de culpabilidad o de inocencia. Cualquier otro resultado haría que el jurado se disolviera por falta de acuerdo y que, por lo tanto, el juicio se declarase nulo y se celebrara otro proceso unos meses más tarde.

El jurado se retiró a deliberar poco antes de las once de la mañana y el juez Oliphant levantó la sesión hasta nueva orden. A las tres de la tarde, el secretario del juez se acercó al despacho de Jesse e informó de que aún no había veredicto. A las cinco y media mandaron a los miembros del jurado a casa a descansar hasta el día siguiente. No había indicios de hacia qué lado podrían decantarse.

A las nueve de la mañana, el juez Oliphant llamó al orden a la sala y le preguntó al presidente del jurado, el señor Threadgill, cómo iban las cosas. La expresión y el lenguaje corporal del hombre dejaron claro que no estaban pasándoselo bien precisamente. Su señoría los mandó de vuelta al trabajo y casi los regañó diciéndoles que esperaba un veredicto. La mañana transcurrió sin noticias procedentes de la sala del jurado. Cuando el juez levantó la sesión para comer, les pidió a los abogados que se reunieran con él en su despacho. En cuanto se sentaron, le hizo un gesto con la cabeza al alguacil, que abrió la puerta y acompañó al señor Threadgill al interior de la estancia. El juez le pidió con amabilidad que tomara asiento.

—Entiendo que no han avanzado mucho.

El hombre negó con la cabeza y puso cara de frustración.

—No, señor. Me temo que hemos llegado a un callejón sin salida.

—¿Cómo va el recuento?

—Nueve a tres. Llevamos así desde ayer por la tarde y nadie da su brazo a torcer. Estamos perdiendo el tiempo, el nuestro y supongo que también el suyo. Lo siento, señor juez, pero no hay manera.

Oliphant respiró hondo y exhaló ruidosamente. Como todos los jueces, odiaba los juicios nulos, puesto que no eran sino puros fracasos que daban al traste con cientos de horas de trabajo y obligaban a empezar de cero otra vez. Miró al señor Threadgill y dijo:

—Gracias. ¿Por qué no va a comer y retomamos la sesión a la una y media?

—Sí, señor.

A dicha hora, un alguacil acompañó al jurado una vez más hasta la sala del tribunal. El juez Oliphant se dirigió a ellos:

—Me han informado de que han llegado a un punto muerto y no avanzan. Voy a hacerles la misma pregunta a cada uno de ustedes y no quiero más que un sí o un no por respuesta. Solo eso. Jurado número uno, señora Barnes, ¿cree que este jurado es capaz de llegar a una decisión unánime sobre este asunto?

—No, señor —respondió la mujer sin vacilar.

Nadie dudó y, en este caso, la respuesta sí fue unánime: sería una pérdida de tiempo invertir más esfuerzo.

El juez Oliphant se rindió a la evidencia y dijo:

—Gracias. No tengo más remedio que declarar el juicio nulo. Señor Rudy y señor Burch, tienen quince días para presentar mociones posteriores al juicio. Se levanta la sesión.

28

Dos días después de la anulación del juicio, Jesse solicitó una reunión con el juez Oliphant. Ambos tenían el despacho en la misma planta, el uno a sesenta metros del otro, con la sala del tribunal en el medio, y se veían a menudo, aunque evitaban dar la impresión de ser demasiado amigos. La mayoría de las citas se concertaban a través de sus respectivos secretarios y se anotaban en la agenda. Lo que más les gustaba era tomarse un burbon o dos los viernes por la tarde, cuando los demás ya se habían marchado para empezar el fin de semana.

El juez sirvió dos tazas de café solo y después Jesse le entregó la nota que se había encontrado en el parabrisas. Al juez se le formaron unas arrugas largas y gruesas en la frente y pronunció estas palabras al menos tres veces:

—¿Por qué no me lo habías dicho?

—Me lo planteé, pero no sabía muy bien qué hacer. Pensé que hasta podía ser una broma.

—Me temo que no.

Oliphant le devolvió la nota y miró la mesa con el ceño fruncido.

—¿Qué sabes?

—Hablé con el alguacil, como hago siempre. Oyen de todo. Joe Nunzio se oponía con firmeza a la condena y, ya durante el juicio, iba anunciándolo a los cuatro vientos en los descansos. Se le advirtió que guardara silencio hasta las deliberaciones, pero dejó clara su opinión de que la acusación estaba siendo injusta con Ginger. Decía que jamás votaría culpable y consiguió convencer a otros dos para que le siguieran la corriente.

—¿O sea que aceptó dinero?

—Es más que probable. —El juez se frotó el pelo, cada vez más ralo; estaba casi pálido—. No doy crédito, Jesse. Llevo casi treinta años en el cargo y nunca había visto algo así.

—Los casos de manipulación de jurado son escasos, señor juez, pero ocurren. No debería sorprendernos, teniendo en cuenta el número de delincuentes que rondan por aquí. El problema es demostrarlo.

—¿Tienes algún plan?

—Sí. No presionaré para que el juicio vuelva a celebrarse hasta que el Tribunal Supremo decida el caso de perjuicio público. Si ganamos, perseguiré a Ginger hasta volver a meterla a rastras en la sala del tribunal ante un jurado. Entretanto, le daré un buen susto a Joe Nunzio.

—Los otros dos fueron Paul Dewey y Chick Hutchinson. Pero yo no te lo he dicho.

—Como siempre, señoría, usted no me ha contado nada.

La anulación del juicio calmó el Strip como un buen gin martini. El Carousel seguía abierto. Ginger había triunfado en el juzgado, había salido libre como un pájaro y volvía a estar sentada a su escritorio. El famoso fiscal de distrito, con todas sus promesas grandilocuentes, estaba perdiendo fuelle; no era más que otro reformista que se apagaba.

Al cabo de pocos días, las chicas volvieron a ofrecer sus servicios en los clubes nocturnos, aunque solo a los socios.

Stofer informó a Jesse de que, en cuanto terminó el juicio, fue como si alguien hubiera accionado un interruptor y se hubiese desatado la euforia. Le habían llegado rumores de que otros clubes habían instalado máquinas tragaperras y mesas y reabierto discretamente sus casinos.

Stofer llevaba tres meses en el Red Velvet y empezaba a encontrar su sitio. Había empezado como limpiador, con la desagradable tarea de presentarse todas las mañanas al amanecer para barrer y fregar las pistas de baile, pasar la bayeta por las mesas y las sillas y recoger las botellas rotas y las latas vacías. Hacía turnos de diez horas, seis días a la semana, y se marchaba todas las tardes antes de que empezara el ajetreo de la *happy hour*. No faltaba ni un solo día, nunca llegaba tarde a trabajar y hablaba poco, pero oía todo lo que podía. Al cabo de un mes, lo trasladaron a la cocina: se les habían marchado dos cocineros y necesitaban ayuda.

Le pagaban en efectivo y, que él supiera, su puesto de trabajo no figuraba en ningún tipo de registro. El encargado le había preguntado si tenía antecedentes penales y él le había contestado que sí, por robar coches. El hombre no había mostrado ni la más mínima preocupación por ello, pero le había advertido que no se acercara a las cajas registradoras. Stofer mantenía la cabeza gacha, no se metía en líos y trabajaba horas extra cada vez que se lo pedían. Había encontrado un libro sobre coctelería en la biblioteca y se había aprendido de memoria todos los tipos de alcohol y todas las bebidas, aunque en el Foxy's esos conocimientos no solían ser necesarios. No hacía amigos en el trabajo y se mostraba reservado respecto a su vida personal.

No tenía chismes ni información privilegiada que compartir. Jesse estaba satisfecho con sus progresos y le dijo que siguiera así. Que, en cuanto le fuera posible, consiguiera que le dieran unas cuantas horas detrás de la barra, donde podría ver y oír mucho más.

Para su nuevo puesto, Gene Pettigrew se había vestido con unos pantalones chinos almidonados, una americana azul marino arrugada y unas botas vaqueras terminadas en punta, un conjunto que jamás se atrevería a probar en el bufete. En los cuatro años que llevaban como socios de Jesse, su hermano Gage y él habían trabajado en más salas de juzgado que la mayoría de los abogados menores de treinta años. Seguían peleando contra las compañías de seguros y, por lo general, ganando. Habían perfeccionado sus habilidades para los litigios y, con Rudy haciendo restallar el látigo desde su otro despacho, se estaban ganando la reputación de ser abogados capaces de defender sus casos con agresividad.

Ahora, sin embargo, Jesse necesitaba un favor, un pequeño trabajo encubierto.

Gene encontró a Joe Nunzio en la tienda de Gulfport donde trabajaba vendiendo piezas de automóvil. Estaba detrás del mostrador, comprobando una página del inventario, cuando el joven se acercó con una sonrisa y le dijo en voz baja:

—Soy del despacho del fiscal de distrito. ¿Tiene un minuto?

Le entregó una tarjeta de visita. Era nueva y tenía otro nombre, concebido para su nueva función. Gene no tenía formación de investigador, pero, a fin de cuentas, no podía ser un trabajo muy difícil. Jesse podía contratar a quien quisiera, pagarle las tarjetas de visita y otorgarle el título y el nombre que le apeteciera.

Nunzio miró a su alrededor, sonrió y preguntó:

—¿Qué pasa?

—Solo serán diez minutos.

—Bueno, ahora mismo estoy ocupado.

—Yo también. Mire, podemos salir y charlar un rato o, si lo prefiere, me paso esta noche por su casa. Es el ocho-uno-seis de Devon Street, ¿verdad? En Point.

Salieron y se situaron entre dos coches aparcados.

—¿A qué narices viene esto? —gruñó Nunzio.

—Relájese, ¿vale?

—¿Es policía o algo así?

—Más bien algo así. No, no soy policía. Trabajo de investigador para el fiscal de distrito, el señor Jesse Rudy.

—Sé quién es el fiscal de distrito.

—Bien, empezamos con buen pie. El juez y él… Recuerda al juez Oliphant, ¿verdad?

—Sí.

—Bueno, el fiscal de distrito y el juez tienen curiosidad por el veredicto de hace dos semanas en el caso de Ginger Redfield.

Sospechan que el jurado estaba manipulado. Entiende a qué me refiero, ¿no?

—¿Me está acusando de algo?

—No, no sea tan susceptible. Solo le he preguntado si entiende a qué me refiero con la locución «manipulación del jurado».

—Supongo.

—Es cuando alguien de fuera de la sala intenta influir en la decisión del jurado. Puede hacerse mediante amenazas, coerción, extorsión o el típico soborno de toda la vida. Es algo que ocurre de vez en cuando, ¿sabe? A veces una persona le ofrece algo a un jurado, como por ejemplo dos mil dólares en efectivo, para que vote inocente. Sé que cuesta creerlo, pero pasa. Y lo malo es que ambas partes son culpables. Tanto el que paga el soborno como el jurado que lo acepta. Diez años de cárcel y una multa de cinco mil dólares.

—Creo que me está acusando de algo.

Gene lo miró profundamente a los ojos inquietos y afligidos y le dijo:

—Pues yo creo que parece culpable. De todos modos, al señor Rudy le gustaría hablar con usted en su despacho, una reunión privada. Mañana después del trabajo. Está en el juzgado, en el mismo pasillo que la sala.

Nunzio respiró hondo y se le hundieron los hombros. Movió la mirada de un lado a otro con nerviosismo mientras intentaba pensar.

—¿Y si no quiero hablar con él?

—No pasa nada. Usted decide: o ir mañana o esperar hasta que convoque a su gran jurado. Los citará a usted y a su esposa y los obligará a presentar los registros bancarios, los contratos de trabajo… Todo, en realidad. Lo pondrá bajo juramento y le hará unas cuantas preguntas difíciles. Sabe lo que es el perjurio, ¿verdad?

—¿Otra acusación? Parece que voy a necesitar un abogado.

Gene se encogió de hombros como un auténtico listillo.

—Usted decide. Pero cuestan mucho dinero y meten bastante la pata. Vaya a hablar con el señor Rudy y luego ya se piensa lo del abogado. Gracias por su tiempo.

Se dio la vuelta y se alejó. Dejó tras de sí a un Nunzio confuso, asustado y con un montón de preguntas.

El farol continuó la tarde siguiente, cuando el susodicho se presentó sin abogado en las oficinas del fiscal de distrito. Jesse lo acompañó a su despacho, le dio las gracias por ir hasta allí y empezaron hablando de cosas sin importancia. El tono de la conversación cambió cuando Rudy dijo:

—El juez Oliphant ha recibido varios informes sobre la posible manipulación del jurado en el caso Redfield, así que tiene pensado entrevistarse con los miembros. Estoy seguro de que no tardará en llamarte.

Nunzio se encogió de hombros como si no tuviera nada de qué preocuparse.

—Tiene la sensación de que argumenté el caso más allá de toda duda razonable. Sin embargo, hubo tres jurados que no lo vieron así. A los otros nueve les parecía bastante claro.

—Creía que nuestras deliberaciones eran confidenciales.

—Sí, y siempre lo son. Hay que mantenerlas en secreto. Pero muchas veces se filtran cosas. Sabemos que Paul Dewey, Chick Hutchinson y tú votasteis inocente, algo que me resulta bastante inquietante teniendo en cuenta que los testimonios que se escucharon fueron apabullantes. Los tres hicisteis un gran trabajo bloqueando el veredicto del jurado. La pregunta es si Paul y Chick también recibieron dinero.

—¿De qué está hablando?

—Hablo de los dos mil dólares en efectivo que aceptaste a cambio de votar inocente. ¿Lo niegas?

—Qué puñetas, pues claro que lo niego. Se equivoca, señor Rudy. No acepté ningún dinero.

—Bien. Voy a llevarte ante el gran jurado y a preguntarte todo lo que se me ocurra al respecto. Habrás jurado decir la verdad. El perjurio conlleva una pena de diez años, Joe. La misma que manipular al jurado. Eso son veinte años en la cárcel de

Parchman, y el juez y yo te garantizamos que cumplirás hasta el último día.

—Usted está loco.

—Y además soy peligroso. Mira, Joe, has cometido un delito grave y lo sé. ¿Cómo se sentirá tu familia cuando te acuse de manipular al jurado?

—Necesito un abogado.

—Ve a contratar a uno. Tienes dinero para hacerlo. Aún te queda una parte. Pero has dejado rastro, Joe. La semana pasada te compraste una camioneta nueva en Shelton Ford, pagaste quinientos de entrada y financiaste el resto. Eso es un descuido importante, Joe.

—Comprarse una camioneta no tiene nada de malo.

—Es verdad. Así que no te acusaré de eso. De todas formas, los otros cargos me gustan más.

—No sé de qué está hablando.

—Claro que sí, Joe. Estoy usando palabras sencillas, nada de lenguaje complicado. Voy a acusarte de manipulación, y quizá también de perjurio, y te presionaré con todas mis fuerzas hasta que me digas de dónde salió el dinero. Eres un pez pequeño en un estanque grande, Joe, y yo quiero a los peces gordos. Quiero al hombre del dinero.

—¿Qué dinero?

—Tienes treinta días, Joe. Si pasado ese tiempo no hay acuerdo, oirás que llaman a tu puerta a las tres de la mañana y te entregarán una citación. Te estaré esperando en la sala del gran jurado.

29

Cuando concluyeron las sesiones de diciembre de 1973, el juez Oliphant aplazó todos los casos de sus dos listas hasta el año nuevo y se marchó a Florida a pasar una Navidad soleada. El ritmo de los tribunales se ralentizaba considerablemente durante las fiestas. Los secretarios de los juzgados decoraban los despachos y repartían dulces a todo el que pasaba por allí. Los empleados necesitaban más tiempo libre para ir de compras. Los abogados eran lo bastante listos como para saber que no debían solicitar ninguna audiencia; no había ni un solo juez por ningún sitio. Así que celebraban fiestas, un bufete tras otro, e invitaban a agentes de policía, personal de salvamento, conductores de ambulancias e incluso a algunos clientes. Esas reuniones solían ser ruidosas y escandalosas y no faltaba el alcohol de alta graduación.

En Rudy & Pettigrew, las cosas fueron más tranquilas: todos los trabajadores del despacho se reunieron para disfrutar de una comida por encargo e intercambiar regalos. Para Jesse y Agnes, fue un momento de orgullo, ya que sus cuatro hijos habían vuelto a casa para pasar las vacaciones. Keith llevaba siete meses ejerciendo la abogacía. Beverly había terminado los estudios y se estaba planteando el futuro. Laura se graduaría en la Universidad del Sur de Mississippi en primavera. Tim, el más pequeño, estaba dando la murga con trasladarse a una universidad del oeste. Estaba cansado de la playa y quería ver montañas. Sus hermanos mayores estaban cortados por el patrón de los Rudy:

disciplinados, motivados, ordenados y centrados. Tim era un espíritu libre, un inconformista, y sus padres no sabían muy bien qué hacer con él.

Desde que este se había marchado a estudiar hacía dos años, Agnes había asumido un papel más importante en el bufete. Era casi la socia gerente, aunque sin disponer de una licencia de abogada. Gestionaba a las secretarias y a los ayudantes a tiempo parcial. Vigilaba los expedientes y se aseguraba de que los papeles se archivaran puntualmente. Se encargaba de la mayor parte de la contabilidad y controlaba los honorarios y los gastos. De vez en cuando intervenía para arbitrar una disputa entre los abogados, pero ocurría en pocas ocasiones. Jesse y ella insistían en el buen comportamiento y las relaciones respetuosas y lo cierto era que los cuatro abogados jóvenes se llevaban bien entre ellos. No había celos ni envidia. Estaban construyendo un bufete y trabajando juntos.

El puesto de fiscal de distrito era a tiempo completo, pero una imprecisión de la ley permitía que la persona que ostentaba el cargo conservara su antiguo puesto siempre y cuando no se beneficiara de él. La norma era que el bufete no podía aceptar clientes con casos penales, ni siquiera los de borrachos y rateros que se dirimían en los tribunales municipales. Liberados de esa especialidad tan poco rentable, los cuatro jóvenes abogados se habían centrado en la parte civil y habían ganado clientela.

Jesse se pasaba por allí al menos dos veces por semana, aunque solo fuera para saquear los brownies y las galletas de la cocina. Además, le gustaba recordar a su ajetreado equipo que aquel seguía siendo su bufete, aunque nunca había habido ninguna duda al respecto. Pasaba unos minutos con Egan y con cada Pettigrew por separado y les preguntaba cómo iban sus casos. Con Keith hablaba a diario, así que los suyos ya los conocía. El bufete era como una familia y Jesse estaba decidido a que creciera y prosperase.

Disfrutaron de una comida navideña sin alcohol y se rieron a carcajadas con los regalos de broma que se hicieron. La fiesta terminó sobre las tres de la tarde entre abrazos y buenos deseos para las fiestas. Jesse se excusó y dijo que tenía que volver al otro despacho. ¿En serio? ¿Un viernes de diciembre por la tarde?

Se montó en el coche, condujo hasta el puerto de Biloxi y aparcó sobre el manto de conchas de ostra. Se puso el abrigo y esperó el ferry que lo llevaría a Ship Island. El trayecto de ida y vuelta hasta allí siempre le despejaba la mente y lo hacía tres o cuatro veces al año. El aire era fresco y el ambiente borrascoso intensificaba aún más el frío; durante un instante se planteó la posibilidad de que quizá hubieran anulado el servicio del transbordador. A él le gustaba el estrecho cuando el mar estaba un poco encrespado, recibir alguna que otra salpicadura de agua salada en la cara.

Subió a bordo del Pan American Clipper, saludó al capitán Pete, como hacía siempre, pasó ante una hilera de máquinas tragaperras y buscó un asiento en la cubierta superior, lejos de los demás pasajeros. Miró hacia el sur, hacia Ship Island, que aún no era visible. Era casi Navidad y hacía tiempo que los turistas se habían marchado. El ferry iba casi vacío. La bocina emitió un quejido largo y lúgubre y se alejaron del muelle. No tardaron en dejar atrás el puerto.

El primer mandato de Jesse estaba a punto de terminar y lo consideraba un fracaso. En su proyecto de limpiar la costa, apenas había arañado la superficie. La prostitución y el juego seguían abundando en los clubes. El tráfico de drogas iba en aumento. Los asesinatos sin resolver seguían irresolutos. Había ganado el caso de perjuicio público contra el Carousel, pero el club continuaba abierto y lleno hasta los topes. Llegó a creer que tenía a Ginger Redfield contra las cuerdas, pero se le había escapado. Sobornó al jurado que tenía que emitir su veredicto y Rudy se sentía responsable de haberlo permitido. El farol que se marcó con Joe Nunzio no había llegado a ninguna parte. Él no iba a confesar y Jesse no tenía pruebas suficientes. Como ya estaba aprendiendo, el dinero en efectivo era imposible de rastrear y en las sombras había mucho. No le había echado el guante a Lance Malco, el jefe que dominaba el Strip, ni a Shine Tanner, el actual número dos. Su única victoria fue cerrar el Siesta, pero había sido un trabajo interno y siempre estaría convencido de que se trató de un montaje. Seguro que quien le dio el chivatazo anónimo a la policía de Biloxi era alguien que trabajaba para Malco. Delatar al Siesta le quitaba un competidor de encima.

Al cabo de quince meses, Jesse anunciaría su candidatura a la reelección. Casi oía los anuncios radiofónicos de su oponente, quienquiera que fuese. Rudy no había limpiado la costa. Estaba más sucia que nunca. Y cosas por el estilo. La perspectiva de pasar por otra dura campaña nunca resultaba atractiva, pero además ahora tenía pocos éxitos sobre los que construirla. Su nombre era muy conocido y se le daba tan bien como a cualquier otro jugar a la política, pero le faltaba algo. Una condena, y de las grandes.

Se bajó del ferry en el muelle de Ship Island y fue a dar un paseo. Se compró un café y se sentó en un banco cerca del fuerte. El viento había amainado y el mar estaba en calma. Para haber sido un chico que se había criado en el agua y que amaba el estrecho, ahora montaba muy poco en barco. El año que viene lo haría mejor. Entonces se llevaría a los niños de pesca, como hacía cuando eran más pequeños.

Ahora, condenar a Lance Malco y meterlo en la cárcel sería su principal prioridad. Asesinatos, palizas, bombas e incendios aparte, aquel llevaba veinte años gestionando empresas delictivas en Biloxi y lo había hecho con impunidad. Si Jesse no era capaz de echarlo del negocio, no merecía ocupar el puesto de fiscal de distrito.

Pero necesitaba ayuda de otro fiscal.

Dos días después de Navidad, Jesse y Keith hicieron un trayecto de tres horas en coche hacia el norte y llegaron a Jackson media hora antes de la reunión que iban a mantener en el capitolio del estado con el gobernador, Bill Waller.

Este había sido fiscal del condado de Hinds durante dos mandatos y se había forjado un nombre persiguiendo al famoso asesino de un destacado líder de los derechos civiles. En sus campañas se abstuvo de utilizar el incendiario lenguaje de incitación al racismo de sus predecesores. Se lo consideraba un moderado que quería un cambio real en la educación, las elecciones y las relaciones raciales en el estado. Como antiguo fiscal, no tenía paciencia con la delincuencia y la corrupción de la costa. Además había conocido a Jesse Rudy y le agradecía su apoyo.

Una secretaria les dijo que la reunión duraría solo treinta minutos. El gobernador estaba muy ocupado y tenía familia en la ciudad pasando las fiestas. Otra acompañó a Keith y Jesse a la sala de recepciones oficiales del gobernador, en la primera planta del capitolio. El hombre vivía en una mansión a tres manzanas de allí.

Estaba hablando por teléfono, pero les hizo señas para que entraran. La secretaria sirvió café y después se marchó. Cuando Waller colgó, se estrecharon la mano. Charlaron un rato sobre algunos viejos amigos de la costa mientras los minutos iban pasando.

Keith se pellizcó para asegurarse de que aquello le estaba pasando de verdad. Era un abogado novato de veinticinco años y estaba sentado en el despacho del gobernador como si realmente mereciera tener voz y voto. No pudo evitar mirar a su alrededor y contemplar los grandes retratos de los antecesores. Examinó todo el entorno: el poderoso escritorio, las pesadas sillas de cuero, la chimenea, el aura de importancia, los atareados miembros del personal que estaban pendientes de hasta el último detalle…

Le gustó. A lo mejor lo intentaba algún día.

Volvió de golpe a la realidad cuando el gobernador dijo:

—Me gusta vuestro caso de perjuicio público. Lo leí anoche. El Tribunal Supremo hará lo correcto.

A Jesse le sorprendió que estuviera al corriente de los casos en apelación. Y se asombró aún más al descubrir que el Tribunal Supremo del Estado estaba de su lado.

—Vaya, me alegra saberlo, gobernador.

—La decisión no tardará, se anunciará justo después de las vacaciones. Os va a gustar. —Jesse miró a Keith y ninguno de los dos pudo reprimir una sonrisa—. Fue una gran idea usar la ley de perjuicio público. ¿Puedes ir a por los demás clubes y limpiar el caos de por ahí abajo?

—Lo intentaremos, gobernador, pero necesitamos ayuda. Como sabe, no contamos con mucho apoyo de los cuerpos policiales de la zona.

—Lorzas Bowman debería estar en la cárcel.

—Estoy de acuerdo e intentaré que termine allí, pero eso viene después. Mi prioridad es cerrar los clubes y dejar sin negocio a los capos del crimen.

—¿Qué necesitas?

—A la policía estatal.

—Sabía que venías por eso, Jesse. Lo he sabido desde el día en que llamaste. Mi situación es la siguiente. No estoy contento con mi director de seguridad pública. Ahora mismo, la policía de tráfico no está bien gestionada, hay demasiado amiguismo, es una unidad formada por un grupo de colegas de la vieja escuela. Así que estoy haciendo limpieza. Varios de esos retrógrados van a jubilarse. Quiero sangre nueva. Dame un mes y tendré a mi hombre como jefe de la policía estatal. Él irá a verte.

Jesse rara vez se quedaba sin palabras, pero en ese momento le costó encontrarlas. Keith le echó una mano diciendo:

—He leído que en febrero vendrá a la costa a dar un discurso.

—Bueno, esa es la razón oficial. Lo que de verdad me apetece es escaparme a un club para jugar a los dados y quizá echarles un vistazo a las fulanas.

El gobernador estalló en carcajadas mientras se daba palmadas en las rodillas. El comentario pilló a Jesse y a Keith completamente desprevenidos y rieron junto con su nuevo amigo. Waller continuó soltando risotadas hasta que se le humedecieron los ojos y luego consiguió serenarse.

—No. Van a abrir una fábrica nueva en Gulfport y el dueño es amigo mío —dijo—. Posaré para las fotos, besaré a unos cuantos bebés…, ese tipo de cosas. Ya no puedo presentarme a la reelección, como bien sabéis, pero, una vez que la política se te mete en la sangre, no puedes dejarla.

—¿Qué hará después? —preguntó Keith con cierto atrevimiento.

—Aún no lo sé. Tengo demasiadas cosas encima en el presente como para pensar en el futuro. ¿Qué harás tú después? Me he fijado en cómo mirabas el despacho. ¿Lo intentarás algún día?

Keith asintió y dijo:

—Quizá.

30

El 11 de enero de 1974, el Tribunal Supremo de Mississippi revivió y emitió un veredicto unánime que confirmaba la decisión de Baker, el juez de equidad. Las pruebas demostraban con claridad un patrón de actividad delictiva —prostitución— y la corte de primera instancia no había cometido un error al declarar que el Carousel era un perjuicio público. La sentencia ordenaba cerrar el club de inmediato.

Aunque había tardado casi dos años en llegar, Jesse obtuvo su primera victoria real en su guerra contra el crimen organizado. Había cerrado uno de los garitos más populares del Strip y ahora podía ir de nuevo a por Ginger Redfield. Lance Malco sería el siguiente, aunque él, como siempre, sería más complicado.

Jesse tenía pensado presentar las mismas pruebas contra Ginger en otro juicio con jurado, pero no tuvo oportunidad de hacerlo. Más o menos una semana después de que se diera a conocer la sentencia del tribunal, ella le vendió el Carousel y el O'Malley's a Lance Malco y abandonó la ciudad a pesar de estar en libertad condicional. Desapareció de la costa con un montón de dinero en efectivo en el bolsillo y sin dejar ninguna dirección. Pasaron meses antes de que se filtrara la noticia de que se estaba dando la gran vida en Barbados, lejos del alcance del corto brazo de las leyes y las imputaciones de Mississippi.

Lance Malco le dejó clara su indiferencia al fiscal de distrito renovando a toda prisa el Carousel. Lo llamó Desperado y organizó una gran fiesta de inauguración que duró una semana. Cerveza gratis, música en vivo y las chicas más guapas de la costa. El club nocturno hacía publicidad de todo menos del sexo y el juego.

Por pura curiosidad, Jesse pasó por allí una noche de la semana de inauguración y se detuvo en el aparcamiento, que estaba abarrotado. Se hundió totalmente y volvió a sentirse un fracaso. Todo el tiempo y el esfuerzo que había invertido en cerrar el local habían sido en vano. No solo estaba abierto, aunque con otro nombre, sino que el negocio iba viento en popa.

Tal como estaba previsto, Haley Stofer llegó el lunes a las ocho de la mañana y entró en el despacho de Jesse sin decirle una sola palabra a la secretaria, a quien seguía sin hacerle ninguna gracia que aquel hombre entrara y saliera a su antojo. Llevaba casi un año infiltrado y se había adaptado a la perfección a la rutina de hacer de chico para todo en el Red Velvet mientras le pasaba información a Jesse. Había trabajado de conserje, de lavaplatos, de cocinero, de recadero y de cualquier otra cosa que necesitaran. Era reservado, hablaba poco, oía mucho, nunca faltaba al trabajo, jamás se quejaba de que no le subieran el sueldo y, con el tiempo, se había integrado en el paisaje como uno más de la cuadrilla que mantenía el local en funcionamiento.

Stofer le contaba al fiscal que en el Strip las reglas del juego cambiaban según soplaba el viento. Si arrestaban a alguien, o aunque solo corrieran rumores de que iba a producirse alguna detención, los jefes de sala tomaban medidas y se cumplía a rajatabla la artimaña del «solo miembros». Ninguna chica podía captar a ningún cliente que no tuviera credenciales. Las únicas excepciones eran los soldados de uniforme. No eran policías, no delatarían a nadie y no veían la hora de subirse a las chicas al piso de arriba. Pero, una vez pasada la amenaza, las cosas siempre se relajaban y todo el mundo volvía a pasárselo en grande, miembros o no. Stofer decía que, a lo largo de su año en el Red

Velvet, la prostitución había aumentado y corrían más rumores sobre la existencia de juegos de azar en otros clubes.

Jesse le había enseñado a llevar un registro meticuloso. Todos los días anotaba quién había trabajado y durante cuánto tiempo: cocineros, camareros de barra, camareras de mesa, estríperes, prostitutas, jefes de sala, encargados de puerta, guardias de seguridad..., todo el mundo. Contaba las cajas de licores, los barriles de cerveza, las bandejas de comida y los suministros de cocina. Se había hecho amigo de la limpiadora, una exprostituta que ya era demasiado vieja para esos trotes, y la mujer le contaba historias alucinantes de sus días de gloria. Algunas noches trabajaba como una mula para que las sábanas estuvieran limpias y, en su opinión, en el piso de arriba había más actividad que nunca. Stofer se llevaba bien con Nevin Noll, el número dos del señor Malco, aunque en realidad nadie era amigo íntimo de aquel. También conocía a Hugh Malco y lo veía a menudo por el club.

La gran noticia de aquella mañana era que lo trasladaban al Foxy's porque un camarero de barra se había fugado con una camarera de mesa. Jesse llevaba meses presionándolo para que consiguiera un trabajo en la barra, así que se mostró entusiasmado. Así Stofer tendría una posición mucho más ventajosa para observarlo todo.

Jesse quería el nombre de todas las prostitutas, de algunos de sus clientes y unas cuantas tarjetas de socio, si era posible.

Con el gobernador moviendo los hilos en silencio, llegó el momento de que interviniera la policía estatal. Entre marzo y julio, cuatro policías de paisano visitaron el Foxy's e invitaron a copas a las chicas. Iban disfrazados de moteros, de hippies, de camioneros, de viajantes e incluso de abogados de fuera de la ciudad y se pasaban por allí las noches en que estaba de servicio cierto jefe de sala, un tipo conocido por no ser precisamente estricto con las normas. Tenían carnets de socio falsos, pero nunca los utilizaron. Hicieron un total de once visitas y llevaron micrófono en todas ellas. Se reían con las chicas mientras hablaban del precio y esas cosas y luego se echaban atrás en el último momento con diversas excusas. Stofer estudiaba con gran atención a la clientela y nunca fue capaz de detectar a los policías. Si alguien sospechaba algo, no se notaba.

El 15 de julio, en una sesión clandestina del gran jurado —que se reunió por primera y única vez en un salón de baile cerrado a cal y canto de un Ramada Inn—, los cuatro agentes testificaron y reprodujeron las grabaciones de audio de sus encuentros en apariencia desenfadados con las chicas del Foxy's.

Los siguieron las tres prostitutas a las que Jesse Rudy pudo interrogar. De entrada, explicó a los miembros del gran jurado que las tres habían trabajado en el Foxy's, pero que habían dimitido dos meses antes por una disputa salarial. Se enfrentaban a cargos de prostitución y, aconsejadas por sus respectivos abogados, iban a testificar a cambio del indulto. Ninguno de los miembros del gran jurado había oído nunca a una prostituta hablar con franqueza de su trabajo y quedaron fascinados. La primera tenía veintitrés años, aparentaba unos quince y hacía cuatro que había empezado a trabajar en el Foxy's de camarera. Como tenía buen cuerpo, le ofrecieron que ascendiera a estríper y aceptó. Donde se ganaba dinero de verdad era en las habitaciones de arriba, así que poco tiempo después ya se dedicaba a captar clientes y ganaba quinientos dólares a la semana. Todo en efectivo. No le gustaba el trabajo y había intentado dejarlo, pero la pasta le resultaba demasiado tentadora. La segunda había trabajado en Foxy's durante cinco años. La tercera, una veterana de cuarenta y un años, confesó haber trabajado en la mayoría de los clubes de la ciudad y dijo que no se avergonzaba de ello. La prostitución era la profesión más antigua del mundo. Cualquier acuerdo mutuamente beneficioso entre dos adultos que dieran su consentimiento no debería ser ilegal.

Sus testimonios fueron fascinantes, a ratos salaces y en ningún momento aburridos. Algunas mujeres del gran jurado se mostraron críticas. Todos los hombres estaban embelesados.

El último testigo fue Haley Stofer, que declaró utilizando un alias. Durante tres horas describió su vida laboral, primero en el Red Velvet y luego en el Foxy's, donde seguía atendiendo la barra cincuenta horas a la semana y controlando a la clientela. Presentó una lista de trece mujeres que estaban en activo en esos momentos. Para contratar a una, un caballero tenía que presentar su carnet de socio, lo que en teoría significaba que era de fiar. La segunda lista de Stofer contenía los nombres de ochenta y seis de esos caballeros.

Jesse sonrió para sus adentros al imaginarse el revuelo que se armaría si esa lista llegara a hacerse pública algún día.

Stofer les aseguró a los miembros del gran jurado que no todos los hombres retozaban con prostitutas. Algunos eran mayores y los admitían en el club solo por si acaso. Entre las ventajas de ser socio, se contaban también la posibilidad de hacer tratos con sus corredores de apuestas favoritos y la de participar en los ocasionales torneos de póquer.

Tras un día agotador chapoteando en el fango del vicio de Biloxi, Jesse les dio las gracias a los miembros del gran jurado y los envió a casa a descansar. Regresaron a las nueve de la mañana siguiente y pasaron más de dos horas repasando las pruebas contra los sospechosos. Cerca del mediodía convocó al fin la votación. Por unanimidad, el gran jurado acusó a Lance Malco del cargo de explotación de un «lugar» utilizado para la prostitución y de trece cargos de provocar y animar a las mujeres a ejercerla. También acusaron al encargado general del Foxy's y a dos jefes de sala de los mismos cargos, cada uno de ellos punible con una multa máxima de cinco mil dólares y hasta diez años de cárcel. A las trece mujeres las acusaron de participar en más de un acto de prostitución.

La redada comenzó al mediodía del día siguiente, cuando la policía estatal invadió Biloxi. A Lance Malco lo detuvieron en su despacho del Red Velvet. Arrestaron a dos de los tres jefes del Foxy's; al tercero lo encontraron más tarde. A la mayoría de las chicas las detuvieron en sus respectivas casas y apartamentos.

En cuanto Lance estuvo entre rejas, Keith se presentó en las oficinas del *Gulf Coast Register* para entregarle en mano una copia de las acusaciones a un redactor. El Foxy's estaba acordonado con vallas y cinta amarilla para delimitar la escena del crimen. Los periodistas no tardaron en llegar con cámaras para grabarlos, pero no había nadie con quien hablar.

De repente, Lorzas Bowman tuvo que irse a visitar a un tío suyo que vivía en Florida y desapareció. La mayoría de sus ayudantes se dispersaron. Los teléfonos de la comisaría sonaban sin parar, pero nadie los contestaba.

Tres días más tarde, el juez Oliphant convocó una vista de fianza para todos los acusados y se preparó para el circo. No se llevó una decepción. La sala estaba abarrotada y parte de los asistentes tuvieron que quedarse en el pasillo. Jesse entró por una puerta lateral y, por primera vez desde el arresto, pudo echarle una buena ojeada a Lance Malco, que estaba sentado en primera fila con un abogado a cada lado. Los dos se fulminaron con la mirada y ninguno pestañeó. Detrás de aquel, la segunda y la tercera fila estaban ocupadas por sus chicas, la mayoría de las cuales no tenían abogado. Unos policías estatales de uniforme recorrían el pasillo pidiendo silencio. El alguacil llamó al orden a la sala y el juez Oliphant salió de la parte trasera, ocupó el estrado y le pidió a todo el mundo que se sentara.

Comenzó dirigiéndose a Lance y le pidió que se pusiera a disposición del tribunal. Con Joshua Burch a un lado y un asociado al otro, pasó a ocupar la mesa de la defensa. Jesse fue el primero en hablar y abogó por una fianza elevada debido a que el acusado era un hombre de recursos, tenía muchas propiedades y empleados y existía riesgo de fuga. Sugirió la suma de cien mil dólares, una cifra que, por supuesto, Joshua Burch consideró escandalosa. Su cliente no tenía antecedentes penales, nunca había huido de nada y no estaba acusado, en esta «imputación más bien endeble», de ningún delito que implicara violencia. Era un hombre pacífico, que respetaba la ley, etcétera.

Mientras los dos abogados discutían, los periodistas garabateaban tan rápido como les era posible. La vista era noticia de portada y las cosas no harían más que mejorar. Costaba creer que un mafioso con tan mala fama, el presunto capo de la mafia Dixie, hubiera sido acusado y detenido.

El juez Oliphant los escuchó con paciencia y luego optó por el camino del medio y fijó la fianza en cincuenta mil dólares. Lance volvió a su asiento de la primera fila, irritado por que lo estuvieran tratando como a un delincuente común.

Burch ofreció argumentos a favor de los tres jefes mientras Jesse los machacaba. Eran su espectáculo, su sala y sus acusaciones y dejó clarísimo que no se sentía intimidado por los delincuentes ni les tenía miedo.

El juez Oliphant permitió que los jefes salieran pagando una fianza de diez mil dólares cada uno. Con las chicas tuvo más manga ancha y la fijó en quinientos. Tras una extenuante vista de cuatro horas, al fin levantó la sesión.

Las llamadas telefónicas comenzaron al día siguiente de las detenciones. Agnes contestó a una en casa y una voz ronca la informó de que Jesse Rudy era hombre muerto. Gene Pettigrew respondió a otra en el bufete de abogados y recibió el mismo mensaje. La secretaria de la oficina del fiscal de distrito colgó a un imbécil que gritaba obscenidades sobre su jefe.

Jesse las denunció a la policía estatal. Sabía que habría más. Sin que su esposa lo supiera, había empezado a llevar una pistola encima. Los policías estatales, con sus coches patrulla elegantemente pintados, se quedaron en Biloxi y mantuvieron un impresionante despliegue de fuerza.

A fin de cuentas, el gobernador Waller había sido fiscal de distrito. Había recibido amenazas en varias ocasiones y sabía lo aterrador que resultaba para la familia. Llamaba a Jesse cada dos días para que lo pusiera al día. El apoyo desde arriba era reconfortante.

Ambos sabían que había muchos locos por ahí fuera.

31

El Foxy's permaneció cerrado durante una semana mientras Joshua Burch desplegaba todo un abanico de vertiginosas maniobras legales para conseguir que volviera a abrirse. Cuando por fin se retiraron las vallas y la cinta policial, Lance intentó caldear los ánimos con cerveza gratis, música country en directo y aún más mujeres atractivas. Pero sus esfuerzos fracasaron cuando varios policías estatales vestidos de uniforme se apostaron ante la puerta principal. Dejaron los coches patrulla aparcados a la vista del tráfico de la autopista 90. Los pocos clientes sedientos que acudieron solo pudieron beber y mirar a las estríperes; las prostitutas estaban escondidas. La intimidación funcionó tan bien que Jesse solicitó más agentes y poco tiempo después el Red Velvet, el Desperado y el Truck Stop estaban prácticamente desiertos. El Strip era una ciudad fantasma.

Lance Malco estaba furioso. Le habían cortado el flujo de entrada de dinero y solo había un culpable. Su vida privada era un desastre. Carmen vivía en la habitación de invitados de encima del garaje y apenas le hablaba. Había sacado el tema del divorcio en varias ocasiones. Dos de sus hijos adultos habían abandonado la costa y no llamaban nunca. Solo Hugh permanecía leal mientras trataba de conseguir más autoridad en el negocio. Para empeorar aún más las cosas, una patrulla de policías estatales aparcaba cada dos por tres cerca de la casa de los Malco para llamar la atención de los vecinos. Con el único objetivo de divertirse, seguían a Lance cuando iba y venía del trabajo. Era puro acoso y el tío estaba convencido de que todo era obra de Jesse Rudy. Estaba al límite. Su imperio corría peligro. Se enfrentaba a cargos criminales que podían encerrarlo durante décadas. Hablaba con Joshua Burch un mínimo de tres veces al día y no era su forma favorita de pasar el tiempo.

El abogado se empeñó en representar a los tres jefes además de a Lance. Aunque era posible que existiera conflicto de intereses entre los cuatro, Burch los quería bajo su control. Temía que Jesse Rudy eligiera a uno de ellos y empezase a minarlo con amenazas y ofertas de clemencia. Si lograba que uno cambiara de bando, podría hacer lo mismo con otro y las fichas de dominó irían cayendo. Si tenía la sartén por el mango, Burch sería capaz de proteger a los cuatro, pero la interferencia de otro abogado sería desastrosa. Lance era, a todas luces, el objetivo más importante y su defensa no soportaría que el testimonio de sus allegados fuera pernicioso.

El abogado defensor no estaba al tanto de las declaraciones que se habían hecho ante el gran jurado, pero intentaría conseguirlas por todos los medios. Lo normal era que no se incluyeran en el intercambio de pruebas y Rudy haría cuanto estuviera en su mano por mantenerlas en secreto. En los casos penales no era raro disponer de poco más que los nombres de los testigos de la otra parte antes de que comenzara el juicio. Socavar su testimonio quedaba en manos de las habilidades del abogado defensor y Burch se consideraba un maestro interrogando a los testigos contrarios.

En las vistas preliminares mantuvo su aire de confianza en la inocencia de sus clientes mientras se mofaba de las acusaciones. No habló mucho con la prensa, pero sí hizo saber que, al menos en su opinión, el caso del Estado se basaba en los testimonios poco sólidos de unas cuantas prostitutas acabadas que andaban por los clubes nocturnos causando problemas. En privado, no obstante, les reconocía a sus asociados que Jesse Rudy los tenía contra las cuerdas. ¿Existía alguna duda respecto a que el señor Malco había construido su imperio a costa de ellas? ¿No era por todos sabido que se había hecho rico gracias al alcohol ilegal, el juego y las fulanas? ¿Cómo iba a elegir la defensa un jurado justo e imparcial?

El jurado sería la clave, como siempre, y la defensa solo necesitaba un voto.

Cuando la conmoción de las detenciones empezó a remitir y ya había menos policías estatales patrullando por la costa, la vida nocturna fue recuperándose poco a poco. Stofer informó a Jesse de que algunas de las chicas habían salido de su escondite, pero solo flirteaban con los hombres que ya conocían. Eran mucho menos agresivas a la hora de captar clientes y no hacían caso de los extraños. Cuando subían a hurtadillas a las habitaciones, siempre era con alguien a quien ya habían atendido en otras ocasiones. El propio señor Malco se pasaba por los clubes todas las noches para asegurarse de que se cumplían todas las normas. Se paseaba por la sala estrechando manos, dando palmadas en la espalda y contando chistes como si no tuviera nada de lo que preocuparse.

Hugh no se separaba de su padre y siempre iba armado, aunque de momento no se sentían amenazados. Los gánsteres tenían un problema nuevo y más grave —el señor Rudy— y no se les ocurría pensar en otra ridícula batalla territorial entre ellos. Los rivales de Lance se habían atrincherado en sus cuevas y escondites, temerosos de que se produjeran más acusaciones. Los clubes nocturnos veían la ley bajo una nueva luz y la cumplían al pie de la letra.

Hugh tenía veintiséis años y por fin había superado su época rebelde. Había dejado las peleas, el alcohol de alta graduación y los coches deportivos trucados y salía con una joven divorciada que había sido camarera en el Foxy's. Él la alejó de los clubes nocturnos antes de que ascendiera a especialidades más lucrativas y ahora la chica trabajaba en un banco del centro donde se exigía una vestimenta adecuada y se seguía un horario estricto. Cuanto más avanzaban en su relación, más le insistía a Hugh en que dejara el Strip y buscara un trabajo honrado. Puede que la vida de delincuente fuera emocionante y próspera durante un tiempo, pero también era inestable, incluso peligrosa. Su padre corría el riesgo de acabar en la cárcel. Se estaba separando de su madre. ¿De verdad valía tanto la pena la vida criminal?

Pero Hugh veía poco futuro en el lado bueno de la ley. Llevaba frecuentando los clubes desde los quince años, conocía bien el negocio y se hacía una idea aproximada de cuánto dinero había ganado su padre. Era mucho, muchísimo más de lo que nadie imaginaba y de lo que podía ganar cualquier médico o abogado.

A Hugh, cuanto más discutían, menos le gustaba su novia.

Estaba preocupado por su padre y furioso por el hecho de que Jesse Rudy lo hubiera imputado. No era capaz de concebir la idea de que Lance terminara en la cárcel, aunque poco a poco había ido aceptando esa posibilidad. Si ocurría, ¿cómo afectaría al negocio? Había intentado abordar el tema varias veces, pero su padre estaba demasiado resentido para hablar de ello. La altísima probabilidad de tener que ir a juicio y enfrentarse a un jurado lo consumía. La pesadilla a la que se enfrentaban venía motivada por la inquietante realidad de que los cargos estaban basados en la verdad, y todo el mundo lo sabía.

Jesse no estaba presionando para que se celebrara un juicio rápido. Joshua Burch ya se encargaba de atascar el proceso con mociones y peticiones que llevaría tiempo resolver. Exigía la transcripción de la sesión del gran jurado; quería que se anulara la acusación por una serie de razones técnicas; solicitaba juicios separados para cada uno de sus clientes; quería que el juez Oliphant se recusara y le pidiese al Tribunal Supremo de Mississippi que nombrara un juez especial. Estaba dando otra impresionante lección sobre los infinitos métodos de complicar las cosas y retrasar la fecha en los tribunales.

Jesse se defendía con sus propios informes interminables, pero los meses iban pasando y cada vez resultaba más obvio que el juicio aún estaba muy lejos. Y le parecía bien. Necesitaba tiempo para trabajar en la sombra y explorar la posibilidad de establecer acuerdos con los tres jefes y las chicas.

Y había otra razón para no apresurarse: el año siguiente tenía que presentarse a la reelección. El juicio de Lance Malco sería noticia durante semanas y Jesse sería uno de los protagonistas. Esa publicidad no tendría precio y quizá ahuyentara a los posibles contrincantes. Rudy no sabía de nadie que aspirara a ocupar su puesto, pero un veredicto de culpabilidad tan importante prácticamente le garantizaría una candidatura sin oposición.

Y sabía muy bien lo devastadora que resultaría una derrota.

A principios de septiembre, la desaparición de Haley Stofer lo acercó un paso más a la derrota. El primer lunes de mes, el chico no se presentó por primera vez desde que se había infiltrado. Jesse llamó a su apartamento y no obtuvo respuesta. No había forma segura de ponerse en contacto con él mientras estaba en el trabajo, así que esperó dos semanas hasta el tercer lunes del mes. Una vez más, Stofer faltó a la cita. Esa noche, después de que el fiscal apagara las luces y le diera un beso de buenas noches a Agnes, sonó el teléfono.

—Señor Rudy, van a por mí —dijo aquel—. Me he escondido, pero no estoy a salvo.

—¿De qué estás hablando, Stofer?

—Un tipo del trabajo me dio un chivatazo, me dijo que había oído a Nevin Noll insultándome, llamándome soplón. Me preguntó si lo era. Le dije que ni de coña. Pero desaparecí de todas formas. Tiene que sacarme de aquí, señor Rudy.

Que se hubiera filtrado su testimonio ante el gran jurado era improbable, pero no imposible. Lorzas Bowman tenía más informantes que el FBI.

—¿Dónde estás? —preguntó Jesse.

—Ahora no puedo decírselo. Hace tres días, unos hombres fueron a mi apartamento, tiraron la puerta a patadas y lo destrozaron todo. Me lo ha contado un vecino. No puedo volver. Tengo que largarme de este sitio y cuanto antes.

—No puedes salir del estado, Stofer. ¿Te acuerdas de la acusación?

—¿De qué vale la acusación si me cortan el cuello?

Jesse no tenía respuesta a esa pregunta. Stofer lo tenía acorralado por completo. Si decía la verdad, cosa que desde luego era plausible, entonces tenía que alejarse de la costa. Malco y sus matones lo encontrarían y su muerte sería horrible. Si mentía, otro escenario también viable, había elegido el momento perfecto, porque podría huir con la bendición de Rudy. En cualquier caso, Jesse tenía que ayudarlo. Su testimonio sería crucial en el juicio de Malco.

—Vale, ¿adónde quieres ir? —preguntó.

—No lo sé. No puedo volver a Nueva Orleans. La banda para la que trabajaba sigue allí y no están muy contentos conmigo precisamente. A lo mejor me voy al norte.

—No me importa adonde vayas, pero tienes que mantenerte en contacto. El juicio va a tardar en celebrarse, pero tendrás que regresar cuando empiece. Es parte del trato, ¿te acuerdas?

—Sí, sí, volveré para el juicio si todavía sigo vivo.

—Me imagino que estás sin blanca.

—Necesito dinero. Tiene que ayudarme.

Tres horas más tarde, Jesse entró en el aparcamiento de grava de un área de servicio para camiones al este de Mobile. El restaurante, abierto toda la noche, estaba lleno de camioneros que bebían café, fumaban y comían mientras hablaban y reían a carcajadas.

Stofer estaba sentado a una mesa del fondo, agazapado detrás de una carta. Parecía asustado de verdad y no le quitaba ojo a la puerta.

—Que no te paren en ningún sitio —le dijo Jesse—. Y no te metas en líos, ¿entendido? En el momento en que te detengan, los polis verán los cargos por tráfico de drogas en el condado de Harrison y te meterán en la cárcel.

—Ya, ya lo sé, pero ahora mismo no es la policía lo que me preocupa.

—Eres un delincuente convicto con cargos graves pendientes. No vuelvas a meter la pata, Stofer.

—Sí, señor.

Jesse le entregó un fajo de billetes de diversas cuantías.

—Trescientos veinte pavos, es lo único que he encontrado. Tendrás que apañártelas.

—Gracias, señor Rudy. ¿Adónde me voy?

—Coge el coche y vete a Chicago, es una ciudad bastante grande para pasar desapercibido. Busca trabajo en un bar, que te paguen en efectivo, ya sabes cómo va la cosa. Llama a mi despacho desde una cabina todos los lunes por la mañana a las ocho en punto. Estaré esperando.

—Sí, señor.

32

El gran plan de permanecer unidos y presentar una defensa co-
hesionada empezó a desbaratarse pocas semanas después de los
arrestos. Joshua Burch pronto se dio cuenta de la locura que
suponía intentar controlar los intereses opuestos de Malco, de
sus tres jefes y de trece señoritas de compañía.

La primera en cambiar de bando fue una estríper que respondía al nombre artístico de Blaze. Recelaba de Lance y de
cualquiera relacionado con él, de manera que contrató a Duff
McIntosh, un abogado penalista duro de roer y amigo personal
de Jesse. Una tarde, mientras se tomaban unas cervezas, este
hizo su primera oferta: si Blaze se declaraba culpable de un
cargo de prostitución, la fiscalía lo reduciría a un delito menor,
desestimaría los demás cargos y la dejaría marcharse de rositas
con una multa de cien dólares y treinta días de cárcel, una pena
que quedaría suspendida. A cambio tendría que acceder a testificar en el juicio contra Lance Malco y sus jefes y describir en
detalle el negocio del sexo en el Foxy's. Además se comprome-
tería a abandonar la costa, una especie de «vete y no peques
más». Irse de la ciudad no sería mala idea después de su testimonio. Como no tenía trabajo y estaba vetada en el Strip, iba a
largarse de todos modos. Tras un mes de negociaciones, Blaze
aceptó el trato y desapareció.

Se corrió la voz rápidamente y Duff se convirtió en el abogado de cabecera de las chicas. Cuando se dieron cuenta de que
podían salir del apuro sin ir a la cárcel ni ser condenadas por un

delito grave, empezaron a hacer cola ante el despacho de McIntosh. A lo largo del otoño de 1974, Jesse y él quedaron varias veces para tomarse una cerveza y hablar de trabajo. Rudy siempre ofrecía el mismo trato. Ocho de las trece dijeron que sí. Dos respondieron que no por miedo a Malco. Otras dos tenían abogados distintos y aún estaban negociando. A una no se la había vuelto a ver desde que pagó la fianza.

Habían transcurrido tres meses desde su encuentro en Mobile y Jesse no sabía nada de Haley Stofer. No tenía ni idea de dónde estaría escondido ni tiempo para buscarlo. Su única esperanza era que aquel cabeza de chorlito metiera la pata, lo arrestasen y después lo extraditaran al condado de Harrison, donde Jesse le tiraría la acusación a la cara, le prometería cuarenta años de cárcel y lo obligaría a testificar contra Lance Malco.

Era una posibilidad remota.

La otra opción era que el mafioso lo encontrara antes. En ese caso, era poco probable que apareciera.

A mediados de noviembre, el juez Oliphant programó otra audiencia petitoria para tratar la avalancha de papeleo que vomitaban las máquinas de escribir del bufete de Joshua Burch. Ese día se abordaría una moción agresiva y bien razonada para juzgar a Lance Malco aparte de sus tres jefes. El abogado quería que su cliente estrella fuera el último, para descubrir las estrategias, los puntos fuertes y los puntos débiles de la acusación. Jesse se oponía a la idea y alegaba que celebrar cuatro juicios basados en el mismo conjunto de hechos era un despilfarro de recursos judiciales. Habían pasado ya más de tres meses desde las acusaciones y se tardaría otro año en juzgarlos a todos por separado. Lo que Burch no decía era que creía que a la acusación le costaría encontrar a cuarenta y ocho jurados a los que los delincuentes que él representaba no pudieran manipular. Un jurado disuelto por falta de acuerdo, un juicio nulo, y el ímpetu de la fiscalía sufriría sobremanera.

Solo unos cuantos espectadores presenciaron la discusión de los abogados. Uno de los acusados, Fritz Haberstroh, estaba sentado en la última fila, sin duda enviado por Malco para observar e informarlo después. Era jefe de sala en el Foxy's y empleado de las empresas de Lance desde hacía mucho tiempo. Tenía dos condenas por dos delitos de venta de electrodomésticos robados y había cumplido condena en Misuri antes de trasladarse al sur en busca de un trabajo en el que a nadie le importara su pasado. Jesse estaba deseando sentarlo ante un jurado.

Tras dos horas de un debate a menudo tenso, cambió repentinamente de estrategia y anunció:

—Señoría, veo que uno de los acusados, el señor Haberstroh, está hoy con nosotros.

—Es mi cliente —lo interrumpió Burch.

—Ya lo sé —contestó Rudy—. Accederé a juzgar primero al señor Haberstroh. Fijemos la fecha para dentro de un mes. El Estado está preparado.

Oliphant, Burch y todos los demás se quedaron de piedra.

—¿Señor Burch? —preguntó el juez.

—Bueno, señoría, no sé si la defensa estará lista.

—Ha solicitado juicios separados, señor Burch. Lleva las dos últimas horas rogando por conseguirlos, así que finalmente celebraremos juicios separados. No me cabe duda de que dentro de un mes lo tendrá todo listo.

Jesse miró a Haberstroh, que estaba pálido, aturdido y a punto de salir corriendo.

Burch removió unos cuantos papeles y luego se agachó para conferir con un asociado. Para Rudy, ver que había conseguido que el gran abogado litigante perdiera pie fue un momento de excepcional disfrute.

Al final Burch dijo:

—De acuerdo, señoría. Estaremos listos.

Dos días más tarde, Keith estaba saliendo del juzgado cuando un desconocido le abrió la puerta y le preguntó:

—¿Tiene un minuto? —Le tendió la mano y continuó—: Me llamo George Haberstroh, soy hermano de Fritz.

El joven se la estrechó y dijo:

—Keith Rudy. Un placer.

Se alejaron de la entrada principal y se detuvieron bajo un árbol. George dijo:

—Esta conversación nunca ha tenido lugar, ¿vale?

—Ya veremos.

—No, necesito su palabra. Tengo que mantenerla en secreto, ¿entiende?

—¿Qué pasa?

—Bueno, está claro que mi hermano se ha metido en un buen follón. Verá, no somos de por aquí. Él se vino hace muchos años, después de salir. Siempre ha tenido un don para buscarse problemas. No creo que hiciera nada malo en el club, ¿sabe? No era más que un empleado y solo obedecía a Malco. Ahora se enfrenta a una acusación bastante fuerte. Con un puñado de matones, en mi opinión.

Keith, que todavía era un novato, no supo muy bien qué decir, pero no le gustaba la situación. Asintió para animarlo a seguir.

—Fritz sabe que Malco lo venderá para salvar el pellejo. Así que prefiere salvarse antes él —continuó Haberstroh—. No puede volver a la cárcel y menos a una de aquí abajo.

—Tiene un abogado, uno de los mejores —repuso Keith.

—No se fía ni un pelo de Joshua Burch y aún menos de sus coacusados.

—No deberíamos estar hablando.

—¿Por qué no? Yo no soy el acusado. Usted no es el fiscal. Mi hermano quiere librarse, ¿vale? Puede que sea idiota, pero no es un delincuente y no hizo nada malo en ese club nocturno. Claro que las chicas se estaban prostituyendo, pero él no ponía las reglas. No recibía ni un centavo de ese dinero. Malco le pagaba un sueldo por hacer lo que le decían.

Keith estuvo a punto de marcharse, pero se dio cuenta de que era una oportunidad. Se sabía la acusación al dedillo porque su padre y él llevaban meses hablando de ella. Habían pasado horas diseccionando la actividad delictiva, a los delincuentes y las posibles estrategias de ambas partes para el juicio. Jesse había acusado a Haberstroh y a los otros dos jefes con el único propósito de cogerlos por las pelotas y apretar hasta que se volvieran contra Malco.

El giro acababa de empezar.

—¿Y qué quiere que le haga? —preguntó Keith.

—Por favor, hable con su padre y saque a Fritz de este lío.

—¿Está dispuesto a testificar contra Malco?

—Está dispuesto a hacer cualquier cosa con tal de salvarse de esto.

—¿Es consciente del peligro?

—Claro que sí, pero Fritz sobrevivió a cuatro años en una de las peores cárceles de Misuri. No es precisamente un pelele. Si sale libre, no volverán a verlo por aquí.

Keith respiró hondo y miró a su alrededor.

—De acuerdo, hablaré con el fiscal de distrito.

—Gracias. ¿Cómo puedo ponerme en contacto con usted?

Le entregó una tarjeta de visita y le dijo:

—Llame a mi número del bufete dentro de una semana. Tendré una respuesta.

—Gracias.

—¿Y los otros dos jefes?

—No los conozco.

—Bueno, Fritz sí.

—Preguntaré.

La segunda reunión tuvo lugar en una cafetería cercana a los muelles de Pascagoula. Keith pasó del abrigo y la corbata e intentó parecerse lo menos posible a un abogado. George Haberstroh lo tuvo fácil: unos chinos viejos, unos náuticos desgastados y una camisa de gabardina. Le dijo que trabajaba para un transportista de Mobile y confesó que visitaba el Foxy's de vez en cuando. Cuando Fritz no estaba trabajando, tomaban cervezas y hamburguesas mientras veían a las chicas bailar. Era consciente de la actividad del piso de arriba, pero no le daba importancia. Nunca había caído en la tentación, aseguraba estar felizmente casado. Fritz llevaba años trabajando en la costa y había hablado sin tapujos, al menos con su hermano, sobre el juego y las chicas.

Keith fue al grano:

—Es obvio que Fritz no es nuestro objetivo. Lance Malco es el mayor capo del crimen de la costa y el fiscal de distrito lo tiene en el punto de mira desde hace mucho. Fritz puede facilitarnos las cosas, sin duda. ¿Está dispuesto a subir al estrado, mirar a Malco a los ojos en la sala y contarle al jurado todo lo relacionado con el negocio del sexo en el Foxy's?

—Sí, pero solo si él se libra.

—El fiscal no puede prometerle el indulto, ¿vale? Debe entender lo importante que es esto. Casi todas las prostitutas firmarán un acuerdo en el que acceden a testificar y aceptan una condena de delito menor. No es gran cosa, porque, bueno, son prostitutas. Tendrán problemas de credibilidad ante el jurado. Lo de los tres jefes es distinto. Fritz, por ejemplo. Cuando suba al estrado y testifique contra Malco, Burch entrará a por él a degüello. La primera pregunta será si el fiscal de distrito le ha prometido el indulto por testificar en el caso. Es imperativo que conteste que no, que no hay trato, porque no lo hay.

—No sé si le estoy entendiendo.

—El juicio de Fritz está previsto para dentro de dos semanas, pero antes se declarará culpable de un cargo, aceptará cooperar con el Estado y su sentencia se dictará después del juicio de Malco. Si su cooperación es plena, entonces el fiscal recomendará el indulto.

—Me parece demasiado riesgo para mi hermano: declararse culpable, esconderse, luego ir a juicio, esquivar esas balas, confiar en que el jurado condene a Malco y luego esperar y rezar para que el juez esté de buen humor.

—Llegados a este punto, todo es un riesgo para su hermano. ¿Ha estado alguna vez en la cárcel de Parchman?

—No. ¿Y qué pasa con Burch?

—Fritz tiene que dejarlo. Si quiere cooperar y quizá quedar libre, Burch no hará más que interponerse en su camino. Imagine lo siguiente: la próxima semana, Fritz lo echa escribiéndole una carta de despido. Le envía una copia al fiscal de distrito y registra otra copia en el juzgado. Entonces contrata a Duff McIntosh, un tipo al que conocemos bien, un buen abogado. Le cobrará quinientos dólares por llevar el caso. En ese momento, Fritz ya es un hombre marcado y tiene que pasar desapercibido. El 13 de diciembre se presenta en el juzgado, se declara culpable de todos los cargos, promete cooperar y va a esconderse a Montana o a algún otro sitio hasta que tenga que volver a declarar.

—¿Eso cuándo es?

—El juez Oliphant ha fijado el juicio de Malco para el 17 de marzo.

33

Para evitar aglomeraciones y proteger al acusado, se convocó a toda prisa una vista para la una de la tarde del viernes 13 de diciembre en la sala del juez Oliphant. Fritz Haberstroh compareció ante su señoría con Duff McIntosh a un lado y Jesse Rudy al otro. El fiscal de distrito comenzó con la lectura del acta de acusación y, en voz baja, Fritz fue respondiendo «Culpable» a todos los cargos. Duff solicitó al tribunal que dejara marchar a su cliente bajo la misma fianza de comparecencia. El señor juez accedió a la petición e informó al acusado de que su sentencia quedaba pendiente para una fecha por determinar. Podía irse.

Pisándoles los talones a Jesse y a Duff, los hermanos Haberstroh salieron de la sala por una puerta lateral y bajaron por las escaleras de servicio hasta la planta baja. Cerca de la entrada trasera, todos se dieron la mano y se despidieron. Los hermanos se subieron al asiento trasero del coche que los estaba esperando y se alejaron de inmediato.

Joshua Burch estaba presente en la sala y había asistido a la declaración de culpabilidad sin dar crédito a lo que veían sus ojos. No era una mala noticia para la defensa de Malco: era devastadora. El abogado defensor no paraba de perder clientes porque Jesse Rudy los hacía cambiar de bando a una velocidad inaudita. No le cabía duda de que también iría a por los otros dos jefes y, seguramente, acorralaría a las fulanas que aún no habían cedido. La defensa estaba plantada ante un pelotón de fusilamiento y Rudy era el que daba las órdenes.

Burch salió del juzgado y recorrió a pie las tres manzanas que lo separaban de su oficina, una hermosa casa victoriana de tres plantas que había heredado de su abuelo, también abogado. Joshua la había convertido en un bufete, la había llenado de asociados y secretarias y disfrutaba de las ventajas de disponer de una plantilla numerosa. En la entrada saludó a la recepcionista con un gruñido mientras revisaba los mensajes telefónicos. Ella le acercó un paquete y le dijo que acababa de llegar. Burch sonrió mientras lo cogía en brazos como si fuera un bebé. Su contrabandista favorito, un excliente, había vuelto a conseguirlo. Lo subió a su magnífico despacho con vistas al centro de la ciudad y lo abrió. Era una caja de puros negros, Partagás, cubanos y sometidos a un férreo embargo. Casi notó su sabor mientras los desenvolvía. Se encendió uno y expulsó el humo por la ventana. Llamó a Lance y lo invitó a acercarse a su despacho.

Tres horas más tarde, después de que el abogado hubiera mandado a casa a todo el personal del bufete antes de tiempo, Lance, Hugh y Nevin Noll hicieron acto de presencia. Burch los recibió junto a la puerta delantera y los acompañó a la sala de reuniones de la planta baja. Era la habitación favorita de Lance en todo Biloxi: paredes forradas de estanterías de nogal que contenían miles de libros importantes, enormes retratos de antiguos abogados Burch y sillas de cuero voluminosas y desgastadas en torno a una brillante mesa de caoba. El abogado les ofreció su nueva caja de puros y todos se encendieron uno. Sirvió sendas copas de burbon con hielo para Lance y Nevin. Hugh prefirió agua.

Hablaron de la declaración de culpabilidad de Haberstroh y de los problemas que acarreaba. Burch aún representaba a Bobby Lopez y a Coot Reed, que seguían siendo empleados del Foxy's —uno era el encargado general, y el otro, jefe de sala—. Todo su entorno los estaba vigilando de cerca. Ninguno de los dos había mencionado jamás la posibilidad de declararse culpables y alcanzar un acuerdo y Burch, desde luego, tampoco. No tenía ni idea de cómo había logrado Jesse Rudy infiltrarse en la órbita de Haberstroh y cerrar un trato. Cuando Fritz lo había despedido, Burch había llamado a Jesse para hacerle unas preguntas, pero no había sacado nada en claro.

Bebieron, fumaron y despotricaron contra el susodicho, aunque en realidad no servía de nada.

—¿Le has encontrado un oponente? —preguntó Lance.

Burch soltó un suspiro de indignación, negó con la cabeza y contestó:

—No, y lo hemos intentado con todo el colegio. Ahora mismo hay diecisiete abogados en el condado de Hancock, cincuenta y uno en Harrison y once en Stone. Al menos la mitad son inelegibles por razones de edad, salud, raza o género. En este estado, ni una mujer ni un negro han ocupado jamás el cargo de fiscal de distrito, y este no es el momento de abrir camino. De los demás, la mayoría no conseguiría ni diez votos debido a su incompetencia, alcoholismo o ganas de llevar la contraria. Créeme, en este distrito hay unas cuantas manzanas podridas ejerciendo la abogacía. Unos diez o doce pertenecen a grandes bufetes y ganan mucho dinero. Redujimos la lista a tres abogados jóvenes, tipos a los que podría irles bien en política y que necesitan un sueldo fijo. A lo largo del mes pasado se lo he dejado caer a los tres. No han mostrado el menor interés.

—¿Y Rex Dubisson? —preguntó Lance.

—Ha dicho que no. Ha abierto su propio bufete, gana dinero y no echa de menos la política. Eso sin contar que la última vez se llevó una buena paliza. Considera que Jesse Rudy es el abogado más popular de la costa y que es imbatible. Esa es un poco la idea que reina ahora mismo en la calle.

—¿Le dijiste lo del dinero?

—Sí, le dije a Rex que dispondría de cincuenta de los grandes para su campaña y después de veinticinco al año en efectivo durante cuatro años. Contestó que no sin dudarlo.

Hugh levantó un poco la mano, como para hacerse el listillo, y dijo:

—¿Puedo hacer una pregunta?

Burch se encogió de hombros y le dio una calada al puro.

—Vale, estamos hablando de que se elija un nuevo fiscal de

distrito, ¿no? Suponiendo que consigamos sobornar a alguien para que se presente, y suponiendo que esa persona gane, las elecciones son en agosto. El juicio es en marzo, dentro de tres meses. ¿De qué nos sirve un nuevo fiscal de distrito cuando el juicio ya haya terminado?

Burch sonrió y dijo:

—No vamos a ir juicio en marzo. Los retrasos no han acabado. Todavía tengo unos cuantos ases guardados en la manga.

Tras una pausa larga y pesada, Lance dijo:

—¿Te importaría compartirlos con nosotros?

—¿Cuántos años tienes, Lance?

—¿Y eso qué importa?

—Por favor.

—Cincuenta y dos. ¿Cuántos tienes tú?

—Eso da igual. Ya tienes edad para tener problemas de corazón. Ve a ver a Cyrus Knapp, el cardiólogo. Es un matasanos, pero hará lo que yo le diga. Cuéntale que, desde que te arrestaron, tienes dolores en el pecho, mareos, fatiga. Te dará unas cuantas recetas. Cómpralas, pero no te las tomes.

—No voy a hacerme el enfermo, Joshua —le espetó Lance.

—Por supuesto que no. Solo estás dejando un rastro, generando papeleo, otra artimaña para mantenerte el mayor tiempo posible alejado del jurado. Ve a ver a Knapp cuanto antes. Espera unos días y luego ten dolores de pecho en la oficina, delante de Nevin y Hugh, para que lo vean todo bien. Uno de vosotros llama a una ambulancia. Knapp te ingresa en el hospital, te tiene allí unos cuantos días en observación y te hace todo tipo de pruebas que derivan en toda clase de informes. Te manda a casa a descansar. Te visita una vez al mes, te da más pastillas, le dices que el estrés te está afectando y que tienes miedo de sufrir un infarto. Cuando se acerque el juicio, pediré otro aplazamiento por motivos de salud. Knapp presentará una declaración jurada, puede que incluso testifique. Dirá lo que queramos. Rudy se opondrá de nuevo, pero no puedes ir a juicio si estás en el hospital.

—No me gusta —dijo Lance.

—Me da igual. Soy tu abogado y estoy a cargo de tu defensa.

Después de esta mañana y de la mierda de Haberstroh, estás mucho más cerca de Parchman. Las cosas no pintan nada bien, Lance, así que haz lo que te digo. Estamos desesperados. Empieza a fingir que estás enfermo. ¿Has ido alguna vez al loquero?

—No, no, venga ya, Burch. No puedo hacerlo.

—Conozco a un tipo en Nueva Orleans, un verdadero chiflado especializado en tratar a chiflados. Como Knapp, dirá cualquier cosa si el dinero le compensa. Te hará un examen psicológico y nos dará un informe que hará que cualquier juez se cague de miedo.

—¿Basándose en qué? —gruñó Lance.

—Basándose en que, desde que te acusaron, te arrestaron y te enfrentas a un futuro en la cárcel, has perdido la cabeza. El estrés, el miedo y el puro pánico a ir a prisión te están volviendo loco. A lo mejor hasta escuchas voces, alucinas y todas esas cosas. Ese tipo es capaz de encontrarlo, lo hace constantemente.

Lance dio un manotazo en la mesa y gruñó:

—¡Joder, Burch, no! No pienso hacerme el loco. Iré a ver a Knapp, pero al loquero no.

—¿Quieres ir a la cárcel?

Aquel respiró hondo y las arrugas de la cara se le relajaron. Con una sonrisa de labios apretados, respondió:

—No, pero no es tan horrible. Ahora mismo tengo amigos en el trullo y están sobreviviendo. Soy capaz de aguantar todo lo que me eche el Estado, Burch.

Los tres bebedores cogieron sus respectivas copas y les dieron un trago largo. Hugh sonrió a su padre y admiró su dureza. Era puro teatro. Ningún hombre en su sano juicio diría que Parchman «no es tan horrible», pero Malco lo hacía creíble. En privado, los dos habían empezado a contemplar la posibilidad de que encerraran a Lance durante unos cuantos años. Hugh estaba convencido de que sería capaz de llevar el negocio en su ausencia.

El padre no lo tenía tan claro.

Burch exhaló, pensativo; expulsó otra nube de humo y dijo:

—Mi trabajo consiste en mantenerte fuera de la cárcel, Lance. Llevo casi veinte años cumpliendo esa tarea con éxito. Pero tienes que hacer lo que te diga.

—Ya veremos.

—Entonces es posible retrasarlo hasta después de las elecciones, ¿no? —dijo Hugh.

Burch sonrió y miró a Lance.

—Eso, señor, depende del paciente.

Noll señaló lo obvio:

—Pero las elecciones son irrelevantes si no tenemos un caballo en la carrera.

—Encontraremos uno. Hay un montón de abogados muertos de hambre ahí fuera —concluyó Lance.

Durante décadas, el FBI había mostrado poco interés en la notoria actividad delictiva del condado de Harrison. Se debía a dos razones: en primer lugar, a que aquellos delitos violaban leyes estatales, no federales; y, en segundo lugar, a que Lorzas Bowman y sus predecesores no querían que los federales metieran las narices en su territorio y descubriesen que eran unos corruptos. El FBI ya tenía suficientes quehaceres en otros lugares y pocas ganas de buscarse más problemas en una jurisdicción hostil.

Jackson Lewis era el único agente especial de la oficina de Jackson que se aventuraba tan al sur como para llegar hasta la costa, aunque rara vez se lo veía por Biloxi. Jesse se había reunido con él en varias ocasiones, incluso habían comido juntos un día poco después de asumir el cargo. Su objetivo para el siguiente mandato, si es que salía reelegido, era establecer una mejor relación con Lewis y con el FBI para recabar su apoyo.

Un día de la primera semana de enero, el susodicho llamó a Rudy por teléfono y le dijo que estaba de paso por la ciudad y que quería saludarlo. Al día siguiente llegó a las oficinas del juzgado acompañado de Spence Whitehead, un agente novato que estaba trabajando en su primera misión. Durante casi una hora tomaron café y charlaron de cosas sin importancia. El neófito sentía curiosidad por la historia de los bajos fondos de Biloxi y parecía dispuesto a meterse de lleno en ellos. Había indicios de que el FBI estaba recibiendo presiones para establecer una mayor presencia en la costa. Jesse sospechaba que el gobernador Waller y la policía estatal mantenían conversaciones extraoficiales con los federales.

—¿Cuándo es el juicio de Malco? —preguntó Lewis.

—El 17 de marzo.

—¿Cómo lo ve la fiscalía?

—Confío en conseguir una condena. Al menos ocho de las chicas testificarán contra Malco y hablarán sobre el negocio del sexo en su club nocturno. Uno de sus tres jefes se ha puesto de nuestro lado y va a cooperar. Estamos presionando a los otros dos, pero de momento nos lo están poniendo difícil. Lo del chanchullo de la prostitución es de dominio público desde hace tiempo y la comunidad está harta. Lo condenaremos.

Los agentes intercambiaron una mirada. Lewis dijo:

—Tenemos una idea. ¿Y si nos pasamos a ver a Malco y charlamos un rato con él? Solo para presentarnos.

—Me gusta —contestó Jesse—. Que yo sepa, el FBI nunca le ha plantado cara. Ya era hora de que apareciera por aquí.

—Puede ser —dijo Lewis—, pero lo cierto es que la gente que controla la costa nunca nos ha querido cerca. Usted es la primera persona con verdadera autoridad que ha tenido agallas para enfrentarse a esa gentuza.

—Sí, y mire lo bien que me ha ido. Ahora llevo pistola y mi mujer ni siquiera lo sabe.

—Mire, señor Rudy —dijo Lewis—, ahora ya estamos aquí. Iremos a presentarnos a Lance Malco, a Shine Tanner y a varios más.

—Tengo una lista.

—Genial. Llamaremos a unas cuantas puertas y causaremos un par de problemas para que comience a correrse la voz.

—Conozco a esos matones. Algunos se asustarán con facilidad, pero otros no tanto. Malco es el más duro de todos y no dirá una sola palabra a menos que su abogado esté presente.

—Bueno, entonces puede que también vayamos a verlo —contestó Lewis—. Solo una breve visita amistosa.

—Adelante, por favor. Y bienvenidos a Biloxi.

34

La deteriorada salud de Lance Malco sufrió otro grave revés cuando Jesse Rudy se metió a un segundo jefe en el bolsillo. Diez días antes de su juicio, la presión pudo con Coot Reed, el encargado general del Foxy's desde hacía años, y perdió el sentido de la lealtad.

Un viernes por la mañana temprano, el susodicho viajó en coche hasta Gulf Shores, en Alabama, y encontró la casita de playa en la que Fritz Haberstroh permanecía escondido. Este tenía que volver a Biloxi para comparecer ante el juez y testificar contra Coot, una situación que ninguno de los dos deseaba. Durante un largo paseo por una playa desierta le explicó el trato que Keith Rudy le había ofrecido a través de su hermano George. Fritz opinaba que tanto Coot como Bobby Lopez, el otro jefe de sala, para cuyo juicio faltaban solo tres semanas, podrían obtener el mismo trato.

Enfrentado a la posibilidad de pasar años entre rejas y temiendo por su vida, Coot estaba al borde de un ataque de nervios. Los que permanecieran junto a Malco caerían junto a él. Las tornas habían cambiado en su contra y el juego había terminado. Jesse Rudy los machacaría delante de un jurado y los encerraría. Era un sálvese quien pueda. Fritz lo convenció de que no se jugara el pellejo e hiciera lo mismo que él: declararse culpable, cooperar con Rudy, testificar contra Malco y luego largarse de Biloxi y no volver la vista atrás.

La estrategia que Joshua Burch había trazado para la defensa comenzaba a hacer agua. Cuando recibió la llamada telefónica en la que Duff McIntosh lo informó de que Coot Reed lo había despedido y ahora su nuevo abogado era él, Burch colgó el teléfono de golpe y salió de su despacho hecho una furia. Se fue al Red Velvet y mantuvo una tensa reunión con Lance, que tenía muy buen aspecto a pesar de sus crecientes problemas cardiacos. Su apariencia era una cosa; su actitud, otra. Estaba rabioso y acusó a Burch de haberla pifiado con todo el plan de la defensa. Haber solicitado que su juicio y los de sus tres jefes se celebraran por separado había sido una maniobra absurda, solo había que ver los resultados. Había permitido que Rudy ejerciera una presión enorme sobre Fritz Haberstroh y Coot Reed y que hubiera terminado llevándoselos a su terreno. Solo quedaba Bobby Lopez y apenas faltaban unas semanas para su juicio. Estaba claro que Rudy también andaba tras él. Lance se quedaría solo frente al jurado con sus antaño fieles empleados cantando como niños de coro y embelleciendo sus testimonios para impresionar a Rudy y al juez Oliphant con su cooperación.

Cuando se tranquilizó, despidió a Burch y le dijo que se largara de su despacho. Nevin Noll lo acompañó hasta la puerta del club. Mientras el abogado se dirigía hacia su coche, Noll le dijo:

—Se le pasará en cuanto se calme. Hablaré con él.

Burch no tenía claro si quería que volviera a contratarlo.

Lance convocó a Bobby Lopez en su despacho una hora más tarde y este tuvo que enfrentarse a su jefe, a Nevin y a Hugh. Juró que no había mantenido ningún contacto con la fiscalía y que no iba a cambiar de bando. No dejaría a Lance en la estacada por mucho que lo presionasen. Le sería fiel hasta el final, con independencia de cómo acabaran las cosas. Encajaría un balazo si fuese necesario.

No cabía duda de que el tema de los balazos se estaba barajando. Como todos los empleados de Malco, Bobby le tenía un miedo atroz a Nevin Noll y lo consideraba un asesino despiadado. Este adoraba esa reputación y siempre había disfrutado intimidando a la gente. Durante la reunión no paró de mirarlo con los ojos ardientes y destellantes, la misma mirada de psicópata que todos le habían visto antes.

Bobby se marchó muy agitado y muerto de miedo. Se encerró en su casa y empezó a beber. El whisky le calmó los nervios y le aclaró las ideas. Pensó en sus viejos amigos, Fritz y Coot, y en su valiente decisión de volverse en contra de Malco para salvarse a sí mismos. Cuanto más bebía, más sentido tenía. Ir a la cárcel con Lance era sin duda mejor que recibir un balazo de Noll, pero Fritz y Coot pretendían evitar ambos desenlaces. Sobrevivirían a la pesadilla y empezarían una vida nueva como hombres libres en otro lugar.

Entonces a Bobby se le ocurrió algo tan horrible que estuvo a punto de hacerlo vomitar. ¿Y si Malco decidía eliminarlo de antemano y evitar el riesgo de que cambiara de bando y cooperase con Jesse Rudy? En los bajos fondos en los que vivían y trabajaban, una medida así de drástica resultaría del todo aceptable. Aquel hombre llevaba años liquidando a sus enemigos con total impunidad, así que cargarse a un subjefe potencialmente desleal como Bobby le parecería una solución obvia.

A mediodía estaba borracho como una cuba. Durmió dos horas, intentó recuperar la sobriedad con litros de café y se obligó a ir a trabajar en el turno de noche del Foxy's.

Lance volvió a contratar a Burch al día siguiente y este presentó de inmediato una moción para fusionar el juicio de Bobby Lopez y el de Lance Malco. A Jesse le hacía gracia el caos que estaba desatando en el otro bando y sabía que tenía a los delincuentes contra las cuerdas. No se opuso a la moción. El objetivo seguía siendo el cabecilla, no sus subordinados, y la perspectiva de enfrentarse solo a un gran juicio, no a dos, le suponía un alivio.

El 3 de marzo, dos semanas antes del juicio, Burch solicitó un aplazamiento alegando que el señor Malco estaba demasiado enfermo para defenderse. La moción incluía declaraciones juradas de dos doctores y un montón de informes médicos. La petición despertó las sospechas de Jesse, que pasó horas debatiendo con Egan Clement y con Keith cómo debía reaccionar a ella. Mientras se tomaban un café, el juez Oliphant y el fiscal valoraron las opciones. Lo más caballeroso sería acordar un aplazamiento de uno o dos meses y dejar la fecha fijada en la lista de casos. Cuanto más esperaran, más podría apretar Jesse a Bobby Lopez.

No impugnó la moción y el juicio se aplazó hasta el 12 de mayo. El juez Oliphant informó a Joshua Burch, por escrito, de que no habría más prórrogas, fueran cuales fuesen los problemas médicos del señor Malco.

A las cinco de la tarde del 4 de abril, fecha límite para la presentación de candidaturas, Jesse se dirigió a la oficina del secretario de distrito y le preguntó si tenía algún contrincante. La respuesta fue que no, no tenía oposición. No tendría que hacer una campaña que le costara tiempo y dinero. Se fue a las oficinas de Rudy & Pettigrew, donde le esperaba una botella de champán frío.

Hacía cinco meses de la visita sorpresa del FBI a su despacho y Jesse solo había visto al agente Jackson Lewis una vez más. Se había dejado caer por allí a principios de marzo para tomar un café rápido y contarle unas cuantas anécdotas muy interesantes de cuando se presentaba en los clubes nocturnos sin avisar y enseñaba la placa.

A finales de abril, Lewis volvió, acompañado del agente Spence Whitehead.

Hablaron del inminente juicio de Malco y del espectáculo que iba a montarse. Tenían pensado acudir a la sala para presenciarlo todo.

—Imagino que no habrá oído hablar de los atracos a joyerías, ¿verdad? —dijo Lewis.

Jesse lo miró con cara de póquer y respondió:

—No, nunca he tenido un caso así. ¿Por qué lo pregunta?

—Es una larga historia, pero le haré un resumen. Hace unos cinco años, tres personas, dos hombres y una mujer, atracaron cinco joyerías a mano armada. Escogían negocios familiares en ciudades pequeñas, ninguna de ellas en Mississippi, vaciaban las vitrinas y salían huyendo. No era un método muy sofisticado, pero sí bastante efectivo, al menos hasta que llegaron a la sexta tienda. En Waynesboro, Georgia, no eligieron bien. El dueño tenía un arma; sabía usarla y se produjo un tiroteo. Un matón llamado Jimmie Crane perdió la vida, al igual que su chica, una prostituta llamada Karol Horton cuyo último lugar de trabajo conocido fue el Red Velvet. Crane acababa de salir en libertad condicional y vivía por aquí. El tercer tipo conducía el coche en el que iban a escapar y huyó de la ciudad, pero seis personas de las cinco tiendas anteriores lo habían visto bien.

—No conocía esta historia —dijo Jesse—. La verdad, ya tengo demasiados delitos de los que preocuparme por aquí.

Lewis le pasó por encima de la mesa un retrato robot del tercer sospechoso. Jesse lo miró y no reaccionó.

—Al final el FBI siguió el rastro de Crane y de Horton hasta Biloxi —continuó Lewis—. Dos agentes pasaron unos días por aquí, pero no descubrieron nada. Nadie reconocía a este tipo o, si lo hacían, se lo callaban. Con el tiempo, la investigación fue estancándose y ahora han pasado cinco años. Hace dos meses desarticulamos una operación de venta de artículos robados en Nueva Orleans y encontramos varias pistas. Sin embargo, seguimos sin identificar a este tipo. ¿Alguna idea?

Jesse frunció el ceño, negó con la cabeza y se las ingenió para mostrar poco interés. Dijo:

—La verdad, chicos, ya tengo bastante con lo mío. No puedo preocuparme por una oleada de atracos a mano armada cometidos hace años y en otros estados.

Les ofreció una sonrisa y luego volvió a bajar la vista hacia el retrato robot y los fríos ojos de Hugh Malco.

Les preguntó si podía quedarse con el boceto, así lo enseñaría por ahí. Los agentes se fueron al cabo de media hora. Jesse hizo varias copias del dibujo y las escondió en su despacho. No se lo dijo a nadie, ni siquiera a Keith y Egan.

El 5 de mayo de 1975, una semana antes del esperado juicio de Lance Malco y Bobby Lopez, el juez Oliphant convocó a los abogados en su despacho para celebrar una reunión. Les había prometido entregarles la lista de posibles jurados y ambos estaban ansiosos por echarle mano. Jesse y Egan se sentaron a un lado de la mesa. Joshua Burch y dos de sus asociados los miraban desde el otro. Todas las mociones previas al juicio estaban debatidas y decididas. Había llegado el momento de la batalla y la tensión se cortaba con un cuchillo.

Como era habitual, el juez Oliphant comenzó preguntando sobre un posible pacto.

—¿Ha habido conversaciones acerca de algún tipo de acuerdo?

Burch negó con la cabeza. Jesse dijo:

—Señoría, el Estado le ofrecerá al señor Lopez la misma retribución que a Fritz Haberstroh y a Coot Reed: a cambio de que se declare culpable y coopere sin reservas en la acusación contra el señor Malco, recomendaremos la reducción de la sentencia.

Sin vacilar, Burch dijo:

—Y nosotros rechazamos la oferta, señor Rudy.

—¿No cree que debería consultarlo con su cliente? —replicó Jesse.

—Soy su abogado y rechazo la oferta.

—Entendido, pero, desde el punto de vista ético, tiene la obligación de informar a su cliente.

—No me dé lecciones de ética, señor Rudy. He pasado horas con el señor Lopez y conozco perfectamente sus intenciones. Está deseando que llegue el juicio para tener la oportunidad de defenderse a sí mismo y al señor Malco de estos cargos.

Jesse sonrió y se encogió de hombros.

—Yo diría que el señor Rudy tiene razón —intervino el juez Oliphant—. Debería, como mínimo, poner al corriente al señor Lopez de esta oportunidad.

—Con el debido respeto, señoría —respondió Burch con cierta arrogancia—, tengo mucha experiencia en estos asuntos y sé cómo representar a mis clientes.

Casi con regocijo, Jesse dijo:

—No se preocupe, señoría, retiro la oferta.

El juez Oliphant se rascó la mandíbula mientras miraba fijamente a Burch. Removió unos documentos y dijo:

—De acuerdo, ¿y el señor Malco? ¿Alguna posibilidad de llegar a un acuerdo?

—Su señoría, el Estado quiere hacerle una oferta —dijo Rudy—. A cambio de una declaración de culpabilidad del delito de explotación de un lugar utilizado para la prostitución, el Estado recomendará una condena de diez años y una multa de cinco mil dólares. Todos los demás cargos se retirarán.

Burch resopló, como si le hiciera gracia.

—No, gracias. El señor Malco no está dispuesto a declararse culpable de nada.

—Muy bien, pero se enfrenta a otros trece cargos por promover la prostitución y diez de sus chicas testificarán contra él —dijo Jesse—. Cada cargo conlleva un máximo de diez años y cinco mil dólares. Lo mismo que en el caso de Lopez. Podrían pasarse el resto de su vida en la cárcel.

Burch replicó con frialdad:

—Ya conozco la ley, señor Rudy. Puede ahorrarse el sermón. La respuesta es no.

—¿Y no cree que debería informar al señor Malco de esta oferta? —preguntó el juez Oliphant.

—Por favor, señoría. Sé lo que hago.

—Muy bien. —El hombre rebuscó entre unos cuantos papeles más y dijo—: Aquí están las listas de posibles jurados. El secretario de Bay St. Louis está seguro de la aptitud e irreprochabilidad de este grupo.

Burch se sobresaltó y preguntó:

—¿Bay St. Louis?

—Sí, señor Burch. Voy a trasladar el caso. Este juicio se celebrará en el condado de Hancock, no aquí, en Harrison. Estoy convencido de que el jurado del juicio de Ginger Redfield se vio sometido a influencias externas y esta vez no correré ese riesgo.

—Pero nadie ha solicitado el traslado.

—Debería conocer la ley, señor Burch. Léasela: tengo la potestad de trasladar el caso a cualquier distrito del estado de Mississippi.

Burch se había quedado de piedra y fue incapaz de responder. Jesse estaba sorprendido y eufórico, pero se aguantó las ganas de sonreír. El juez Oliphant les entregó una lista con los nombres a cada uno y dijo:

—No habrá contacto con ninguno de los potenciales jurados. Ni el más mínimo. —Fulminó a Burch con la mirada y continuó—: Cuando el 12 de mayo se inicie el proceso, interrogaré a todos y cada uno de los miembros del jurado acerca de cualquier posible contacto indebido. Si hay indicios de que se han producido, castigaré con severidad a la parte culpable. Una vez que tengamos seleccionados a los doce miembros y a los dos suplentes, les informaré con detalle las penas por contactos indebidos. Todas las mañanas y todas las tardes les repetiré el mismo discurso. ¿Les ha quedado claro?

—Más que el agua, señoría —dijo Jesse mientras le lanzaba una sonrisa burlona a Burch.

TERCERA PARTE

LOS PRISIONEROS

35

La sala se encontraba vacía y las luces apagadas. Ciempiés, el conserje cojo del juzgado, estaba toqueteando unos cables en el estrado. Jesse entró, lo saludó con la cabeza desde lejos, recorrió el pasillo, franqueó la barandilla, colocó el maletín sobre la mesa y dijo hola. El otro farfulló algo a modo de respuesta; era un hombre de pocas palabras. Cuando Joshua Burch cruzó la puerta delantera, Rudy le pidió al conserje que los dejara solos. Ciempiés frunció el ceño, como si le molestara que interrumpieran un trabajo tan importante como aquel, pero se marchó de todos modos.

Los abogados se sentaron a la misma mesa, el uno frente al otro, y se saltaron las formalidades. Jesse empezó diciendo:

—No vas a ganar este juicio, Joshua. Tengo demasiados testigos y, además, todo el mundo sabe la verdad. Malco lleva décadas prostituyendo a chicas en la ciudad y se le ha acabado el chollo. Cuando lo condenen, Oliphant lo sentenciará a la pena máxima y tu cliente morirá de viejo en la cárcel de Parchman.

Burch encajó el golpe y prefirió no discutir. La fanfarronería había desaparecido. Los hechos no estaban de su parte y, con el traslado del juicio al condado de Hancock, lejos de Lorzas Bowman y de los tentáculos de su influencia, había perdido la oportunidad de que el jurado se disolviera por falta de acuerdo.

—Esta reunión la has convocado tú. ¿Qué te ronda por la cabeza? —preguntó Burch.

—Que se declare culpable para que podamos llegar a un acuerdo. Lance es un hombre inteligente y sabe que se le ha agotado la suerte. Un juicio sacará a la luz muchos de sus secretos sucios. Será bochornoso.

—No está bien de salud.

—Venga ya, Joshua. Eso no se lo cree nadie y, aunque fuera cierto, ¿qué más da? Parchman está llena de gente enferma. Allí dentro también hay médicos. Una supuesta afección cardiaca no es una defensa válida.

—Le he comentado lo del acuerdo. Más de una vez. Intentó despedirme otra vez, pero se ha calmado. Creo que lo ha hablado con Hugh y no sé si también con el resto de la familia.

—Tengo un incentivo, algo que tanto él como tú deberíais saber.

Burch se encogió de hombros.

—Soy todo oídos.

Jesse le contó la historia de la breve carrera profesional del joven Hugh como atracador a mano armada de joyerías. Los robos, el tiroteo, las muertes de Jimmie Crane y Karol Horton. Su afortunada huida y sus aún más afortunadas maniobras para evitar ser identificado. Hacía cinco años y había pasado mucho tiempo, pero el FBI había vuelto.

Burch le aseguró que no sabía nada de los robos y Jesse lo creyó. Él tampoco había oído nunca ni una sola palabra al respecto.

A continuación le habló de su reciente encuentro con el FBI. Le entregó una copia del retrato robot de la policía y le dijo:

—A mí se me parece a Hugh. Si el FBI supiera que es él, les enseñaría una fotografía suya a las víctimas. Cumpliría al menos veinte años, quizá más.

Burch estudió el boceto, negó con la cabeza y murmuró:

—Imbécil.

Jesse entró a matar.

—No le he dicho nada al FBI… todavía. Si consigo el trato, mantendré la boca cerrada.

Aquel dejó el boceto sobre la mesa y siguió meneando la cabeza.

—Esto es una crueldad.

—¿«Una crueldad»? Malco lleva treinta años metido hasta el cuello en el crimen organizado. Bebidas alcohólicas ilegales, juegos de azar, prostitución, drogas… Y eso por no hablar de las palizas, los incendios y quién sabe cuántos cadáveres. Y tú dices que esto es una crueldad. No fastidies, Joshua; en comparación con las actividades de Malco, esto es un juego de niños.

Burch se hundió unos centímetros más en la silla y volvió a coger el boceto. Lo estudió durante largo rato y después lo soltó una vez más.

—Es chantaje.

—Llámalo chantaje, crueldad o lo que quieras. Me da igual. Quiero a Lance Malco en la cárcel.

—Entonces, dejemos las cosas claras, Jesse. Le ofreces diez años y, si dice que no, le darás el nombre de Hugh Malco al FBI.

—No exactamente. Si dice que no, lo llevaré a juicio en el condado de Hancock dentro de seis días y el jurado lo declarará culpable de todos los cargos porque su culpabilidad es obvia. Después iré al FBI con el nombre de su hijo. Ambos pasarán mucho tiempo entre rejas.

—Entendido. Y, si acepta el trato, no les dices.

—Te doy mi palabra. No puedo prometer que los federales no encuentren a Hugh de otra forma, pero no seré yo quien les dé su nombre. Lo juro.

Burch se puso de pie, se acercó a una ventana, miró hacia el exterior, no vio nada, volvió y se apoyó en la barandilla.

—¿Y qué pasa con Bobby Lopez?

—¿Qué más da? Se acoge al mismo trato que Haberstroh y Coot Reed: se declara culpable, le conceden la libertad condicional, un tirón de orejas… y hasta nunca.

—¿Sin cárcel?

—Ni un día más entre rejas.

Burch se acercó a la mesa y cogió el boceto.

—¿Te importa si me lo llevo?

—Es para ti. Ve a enseñárselo a tu cliente.

—Esto es chantaje.

—Me gusta más lo de «crueldad», pero no pasa nada. Tienes veinticuatro horas.

Lance Malco estaba de pie detrás de su escritorio, con la mirada clavada en la pared. Nevin Noll, sentado en una silla a un lado del despacho, le daba caladas a un cigarrillo. Hugh, plantado junto a la puerta, parecía estar a punto de echarse a llorar. Burch estaba sentado en medio de la habitación bajo una nube de humo. El retrato robot presidía el centro del escritorio.

—¿Cuánto tiempo cumpliría? —preguntó Lance.

—Alrededor de dos tercios de la sentencia. Con buena conducta.

—Menudo hijo de puta —murmuró Hugh por enésima vez.

—¿Alguna posibilidad de que me trasladen aquí, a la cárcel del condado?

—Quizá al cabo de un par de años. Supongo que Lorzas podría mover algunos hilos.

—Menudo hijo de puta.

Lance se acercó despacio a su silla giratoria y se sentó. Sonrió a Burch y le dijo:

—Soy capaz de aguantar lo que me echen, Burch. No le tengo miedo a la cárcel.

El susodicho llamó a Jesse e intentó charlar con él como si fueran viejos amigos. El favor que quería era una audiencia discreta y rápida para acabar cuanto antes. Sin embargo, se negó: era su momento y quería un espectáculo.

El 12 de mayo, una multitud se dio cita en la sala del juzgado para presenciar un hecho histórico. La primera fila estaba llena de periodistas y, detrás de ellos, varias decenas de espectadores esperaban ansiosos para ver si los rumores eran ciertos. Todo juzgado contaba con un hatajo de abogados aburridos o semirretirados a los que no se les escapaba nada y que tenían un don para difundir cotilleos. Allí estaban todos. Como eran trabajadores de la casa, tenían permitido cruzar la barandilla, pasearse con los secretarios e incluso sentarse en el estrado del jurado cuando no se estaba utilizando. Keith no era uno de ellos, así que ocupó un asiento cerca de la mesa de la acusación. Mientras observaba con aire distraído a la concurrencia, estableció contacto visual con Hugh. No fue agradable. Si las miradas mataran...

Ni Carmen Malco ni sus otros dos hijos adultos estaban presentes. Lance no quería ni que se acercaran al juzgado. Ya tendrían suficiente con la brutalidad de los titulares.

Un alguacil llamó al orden a la sala y todos se pusieron en pie. El juez Oliphant apareció y ocupó su lugar en el estrado. Hizo un gesto a todos los presentes para que se sentaran y le cedió la palabra al señor Rudy. Jesse anunció que el Estado y el acusado Bobby Lopez habían llegado a un acuerdo.

Joshua Burch se levantó de inmediato y caminó con pomposidad hasta el estrado, desde donde le hizo un gesto a su cliente para que se uniera a él. Jesse se colocó al otro lado. La sala prestó atención mientras el juez leía los cargos. Lopez se declaró culpable de todos ellos y se le ordenó que regresara al cabo de un mes para recibir la sentencia. Mientras volvía a su asiento, su señoría dio paso a «El estado de Mississippi contra Lance Malco». El acusado se levantó de la silla que ocupaba a la mesa de la defensa y avanzó como si no tuviera nada que temer. Vestido con un traje oscuro, una camisa blanca almidonada y una corbata con estampado de cachemira, cualquiera lo habría tomado por uno de los abogados. Pasó junto a Jesse sin establecer contacto. Se colocó entre Burch y el fiscal de distrito y miró al juez con arrogancia.

Después de declararse culpable de un cargo de «controlar el uso de un lugar y permitir conscientemente que otra persona utilizara dicho lugar para la prostitución», se le preguntó si estaba listo para recibir la sentencia. Burch respondió que sí. El juez Oliphant lo sentenció a diez años en la penitenciaría estatal de Parchman y le impuso una multa de cinco mil dólares. Malco aceptó la sentencia sin inmutarse y ni siquiera pestañeó.

Oliphant dijo:

—Lo pongo bajo custodia del sheriff del condado para que lo traslade a Parchman.

Malco asintió, no dijo nada y volvió a su silla con paso orgulloso. Cuando se suspendió la vista, dos alguaciles lo sacaron de la sala por una puerta lateral y lo llevaron a la cárcel del condado.

A la mañana siguiente, el titular en negrita del *Gulf Coast Register* lo decía todo: MALCO SE DECLARA CULPABLE. ORDENADO SU INGRESO EN PRISIÓN. Una foto de gran tamaño mostraba a Lance esposado mientras lo conducían hasta un coche patrulla; Hugh iba un paso por detrás de él.

Jesse compró varias copias y pensaba enmarcar una para el «muro del ego» de su despacho.

Dos días después, un Ford marrón y largo salió de la cárcel del condado al amanecer con el sheriff adjunto Rudd Kilgore al volante, Lorzas en el asiento del copiloto y el prisionero en la parte de atrás, sin esposas. Hugh había insistido en hacer el viaje de cinco horas con ellos e iba sentado junto a su padre. Durante la primera hora, mientras bebían café rancio en vasos de papel, hablaron poco. El tema de Jesse Rudy no tardó mucho en salir y entre todos pusieron al fiscal de distrito a caer de un burro.

Lorzas llevaba dieciséis años gobernando en el condado de Harrison como un dictador y se negaba a preocuparse en exceso, aunque había cierta inquietud ahora que Rudy estaba compinchado con el FBI. Lance le advirtió al sheriff que Jesse estaba fuera de control y que su audacia no haría más que aumentar. Si conseguía acabar con la prostitución y las apuestas, la mayoría de los clubes nocturnos cerrarían y los ingresos de Lorzas se verían seriamente mermados. Los bares y los clubes de estriptis eran legales, así que no necesitarían la protección del sheriff. Aquel le aseguró que era consciente de ello.

Hicieron una parada en Hattiesburg para tomarse un buen desayuno y luego continuaron hacia Jackson y más allá. Cuando empezaron a acercarse a Yazoo City, las montañas se aplanaron y llegaron al delta: un kilómetro tras otro de uno de los suelos más fértiles de la tierra, casi todo cubierto de perfectas hileras de verdes tallos de algodón que llegaban hasta las rodillas.

Hugh nunca había visto el delta y le resultó deprimente. Cuanto más se adentraban en él, más odiaba a Jesse Rudy.

Lance ya echaba de menos la costa.

36

Un cálido fin de semana de finales de septiembre, la familia
Rudy al completo, junto con todos los trabajadores del bufete
de abogados y al menos un centenar de amigos y familiares más,
invadieron la ciudad de Meridian, situada unas dos horas y media al norte de la costa. La ocasión era la boda de Keith Rudy y
Ainsley Hart. La pareja se había conocido en la Ole Miss cuando él estaba en tercero de Derecho y ella empezando la diplo-
matura de Música. Ainsley acababa de graduarse y estaba trabajando en Jackson. Se habían cansado del esfuerzo que suponía
mantener una relación a distancia y por fin decidieron fijar una
fecha. Keith le había confesado a su padre que no estaba preparado para casarse porque no tenía claro que pudiera permitirse
una esposa. Jesse le explicó que nadie podía. Si esperaba hasta
considerar que estaba preparado, no se casaría nunca. Era hora
de comportarse como un hombre y dar el paso.

Los amigos de la universidad de Keith habían presionado
mucho para que la boda se celebrara en Biloxi y así salir por los
clubes nocturnos a disfrutar de las estríperes. Al principio, el
joven pensó que se trataba de una broma bien organizada, pero,
cuando se dio cuenta de que algunos iban en serio, se negó en
rotundo. Ainsley también. Ella prefería una boda como es debido en la Primera Iglesia Presbiteriana, donde la habían bauti-
zado. Los Hart eran protestantes convencidos. Los Rudy, católicos acérrimos. Durante el noviazgo, la pareja había comentado
varias veces el tema de la afiliación eclesiástica, pero, como era

un asunto delicado, no habían llegado a ninguna conclusión y esperaban que las cosas se solucionaran más adelante. Acordaron ir cada uno por su lado los domingos y no tenían ni idea de qué pasaría cuando los hijos aparecieran en escena.

El viernes por la noche, Jesse y Agnes ofrecieron una espléndida cena en el club de campo. Ochenta invitados vestidos de cóctel comieron ostras crudas, gambas a la plancha y platija rellena, todo ello regalo de un mayorista de Point Cadet, uno de los mejores amigos de Jesse. Su almacén estaba justo al lado de la fábrica de conservas en la que el padre de Jesse había trabajado diez horas al día desbullando ostras cuando era un chaval.

Muchos de los presbiterianos eran abstemios, aunque beber no era un pecado tan mortal como creían los baptistas y la mayoría disfrutaba de un vino con la cena. Sin embargo, les sorprendió la cantidad de alcohol que consumieron los invitados de la costa. Habían oído hablar de la gente de Biloxi y de su despreocupado estilo de vida. Ahora lo estaban viendo con sus propios ojos.

Comenzaron los brindis y sirvieron más vino. Tim Rudy, con el pelo hasta los hombros y una barba espesa, llegó justo a tiempo tras coger un avión desde Montana. Contó anécdotas graciosas sobre su hermano mayor, el chico perfecto que nunca se metía en líos. Él vivía metiéndose en líos y a menudo recurría a Keith en busca de apoyo cuando su padre estaba a punto de matarlo. Un compañero de universidad contó una historia que hizo que todo el mundo estallara en carcajadas, sobre todo a la luz de la creciente reputación de Jesse. Al parecer, un fin de semana en el que él y Agnes estaban fuera de la ciudad, un coche lleno de juerguistas llegó desde la Universidad del Sur de Mississippi e invadió su casa. Recogieron a Keith y se fueron al Strip. En un antro conocido como el Foxy's, bebieron sin parar, pero no pasó nada. El chico les explicó que la cerveza estaba aguada y que las copas eran poco más que agua azucarada. Exigieron que les dieran una botella de whisky, pero el camarero se negó. Amenazaron con irse a otro sitio, pero Keith les advirtió que la mayoría de los bares servían la misma porquería. Cuando empezaron a armar demasiado alboroto, un portero les pidió que se marcharan. ¿Quién se lo iba a imaginar? ¡Keith Rudy expulsado de un club de estriptis de Biloxi! El compañero de piso dio a entender que quizá un par de chicos incluso hubieran subido a las habitaciones de arriba, pero Keith, desde luego, no. Joey Grasich rememoró sus días de infancia en Point y sus aventuras pescando y navegando por el estrecho. Se mostró agradecido por su amistad de toda la vida con Keith y Denny Smith; a Hugh, por supuesto, no lo mencionó.

Jesse terminó la cena con un homenaje a su hijo. Pese a ser un hombre que había dado miles de discursos, le costó mucho llegar al final. Cuando terminó, apenas quedaban ojos secos.

Un grupo de soul animó el ambiente y la fiesta se trasladó a la pista de baile. A medianoche, Jesse y Agnes dejaron a los jóvenes y se dirigieron a su hotel.

A primera hora de la mañana siguiente, los padres de Ainsley se despertaron aterrorizados. Habían subestimado muchísimo la cantidad de cerveza, licor y vino que se necesitaría esa noche para la cena nupcial. Asistirían más de trescientos invitados, casi la mitad de ellos de Biloxi, y esos católicos bebían como cosacos. El señor Hart se pasó la mañana saqueando licorerías y comprando barriles de cerveza.

La ceremonia se celebró a las cinco de la tarde y transcurrió según lo previsto, con algunos de los ocho testigos por parte del novio mostrando evidentes síntomas de que la noche anterior había sido larga. Jesse fue el orgulloso padrino de su hijo. Ainsley nunca había estado más guapa.

A Haley Stofer lo arrestaron en San Luis por conducir borracho. Pagó la fianza en metálico y ya casi había salido de la comisaría cuando su nombre apareció en una lista de personas buscadas. Por lo visto, el acusado había tenido algún que otro problemilla en Mississippi. Había una orden de detención pendiente basada en una antigua acusación de tráfico de drogas.

Tardaron un mes en extraditarlo al condado de Harrison y, cuando Jesse vio su nombre en el registro semanal de la cárcel, lo dejó todo y fue a hacerle una visita.

Un alguacil metió a Stofer a empujones en la sala donde lo esperaba el fiscal de distrito. Este lo miró de arriba abajo y se fijó en el rostro demacrado y sin afeitar, en el mono naranja descolorido, en las esposas… Incluso llevaba cadenas en los tobillos, porque, al fin y al cabo, era traficante de drogas.

—¿Dónde has estado, Stofer? —preguntó Jesse.

—Me alegro de volver a verlo, señor Rudy.

—No lo creo. Mira, no he venido hasta aquí para remover el pasado. Te he traído una copia de la acusación, me ha parecido que quizá te convendría refrescar la memoria. ¿Qué te dije en su momento?

—Me dijo que me marchara de la ciudad. Que los malos me perseguían. Que estaba a un paso de que me mataran.

—Cierto, pero también te dije que me llamaras una vez a la semana. El trato era que estuvieras disponible para testificar contra Lance Malco. En cambio, desapareciste y me dejaste colgado.

—Fue usted quien me dijo que escapara.

—No voy a discutir. Te descontaré los diez años por fugarte estando bajo fianza.

—Testifiqué ante el gran jurado y conseguí las acusaciones.

—Vale, te quitaré otros quince. Te quedarán otros quince por tráfico de drogas.

—No puedo cumplir quince años de condena, señor Rudy. Por favor.

—No tendrás que hacerlo. Con buen comportamiento, puede que salgas dentro de diez.

Jesse se levantó de golpe, dejó la acusación sobre la mesa y se dirigió hacia la puerta.

El otro dijo, suplicante:

—Me cogerán, ya lo sabe. No podía volver.

—Ese no era el trato, Stofer.

—Todo es culpa suya. Me obligó a infiltrarme.

—No, Stofer, tú decidiste traficar con drogas. Ahora pagarás las consecuencias.

El fiscal salió de la sala.

Siguiendo las órdenes que Lance había dejado dadas, Hugh se trasladó al despacho grande y se hizo cargo del negocio familiar. En él se incluían los clubes de estriptis —el Red Velvet, el Foxy's, el O'Malley's, el Truck Stop y el Desperado, antes conocido como el Carousel—, así como dos bares donde se reunían los corredores de apuestas; unas cuantas tiendas de comestibles utilizadas para blanquear dinero en efectivo; tres moteles que en su día se habían usado para alojar a las prostitutas, pero que ahora estaban prácticamente vacíos; dos restaurantes que, por extraño que parezca, nunca se habían utilizado para actividades ilegales; bloques de apartamentos; terrenos sin edificar cerca de la playa; y varios apartamentos en Florida. Lance era el único propietario de todo, a excepción de la casa familiar, cuyas escrituras había puesto a nombre de Carmen. Ella no había solicitado el divorcio y que su marido estuviera entre rejas le suponía un alivio. Habían acordado que su hijo la mantendría con alrededor de mil dólares mensuales. El hermano y la hermana de Hugh habían abandonado la costa y tenían poco contacto con la familia.

Lance consideraba que su temporadita en Parchman no era más que un contratiempo transitorio, un precio a pagar por sus riquezas y al que podría sobrevivir sin problema. Planeaba dirigir su imperio en la sombra y volver pronto, mucho antes de que se cumplieran los diez años que el señor Rudy tenía en mente. Con Hugh en su puesto dirigiendo el negocio y con Nevin Noll como mano derecha, confiaba en que sus activos estuvieran seguros. Sus apuros terminarían pronto.

Sin embargo, al cabo de seis meses, las cifras eran bajas. Con las severas restricciones que se habían impuesto sobre los juegos de azar y la prostitución, el hampa de Biloxi estaba sufriendo otro revés. Había demasiados clubes y bares y pocos clientes.

La condena y el posterior encierro de Lance Malco habían provocado escalofríos en el Strip. Jesse Rudy iba a por los capos del crimen y nadie sabía quién sería el siguiente. Para empeorar aún más las cosas, el fiscal tenía a la policía estatal de su lado y al FBI al acecho.

La ley estatal le impedía ocupar el cargo durante más de cuatro años, así que el gobernador Bill Waller empezó a hacer las maletas cuando 1975 llegaba a su fin. Su mandato había sido un éxito. Aunque el estado seguía rezagado en materias de educación, sanidad y, sobre todo, derechos civiles, había sido el primer gobernador en impulsar una agenda progresista. No se había cansado de la política y soñaba con convertirse en senador de Estados Unidos, pero en aquel momento John Stennis y James Eastland controlaban con firmeza los dos escaños. Planeaba abrir un bufete privado en Jackson y tenía ganas de volver a los tribunales.

A principios de diciembre invitó a Jesse y Keith a comer en la mansión del gobernador. Waller había seguido de cerca el caso de Malco y quería que lo pusieran al día de los cotilleos de la costa. Le encantaba el marisco y, como regalo de despedida, Jesse le llevó una nevera llena de ostras, gambas y cangrejos frescos. El cocinero los preparó y el gobernador, que era un hombre corpulento con un apetito impresionante, disfrutó del banquete.

Charlaron sobre Malco y Waller informó a los Rudy de que su «personal penitenciario» lo había informado de que el recluso estaba bien y trabajaba en la biblioteca de la prisión. Había conseguido procurarse una celda individual, aunque, como todas las demás, carecía de aire acondicionado. Jesse bromeó diciendo que esperaba que enviaran a Malco a los campos a recoger algodón, como se hacía con los delincuentes comunes.

—Dígale a su gente que lo vigile —continuó Jesse—. Tiene mucho dinero y los sobornos siempre funcionan bien en la cárcel.

Se rieron bastante a costa del tipo. Keith sabía qué lugar le correspondía en aquella mesa y habló poco. El hecho de estar comiendo en la mansión y con el mismísimo gobernador lo tenía abrumado.

Waller se puso serio y le preguntó a Jesse:

—Bueno, ¿tienes algún plan para cuando dejes de ser fiscal de distrito?

La pregunta lo pilló desprevenido y contestó:

—La verdad es que no. Aún me queda mucho trabajo por hacer ahí abajo.

—¿Puedes hacer algo para coger a ese sheriff? Bowman lleva años aceptando pagos de la mafia.

—Pienso en él todos los días, gobernador, pero es muy escurridizo.

—Lo cogerás. Te ayudaré en todo lo que pueda.

—Ya ha hecho mucho. Sin la policía estatal, no estaríamos donde estamos. La gente de la costa está muy en deuda con usted.

—Votaron por mí, no podría pedirles más. —Atacó una ostra cruda. Después de tragársela, dijo—: Verás, Jesse, en este estado el Partido Demócrata es un desastre, no hay mucho talento progresista; las opciones son muy escasas, en mi opinión. Últimamente estoy hablando con mucha gente sobre nuestro futuro y tu nombre no para de salir una y otra vez. Creo que deberías plantearte presentarte a nivel estatal. A fiscal general y, luego, quizá a este puesto.

Jesse intento desviar el tema con una risa falsa.

—Mire, gobernador, soy católico. Está claro que en Mississippi somos una minoría.

—Tonterías. Este estado votó a JFK en 1960, nunca lo olvides.

—Por poco, y, con la excepción de George Wallace, el voto ha sido republicano desde entonces.

—Bah, todavía ganamos a nivel estatal. La verdad, no me imagino a la gente de Mississippi eligiendo a un gobernador republicano. Tu religión no será un factor importante. Solo necesitamos nuevos talentos.

—Me halaga, gobernador, pero tengo cincuenta y un años. Después de este próximo mandato como fiscal, tendré cincuenta y seis; no seré lo que se dice un jovencito.

—Yo tengo cincuenta, Jesse, y no tengo ninguna gana de retirarme a una residencia. Pienso presentarme al Senado, si es que alguna vez surge una vacante, cosa que dudo. Es como si se te metiera en la sangre, ¿sabes?

—Insisto, me siento halagado, pero no lo veo.

—¿Y tú, Keith?

Este estuvo a punto de atragantarse con una gamba a la plancha. Tragó saliva y consiguió decir:

—Supongo que soy el caso totalmente contrario. Solo tengo veintisiete años.

—El mejor momento para empezar. Me gusta cómo te desenvuelves, Keith, tienes la misma personalidad que tu padre. Por no hablar del apellido, claro, que podría resultar de gran valor.

La conversación no era nueva. Padre e hijo habían comentado la posibilidad de que este último intentase ganar un escaño en la legislatura estatal, el habitual punto de partida para los políticos jóvenes y ambiciosos del estado. Keith aún no era capaz de reconocer ante nadie, ni siquiera su padre, que soñaba con vivir en la mismísima mansión en la que estaba comiendo en esos momentos.

Jesse sonrió y contestó:

—Se lo está pensando, gobernador.

—A ver qué te parece esta idea —dijo Waller—. A. F. Sumner acaba de salir reelegido para cumplir su tercer mandato como fiscal general. No sé por qué al gobernador le dan solo cuatro años cuando los demás pueden ocupar el cargo de por vida, pero así es la ley. Ya se sabe que a la legislatura estatal no le interesa tener un gobernador fuerte. El caso es que soy amigo de A. F. y me debe varios favores. Plantéate venirte a Jackson y trabajar en la oficina del fiscal general unos años. Yo estaré por aquí y podré presentarte a mucha gente. Será una gran experiencia.

Keith se sintió halagado, pero no estaba dispuesto a abandonar la costa.

—Es muy generoso, gobernador, pero me he casado hace poco y acabamos de instalarnos en nuestro apartamento. El bufete está creciendo y nos están llegando buenos casos.

—Pasadme unos cuantos. Estoy a punto de quedarme en paro.

—Pero gracias, gobernador.

—No hay prisa. La oferta sigue en pie. Puede que dentro de un par de años.

—Me lo pensaré, sin duda.

Jesse tenía que pedirle un último favor. Se rumoreaba que el jefe de la policía estatal iba a conservar su puesto a pesar del cambio de administración. Él quería que su cooperación fuera continua durante los siguientes cuatro años. Los siete asesinatos sin resolver, todos relacionados con bandas, en opinión de Jesse, seguían atormentándolo. Lorzas nunca había mostrado interés y los casos seguían estancados. Necesitaba más hombres del estado y quería reunirse con el jefe para pedirle ayuda.

Al gobernador solo le quedaba un mes en el cargo y sería capaz de prometer cualquier cosa.

37

La novedad se produjo en febrero de 1976, unos siete años después del asesinato, cuando un contrabandista llamado Bayard Wolf no pudo seguir soportando el dolor y decidió que había llegado el momento de ir a ver a un médico. Su mujer lo llevó en coche a Tupelo para que le hicieran unas pruebas que no salieron bien. Le diagnosticaron cáncer de páncreas avanzado y le dijeron que le quedaba poco tiempo de vida.

Wolf vivía en la zona rural del condado de Tippah, uno de los más áridos del estado, y durante años se había ganado bien la vida vendiendo cerveza ilegal a los clientes sedientos, muchos de ellos adolescentes. De joven, fue miembro de la mafia de State Line y en una ocasión había trabajado en un club propiedad de Ginger Redfield y de su marido. Su segunda esposa lo convenció para que abandonara aquel mundo inestable y peligroso e intentara enderezarse. El contrabando de cerveza era un delito fácil e inofensivo, sin amenazas de violencia. El sheriff lo dejaba tranquilo porque prestaba un servicio muy necesario y mantenía a los chicos alejados de las carreteras de Tupelo y Memphis.

Sin que ni su mujer ni el sheriff lo supieran, Wolf mantenía contactos con la mafia Dixie y prestaba un servicio que poca gente podía ofrecer. En el negocio, su apodo era el Bróker. Por una buena tarifa, hacía de enlace entre un hombre con dinero y rencor y un asesino a sueldo profesional. Desde el abrigo de su discreta granja cercana a Walnut, en Mississippi, había organizado numerosos asesinatos por encargo. Era el hombre al que había que acudir cuando el asesinato era la única opción.

Cuando descubrió que se enfrentaba a una muerte inminente, Wolf desarrolló un repentino interés en Dios. Sus pecados eran numerosos, mucho más impresionantes que los de la mayoría, y se convirtieron en cargas demasiado pesadas para él. Creía en el cielo y en el infierno y estaba asustado por lo que le esperaba. Durante un servicio religioso nocturno celebrado con la intención de motivar a los pecadores a confesar sus culpas, Wolf recorrió el pasillo hasta el altar, donde lo esperaba el evangelista. Entre lágrimas reconoció su pasado pecaminoso, aunque en aquel emotivo instante no ofreció muchos detalles. La congregación se alegró de que un famoso delincuente y pecador hubiera encontrado al Señor y lo celebró con él.

Tras su dramática conversión, que fue auténtica, Wolf sintió un enorme alivio, pero su pasado seguía atormentándolo. Se sentía responsable de muchos crímenes horribles que continuaban obsesionándolo. Con el transcurso de las semanas, su deterioro físico se hizo evidente. Mental y emocionalmente no estaba en paz. Su predicador lo visitaba una vez al día para celebrar un oficio religioso y rezar y, en varias ocasiones, Wolf sintió que el espíritu lo invitaba a confesarlo todo. Sin embargo, no era capaz de reunir el valor necesario y la culpa se hacía cada vez más pesada.

Dos meses después del diagnóstico, el contrabandista había perdido dieciocho kilos y no podía levantarse de la cama. El final estaba cerca y él aún no estaba preparado. Llamó al sheriff y le pidió que se pasara por allí cuando estuviera con el predicador. Con su esposa sentada a los pies de la cama, el sheriff tomando notas y el predicador imponiéndole las manos sobre la manta, Wolf empezó a hablar.

Esa tarde, el sheriff viajó en coche hasta Jackson y se reunió con el jefe de la policía estatal. A la mañana siguiente, dos agentes y dos técnicos se personaron en el domicilio de Wolf. Instalaron a toda prisa una cámara y una grabadora a los pies de la cama.

Con la voz fatigada, rasposa y a menudo entrecortada, habló. Dio detalles de asesinatos por encargo que se remontaban hasta hacía dos décadas. Dio los nombres de quienes los habían ordenado y recordó los honorarios que pagaron. Señaló a los intermediarios. Dijo quiénes fueron las víctimas. Cuanto más hablaba, más cabezadas daba. Muy sedado y víctima de un intenso dolor, a veces se dormía y de vez en cuando se le iba la cabeza. Algunos casos los recordaba con detalle; otros habían ocurrido hacía demasiado tiempo.

El sheriff estaba de pie junto a la puerta, negando con la cabeza a causa de la incredulidad.

La señora Wolf se sintió sobrepasada y tuvo que abandonar la habitación. Sirvió café y ofreció galletas, pero nadie tenía hambre.

El hombre murió tres días después, en paz consigo mismo. Su predicador le había asegurado que Dios perdona todos los pecados cuando se confiesan ante él. Wolf no creía que el Señor hubiera oído nunca una confesión tan monumental, pero la fe lo llevó a aceptar las promesas y, cuando exhaló su último suspiro, sonreía.

Dejó tras él un enorme tesoro de datos que tardaría años en desentrañarse. Diecinueve asesinatos en ocho estados distintos a lo largo de veintiún años. Maridos celosos, esposas celosas, novias celosas, socios enemistados, hermanos en guerra, estafadores, inversores engañados, un político corrupto e incluso un policía deshonesto.

Y un propietario de clubes nocturnos decidido a eliminar a la competencia.

Según Wolf, un hombre llamado Nevin Noll se había reunido con él en un bar de Tupelo. El Bróker conocía bastante bien Biloxi e incluso había visitado los clubes hacía años. Nunca se había topado con Malco, pero, desde luego, había oído hablar de él. Wolf sabía que Noll llevaba mucho tiempo trabajando de matón para Lance, aunque no hizo por averiguar de dónde había salido el dinero. Esa pregunta siempre estaba prohibida. Nevin le entregó veinte mil dólares en efectivo por matar a Dusty Cromwell, otro delincuente con un pasado aún más turbio. El Bróker supuso que se estaba produciendo otra guerra territorial en Biloxi y que Malco estaba en medio. Esas actividades eran habituales en aquella zona y Wolf conocía a algunos de los implicados.

Wolf se quedó con el 10 por ciento del dinero, su tarifa habitual, e hizo de intermediario con el sicario. Su asesino a sueldo favorito era Johnny Clark, un antiguo francotirador del ejército al que habían expulsado del cuerpo por cometer verdaderas atrocidades en Vietnam. Su apodo, susurrado solo en ciertos círculos, era el Fusilero. El Bróker quedó con él en el mismo bar de Tupelo y le entregó el resto del dinero. Dos meses después, Dusty Cromwell quedó prácticamente decapitado mientras paseaba por una playa de Biloxi con su novia.

Wolf aseguró no saber nada de los demás asesinatos sin resolver de la costa. Algunos tenían toda la pinta de ser golpes profesionales; otros parecían obra de matones locales para ajustar cuentas.

En mayo, Jesse Rudy se desplazó hasta Jackson para asistir a una reunión en las oficinas centrales de la policía estatal. Lo pusieron en antecedentes sobre Bayard Wolf y le mostraron el fragmento de vídeo en el que narraba su participación en el asesinato de Cromwell. Era un giro pasmoso de los acontecimientos que Rudy no se había planteado de ninguna de las maneras y que suponía un reto enorme para cualquier fiscal.

En primer lugar, Wolf, el testigo estrella, estaba muerto. En segundo lugar, su testimonio grabado jamás se admitiría ante un tribunal. Ningún juez lo permitiría, por muy crucial que fuera, porque la defensa no tendría oportunidad de interrogar al testigo. Aunque hubiera asegurado decir la verdad, era imposible que un jurado lo viera o escuchase. Admitir el testimonio sería un claro error que llevaría a la revocación del juicio.

El tercer problema, como ya había descubierto la policía, era que no había ni rastro del tal Johnny Clark. Wolf creía que vivía cerca de Opelika, en Alabama. Los policías municipales encontraron a tres hombres con ese nombre en la zona, pero no llegaron a considerar sospechoso a ninguno de ellos. La policía estatal de Alabama localizó a otros cuarenta y tres Johnny Clark en el resto del estado y los descartó a todos. Además, según Wolf, el Fusilero era responsable de otros dos asesinatos por encargo en ese estado, así que la policía de por allí ya tenía bastante trabajo. El número de teléfono mediante el que él se ponía en contacto con Clark se había dado de baja hacía tres años. Lo rastrearon hasta un parque de caravanas del pueblo de Lanett, en Alabama, y, en concreto, hasta una caravana que ya no se hallaba allí. Estaba a nombre de una mujer llamada Irene Harris, que, por supuesto, había desaparecido junto con su vehículo. No la habían encontrado, pero seguían buscándola.

La policía estatal y Jesse estaban de acuerdo en que debían suponer que un asesino profesional con un pasado tan escabroso se movería constantemente y se ocultaría tras varios alias.

Según los registros del Ejército de Estados Unidos, en Vietnam habían servido veintisiete hombres llamados Johnny Clark; ninguno de ellos había sido expulsado por conducta deshonrosa. Dos habían muerto en combate.

La policía estatal intentó investigar hasta el último ángulo de la historia de Wolf. No dudaban de lo esencial: los diecinueve asesinatos por encargo. Con los nombres de las víctimas en la mano fue bastante fácil rastrear los casos sin resolver en los ocho estados. Sin embargo, resultaba imposible verificar todos los detalles que Wolf les había dado.

Jesse no recordaba las tres horas del trayecto de vuelta a Biloxi. En la mente le bullían escenarios, estrategias, preguntas y pocas respuestas. El asesinato por encargo era un delito capital en el estado de Mississippi y la belleza de poder llevar a juicio a Lance Malco, a Nevin Noll y a otros por el asesinato de Dusty

Cromwell entusiasmaría a cualquier fiscal. Merecían el corredor de la muerte, pero encerrarlos allí parecía imposible. No había testigos y en la escena del crimen no se encontró nada. La bala de alto calibre que le entró a Dusty por la mejilla derecha y le salió por la nuca no apareció jamás. Por lo tanto, no había informe de balística, ni arma ni pruebas de ningún tipo que mostrarle a un jurado.

En el despacho, Jesse informó a Egan Clement de lo ocurrido en la reunión de Jackson. Era un alivio saber al fin quién había asesinado a Cromwell, aunque Lance había sido sospechoso desde el principio. La confirmación, no obstante, resultaba una victoria vacía, puesto que no había una ruta clara hacia la acusación.

Archivaron la información, añadieron memorandos a unos expedientes demasiado finos y esperaron la siguiente llamada de la policía estatal. Se produjo un mes más tarde y fue una pérdida de tiempo. No habían conseguido ningún dato más. Las otras dieciocho investigaciones avanzaban a trompicones, la mayoría con el mismo éxito que el caso de Cromwell. Los chivatazos de Wolf tenían a la policía de ocho estados rompiéndose los cuernos sin obtener apenas resultados. Buscaban a sicarios expertos que apenas dejaban rastro. Se adentraban en el mundo del hampa, que no era precisamente su sitio. Intentaban hacer justicia a víctimas que también eran delincuentes. Trataban de seguir rastros de dinero en metálico sin esperanza de lograr nada.

Pasó otro mes, y luego otro, y seguían sin tener suerte. Pero las investigaciones provocaron murmuraciones y estas cobraron vida propia. Los rumores se extendieron por los bajos fondos y en innumerables bares y tugurios se corrió la voz de que Wolf había hablado demasiado antes de morir.

A lo largo de los últimos quince años, Nevin Noll había perfeccionado las normas que regían los encuentros con los desconocidos que entraban en un bar buscándolo: enterarse de su nombre, preguntarle qué demonios quería y decirle que el señor Noll no estaba. Quizá volviera al día siguiente o a lo mejor estaba fuera de la ciudad. Nunca quedes con un hombre del que no sabes nada.

Pero el desconocido no era ajeno a las costumbres de los capos de la mafia y, además, tenía prisa. En una servilleta escribió «Bayard Wolf», se la dejó al camarero y le dijo: «Volveré dentro de una hora. Por favor, dile al señor Noll que es un asunto urgente». Se marchó sin dar su nombre.

Una hora más tarde, el susodicho estaba en la playa, sentado a una mesa de pícnic y contemplando el mar. El desconocido se acercó y se detuvo a metro y medio de distancia. Ellos no se conocían, pero sí habían conocido a Wolf. Un encuentro entre el hombre del resentimiento y el hombre de la pistola.

El desconocido habló durante dos minutos, volvió al aparcamiento y se marchó. Le dijo a Noll que Bayard Wolf se lo había contado todo a la policía antes de morir. Que sabían que Malco había ordenado el golpe y que él mismo le había dado veinte mil dólares a Wolf. Sabían que el Fusilero había apretado el gatillo.

El fiscal de Biloxi estaba investigando el asesinato de Cromwell.

38

Había aprendido a fabricar bombas hacía diez años, tras unirse al Ku Klux Klan. Por aquel entonces trabajaba para un constructor que se dedicaba a demoler edificios antiguos para erigir otros nuevos. En su empleo diurno asimiló los principios básicos de la demolición y se convirtió en un experto en el uso del TNT y la dinamita. En su tiempo libre disfrutaba fabricando bombas que arrasaban las iglesias de los negros y las casas de los blancos que simpatizaban con ellos. Terminó de cogerle el truco en 1969, cuando el Ku Klux Klan les declaró la guerra a los judíos de Mississippi e inició una campaña terrorista de dieciocho meses. Los acusaban de financiar el sinsentido de los derechos civiles y prometieron echarlos a todos del estado, a los tres mil que había. Sus bombas destruyeron casas, negocios, escuelas y sinagogas. Al final el FBI intervino y le fastidió la diversión. Lo llevaron ante la justicia, pero un jurado compuesto exclusivamente por blancos lo absolvió.

Ahora trabajaba por cuenta propia y aceptaba encargos esporádicos en los que un empresario corrupto necesitaba volar un edificio para estafar al seguro. Hacía años que sus bombas no mataban a nadie y estaba entusiasmado con el reto.

El nombre que llevaba bordado en el bolsillo izquierdo de la camisa marrón era LYLE y así sería hasta que concluyera la misión. Su verdadera identidad estaba oculta, junto con su cartera, el dinero en efectivo y dos pistolas, bajo la cama de su habitación de motel, a un kilómetro y medio de distancia.

Eran las 12.05 del viernes 20 de agosto de 1976 y Lyle estaba esperando, sentado en la cabina de su camioneta, una Dodge de 1973 de color azul oscuro y media tonelada. Estaba aparcada en una calle estrecha cercana al juzgado, con una sencilla ruta de escape. Había elegido un viernes de agosto porque la actividad jurídica del condado se paralizaba casi por completo en esas fechas. El juzgado se encontraba prácticamente desierto. Los abogados, los jueces y los secretarios que no estaban de vacaciones comenzaban a escabullirse para disfrutar de un largo almuerzo que daría paso a un largo fin de semana. Muchos no volverían por la tarde.

Lyle no quería daños colaterales, víctimas innecesarias. Tampoco quería testigos, personas que más tarde afirmaran que habían visto a un repartidor de UPS en el primer piso justo antes de la explosión. Russ, el verdadero empleado, entregaba los martes y los jueves y los habituales del juzgado lo conocían de sobra. Una entrega extraña un viernes a esas horas atraería alguna que otra mirada.

De la caja de la camioneta, sacó tres cajas, todas ellas de cartón marrón. Dos estaban vacías y no llevaban etiquetas ni marcas de ningún tipo. La tercera medía veinticinco por treinta y cinco centímetros y quince de fondo. Pesaba dos kilos y medio y contenía un bloque de Semtex, un explosivo militar plástico y moldeable. La etiqueta del envío se dirigía al «Honorable fiscal de distrito Jesse Rudy, despacho 214, Juzgado del Condado de Harrison, Biloxi, Mississippi». El remitente era «Appellate Reporter, Inc.», con dirección de Wilmington, en Delaware. Se trataba de una empresa legítima que llevaba décadas publicando libros de derecho. Tres semanas antes, el señor Rudy había recibido un paquete idéntico, entregado por Russ. En su interior había dos gruesos volúmenes encuadernados en piel y una carta de la empresa en la que se le pedía que probara una suscripción gratuita durante seis meses.

Dos noches antes, el 18 de agosto, Lyle se había colado en el juzgado, había forzado la cerradura del despacho del fiscal y había confirmado la recepción de los dos primeros libros. Estaban expuestos en una estantería junto con decenas de tratados, la mayoría de los cuales daban la impresión de no haberse abierto jamás. También había consultado la agenda general en la mesa de la secretaria y había visto que el señor Rudy tenía una cita a las doce y media del 20 de agosto. Lo más probable era que, a esa hora, tanto la secretaria como Egan Clement, la ayudante de fiscal, hubieran salido a comer. El objetivo estaría aún por ahí, haciendo tiempo hasta el momento de su cita.

Con las tres cajas sujetas entre ambos brazos, y utilizándolas para taparse parcialmente la cara, Lyle subió a toda prisa las escaleras hasta el primer piso sin cruzarse con nadie por el camino. Cuando dejó atrás la puerta de la sala del juzgado, pasó entre dos abogados que parecían estar discutiendo en voz baja. Siguió adelante a buen paso y, delante del despacho del fiscal, posó las dos cajas vacías en el suelo del pasillo y entró al mismo tiempo que golpeaba la puerta con los nudillos.

—Adelante —contestó una voz de hombre.

Lyle entró con una sonrisa y dijo:

—Un paquete para el señor Jesse Rudy.

Lo colocó sobre el escritorio mientras hablaba.

—Soy yo —repuso el susodicho, que apenas levantó la vista de un documento—. ¿De quién es?

—No tengo ni idea, señor —dijo Lyle, que ya se estaba batiendo en retirada.

No le preocupaba que Rudy lo reconociera y lo identificara posteriormente. Para entonces no estaría vivo y no podría señalarlo con el dedo.

—Gracias —dijo el fiscal.

—De nada, señor. Buenos días.

Lyle salió del despacho en cuestión de segundos. Recogió las dos cajas vacías, utilizó la de encima para ocultarse y echó a andar por el pasillo con aire despreocupado. Los dos abogados se habían marchado. No había ni un alma a la vista, hasta que, de repente, Egan Clement apareció en lo alto de las escaleras. Llevaba una bolsa de papel de una tienda de alimentación y una botella de refresco. Lo miró al pasar a su lado. «¡Mierda!», pensó Lyle, que tuvo que tomar una decisión rápida. Al cabo de pocos segundos, ella estaría en el despacho y se convertiría en un daño colateral.

Dejó caer las cajas y se sacó del bolsillo un detonador a distancia. Se agachó junto a la barandilla para protegerse y pulsó el botón como mínimo treinta segundos antes de lo previsto.

La emoción de fabricar bombas consistía en estar lo bastante cerca como para sentirlas y oírlas, a veces incluso verlas, pero también lo bastante lejos como para evitar la metralla. Él estaba demasiado cerca y sufriría las consecuencias.

La explosión sacudió el moderno edificio, fue como si rebotara sobre los cimientos de hormigón. El estruendo fue ensordecedor y reventó más de un tímpano en los despachos de la planta baja. Rompió todas las ventanas de los dos pisos. Tiró a la gente al suelo. Hizo temblar las paredes y sacudió retratos, fotografías enmarcadas, tablones de anuncios, carteles y extintores. En la sala principal, las lámparas se estrellaron contra los bancos vacíos. El juez Oliphant estaba solo, comiéndose un sándwich sentado a una mesa de su despacho, cuando su vaso de té helado se ladeó, volcó y se derramó. Entró corriendo en la sala, pisó esquirlas de cristal roto, abrió la puerta principal de un tirón y recibió el impacto de una vaharada de humo y polvo. A través de ella, vio que alguien se movía en el suelo del pasillo. Cogió una gran bocanada de aire, la retuvo en los pulmones y corrió hacia la persona, que no paraba de gemir. Era Egan Clement y le rezumaba sangre del cuero cabelludo. El juez Oliphant la arrastró hasta la sala y volvió a cerrar la puerta.

Lyle perdió el equilibrio y cayó dando tumbos por los escalones hasta el rellano que había a medio camino entre las plantas primera y baja. Se dio un golpe en la cabeza y, durante unos instantes, perdió el conocimiento. Intentó incorporarse y huir, pero sentía un dolor intensísimo en la pierna derecha. Se había roto algo. El ambiente se llenó de voces cargadas de pánico y vio a gente corriendo hacia la puerta de doble hoja de la entrada. El polvo y el humo lo estaban invadiendo todo.

El detonador. Lyle consiguió que la cabeza se le aclarara el tiempo justo para pensar en eso. Si lo pillaban con él, no tendría ninguna posibilidad. Se agarró a la barandilla de la escalera, bajó con dificultad los últimos peldaños para llegar al vestíbulo y se arrastró por él hasta la puerta principal. Alguien lo ayudó a salir. Otra persona le dijo:

—Es una fractura abierta, amigo. Se te ve el hueso.

Con hueso o sin él, no podía quedarse allí.

—¿Me ayudan a salir de aquí? —preguntó, pero todo el mundo estaba ansioso por alejarse del lugar de la explosión.

Decenas de personas aturdidas salían tambaleándose del edificio hacia la zona de césped que había delante del juzgado y, una vez a salvo, se volvían para mirarlo. Algunos tenían polvo en el pelo y en los hombros. Otros señalaban hacia el despacho del fiscal general, en la primera planta, del que salían nubes de humo y polvo.

La explosión se había oído en todo el centro de Biloxi y muchas personas se acercaron al juzgado. Entonces empezaron a sonar las sirenas, que ya no pararían durante horas, y el ulular atrajo a más curiosos todavía. Primero los coches de policía, luego los camiones de bomberos y después las ambulancias. Varios agentes llegaron a pie, corriendo y con la respiración agitada. Aseguraron las puertas exteriores mientras los bomberos desenredaban las mangueras a toda velocidad. La multitud no paraba de crecer y ordenaron a los curiosos que se apartaran.

Gage Pettigrew oyó el estrépito y el alboroto y fue a ver qué ocurría. Cuando llegó al juzgado, ya era un hecho aceptado que en el despacho de Jesse Rudy había estallado una bomba. No, no se había dicho nada de víctimas. Intentó acercarse y hablar con un policía, pero le pidieron que se alejara. Volvió corriendo a su despacho y estaba a punto de llamar a Agnes a casa cuando Keith entró por la puerta de atrás y preguntó qué ocurría. Volvía de una audiencia en Pascagoula. Su primer impulso fue irse de inmediato al juzgado a ver cómo estaba su padre, pero Gage le dijo que no podría acercarse al edificio.

—Por favor, vete a casa y hazle compañía a tu madre, Keith. Yo volveré al juzgado y seguiré preguntando. Te llamaré en cuanto sepa algo.

Él estaba demasiado aturdido para discutir. Gage lo acompañó al coche y lo vio alejarse mientras murmuraba una y otra vez para sí: «Esto no puede estar pasando». Las sirenas ululaban en la distancia.

Quitando un fuerte golpe en la cabeza, Egan parecía estar bien. Le curaron la herida, la tumbaron en una camilla y se la llevaron en ambulancia. Una empleada del despacho del secretario del Tribunal de Equidad había resultado herida al quedar atrapada debajo de un armario archivador. Se marchó en la segunda ambulancia. Con gran esfuerzo, Lyle había conseguido llegar hasta el lateral del juzgado, donde se había quitado la camisa marrón y la había metido, junto con el detonador, en un enorme contenedor de basura. Estaba decidido a llegar a su camioneta, arrancarla, conducir hasta el motel y reorganizarse. Y, en cuanto le fuera físicamente posible, se largaría de Biloxi. Sin embargo, sus planes se torcieron cuando tropezó y cayó en una acera. Un miembro de los servicios de emergencia se fijó en él, vio la sangre y el hueso expuesto y pidió una camilla. Lyle intentó resistirse; le dijo que se encontraba bien y que no pasaba nada, pero cada vez tenía menos fuerzas y estaba a punto de desvanecerse. Otro sanitario se acercó y consiguieron subirlo a la camilla y meterlo en una ambulancia.

El incendio solo afectó al extremo oeste de la primera planta y lo extinguieron enseguida. El jefe de bomberos fue el primero en entrar en las oficinas del fiscal de distrito. Las paredes de la sala de recepción estaban carbonizadas y agrietadas; la mitad de un tabique interior había volado por los aires. Los escritorios y las sillas se habían astillado. Los armarios archivadores de metal estaban abollados y reventados. En el suelo, los escombros y el polvo de yeso se habían mezclado con el agua y formaban un barro pegajoso. La puerta que daba al despacho de Jesse estaba arrancada y, desde su posición, el jefe de bomberos veía a la víctima.

Los restos del cadáver se habían estampado de cara contra un muro exterior. Le faltaba la parte posterior de la cabeza, así como la pierna izquierda y el brazo derecho. La camisa blanca no era más que jirones, toda cubierta de sangre.

Para la familia Rudy, el reloj nunca había avanzado más despacio. La tarde se les hizo eterna mientras esperaban lo inevitable. Keith y Ainsley estaban sentados con Agnes en la terraza interior, su estancia favorita de la casa. Beverly y Laura estaban a punto de llegar. Tim estaba intentando coger un avión para salir de Missoula.

Gage y Gene Pettigrew se encargaban de la entrada de la casa y mantenían a la gente a raya. Los amigos se acercaban a la casa y ellos les pedían que por favor se marcharan. Tal vez más tarde. La familia no recibía invitados. Gracias por preocuparse.

Un policía de Biloxi llegó con la noticia de que a Egan Clement la estaban tratando en el hospital y evolucionaba favorablemente. Había sufrido una conmoción cerebral y un corte que había requerido unos cuantos puntos de sutura. Al parecer se encontraba cerca de la puerta de la oficina en el momento en el que se produjo la explosión. El FBI y la policía estatal habían acudido al lugar de los hechos.

—¿Pueden mantener a Lorzas Bowman alejado de esto? —preguntó Gage.

El policía sonrió y contestó:

—No se preocupe, el sheriff Bowman no intervendrá.

Tardarían horas en trasladar el cadáver. No había prisa. Dedicarían días a examinar la escena del crimen. Unos minutos después de las tres, un técnico del FBI extrajo con gran cuidado la cartera del bolsillo trasero izquierdo del fallecido y confirmó su identidad.

Le entregaron la cartera al jefe de policía de Biloxi, que salió del juzgado y se fue directamente a casa de los Rudy. Conocía bien a Keith y asumió la responsabilidad de darle la atroz noticia. Ambos se reunieron en la cocina, lejos de Agnes y las chicas.

Él reconoció la cartera y miró el carnet de conducir de su padre. Apretó los dientes y dijo:

—Gracias, Bob.

—Lo siento muchísimo, Keith.

—Yo también. ¿Qué sabes?

—De momento, no gran cosa. Los del laboratorio del FBI están en camino. Algún tipo de bomba estalló cerca de su escritorio. Nadie habría sobrevivido.

Keith cerró los ojos y tragó saliva con dificultad.

—¿Cuándo podremos ver a mi padre?

El jefe tartamudeó, no encontraba las palabras.

—No lo sé, Keith. No sé si os conviene verlo, no así.

—¿Está de una pieza?

—No.

El hijo volvió a respirar hondo y se esforzó por mantener la compostura.

—Supongo que tengo que decírselo a mi madre.

—Lo siento muchísimo, Keith.

39

Por suerte, al menos para la investigación, el agente especial Jackson Lewis estaba en la costa cuando se enteró de la noticia. Llegó al juzgado a la una menos cuarto de la tarde y enseguida estableció que el FBI estaba al mando. Se encargó de que el edificio estuviese cerrado y asegurado. Los investigadores solo podrían entrar y salir por la puerta delantera. Pidió a los ayudantes de sheriff que controlaran a los curiosos y el tráfico y a la policía de Biloxi que interrogase a los testigos y obtuviera el nombre de todas las personas que se encontraban en el edificio a mediodía. Cuando llegaron dos técnicos del FBI, les ordenó que fotografiaran las matrículas de todos los vehículos aparcados en el centro de la ciudad.

Le dijo a los de la policía estatal que mandaran a alguien al hospital a tomarles declaración a los heridos. En la sala de urgencias encontraron a cinco o seis personas con cortes lo bastante graves como para necesitar puntos. Cuatro se quejaban de dolor intenso en los oídos. Un hombre no identificado tenía una pierna rota y estaba en el quirófano. A Egan Clement le estaban haciendo radiografías. A una secretaria la estaban atendiendo porque había sufrido una conmoción cerebral.

Los agentes decidieron que su visita era prematura, así que se marcharon y volvieron al cabo de dos horas. Para entonces encontraron a Egan Clement en una habitación individual, sedada pero despierta. Su madre estaba a un lado de la cama y su padre al otro. Le habían dado la noticia de la muerte de Jesse y, a ratos, la joven se mostraba inconsolable. Cuando pudo hablar, les contó lo que recordaba. Había salido de la oficina sobre las once y media para hacer un recado rápido y pasarse por Rosini's Grocery a por unos sándwiches. Pollo para ella, pavo para Jesse. Volvió al juzgado hacia el mediodía y recordó que todos los viernes, sobre todo en agosto, se vaciaba a la hora de comer. Subió las escaleras y se cruzó con un repartidor de UPS que no le dirigió la palabra. Le pareció extraño, porque Russ siempre saludaba. No pasaba nada. No era él. Y se llevaba un par de cajas del primer piso, cosa que también era rara siendo viernes. Egan se volvió para mirarlo y aquello era lo último de lo que se acordaba. No oyó la explosión, no recordaba que la hubiera dejado inconsciente.

Los agentes no la presionaron y le dijeron que ya volverían en otro momento. Le dieron las gracias y se marcharon. Egan estaba llorando cuando cerraron la puerta.

Cuantas más horas pasaban, más furgonetas llegaban desde Jackson hasta la escena del crimen y aparcaban sin orden ni concierto en la calle, delante del juzgado. Se levantaron dos grandes carpas para proteger al equipo del sol y el calor de agosto y para que sirvieran de cuartel general provisional. Los ayudantes de sheriff animaron a los curiosos a marcharse. Las calles del centro estaban acordonadas y, cuando los compradores y los empleados de las tiendas empezaron a irse, los agentes aprovecharon para bloquear las plazas de aparcamiento vacías con conos naranjas.

Jackson Lewis le pidió a la policía de Biloxi que informara a los comerciantes y a los oficinistas del centro de que sí podrían acudir al trabajo durante el fin de semana, pero no aparcar. Quería la zona cerrada durante las siguientes cuarenta y ocho horas.

En una breve declaración a la prensa, el jefe de policía confirmó que el señor Jesse Rudy, fiscal de distrito, había fallecido en la explosión. Se negó a confirmar que, en efecto, se trataba de una bomba y aplazó el resto de las preguntas hasta más adelante, sin concretar el momento.

El hombre de la fractura abierta y el traumatismo craneoencefálico no llevaba cartera ni documentos identificativos y no había podido colaborar con el equipo de urgencias cuando había llegado en camilla. Tan pronto perdía la consciencia como la recuperaba y no reaccionaba. Fuera como fuese, había que operarlo de la pierna de inmediato. Las radiografías de la cabeza revelaron que los daños eran escasos.

En realidad, Lyle estaba lo bastante alerta como para hablar, pero no tenía ningún deseo de hacerlo. Solo pensaba en escapar, algo que en aquel momento parecía poco realista. Cuando el anestesista intentó interrogarlo, volvió a quedarse inconsciente. La operación duró solo noventa minutos. Después lo trasladaron a una habitación doble para que se recuperara. Apareció una empleada de administración y le preguntó amablemente si podía contestar a unas preguntas. El paciente cerró los ojos y fingió que estaba inconsciente. Cuando la mujer se marchó, Lyle se miró la pierna izquierda e intentó aclararse las ideas. Una gruesa escayola blanca le empezaba justo debajo de la rodilla derecha y le cubría el resto de la pierna salvo los dedos de los pies. Tenía toda la extremidad suspendida en el aire, sujeta con poleas y cadenas. Le era imposible huir, así que perdía el conocimiento cada vez que alguien entraba en la habitación.

Agnes le susurró a Laura que le gustaría echarse un rato. La joven la agarró de un codo, su hermana Beverly del otro y Ainsley las siguió mientras salían de la terraza interior y recorrían el pasillo hasta el dormitorio principal. Los postigos estaban cerrados a cal y canto; la única luz provenía de una pequeña lámpara encendida sobre una cómoda. Agnes quería tener a una de sus hijas a cada lado, así que permanecieron en silencio, tumbadas juntas en aquella pesadumbre oscura e insoportable, durante largo rato. Ainsley se había sentado a los pies de la cama y no paraba de enjugarse las mejillas. Keith entraba y salía, pero el ambiente de la habitación le resultaba demasiado pesado y deprimente. De vez en cuando se acercaba a la sala de estar y charlaba con los hermanos Pettigrew, que seguían vigilando la puerta delantera. Al otro lado de esta, en la calle, los vecinos se arremolinaban a la espera de ver a alguien de la familia. Había varios equipos de periodistas con furgonetas pintadas de vivos colores y cámaras con trípodes.

A las cinco en punto, Keith recorrió el camino de entrada hasta el final y saludó con la cabeza a los vecinos y amigos. Se enfrentó a las cámaras e hizo unas breves declaraciones. Dio las gracias a la gente por acercarse y mostrar su preocupación. Estaban intentando asimilar la terrible noticia y esperando la llegada de sus parientes. En nombre de la familia, les pedía a todos que respetaran su intimidad. Gracias por las oraciones y los desvelos. Se dio la vuelta sin responder a ninguna pregunta.

Joey Grasich surgió de entre la multitud y Keith lo invitó a entrar en la casa. Ver a un amigo de la infancia le despertó muchas emociones y el joven sucumbió a su primera llorera larga del día. Estaban solos en la cocina. Hasta entonces, apenas había mostrado sus sentimientos delante de las mujeres.

Al cabo de media hora, Joey salió y dio la vuelta a la manzana con el coche. Keith fue a ver cómo estaban las mujeres y les dijo que se iba al hospital a visitar a Egan. Salió a hurtadillas por el patio trasero y se reunió con Joey en la calle de al lado. Consiguieron alejarse sin que nadie los viera y dejaron el coche aparcado en el bufete. Recorrieron a pie las tres manzanas que los separaban de las vallas y charlaron con un policía de Biloxi que vigilaba la acera.

Detrás de él, el juzgado estaba atestado de policías e investigadores. Todos los camiones de bomberos y todos los coches patrulla de la ciudad y del condado estaban allí, junto con otros cinco o seis de la policía estatal. Había dos unidades móviles del FBI aparcadas en el césped, cerca de la puerta delantera.

La ventana del despacho de Jesse había salido volando por los aires y los ladrillos que la rodeaban estaban carbonizados. Keith intentó mirarla, pero tuvo que darse la vuelta.

Mientras volvían caminando al bufete, vieron que una mujer depositaba un ramo de flores en la entrada de Rudy & Pettigrew. Hablaron con ella, le dieron las gracias y se fijaron en que ya había otros ramos.

En el hospital, Keith llamó con los nudillos a la puerta de la habitación de Egan y entró. Joey no la conocía y se quedó en el pasillo. Sus padres seguían allí y hacía un rato que la joven había conseguido no perder la compostura… hasta que vio a Keith. Él la abrazó con suavidad, procurando no tocar ningún vendaje.

—No me lo puedo creer —repetía ella una y otra vez.

—Al menos tú estás bien, Egan.

—Dime que no es verdad.

—Vale, no es verdad. Mañana irás a trabajar y Jesse estará dando gritos por cualquier cosa, como siempre. Esto no es más que una pesadilla.

Ella casi logró esbozar una sonrisa, pero se aferró a la mano de Keith y cerró los ojos.

Su madre le hizo un gesto con la cabeza y el chico se dio cuenta de que debía marcharse.

—Volveré mañana —dijo y le dio un beso cauteloso a Egan en la mejilla.

Cuando él y Joey se alejaron de la habitación camino de los ascensores, pasaron por delante de la 310, una habitación doble. Tumbado en la primera cama, con la pierna en alto, estaba el hombre que había matado a Jesse Rudy.

40

La cena consistió en un sándwich frío en una carpa bochornosa y se lo comieron de pie mientras esperaban. El tentempié de medianoche consistió en un trozo de pizza aún más frío, también en la carpa. Los equipos del FBI no descansaron durante la noche. Jackson Lewis los retuvo allí y no pensaba dejar que se marcharan hasta que terminasen el trabajo. Durante horas examinaron meticulosamente hasta el último centímetro de la escena del crimen y recogieron miles de muestras de restos. El primer experto en explosivos llegó de Quantico a las nueve y media de la noche. Observó el lugar de la explosión, olfateó el aire y le dijo en voz baja a Jackson Lewis:

—Seguro que es Semtex, material militar, mucho más del necesario para matar a un hombre. Diría que al terrorista se le fue un poco de las manos.

El agente Lewis sabía por formación y por experiencia que la escena del crimen aporta las mejores pruebas, aunque a veces son tan obvias que pasan desapercibidas. Aquel era el caso más importante del que se había encargado hasta entonces, un caso que podía catapultar su carrera, así que había jurado que no se le pasaría nada por alto. Había ordenado que ni nada ni nadie saliera del juzgado sin su permiso. De momento habían identificado a treinta y siete personas que estaban dentro del juzgado cuando se produjo la explosión y a todas se les había permitido irse a casa, pero solo después de registrar bolsos, carteras y maletines. Más adelante, los interrogarían a todos. Lewis tenía los nombres y las direcciones de los heridos, que ascendían a trece, de los cuales solo dos estaban hospitalizados. Habían vaciado el contenido de todas las papeleras y de todos los cubos de basura y lo habían trasladado a una carpa.

Lewis llevaba tres dolorosas semanas sin fumar, pero cedió ante la presión. A las nueve de la noche, ya sin luz, se encendió un Marlboro y se dio un paseo alrededor del juzgado mientras se lo fumaba y lo disfrutaba sin reservas. Su mujer nunca se enteraría. Las calles estaban cortadas; no había tráfico. Mientras se fumaba el segundo a las once de la noche, se fijó en una camioneta Dodge azul oscuro de media tonelada que estaba aparcada en una calle lateral que daba al norte. El vehículo estaba en buen estado, desde luego no lo habían abandonado. La tienda más cercana había cerrado hacía seis horas. No había apartamentos encima de las tiendas y oficinas; no había luces encendidas. Al final de la calle se veían unas cuantas casas pequeñas, todas ellas con aparcamiento propio. La camioneta estaba fuera de lugar.

Seguían sin identificar al hombre de la pierna rota y las sospechas de Lewis crecían por momentos. La policía estatal había intentado interrogarlo en dos ocasiones, pero apenas estaba consciente.

La noticia de la muerte de Jesse se recibió con entusiasmo en el Strip. Los dueños de los clubes y sus empleados se relajaron por primera vez desde hacía meses, puede que años. Quizá, ahora que Rudy ya no estaba, pudieran recuperar los buenos tiempos. En los garitos de estriptis, los bares, los salones de billar y las salas de bingo se sirvieron muchas copas y se alzaron muchos vasos. Copas de verdad: no los brebajes aguados que les vendían a sus clientes, sino los licores de primera calidad que rara vez se tocaban.

Hugh Malco, Nevin Noll y su camarero favorito disfrutaron de una cena de celebración en el Mary Mahoney's. Chuletones gruesos, vinos caros…, no escatimaron en gastos. Como el restaurante estaba abarrotado y había gente mirando, controlaron su euforia e intentaron aparentar que solo eran un grupo de viejos amigos que había salido a cenar. De vez en cuando, sin embargo, se susurraban ideas placenteras e intercambiaban sonrisas sombrías.

Para Hugh, la ocasión era agridulce. Estaba encantado de que Jesse Rudy hubiera desaparecido del mapa, pero su padre tampoco estaba presente. Lance tendría que estar cenando con ellos y saboreando el momento.

El susodicho se enteró en las noticias de las diez de Jackson. Con la mirada clavada en un televisor en blanco y negro de quince pulgadas y con dos antenas que parecían orejas de conejo, observó el rostro de Jesse Rudy mientras el presentador informaba de su muerte con la voz entrecortada.

Desde el otro lado del pasillo, Monk le preguntó:

—¿No es ese el tipo que te envió aquí?

—El mismo —respondió Lance con una sonrisa.

—Enhorabuena.

—Gracias.

—¿Sabes quién lo ha hecho?

—No tengo ni idea.

Monk se echó a reír y dijo:

—Claro.

La imagen cambió a un plano del juzgado de Biloxi. Una voz en *off* dijo: «Aunque las autoridades aún no han hecho declaraciones, una fuente nos dice que Jesse Rudy ha fallecido en el acto alrededor del mediodía de hoy a causa de la explosión que se ha producido en su despacho. Unas diez personas más han resultado heridas. Los investigadores emitirán un comunicado mañana».

A medianoche, la camioneta seguía allí.

A la una menos cuarto de la madrugada se organizó cierto revuelo en la carpa cuando vaciaron el contenido de un cubo de basura sobre una mesa para examinarlo. Aparte de los residuos y los desperdicios habituales, encontraron un pequeño artefacto no identificado, además de una camisa de manga corta de UPS que alguien llamado Lyle había lucido otrora. El experto en explosivos del FBI echó un solo vistazo y dijo:

—Ese es el detonador.

El cigarrillo de las dos de la madrugada quedó olvidado mientras Lewis supervisaba la nauseabunda tarea de retirar el cadáver. Juntaron los restos de Jesse en una camilla. Una ambulancia lo trasladó al sótano del hospital, donde el municipio tenía alquilada una sala que hacía las veces de depósito de cadáveres. Allí esperaría la autopsia, aunque la causa de la muerte era obvia.

A las tres de la madrugada, Lewis se tomó un descanso para fumarse otro cigarrillo mientras daba el mismo paseo alrededor del juzgado. Le despejó la mente y le activó la circulación de la sangre. La camioneta no se había movido.

La matrícula estaba expedida en el condado de Hancock. Lewis esperó con impaciencia a que llegara la mañana y llamó al sheriff de Bay St. Louis a las siete en punto. Este fue al juzgado y a la oficina del asesor fiscal. El robo de las placas se había denunciado cuatro días antes.

A las nueve de la mañana, las tiendas empezaron a abrir a pesar de que las calles seguían cortadas. El juzgado, por supuesto, permaneció cerrado. El juez Oliphant, que aquel día trabajaría desde la mesa del comedor de su casa, emitió una orden de registro para la camioneta Dodge. Debajo del asiento, los agentes del FBI encontraron un juego de matrículas emitidas en el condado de Obion, en Tennessee. Oculta bajo la alfombrilla estaba la llave de la habitación 19 del motel Beach Bay de Biloxi.

El juez Oliphant emitió una orden de registro para dicha habitación. Como el agente Lewis tenía la llave, no se tomó la molestia de avisar al gerente del motel. El agente Spence Whitehead y él, acompañados de un policía municipal de Biloxi, entraron en la estancia y se toparon con un montón de ropa sucia y una cama deshecha. Alguien debía de haberla ocupado durante varios días. Entre el colchón y el somier encontraron una cartera, algo de dinero, dos pistolas, unas llaves en una argolla y una navaja de bolsillo. El carnet de conducir de Tennessee identificaba al hombre como Henry Taylor, con domicilio en la ciudad de Union City y nacido el 20 de mayo de 1941. Treinta y cinco años. La cartera también contenía dos tarjetas de crédito, dos preservativos, una licencia de pesca y ochenta dólares en efectivo.

El agente Lewis metió las dos pistolas en una bolsa de plástico. Dejaron los demás objetos tal como los habían encontrado y volvieron al juzgado. Los técnicos obtuvieron las huellas dactilares de las armas y el agente Whitehead las devolvió a la habitación 19.

Con una oleada de llamadas telefónicas, consiguieron encajar más piezas del rompecabezas. Henry Taylor había sido acusado de volar por los aires una iglesia negra cerca de Dumas, en Mississippi, en 1966, pero las doce personas blancas que componían el jurado lo absolvieron. En 1969, lo habían arrestado por atentar contra una sinagoga en Jackson, pero, una vez más, un jurado formado exclusivamente por blancos lo absolvió. Según la oficina del FBI de Memphis, se creía que Taylor seguía activo en el Ku Klux Klan. De acuerdo con el sheriff del condado de Obion, tenía una empresa de limpieza de alfombras y nunca había dado problemas. Tras indagar un poco más, el sheriff informó de que estaba divorciado, no tenía hijos y vivía al sur de la ciudad, justo a las afueras.

Lewis ordenó a otro agente que iniciara los trámites para obtener una orden de registro del domicilio de Taylor.

Los dos agentes del FBI llevaban treinta horas sin dormir y, cuando abandonaron la escena, se detuvieron en una cafetería cercana a la playa. Aunque se las ingeniaron para reprimir su entusiasmo, no pudieron evitar deleitarse en su éxito y maravillarse de su suerte. En cuestión de veinticuatro horas, no solo habían identificado al asesino, sino que lo tenían vigilado en una habitación de hospital.

Se tomaron el café a toda prisa. Lewis estaba demasiado nervioso para descansar. Pilló a Whitehead muy por sorpresa cuando le dijo:

—Ahora que lo tenemos, lo soltamos.

Su compañero, boquiabierto, dijo:

—¿Qué?

—Mira, Spence, no tiene ni idea de que lo sabemos. Dejamos que le den el alta sin que nadie le haga ni una sola pregunta, porque aquí abajo no hay más que un puñado de paletos con muy pocas luces, ¿verdad? Se va a casa, suponiendo que pueda conducir con la pierna rota, y se considera un hombre afortunado. La policía lo tenía delante de las narices y lo ha dejado escapar. Le intervenimos los teléfonos, lo vigilamos como halcones y, con el tiempo, nos llevará hasta el hombre con el dinero.

—Es una locura.

—No, es una genialidad.

—¿Y si se escapa?

—No lo hará. ¿Por qué iba a querer huir? Además, podemos cogerlo cuando queramos.

41

Gulf Coast Register:
JESSE RUDY, FALLECIDO EN LA EXPLOSIÓN DEL JUZGADO

Clarion-Ledger de Jackson:
BOMBA EN EL JUZGADO DE BILOXI: MUERE EL FISCAL DE DISTRITO

Times-Picayune de Nueva Orleans:
LA MAFIA CONTRAATACA: FISCAL ASESINADO

Times de Mobile:
ATAQUE CONTRA EL FISCAL DE DISTRITO DE BILOXI

Commercial Appeal de Memphis:
EL FISCAL QUE ENCABEZABA LA CRUZADA CONTRA LA MAFIA, ASE-
SINADO EN BILOXI

Atlanta Consitution:
EL FAMOSO FISCAL JESSE RUDY MUERE A LOS 52 AÑOS

Gage Pettigrew compró los periódicos matutinos en diversos quioscos de la costa y los llevó al domicilio de los Rudy el sábado al amanecer. La casa estaba oscura, silenciosa y lúgubre. Los vecinos, los periodistas y los curiosos todavía no habían llegado. Gene Pettigrew estaba haciendo guardia en el porche delantero, dando cabezadas en una mecedora de mimbre mientras esperaba a su hermano. Entraron, cerraron la puerta con llave y prepararon café en la cocina.

Keith los oyó moverse. Había pasado la peor noche de su vida en el dormitorio de sus padres, durmiendo a ratos en un sillón, vigilando a su madre y rezando por ella. Laura estaba a un lado y Beverly al otro; Ainsley dormía en el piso de arriba.

Salió de la habitación oscura y se dirigió hacia la cocina. Eran casi las siete de la mañana del sábado 21 de agosto, el comienzo del segundo peor día de su vida. Se sentó a la mesa con Gage y Gene, bebió café y contempló los titulares con la mirada perdida. No tenía ganas de leer los periódicos. Ya conocía la noticia. Junto a la taza de café de Gene había un bloc de notas amarillo y al final se pusieron manos a la obra. El susodicho dijo:

—Tienes que ocuparte de unos cuantos asuntos urgentes.

—Me matas —farfulló Keith.

—Lo siento.

Gage atacó con lo más urgente: un encuentro con el padre Norris, el sacerdote de San Miguel; una temida charla con la funeraria sobre los preparativos; al menos veinticinco llamadas telefónicas a gente importante, entre ellos varios jueces, políticos y el exgobernador Bill Waller; una reunión con el FBI y la policía estatal para que les contaran lo que habían averiguado sobre el atentado; la preparación de un comunicado de prensa; el tema de ir a recoger a Tim al aeropuerto de Nueva Orleans…

—Basta —dijo Keith, que le dio otro sorbo a un café que era incapaz de saborear y se puso a mirar por la ventana.

Laura entró en la cocina y se sentó a la mesa sin decir palabra, como si estuviera en otro mundo. Tenía los ojos hinchados y enrojecidos y cara de llevar días sin dormir.

—¿Cómo está mamá? —le preguntó Keith.

—En la ducha —respondió.

Tras un silencio largo y pesado, Gene dijo:

—Chicos, debéis de tener hambre. ¿Qué os parece si voy a buscaros algo para desayunar?

—No tengo apetito —contestó Keith.

—¿Dónde está papá ahora mismo? —quiso saber Laura.

—En el hospital, en el depósito de cadáveres —respondió Gage.

—Quiero verlo.

Los hermanos Pettigrew intercambiaron una mirada.

—No podemos —dijo su hermano—. La policía me dijo que no sería buena idea. Después de la autopsia, el ataúd permanecerá cerrado.

Laura se mordió el labio inferior y se enjugó los ojos.

Keith le dijo a Gene:

—Puede que ese desayuno nos siente bien. Tenemos que ducharnos y vestirnos y plantearnos empezar a recibir invitados.

—No quiero ver a nadie —replicó Laura.

—Ni yo, pero no tenemos más remedio. Hablaré con mamá. No podemos pasarnos el día aquí encerrados llorando.

—Pues es lo que pienso hacer, Keith, y tú también tienes que llorar. Déjate ya de estoicismos.

—No te preocupes.

Henry Taylor, el paciente sin nombre, sufrió la indignidad de tener que hacer sus necesidades en una cuña y de que lo limpiara un celador del hospital. Tenía la tibia derecha destrozada y el dolor era casi insoportable, pero seguía decidido a levantarse de la cama a la primera oportunidad y escapar como fuera. Cuando se quejó del malestar de la pierna, una enfermera le inyectó una fuerte dosis de algo por vía intravenosa y se quedó dormido. Se despertó bajo la cara sonriente de una enfermera muy guapa que quería hacerle unas preguntas. Fingió estar semiinconsciente y pidió una guía telefónica. Cuando la mujer regresó al cabo de una hora, le llevó un helado de chocolate y lo aduló con un ligero flirteo. Le explicó que el gerente del hospital le estaba insistiendo en que recabara cierta información básica para hacerle la factura sin que surgieran problemas.

Él le contestó:

—Me llamo Alan Taylor, carretera 5, Necaise, Mississippi, en el condado de Hancock. ¿Lo conoces?

—Me temo que no —respondió la enfermera mientras garabateaba con aire oficial.

En la guía telefónica había encontrado a varios Taylor en Necaise y le había parecido que podría pasar desapercibido. La conmoción cerebral todavía lo tenía aturdido y los medicamentos para el dolor no ayudaban, pero empezaba a pensar con cierta claridad. Estaba a un paso de que lo arrestaran por asesinar a un fiscal de distrito y era imperativo salir de la ciudad.

Una hora más tarde, cuando dos policías municipales de Biloxi entraron en la habitación, lo invadió el pánico. Uno se quedó junto a la puerta, como custodiándola. El otro se acercó al borde de la cama y le preguntó con una gran sonrisa:

—¿Como está, señor Taylor?

—Bien, supongo, aunque lo cierto es que tengo que marcharme de aquí cuanto antes.

—Claro, sin problema, podrá marcharse en cuanto los médicos le den el alta. ¿De dónde es?

—De Necaise, en el condado de Hancock.

—Claro, tiene lógica. Tenemos una camioneta Dodge con matrícula del condado de Hancock abandonada junto al juzgado. No será suya, ¿verdad?

Henry se hallaba en un buen apuro. Si reconocía que la camioneta era suya, la policía sabría que había robado las matrículas. Sin embargo, era sábado, el juzgado estaba cerrado y quizá no pudieran rastrear las placas robadas hasta el lunes. Quizá. Pero, si negaba ser el propietario del vehículo, entonces se lo llevarían con la grúa, se lo incautarían o lo que fuera. La camioneta era su forma de huir hacia la libertad. Como era de Tennessee, llegó a la conclusión de que los policías de Mississippi eran bastante lerdos y de que no tenía otra opción.

—Sí, señor, es mía —dijo e hizo una mueca, como si estuviera a punto de volver a sumirse en un estado de semiinconsciencia.

—De acuerdo, ¿quiere que se la acerquemos al hospital? —le preguntó el agente con una sonrisa agradable.

Cualquier cosa con tal de ayudar a su invitado de fuera de la ciudad. Habían despejado la habitación doble y el señor Taylor estaba solo. Su teléfono del hospital estaba pinchado y, 765 kilómetros más al norte, otro equipo de técnicos del FBI se disponía a entrar en su casa, situada a las afueras de Union City.

—Me vendría muy bien, sí, gracias.

—¿Tiene las llaves?

Las llaves estaban en el bolsillo del agente especial Jackson Lewis, que esperaba en el pasillo intentando escuchar la conversación.

—Las dejé debajo de la alfombrilla.

Correcto, no muy lejos de las placas de matrícula de Tennessee escondidas bajo el asiento.

—De acuerdo, se la traeremos. ¿Podemos hacer algo más por usted?

Taylor se sentía aliviado, le parecía increíble estar teniendo tan buena suerte. ¡Aquella gente no sospechaba nada de nada!

—No, gracias. Lo único que quiero es salir de aquí.

El FBI les había pedido a los médicos que le cambiaran la escayola a Taylor y le pusieran una más pequeña para que pudiera conducir. Estaban ansiosos por seguirlo.

Agnes no salió del dormitorio en penumbra y se negó a ver a nadie que no fueran sus hijos. Sabía que sus amigos querían echarle el guante para darle un abrazo largo y apretado, para llorar juntos y demás, pero, sencillamente, no podía hacerlo. Quizá más tarde. O al día siguiente, cuando la conmoción se hubiera desvanecido un poco.

Pero no fue capaz de decirle que no a su sacerdote, el padre Norris, y el hombre no se alargó. Se agarraron las manos, rezaron y Agnes escuchó sus palabras reconfortantes. El cura le propuso celebrar la misa funeral el sábado siguiente, al cabo de una semana, y ella aceptó. El encuentro duró menos de treinta minutos.

A media mañana, el flujo de amigos y vecinos que se acercaban con comida, flores y notas para Agnes y su familia era constante. Uno de los Pettigrew los recibía en la puerta, los aliviaba del peso del regalo que hubieran llevado, les daba las gracias con efusividad y los despedía. A los primos, las tías y los tíos se les permitía entrar en la casa, donde se sentaban en la sala de estar y en el salón a comer pasteles y tartas y a tomar café mientras cuchicheaban y esperaban a que apareciera Agnes. Ella no apareció, pero Keith y sus hermanas salían de vez en cuando de la oscuridad para saludar, dar las gracias y transmitir alguna que otra palabra de su madre.

A mediodía, Gene Pettigrew emprendió el viaje de dos horas en coche hasta el aeropuerto de Nueva Orleans. Recogió a Tim Rudy, que había viajado toda la noche desde Montana, y volvieron a casa. El chaval tenía mil preguntas y Gene pocas respuestas, pero hablaron sin parar durante todo el trayecto. De los cuatro hermanos Rudy, Tim era el que estaba más furioso. Quería venganza y quería sangre. En cuanto entraron en Biloxi y pasaron por el Strip profirió viles amenazas contra el Red Velvet y el Foxy's y se mostró convencido más allá de toda duda de que los Malco habían matado a su padre.

Cuando llegaron, Agnes volvió a derrumbarse al ver a su hijo menor. La familia compartió otra larga llorera, aunque Keith empezaba a cansarse de las lágrimas.

Cuando las paredes empezaban a caérseles encima, la familia pidió intimidad y, poco a poco, las visitas fueron abandonando la casa. A las seis de la tarde, en compañía de los hermanos Pettigrew, se reunieron en la sala de estar para ver las noticias locales, que se centraron casi por completo en el atentado. El presentador mostró una foto en color de Jesse vestido con un traje oscuro, sonriendo con confianza, y les resultó difícil verla. Después dio paso a las imágenes en directo del juzgado, donde los investigadores seguían trabajando a pleno rendimiento. Un primer plano mostró la ventana chamuscada del primer piso que pertenecía al despacho del fiscal de distrito. El jefe de policía y el FBI se habían dirigido a la prensa hacía unas horas y no habían revelado prácticamente nada. El telediario emitió un pequeño segmento en el que Jackson Lewis decía: «El FBI sigue examinando la escena del crimen y continuará haciéndolo durante unos días más. No podemos hacer comentarios en este momento, pero sí afirmar que el suceso es muy reciente y todavía no tenemos sospechosos».

La historia de Rudy consumió casi por entero la media hora que duraba el informativo, al que siguieron las noticias del fin de semana de la CBS, emitidas desde Nueva York. Un corresponsal de dicha cadena que pedía hablar con la familia había abordado a Gage Pettigrew y este lo había mandado a paseo. También había visto a un equipo de la ABC en el centro de la ciudad intentando acercarse al juzgado. Por eso sabían que las cadenas nacionales estaban en la ciudad.

Hacia el final del segmento de la CBS, el presentador informó del asesinato de un fiscal de distrito en Biloxi, Mississippi. Dio paso a un reportero que estaba cerca del juzgado y que habló unos instantes sin decir nada nuevo. De vuelta en Nueva York, el presentador informó a sus espectadores de que, según el FBI, Jesse Rudy era el primer fiscal de distrito electo al que habían asesinado durante su mandato en toda la historia de Estados Unidos.

No tenían intención de asistir a la misa del domingo por la mañana. Agnes no estaba preparada para dejarse ver en público y sus hijos tampoco querían recibir tanta atención. A media mañana disfrutaron de un *brunch* familiar en la terraza interior mientras los hermanos Pettigrew ejercían de camareros y mezclaban bloody marys.

Cuando era pequeño, Jesse iba a misa en la iglesia católica de San Miguel, en Point Cadet. Se la conocía como «la iglesia de los Pescadores» y la habían construido los inmigrantes franceses y croatas procedentes de Luisiana a principios del siglo xx.

Jesse prácticamente se había criado en ella y rara vez faltaba a la misa semanal con sus padres. Su vida giraba en torno a la iglesia, con oraciones diarias, bautizos, bodas, funerales e innumerables eventos sociales. El párroco era una figura paternal que siempre estaba ahí en momentos de necesidad.

Jesse había conocido a su novia en la guerra y no se había casado en San Miguel. Lance y Carmen Malco, por el contrario, sí contrajeron matrimonio allí en 1948, ante una gran cantidad de amigos y familiares. Jesse se sentó en la última fila.

Dos días después del atentado, y con la comunidad aún aturdida y conmocionada, la misa de la iglesia de San Miguel se llenó de amigos, vecinos, conocidos y votantes que buscaban refugio y fuerza en la fe. Todos sentían la necesidad de elevar una oración por la familia Rudy. Jesse era el mayor éxito de aquella zona y su muerte violenta y sin sentido había supuesto un golpe tremendo para la comunidad.

Aquella sombría mañana de domingo, todas las iglesias católicas de Point Cadet, Back Bay y el resto de Biloxi estuvieron más concurridas que de costumbre. Las iglesias de San Juan, la Natividad y Nuestra Señora de los Dolores, así como la de San Miguel, acogieron a grandes multitudes de dolientes, todos ellos firmemente convencidos de que tenían algún tipo de conexión con Jesse Rudy.

42

El lunes por la mañana a primera hora, una enfermera volvió a inyectarle algo por vía intravenosa a Henry y lo dejó inconsciente. Se lo llevaron al quirófano, donde los médicos tardaron una hora en recolocarle la tibia y ponerle una escayola más pequeña en la parte inferior de la pierna. Según los que ocupaban los puestos más altos de la cadena de mando del hospital, corría prisa que recompusieran al paciente lo mejor posible para que pudiera marcharse a casa. En ningún momento mencionaron a la policía ni al FBI. De hecho, apenas dijeron nada, solo transmitieron un mensaje claro: había que darle el alta a Taylor cuanto antes.

Mientras estaba inconsciente, dos furgonetas propiedad de una empresa de fontanería de Union City, en Tennessee, llegaron a su casa. Los fontaneros dieron un par de vueltas en torno a la vivienda, como si buscaran una fuga de aguas residuales o algo así, pero en realidad estaban inspeccionando los alrededores. Vivía en una parcela de algo menos de una hectárea cerca del límite de la ciudad. La casa del vecino más cercano alcanzaba a verse a duras penas. Cuando se cercioraron de que no había nadie observándolos, entraron a toda prisa y empezaron a registrar cajones, armarios, escritorios..., cualquier lugar en el que Henry pudiera guardar documentos. Dos agentes le pincharon el teléfono y escondieron un transmisor en el desván. Otro copió los registros bancarios con una minicámara. Un cuarto encontró un llavero y empezó a probar las cerraduras.

En el jardín de atrás, un cobertizo de gran tamaño contenía suministros de limpieza de alfombras y equipos para el cuidado del césped. Una puerta parcialmente oculta y con un grueso candado escondía una habitación de tres por tres en la que, sin lugar a duda, aquel terrorista loco preparaba sus fechorías. Como ninguno de los agentes sabía manipular explosivos, no tocaron nada. Fotografiaron todo lo que pudieron, salieron de la habitación y la dejaron para otro día, con una nueva orden de registro.

Mientras tanto, la camioneta Dodge de Taylor estaba recibiendo la misma atención en Biloxi. Con cuidado de no alterar demasiado el cuentakilómetros, Jackson Lewis la trasladó a un taller de Point y le pagó al propietario una suma generosa para que mirara hacia otro lado. Los técnicos le instalaron un rastreador magnético impermeable entre el radiador y la rejilla delantera y luego lo conectaron a la batería. Nada de todo aquello resultaba visible si no se hacía una búsqueda minuciosa. Le sustituyeron la antena por otra idéntica que no solo recibía señales para que Henry continuara disfrutando de sus melodías, sino que también las emitía en un radio de quince kilómetros.

Si todo iba según lo previsto, el sistema de seguimiento se revisaría periódicamente, o incluso se sustituiría al cabo de más o menos un mes alguna noche mientras Henry estuviera en la cama.

El terrorista durmió bien después de la operación y por fin se despertó a primera hora de la tarde del lunes. Acusó a la enfermera de haberse pasado con los sedantes y ella lo amenazó con volver a drogarlo. Henry se alegró de ver que la escayola era mucho más pequeña y afirmó que se encontraba genial de la pierna.

El martes por la mañana, su médico pasó por su habitación a primera hora y dijo que podían darle el alta. Los documentos ya estaban preparados y, cuando terminaron de organizarlo todo, un celador lo ayudó a sentarse en una silla de ruedas y lo llevó hasta la puerta principal. Allí lo esperaban los dos mismos policías de Biloxi con un par de muletas. Lo acompañaron un trecho hasta su querida camioneta, le echaron una mano para que se pusiera cómodo en el asiento del conductor, comentaron lo listo que había sido al comprarse una automática y no una de marchas y le dijeron con orgullo que le habían llenado el depósito.

El dolor de la pierna ya lo estaba matando, pero sonrió animosamente mientras se alejaba.

¡Menudo par de imbéciles!

Otros dos imbéciles siguieron la Dodge azul hasta el motel Beach Bay, donde observaron al sujeto apoyarse con gran dificultad en sus nuevas muletas y llegar hasta la puerta de la habitación 19 dando tumbos, cojeando y tambaleándose.

Dentro, Henry gimió de dolor mientras levantaba el colchón y sacaba la cartera, el dinero, las llaves, la navaja y las pistolas. Había soñado con ellas y no podía creerse que las camareras del motel no las hubieran encontrado. Las metió en su petate, junto con la ropa, y estaba a punto de empezar a limpiar la habitación cuando alguien llamó a la puerta. Era el gerente, que le pedía sesenta y dos dólares más por las últimas cuatro noches. Henry cojeó hasta el aparador, cogió el dinero y pagó.

Cuando el hombre se marchó, cerró la puerta con llave, mojó una toalla y empezó a frotar todas las superficies que pudiera haber tocado durante la última semana. Los mandos de la televisión, los postigos, los pomos de las puertas, los grifos, la tapa del váter y los asideros de la ducha, los interruptores de la luz, los revestimientos de las puertas y el estante del papel higiénico.

Iba un poco tarde. El equipo del FBI ya había obtenido muchas huellas en aquellas mismas superficies, además de en su camioneta y en su habitación de hospital. Pocos sospechosos habían proporcionado una cartera tan increíble de huellas dactilares en la historia reciente.

Pero él siguió limpiando tan contento, convencido de su astucia y seguro de que estaba siendo más listo que aquellos pueblerinos. Cuando tuvo claro que en la habitación 19 no quedaba ni una sola huella, tiró la llave sobre la cama, salió cojeando

373

hacia su camioneta, metió la bolsa en la parte de atrás, se sentó al volante como buenamente pudo y se marchó.

Lo siguieron mientras salía de la ciudad por la autopista 90 y luego hacia el norte por la 49. En Hattiesburg, por precaución, cambiaron el coche y en Jackson hicieron lo mismo. Seis horas más tarde, Henry rodeó el centro de Memphis por la circunvalación y cogió la autopista 51 hacia el norte sin que lo hubieran perdido de vista. En la ciudad de Millington se detuvo para llenar el depósito de la camioneta y comprar un refresco en la tienda; el dolor lo obligaba a cojear e intentaba no apoyar el peso en la pierna mala. Dos horas más tarde, lo siguieron por las afueras de Union City hasta que por fin llegó a su casa.

Ya dentro, fue de inmediato a la cocina a por un vaso de agua. Cogió un puñado de analgésicos, se los tragó y se limpió la boca con el antebrazo. Consiguió llegar al sofá y se desplomó en él. Tenía la sensación de que le estaban clavando lanzas al rojo vivo en la carne y los músculos de la pierna.

Al cabo de unos instantes, el dolor empezó a remitir y respiró con normalidad por primera vez desde hacía horas. En el hospital había repasado sus errores mil veces y no quería volver a hacerlo. Se consideraba muy afortunado por haber escapado con tantos policías alrededor.

Menuda panda de lerdos tenían ahí abajo.

A última hora de la tarde del martes, Keith y Tim se dirigieron en coche hasta el centro de la ciudad y aparcaron delante del bufete. Admiraron la increíble colección de arreglos florales que cubrían la totalidad del porche y gran parte del pequeño terreno con césped que tenía delante. Caminaron unas cuantas manzanas hasta las vallas del juzgado para ver cómo estaba la situación. Keith habló con un policía de Biloxi al que conocía y le agradeció sus condolencias. De nuevo en el bufete, entraron en el despacho de Jesse y, durante un largo instante, permanecieron de pie en el centro de la estancia contemplando la vida de su padre. Del muro del ego colgaban diplomas, premios, fotos y recortes de periódico de la época de Camille. En el aparador había una decena de fotos de Agnes y los niños a distintas edades. El escritorio, poco utilizado a lo largo de los últimos cinco años, estaba perfectamente ordenado y lleno de regalos que le habían hecho sus hijos: un abrecartas de plata, plumas extravagantes que nunca utilizaba, un reloj de bronce, una lupa que no necesitaba y una pelota de béisbol firmada por Jackie Robinson. Jesse lo había visto jugar en un partido de exhibición en 1942.

El sentimiento de pérdida era inconmensurable. La devastación emocional los tenía abrumados; el dolor físico, al cabo de cinco días, les resultaba paralizante. Un hombre al que adoraban por el amor incondicional que sentía hacia su familia, por su integridad, su valor, su coraje, su inteligencia y su afabilidad, ya no estaba, se lo habían arrebatado en la flor de la vida. Ni a ellos ni a sus hermanas se les había pasado jamás por la cabeza la posibilidad de perder a su padre. Era una presencia enorme en su vida y siempre podían contar con él. Era imposible que hubiera muerto a los cincuenta y dos años.

Tim, el más sentimental de los cuatro, se tumbó en el sofá y se tapó los ojos. Keith, el más estoico, se sentó al escritorio de su padre durante un largo rato, cerró los ojos e intentó oír la voz de Jesse.

Lo que oyó, en cambio, fue un leve golpeteo en la puerta delantera. Miró su reloj de pulsera y se levantó de un salto. Había olvidado la cita de las cinco.

Saludó con cordialidad al juez Oliphant y lo condujo hasta la sala de reuniones de la planta baja. Su señoría tenía casi ochenta años y siempre había sido una persona despierta y ágil, pero en aquel momento parecía que hubiera envejecido. Caminaba con una ligera cojera y rechazó el café que le ofrecieron. Su estrecha amistad con Jesse Rudy había comenzado durante los litigios de Camille y no hizo sino crecer cuando el nuevo fiscal de distrito ocupó un despacho en el mismo pasillo que el suyo. Estaban tan unidos que al juez le preocupaba la cuestión de la imparcialidad. Jesse se quejaba a menudo de que a Oliphant le inquietaba tanto la posibilidad de no ser justo que se desvivía por ponérselo difícil al Estado. En las audiencias públicas no se daban tregua el uno al otro y luego se reían a carcajadas de sus numeritos teatrales entre copas y puros.

El juez estaba desolado por la muerte de Jesse y su aflicción era evidente. Se compadecieron durante un rato, pero Keith no tardó en cansarse. Para mantener las idas y venidas alejadas de la casa y de Agnes, había empezado a recibir a los amigos en el bufete. Todas las visitas se iniciaban con la habitual ronda de lágrimas y condolencias y le estaban pasando factura.

—No fue solo un asesinato a sangre fría —le dijo Oliphant—, sino un ataque contra nuestro sistema judicial. Han bombardeado el juzgado, Keith, el lugar designado para impartir justicia. Supongo que podrían haber matado a Jesse en cualquier otro sitio, puesto que parecen bastante expertos en estas lides, pero eligieron el juzgado.

—Pero ¿quiénes han sido?

—La misma gente a la que perseguía tu padre. Las mismas personas a las que acusó, a las que llevó a rastras a los tribunales, a mi sala, y a las que asustó tanto que se declararon culpables.

—¿Malco?

—Pues claro que ha sido él, Keith. Jesse encerró a muchos delincuentes en sus cinco años en el puesto; como cualquier otro fiscal, supongo. Es lo que conlleva el cargo. Pero Lance Malco era un pez gordo y dejó tras de sí una organización criminal que sigue activa y es capaz de vengarse.

—En cuanto me enteré de que había estallado una bomba en el juzgado, dije: «Malco» —señaló Keith—. Es tan obvio que tengo curiosidad por saber si realmente son así de descarados o es que son tontos.

—Llevan tanto tiempo burlando la ley que se creen que están por encima de ella. Todo esto me escandaliza, nos escandaliza a todos, pero no debería sorprendernos.

Ninguno de los dos dijo nada durante largo rato, mientras sopesaban las implicaciones de lo que ya habían decidido. Al final Keith preguntó:

—¿Cree que Lance ha ordenado el golpe desde la cárcel?

—A veces creo que sí y otras creo que no. Le habría resultado fácil hacerlo y no tiene nada que perder. Pero es demasiado inteligente para algo así. Lance evitaba llamar la atención, se esforzaba mucho por operar en la sombra, no le gustaba que la gente lo viera ni que leyese sobre él. Ahora mismo, en la costa todo el mundo está pensando lo mismo, y sobre todo las fuerzas del orden: Malco.

Keith asintió y dijo:

—Estoy de acuerdo. Lance es demasiado inteligente, pero Hugh es idiota. Ahora es él quien tiene el poder y quiere demostrar que es un verdadero capo de la mafia. Si consigue irse de rositas, el asesinato del fiscal de distrito lo convertirá en una leyenda.

—Será difícil de demostrar, Keith. Los asesinatos por encargo son casi imposibles de probar, porque el culpable no toca nada.

—Salvo el dinero en efectivo.

—Salvo el dinero en efectivo, que no puede rastrearse.

Otro silencio mientras escuchaban voces en el exterior. Alguien estaba dejando más flores.

—Verás, Keith —dijo el juez—, el gobernador Finch nombrará a un fiscal de distrito interino para cubrir la vacante. Conozco a Cliff. Estuvimos juntos en la legislatura estatal. También fue fiscal de distrito durante ocho años. Quiero que te plantees solicitarle el puesto. Estoy seguro de que ya lo has pensado.

—Sí, pero solo de pasada. No se lo he dicho ni a Ainsley ni a mi madre. Dudo que a ninguna de las dos le haga mucha ilusión.

—Entonces ¿te lo pensarás?

—He hablado con Egan y ella no tiene ningún interés. Va a tomarse una temporada de descanso. No se me ocurre ninguna otra persona que pueda querer el puesto, y menos ahora. Es una buena manera de salir mal parado.

Oliphant sonrió y dijo:

—Tienes un don para este trabajo, Keith, y podrás continuar justo donde Jesse lo dejó.

—Y estaré involucrado en la investigación. El gobernador Waller llamó anoche para darnos el pésame. Como sabe, mi padre y él se habían hecho amigos. Prometió hablar con el gobernador Finch y presionarlo para que le diera prioridad al caso. Parece que la policía estatal y el FBI están trabajando juntos, para variar. Quiero estar ahí, señor juez, en el meollo.

—Hablaré con el gobernador Finch.

—Y yo hablaré con mi madre, pero ahora no. Esperaré hasta después del funeral.

Con el padre Norris al mando y guiando a la familia, los actos siguieron al pie de la letra las costumbres católicas. El viernes por la noche, una gran multitud se reunió en San Miguel para la vigilia de oración. El hombre dirigió las oraciones y pidió a varios amigos que leyeran las Sagradas Escrituras. Como al día siguiente no habría panegíricos en la misa de réquiem, se pronunciaron durante la vigilia. Un amigo de la infancia de Point fue el primero y rompió el hielo con una anécdota divertida de aquel entonces. El juez Oliphant habló con elocuencia de los humildes comienzos de Jesse, de su determinación de convertirse en abogado asistiendo a clases nocturnas en Loyola, en Nueva Orleans, de su empuje y ambición. Pero, sobre todo, de su valor.

El exgobernador Waller describió lo que suponía para un fiscal de distrito recibir amenazas de muerte por el mero hecho de hacer su trabajo. Él había pasado por lo mismo y conocía ese miedo. La valentía de Jesse le había costado la vida, pero el trabajo que había empezado terminaría algún día. Los matones y los mafiosos que habían acabado con él rendirían cuentas ante los tribunales.

Entre la familia no hubo duda respecto a quién hablaría. Tim sabía que no sería capaz de mantener la compostura. Beverly y Laura estuvieron encantadas de cederle la palabra a su hermano mayor. Cuando Keith subió al púlpito, la iglesia se sumió en un silencio absoluto. Con una voz fuerte y clara, les dio las gracias a todos en nombre de la familia. Les aseguró que no solo sobrevivirían, sino que lo superarían y prevalecerían. Su madre, Agnes, y sus hermanos, Beverly, Laura y Tim, agradecían las oraciones y la gran cantidad de muestras de apoyo.

Jesse le había enseñado muchas lecciones sobre la vida y también sobre derecho. Los buenos abogados litigantes no nacen, se hacen. Los mejores se limitan a contarle una historia al jurado, una narración que dominan a la perfección. El abogado debe escribirla y reescribirla, seguir editándola hasta que se sabe de memoria tanto la última palabra como todas las pausas y los chascarrillos. El discurso es fluido, pero no resulta demasiado pulido ni ensayado. Al escuchar a Keith hablar sin notas y sin desperdiciar una sola sílaba, costaba creer que tuviera solo veintiocho años y que únicamente hubiera llevado tres juicios con jurado hasta el veredicto.

Contó anécdotas sobre ir a pescar con su padre al estrecho del Mississippi, sobre jugar al béisbol en el patio trasero, sobre mil partidos con Jesse siempre en las gradas. Jamás se perdió ninguno. Cuando Keith tenía quince años, lo llevó al juzgado para ver un juicio y, durante la cena, comentaron todos los movimientos hechos por los abogados y el juez. Lo siguieron muchos juicios más. A los dieciséis años, el chico ya llevaba americana y corbata y se sentaba justo detrás de su padre.

A Keith no se le quebró la voz en ningún momento. Su discurso fue tan calmo como el de un actor teatral veterano. Aunque mantuvo la compostura, su panegírico fue extremadamente emotivo. Terminó así: «Nuestro padre no murió en vano. Su obra no había hecho más que empezar y acabará terminándose. Sus enemigos morirán en prisión».

La misa de réquiem congregó a una multitud aún mayor que desbordó el santuario. A los que llegaron tarde, los dirigieron a una gran carpa abierta situada junto a la iglesia. Un sistema de megafonía retransmitió los acontecimientos: la aspersión de agua bendita sobre el féretro cuando franqueó la puerta principal; la familia recibiendo el ataúd junto al altar y depositando una biblia abierta sobre él; la lectura de las Sagradas Escrituras por parte de Beverly y Laura; el solo de la soprano; una lectura del evangelio según san Lucas hecha por el hermano de Jesse; la reflexión sobre los versículos que hizo el padre Norris, seguida de una larga homilía en la que habló de la muerte en el mundo cristiano y dijo cosas maravillosas sobre Jesse Rudy; la interpretación que hizo un organista de un hermoso himno; la oración que leyó Tim, que consiguió llegar hasta el final; la comunión de media hora y, cuando terminó, el padre Norris rociando más agua bendita sobre el ataúd mientras daba la bendición final.

43

El martes posterior al Día del Trabajo, el juzgado retomó la actividad. Habían bloqueado la mitad oeste de la primera planta con un tabique provisional mientras los equipos de trabajo terminaban la limpieza y comenzaban las reformas. El juez Oliphant estaba impaciente por abordar su lista de casos y empezar a programar audiencias.

Dos días más tarde, en su sala del juzgado, se celebró una breve ceremonia. Conforme a un nombramiento del gobernador Cliff Finch, Keith Rudy ocuparía la vacante que había dejado la muerte de su padre y ejercería como fiscal de distrito durante el resto del mandato, hasta 1979. El juez Oliphant leyó el nombramiento y tomó juramento al nuevo fiscal. Agnes y Ainsley lo presenciaron con orgullo, aunque con muchas dudas silenciosas. Ambas se habían opuesto a que Keith aceptara el cargo, pero él estaba decidido. A su madre se le parecía a Jesse en muchos aspectos. Cuando sentía que tenía razón, era imposible disuadirlo.

Beverly y Laura también estaban en la sala, junto con Egan, los hermanos Pettigrew y un puñado de amigos. Todavía intentaban superar como sonámbulos las secuelas del asesinato, pero ese nombramiento les daba esperanzas de que se hiciera justicia. No hubo discursos, pero un periodista del *Register* cubrió el acto y charló con Keith cuando terminó. Su primera pregunta fue una obviedad:

—¿Puede ser justo y objetivo si procesa a la persona o personas responsables del asesinato de su padre?

Él ya se la esperaba y respondió:

—Puedo ser justo, pero no tengo por qué ser objetivo. En cualquier investigación de asesinato, la policía y el fiscal determinan la culpabilidad mucho antes que el jurado, así que en ese sentido no puede decirse que sean objetivos. Solo puedo prometer ser justo.

—Si se resuelve el asesinato, ¿se encargará del juicio?

—Es demasiado pronto para hablar de un juicio.

—¿Sabe si hay ya algún sospechoso?

—No.

—¿Participará en la investigación?

—A cada paso. Seguiremos todas las pistas, miraremos debajo de todas las alfombras. No descansaré hasta que se resuelva este crimen.

Durante sus primeros días en el cargo, lo persiguieron preguntas similares. Los periodistas vagaban por las inmediaciones de Rudy & Pettigrew y les pidieron repetidamente que se marcharan. Un flujo constante de amigos y simpatizantes pasaban por allí para intercambiar con él un par de palabras sombrías y Keith se cansó enseguida de su presencia. Al final cerraron la puerta delantera con llave. Gage y Gene trabajaban en la sala de juntas de la planta baja y estaban pendientes de la gente que se acercaba. El teléfono sonaba sin parar, pero no le hacían caso. Les pidieron a los clientes que tuvieran paciencia.

Dado que la mayor parte de los registros del fiscal habían quedado destruidos, uno de los primeros retos de Keith fue reconstruir los archivos y determinar quién tenía demandas pendientes y cuál era la situación de cada uno de los acusados. El colegio de abogados de la zona al completo, sin excepción, se solidarizó con él y le proporcionó copias de todos los expedientes. El juez Oliphant interfirió por el nuevo fiscal y no dio su brazo a torcer ante los abogados defensores. Rex Dubisson pasó horas con él y le explicó los entresijos del puesto. Pat Graebel, el fiscal del contiguo decimonoveno distrito, mostró la misma actitud y puso a toda su plantilla a disposición del joven.

Este empezaba todos los días llevando a Agnes a la misa matutina de San Miguel.

Dos días después de que Keith se convirtiera en fiscal de distrito, Hugh hizo otro viaje al norte para visitar a su padre en mitad de la nada. El algodón estaba en flor y, a ambos lados de la carretera, las llanuras se veían blancas como la nieve. Le resultó curioso que el delta hubiera cambiado de color ahora que los cultivos estaban casi preparados para la cosecha, pero aquel lugar seguía pareciéndole deprimente. Se animó al ver una cosechadora de algodón por primera vez en la vida; era una creación mecanizada de John Deere, de color verde vivo, que parecía un insecto gigante arrastrándose por la nieve. Luego vio otra y pronto empezaron a aparecer por todas partes. Pasó junto a un camión con remolque que se dirigía a la desmotadora e iba perdiendo cápsulas de algodón que volaban por los aires y caían a los lados de la carretera como basura.

A ocho kilómetros al sur de la prisión, vio un espectáculo tan sorprendente que aminoró la marcha y estuvo a punto de detenerse en el arcén. Un guardia penitenciario con una escopeta y un sombrero de vaquero, montado en un caballo cuarto de milla, vigilaba a alrededor de una decena de reclusos negros que arrancaban cápsulas de algodón de tallos que les llegaban casi a la altura del pecho. Las metían en gruesos sacos de arpillera que arrastraban tras ellos.

Era septiembre de 1976; habían pasado más de cien años desde la emancipación.

Parchman abarcaba más de siete mil hectáreas de suelo fértil. Con su inagotable suministro de mano de obra gratuita había sido, al menos tradicionalmente, una mina de oro para el estado. En sus días de gloria, mucho antes de la intervención de los tribunales federales y del concepto de los derechos de los presos, las condiciones de trabajo eran brutales, sobre todo para los reclusos negros.

Hugh negó con la cabeza y siguió adelante, pasmado una vez más por lo atrasado que estaba Mississippi y encantado de ser de la costa. Aquello era otro mundo.

Hasta aquel momento, Lance había evitado salir a recoger algodón, un trabajo detestable que ahora se reservaba como castigo. Vivía en el módulo 26, uno de los muchos «campos de prisioneros» diseminados por la extensa granja. Aunque los tribunales federales le habían ordenado al estado en repetidas ocasiones que aboliera la segregación racial en Parchman, aún quedaban unos cuantos rincones en los que los reclusos con dinero podían sobrevivir sin temor a la violencia. El módulo 26 era el más buscado, aunque las celdas carecían de aire acondicionado y ventilación.

Hugh franqueó la verja de entrada y siguió los caminos bien señalizados hacia el interior de la granja. Dejó el coche en el pequeño aparcamiento del módulo 26, pasó otro control de seguridad y entró en el edificio de ladrillo rojo en el que se hallaban las oficinas. Lo cachearon de nuevo y lo acompañaron a la sala de visitas. Su padre apareció al otro lado de una malla metálica y se saludaron. Aunque se suponía que las visitas eran confidenciales, Lance no se fiaba de nadie en la cárcel y le advirtió a Hugh que no hablara más de la cuenta.

Salvo por unas cuantas canas y patas de gallo más, no había cambiado mucho los últimos dieciséis meses. Los problemas cardiacos que habían estado a punto de matarlo el año anterior habían desaparecido como por arte de magia. Aseguraba que estaba bien de salud y sobreviviendo a la terrible experiencia de la cárcel. Trabajaba en la biblioteca, daba paseos por el campo varias veces al día y escribía cartas a sus amigos, aunque le revisaban todo el correo. Con gran cautela, hablaron de los negocios familiares y Hugh le aseguró que todo iba bien. Lorzas le enviaba saludos, al igual que Nevin y los demás. Carmen estaba mucho mejor ahora que su marido se había marchado, aunque el hijo minimizó la felicidad de su madre. Lance fingió preocuparse por el bienestar de su esposa.

Hablaron de todo menos de lo obvio. La muerte de Jesse Rudy no se mencionó en ningún momento. Lance no había tenido nada que ver con ella y le preocupaba muchísimo que su imprevisible hijo hubiera cometido una estupidez.

Todas las sospechas recaían sobre él porque no había ningún otro sospechoso convincente.

Al igual que su predecesor, Bill Waller, el gobernador Finch había sido fiscal de distrito durante dos mandatos. El brutal asesinato de uno de los suyos le parecía inconcebible, así que convirtió la investigación en su máxima prioridad. Formó un grupo operativo especial con miembros de la policía estatal y del FBI y les prometió cooperación plena y financiación.

A finales de septiembre, el grupo operativo se reunió en secreto por primera vez. Los agentes especiales Jackson Lewis y Spence Whitehead acudieron en representación del FBI. El encuentro lo presidió el jefe de la policía estatal, el capitán Moffett. Estaba flanqueado por dos de sus investigadores. Otros dos de sus hombres, policías estatales de uniforme, custodiaban la puerta. Keith tomó notas y habló poco.

La ausencia de las fuerzas de seguridad locales resultaba significativa. Lorzas Bowman y su pandilla no estaban incluidos porque no se fiaban de ellos. La policía de Biloxi no estaba cualificada para formar parte de una investigación tan complicada y de tan alto nivel. Ninguno de los presentes en la sala quería involucrar a los cuerpos locales a menos que fuera necesario. Era crucial mantener la investigación en secreto.

El agente Lewis comentó un informe del laboratorio de Quantico. Los expertos estaban seguros de que la explosión la había causado un material llamado Semtex, un explosivo plástico muy utilizado por el Ejército estadounidense. Creían que el terrorista lo había conseguido sin estar del todo familiarizado con su potencia y su capacidad letal. Calculaban que el artefacto pesaba entre dos y cuatro kilos, mucho más de lo necesario para matar a un hombre en su despacho.

Mientras hablaban de los daños causados, oían el ruido amortiguado de los martillos y las sierras en las obras que se estaban llevando a cabo al fondo del pasillo.

Keith se esforzaba por hacer caso omiso del hecho de que estaba sentado en la sala del juzgado en la que su padre se había forjado un nombre demandando a compañías de seguros después de Camille y, más tarde, encausando a delincuentes famosos. A seis metros estaba el estrado junto al que Lance Malco se había declarado culpable y el juez Oliphant lo había condenado.

A continuación se habló de los posibles testigos. Nadie mencionó a Henry Taylor. El FBI prácticamente lo había echado de la ciudad, con la pierna rota y todo, tres días después del asesinato, y luego había presionado a los cuerpos policiales del estado y la ciudad para que guardaran silencio respecto a su existencia. El FBI tenía grandes planes para él, pero era demasiado arriesgado involucrar a cualquier persona de Biloxi en una fase tan temprana. Una sola palabra fuera de lugar podía poner en peligro la estrategia de Jackson Lewis. El juez Oliphant, que había firmado las órdenes de registro de la camioneta y de la habitación de motel de Taylor, también había prometido guardar el secreto.

A Keith le contarían lo de Henry Taylor cuando llegara el momento. El joven estaba de luto, predispuesto para la venganza, y nadie sabía cómo reaccionaría, puesto que aquella era su primera prueba. Mantenerlo al margen era un asunto delicado, pero el FBI no tenía elección. También estaba el complejo tema de que Keith se encargara de la acusación. En aquella sala nadie creía que fueran a permitirle ser el fiscal que llevara a juicio al asesino o asesinos. Según las conversaciones extraoficiales entre el capitán Moffett y el FBI, el Tribunal Supremo del Estado nombraría un fiscal especial.

El grupo operativo revisó un sumario con la información de todas las personas que se sabía que estaban en el juzgado o que acababan de salir de él en el momento de la explosión. Hubo trece heridos, la mayoría de ellos a causa de los cristales que habían reventado. El estallido había tirado al suelo a Egan Clement, que se hizo un corte en la cabeza y que sufrió una conmoción cerebral leve. Alan Taylor, de Necaise, se cayó por las escaleras y se había roto una pierna. Afirmaba que se dirigía a la oficina de recaudación de impuestos, situada en la primera planta, para comprar unas placas de matrícula. Según el FBI, su historia era cierta.

Keith dijo:

—He hablado con Egan varias veces y cree que vio a un repartidor con paquetes cerca de las escaleras en el momento de la explosión.

Lewis asintió.

—Sí, también hemos hablado con ella largo y tendido. Como sabes, el golpe la dejó inconsciente. Sus recuerdos no son siempre idénticos. La mayor parte de su historia es confusa, en el mejor de los casos. Pero seguimos investigando.

—Entonces ¿podríamos tener un sospechoso?

—Sí, es posible. Ese hombre, si existe, es la prioridad.

—¿Y no hay nadie más que diga haberlo visto?

—Nadie.

—¿Cómo llegó la bomba al despacho?

—Aún no lo sabemos. Todo es preliminar, Keith.

El joven Rudy receló, pero lo dejó pasar. Era demasiado pronto para presionar a los investigadores, aunque estaba seguro de que sabían más de lo que le habían contado. Al menos existía la posibilidad de un sospechoso.

La labor que llevaban a cabo conjuntamente las fuerzas del orden estatales y federales siempre estaba plagada de sospechas y batallas territoriales. Después de unos cuantos forcejeos en la sombra se acordó que Jackson Lewis y el FBI encabezarían la investigación. Moffett fingió sentirse frustrado, pero tenía órdenes directas del gobernador de ceder ante los federales.

A lo largo de los noventa días anteriores al asesinato, Henry Taylor había hecho o recibido quinientas quince llamadas. Se habían comprobado todos los números y la mayoría eran locales, de familiares, amigos y un par de mujeres a las que parecía conocer bien. Treinta y una eran de larga distancia, aunque ninguna resultaba sospechosa. Dos semanas antes del asesinato había recibido una llamada desde un teléfono público de Biloxi, pero era imposible averiguar quién la había hecho.

Taylor llevaba su negocio desde un taller situado en un viejo almacén. Un magistrado federal emitió otra orden de escucha e intervinieron el teléfono de su oficina. Le habían solicitado los registros a la compañía telefónica y los estaban analizando. Casi todas las llamadas tenían que ver con encargos de trabajo; de nuevo, ninguna parecía sospechosa.

El agente Lewis estaba perplejo. Organizar un atentado tan espectacular habría requerido, casi con total seguridad, actividad telefónica. ¿De dónde procedían los explosivos? ¿Cómo los había conseguido? Lewis y Whitehead habían registrado el pequeño laboratorio situado detrás de la casa de Taylor y no encontraron explosivos, solo residuos y artilugios para los detonadores. Tenía que haberse producido algún contacto con el hombre del dinero o con algún intermediario.

Varias llamadas desde su casa revelaron que la pierna rota le estaba causando muchos problemas y que no podía trabajar. Charló con dos empleados a tiempo parcial suyos y quedó claro que no estaba satisfecho con ninguno de ellos. Uno afirmaba que Taylor le debía varios salarios atrasados; discutieron. Llamó a su médico y se quejó. Intentó pedirle dinero prestado a un hermano, pero la conversación no fue bien. En la oficina cada vez recibía menos llamadas de posibles clientes.

Su historia era que se había ido a pescar al Golfo y se había roto la pierna al resbalarse en un puerto deportivo. Seis semanas después del asesinato seguía con muletas y dolores constantes.

El 14 de octubre, Taylor hizo una llamada interesante. Un tal señor Ludlow, empleado de banco, la contestó y escuchó sus problemas. No estaba trabajando mucho, con la pierna rota y todo eso, así que se encontraba en un aprieto, necesitaba pedir prestado algo de dinero. Daba la sensación de que se conocían de tratos anteriores. Henry quería diez mil dólares y estaba dispuesto a pedir una segunda hipoteca sobre su casa. El señor Ludlow dijo que lo sopesaría. Lo llamó al día siguiente y dijo que no.

Un objetivo con problemas financieros. Siguieron escuchando.

44

La junta de supervisores del condado de Harrison decidió gastarse algo de dinero en la reconstrucción del juzgado y tiró la casa por la ventana con el despacho de su nuevo fiscal de distrito. Cuando Keith se trasladó a él una semana antes del Día de Acción de Gracias, se quedó impresionado con la remodelación, la alta calidad de los muebles y lo novedoso del equipamiento de oficina. Las paredes, los suelos y los techos seguían oliendo a pintura fresca. Había bonitas alfombras por todas partes. Las paredes estaban adornadas con arte moderno, aunque Keith no tardaría en sustituirlo. En conjunto era un esfuerzo magnífico y un gesto significativo.

Su problema más acuciante era la falta de personal. La antigua secretaria de Jesse se negaba a entrar en el juzgado y Keith no fue capaz de convencerla de que abandonara su retiro. Su propia ayudante tampoco estaba dispuesta a volver aún; Egan Clement estaba deprimida y seguía asustada. Una mujer de la oficina del registro de la propiedad se ofreció voluntaria para atender el teléfono durante dos meses.

A lo largo de los primeros días, el joven Rudy luchó contra las emociones que lo embargaban cada vez que entraba en el que había sido el despacho de su padre, pero al final halló en su interior la determinación necesaria para seguir adelante. Jesse no lo querría lloriqueando y con la cara mustia cuando había tanto trabajo que hacer. El nudo del estómago empezó a reducírsele y al final desapareció. Cuando no tenía mucho que hacer, se marchaba del despacho y daba largos paseos en coche por el campo, al norte de la ciudad. Lo que le urgía era celebrar su primer juicio con jurado; nada como una buena pelea en un tribunal para hacer que un abogado olvide sus problemas.

Convocó al primero y presentó cinco o seis casos: delitos menores por tráfico de drogas, una agresión derivada de una disputa doméstica y un allanamiento de morada a mano armada que estuvo a punto de resultar mortal.

El caso «El estado de Mississippi contra Calvin Ball» se refería a una pelea que había estallado en un antro y que había acabado convirtiéndose en un tiroteo con una víctima. Seis meses antes, a Jesse le había costado mucho que su último gran jurado emitiera la acusación. Calvin Ball, el ganador de la pelea, alegaba defensa propia. No menos de ocho clientes del bar estaban implicados de un modo u otro y, en el momento de los hechos, todos ellos estaban borrachos, colocados o en proceso de estarlo. Había ocurrido poco después de la medianoche de un sábado en la parte rural del condado de Stone. El abogado de Ball estaba presionando para ir a juicio porque su cliente quería limpiar su nombre. Al final Keith pensó que qué demonios; la victoria parecía dudosa para cualquiera de las partes.

El juicio duró tres días; se celebró en Wiggins y casi se convierte en otra pelea de bar. Tras ocho horas de acaloradas deliberaciones, el jurado se estancó en seis contra seis y el juez declaró el juicio nulo. Mientras volvía conduciendo a Biloxi, Keith logró encontrar cierto humor en algunos de los testimonios y en el hecho de haber perdido su primer juicio como fiscal. Recordó que su padre le había contado historias sobre aquel antro. Jesse no quería llevar a juicio a Calvin Ball.

La semana siguiente se hizo con su primera victoria en un caso de malversación. Una semana antes de Navidad consiguió que condenaran a dos motoristas de California que habían asaltado al empleado de una gasolinera de Gulfport y lo habían golpeado sin motivo.

Keith casi se había criado en los juzgados. Cuando era adolescente, iba a los juicios con su padre y le llevaba el maletín.

Conocía las normas que regían las pruebas mucho antes de empezar la carrera de Derecho. Aprendió los procedimientos de la sala del juzgado, la etiqueta y las tácticas siendo espectador de un centenar de juicios. A Jesse le encantaba susurrarle consejos, trucos y maniobras ingeniosas como si le estuviera transmitiendo información privilegiada.

Un abogado que se enfrenta a un jurado en un juicio tiene una decena de cosas en la cabeza. Llegar hasta ese momento requiere una preparación minuciosa. No había tiempo para pasar el luto, estar preocupado, tener miedo o autocompadecerse. A los veintiocho años, Keith se estaba convirtiendo en un buen abogado litigante; su padre estaría orgulloso.

Sus tres primeros juicios fueron estimulantes y, a ratos, incluso conseguían distraerlo de la pesadilla.

Agnes estaba decidida a levantarle el ánimo a la familia con unas navidades felices. Decoró la casa como nunca y organizó al menos tres fiestas. Beverly, Laura y Tim habían vuelto a casa para pasar las vacaciones. Keith y Ainsley vivían a cuatro manzanas. La cocina de Agnes se convirtió en el lugar de encuentro mientras la familia iba y venía y los amigos se dejaban caer por allí con tartas, flores y regalos. Aunque por las noches había muchas lágrimas y Jesse nunca se alejaba de sus pensamientos, continuaron con las celebraciones como si no hubiera nada fuera de lo normal. Se sentaron juntos durante la misa del gallo y, cuando terminó, se rodearon de amigos.

Al día siguiente, durante la comida de Navidad, Keith anunció que Ainsley estaba embarazada de dos meses y así comenzó el siguiente capítulo de la vida de la familia. Un nuevo y muy necesario Rudy entraría en escena.

Agnes había conseguido apretar los dientes y superar las fiestas a duras penas, pero, cuando se enteró de la maravillosa noticia de que iba a ser abuela, por fin se derrumbó. La emoción resultó contagiosa y, al cabo de un instante, toda la familia estaba llorando a lágrima viva. Pero de alegría.

45

El apartamento estaba en un complejo de edificios grande y envejecido. Henry Taylor ya había ido a limpiar allí otras veces. Eran viviendas pequeñas y baratas, de las que atraían al tipo de inquilinos que a veces huían en mitad de la noche, dejando atrás todo lo que estuviera bien clavado, así como suciedad y manchas. El hombre del teléfono le había dicho que iba a mudarse y que quería que le limpiaran las moquetas. Se vieron en la puerta a la hora acordada y el tipo le pagó ciento veinte dólares en efectivo por el trabajo. Luego se fue y le dijo que volvería más tarde.

Henry iba a trabajar solo —no había sido capaz de encontrar ayuda decente tan pocos días después de las fiestas— y cojeaba, sentía dolor y ya estaba maldiciendo su pierna maltrecha a pesar de que solo eran las ocho de la mañana. Iba cargado con dos garrafas grandes de detergente hacia el apartamento cuando un desconocido apareció de repente en la puerta y lo sobresaltó. Abrigo, corbata, ceño fruncido y una expresión de las que Henry temía debido a su violenta actividad complementaria. Si la gente supiera con qué facilidad se asustaba… Aunque era un fabricante de bombas experto, con las manos firmes y la cabeza fría, a menudo se quedaba sin respiración ante hombres como el que lo estaba mirando desde la puerta en esos momentos. Sin sonreír, el desconocido le dijo:

—Estoy buscando a Henry Taylor.

¿Era policía? ¿Le estaban siguiendo la pista? ¿Había cometido al fin algún error inconscientemente por el camino y estaba a punto de caer en manos de los investigadores?

—Soy yo. ¿Qué quiere?

Por fin, una sonrisa leve. Le entregó una tarjeta de visita y le dijo:

—J. W. Gross, detective privado.

Henry exhaló de alivio, pero intentó no mostrarlo. El hombre le tendía una tarjeta, no una orden de detención. La cogió, la examinó y le dio la vuelta, pero no vio nada en el reverso. Un detective privado con domicilio en Nashville. Se la devolvió como si no tuviera el menor interés, pero Gross decidió no hacer caso del gesto.

—Un verdadero placer —dijo Henry.

—Lo mismo digo. ¿Tiene un minuto?

—No. Tengo trabajo y se me está haciendo tarde.

Gross se encogió de hombros, pero no hizo amago de marcharse.

—Solo le pido dos minutos, yo creo que le valdrá la pena.

—Un minuto y hable rápido.

El otro miró a su alrededor y dijo:

—Entremos.

Si lo hacían, estaba claro que sería más de un minuto, pero Henry se resignó y cedió. Gross cerró la puerta tras él y Taylor miró su reloj de pulsera como un auténtico tipo duro.

—Tengo un cliente con un amigo que está forrado y necesita un trabajito, usted ya me entiende —dijo el tipo.

—No tengo ni idea de a qué se refiere.

—Nos han recomendado mucho sus servicios, señor Taylor. Nos han dicho que es un verdadero profesional con mucha experiencia, un hombre que saca adelante las cosas.

—¿Es usted policía?

—No, nunca lo he sido. Ni siquiera me gustan los policías.

—Hasta donde yo sé, podría llevar un micrófono. ¿Qué narices está pasando?

Gross se echó a reír, extendió los brazos y dijo:

—Regístreme. ¿Quiere que me quite la camisa?

—No, ya he visto bastante. Se acabó el minuto. Tengo mucho que hacer.

El detective esbozó otra sonrisa falsa y dijo:

—Claro. Pero es mucho dinero. Mucho más que el de Biloxi.

Una coz en las tripas no le habría impactado tanto. Henry se quedó boquiabierto y le lanzó una mirada asesina a su interlocutor, incapaz de hablar.

Gross asimiló su reacción y dijo:

—Cincuenta de los grandes en efectivo. Tiene mi número.

Se dio la vuelta, salió de la habitación y cerró la puerta.

Henry se quedó mirándola largo rato mientras la cabeza le daba vueltas sin control. Nadie sabía lo de Biloxi salvo él y su contacto. ¿O lo sabía más gente? Era obvio que sí. Henry no se lo había contado a nadie, nunca decía nada. Era imposible sobrevivir en ese mundo si se divulgaban los secretos. Alguien se había ido de la lengua en Biloxi. En los bajos fondos se había corrido la voz de que Henry Taylor había vuelto a atacar. A él, sin embargo, no le importaba la reputación. La fama solo atraería a la policía.

Pasó dos horas limpiando la mugre de las alfombras y luego necesitó tomarse un descanso y varios analgésicos. Fue a la biblioteca del centro de Union City y hojeó las guías telefónicas de las ciudades y los pueblos más grandes de Tennessee. En las páginas amarillas de Nashville encontró un pequeño anuncio de J. W. Gross, detective privado. Honrado. Fiable. Veinte años de experiencia.

Despreciaba a cualquiera que se anunciara como honrado.

Volvió a su oficina, se tomó otro analgésico y se tumbó en un catre militar que utilizaba para echarse la siesta. Los medicamentos al fin le hicieron efecto y el dolor remitió. Cogió el teléfono y llamó a un amigo. Rastrearon el número hasta una casa de Brentwood, en Tennessee, en el área metropolitana de Nashville.

Estaban escuchando.

Henry dijo:

—Oye, he conocido a un detective privado de tu ciudad natal. ¿Te suena un tipo llamado J. W. Gross?

—¿Por qué iba a conocer a un detective privado? —contestó el amigo.

—Creía que conocías a todo el que estuviera metido en asuntos turbios.

—Bueno, te conozco a ti.

—Ja, ja. ¿Te importaría hacer un par de llamadas, averiguar algo de él?

—¿Y yo qué gano?

—Mi amistad eterna.

—Llevo años intentando librarme de ella.

—Venga. Me debes una.

—Vale, a ver de qué me entero.

—Tampoco te mates. Solo quiero asegurarme de que es de fiar, ya sabes.

Hablaron de mujeres durante unos instantes y colgaron.

Henry empezó a pensar en el dinero. Le habían pagado veinte mil dólares por hacer saltar a Jesse Rudy por los aires y debería haber pedido más. Acabar con un alto cargo electo valía el doble. ¿Quién narices valía cincuenta mil dólares? Y, si el tipo estaba forrado de verdad y ofrecía cincuenta de los grandes como punto de partida, seguro que podía subir más. La codicia le invadió el pensamiento junto con la supervivencia.

Empezó a sonreír y se quedó traspuesto.

La información que obtuvo acerca de J. W. Gross lo dejó satisfecho: una reputación sólida, un despacho no muy grande con él al frente y un par de tipos más jóvenes a su cargo. Trabajaba en divorcios de gente adinerada y en algunos asuntos de seguridad corporativa. Sin antecedentes policiales.

Henry estaba obsesionado con el dinero. Llamó al número de la tarjeta de visita y concertó una cita en el aparcamiento de un campo de sóftbol de la zona este de Union City. Sin tráfico ni testigos. Era principios de enero, así que también sin sóftbol.

Hacía frío y se había levantado viento. J. W. siguió a Henry, que se ayudaba de un bastón, hasta el puesto de comida, que tenía la puerta abierta. Entraron para protegerse del viento.

—¿Cómo sé que no lleva un micrófono? —preguntó.

Una vez más, el otro estiró los brazos y dijo:

—Adelante.

—¿Le importa quitarse el abrigo?

Gross puso cara de estar harto, pero se lo quitó. Debajo llevaba una americana negra barata. Henry dio un paso al frente y empezó a darle golpecitos en el pecho y el cinturón. Se detuvo en la cadera derecha.

—¿Va armado?

J. W. se abrió la americana y le mostró una pistola automática en una funda.

—La llevo siempre, señor Taylor. ¿Quiere ver el permiso?

—No es necesario. Dese la vuelta.

Gross hizo lo que le pedía y Henry le dio palmaditas en el cuello, las axilas y la cintura.

—Vale, parece que está limpio.

—Gracias. —Se puso el abrigo.

—Lo escucho —dijo Henry.

—No conozco al hombre del dinero, no sé cómo se llama en realidad, así que nos referiremos a él como señor Getty. Tiene unos sesenta años y vive en algún lugar de este estado, pero tiene una buena colección de casas por todo el país. Su mujer es veinte años más joven; es la tercera, creo. Lo típico: tío mayor con pasta, chica joven con cuerpazo. Una buena vida si no fuera porque ella tiene un amante; en realidad, es uno de sus exmaridos, al que todavía le tiene bastante querencia. El señor Getty está disgustado, afligido, enfadado, y no es el tipo de hombre acostumbrado a que lo abandonen. Y, lo que es aún peor, sospecha que el amante y su esposa podrían estar planeando alguna historia contra él para quedarse con su dinero. Es complicado. Hace unos años, el señor Getty y unos amigos ricos construyeron un complejo turístico cerca de Gatlinburg, en las montañas.

—Lo conozco.

—A su mujer le encanta el monte, le gusta pasar temporadas allí con sus amigas o sola. A veces con el señor Getty. Y a menudo con su novio. Es su nidito de amor preferido.

—El trabajo es volarlo.

—Con ella y con el amante dentro. El señor Getty quiere un numerito espectacular, a poder ser cuando estén en la cama.

—Eso podría presentar problemas de sincronización.

—Entendido. Yo solo le paso la información, señor Taylor.

—¿Y el edificio?

—Es un bloque de pisos de doscientos metros cuadrados con cuatro apartamentos. Los otros tres son residencias de fin de semana que apenas se usan, y menos cuando hace frío. Mi contacto le conseguirá dibujos, planos, fotos…, lo que sea. La señora Getty y su chico están bajo vigilancia, así que sabremos cuándo se retiran a las montañas.

—Me dijo que su contacto era cliente de un amigo, o amigo de un cliente. Es una referencia bastante vaga.

—Y así tendrá que seguir siendo. Yo no veré al señor Getty en ningún momento. Según tengo entendido, es cliente de un amigo que se dedica a lo mismo que yo. Asuntos privados.

—¿Y quién sabía mi nombre?

—No puedo responder a eso.

—De acuerdo. Dos objetivos de ese perfil valen mucho más que cincuenta de los grandes.

—No tengo autoridad para negociar, señor Taylor. Solo soy el mensajero.

—Cien de los grandes.

Gross dio un pequeño respingo y frunció el ceño, pero se recuperó como un profesional.

—No se lo reprocho en absoluto. Lo transmitiré.

—¿Cuál es el plazo?

—Más pronto que tarde. El señor Getty tiene mucho personal de seguridad y los vigila de cerca. Está obviamente preocupado. Además, cuanto más se acerque el calor de la primavera, más concurrido estará el complejo turístico. Cree que el mejor momento es de aquí a principios de abril.

—Tendré que ver cómo tengo la agenda.

Gross se encogió de hombros, no sabía qué responder.

—Tráigame los dibujos y las fotos y les echaré un vistazo —añadió Taylor.

Los rastreadores y oyentes estrecharon el cerco en torno al objetivo.

Este salió de casa en su camioneta el sábado 22 de enero e hizo un viaje de tres horas hasta Nashville, donde había quedado con Gross en el aparcamiento de un centro comercial para que le entregara una carpeta con la información necesaria. Desde allí condujo cuatro horas más hasta Pigeon Forge y se registró en un motel barato a la sombra de las Grandes Montañas Humeantes. Pagó veinticuatro dólares en efectivo por una noche y utilizó un carnet de conducir falso como identificación. Fue dando un paseo hasta un asador, se comió un sándwich y luego recorrió en la camioneta los trece kilómetros que lo separaban de Gatlinburg. Se perdió por las carreteras empinadas y sinuosas, pero acabó encontrando el complejo al anochecer.

Mientras estaba fuera, un equipo de técnicos del FBI entró en su habitación del motel, pinchó el teléfono y colocó seis dispositivos de escucha.

Gross le había asegurado a Taylor que el apartamento estaría vacío durante el fin de semana y que no había sistema de alarma. Salió del complejo, se dirigió a una cafetería y mató el tiempo tomándose un café. A las nueve regresó al complejo turístico, que estaba prácticamente desierto, y se acercó al apartamento ocultándose en la oscuridad. No le costó forzar la cerradura y entrar.

A los rastreadores del FBI les impresionó la habilidad de Taylor para moverse sin que nadie se fijara en él.

Volvió al motel a las once de la noche y llamó a J. W. Gross. Quedaron en que se verían el domingo por la mañana en un área de servicio de la interestatal 40, al este de Nashville. No hizo más llamadas y se fue a la cama.

Caía aguanieve y el área de servicio estaba abarrotada de camiones que intentaban salir de la carretera. Gross encontró la camioneta de Taylor aparcada cerca del restaurante, pero Henry no estaba dentro. Esperó unos instantes mientras se acercaban las once y media, la hora acordada. Aquel salió del local, se acercó y este le hizo un gesto con la cabeza para que se subiera a su vehículo, donde no pasarían frío ni se mojarían. Henry se acomodó en el asiento del copiloto y dijo:

—Está hasta los topes. No he conseguido mesa.

La cabina del camión estaba llena de micrófonos. Los oyentes, ya en alerta máxima y escondidos a unos quince metros, contuvieron la respiración. Qué golpe de suerte. Qué jugada tan tonta por parte de Taylor.

Gross le preguntó:

—¿Ha encontrado el bloque?

—Sí, ha sido fácil —respondió aquel con arrogancia—. No veo ningún problema, salvo la cuestión del tiempo. Necesitaré que me avisen con al menos tres días de antelación.

—Dentro de tres semanas, el 11 de febrero, el señor Getty y su esposa tienen planeada una escapada de fin de semana. Él no irá, le surgirá algún tipo de emergencia en el trabajo. Lo más probable es que ella se vaya de todas maneras y lo sustituya por su novio para divertirse un poco. Parece que esa será nuestra primera oportunidad. ¿Puede hacerlo entonces?

—Sí, así me va bien. ¿Y los quiere a los dos muertos?

—No, a mí personalmente me da igual. Pero el señor Getty quiere que los mate a ambos y que el apartamento salga volando por los aires.

—No puedo garantizarlo, ¿lo entiende?

—¿Qué puede garantizar? Porque, a ver, qué puñetas, por cien de los grandes tiene que prometernos algo, señor Taylor.

—Ya lo sé. También sé que no hay dos proyectos iguales ni dos bombas que se comporten del mismo modo. Es un arte, no una ciencia. La programaré para las tres de la mañana; no es arriesgado suponer que ambos estarán en la misma cama entonces, ¿no?

—Supongo. Usted es el experto.

—Gracias. Ahora, lo del dinero.

Los problemas en la cadena de suministros asedian a todos los terroristas sin escrúpulos y las llamadas telefónicas suelen dejar rastro.

El 26 de enero, con el FBI pisándole los talones aunque él no lo supiera, Henry Taylor se encaminó hacia un complejo situado en los montes Ozark, cerca de la pequeña ciudad de Mountain Home. Ya lo había visitado otras veces y creía que tenía cierta influencia. Era la base de suministros de un hombre al que los federales consideraban un traficante de armas nacional y estaba fuertemente fortificada. En un país con unas leyes sobre armas tibias y plagadas de lagunas, aquel hombre no estaba haciendo nada malo y nunca lo habían condenado.

A Henry no le permitieron entrar y abandonó la zona. Los agentes que lo seguían dieron por hecho que buscaba explosivos. Condujo hasta Memphis e hizo llamadas desde tres cabinas telefónicas distintas, pero no pudieron rastrearlas a tiempo.

El 30 de enero, Gross lo llamó a su casa y le pidió que contactará con él al día siguiente desde una línea segura. Cuando lo hizo, el detective privado le confirmó que el viaje de fin de semana que el señor Getty y su esposa iban a hacer el 11 de febrero seguía en pie. Taylor le aseguró que estaría preparado, pero no le dijo que le estaba costando encontrar explosivos.

El 1 de dicho mes, Henry cometió su mayor error. Había seis teléfonos públicos en un radio de ocho kilómetros alrededor de su casa y su oficina. El FBI, pensando que quizá recurriera a ellos por comodidad, los había pinchado todos. La corazonada resultó ser cierta. Henry se acercó con la camioneta hasta un puesto de perritos calientes cercano al centro de Union City y entró en una cabina roja. Llamó a un famoso club nocturno de Biloxi conocido como el Red Velvet. Cinco minutos después, el teléfono público sonó y Henry contestó.

Le dijo a Nevin Noll que estaba en un aprieto y que necesitaba suministros. El susodicho se cabreó con él por llamar al club y colgó. Minutos después volvió a llamar desde una cabina y seguía enfadado. En un lenguaje cauteloso e incluso codificado, Henry le dijo que necesitaba dos kilos. Noll dijo que le costarían cinco mil dólares, a pagar durante la entrega.

Indignante, dijo él, pero no tenía elección. Llegaron a un acuerdo y decidieron concretar los detalles del intercambio más adelante.

Jackson Lewis y su equipo de agentes del FBI estaban más que exultantes. Su ardid y su paciencia los habían llevado al Strip. Las jornadas de dieciocho horas estaban a punto de dar fruto.

El 8 de febrero, Henry Taylor hizo un trayecto de cuatro horas hasta un motel de carretera al sur de Nashville. Pagó una noche en efectivo y se negó a presentar ningún tipo de documento identificativo. Esperó en el vestíbulo durante una hora y se fijó en todos y cada uno de los vehículos y de las personas que pasaban por allí. A las cuatro y media de la tarde, J. W. Gross dejó su Buick en el aparcamiento y se dirigió al vestíbulo con un maletín en la mano. Una vez dentro, estableció contacto visual con Taylor y lo siguió hasta su habitación de la planta baja.

Como ahora eran un equipo, Henry no se molestó en registrar al detective por si llevaba micrófono. De todas maneras, no lo habría encontrado. Se lo habían incrustado en la hebilla del cinturón; el transmisor estaba oculto en la culata de la pistola. Los rastreadores oyeron alto y claro hasta la última palabra:

TAYLOR: Bueno, ¿alguna novedad?
GROSS: No ha habido ningún cambio. El señor Getty dice que lo tienen todo preparado para pasar un fin de semana romántico en las montañas y que están encantados con el pronóstico del tiempo. Se supone que hará bueno.
TAYLOR: Estupendo. ¿Y el dinero?

GROSS: Aquí está. Cincuenta mil en efectivo. Tendré la otra mitad esperándolo en cuanto nos enteremos de la horrible noticia.

TAYLOR: Será un verdadero espectáculo. Tendrían que buscar un buen sitio para ver los fuegos artificiales. A las tres de la mañana de este sábado.

GROSS: Gracias. Transmitiré el mensaje. Suelo estar durmiendo a esa hora.

TAYLOR: Siempre es divertido verlo.

GROSS: Deduzco que ha encontrado los explosivos.

TAYLOR: Sí, los tengo. Quedamos el sábado por la tarde para que me entregue el resto del dinero. Llamaré cuando haya terminado.

GROSS: Buen plan.

Vieron a J. W. marcharse del motel y luego esperaron dos horas a que Taylor saliera con su pequeña bolsa de viaje. Lo siguieron hasta la ciudad de Pulaski, en Tennessee, donde Nevin Noll lo aguardaba en el aparcamiento de una concurrida tienda de comestibles. Estaba fumándose un cigarrillo, escuchando la radio y observando el tráfico mientras esperaba la llegada de una camioneta Dodge azul. En el maletero tenía dos kilos de Semtex comprados en el mercado negro de Keesler.

Lo estaban vigilando y el hecho de ver a Noll fumando y tirando la ceniza al suelo con despreocupación mientras tenía una bomba oculta en el maletero los inquietaba. Se mantuvieron a distancia.

La Dodge azul llegó y aparcó junto a Nevin. Este se subió al coche y ambos hablaron durante un par de minutos. Salieron y Noll abrió el maletero. Le entregó una caja a Taylor, que la metió en un contenedor metálico en la parte de atrás de la camioneta. El otro cerró el portón, le dijo algo a Henry, arrancó el motor y se marchó.

El plan era conducir toda la noche y alojarse con un amigo cerca de Knoxville. Los explosivos estaban a buen recaudo en una caja metálica hermética e impermeable que había construido él mismo. Tardaría más o menos una hora en montar la bomba.

Sus planes se fueron al garete. A ocho kilómetros de Pulaski, un montón de luces azules bloqueaban la autopista y muchas más se dirigían hacia ellas. Lo arrestaron sin mediar palabra, lo esposaron, lo metieron en el asiento trasero de un coche de la policía estatal de Tennessee y lo trasladaron a Nashville.

Esperaron pacientemente a que Nevin Noll regresara al estado de Mississippi. No había por qué lidiar con el tema de la extradición si podía evitarse. Cuando cruzó la frontera estatal cerca de Corinth, un idiota con las largas encendidas se le pegó al culo del coche, pero no lo adelantó. Entonces las luces se volvieron azules.

46

Por supuesto, no existían ni el señor Getty ni la esposa infiel ni el amante ni el nidito de amor que había que hacer saltar por los aires. J. W. Gross era un personaje real que se había interpretado a sí mismo con brillantez y que cobró unos buenos honorarios del FBI. Disfrutó de la aventura y dejó claro que estaba disponible para la siguiente. Recuperaron la totalidad de los cincuenta mil dólares en billetes marcados.

Jackson Lewis se deleitó con el éxito de su operación encubierta y supo que su carrera cambiaría a partir de aquel momento, pero tuvo poco tiempo para celebrarlo.

Tras unas horas de sueño irregular en el colchón sucio de la litera de abajo, porque la de arriba era territorio de Big Duke, sacaron a Henry Taylor de la celda, lo esposaron a una silla de ruedas, le cubrieron la cabeza con una capucha negra y lo llevaron sin decirle una sola palabra a una habitación sin ventanas situada en el sótano de la cárcel. Cuando lo sentaron a una mesa, le quitaron la capucha, pero no las esposas.

Los agentes especiales Jackson Lewis y Spence Whitehead estaban frente a él, ambos con el ceño fruncido.

Para restarle seriedad a ese momento horrible, Taylor empezó así:

—A ver, chicos, no sé qué está pasando, pero os habéis equivocado de hombre.

Ninguno de los dos sonrió. Lewis dijo:

—¿Eso es lo mejor que se te ocurre?

—Por ahora, sí.

—Hemos encontrado algo más de dos kilos de explosivos plásticos, de uso militar y totalmente ilegales, en la caja de tu camioneta. ¿Dónde los has conseguido?

—Es la primera noticia que tengo. No sé quién los habrá puesto ahí.

—Claro. Anoche cogimos a tu amigo Nevin Noll en Mississippi. Dice que le pagaste cinco de los grandes por el material. Qué casualidad que llevara cinco mil dólares en efectivo en el bolsillo.

Taylor encajó el golpe, pero no pudo evitar quedarse boquiabierto. Se le hundieron los hombros y bajó la mirada. Cuando volvió a hablar, tenía la voz ronca.

—¿Por qué me habéis tapado la cabeza con una capucha?

—Porque tu cara nos resulta ofensiva. Porque somos el FBI y hacemos lo que nos da la gana.

—Supongo que os quedaréis con mi dinero, que os lo dividiréis entre los dos.

—El dinero es la última de tus preocupaciones, Taylor. La conspiración para cometer un asesinato por encargo es delito capital en Tennessee. Aquí usan la silla eléctrica. En Mississippi matar a alguien por dinero te lleva a la cámara de gas.

—Uf, cuántas decisiones. ¿Tengo voto?

—No. Vas a ir a Biloxi. ¿Has estado alguna vez por allí?

—No.

Whitehead le pasó algo a Lewis y este lo dejó encima de la mesa.

—¿Reconoces esto, Taylor?

—No.

—Yo diría que sí. Es el detonador que dejaste en el juzgado de Biloxi, el que se usó para activar la bomba que mató a Jesse Rudy. Torpe, muy torpe. En aquel momento te llamabas Lyle. También encontramos tu camisa en el mismo cubo de basura. Hay una huella parcial en el detonador que coincide con las que tomamos en tu habitación del hospital. Qué torpe. Casualmente, esas huellas coinciden con al menos una decena de las que encontramos en la habitación 19 del motel Beach Bay, en Biloxi, entre ellas seis sacadas de las dos pistolas que intentabas esconder bajo el colchón. Y también da la casualidad de que esas huellas coinciden con las que obtuvimos en tu camioneta Dodge, además de con varias decenas de las que tomamos en tu casa, en tu pequeño laboratorio de bombas del cobertizo y en tu oficina del almacén de Union City. Eres tonto perdido, Taylor. Nos has dejado huellas suficientes para acabar con toda la mafia Dixie.

—No tengo nada que decir.

—Bueno, puede que quieras replantearte esa postura. Tu colega Noll está hablando, cantando como un pajarito, intentando salvar el pellejo, porque el tuyo le importa un bledo.

—Me gustaría hablar con un abogado.

—Muy bien, ya te buscaremos uno. Te mantendremos encerrado aquí unos días mientras rematamos unas cuantas cosas. Te meterán en una celda individual, sin teléfono y sin contactar con nadie.

—¿No tengo derecho a hacer una llamada?

—Eso es para los borrachos y los maltratadores de mujeres. Tú no tienes derecho a nada hasta que nosotros lo digamos, Taylor.

—La comida es horrible.

—Acostúmbrate. En Mississippi te tienen aislado en el corredor de la muerte durante diez años hasta que te gasean. Dos veces al día te dan la misma comida: serrín mezclado con mierda de rata.

Cuatro horas más tarde, Lewis y Whitehead llegaron a Corinth y aparcaron en la cárcel del condado de Alcorn. El sheriff los recibió e intercambiaron impresiones. Los condujo a una salita donde esperaron unos minutos hasta que el guardia les llevó a su hombre.

Noll iba esposado, pero no encapuchado. Se sentó en la silla que había al otro lado de la mesa y miró con desprecio a los dos agentes, como si estuvieran interrumpiendo algo.

Lewis dijo:

—Estás muy lejos de Biloxi.

—Vosotros también.

—Anoche llevabas diez mil pavos encima. ¿De dónde habían salido?

—Me gusta llevar dinero en efectivo. No es ilegal.

—Por supuesto que no, pero vender Semtex robado sí. ¿Dónde lo conseguiste? ¿En Keesler?

—Tengo derecho a un abogado. Se llama Joshua Burch. No diré nada más.

Un vuelo chárter en una avioneta King Air les ahorró seis horas de viaje hasta la costa. Llegaron a Biloxi a las tres y media y se dirigieron al juzgado. Habían avisado a Keith Rudy y los estaba esperando. El capitán Moffett, de la policía estatal, y dos de sus inspectores se unieron a ellos. Se reunieron en el nuevo despacho del abogado y cerraron la puerta. Dos policías uniformados se quedaron al otro lado para disuadir a cualquiera que quisiera acercarse.

Jackson Lewis estaba al mando y dirigía el espectáculo. Empezó con un teatral:

—Keith, tenemos bajo custodia al hombre que mató a tu padre.

El joven sonrió y respiró hondo, pero no mostró ninguna emoción. Dada la urgencia con que se había convocado la reunión, esperaba noticias importantes. Pero nada podría haberlo preparado para lo que acababa de oír. Asintió y Lewis le entregó una foto en color ampliada.

—Se llama Henry Taylor, es de Union City, en Tennessee. Se gana la vida limpiando alfombras y moquetas y construye bombas por afición. Hace diez años era miembro del Ku Klux Klan y, en aquella época, voló unas cuantas iglesias negras y lo acusaron al menos en dos ocasiones, pero nunca lo condenaron. En el gremio lo conocen como un asesino a sueldo que trabaja con explosivos.

—¿Dónde está?

—Lo tenemos encerrado en la cárcel de Nashville. Lo hemos interrogado esta mañana, pero no ha cooperado mucho.

Keith esbozó una sonrisa aún más amplia y dijo:

—Bueno, contadme. ¿Cómo lo habéis encontrado?

—Es una historia larga.

—Quiero que me deis hasta el último detalle.

Mientras se desarrollaba esta sesión informativa, Hugh Malco salió de su apartamento en West Biloxi y se subió a su último deportivo, un Corvette Sting Ray de 1977, para dirigirse al trabajo. A dos manzanas de su casa vio que un policía municipal lo seguía en un coche patrulla. Cuando se encendieron las luces azules, empezó a despotricar. No había superado el límite de velocidad. No había infringido ninguna ley de tráfico. Se detuvo, bajó del vehículo y ya iba camino de enfrentarse al agente cuando se dio cuenta de que la policía estatal tenía la calle cortada. Uno de ellos le gritó:

—¡Manos arriba! Queda detenido.

Al menos tres pistolas le apuntaban mientras se acercaban. Levantó las manos poco a poco, lo empujaron contra el capó de su Corvette, le abrieron las piernas, lo registraron, lo esposaron y lo trataron con cierta brusquedad.

—Juro que no he superado el límite de velocidad —dijo.

—Cállate —le ladró un policía.

Lo llevaron medio a rastras hasta un coche patrulla, lo embutieron dentro y se alejaron de la zona formando un convoy. Dos horas más tarde lo trasladaron a la cárcel del condado de Hattiesburg y lo encerraron en una celda individual.

47

Para aquella ocasión volvió a elegirse la sala principal del juzgado. Movieron mesas y sillas y montaron un podio cerca de la barandilla, de cara a la galería. Cuando se abrieron las puertas, las atravesó una multitud ruidosa, encabezada por periodistas y cámaras de varias cadenas de noticias: de Biloxi, Jackson, Nueva Orleans y Mobile. Se arremolinaron en torno al podio, colocaron sus micrófonos a la vista de todo el mundo y luego se retiraron hacia la pared del fondo con sus voluminosas cámaras. Un alguacil los apelotonó en un solo lugar. Los corresponsales de prensa escrita se agolparon en las primeras filas. Otros alguaciles señalaban aquí y allá e intentaban mantener el orden. Detrás de la prensa, la galería se llenó rápidamente de los habituales del juzgado, de curiosos, de cómplices de los acusados y de gente de a pie. Los abogados y los secretarios se congregaron detrás del estrado, satisfechos de su condición de miembros del tribunal que, por lo tanto, estaban autorizados a entrar y salir. Cuando se llenaron todos los asientos, un alguacil cerró la puerta y otro se apostó en el pasillo para informar a los desafortunados.

A las diez en punto de la mañana, lo bastante temprano como para aparecer en las noticias del mediodía, se abrió una puerta lateral y el fiscal de distrito la franqueó, seguido por el FBI y la policía estatal. Los cuerpos de seguridad locales no estaban invitados a la fiesta. Keith subió al podio con Egan Clement justo a su izquierda. Estaban flanqueados por los agentes especiales Jackson Lewis y Spence Whitehead, el capitán Moffett y dos inspectores de la policía estatal.

El joven comenzó con una sonrisa y agradeció al público su presencia. Tenía veintiocho años, era guapo, iba bien vestido y era muy consciente de que se dirigía a un público amplio.

—Ayer, el gran jurado del condado de Harrison, reunido en esta misma sala, acusó a tres hombres de homicidio y del asesinato por encargo de nuestro anterior fiscal de distrito, Jesse Rudy. La acusación sostiene que el 20 de agosto del año pasado, 1976, Nevin Noll y Henry Taylor conspiraron para cometer, y de hecho cometieron, el asesinato de Jesse Rudy. Nevin Noll le pagó una suma de dinero importante a Henry Taylor para que llevara a cabo el asesinato por encargo. El señor Taylor es un personaje conocido en los bajos fondos y un consumado fabricante de bombas. El gran jurado lo acusa de asesinato por encargo y, según el artículo 98-17-29 del Código de Mississippi, ese cargo se castiga con la pena de muerte en la penitenciaría estatal de Parchman. El estado de Mississippi solicitará la pena máxima para los dos hombres. Los acusados fueron puestos bajo custodia la semana pasada y se encuentran en distintas cárceles del estado, pero no en el condado de Harrison.

Keith guardó silencio unos instantes para que los periodistas pudieran seguirle el ritmo. Intentó ignorar la hilera de cámaras que había junto a la pared del fondo. La sala estaba abarrotada y en silencio; todo el mundo esperaba más.

—Este asesinato se ha resuelto gracias al maravilloso trabajo de nuestra policía estatal y, sobre todo, gracias a la pericia de los investigadores del FBI. Los agentes especiales Jackson Lewis y Spence Whitehead han dirigido una operación encubierta que no puede calificarse de nada menos que de brillante. Por muchas razones no puedo entrar en detalles, pero espero que la historia se cuente algún día. Todos los ciudadanos de este estado estamos en deuda con estos excelentes agentes. No voy a insistir en ello. El propósito de esta declaración era informar al público. Aceptaré preguntas, pero no muchas.

Una periodista de la primera fila se puso en pie de inmediato y gritó:

—¿Cuándo comparecerán los acusados?

—El juez Oliphant ha fijado la primera comparecencia para el viernes por la mañana, en esta sala.

El siguiente vociferó:

—¿Se les permitirá salir bajo fianza?

—El Estado se opondrá a la libertad bajo fianza, pero esa decisión depende del juez.

—¿Las fuerzas de seguridad locales han obstaculizado la investigación?

—Desde luego, no han contribuido a ella. Hemos recibido cierta ayuda de la policía municipal de Biloxi, pero la investigación se ha mantenido alejada en todo momento del departamento del sheriff.

—¿Por qué?

—Por razones obvias. Falta de confianza.

—¿Habrá más acusados?

—Sin comentarios. Cabe esperar que se produzcan gran cantidad de maniobras legales desde ahora hasta el juicio.

—¿Será usted quien procese a estos acusados?

—A fecha de hoy, esa es mi intención. Es mi trabajo.

—¿No ve ningún conflicto de intereses?

—No, pero, si es necesario que me aparte del caso, lo haré.

—¿Quiere que estos hombres sean condenados a muerte por matar a su padre?

Sin dudarlo, Keith contestó:

—Sí.

El gran jurado también acusó al sargento Eddie Morton, un mecánico de las fuerzas aéreas que llevaba nueve años destinado en Keesler. Una denuncia anónima informó al FBI de que el susodicho vendía explosivos y municiones de manera ilegal. El acusado estaba encerrado en la cárcel de la base; se enfrentaba a un consejo de guerra y a una larga condena y lo tenían bajo vigilancia por riesgo de suicidio.

Con su abogado presente, se reunió con la policía de las fuerzas aéreas y contó su historia. Llevaba nueve años en Keesler y había pasado demasiado tiempo en los clubes. Tenía un grave problema de adicción al alcohol y muchas deudas de juego. El señor Malco, el tipo del Lucky Star, le había ofrecido perdonarle las deudas a cambio de una carga de explosivos. El 3 de agosto del año anterior, Morton le había entregado algo más de dos kilos de Semtex a Nevin Noll, un socio de Malco.

Cuando le llegó la noticia, Keith exhaló un enorme suspiro de alivio. Después convocó una sesión de emergencia con su gran jurado. La reunión fue rápida y concluyó con la acusación de Hugh Malco por asesinato.

Joshua Burch era incapaz de encontrar a sus clientes y a nadie parecía importarle mucho. Llamó a Keith en repetidas ocasiones y se opuso encarecidamente a que mantuviera ocultos a los tres acusados. Alegó que existía un vago derecho constitucional a que los destinaran a una cárcel cercana a su ciudad, pero Keith le contestó con mucha educación que aquello era una chorrada.

El dilema inmediato de Burch era a cuál de los tres acusados representar, aunque en realidad la respuesta no resultaba tan complicada: se quedaría con el que más dinero tuviera. Cuando por fin habló con Nevin Noll por teléfono, intentó explicarle con delicadeza que, en un caso de asesinato penado con la muerte en el que había tres acusados implicados, había demasiados conflictos de intereses para un mismo abogado. Él, Burch, era leal a los Malco y él, Noll, tendría que buscarse otro letrado. Fue una conversación difícil, porque este le tenía mucho aprecio al otro desde que había conseguido que saliera en libertad tras el asesinato de Earl Fortier hacía trece años. Había sido el primer asesinato de Nevin y, el hecho de que lo declararan inocente, lo había animado a seguir matando.

Ahora su letrado de confianza lo estaba rechazando. Burch le prometió encontrarle a otro abogado penalista con talento, pero le saldría caro. Noll dio por hecho que los Malco cubrirían los costes.

Ahora que su dinero en efectivo había desaparecido, Henry Taylor se había quedado sin medios para contratar a nadie, y mucho menos a un abogado. Permaneció cuatro días incomunicado en la cárcel de Nashville y no tocó un teléfono hasta el tercero.

La noticia de las acusaciones fue portada en los periódicos de todo el sur profundo y el rostro severo pero apuesto de Keith apareció en todas partes. La historia ya resultaba atractiva de por sí —el hijo que busca venganza por la muerte del padre—, pero se volvió del todo irresistible cuando el *Gulf Coast Register* encontró una vieja foto en la que Keith y Hugh posaban con sus compañeros del equipo de Biloxi en el Juego de Estrellas de 1960.

El primero recibió una avalancha de llamadas y mensajes de periodistas de todo el país. Se vio obligado a abandonar su nuevo despacho del juzgado y a buscar refugio en Rudy & Pettigrew. El frenesí no hizo más que empeorar mientras se preparaban para las comparecencias iniciales.

El viernes 18 de febrero, el juzgado estaba rodeado de coches patrulla de la policía estatal, todos ellos recién lavados. Había agentes por todas partes, algunos dirigiendo el tráfico. Las cadenas de televisión aparcaban las furgonetas en un pequeño terreno habilitado para ello en la parte trasera del juzgado y después los camarógrafos se desplazaban a una zona cercana a la entrada de atrás. La policía de Biloxi les aseguró que estarían en una posición perfecta para grabar a los tres acusados mientras entraban en el juzgado.

Y así fue. A las diez menos cuarto, tres coches patrulla llegaron a la vez. A Hugh Malco lo sacaron del primero y, esposado y con cadenas en los tobillos, lo escoltaron despacio hasta el interior del edificio. Algunos periodistas le preguntaron banalidades, pero él se limitó a sonreír. Lo seguía Nevin Noll, que no sonreía, y Henry Taylor, con la mirada perdida y la cabeza gacha, cerraba la comitiva.

Keith tenía un nudo del tamaño de una pelota de sóftbol en el estómago. Estaba sentado a la mesa del Estado, con Egan a su izquierda y una multitud silenciosa a la espalda, esperando el momento en el que los acusados entraran por la puerta lateral y Hugh y él se miraran por primera vez a la cara.

Al otro lado del pasillo, Joshua Burch, su equipo y los demás abogados defensores consultaban documentos con el ceño fruncido y, de vez en cuando, se susurraban estrategias importantes.

Keith no estaba a la altura y lo sabía. A lo largo de sus cinco meses como fiscal de distrito había gestionado ocho casos de principio a fin y, aunque ganó los siete últimos, fueron victorias sencillas. Ni siquiera había presenciado un juicio por asesinato. Su padre ocupó el cargo de fiscal de distrito durante casi cinco años y nunca había llevado ninguno. Eran agotadores, complicados y había mucho en juego.

Burch, en cambio, llevaba las tres últimas décadas plantado delante de un jurado y proyectaba un aire de extrema confianza independientemente de que sus clientes fueran inocentes o culpables. Jesse afirmó muchas veces que Joshua era el mejor abogado litigante al que se había enfrentado. «Si alguna vez me acusan de algo —le oyó decir en más de una ocasión—, quiero a Burch».

Se abrió una puerta lateral y los primeros en entrar fueron los agentes de policía. Acompañaron a los tres acusados a unas sillas cercanas a la mesa de la defensa y les quitaron las esposas y las cadenas de los tobillos. Keith fulminó con la mirada a Hugh Malco con la esperanza de transmitirle el siguiente mensaje: «Estás en mi sala, bajo mi control, y esto no va a acabar bien para ti». Hugh, sin embargo, mantuvo la mirada clavada en el suelo e hizo caso omiso de todos los que lo rodeaban.

Una vez que el juez Oliphant tomó asiento en el estrado, dio las gracias a la multitud por asistir y mostrar tanto interés y después pasó a explicar que el propósito de la comparecencia inicial era asegurarse de que los acusados entendían los cargos y comprobar el estado de su representación legal. Llamó primero a Henry Taylor.

Seis meses antes, este había entrado en aquella sala del juzgado, entonces oscura y vacía, para estudiar el edificio y planear su ataque. En aquel momento, ni siquiera se le pasó por la cabeza la posibilidad de volver, y menos aún esposado, acusado y para enfrentarse a una sentencia de pena de muerte. Llegó cojeando hasta el estrado, donde Keith Rudy lo esperaba con el ceño fruncido. Taylor respondió a una serie de preguntas del juez. Sí, había leído la acusación y comprendía los cargos. Se declaraba inocente. No, no tenía abogado ni podía permitírselo. El juez Oliphant le explicó que el Estado le asignaría uno y lo mandó de vuelta a su asiento.

Llamó a Nevin Noll, que se presentó con Millard Cantrell, un abogado de Jackson, radical, con el pelo largo y mucha experiencia en casos de pena capital, con el que Burch ya había trabajado otras veces. A Keith le bastó con sus tres primeras conversaciones telefónicas para saber que el tipo era despreciable y que no se llevarían bien. En el procedimiento de Noll no habría nada sencillo. Este respondió a las mismas preguntas y dijo que no era culpable y que había contratado al señor Cantrell para la defensa. El susodicho, como no podía ser de otra manera siendo como era un abogado en presencia de una multitud, tuvo que intervenir y solicitó una vista para la fianza. A su señoría no le hizo ninguna gracia y le dejó muy claro que no estaban allí para hablar de eso y que la cuestión podría tratarse más adelante, tras la correspondiente petición del acusado. Los mandó de vuelta a sus respectivos asientos.

Cuando llamaron a Hugh por su nombre, se levantó y fue a situarse entre Joshua Burch y el fiscal de distrito. Los dibujantes de la sala bosquejaban a toda prisa para intentar captar la escena.

No se oía más ruido que el de los lápices de carboncillo arañando los blocs de papel cebolla.

Antes, los dos eran del mismo tamaño. En sus días de gloria como estrellas de doce años, medían y pesaban más o menos lo mismo, aunque en aquella época nadie se molestaba en medirlos. Con el paso del tiempo, los genes entraron en acción y Hugh se detuvo en el metro setenta y siete. Se le ralentizaron los pies y se le ensanchó el pecho, una buena constitución para un boxeador. Keith había crecido diez centímetros más y seguía siendo delgado, pero no llegaba a sobrepasar a su viejo amigo. Malco se movía con la seguridad de un hombre que podía cuidar de sí mismo, incluso en la sala de un juzgado.

El juez Oliphant repitió las mismas formalidades. Hugh se declaró inocente. Burch apenas habló. Cuando volvieron a la mesa, este se puso en pie de nuevo y solicitó una audiencia sobre su moción de trasladar a los reclusos a la cárcel del condado de Harrison. Había presentado la correspondiente moción por escrito y el juez Oliphant había accedido a tratar el asunto.

Como siempre, Burch se creció ante la multitud y se pavoneó como si estuviera en un escenario. Se quejó de que era obviamente injusto «esconder» a su cliente en una cárcel situada a varias horas de distancia e incluso trasladarlo de un lado a otro para que nadie, ni siquiera él, su abogado, supiera dónde estaba. Sería imposible preparar el juicio. Nunca se había encontrado con semejante atropello.

—¿Dónde sugiere? —preguntó el juez Oliphant.

—¡Aquí mismo, en Biloxi! A los acusados siempre se les asigna una cárcel ubicada en su condado de origen, señoría. Jamás había visto que se llevaran a uno de mis clientes y lo escondieran en otro sitio.

—Señor Rudy.

Keith se esperaba la pregunta y tenía preparada una réplica arrogante. Se levantó, con una sonrisa en los labios, y dijo:

—Señoría, si dejamos a estos acusados bajo la custodia del sheriff del condado de Harrison, dentro de una hora estarán libres bajo una fianza de diez dólares y de vuelta en el Red Velvet bebiendo whisky y bailando con las estríperes.

La sala del juzgado, hasta entonces tensa, estalló en carcajadas y tardó un rato en calmarse. Al final, un sonriente juez Oliphant dio unos golpecitos con el mazo y dijo:

—Un poco de orden, por favor.

Le hizo un gesto con la cabeza a Keith y este dijo:

—Señor juez, me da igual dónde estén encerrados, pero asegúrese de que no puedan salir.

La semana siguiente, un gran jurado de Nashville acusó a Henry Taylor y a Nevin Noll de conspirar para cometer un asesinato por encargo. Keith había convencido al fiscal de distrito de la zona para que obtuviera los autos de acusación, a pesar de que no se haría ningún esfuerzo por procesarlos allí. Ya tenían suficientes problemas en Mississippi.

Keith quería usar la acusación extra para influir en Taylor.

48

Las disputas legales empezaron en serio. Tres semanas más tarde, en una vista de fianza que duró un día entero, el juez Oliphant se negó a poner en libertad a los tres acusados en espera de juicio, por muchas promesas que hicieran. A Hugh lo mandaron a la cárcel del condado contiguo, el de Jackson, cuyo sheriff no quería saber nada ni de Lorzas ni de su banda y casi prometió ponerle grilletes a su prisionero. Sería un viaje de treinta minutos en coche para Joshua Burch, que seguía protestando por la injusticia. A Nevin Noll lo enviaron a la cárcel del condado de Forrest, en Hattiesburg, para que estuviera más cerca de Millard Cantrell, que era de Jackson. Henry Taylor se convirtió en cliente de Sam Grinder, un duro abogado de oficio de Pass Christian, y lo encerraron en la cárcel del condado de Hancock.

Durante las audiencias iniciales, Keith insistió en que los tres acusados permanecieran separados y el juez Oliphant se mostró de acuerdo. De hecho, daba la sensación de que su señoría iba a acceder a casi cualquier cosa que le solicitara el Estado, así que Joshua Burch iba tomando notas. En privado llevaba años quejándose de que Oliphant se llevaba demasiado bien con Jesse. Ahora que habían asesinado a su abogado favorito, parecía decidido a ayudar al Estado a encerrar a los asesinos. Burch planeaba hacer lo que todo el mundo esperaba: presentar una moción pidiendo al juez que se recusara.

Nunca llegó a ocurrir. A principios de mayo, el susodicho se desmayó en su despacho y tuvieron que trasladarlo al hospital. Tenía la presión arterial por las nubes. Los escáneres revelaron una serie de miniderrames cerebrales, ninguno de los cuales resultaría mortal, pero el daño estaba hecho. Después de tres semanas en el hospital, le dieron el alta para que descansara en casa, donde se encontró con una montaña de papeleo. Por prescripción médica, no presidiría juicios con jurado en un futuro próximo, si es que alguna vez volvía a hacerlo. Su esposa lo instó a retirarse, porque, a fin de cuentas, estaba a punto de cumplir ochenta años, y él le prometió planteárselo.

A finales de julio notificó a Keith y a los abogados defensores que se recusaba voluntariamente de los tres casos. Solicitaría que el Tribunal Supremo del Estado nombrara a un magistrado especial para que se hiciera cargo de ellos. El susodicho accedió, pero pasarían meses antes de que llegara el nuevo juez.

Keith no presionó para acelerar el proceso. Henry Taylor se hallaba en régimen de aislamiento en la cárcel del condado de Hancock y no le estaba sentando nada bien. Cuanto más tiempo pasara confinado en una celda estrecha, húmeda, sin ventanas y sin aire acondicionado, más cuenta se daría de que Parchman sería aún peor.

Con juez o sin él, Joshua Burch siguió haciendo que el papeleo se acumulara presentando una atropellada variedad de mociones. Al final solicitó que el tribunal recusara al fiscal de distrito por un evidente conflicto de intereses. Keith respondió de inmediato y se opuso a la moción.

Durante unos días maravillosos a principios de agosto, este consiguió olvidarse de perseguir delincuentes. Ainsley dio a luz a una niña sana, Eliza, y el clan Rudy se reunió en casa para darle la bienvenida al bebé. Keith estaba encantado de que fuera niña. Un niño habría complicado las cosas por la presión de llamarlo Jesse.

Ese mismo mes, casi un año después del asesinato, el sargento Eddie Morton fue juzgado en consejo de guerra y condenado a quince años de cárcel por vender explosivos del arsenal de municiones de Keesler. Parte del acuerdo que había firmado lo obligaba a cooperar con el fiscal de distrito de Biloxi.

En su primera reunión, en el interior de la base y con el FBI y la policía estatal presentes y tomando notas, Morton reveló que el 3 de agosto de 1976 le había entregado algo más de dos kilos de un explosivo plástico llamado Semtex a Nevin Noll, un hombre al que conocía desde hacía un par de años. Morton reconoció que era adicto al juego y que tenía debilidad por la vida nocturna del Strip. A cambio de los explosivos, el señor Malco le prometió perdonarle las deudas de juego.

Cinco meses después, Noll volvió a llamar porque andaba buscando más explosivos.

Morton admitió haber vendido cantidades menores de Semtex, harrisita, C4, HMX, Pent y otros explosivos militares a lo largo de los últimos cinco años. En total, su pequeña empresa en el mercado negro le había reportado unos cien mil dólares. Ahora estaba arruinado, divorciado, avergonzado y abocado a la cárcel.

Keith y los investigadores quedaron impresionados con Morton y pensaron que sería un testigo excelente. Sin embargo, al que querían era a Henry Taylor.

En septiembre, mientras seguían esperando a que se les asignara un juez, Keith decidió que había llegado el momento de abordar a Sam Grinder para ofrecerle un acuerdo. En su despacho presentó el caso del Estado contra Henry Taylor. El rastro de huellas dactilares le bastaba para abrumar a cualquier jurado. El Estado podía situar a Taylor en el juzgado en el momento de la explosión sin ningún problema. ¿Por qué otra razón iba a estar si no un famoso fabricante de bombas como él en Biloxi?

Por un lado, a Keith le repugnaba la idea de alcanzar un acuerdo con el hombre que había matado *de facto* a su padre. Pero, por otro, su objetivo era Hugh Malco y para llegar hasta él tenía que preparar un caso.

Como siempre, el acuerdo estuvo plagado de incertidumbre y sospechas. A cambio de su cooperación, el Estado no prometería clemencia. Sin embargo, el tema estaba sobre la mesa. En primer lugar, la acusación de Tennessee quedaría anulada y olvidada. Taylor testificaría contra Nevin Noll, el único contacto con el que había tratado; lo contaría todo, se declararía culpable y acataría su sentencia. El Estado recomendaría una pena de diez años de cárcel. La policía estatal le encontraría un sitio más o menos cómodo en una cárcel del condado, lejos de Biloxi, y Taylor evitaría Parchman. Si demostraba buen comportamiento, podría optar a la libertad condicional anticipada y buscarse un escondite permanente.

De lo contrario, le esperaban el corredor de la muerte y una cita con la cámara de gas. El plan de Keith era llevar a juicio a Taylor en primer lugar, antes que a los otros dos, y conseguir una condena que después utilizaría contra Noll y Malco.

Grinder era un abogado espabilado que sabía reconocer un buen trato. Pasó horas con Taylor y al final lo convenció de que aceptara.

La verdad era que al Tribunal Supremo le estaba costando encontrar a un juez que se ofreciera voluntario para presidir un caso tan notorio contra un grupo de matones que acababa de bombardear el mismísimo juzgado en el que se iba a celebrar el juicio. ¡Podía ser peligroso!

Al final persuadieron a un veterano bastante peculiar, llamado Abraham Roach, para que desempolvara la toga negra, se olvidase de su jubilación y entrara en la batalla. Roach era oriundo del delta del Mississippi, cerca de Parchman, y se había criado en una cultura en la que las armas formaban parte de la vida. De niño, cazaba ciervos, patos, codornices y casi cualquier otro animal silvestre que se moviera. En sus buenos tiempos, en los que había ejercido como juez de Audiencia Territorial durante más de treinta años, se sabía que llevaba una Magnum 357 en el maletín y que siempre la tenía cerca en el estrado. No le daban miedo ni las armas ni los hombres que las usaban. Además tenía ochenta y cuatro años, su vida había sido buena y estaba aburrido.

Llegó en febrero de 1978 y dio un golpe en la mesa llenando dos días consecutivos de vistas orales sobre una amplia variedad de cuestiones. Debido a su edad, no consideró necesario consultar nada y emitió sus dictámenes en el acto. Sí, el juicio se trasladaría fuera del condado de Harrison. No, no obligaría a Keith Rudy a recusarse, al menos no en un futuro próximo. Se celebrarían tres juicios separados y el fiscal, no la defensa, decidiría el orden.

Habían pasado ya dieciocho meses desde el asesinato. Los acusados llevaban casi un año presos. Había llegado el momento de llevarlos ante la justicia, así que el juez Roach fijó el 14 de marzo de 1978 como fecha para el juicio de Henry Taylor, en el juzgado del condado de Lincoln, en Brookhaven, Mississippi, unos doscientos cincuenta kilómetros al noroeste de Biloxi.

Mientras los abogados asimilaban el dictamen, Keith se puso en pie con calma y dijo:

—Señoría, el Estado debe anunciar algo. No será necesario llevar a juicio al señor Taylor. Hemos firmado un acuerdo con él en el que se declarará culpable en una fecha posterior y cooperará con el Estado.

A Joshua Burch se le escapó un gruñido potente, como si le hubieran dado una patada en el estómago. Millard Cantrell se volvió y señaló con un dedo furioso a Sam Grinder. Sus subordinados encajaron el golpe, intercambiaron susurros audibles y empezaron a buscar documentos a toda prisa. De repente, la defensa unificada se había sumido en el caos y el señor Malco y el señor Noll acababan de recibir un empujón que los acercaba mucho a la cámara de gas.

Burch consiguió ponerse en pie y comenzó a quejarse de lo injusto que era el momento en el que se había anunciado el trato y demás, pero no podía hacer nada. El fiscal de distrito tenía un poder enorme para establecer acuerdos, influir en los testigos y aumentar la presión sobre cualquier acusado que eligiera como objetivo.

El juez Roach preguntó:

—Señor Rudy, ¿cuándo se cerró el trato?

—Ayer, señoría. Llevamos tiempo negociándolo, pero el señor Taylor lo firmó ayer.

—Ojalá me lo hubiera dicho esta mañana nada más empezar.

—Lo siento, señoría.

Keith no lo sentía en absoluto. Había aprendido de su padre el arte de la emboscada. Era importante mantener sobre ascuas a la defensa.

Henry Taylor salió de la cárcel del condado de Hancock en un coche sin distintivos y la policía estatal lo trasladó a la ciudad de Hernando, situada unas seis horas hacia el norte, casi llegando a Memphis. Lo internaron en la cárcel del condado de DeSoto bajo un nombre falso y le asignaron una celda individual, la única con aire acondicionado. La cena consistió en unas costillas de cerdo que un simpático guardia asó en la parrilla del patio trasero. Los ayudantes de sheriff no tenían ni idea de quién era, pero estaba claro que el nuevo preso era alguien importante.

Aunque seguía encarcelado y continuaría estándolo durante años, alejarse de la costa y de la amenaza constante de que le cortaran el cuello supuso un alivio para Henry.

Ya había cumplido un año, solo le quedaban nueve más. Sobreviviría y un día saldría y no volvería a mirar atrás. Su fascinación por las bombas ya era cosa del pasado. Era una suerte que no hubiera terminado haciéndose saltar por los aires, aunque había estado a punto.

Uno menos, quedaban dos. El juez Roach fijó enseguida la fecha del juicio del caso de «El Estado contra Nevin Noll» para el 14 de marzo en el condado de Pike.

Antes de abandonar la costa para regresar a su granja, recibió una invitación para comer en casa del juez Oliphant, un colega jurista al que conocía desde hacía muchos años. A Keith también lo invitaron y, mientras disfrutaban de un té helado y una ensalada de gambas en la terraza, se hizo evidente el propósito del encuentro.

Al final el juez Roach dijo:

—Keith, Harry y yo estamos de acuerdo en que ha llegado el momento de que te apartes del caso y lo dejes en manos de un fiscal especial.

—Te toca demasiado de cerca —añadió el juez Oliphant—. Eres una de las víctimas. Tu trabajo hasta ahora ha sido ejemplar, pero consideramos que no deberías presentarle el caso al jurado.

Aquello no pilló por sorpresa al joven Rudy; se sintió extrañamente aliviado. En muchas ocasiones, cuando estaba solo, se había puesto en pie ante un jurado fantasma y había pronunciado su alegato inicial y sus conclusiones finales. Ambos discursos llevaban meses escritos y los había perfeccionado cientos de veces. Si se pronunciaban con acierto ante una sala silenciosa, cualquier humano se vería movido a las lágrimas y a la acción. A la justicia. Pero él nunca había sido capaz de terminarlos, ni siquiera en absoluta soledad. No era una persona emotiva y se enorgullecía de no perder el control, pero, cuando hablaba con doce desconocidos sobre la muerte de su padre, se derrumbaba. Cuanto más se acercaban los juicios, más convencido estaba de que solo debía observarlos.

Sonrió y preguntó:

—¿A quién tienen en mente?

—A Chuck McClure —contestó el juez Roach sin dudarlo ni un instante.

El juez Oliphant asintió. No cabía la menor duda de que ambos habían mantenido aquella conversación en varias ocasiones antes de invitar a Keith.

—¿Lo hará?

—Sí, si yo se lo pido. Como bien sabes, nunca ha sido de los que les hacen ascos a las cámaras.

—Y es muy bueno —agregó el juez Oliphant.

McClure había ocupado el puesto de fiscal de distrito de Meridian durante doce años y había mandado a más hombres al corredor de la muerte que ningún otro fiscal en toda la historia del estado. El presidente Johnson lo había nombrado fiscal del distrito sur, un cargo que había desempeñado con distinción durante siete años. En la actualidad trabajaba en el Departamento de Justicia en Washington, pero, según el juez Roach, estaba deseando volver a casa. El asesinato de Jesse Rudy era el caso perfecto para él.

Con gran respeto, Keith dijo:

—Caballeros, me adhiero a su opinión, como siempre.

49

Cuando faltaba un mes para el juicio de Nevin Noll, su abogado, Millard Cantrell, abrió el correo una mañana funesta y se sobresaltó al ver una orden del juez Roach. Accedía a la moción que Burch había presentado para que apartara a Keith Rudy del caso, una moción a la que Cantrell no se había sumado, y lo sustituía por Chuck McClure, un conocido fiscal.

Se puso furioso al ver que Burch había vuelto a meter la pata. Había empezado a darse cuenta de que la excelencia del susodicho residía en la sala del juzgado, donde se crecía, pero no en el trazado de las estrategias previas al juicio. Quería enterrar a su oponente en papeleo y mantenerlo a la defensiva. Sin embargo, cada vez era más habitual que el papeleo se volviera en contra de él.

Keith era un novato sin experiencia en casos de asesinatos penados con la muerte. McClure era letal.

Cantrell llamó a Burch con ganas de meterse en otra discusión, pero este no le cogió el teléfono.

La espectacular debacle de Henry Taylor y su transformación de acusado en testigo del Estado habían debilitado gravemente la defensa tanto de Nevin Noll como de Hugh Malco. La llegada de Chuck McClure era otro enorme palo en las ruedas. No obstante, el reto más desalentador que tenían ante sí era el mero hecho de que ambos eran culpables del asesinato de Jesse Rudy.

En cualquier caso, ante los ojos de la ley, Nevin resultaba más culpable que Hugh por la sencilla razón de que había más pruebas. Henry Taylor no lo había visto en su vida y no tenía ni idea de lo que Noll y él se habían dicho. No había ninguna otra persona presente en la sala cuando Hugh ordenó el golpe. Pero Taylor sabía con certeza, y sin duda podría convencer de ello a un jurado, que Nevin le había pagado veinte mil dólares para que matara a Jesse Rudy y que, además, le había proporcionado los explosivos.

Hacía un año que Cantrell era el abogado de Noll y había pasado decenas de horas con él en la cárcel. No se molestaba en fingir afecto por su cliente y, en su fuero interno, lo detestaba. Lo veía como un asesino despiadado incapaz de sentir remordimientos, un gánster orgulloso que jamás había ganado un dólar de forma honrada y un psicópata que volvería a matar si le pagaban lo que pedía. Era un mafioso de los pies a la cabeza y nunca delataría a otro matón.

Sin embargo, siendo su representante legal, Cantrell tenía el deber de velar por sus intereses. En su experimentada opinión, Noll se enfrentaba a un juicio sin esperanza, seguido de diez o doce años de sufrimiento en el corredor de la muerte que culminarían con diez minutos en la cámara de gas respirando cianuro de hidrógeno. No tenía claro si podría proporcionarle un final mejor, pero su deber era intentarlo.

Se reunieron en una salita de la cárcel del condado de Forrest, la misma de siempre. El año que llevaba en la cárcel no había favorecido mucho a Noll. Tenía solo treinta y siete años, pero ya lucía patas de gallo alrededor de los ojos y unas ojeras oscuras e hinchadas debajo. Su espesa cabellera negra encanecía más con cada mes que pasaba. Fumaba sin cesar, como si se estuviera suicidando muy despacio.

Cantrell dijo:

—Veré al juez dentro de unos días en otra audiencia. No creo que tarde en preguntarme si hemos intentado resolver el caso antes de llegar a juicio, si hemos hablado de alcanzar un acuerdo. Así que deberíamos al menos comentarlo.

—¿Quieres que me declare culpable y firme un acuerdo?

—Yo no quiero que hagas nada, Nevin. Mi trabajo es presentarte las opciones. La primera es ir a juicio, la segunda, evitarlo llegando a un acuerdo. Reconoces que eres culpable, accedes a colaborar con la fiscalía y el juez te da un poco de manga ancha.

Cantrell medio se esperaba una bronca por haberle siquiera sugerido que cooperase con el Estado. Un tipo duro como Nevin Noll era capaz de aguantar cualquier castigo que «esos hijos de puta» le impusieran.

No obstante, cuando el susodicho preguntó cómo de ancha sería esa manga, Cantrell pensó que a lo mejor había malinterpretado a su cliente.

—No lo sé. Y no lo sabremos hasta que nos sentemos a charlar con el fiscal.

Noll se encendió otro cigarrillo y expulsó el humo hacia el techo. La fachada había desaparecido, la fanfarronería, el numerito de tipo duro, la perpetua sonrisa burlona con la que despreciaba a todos los que lo rodeaban. Fue entonces cuando le hizo la primera pregunta sincera desde que se habían conocido:

—¿Qué harías tú?

Cantrell organizó las ideas que le bullían en la cabeza y se advirtió que debía ser precavido. Quizá aquella fuera su única oportunidad de salvarle la vida a su cliente. Debía elegir sus palabras con mucho cuidado.

—Bueno, yo no iría a juicio.

—¿Por qué no?

—Porque te declararán culpable, te sentenciarán a la pena máxima y te enviarán a Parchman a pudrirte en el corredor de la muerte. El jurado estará encantado de condenarte. El juez no tendrá piedad. Ese juicio no te traerá nada bueno.

—¿O sea que no estarás allí para protegerme?

—Claro que estaré allí, pero tengo las manos atadas, Nevin. Hace trece años te libraste de una acusación de asesinato porque hubo amigos que te ayudaron mucho. Esta vez no será así. Hay demasiadas pruebas en tu contra.

—Continúa.

—Yo aceptaría un trato, limitaría mis pérdidas, intentaría dejar algún rayo de esperanza para el futuro. Ahora tienes treinta y siete años, tal vez salgas a los sesenta, cuando aún te queden unos cuantos años buenos.

—Suena fatal.

—No tanto como la cámara de gas. Al menos estarás vivo.

Noll aspiró con fuerza a través del filtro del cigarrillo, hinchó los pulmones y expulsó volutas de humo por la nariz.

—¿Y crees que el Estado me dará manga ancha?

—No lo sabré hasta que pregunte. Keith ha incorporado a un nuevo miembro a su equipo, un tipo llamado Chuck McClure, sin duda el mejor fiscal del estado. Ha enviado a más hombres al corredor de la muerte que cualquier otro abogado. Es un verdadero genio en los tribunales, toda una leyenda, y ahora te tiene en el punto de mira.

Expulsó más humo por la nariz y los labios. Al final dijo:

—De acuerdo, Millard, mantén esa charla.

Aunque se había recusado oficialmente, Keith seguía siendo el fiscal de distrito y, como tal, continuaría involucrado en la acusación. Ayudaría a Chuck McClure en todo salvo en el propio juicio, durante el cual se sentaría cerca de la mesa del Estado, tomaría notas y observaría todo el proceso. Nadie lo presentaría ante los miembros del jurado y estos no sabrían que era el hijo de la víctima.

La llamada de Millard Cantrell lo pilló del todo por sorpresa. Habían hablado varias veces por teléfono y se habían caído mal al instante, pero, cuando aquel pronunció la palabra «acuerdo», Keith se quedó de piedra. Jamás, ni por un solo instante, se le había pasado por la cabeza la posibilidad de que un criminal reincidente como Nevin Noll se planteara un acuerdo con la fiscalía. Aunque, claro, ¿cuántos delincuentes así se habían enfrentado alguna vez a la cámara de gas?

El barco se estaba hundiendo y las ratas comenzaban a saltar por la borda.

Quedaron dos días más tarde en su despacho. Cantrell había sugerido que se vieran en Hattiesburg, a medio camino, pero

Keith era el fiscal de distrito y esperaba que todos los abogados defensores se reunieran con él según sus condiciones y en su territorio.

Antes del encuentro, él y Chuck McClure hablaron durante una hora y definieron la estrategia. Un acuerdo con Nevin Noll enviaría a Hugh Malco directamente al corredor de la muerte, sin apenas perder el tiempo en las formalidades de un juicio. Keith los quería a los dos allí, puede que incluso ejecutados al mismo tiempo para matar dos pájaros de un tipo, pero McClure le recordó que el premio gordo era Hugh Malco.

Rudy no le ofreció siquiera un café e incluso le costó mostrarse educado. Miró a Cantrell con el ceño fruncido y le dijo:

—Cooperación total, testimonio contra Malco y le caen treinta años. Ni uno menos.

Aquel estaba derrotado y ambos lo sabían. Algo apagado, dijo:

—Esperaba una oferta que convenciera a mi cliente. Un trato que le resultase aceptable.

—Lo siento.

—Verás, Keith, tal como yo veo las cosas, necesitas desesperadamente a Noll, porque ninguna otra persona puede echarle toda la culpa a Malco. No había nadie más en la habitación. Suponiendo que el jefe ordenara el golpe, aparte de mi cliente, no existe nadie que pueda probarlo.

—El Estado dispone de muchas pruebas y tu cliente será el primero en caer. No tiene ni la menor posibilidad de evitar la cámara de gas.

—Estoy de acuerdo, Keith, de verdad que sí. Pero lo que no tengo tan claro es que puedas encerrar a Malco.

—Treinta años a cambio de una declaración de culpabilidad. Cooperación. La acusación de Tennessee desaparece. No es negociable.

—Lo único que puedo hacer es comentarlo con mi cliente.

—Espero que diga que no, Millard. En serio. Mi vida no estará completa hasta que vea cómo inmovilizan a Nevin Noll en la cámara de gas y accionan el interruptor. Imagino esa escena todos los días y sueño con ella todas las noches. Rezo por ella en misa todas las mañanas, sin remordimientos.

—Entendido.

—Tienes cuarenta y ocho horas antes de que retire la oferta de la mesa.

50

El juicio de Hugh Malco comenzó la mañana del lunes 3 de abril en el juzgado del condado de Hattiesburg. El juez Roach había elegido esa ciudad por varias razones, unas legales y otras prácticas. La defensa, por extraño que parezca, había solicitado el cambio de sede porque Joshua Burch estaba convencido de que el apellido Malco era tóxico en toda la costa. El juez Roach había contratado a un experto que había hecho un sondeo en los tres condados y se había quedado atónito al descubrir que casi todo el mundo creía que la banda de los Malco había eliminado a Jesse Rudy por venganza. El estado también había querido trasladar el juicio para mantenerlo alejado de Lorzas Bowman y sus fechorías. Hattiesburg estaba ciento veinte kilómetros al norte de Biloxi, a medio camino de Jackson, y era una ciudad universitaria de cuarenta mil habitantes, con buenos hoteles y restaurantes. En uno de sus viajes de regreso al delta, el juez Roach y su secretario le habían echado un vistazo al juzgado del condado de Forrest y les había dejado impresionados lo espaciosa que era la sala y lo bien mantenida que estaba. El juez de la Audiencia Territorial había acogido el juicio de buen grado y había puesto a su personal a disposición de sus invitados. El sheriff y el jefe de policía del condado habían aceptado encargarse de la seguridad.

El día anterior al inicio del juicio trasladaron a Hugh Malco a la cárcel del condado de Forrest, el mismo lugar en el que Nevin Noll había pasado el último año. Pero este ya no estaba allí; se lo habían llevado a una ubicación confidencial y solo lo devolverían bajo estrictas medidas de seguridad cuando fuera necesario.

A las ocho de la mañana ya había furgonetas de varios canales de televisión y los equipos de periodistas habían comenzado a instalar las cámaras en una zona próxima a la entrada principal, que estaba acordonada y vigilada por numerosos hombres de uniforme. Todas las puertas del juzgado estaban bajo vigilancia y los empleados del condado solo podían entrar presentando sus credenciales. A los espectadores se les exigía un pase numerado expedido por el secretario de la Audiencia Territorial. La sala tenía capacidad para doscientas personas, la mitad de las cuales serían los miembros potenciales del jurado. Los equipos jurídicos —Burch por la defensa y Keith y McClure por la acusación— entraron por una puerta lateral y desde allí los escoltaron hasta la sala. El acusado llegó en un convoy de coches patrulla y lo hicieron entrar por una puerta trasera para mantenerlo alejado de las cámaras.

Cuando el juez Roach ocupó su trono, a las nueve en punto de la mañana, paseó la mirada por el público y le agradeció a todo el mundo su interés. Explicó que dedicarían la mayor parte de aquel día y tal vez del siguiente a seleccionar al jurado. Sería un proceso lento y no tenía prisa. Presentó a los participantes. A su izquierda, sentado a la mesa más cercana al palco del jurado, estaba el señor Chuck McClure, el fiscal que representaba al estado de Mississippi. Junto a él se encontraba Egan Clement, su ayudante.

Keith estaba sentado justo detrás de aquel, de espaldas a la barandilla, y el juez no lo presentó.

A la derecha, y a solo unos metros de distancia, se hallaba el acusado, el señor Hugh Malco, que ocupaba una silla situada entre las de sus dos abogados, Joshua Burch y su asociado, Vincent Goode.

Keith lanzó una mirada hacia la primera fila y sonrió a Agnes, que había ido acompañada de sus otros tres hijos. Detrás de ellos había dos filas de periodistas.

La emoción del pistoletazo de salida no tardó en desvanecerse cuando el juez Roach empezó a interrogar a los posibles miembros del jurado. Aunque los habían sometido a una cuidadosa criba para excluir a los mayores de sesenta y cinco años y a los enfermos, algunos se presentaron con diversas excusas: exigencias laborales y familiares, otro tipo de preocupaciones médicas y reservas sobre la posibilidad de tener que imponer la pena de muerte, en el caso de que fuera una pena aplicable. Alrededor de la mitad reconocieron estar informados sobre el atentado contra el juzgado de Biloxi y sobre la muerte de Jesse Rudy.

Keith reprimió el impulso de fulminar con la mirada a Hugh, que garabateaba sin parar en una libreta y no miraba a nadie. Un boceto de un dibujante del juzgado mostraría a los dos hombres sentados a escasos centímetros de distancia y mirándose de hito en hito, aunque no sería exacto.

El juez Roach fue metódico, exasperantemente lento y justo de una forma perentoria con los que ofrecían argumentos. A mediodía había excusado a treinta de los ciento dos candidatos y los abogados aún no habían dicho ni una palabra. Decretó un descanso de dos horas para comer y prometió más de lo mismo por la tarde.

A sus ochenta y cuatro años, su señoría demostró tener una resistencia considerable. Aceleró el ritmo cuando Chuck McClure y Joshua Burch se dirigieron al grupo. Todavía no podían argumentar los hechos ni comenzar a trazar sus estrategias. Su trabajo durante el proceso de selección consistía en aprobar a los candidatos que les gustaban y descartar a los que no.

A las seis y media se levantó la sesión con solo los cuatro primeros jurados aprobados y sentados en el palco.

El clan Rudy y el equipo de la acusación se retiraron a un hotel, preguntaron por el bar y disfrutaron de una larga cena. Los abogados —Keith, Egan, McClure y los hermanos Pettigrew— coincidían en que el primer día había ido bien. Durante los días anteriores al juicio, Agnes había estado hecha un manojo de nervios y se había negado a asistir, pero sus hijos insistieron y ahora el proceso de selección de la primera jornada la tenía fascinada. Había trabajado muchos años en el bufete de abogados y conocía la jerga; también había visto a Jesse actuar como fiscal en bastantes juicios, por lo que estaba familiarizada con el procedimiento. Durante la cena compartió varias observaciones sobre los jurados restantes. Había un caballero en concreto cuyo lenguaje corporal le resultaba desagradable y que tenía el ceño permanentemente fruncido, así que no le gustaba. McClure le prometió eliminarlo.

El último miembro del jurado se sentó a las once menos cuarto de la mañana del martes. Siete hombres, cinco mujeres, ocho blancos, tres negros y un asiático. Todos «aptos para matar», como dicen los abogados, lo cual significaba que todos ellos le habían prometido a Chuck McClure que no tendrían reparos en imponer la pena capital si se les pedía que lo hicieran.

La muerte flotaba en el aire. Era lo que los había reunido allí para discutirla, analizarla y amenazar con ella hasta que terminara el juicio. No se haría justicia hasta que Hugh Malco fuese declarado culpable y condenado a muerte.

El juez Roach le hizo un gesto con la cabeza a Chuck McClure, pero este ya estaba en pie. Se colocó delante del jurado y empezó de forma teatral:

—El acusado, Hugh Malco, es un asesino que merece la pena de muerte, y no por una sola causa, sino por tres. La primera de ellas: en este estado asesinar a un funcionario electo es un crimen penado con la muerte. La gente de la costa eligió dos veces a Jesse Rudy como fiscal de distrito. La segunda: en este estado pagar a alguien para que mate a otra persona es un crimen penado con la muerte. Hugh Malco abonó veinte mil dólares a un asesino a sueldo para que acabara con Jesse. La tercera razón: en este estado asesinar a otra persona usando explosivos es un crimen penado con la muerte. El asesino a sueldo utilizó explosivos militares robados para volar por los aires el juzgado de Biloxi, con Jesse como objetivo. Las pruebas son claras. Es un caso sencillo.

McClure se volvió, señaló a Hugh con un dedo y dijo en tono de enfado:

—Ese hombre es un asesino despiadado que merece la pena de muerte.

Los doce desviaron la mirada hacia el acusado. La sala estaba callada, en silencio. Aunque todavía no habían llamado al primer testigo, el juicio había terminado.

Hugh encajó las palabras del fiscal sin inmutarse. Estaba decidido a no mirar a nadie, a no reaccionar ante nada, a no hacer mucho más que garabatear y rasguñar un bloc mientras fingía estar concentrado tomando notas. Daba la impresión de estar en otro mundo, pero en realidad su mente no se alejaba en ningún momento de la sala. Era un revoltijo de preguntas: «¿Cuándo se torció el plan? ¿Por qué confiamos en un imbécil como Henry Taylor? ¿Cómo ha podido delatarme Nevin? ¿Cómo lo encuentro y hablo con él? ¿Cuánto tiempo pasaré en el corredor de la muerte antes de conseguir escapar?». No albergaba ni un solo pensamiento relacionado con la inocencia.

McClure dejó que sus palabras resonaran en la sala y, después, inició el extenso relato de la historia de la delincuencia organizada en la costa, durante el que hizo mucho hincapié en lo fundamental que había sido el papel que la familia Malco había desempeñado en ella. Juegos de azar, prostitución, drogas, licores ilegales, corrupción…, todo ello promovido por hombres como Lance Malco, que ahora estaba en la cárcel por sus pecados, y después su hijo, su sucesor, su heredero, el acusado. Tras décadas de intensa actividad delictiva, el primer funcionario público con agallas para perseguir a los capos de la mafia había sido Jesse Rudy.

McClure habló sin notas, pero demostrando un dominio pleno de su material. Había ensayado su alegato de apertura en varias ocasiones con su equipo y no había hecho sino mejorarlo con cada versión. Se movía por la sala como si fuera suya. Los miembros del jurado observaron hasta el último de sus movimientos, absorbieron hasta la última de sus palabras.

Habló largo y tendido sobre Jesse y sus frustraciones durante su primera etapa como fiscal, cuando era un guerrero solitario que luchaba contra el crimen sin contar con ningún tipo de ayuda de las fuerzas del orden; sobre sus vanos esfuerzos por cerrar los clubes nocturnos; y sobre sus preocupaciones por la seguridad de su familia. Sin embargo, era un hombre valiente y nunca se había rendido. La gente se había dado cuenta de ello; los votantes habían visto su empeño y, en 1975, lo habían reelegido sin oposición. Continuó luchando, probando una maniobra legal tras otra, hasta que empezó a ganar. Se convirtió en algo más que una espina clavada en el costado de los capos del crimen; se convirtió en una amenaza legítima para su imperio. Cuando encerró a Lance Malco, padre del acusado, llegó la hora de la venganza. Jesse Rudy había pagado el precio más alto por enfrentarse a la mafia Dixie.

Keith había visto a su padre convertirse en un verdadero maestro de los tribunales, pero en aquel momento tuvo que reconocer que Chuck McClure era igual de bueno. Y se recordó lo sabia que había sido su decisión de apartarse del caso. Él no habría sido tan eficaz como aquel, cuyas palabras evocaban demasiadas emociones.

El fiscal terminó cuarenta y cinco minutos más tarde y todo el mundo respiró hondo. Había ganado la batalla inicial con brillantez sin haber mencionado siquiera los nombres de Henry Taylor y Nevin Noll. Los impresionantes testimonios de sus testigos estrella sellarían el destino de Hugh Malco.

Joshua Burch reveló su estrategia de inmediato, aunque no sorprendió a nadie. No tenía apenas nada con lo que trabajar. Dijo que su cliente era un hombre inocente al que estaban incriminando los verdaderos asesinos, los delincuentes de los bajos fondos que habían firmado acuerdos con el Estado para salvarse. Advirtió a los miembros del jurado de que no debían creerse las mentiras que estaban a punto de oír de boca de los hombres que habían asesinado a Jesse Rudy. ¡Hugh Malco no era un gánster! Era un empresario que dirigía varios negocios: una cadena de tiendas de alimentación, una licorería con licencia legal, dos restaurantes. Construía y gestionaba edificios de apartamentos y tenía un centro comercial. Llevaba trabajando desde los quince años y habría ido a la universidad si no hubiera sido porque su padre lo necesitaba en los cada vez más numerosos negocios familiares.

El asesinato de Jesse Rudy había sido el más espectacular de la historia de la costa del Golfo y el Estado estaba desesperado por resolverlo y condenar a alguien. En su afán, sin embargo, había sacrificado la búsqueda de la verdad al basar su caso en testimonios de hombres que no eran de fiar. No existía ningún otro vínculo directo con Hugh Malco, un joven extraordinario que siempre había respetado a Jesse Rudy. De hecho, admiraba a la familia entera.

Keith se fijó en la expresión de los miembros del jurado y no vio ni rastro de compasión, solo sospechas.

Cuando Burch se sentó, el juez Roach decretó una larga pausa para comer.

En los juicios por asesinato, la mayoría de los fiscales llamaba como primer testigo a un familiar de la víctima. Aunque rara vez resultaba probatorio, el testimonio marcaba el tono y despertaba la compasión del jurado. Agnes no quería subir al estrado y Keith lo consideraba innecesario.

Así las cosas, McClure llamó a un inspector de la policía estatal. Su tarea consistió en mostrarles a los miembros del jurado la escena del crimen y describir lo sucedido. Sirviéndose de una serie de fotografías ampliadas, les explicó la explosión y los daños resultantes. Cuando llegó el momento de mostrar las imágenes de la víctima, Keith le hizo un gesto con la cabeza a un alguacil y este se dirigió a la primera fila para acompañar a Agnes, Tim, Laura y Beverly al exterior de la sala. Fue una salida dramática, una puesta en escena que él y McClure habían planeado con gran cuidado y que irritó a Joshua Burch. El abogado defensor se levantó para protestar, aunque al final decidió no hacerlo. Llamar la atención sobre la familia de Jesse no haría más que empeorar las cosas.

Keith mantuvo la mirada clavada en el suelo mientras los miembros del jurado se estremecían ante las cuatro fotografías del cadáver de Jesse, destrozado y desmembrado, pegado a la pared.

A pesar de que no era necesario, un forense testificó sobre la causa de la muerte.

Un experto del laboratorio del FBI dedicó media hora a detallar el impacto de detonar dos kilos de Semtex en una habitación pequeña, del tamaño de un despacho. Era mucho más del que se necesitaba para matar a un hombre.

Los tres primeros testigos acabaron de declarar sin que Joshua Burch hubiera formulado ni una sola pregunta durante su turno.

Hasta aquel momento, las pruebas se habían presentado mediante testimonios directos y objetivos. McClure había sido breve y directo. Las imágenes hablaban por sí solas.

Tras el descanso de la tarde, Agnes y su familia volvieron a ocupar la primera fila. Jamás verían las terribles fotografías de Jesse. Keith las había visto hacía meses y lo atormentarían para siempre.

El drama llegó con el cuarto testigo, el exsargento de las fuerzas aéreas Eddie Morton. McClure aclaró la situación de inmediato y estableció que aquel se había sometido a un consejo de guerra y estaba cumpliendo condena en una cárcel federal. Eddie habló del negocio ilegal de venta de explosivos militares a varios compradores que había regentado durante un periodo de cinco años. Reconoció tener problemas con el juego y debilidad por los clubes de estriptis de Biloxi y que hacía unos tres años que había conocido a Nevin Noll. El 6 de julio de 1976, salió de Keesler con dos kilos de Semtex escondidos en el coche y se acercó hasta un club llamado Foxy's, en el Strip, para tomarse una copa con Noll y que este le pagara cinco mil dólares en efectivo. Los dos salieron al aparcamiento y allí Morton abrió el maletero y le entregó a Nevin la caja de madera que contenía los explosivos. En febrero de 1977, este había vuelto a ponerse en contacto con él para pedirle más.

El testimonio de Morton resultó fascinante y toda la sala quedó cautivada.

En su turno de preguntas, Joshua Burch remarcó que el testigo era un delincuente convicto, un ladrón, un traidor y una deshonra para su uniforme y su país. Atacó su credibilidad y le preguntó en varias ocasiones si le habían prometido clemencia a cambio de testificar. Morton lo negó con rotundidad, pero el letrado insistió.

Como todos los grandes abogados litigantes, Burch mantuvo la compostura y en ningún momento pareció perder la confianza en su caso. Pero Keith lo había visto en acción otras veces y sabía que parte de su arrogancia se había desvanecido. Su cliente era hombre muerto y él lo sabía.

Hugh seguía garabateando y sin levantar la vista del bloc, sin reconocer de ningún modo la presencia de los demás en la sala. No les susurraba nada a sus abogados ni reaccionaba a las palabras que se pronunciaban en el estrado. Keith lo miraba de vez en cuando y se preguntaba qué narices estaría escribiendo. Su madre, Carmen, no se hallaba presente en la sala y sus hermanos tampoco. Su padre estaba sobreviviendo a otro día en la cárcel, sin duda ansioso por conseguir los periódicos del día.

Keith y Chuck McClure habían pasado horas trazando estrategias respecto a qué testigos utilizar. Una de las ideas había sido citar a varios delincuentes del Strip y ponerse las botas con ellos cuando subieran al estrado. El objetivo sería demostrar el móvil: odiaban a Jesse Rudy y se había acumulado mucho resentimiento. La mejor de todas había sido la de arrastrar al sheriff Albert «Lorzas» Bowman hasta la sala del juzgado y despedazarlo delante del jurado. Al final, sin embargo, habían acordado que los hechos estaban claramente a favor de la acusación. Contaban con las pruebas y los testigos. No tenía sentido enturbiar las aguas. Debían jugar limpio, golpear fuerte y rápido y conseguir la condena.

El miércoles empezó con un golpe de efecto cuando McClure anunció al siguiente testigo del Estado, el señor Henry Taylor. Para la ocasión se le había permitido despojarse del mono naranja que lucía en la cárcel, de modo que subió al estrado vestido con una camisa blanca almidonada y unos pantalones chinos planchados. McClure había pasado dos horas con él la noche anterior y su intercambio de preguntas y respuestas estaba bien ensayado.

Taylor estaba más que dispuesto a cooperar, aunque sabía que se pasaría el resto de su vida con un ojo puesto en el espejo retrovisor. Ante una multitud silenciosa contó que, en julio de 1976, un intermediario se puso en contacto con él para ofrecerle un «trabajo» en Biloxi. Una semana después, Taylor se desplazó en coche hasta Jackson, en Mississippi, y se reunió con un agente llamado Nevin Noll. Llegaron a un acuerdo y cerraron el trato del asesinato por encargo de Jesse Rudy con un apretón de manos. Por veinte mil dólares en efectivo, Taylor construiría una bomba, se trasladaría a Biloxi, seguiría al señor Rudy hasta conocer sus rutinas, entregaría el artefacto en su oficina y lo detonaría en el momento oportuno. Noll le había dicho que tenía una fuente que le proporcionaría explosivos militares y que él mismo gestionaría la entrega. El 17 de agosto, Taylor llegó a Biloxi y se reunió de nuevo con Noll, que le había informado de cuál era el mejor momento para llevar a cabo la tarea y le había dado algo más de dos kilos de Semtex. Al día siguiente, ya de noche, irrumpió en el juzgado y después en el despacho del fiscal de distrito para inspeccionar el lugar. El viernes 20 de agosto, a mediodía, entró en el juzgado vestido de repartidor de UPS y, cargado de paquetes, subió al despacho, habló con el señor Rudy y le dejó un paquete en una silla cercana a su escritorio. Se marchó enseguida, pero las cosas se torcieron cuando se cruzó con Egan Clement, la ayudante de fiscal, que volvía de comer. No quería convertirla en un daño colateral, así que detonó la bomba de inmediato. La explosión fue mucho más fuerte de lo que esperaba y salió despedido escaleras abajo. Aunque se había roto una pierna, consiguió salir del juzgado en medio del caos. Sin embargo, no podía caminar. Se desmayó y lo trasladaron al hospital de Biloxi, donde pasó tres largos días tramando su fuga. Al final volvió a casa pensando que había esquivado una catástrofe.

Las palabras del testigo tenían subyugada a toda la sala y McClure se tomó su tiempo. Repasó algunos de los movimientos de Henry y ofreció más detalles de la historia. Pidió permiso al juez para que el testigo bajase del estrado y se acercara a una mesa situada frente a los miembros del jurado. Tanto estos como los abogados y todo el que pudo aguzar lo suficiente la vista observaron fascinados a Taylor mientras ordenaba las piezas de una bomba falsa. McClure le formuló preguntas sobre todas ellas. A continuación, el testigo montó la bomba, despacio, con cuidado, mientras explicaba los peligros inherentes a cada movimiento. Colocó el interruptor que la hacía explotar y explicó lo que ocurría cuando el botón de detonación estaba a cierta distancia. Con suavidad metió la bomba falsa en una caja de madera y simuló sellarla.

Cuando regresó al estrado, McClure le preguntó cuántas bombas había detonado. El testigo se negó a incriminarse.

Burch salió directo al ataque y le preguntó si estaba confesando un asesinato penado con la muerte. El testigo cambió un poco de postura y dijo que no tenía claro si estaba penado con la muerte, pero que sí, que había matado a Jesse Rudy por dinero. Reconoció haber aceptado un trato con el Estado a cambio de su testimonio condenatorio y a partir de ese momento Burch lo machacó sin descanso. ¿Por qué iba un hombre a admitir que había cometido un crimen castigado con la pena de muerte si no era porque le habían prometido una sentencia más leve? El interrogatorio de la defensa resultó fascinante, a veces sobrecogedor.

El abogado asestó un golpe tras otro, se cebó con cada pequeña discrepancia mientras adornaba lo obvio y, al final, quedaron pocas dudas de que Henry Taylor estaba testificando para evitar un castigo severo. Tras dos horas de bombardeo, el testigo estaba al límite, y el resto de la sala, exhausto. Cuando lo excusaron, el juez Roach anunció un receso.

El descanso no sirvió para atenuar el dramatismo, que no hizo sino aumentar cuando Nevin Noll subió al estrado. McClure comenzó despacio, con una serie de preguntas que desentrañaban la larga y peculiar historia de Noll al servicio de la familia Malco. No lo interrogó sobre sus otros asesinatos. Ese testimonio sería problemático en muchos sentidos y a McClure no le convenía desacreditar a su testigo estrella. No obstante, estaba claro que Noll nunca había evitado la violencia en sus diversas funciones como gorila, guardaespaldas, ejecutor, correo, traficante de drogas y gerente a tiempo parcial de un club.

Nevin no miró a Hugh en ningún momento y este no dejó de garabatear incesantemente.

Una vez confirmado el historial de matón del testigo, McClure pasó al asesinato de Jesse Rudy. Noll reconoció que Hugh y él empezaron a hablar de eliminar al fiscal de distrito en cuanto arrestaron a Lance. Sus conversaciones se prolongaron durante semanas y después meses. Cuando se enteraron de que Jesse Rudy estaba investigando el asesinato por encargo de Dusty Cromwell, decidieron que había llegado el momento de actuar. Les parecía que no tenían elección.

—¿Quién tomó la decisión de asesinar a Jesse Rudy? —preguntó McClure y sus palabras resonaron en la sala silenciosa.

Nevin lo pensó durante un tiempo y terminó respondiendo:

—Hugh era el jefe. La decisión fue suya, pero yo estuve de acuerdo con él.

En cuanto le dieron luz verde, Noll se puso en contacto con un par de conocidos de la mafia Dixie. Nadie quería el trabajo; daba igual cuánto pagaran. Matar a un funcionario público era demasiado arriesgado. Matar a un fiscal de distrito tan preeminente como Jesse Rudy era un suicidio. Al final consiguió el nombre de Henry Taylor, un tipo del que había oído hablar en los bajos fondos. Se reunieron y pactaron el encargo, veinte mil dólares en efectivo. Hugh consiguió los explosivos de Keesler a través de Eddie Morton.

A Keith le costó permanecer sentado mientras escuchaba los detalles prácticos del complot para matar a su padre. Una vez más agradeció que fuera Chuck McClure y no él quien estaba al mando. En primera fila, Agnes y sus hijas se enjugaban los ojos. Tim tan solo era capaz de mirar con odio a Nevin Noll. Si hubiera tenido un arma, se habría sentido tentado de cargar contra el estrado.

Cuando terminó el relato, McClure cedió al testigo y se sentó. El agotamiento de la sala era perceptible y el juez Roach decretó una pausa de dos horas para comer.

La tarde fue de Joshua Burch. Treinta minutos después de haber iniciado un interrogatorio largo y brutal, había establecido con firmeza que Nevin Noll era un matón profesional que nunca había tenido un trabajo honrado y que había dedicado su vida adulta a golpear e incluso a matar a otros en el submundo de Biloxi, todo ello al servicio de la familia Malco. Noll no intentó restarle importancia a su pasado. Como siempre, se mostró engreído, arrogante e incluso orgulloso de su carrera profesional y de su reputación. Burch lo destripó y le dejó claro a todo el mundo que no era un hombre de fiar. Llegó incluso a meterse en la muerte de Earl Fortier, ocurrida hacía trece años en Pascagoula, pero Noll lo frenó en seco:

—Bueno, señor Burch, usted fue mi abogado en aquel caso y me dijo que mintiera al jurado.

El susodicho le contestó a gritos:

—¡Eso es otra mentira! ¿Por qué no es capaz de decir la verdad?

El juez Roach cobró vida y les llamó la atención a ambos.

Sin embargo, Burch no se dejó intimidar. A todo volumen bramó:

—¿A cuántos hombres ha matado?

—Solo a uno y fue en defensa propia. Usted me libró, señor Burch, ¿se acuerda?

—Sí, y me arrepiento —replicó el abogado antes de pensar bien su respuesta.

—¡Basta ya! —exclamó el juez Roach prácticamente a gritos ante el micrófono.

Burch respiró hondo y se encaminó hacia su mesa, donde consultó con su asociado, Vincent Goode. Aun así, haciendo gala de su profesionalidad, el abogado defensor recuperó la compostura mientras guiaba a Nevin a través de una larga serie de historias sobre hombres a los que había intimidado, golpeado o matado. Hugh las recordaba a la perfección y era el que le había facilitado la información a Burch. Noll, por supuesto, las negó casi todas, sobre todo los asesinatos.

¿Cómo iba el jurado a creerse nada de lo que dijera?

El jueves por la mañana a primera hora, la defensa comenzó con lo que fue un golpe menos efectivo de lo esperado cuando Joshua Burch llamó al estrado a un tal Bobby LaMarque, el recadero de la banda de Malco. El abogado hinchó su currículum añadiendo descripciones como «vicepresidente ejecutivo», «gerente» y «supervisor». El meollo de su testimonio fue que estaba muy unido a Hugh Malco y que llevaba años en la organización, en la que había empezado con Lance. Trataba a diario con aquel y con Nevin Noll y conocía el negocio del club al dedillo. Jamás había oído a ninguno de los dos decir nada acerca de Jesse Rudy. Punto. Ni bueno ni malo. Nada. Si hubiera existido un plan para eliminar al fiscal de distrito, él, LaMarque, lo habría sabido. Había visto al joven Hugh criarse en el negocio y lo conocía muy bien. Era un buen chico que trabajaba con ahínco gestionando los negocios legales en ausencia de su padre. En quince años, jamás le había visto una vena violenta a Hugh, salvo, por supuesto, cuando boxeaba.

McClure despachó rápidamente al testigo señalando que seguía cobrando una nómina de los Malco, tal como había estado haciendo los últimos dieciocho años. Había dejado los estudios nada más empezar el instituto. Además de los trabajos de alto nivel que había mencionado el señor Burch, LaMarque reconoció haber desempeñado los cargos de cocinero, conserje, camarero, repartidor y conductor. También admitió haber sido crupier de *blackjack* en sus viejos tiempos.

El hombre era algo lento y no paraba de mirar con nerviosismo a los miembros del jurado, como si fuera a él al que tuvieran que estar juzgando por algún tipo de delito. La verdadera razón por la que lo habían elegido para defender a Hugh era que se encontraba entre los pocos empleados de Malco sin antecedentes penales.

Si su vida dependía de hombres como LaMarque, entonces el acusado se podía dar por muerto.

El segundo testigo estrella fue aún peor. Con la esperanza de impresionar a los hombres del jurado, o incluso de sobresaltarlos, Burch llamó al estrado a Tiffany Barnes. En el escenario, sin ropa, se hacía llamar Sugar, pero cuando iba vestida con decencia y se comportaba como una buena chica era Tiffany. Lo de si iba vestida con decencia o no era debatible. Llevaba una falda ajustada a la que le faltaban bastantes centímetros para llegarle a las rodillas y que dejaba al descubierto unas piernas largas y torneadas en las que era imposible dejar de fijarse ni siquiera un segundo. También lucía un suéter ajustado y con un amplio escote y una cara preciosa con una sonrisa chispeante. La mitad de su testimonio quedó clara solo con la presentación.

Las mentiras comenzaron de inmediato. Su historia era que Hugh y ella llevaban tres años saliendo, dos comprometidos y uno viviendo juntos, y que tenían pensado casarse al mes siguiente. Suponiendo, claro, que él pudiera. Ella conocía los pensamientos más íntimos del joven Malco: sus sueños, sus preocupaciones, sus miedos, sus prejuicios…, todo. Su prometido jamás le haría daño a otro ser humano; no era algo que llevase en los genes, así de simple. Era un hombre atento y cariñoso que se desvivía por ayudar a los demás. Nunca lo había oído mencionar el nombre de Jesse Rudy.

Fue una actuación espléndida y los miembros del jurado, al menos los hombres, disfrutaron, aunque solo fuera un instante.

Chuck McClure la destrozó en menos de cinco minutos. Le preguntó:

—Señorita Barnes, ¿cuándo solicitaron Hugh y usted el certificado de matrimonio?

Gran sonrisa, dientes perfectos.

—Bueno, todavía no lo hemos hecho, ¿sabe? Es un poco complicado estando él en la cárcel.

—Claro. Hugh tiene dos hermanas. ¿Sabe cómo se llaman?

La sonrisa se desvaneció y los hombros y los pechos se le hundieron un poco. Miró al jurado con la misma expresión de pánico que un ciervo ante los faros de un coche.

—Sí, una se llama Kathy. A la otra no la conozco.

—No, lo siento. Hugh solo tiene una hermana y se llama Holley. ¿Su prometido tiene algún hermano?

—No lo sé. No habla de ellos. No son una familia unida.

—Bueno, seguro que de su madre sí habla, porque vive en Biloxi. ¿Cómo se llama?

—La llamo señora Malco sin más. Me educaron así.

—Por supuesto. Pero ¿cuál es su nombre de pila?

—No se lo he preguntado nunca.

—¿En qué parte de Biloxi vive?

—En el oeste.

—¿En qué calle?

—Madre mía, no lo sé. Nunca me acuerdo de los nombres de las calles.

—Ni de los nombres de pila. Llevan tres años saliendo, dos prometidos y uno arrejuntados, y usted no sabe dónde vive su madre a pesar de que está en la misma ciudad.

—Como ya he dicho, vive en el oeste de Biloxi.

—Lo siento, señorita Tiffany, pero Carmen, ese es su nombre de pila, Carmen Malco se mudó a Ocean Springs hace dos años.

—Ah.

—¿Sabe dónde vive usted?

—Claro que sí. Con Hugh.

—¿Y cuál es su dirección?

A lo mejor una buena llantina la salvaba. Fulminó con la mirada a McClure y empezó a derramar lágrimas de cocodrilo y a enjugarse las mejillas. Tras un largo y doloroso silencio, el fiscal dijo:

—Señoría, no tengo más preguntas.

El jueves por la tarde, el jurado deliberó durante nada menos que cuarenta y siete minutos y declaró a Hugh Malco culpable de asesinato. El viernes por la mañana, cuando Chuck McClure llamó a Agnes Rudy al estrado, comenzó la fase de sentencia. Con una actitud resuelta y firme y solo unas cuantas lágrimas silenciosas, la viuda de Jesse hizo un buen trabajo con el guion que Keith y ella habían memorizado. Habló de su marido, de su vida en común, de sus hijos, de su trabajo como fiscal y, aún más importante, del inimaginable vacío que había dejado su muerte.

Echaba mucho de menos a su esposo, aún con dolor, incluso, y en realidad no había aceptado su fallecimiento. Quizá pudiera empezar a pasar página cuando los responsables de su asesinato estuvieran encerrados para siempre.

Una segunda madre siguió a la primera. Carmen Malco había evitado el juicio hasta el momento y no tenía ninguna gana de hacer acto de presencia. Pero Joshua Burch la había convencido de que era la única persona que tal vez lograra salvarle la vida a su hijo.

No fue así. A pesar de su emotiva súplica a los miembros del jurado, estos deliberaron de nuevo durante menos de una hora y emitieron un veredicto de pena de muerte.

CUARTA PARTE
EL CORREDOR

51

Enero de 1979 empezó algo lento, pero terminó con cierta emoción. El día 17, Ainsley Rudy dio a luz a su segunda criatura, otra niña, y los orgullosos padres buscaron en el libro de nombres de bebé uno que no tuviera ningún tipo de conexión con la familia. La pequeña Colette Rudy pesó algo menos de dos kilos y medio y se adelantó casi un mes, pero estaba sana y tenía unos pulmones fuertes que lo demostraban. Cuando Agnes al fin pudo echarle el guante a la niña, los padres no tuvieron claro si conseguirían recuperarla.

El 20 de enero, la oficina del fiscal general informó a Keith de que los abogados de Hugh Malco habían presentado un recurso directo ante el Tribunal Supremo del Estado. Era el primer paso de un proceso de apelación que duraría años.

Joshua Burch se consideraba un abogado litigante puro y no tenía ningún interés en trabajar con apelaciones. Hugh y él habían puesto fin, de mutuo acuerdo, a su relación profesional tras el juicio. A pesar de lo mucho que le gustaban a aquel los casos mediáticos, estaba harto de los Malco y quería centrarse en los litigios civiles para aumentar sus ingresos. Remitió a Hugh a un bufete de Atlanta especializado en casos de pena de muerte y se lavó las manos de su cliente. Su equipo y él sabían que había poco que argumentar en la apelación. El caso se había juzgado «limpiamente», como se decía en el gremio, y los dictámenes del juez Roach habían sido certeros.

Según la ley estatal, los casos de pena de muerte se tramitaban en la Sección de Apelación Penal de la oficina del fiscal general en Jackson. Una semana después del veredicto de culpabilidad de Hattiesburg, Keith guardó en cajas sus expedientes del caso Malco y se los envió encantado al fiscal general. Mientras continuara siendo el fiscal de distrito, lo mantendrían al corriente de todas las novedades que se produjeran en el proceso. En cambio, no se le pediría que (1) revisara las cinco mil páginas de la transcripción del juicio en busca de algún problema; ni que (2) escribiera gruesos informes en respuesta a lo que fuera que los abogados de apelación de Hugh hubieran tramado, ni que (3) participara en los alegatos orales ante el Tribunal Supremo del Estado al cabo de dos años.

De momento, con el caso Malco fuera de su mesa y de su despacho, Keith podía concentrarse en asuntos más urgentes. El 31 de enero presentó la documentación pertinente ante el secretario de la Audiencia Territorial y anunció que iba a presentarse a las elecciones para optar a su primer mandato completo, un cuatrienio. Tenía treinta años y era el fiscal de distrito más joven del estado y, posiblemente, el más conocido. La tragedia de la espectacular muerte de su padre y el circo del juicio de Hugh habían mantenido el apellido de la familia en los titulares.

Tras el veredicto, había sido generoso con su tiempo y había concedido muchas entrevistas. Se mostró discreto en cuanto a sus planes, pero no tardaron en empezar a preguntarle por sus ambiciones políticas.

No esperaba tener oposición durante la campaña; las semanas iban pasando y, en efecto, no había indicios de que nadie fuera a presentarse. Su gran jurado se reunió en marzo y le devolvió un montón de acusaciones, la habitual mezcla de cargos por posesión de drogas, robos de coches, allanamientos de morada, peleas domésticas, agresiones con agravantes y pequeños fraudes. Dos casos de violación parecían legítimos y serios.

No era la primera vez que Keith se preguntaba durante cuánto tiempo se conformaría con procesar a delincuentes de poca monta y enviarlos a la cárcel, donde cumplían tres años antes de salir y volver a infringir la ley. Había visto las salas abarrotadas en los litigios de primera categoría; había sentido la presión casi asfixiante que generaban y la echaba de menos. Pero siguió adelante, haciendo el trabajo para el que lo habían elegido y disfrutando de la vida de un padre joven.

Se mantenía atento a lo que ocurría en el Strip y parecía que la gente se estaba comportando, al menos la mayoría. La policía estatal enviaba espías de vez en cuando para controlar las actividades. No se veían juegos de azar. Había muchas chicas desnudas bailando en los escenarios y cosas así, pero era imposible saber lo que pasaba en el piso de arriba. Los informadores les aseguraban a Keith y a la policía que las prostitutas habían abandonado la costa y los jugadores habían huido a Las Vegas.

Un día frío y ventoso de finales de marzo, un guardia esposó a Lance Malco y lo condujo hasta un furgón blindado, desvencijado y abollado, que tenía al menos veinte años y no era apto para circular por carretera. Un preso de confianza se puso al volante mientras otros dos guardias vigilaban a Lance en la parte de atrás. Avanzaron traqueteando por los caminos de tierra y grava que surcaban los vastos terrenos de Parchman y dejaron atrás otros campos, rodeados de vallas metálicas y concertinas y repletos de reclusos vestidos con el uniforme de la prisión que se ocupaban en sus actividades inútiles. En matar el tiempo. En contar los días.

En el caso de Lance, la cuenta atrás había comenzado. Ya había cumplido la mitad de la condena y estaba maquinando cómo volver a la costa. Lorzas y él tenían un plan para que lo trasladaran a un centro de media seguridad en el sur de Mississippi y, desde allí, el sheriff estaba convencido de que conseguiría intercambiar a uno o dos presos y trasladar a su viejo amigo a la cárcel del condado de Harrison. Tenían que mantener el plan en secreto. Si Keith Rudy se enteraba, pondría el grito en el cielo, llamaría al gobernador y lo torpedearía todo.

Lance nunca había estado en el módulo 29, conocido simplemente como «el Corredor». Estaba a cinco kilómetros del suyo, aunque bien podría haber estado a mil. Parchman no ofrecía paseos turísticos para visitar a otros presos. La solicitud para ver a su hijo había languidecido durante trece meses en el despacho del alcaide antes de que la aprobaran.

Aun así, el corredor de la muerte era fuente de muchos cotilleos y rumores, de manera que daba la sensación de que todos los reclusos de Parchman conocían a alguien en ese módulo. Que ahora Lance tuviese un hijo allí le confería un estatus elevado, si bien a él no le importaba lo más mínimo. Todos los presos maldecían al fiscal de distrito que los había encerrado allí y el hecho de que Hugh hubiera matado a uno lo convertía en una verdadera leyenda en Parchman. Pero a Lance no lo impresionaba. Casi tres años después del asesinato, todavía le costaba creer que su hijo hubiera sido capaz de cometer una estupidez así.

Mientras el polvo hervía bajo los neumáticos pelados, pasaron por delante del módulo 18, una unidad de barracones al estilo de la Segunda Guerra Mundial que en aquella época se había utilizado para albergar a prisioneros alemanes. Según una fuente cuya información Lance aún estaba intentando verificar, Nevin Noll se encontraba alojado en aquel módulo, aunque con un nombre falso. Durante sus primeros cuatro meses de estancia en Parchman había estado bajo custodia, según la misma fuente. Después, lo habían mezclado con la población general y le habían asignado un nombre nuevo.

Lance le seguía la pista sobornando a guardias, presos de confianza y soplones.

Él, Hugh y Nevin juntos de nuevo, más o menos. Estaban en diferentes puntos de una plantación triste y terrible, en compañía de otras cinco mil almas perdidas, intentando sobrevivir a otro día deprimente.

El Corredor era un edificio plano y achaparrado de ladrillo rojo, tenía el tejado alquitranado y estaba bastante alejado del campo más cercano. El preso de confianza aparcó el furgón y todos bajaron. Los guardias hicieron entrar a Lance por la puerta principal, lo registraron debidamente, le quitaron las esposas y lo acompañaron a una sala de visitas vacía dividida en dos por una malla metálica larga y gruesa.

Hugh lo esperaba al otro lado, sentado con aire despreocupado en una silla metálica barata. Lo recibió con una gran sonrisa y un simpático:

—¿Qué hay, papá?

Lance no pudo evitar sonreír. Se dejó caer en una silla, lo miró a través de la malla y dijo:

—Vaya par de dos

—Seguro que mamá está orgullosa de nosotros.

—¿Mantienes algún contacto con ella?

—Una carta a la semana. Yo diría que está bien. La verdad, en cuanto te fuiste de casa, se animó mucho y se convirtió en otra mujer. No la había visto nunca tan feliz.

—A mí tampoco me sentó nada mal. Me gustaría que diera el paso y pidiera el divorcio.

—Hablemos de otra cosa. Imagino que hay alguien escuchándonos en este momento, ¿me equivoco?

Lance echó un vistazo en torno a la sala lóbrega y apenas iluminada.

—Legalmente, se supone que no, pero da siempre por hecho que te están espiando. No te fíes de nadie aquí dentro: ni de tu compañero de celda, ni de tus amigos, ni de los demás reclusos, ni de los guardias, ni de los presos de confianza ni, menos aún, de la gente que dirige este lugar. Cualquiera de ellos puede apuñalarte por la espalda.

—Entonces, mejor no hablar de nuestros problemas, ¿no? Ni pasados, ni presentes ni futuros.

—¿Qué problemas?

Ambos esbozaron una sonrisa.

Hugh dijo:

—¿Un compañero de celda? ¿Quién dice que lo tengo? La mía mide dos metros y medio por tres, tiene una litera y una cómoda de metal y no hay ducha. Desde luego no hay sitio para otra persona, aunque creo que una vez lo intentaron. Estoy en aislamiento veintitrés horas al día y no veo a nadie más que a los guardias, una panda de animales. Hablo con el tipo que tengo a la derecha, pero no lo veo. El de mi izquierda perdió la cabeza hace años y no habla con nadie.

—¿Quién es el de tu derecha?

—Un tipo blanco llamado Jimmy Lee Gray. Violó y mató a la hija de tres años de su novia. Dice que ha matado a más. Toda una joyita.

—Así que confiesa sus delitos. Creía que aquí la mayoría de la gente aseguraba que es inocente.

—Aquí nadie es inocente, Lance. Y a estos tipos les encanta alardear de sus asesinatos, al menos entre ellos.

—¿Y te sientes seguro?

—Sí. El corredor de la muerte es el lugar más seguro de toda la cárcel. No hay contacto con otros presos. Tengo una hora al día en el patio, un poco de sol para ponerme moreno, pero estoy siempre solo.

Se encendieron sendos cigarrillos y expulsaron el humo mirando al techo. Lance sentía mucha lástima por su hijo, un chico de treinta años que tendría que estar disfrutando de la vida en la costa, persiguiendo a las chicas que siempre había perseguido, gestionando los clubes que casi se gestionaban solos, contando los días que faltaban para que su padre regresara a casa y la vida volviese a la normalidad. En cambio estaba encerrado en un cuchitril de una cárcel terrible y, seguramente, moriría en una cámara de gas allí cerca. Sin embargo, la lástima era un sentimiento que Lance había aprendido a dejar de lado. Ellos, padre e hijo, habían tomado sus propias decisiones. Se creían gánsteres duros y habían burlado la ley durante décadas. Creían en el viejo dicho «A lo hecho, pecho».

Y para Lance Malco, al menos, «lo hecho» no había terminado.

52

Las elecciones de 1979 fueron más tranquilas de lo habitual. Lorzas Bowman fue incapaz de convencer a nadie para que se presentara contra él, así que se aseguró un nuevo mandato de cuatro años, el quinto. Con el juego y la prostitución bajo control, sus chanchullos de «protección» se habían visto muy limitados y los delincuentes no lo necesitaban. Los clubes de estriptis y los bares seguían estando muy concurridos, pero, como no podían ofrecer nada ilegal, no tenían gran cosa que temer. La molesta policía estatal mantenía su presencia a través de agentes encubiertos e informadores. La administración de la ciudad de Biloxi había cambiado y su jefe de policía estaba decidido a mantener a raya los clubes nocturnos. Los Malco cumplían condena y sus subordinados dirigían las empresas en su nombre, pero los demás señores del crimen se conformaban con obedecer las leyes. El fiscal era una celebridad que no les tenía miedo.

Necesitado de ingresos, Lorzas vislumbró una mina de oro trabajando con los narcotraficantes.

En abril de 1980, el Tribunal Supremo de Mississippi confirmó por unanimidad la condena a muerte de Hugh Malco. Sus abogados presentaron gruesos informes y solicitaron al Tribunal que reconsiderara la decisión, un paso más en un largo camino. Pasarían meses antes de que se pronunciase de nuevo.

En junio, Keith recibió una llamada telefónica de un desconocido que decía tener en su poder una carta procedente de Parchman. Se acercó en coche hasta una cafetería de Gulfport y allí se reunió con un extraño que tenía un solo nombre: Alfonso. Decía que era amigo íntimo de un tal Haley Stofer, un traficante de drogas al que Jesse había enviado a dicha prisión quince años en 1975.

Alfonso no tenía nada que garantizase ni el más mínimo nivel de confianza, pero Keith sentía curiosidad. El hombre le explicó que había ido a Parchman a visitar a Stofer y que este le había pedido que le hiciera llegar una carta a él. Le entregó un sobre cerrado con las palabras KEITH RUDY, FISCAL DE DISTRITO impresas en letra mayúscula en el anverso y después se encendió un cigarrillo y observó a su interlocutor mientras lo abría.

> Estimado señor Rudy:
>
> Siento lo de su padre. Me encerró hace cinco años por un delito de tráfico de drogas del que era culpable, así que no le guardo rencor. En aquel momento, me relacionaba con varios traficantes de Nueva Orleans. A través de mis contactos de allí, he obtenido información muy valiosa acerca de la implicación de su sheriff en ciertas operaciones de contrabando. Las drogas, sobre todo la cocaína, entran en el país a través de Nueva Orleans y se lanzan desde aviones sobre cierta granja del condado de Stone, propiedad de su sheriff. Puedo proporcionarle más datos, pero, a cambio, quiero salir de la cárcel. Juro que sé de lo que hablo y que estoy diciendo la verdad.
>
> Gracias por tu tiempo,
>
> HALEY STOFER

Keith le dio las gracias a Alfonso, se marchó con la carta y volvió a su despacho. Como la explosión de la bomba había destrozado los archivos de Jesse, se dirigió al despacho del secretario de la Audiencia Territorial y rebuscó entre los expedientes antiguos. Encontró el de Haley Stofer y lo leyó con gran interés.

Mientras cursaba tercero de Derecho en la Ole Miss, Keith había ido de excursión a Parchman con la asignatura de Derecho Penal. Aquella visita le pareció suficiente y nunca se había planteado volver. Sin embargo, la carta de Stofer lo tenía intrigado. Además sentía un deseo perverso de ver lo horrible que era aquel sitio ahora que tantos de sus enemigos estaban allí. Como fiscal de distrito, le resultaría sencillo acceder al corredor de la muerte. Incluso podría concertar un encuentro con Hugh, aunque no tenía ninguna gana de hacerlo.

Una semana después de reunirse con Alfonso se tomó el día libre y se fue en coche hasta Parchman. Durante cinco horas disfrutó de la soledad, de la ausencia de teléfonos que sonaban constantemente y de estar lejos del ajetreo diario del juzgado. Pensó mucho en su padre, algo que hacía a menudo cuando iba solo en el coche. Añoraba la amistad perdida de un hombre al que casi idolatraba. Por lo general, cuando esos recuerdos se convertían en una carga, ponía un casete y cantaba canciones de Springsteen y los Eagles.

Al norte de Jackson, donde las montañas se aplanaban y comenzaba el delta, empezó a pensar en Lance y en Hugh Malco, dos hombres a los que conocía de toda la vida y que ahora estaban encerrados en una cárcel terrible lejos de su amada costa. El padre llevaba cinco años allí y, según se decía, estaba sobreviviendo todo lo bien que cabía esperar. Se hallaba en un campo más seguro, se movía entre la población general, disponía de su propia celda con televisión y ventilador y le servían mejor comida. Tenía más dinero que cualquier otra persona de Parchman, así que podía conseguir casi cualquier cosa a través de sobornos, menos la libertad. Después de cinco años no cabía duda de que maquinaba algo para intentar manipular a la junta de libertad condicional y salir de allí. Keith lo vigilaba lo más de cerca posible.

Hugh, en cambio, estaba encerrado en una celda de dos y medio por tres durante veintitrés horas al día, con un calor sofocante en verano y un frío glacial en invierno.

Durante su excursión, Keith había visto el corredor de la muerte y, como todos los demás alumnos de su clase, se había sentado en una litera vacía, con la puerta aún abierta. No lograba imaginar cómo alguien, y sobre todo una persona criada con tantos privilegios, era capaz de sobrevivir allí dentro de un día para otro.

Una imagen fugaz lo hizo sonreír mientras se acercaba a la verja que daba paso a los terrenos de la cárcel: los dos chicos en el equipo de las estrellas de Biloxi, bateando jonrones consecutivos en un partido de las eliminatorias contra Gulfport.

Keith aparcó y se forzó a expulsar a los Malco de su mente. Se registró en el edificio de administración y lo dejaron pasar casi de inmediato. Como era fiscal de distrito, las autoridades llevaron a Haley Stofer ante su presencia. Durante dos horas escuchó al recluso mientras le contaba la extraordinaria historia de cuando Jesse lo había obligado a infiltrarse a cambio de una sentencia más leve. Stofer se atribuyó todo el mérito de conseguir la acusación contra Lance Malco por prostitución, el cargo que por fin lo metió entre rejas. Reconoció que había dejado colgado a su padre y que más tarde lo habían arrestado y devuelto al condado de Harrison, donde se había enfrentado a toda la ira del fiscal de distrito cuando se reunió con él. Jesse había mostrado cierta gratitud y había aceptado una condena de quince años. El máximo eran treinta. Ahora, Stofer ya llevaba suficiente tiempo encerrado, en su opinión, y quería salir. Su contacto de Nueva Orleans era un primo que seguía trabajando para los traficantes y lo sabía todo sobre sus rutas de contrabando hacia Mississippi. El sheriff Bowman era una figura clave y estaba a punto de enriquecerse aún más.

Una redada de tal envergadura sería demasiado complicada para la oficina del fiscal de distrito, así que Keith llamó a los agentes del FBI Jackson Lewis y Spence Whitehead. Ellos, a su vez, se pusieron en contacto con la Administración para el Control de Drogas, la DEA, y elaboraron un plan.

Keith se apoyó en la policía estatal y consiguió que trasladaran a Stofer a la cárcel de Pascagoula, en el condado de Jackson. Este tardó un mes en ponerse en contacto con el primo de Nueva Orleans. Hasta el momento, la DEA había verificado todo lo que aquel decía.

Justo después de la medianoche del 3 de septiembre, Lorzas Bowman, con su veterano sheriff adjunto Rudd Kilgore al volante, emprendió un tranquilo viaje hacia el norte de Biloxi y llegó a una de sus granjas en la zona rural del condado de Stone. Otros dos ayudantes bloquearon el único camino de grava que daba acceso a la granja. Lorzas y Kilgore se sumaron a dos agentes de la operación en una camioneta que llevaba una caravana en la caja. Los cuatro hombres esperaron en un cobertizo de heno cerca de un prado abierto mientras bebían cerveza, fumaban puros y contemplaban el cielo despejado e iluminado por la luna.

Un equipo de agentes de la DEA salió del bosque y arrestó sin hacer ruido a los dos ayudantes del sheriff que custodiaban la puerta. Una decena de agentes armados hasta los dientes avanzaron en la oscuridad para vigilar a lo que quedaba de la pequeña banda. A la una de la mañana, según el horario previsto, un avión Cessna 208 Caravan sobrevoló el prado y empezó a trazar círculos. En la siguiente pasada descendió a menos de treinta metros del suelo y dejó caer su carga, seis cajas de plástico bien envueltas en plástico grueso. Lorzas, Kilgore y los otros dos hombres subieron rápidamente los paquetes a la camioneta y, ya estaban a punto de marcharse, cuando se vieron rodeados por unos hombres con la cara seria y un montón de armas. Los detuvieron y se los llevaron a un lugar desconocido.

Al día siguiente, en el juzgado federal de Hattiesburg, el fiscal del distrito sur presidió una concurrida rueda de prensa. A su lado estaba Keith Rudy y, detrás de ambos, había una hilera de agentes federales. Anunció la detención del sheriff Albert «Lorzas» Bowman, tres de sus ayudantes y cuatro traficantes de drogas de una mafia de Nueva Orleans. Se exhibieron cincuenta y cinco kilos de cocaína que, en la calle, habrían alcanzado un valor de treinta millones de dólares. Afirmó que el sheriff Bowman se llevaba una tajada del 10 por ciento.

Los fiscales nombrados por el Gobierno tenían fama de acaparar los focos, pero este se apresuró a reconocer el mérito de Keith Rudy y de su equipo de Biloxi. Sin él, la redada no habría tenido éxito. El susodicho tomó la palabra para devolverle el agradecimiento y añadió que el trabajo que su padre había comenzado en 1971 había dado fruto. Prometió más acusaciones en los tribunales estatales para los funcionarios electos y para los delincuentes que habían pisoteado la ley durante tanto tiempo.

La noticia tuvo una repercusión enorme y el *Gulf Coast Register* y otros periódicos del estado publicaron artículos de seguimiento durante días. El atractivo rostro de Keith apareció en todas las portadas desde Mobile hasta Jackson y Nueva Orleans.

En Parchman, Lance Malco maldijo la noticia y se enfrentó al hecho de que no saldría de la cárcel en un futuro próximo. Hugh también se enteró de lo ocurrido al cabo de un tiempo, pero tenía otras preocupaciones. El tribunal estatal había rechazado sus apelaciones y se enfrentaba a años de recursos de *habeas corpus* ante el tribunal federal.

Tras seis meses en una cárcel del condado, Lorzas Bowman se declaró culpable de tráfico de drogas ante dicho tribunal y lo sentenciaron a veinte años. Sin embargo, antes de encerrarlo le concedieron un permiso de fin de semana para que fuera a casa y se despidiera de su familia. En realidad viajó a su cabaña de caza del condado de Stone, se acercó al lago, caminó hasta el final del embarcadero, sacó una Magnum 357 y se voló los sesos.

A Haley Stofer le concedieron la libertad condicional y huyó como si le fuera la vida en ello. La policía estatal coordinó un programa de protección de testigos con los agentes federales y lo mandó al norte de California a vivir tranquilamente con un nombre nuevo.

53

Con Lance y Hugh Malco entre rejas, Lorzas Bowman muerto y la vida en el Strip relativamente tranquila, Keith se aburría en su puesto de fiscal de distrito de la costa. El cargo seguiría siendo suyo durante el futuro inmediato, pero quería un ascenso, y de los buenos. Desde que había comido con el gobernador Bill Waller siendo un abogado casi novato, soñaba con presentarse a un cargo estatal y la oportunidad se estaba gestando.

A finales de 1982 se desplazó hasta Jackson y comió con Bill Allain, el actual fiscal general, con la esperanza de debatir el futuro con él. Se rumoreaba que estaba preparando su candidatura a gobernador y Keith lo presionó para que se presentase. El fiscal general, un político consumado, no quiso comprometerse, pero Rudy se marchó de la comida convencido de que el puesto de Allain no tardaría en estar disponible. Él solo tenía treinta y cuatro años y se sentía demasiado joven para ocupar un cargo tan importante, pero había aprendido que en política el momento lo era todo. En Mississippi la costumbre era reelegir al fiscal general hasta que moría en el cargo, así que, si el puesto estaba a punto de quedar vacante, había llegado el momento de dar un paso al frente.

Sin duda, ese trabajo sería más complicado que el de un fiscal de distrito local, pero Rudy sabía que sería capaz de asumirlo. Dispondría de toda una oficina con decenas de abogados que representarían los asuntos legales, civiles y penales del estado y cada día habría algún reto nuevo. Además era una oficina importante que podría llevarlo a otro cargo aún más alto.

El único aspecto del trabajo que Keith no comentaría con nadie eran los detalles de la Sección de Apelación Penal. Como jefe, tendría el máximo control sobre todas las apelaciones de pena de muerte. Y, más en concreto, sobre las de Hugh Malco.

Rudy soñaba con presenciar la ejecución del hombre que había matado a su padre. Como fiscal general, casi podría garantizar que aquel día llegaría más pronto que tarde.

Las apelaciones estaban atascadas por los habituales e interminables retrasos de las estrategias posteriores a la condena. Pero el tiempo, aunque muy despacio, iba pasando. Hasta el momento, los abogados de apelación de Malco no habían impresionado a nadie con los méritos de su defensa. Había poco que argumentar. En el juicio no se había cometido ningún error grave. Al acusado lo habían declarado culpable porque, en efecto, lo era.

En enero de 1983, Lance Malco presentó una solicitud de libertad condicional. Había cumplido ocho años de condena, había sido un recluso modelo y cumplía los requisitos para optar a ella.

Keith, Bill Allain y muchos otros, incluido el gobernador, presionaron a los cinco miembros de la junta de libertad condicional para que se la denegaran. La solicitud se rechazó con un resultado de 5-0 en la votación.

Para él, el alivio fue solo temporal. Debido a su buen comportamiento en la cárcel, la condena de Lance terminaría pronto y sería libre de volver a la costa y reanudar sus actividades. Con Lorzas muerto y el departamento del sheriff y la policía municipal de Biloxi en manos de hombres honrados, nadie sabía qué fechorías podría hacer. Quizá intentara enderezarse y no meterse en líos. Tenía muchas propiedades legítimas que supervisar. Pero, decidiera lo que decidiese, Keith lo estaría vigilando.

Ante el inminente regreso de su marido, Carmen Malco por fin solicitó el divorcio. Sus abogados le consiguieron un acuerdo generoso y la mujer abandonó la costa y se trasladó a Memphis, a solo dos horas de Parchman. Visitaba a su hijo en el corredor de la muerte todos los domingos.

A su exmarido nunca.

En febrero, Keith, Ainsley y el resto del clan Rudy organizaron una gran fiesta para anunciar la candidatura en el hotel Broadwater Beach, cerca del Strip. El salón principal estaba lleno a rebosar, habían acudido familiares y amigos, la mayor parte de los miembros del colegio de abogados local, los habituales del juzgado y un impresionante grupo de líderes empresariales de la costa. Keith pronunció un discurso conmovedor y prometió utilizar la oficina del fiscal general para seguir luchando contra la delincuencia, en concreto contra el tráfico de estupefacientes. La cocaína hacía estragos en todo el país y el sur de Mississippi estaba plagado de puntos de distribución que cambiaban todas las semanas. Los cárteles tenían más hombres y dinero y el estado, como de costumbre, iba a la zaga en sus esfuerzos de interdicción. Sin entusiasmarse demasiado, Keith se atribuyó una generosa parte del mérito de la limpieza de la costa, pero advirtió que los viejos vicios del juego y la prostitución no eran nada en comparación con los peligros de la cocaína y otras drogas. Prometió perseguir no solo a los narcotraficantes y a los camellos de la calle, sino también a los funcionarios públicos y policías que hacían la vista gorda.

Desde Biloxi, Keith y Ainsley volaron a Jackson para anunciar la candidatura en otro acto. Era el primer aspirante que se presentaba a las elecciones a fiscal general y la prensa estaba interesada. Atrajo a una buena cantidad de público hasta el hotel en el que se celebró el evento y luego se reunió con un grupo de abogados litigantes que tenían dinero y siempre se mostraban políticamente activos.

Keith tenía alrededor de un centenar de amigos de la facultad de Derecho repartidos por todo el estado y, a lo largo de los últimos seis meses, había estado organizando una buena red de apoyo. Como no se enfrentaba a ningún candidato, sus amigos estaban ansiosos por participar y casi todos se sumaron al esfuerzo. Desde Jackson, Ainsley volvió a casa y Keith se echó solo a la carretera en un coche alquilado. Durante dieciocho días seguidos recorrió todo el estado y se reunió con los voluntarios reclutados por sus amigos abogados, estrechó manos en los juzgados, ofreció charlas en clubes cívicos, habló con directores de pequeños periódicos locales e incluso recabó votos en concurridos centros comerciales. Siempre se alojaba en casa de algún amigo y gastaba lo menos posible.

En su primer viaje de campaña visitó treinta y cinco de los ochenta y dos condados y consiguió cientos de simpatizantes. Poco a poco, el dinero empezó a llegar.

Su estrategia consistía en centrar sus esfuerzos en la mitad sur del estado y ganar la costa por un margen amplio. Uno de sus posibles oponentes era de Greenwood, en el delta. Otro era un senador estatal de una ciudad pequeña cercana a Tupelo. Se hablaba de varios más, pero todos ellos vivían al norte de Jackson. No había un favorito claro para el puesto vacante, al menos no hasta que el editor de un periódico de Hattiesburg informó a Keith de que había quedado primero en una encuesta no oficial. Cuando eso se convirtió en noticia, en la página cuatro de la primera sección, el joven imprimió mil copias del artículo y se lo envió a sus voluntarios y simpatizantes. El mismo editor le dijo que el apellido Rudy era muy reconocido. Keith asumió su papel de líder de la batalla y trabajo con ahínco para convencer a todos los demás.

Desde que perdió contra Jesse en 1971, Rex Dubisson había levantado un bufete muy influyente especializado en lesiones en plataformas petrolíferas en alta mar. Ganaba una fortuna y participaba activamente en las organizaciones de abogados. Recurrió a los letrados estrella del campo de la responsabilidad civil y pasó el sombrero. Cuando le pareció que no se lo habían tomado lo bastante en serio, volvió a pasarlo. Luego organizó un cóctel en el Mary Mahoney's, informó a Keith de que había recaudado cien mil dólares y le prometió al menos otro tanto antes del verano. Rex también les estaba rascando el bolsillo a abogados litigantes y bufetes de responsabilidad civil de nivel nacional y era optimista en cuanto a la posibilidad de recaudar aún más fondos.

Mientras se tomaban una copa tranquilamente, aquel le dijo a Keith que los abogados litigantes necesitaban un amigo y que lo veían como a una estrella en ascenso. Era joven, pero la juventud era necesaria. Lo querían en la mansión del gobernador para que los ayudara con su lucha contra la creciente marea de la reforma de las leyes de responsabilidad civil.

Keith no prometió nada, pero aceptó el dinero de buena gana. Contrató de inmediato a una consultora de Jackson para que le organizara la campaña. También a un conductor-recadero. Y abrió un pequeño despacho en Biloxi. A finales de marzo había otros cuatro hombres en liza, dos de Jackson y dos de más al norte. Keith y sus asesores estaban encantados con el creciente número de candidatos y esperaban que se sumaran aún más. Sus encuestas internas seguían mostrándolo en cabeza y con una ventaja cada vez mayor. Alrededor del 40 por ciento de la población del estado vivía en los veinte condados más meridionales y el 70 por ciento de los encuestados reconocía el apellido Rudy. El número dos se situaba en un escandaloso 8 por ciento.

Sin embargo, las mejores campañas se alimentaban del miedo a perder y Keith no bajó el ritmo en ningún momento. A principios de abril dejó a Egan al mando de la fiscalía de distrito y se echó a la carretera. Se despedía de Ainsley los lunes antes del amanecer y le daba un fuerte abrazo cuando regresaba los viernes por la noche. Entre medias, su equipo y él se recorrían todos los juzgados del estado. Rudy hablaba en mítines, en iglesias, en pícnics, en comidas de abogados, en conferencias de jueces y tomaba café en los despachos de innumerables abogados de ciudades pequeñas. Aun así pasaba todos los fines de semana en casa con Ainsley y las niñas, y todos los domingos la familia iba a misa con Agnes.

Su trigésimo quinto cumpleaños, en abril, cayó en sábado. Rex Dubisson organizó una fiesta en la playa e invitó a doscientos amigos y colaboradores de la campaña. El 4 de Julio cayó en lunes y una gran multitud se reunió en el recinto ferial del condado de Harrison para asistir a un discurso de campaña a la antigua usanza. Bill Allain y otros cinco candidatos estaban disputando una ajustada batalla por el puesto de gobernador y los seis estaban incluidos en el programa. El público local le ofreció una calurosa acogida a Keith y este les hizo mil promesas. También hablaron dos de sus oponentes. Ambos eran mayores, políticos veteranos que parecían ser conscientes de que estaban invadiendo el territorio de Rudy. El contraste resultó revelador. La juventud frente a la vejez. El futuro frente al pasado.

Dos semanas después, el 17 de julio, el *Gulf Coast Register* y el *Hattiesburg American* publicaron sendos editoriales a favor de Keith Rudy. Fueron contagiosos. A la semana siguiente, una decena de periódicos del condado, casi todos cercanos a la costa, siguieron el ejemplo. A nadie le extrañó que el diario de Tupelo apoyara al senador estatal oriundo de la zona, pero el domingo 31 de julio, dos días antes de las elecciones primarias, el periódico más importante del estado, *The Clarion Ledger*, de Jackson, apoyó a Keith.

El 2 de agosto, casi setecientos mil votantes acudieron a las urnas en las primarias demócratas. Con el apoyo masivo del extremo sur del estado, Keith encabezó la lista con el 38 por ciento de los votos, el doble que el oponente que había quedado en segundo lugar. Como de costumbre, el éxito atrajo dinero, que llegó desde todos los flancos, incluido el de varios grupos empresariales poderosos, ávidos de hacer amigos y de unirse a la fiesta. Los asesores de Rudy estaban preparados y, tres días más tarde, la campaña empezó a emitir hábiles anuncios televisivos en los mercados más importantes. Su oponente no tenía financiación y no podía replicar.

En la segunda vuelta, el 23 de agosto, Keith Rudy obtuvo el 62 por ciento de los votos, una victoria aplastante que ni siquiera sus asesores habían previsto.

En las elecciones generales de noviembre se enfrentaría a una oposición republicana mucho más débil. Con treinta y cinco años se convertiría en el fiscal general más joven de la historia del estado y en el más joven del país.

54

Las celebraciones poselectorales se interrumpieron abrupta-
mente una semana después, cuando una noticia mucho más
sensacionalista fascinó a todo el estado. Los ganadores y los
perdedores quedaron olvidados de inmediato en cuanto se
hizo obvio que Mississippi estaba a punto de utilizar su querida cámara de gas por primera vez desde hacía más de diez
años. Un conocido asesino había agotado todos los recursos
y su cita con el verdugo se convirtió en noticia de primera
plana.

En 1972, el Tribunal Supremo de Estados Unidos detuvo
todas las ejecuciones en el caso «Furman contra Georgia». El
Tribunal votó 5-4 y, en un desconcertante batiburrillo de opiniones, concurrencias y disensiones, no dejó claras las directri-
ces que los estados debían seguir. La ley se precisó un poco en
1976, cuando el Tribunal, de nuevo dividido por un 5-4, pero
con una composición diferente, dio luz verde a los estados de la
muerte para que reanudaran las ejecuciones. La mayoría lo hizo
con gran entusiasmo.

En Mississippi, sin embargo, la lentitud del proceso frustró
a los funcionarios y, de 1976 a 1983, no se produjo ni una sola
ejecución en Parchman. Los políticos de todas las tendencias y
de todos los rincones del estado arremetían contra un sistema
que se mostraba demasiado blando con los criminales. Al menos
el 65 por ciento de la gente creía en la pena de muerte; si en otros
estados se había dado vía libre, ¿qué pasaba con Mississippi?

Finalmente, un condenado a muerte que había perdido todas sus apelaciones se erigió como el aspirante más probable.

Se llamaba Jimmy Lee Gray y en ningún corredor de la muerte del país podría haberse encontrado un villano más perfecto. Era un vagabundo blanco de treinta y cuatro años, procedente de California, al que habían condenado por asesinato en Arizona cuando tenía veinte. Cumplió solo siete años, le concedieron la libertad condicional anticipada y se trasladó a Pascagoula, donde secuestró, violó y estranguló a una niña de tres años. Lo arrestaron, lo condenaron y lo mandaron a Parchman en 1976. Siete años después se le acabó la suerte y los funcionarios del estado comenzaron a preparar su ejecución con entusiasmo. El 2 de septiembre, dicha prisión estaba atestada de agentes de la ley, reporteros de todo el mundo y unos cuantos políticos que intentaban colarse en el acto.

En aquella época, la cámara de gas tenía un poste de acero vertical, justo detrás de la silla, que iba desde el suelo hasta los respiraderos superiores. Mientras los testigos lo miraban desde las salas de observación abarrotadas, Gray entró en la cámara, una cápsula estrecha de apenas metro y medio de ancho. Lo sujetaron a la silla con correas de cuero y lo dejaron solo con la puerta abierta. El alcaide leyó la orden de ejecución. El condenado rechazó pronunciar unas últimas palabras. Cerraron la puerta a cal y canto y el verdugo comenzó su trabajo. No había ninguna correa con la que sujetarle la cabeza a Gray y, mientras inhalaba el cianuro, empezó a revolverse y a estamparse contra el poste de acero. Lo golpeó una y otra vez con la nuca mientras forcejeaba y gruñía con fuerza. Ocho minutos después de que hubieran liberado el gas, los funcionarios, presa del pánico, desalojaron las salas de observación.

La ejecución, lejos de constituir una muerte rápida e indolora, fue una chapuza y quedó claro que Gray había sufrido muchísimo. Varios periodistas describieron la escena con detalle y uno de ellos la calificó de «nada menos que un castigo cruel e inusual». El estado recibió tantas críticas que cambió de inmediato a la inyección letal, pero solo para los reclusos condenados a partir del 1 de julio de 1984.

Cuando le llegó la hora, Hugh Malco no tendría la suerte de morir apaciblemente a causa de los efectos de la inyección letal. Lo habían condenado en abril de 1978 y la cámara de gas seguía esperándolo.

Como los hombres estaban en régimen de aislamiento veintitrés horas al día y siempre se duchaban y hacían ejercicio solos, en el corredor de la muerte era difícil hacer amistades. Hugh nunca consideró que Jimmy Lee Gray fuera su amigo, pero estaba en la celda contigua y ambos hablaban durante horas todos los días. Intercambiaban cigarrillos, comida enlatada y libros de bolsillo cuando disponían de ellos. El tipo nunca tenía un centavo, pero jamás le pedía nada. Hugh era, con toda probabilidad, el preso más rico al que jamás hubieran enviado al corredor de la muerte y compartía su dinero con Gray de buen grado. Una secretaria del Foxy's le enviaba quinientos dólares al mes, el máximo permitido, para que se pagara comida de mejor calidad y otros extras. Nadie más, aparte quizá de su padre, tenía acceso a esos fondos.

La ejecución de Gray, que tuvo lugar a menos de treinta metros de distancia, entristeció a Hugh mucho más de lo que esperaba. Como la mayoría de los reclusos del Corredor, esperaba un milagro de última hora que retrasara las cosas durante años. Cuando se llevaron al condenado, Malco se despidió de él, pero estaba seguro de que no ocurriría nada. Tras la muerte de Gray, su celda estuvo vacía durante una semana y Hugh echó mucho de menos sus largas conversaciones. Jimmy Lee había tenido una infancia terrible que lo abocó a una vida complicada. Hugh disfrutó de una infancia maravillosa y seguía preguntándose qué había pasado para acabar así. Ahora que Gray no estaba, Malco se sorprendía de lo mucho que lo extrañaba. De pronto, las horas y los días eran más largos. Hugh se sumió en una profunda depresión, y no por primera vez.

El Corredor estaba mucho más silencioso desde la ejecución de Gray. Cuando los reclusos se enteraron de lo ocurrido en la «cámara de la muerte» y de la tremenda metedura de pata del estado, de pronto casi todos se dieron cuenta de a lo que quizá tendrían que enfrentarse algún día. En el Corredor siempre se bromeaba diciendo que el estado era demasiado incompetente para matar a un preso, pero esa historia se había acabado. Mississippi había reactivado la maquinaria de la muerte y sus líderes exigían más.

Las apelaciones de Jimmy Lee Gray habían durado menos de siete años. Las de Hugh llevaban solo cinco en marcha, pero daba la sensación de que sus abogados estaban perdiendo el entusiasmo. Con sus enemigos acaparando cada vez más poder, empezó a preocuparse de que quizá lo mataran de veras. Había llegado a Parchman seguro de que el dinero y los contactos de su padre le salvarían la vida de alguna forma, de que a lo mejor incluso le compraban la libertad, pero una nueva realidad comenzaba a imponerse.

La ejecución hizo decaer los ánimos en el Corredor, pero tuvo poco impacto en el resto de Parchman. En el módulo 18 —que, aunque pareciera otro mundo, estaba a solo tres kilómetros de distancia atravesando los campos de algodón—, la vida siguió como si nada. Cuando Nevin Noll se enteró de la muerte de Jimmy Lee Gray, sonrió para sus adentros. Se alegró de saber que el estado por fin había retomado las ejecuciones. A lo mejor llegaban hasta Hugh más pronto que tarde.

Pero Noll dedicaba poco tiempo a pensar en los Malco. Estaba convencido de que no lo encontrarían jamás y, aunque diesen con él, estaría preparado. Su alias, elegido por los funcionarios de prisiones, era Lou Palmer y, en el caso de que alguien consiguiera hacerse con su expediente falso, descubriría que estaba cumpliendo una condena de veinte años por vender drogas en Jackson.

A lo largo de sus cinco años en Parchman, Noll había consolidado su posición en una banda aria y se había convertido en un lugarteniente prometedor. Solo había necesitado dos peleas a puñetazos para llamar la atención de los líderes de aquella y había sobrevivido a la iniciación sin apenas esfuerzo. Como cabía esperar, el crimen organizado se le daba bien; nunca había conocido otra cosa. Las bandas estaban divididas por el color de la piel —negros, marrones y blancos— y muchas veces la supervivencia dependía de quién te cubriera las espaldas. La violencia permanecía latente, siempre a punto de estallar, pero la guerra abierta estaba mal vista. Si los guardias se veían obligados a sacar las escopetas, los castigos eran severos.

De manera que Nevin Noll lavaba platos por cinco dólares al día y, cuando los cocineros no estaban atentos, robaba patatas y harina que derivaba hacia una destilería dirigida por su gente. El vodka casero era muy popular en el campo y proporcionaba ingresos y protección a la banda. Nevin descubrió la forma de traficar con otros campos: sobornar a los presos de confianza y a los guardias que conducían las furgonetas y los camiones. También estableció una ruta de contrabando de hierba recurriendo a contactos de la costa que enviaban los paquetes de droga a una oficina de correos de Clarksdale, a una hora de distancia. Un guardia los recogía y los introducía a escondidas en el módulo 18.

Al principio, Noll no mostró ningún interés en el comercio sexual y se sorprendió de lo dinámico que era. Desde los veinte años había tenido acceso ilimitado a mujeres de todo tipo y nunca había estado expuesto al sexo entre hombres. Sin embargo, tan emprendedor como siempre, vio la oportunidad y estableció un burdel en el baño de un antiguo gimnasio que ahora se utilizaba como taller de imprenta. Lo controlaba con normas estrictas y mantenía a los guardias alejados con sobornos tanto de dinero en efectivo como de vodka con sabor a fruta.

El bingo tenía bastante éxito y Noll no tardó en reestructurar todo el juego y en empezar a ofrecer pequeños premios especiales: marihuana y comida basura robada de un almacén central.

En resumen, al cabo de un par de años en Parchman, estaba haciendo las mismas cosas que siempre había hecho en Biloxi.

Un lustro después, no obstante, empezaba a necesitar un cambio de aires.

Su objetivo nunca había sido hacerse con el control de una banda. Ni tampoco obtener beneficios. Llevaba ideando su fuga desde el mismo día en el que llegó a Parchman. No tenía la menor intención de cumplir treinta años. Planeaba estar escondido y pegándose la gran vida en Sudamérica mucho antes de que pudiera siquiera pensar en la libertad condicional.

Lo observa todo: los vehículos que entraban y salían del campo; los cambios de turno de los guardias; a los visitantes que iban y venían; a los reclusos que llegaban al campo y a los que se marchaban de él. Tras unos meses en la cárcel, los hombres terminaban por institucionalizarse. Se sometían sin rechistar porque quejarse no hacía más que complicarles la vida. Seguían las normas y los horarios establecidos por los funcionarios. Comían, hacían sus tareas, se tomaban los descansos marcados, limpiaban su celda e intentaban sobrevivir un día tras otro porque al siguiente estarían un paso más cerca de la libertad condicional. Casi todos dejaban de esperar, de fijarse, de contar, de conspirar, de preguntarse y de intrigar.

Nevin Noll no. Después de tres años de metódico escrutinio tomó la importante decisión de elegir a Sammy Shaw como compañero de escapada. Era un negro de un barrio marginal de Memphis al que habían pillado traficando con drogas y que se había declarado culpable a cambio de cumplir una condena de cuarenta años. Él tampoco tenía intención de quedarse tanto tiempo. Era inteligente, duro y observador y tenía más calle que cualquiera.

Noll y Shaw se estrecharon la mano y empezaron a hacer planes. Una prisión que se extendía a lo largo y ancho de más de siete mil hectáreas era imposible de vigilar. Sus fronteras eran porosas. El tráfico de entrada y salida apenas recibía atención.

Parchman tenía una larga y peculiar historia de fugas. Nevin Noll estaba esperando su momento. Observando, siempre observando.

55

El 5 de enero de 1984, Keith Rudy prestó juramento como trigésimo séptimo fiscal general de Mississippi. Fue una ceremonia discreta, celebrada en las dependencias del Tribunal Supremo, en la que el presidente de la institución hizo los honores. Ainsley y sus dos hijas, Colette y Eliza, estaban muy orgullosas y se quedaron de pie junto a Keith. Agnes, Laura, Beverly, Tim y otros familiares se sentaron en la primera fila. Los hermanos Pettigrew, Egan Clement, Rex Dubisson y una decena de amigos íntimos de la facultad de Derecho aplaudieron con educación tras el juramento y esperaron su oportunidad de hacerse una foto con el nuevo fiscal general.

Durante las fiestas navideñas, Keith y Ainsley habían dado por finalizada la mudanza a Jackson y ahora estaban desempaquetándolo todo en una casa no muy grande situada en una calle tranquila del centro de la ciudad, cerca del Belhaven College. El trayecto diario de Keith hasta su nuevo despacho de High Street, ubicado frente al capitolio del estado, duraba quince minutos.

A las siete y media de la mañana siguiente estaba allí con la chaqueta quitada y listo para su primera cita. Witt Beasley era el director de la Sección de Apelación Penal del fiscal general desde 1976 y, como tal, se encargaba de defender las condenas de los treinta y un reclusos que en aquel momento se encontraban en el corredor de la muerte. El entusiasmo que había generado la ejecución de Jimmy Lee Gray no había hecho sino aumentar la presión sobre Beasley y su equipo para que acabaran con los incómodos retrasos y le diesen luz verde al verdugo de Parchman. Tras años en las trincheras, Witt conocía muy bien las complicaciones y las frustraciones que se presentaban en los juicios relacionados con la pena capital. Los políticos no. También sabía que su nuevo jefe tenía un ferviente deseo de acelerar las apelaciones de Hugh Malco.

Keith comenzó diciendo:

—He revisado la lista de casos que tienes asignados, los treinta y uno. No es fácil deducir quién podría ser el siguiente.

—Cierto, Keith —contestó Beasley mientras se rascaba la barba.

Este era veinte años mayor que su jefe y no estaba siendo irrespetuoso. Él ya había puesto en práctica una política de tuteo para los cuarenta y seis abogados que en aquel momento formaban parte de su plantilla. Sí se esperaba, por el contrario, que los secretarios y empleados se ciñeran al usted.

Beasley continuó:

—Las apelaciones de Jimmy Lee Gray terminaron bastante rápido, relativamente hablando, pero porque no tenía gran cosa que argumentar. A día de hoy no veo ninguna otra ejecución hasta dentro de al menos dos años. Si tuviera que apostar por alguien, elegiría a Wally Harvey.

—Qué crimen tan horrible.

—Todos lo son. Por eso los condenaron a muerte y la gente pide más a gritos.

—¿Y Malco?

Witt respiró hondo y siguió rascándose la barba.

—No sabría decirte. Sus abogados son buenos.

—Me he leído hasta la última coma.

—Lo sé. Ya han pasado más de cinco años desde que se emitió el veredicto. Deberíamos ganar el *habeas* en el tribunal federal este año, quizá el próximo. No pueden alegar mucho: la típica ineficacia del abogado durante el juicio, el veredicto en contra del peso de las pruebas…, ese tipo de cosas. Están haciendo un buen trabajo quejándose de esto último. Como sabes, los únicos testigos de verdad eran Henry Taylor y Nevin Noll, dos exaliados que cantaron para salvarse. La argumentación de Malco está siendo decente, pero no creo que el tribunal caiga en algo así. Una vez más, yo diría que dos años para llegar a la línea de meta con los federales y luego los habituales intentos desesperados. Estos tipos no se dejarán nada en el tintero y tienen experiencia.

—Quiero que tenga prioridad, Witt. ¿Es mucho pedir?

—Todos tienen prioridad, Keith. Son casos en los que esos hombres se juegan la vida, así que nos los tomamos muy en serio.

—Lo sé, pero este es distinto.

—Lo comprendo.

—Asígnaselo a los mejores. Sin retrasos. Ahora mismo, solo tengo cuatro años garantizados en este cargo. Quién sabe qué pasará después.

—Entendido.

—¿Seremos capaces de hacerlo en esos cuatro años, Witt?

—Bueno, es imposible predecirlo. Solo ha habido una ejecución desde 1976.

—Y nos estamos quedando rezagados. Texas está enterrando reclusos a diestro y siniestro.

—Su población de condenados a muerte es mucho mayor.

—¿Y Oklahoma? Han ejecutado a cinco en los últimos tres años y nosotros tenemos más hombres en el corredor de la muerte.

—Lo sé, lo sé, pero no siempre depende de la oficina del fiscal general. Tenemos que esperar a un montón de jueces federales que, en conjunto, detestan el trabajo de *habeas*. Son deliberadamente lentos y poco cooperativos. Sus secretarios odian los casos de pena de muerte porque hay mucho papeleo. Este es mi mundo, Keith, y sé lo despacio que avanzan las cosas. Presionaremos todo lo que podamos, te lo prometo.

El fiscal se sintió satisfecho con sus palabras y le dedicó una sonrisa.

—Es lo único que te pido.

Beasley lo estudió con detenimiento y dijo:

—Conseguiremos que se haga realidad, Keith, y lo antes posible. Sin embargo, me surge la pregunta de si estás preparado para ello. Se te considera una de las víctimas del crimen, junto con el resto de tu familia. Es un caso único en el que la víctima ejerce un poder enorme sobre la maquinaria de la muerte. Algunos observadores ya han planteado la cuestión del conflicto de intereses.

—Lo he leído todo, Witt, y entiendo por qué lo dicen. Pero no me preocupa. El pueblo me ha elegido fiscal general sabiendo muy bien que Hugh Malco asesinó a mi padre y que será responsabilidad mía defender al Estado contra sus recursos. No dejaré que un puñado de críticos me distraiga. Al diablo con la prensa.

—Muy bien.

Witt salió de la reunión y regresó a su despacho, situado a unas cuantas puertas de distancia. Una vez a solas, se rio para sus adentros del triste intento de su jefe por fingir que no le interesaba la prensa. Pocos políticos de la historia reciente habían mostrado más amor por las cámaras que Keith Rudy.

Durante los tres primeros meses del año, el electorado contenía la respiración mientras la legislatura estatal se reunía en el capitolio. La ciudad de Jackson se veía invadida por 144 legisladores electos, políticos veteranos que llegaban desde todos los rincones del estado acompañados de equipos, séquitos, grupos de presión, programas y ambiciones.

Miles de proyectos de ley, casi todos ellos inútiles, se debatían en decenas de comisiones. Las audiencias importantes atraían poca atención. Los debates se prolongaban ante tribunas vacías. La Cámara de Representantes dedicaba semanas a rechazar los proyectos de ley aprobados por el Senado, que, a su vez, se dedicaba a rechazar los proyectos de ley aprobados por la Cámara de Representantes. Se lograba poco y se esperaba menos. Ya había suficientes leyes registradas con las que atosigar al pueblo.

Keith era el abogado del estado y, como tal, su oficina tenía la responsabilidad de representar a todos los organismos, juntas y comisiones existentes, labor para la que se necesitaban más de treinta y cinco abogados. A lo largo de sus primeros meses en el cargo, en muchas ocasiones se sintió como un mero burócrata bien pagado. Sus largas jornadas estaban plagadas de interminables reuniones de personal en las que se supervisaba la legislación propuesta. Al menos dos veces al día se acercaba al ventanal de su espléndido despacho, contemplaba el capitolio, situado al otro lado de la calle, y se preguntaba qué demonios estarían haciendo allí.

Una vez a la semana, los miércoles a las ocho en punto de la mañana para ser más exactos, se tomaba un café de quince minutos con Witt Beasley y este lo informaba de las últimas novedades sobre las apelaciones de Hugh Malco. Avanzaban en la lista de casos federales a la misma velocidad que un glaciar.

A principios de mayo recibió la noticia de que Lance Malco saldría en libertad en julio, ocho años y tres meses después de haberse declarado culpable de regentar una casa de prostitución. Rudy reconocía que era una sentencia dura para un delito relativamente inofensivo, pero le daba igual. Lance había cometido crímenes mucho más graves durante su violenta carrera y merecía morir en la cárcel, como su hijo.

Y lo que era aún más importante, Keith siempre estaría convencido de que él había ordenado el asesinato de Jesse Rudy. Sin embargo, sin una confesión dramática, jamás podría demostrarlo.

Como para anunciar su regreso a la vida civil, o tal vez solo para calentar motores de cara a las tareas que lo esperaban, Lance envió un mensaje desde la prisión.

Durante los seis últimos años, Henry Taylor había cumplido condena en una serie de cárceles del condado repartidas por todo el estado. Con cada traslado, le asignaban un nombre nuevo y unos antecedentes algo distintos. La policía estatal se entrevistaba con el sheriff correspondiente y le decía que cuidase del chico, que lo tratara bien, que quizá incluso le permitiera echar una mano en la cárcel como preso de confianza. A todos se les aseguraba que el recluso no era peligroso, sino que se había metido en un lío con unos narcotraficantes de algún rincón de la costa. Cada sheriff dirigía su pequeño reino y rara vez intercambiaba impresiones con sus homólogos de los condados cercanos.

Una tarde, Henry estaba haciendo recados. Salió del despacho del secretario de la Audiencia Territorial con una pila de citaciones de jurados que debía llevar al departamento del sheriff para que las entregaran al día siguiente. Como preso de confianza, llevaba una camisa blanca y unos pantalones chinos azules con una banda blanca en la pierna, una advertencia para que todo el mundo supiera que era uno de los reclusos de la cárcel del condado de Marshall. A nadie le importaba. Los presos de confianza iban y venían por el juzgado. Cuando estaba a punto de salir por la puerta trasera, una porra de acero le acertó en la base del cráneo y lo dejó inconsciente. Lo arrastraron hasta un armario escobero pequeño y oscuro. Con la puerta bien cerrada, lo asfixiaron con un trozo de cuerda de nailon de unos sesenta centímetros. Embutieron el cadáver en una caja de cartón. El agresor salió del armario, cerró la puerta, echó la llave y entró en un baño con dos urinarios de pared y un cubículo. A las 16.50, entró un conserje, echó un vistazo y apagó la luz. El asesino estaba en el cubículo, acuclillado encima de la tapa del retrete.

Dos horas más tarde, cuando el juzgado vacío empezó a quedarse sin luz, el agresor recorrió de puntillas los pasillos de la planta baja y de la superior y no vio a nadie. Como había inspeccionado el edificio entero, sabía que no había guardias ni sistema de seguridad. ¿Quién allana un juzgado rural?

Taylor tendría que haber vuelto a la cárcel hacía ya dos horas y seguro que lo habían echado de menos. El tiempo, por tanto, comenzaba a ser crucial. El asesino se encaminó hacia la puerta trasera, salió, le hizo una señal a su cómplice y esperó a que este acercara una camioneta hasta la puerta situada bajo un pequeño porche. Hacía mucho que las tiendas y las oficinas habían cerrado, así que los establecimientos de los alrededores de la plaza estaban vacíos y a oscuras. Había dos cafeterías con movimiento, pero ambas se encontraban en el otro extremo de la plaza.

El cadáver goteaba sangre, así que le envolvieron la cabeza con unos cuantos retales sucios. Lo transportaron en la caja de cartón y lo metieron rápidamente en la parte trasera de la camioneta. De nuevo en el interior del juzgado, el agresor, que llevaba unos guantes puestos, fue tirando las citaciones por el pasillo de atrás y no hizo el menor esfuerzo por limpiar la sangre de Taylor. Cinco kilómetros al sur de la ciudad de Holly Springs, la camioneta giró hacia una carretera comarcal y luego enfiló un camino de tierra que se internaba en el bosque. Trasladaron el cadáver al maletero de un coche. Seis horas más tarde, ambos vehículos llegaron al puerto deportivo de Biloxi, donde cargaron el cuerpo de Henry Taylor en un barco camaronero.

Con los primeros rayos del sol, el arrastrero abandonó el muelle y se adentró en el estrecho en busca de gambas. Sin que hubiera ningún otro barco a la vista, arrojaron el cadáver sobre la cubierta, le quitaron la ropa y le enrollaron un trozo de cuerda para redes alrededor del cuello. Lo colocaron un momento en una botavara móvil y le sacaron fotos. Después, con la botavara en paralelo al agua, cortaron la red y Henry se convirtió en comida para los tiburones.

Como en los viejos tiempos.

Su desaparición del juzgado del condado de Marshall era un misterio sin pistas. Pasó una semana antes de que la policía estatal visitara la oficina del fiscal general para informar a Keith de que, al final, su testigo protegido no había estado tan bien protegido. Rudy enseguida se hizo una idea de lo que había pasado. Lance Malco estaba a punto de salir de la cárcel y quería que sus enemigos supieran que seguía siendo el Jefe.

Al igual que su padre, él no les tenía miedo a los Malco y le encantó la idea de perseguir a Lance si volvía a las andadas.

Y haber perdido a Henry Taylor tampoco lo preocupaba demasiado. A fin de cuentas era el hombre que había «apretado el gatillo» y matado a Jesse Rudy.

La foto era en blanco y negro, de trece por dieciocho, y quien la introdujo de contrabando en Parchman fue un guardia que trabajaba para Lance Malco. Este la admiró durante todo un día y pensó que ojalá tuviera otra idéntica. Ensangrentado, desnudo, más muerto que una piedra y colgado de una botavara, el terrorista incompetente que había delatado a su Hugh y lo había enviado al corredor de la muerte.

Sobornó a otro guardia para que le entregara la foto en mano y con gran discreción a un tal Lou Palmer, también conocido como Nevin Noll, que en aquel momento estaba recluido en el módulo 18 de la prisión de Parchman.

No incluyó ningún mensaje; no era necesario.

56

El 7 de junio, Keith y un ayudante se acomodaron en el asiento trasero de un flamante coche patrulla sin distintivos para viajar hasta Hattiesburg. Una de las ventajas de ser fiscal general era que lo llevaban allá donde quisiera con un chófer y un guardaespaldas adicional. Las desventajas eran las recurrentes amenazas de daños físicos, que solían llegar en forma de cartas medio delirantes y llenas de faltas de ortografía, muchas de ellas enviadas desde cárceles y centros de internamiento. La policía estatal controlaba el correo y, hasta el momento, no había visto nada preocupante.

Otra ventaja era el uso excepcional del avión del estado, un activo codiciado por un puñado de cargos electos, pero controlado en exclusiva por el gobernador. Keith había viajado en él una vez, lo había disfrutado muchísimo y se veía a sí mismo montándolo hacia el futuro.

La ocasión tuvo lugar en el tribunal federal de Hattiesburg. Se trataba de un alegato oral ante el juez que tramitaba la petición de *habeas corpus* presentada por Hugh Malco. Dos periodistas, sin cámaras, lo esperaban en el pasillo, delante de la sala, y le pidieron unas palabras. Keith se negó educadamente.

Una vez dentro, se sentó a la mesa del Estado junto a Witt Beasley y dos de sus mejores abogados litigantes.

Frente a ellos, los abogados de apelación de Hugh, de un bufete de Atlanta, estaban concentrados en sus documentos. Hasta entonces, sus voluminosos expedientes no habían conseguido nada que beneficiara a su cliente. Habían perdido en el Tribunal Supremo del Estado por 9-0, así como una petición de celebrar una nueva audiencia, una formalidad. Habían apelado al Tribunal Supremo de Estados Unidos y perdieron cuando la institución se negó a ver el caso. El segundo asalto había sido una petición de amparo posterior a la condena de nuevo ante el Tribunal Supremo del Estado, que perdieron. Solicitaron una nueva audiencia, otra formalidad, y perdieron. Esto también lo apelaron ante el Tribunal Supremo de Estados Unidos, que volvió a rechazar el caso. Una vez agotados los trámites estatales, entraron en el tercer asalto acudiendo al tribunal federal con una petición de *habeas corpus*.

A Hugh lo habían declarado culpable y condenado a muerte en la Audiencia Territorial del condado de Forrest, en Hattiesburg, en abril de 1978. Seis años después, en la misma ciudad pero en otro juzgado, tanto él como su caso seguían vivos. No obstante, según Witt, ambos estaban en claro peligro. Ya se veía la línea de meta. Los poderosos abogados de Hugh eran brillantes y tenían mucha experiencia, pero no habían logrado aún ningún avance con sus argumentos. Keith, que seguía leyéndose de principio a fin todos los documentos del caso, estaba de acuerdo.

Mientras esperaban a su señoría, se acumularon más periodistas en la primera fila, detrás de los abogados. No había mucha gente. Al fin y al cabo se trataba de una maniobra de apelación bastante árida y monótona. Cuando le llegó la notificación, un mes antes, Keith quiso encargarse personalmente del alegato oral. Conocía el caso tan bien como Witt y, sin duda, era capaz de enfrentarse en igualdad de condiciones a los chicos del *habeas*, pero después se dio cuenta de que no era buena idea. Se tratarían algunos aspectos del asesinato de su padre y Witt y él habían acordado que lo mejor sería que se quedara en su silla.

Hugh quería asistir a la audiencia y sus abogados habían presentado una solicitud. Sin embargo, la costumbre era que esa petición la aprobara o la rechazase el fiscal general, así que Keith dijo que no encantado. Deseaba que aquel saliera del Corredor en una caja, no antes. Era un placer negarle incluso unas cuantas horas fuera de su deprimente celdita.

Su señoría por fin apareció y llamó al orden. Como parte agraviada y apelante, les tocó comenzar a los abogados de Hugh, que dedicaron la primera hora a describir en tedioso detalle el pésimo trabajo que Joshua Burch había hecho al defender a su cliente durante el juicio. La ineficacia de los letrados era una estrategia en la que los hombres desesperados se apoyaban a menudo y casi siempre se presentaba en las apelaciones. El problema era que Joshua Burch no era un abogado de oficio cualquiera asignado a un cliente indigente. Era Joshua Burch, uno de los mejores abogados penalistas del estado. Estaba claro que su señoría no se estaba tragando el ataque contra él.

A continuación, un abogado distinto argumentó que los testigos del Estado tenían graves problemas de credibilidad. Antes de cambiar de bando para intentar que no los mandaran también a ellos a la cámara de gas, Henry Taylor y Nevin Noll habían sido coacusados.

El juez estaba casi traspuesto. Todo lo que se estaba diciendo se había presentado ya por escrito en los informes de tamaño ladrillo enviados hacía semanas. Los abogados de Atlanta hablaron sin parar durante dos horas. Hacía meses que Keith y Witt se habían dado cuenta de que Hugh y su equipo no tenían nada nuevo: ningún testigo sorpresa, ninguna estrategia novedosa ni ningún argumento brillante que a Joshua Burch se le hubiera pasado por alto durante el juicio. Se estaban limitando a hacer su trabajo y seguir con el procedimiento habitual para un cliente que era a todas luces culpable.

Cuando su señoría se hartó, lo dejó claro y decretó un descanso para tomar café.

Como veterano con treinta años de experiencia en alegatos de apelación, hacía mucho que Witt Beasley había aprendido a exponer sus argumentos con informes concisos y lógicos y a decir lo mínimo posible en la sala del juzgado. Creía que todos los abogados hablaban demasiado y también sabía que, cuantas más tonterías oía un juez, menos paciencia tenía.

Witt aludió a los puntos fundamentales, terminó en menos de una hora y se fueron a comer.

Conociendo al juez como lo conocía, Beasley calculaba que emitiría su dictamen en un plazo de seis meses. Suponiendo que fuera favorable al Estado, Hugh apelaría su derrota ante el quinto distrito judicial de Nueva Orleans. El quinto tenía fama de ser un tribunal bastante laborioso que solía comunicar el fallo en menos de un año. Si le daba la razón al Estado, la siguiente y probablemente última apelación de Hugh sería ante el Tribunal Supremo de Estados Unidos, donde ya había perdido dos veces.

Keith no contaba los meses que faltaban para que se fijara una fecha para la ejecución, pero sí los años. Si al estado de Mississippi le iban bien las cosas, a Hugh Malco lo atarían a la silla mientras él todavía estuviera en el cargo de fiscal general.

La euforia de Lance Malco tras salir de Parchman se vio atenuada por su reincorporación a la vida civil en la costa. Su familia ya no estaba. Carmen vivía en Memphis para estar más cerca de Hugh. Sus otros hijos habían huido hacía una década y apenas mantenían el contacto ni con su padre ni con su hermano. Tras el divorcio, Lance había ordenado que vendieran la casa familiar. Sus fieles lugartenientes, o estaban trabajando en otra parte, o habían abandonado la costa. Su gran apoyo, Lorzas Bowman, había muerto. Tanto el nuevo sheriff como los nuevos agentes municipales habían dejado claro que el regreso del señor Malco no era de su agrado y que lo vigilarían de cerca.

Seguía teniendo sus clubes —el Red Velvet, el Foxy's, el Desperado, el O'Malley's y el Truck Stop—, pero estaban deteriorados y necesitaban reformas. Con la aparición de locales más nuevos y lujosos en el Strip, habían perdido popularidad. Dos de sus bares habían cerrado. En un mundo en el que el dinero era lo más importante, estaba casi seguro de que los gerentes, camareros y porteros le habían robado a manos llenas. Le había resultado imposible dirigir sus negocios desde la cárcel. Si Hugh y Nevin no hubieran metido la pata, podrían haber seguido controlando el imperio y manteniendo a raya a los demás. Sin embargo, sin ellos, nadie había tenido ni las agallas ni la inteligencia necesarias para dar un paso al frente, recibir las órdenes del Jefe y proteger sus intereses.

La euforia le duró solo unos días y entonces se dio cuenta de que se estaba sumiendo en un estado depresivo. Tenía sesenta y dos años y gozaba de una salud decente a pesar de que había pasado ocho años en la cárcel y eso lo había envejecido muy deprisa. Su hijo favorito estaba condenado a muerte. Su matrimonio había acabado hacía tiempo. Aunque todavía tenía muchos activos, su imperio estaba en total decadencia. Sus amigos lo habían abandonado. Las pocas personas cuya opinión valoraba estaban convencidas de que se hallaba detrás de la muerte de Jesse Rudy.

El apellido Malco, antaño temido y respetado por muchos, ahora era basura.

Era propietario de una hilera de apartamentos en St. Louis Bay, en el condado de Hancock. Se mudó a uno de ellos, alquiló unos cuantos muebles, se compró una barquita de pesca y empezó a pasar los días en el agua, sin pescar nada y sin siquiera intentarlo de veras. Era un hombre solo, sin familia, sin amigos y sin futuro. Decidió quedarse por allí y gastarse lo que hiciera falta en salvar a Hugh y, si no lo conseguía, lo vendería todo, cogería su dinero y se iría a las montañas.

Era como si el Strip estuviera a miles de kilómetros.

57

La tan esperada oportunidad llegó a finales de septiembre, cuando Sammy Shaw se dio cuenta de que los reclusos que trabajaban en la imprenta habían tirado varias cajas de cartón vacías a un contenedor que estaba casi lleno. En cuanto vio que el destartalado camión de la basura se acercaba a la puerta lateral para recogerlo, le hizo una señal a Nevin Noll, que ya estaba preparado. Habían repasado aquella primera fase de la huida un centenar de veces. Cuando se metieron de un salto y se hundieron todo lo posible entre las cajas de cartón, llevaban sendas bolsas de papel marrón cargadas de provisiones. El contenedor lo utilizaban tanto en la cocina como en la lavandería, así que al instante quedaron cubiertos de restos de comida podrida y otras inmundicias. El primer paso había sido un éxito: nadie los había visto.

Unos cables traquetearon cuando el conductor aseguró el contenedor y, después, un motor emitió un gemido mientras lo levantaba y lo desplazaba a trompicones hacia la caja del camión. El enorme recipiente hizo un ruido metálico al encajar en su sitio y luego se quedó quieto. Nevin y Sammy estaban cubiertos por más de un metro de mugre y no veían luz por ninguna parte, pero les alivió que el contenedor empezara a moverse. El camión se detuvo, el conductor gritó algo, alguien le respondió con otro grito, oyeron un portazo y se movieron de nuevo.

El vertedero no era más que un gigantesco cenagal de basura y barro excavado a kilómetros de los módulos, lo más lejos posible. Cada módulo tenía una valla con guardias y concertina, pero no toda la granja de la cárcel estaba cercada. Cuando el camión cruzó otra valla, los fugitivos supieron que estaban libres y a salvo, de momento. El segundo paso había sido un éxito.

La descarga sería la parte más complicada. La puerta de atrás se abrió y el contenedor empezó a inclinarse mucho. Nevin y Sammy iniciaron el descenso, que los llevaría o a la libertad temporal o a que les pegaran un tiro en el acto. Habían cortado y manipulado las cajas de cartón y estaban completamente ocultos en su interior. Entre un aluvión de bolsas de basura, botellas, latas y tarros sueltos ganaron velocidad, se deslizaron con fuerza hacia el exterior del contenedor, cayeron unos tres metros hasta del vertedero, una vasta extensión de comida en proceso de descomposición, animales muertos y vapores dañinos.

Se quedaron inmóviles allá donde aterrizaron. Oyeron que el contenedor volvía a asentarse sobre el camión. El vehículo se marchó y ellos esperaron. A cierta distancia oían una apisonadora que pasaba por encima de los últimos montones de basura y suciedad y lo comprimía todo para hacer sitio a más.

Con cuidado, tratando de reprimir las arcadas, empezaron a abrirse camino hacia la luz del día. La apisonadora estaba a unos cien metros, zigzagueando. Cuando se giró hacia el lado contrario, salieron corriendo de la pila de desperdicios y, agachados, avanzaron hasta que la máquina volvió a girar y tuvieron que esconderse de nuevo. A lo lejos, otro camión de basura se dirigía más o menos hacia ellos.

Aunque la velocidad lo era todo, no podían correr el riesgo de precipitarse. Era más o menos la una y media de la tarde. El primer control de celdas era a las seis y media.

Al final, esquivando la apisonadora y los camiones de basura, lograron salir del vertedero y llegaron a un precioso campo de algodón blanco como la nieve con tallos que les llegaban hasta el pecho. Una vez allí, echaron a correr, un trote lento y mesurado que los sacó de los terrenos de la cárcel y los llevó a adentrarse en otra propiedad. El tercer paso iba bien; en teoría estaban fuera de la cárcel, aunque aún lejos de ser libres.

Si los presos podían fugarse de la mayoría de las cárceles, ¿por qué los atrapaban a casi todos antes de que pasaran las primeras cuarenta y ocho horas? Nevin y Sammy lo habían debatido durante horas. En términos generales, dentro de la prisión sabían a qué atenerse. Fuera de ella no tenían ni idea de con qué se encontrarían. Una cosa estaba clara: no podían correr eternamente. Pronto, todoterrenos, vehículos de tres ruedas, helicópteros y sabuesos comenzarían a seguirles la pista.

Al cabo de dos horas encontraron un estanque fangoso y se bañaron en él. Se quitaron el apestoso uniforme de la cárcel y se pusieron unos vaqueros y una camisa que habían robado y escondido hacía meses. Se comieron unos sándwiches de queso y bebieron agua enlatada. Cada uno de ellos formó un fajo apretado con la ropa sucia, lo rodeó con alambre de enfardar, lo ató a una piedra y lo lanzó al estanque. En sus respectivas bolsas de papel llevaban comida, agua, una pistola y algo de dinero.

De acuerdo con Marlin, el hermano de Sammy, la tienda más cercana estaba en la carretera 32, a unos ocho kilómetros de la frontera oeste de la prisión. La encontraron alrededor de las cuatro de la tarde y lo llamaron desde el teléfono público. Él salió al instante de Memphis para reunirse con ellos en una cita que, en su opinión, nunca llegaría a producirse. Según el plan, se desplazaría en coche hasta un tugurio infame llamado Big Bear's, en la zona norte de Clarksdale, a una hora de la cárcel. Se tomaría una cerveza, vigilaría la puerta e intentaría convencerse de que su hermano mayor estaba a punto de entrar.

Eran las cuatro y media. Faltaban dos horas para el control de celdas y el estallido de las alarmas, suponiendo, por supuesto, que no los hubieran echado en falta ya. Salieron de la tienda y caminaron tres kilómetros sin que nadie los viera. Se escondieron bajo un árbol y observaron el tráfico. La mayoría de la gente que vivía en la zona era negra, así que fue Sammy el que intentó parar algún coche. Con la pistola. Oyeron que se acercaba un vehículo y Shaw se colocó en el arcén y estiró el pulgar. El conductor era blanco y ni siquiera redujo la velocidad. El siguiente vehículo fue una camioneta vieja, conducida por un anciano caballero negro, que tampoco aminoró la marcha. Esperaron quince minutos; no era una carretera muy transitada. A lo lejos vieron un sedán último modelo y decidieron que esta vez fuera Nevin quien hiciera autostop. Sacó un pulgar, consiguió parecer inofensivo y el conductor mordió el anzuelo. Era un cuarentón blanco con una sonrisa amable; dijo que era vendedor de fertilizantes. Noll le contó que se le había averiado el coche hacía unos cuantos kilómetros. Cuando ya se estaban acercando de nuevo a la misma tienda, Nevin sacó la pistola y le dijo que diera la vuelta. El hombre se puso pálido y dijo que tenía mujer y tres hijos.

—Estupendo —contestó Noll—, esta noche los verás si haces lo que te digo. ¿Cómo te llamas?

—Scott.

—Muy bien, Scott. Tú haz todo lo que te diga y nadie saldrá herido, ¿de acuerdo?

—Sí, señor.

Recogieron a Sammy y se dirigieron al oeste por la carretera 32. Nevin se volvió por encima del hombro y dijo:

—Eh, Eddie, este es Scott, nuestro nuevo chófer. Por favor, dile que somos buenos chicos y que no queremos hacerle daño a nadie.

—Así es, Scott. Somos un par de boy scouts.

El hombre era incapaz de hablar.

—¿Cuánta gasolina te queda? —le preguntó Nevin.

—Medio depósito.

—Gira aquí.

Noll había memorizado varios mapas y se conocía todas las carreteras comarcales de la zona. Zigzaguearon hacia el norte hasta salir de la ciudad de Tutwiler. Entonces señaló un camino agrícola y repitió:

—Gira aquí.

Cien metros más adelante, le dijo a Scott que parara el coche y le cambiase el asiento. Le entregó la pistola a Sammy, que iba sentado en el asiento trasero, y, a partir de ese momento, el hombre tuvo el cañón pegado a la nuca en todo momento. En una carretera agrícola desierta que unía dos enormes campos de algodón, Nevin detuvo el sedán y ordenó:

—Bájate.

—Por favor, señor —suplicó Scott.

Sammy le dio unos golpecitos con el cañón de la pistola y el hombre obedeció. Lo guiaron hacia los tallos de algodón, luego pararon y Noll dijo:

—Arrodíllate.

Scott había empezado a llorar.

—Por favor, tengo una mujer preciosa y tres hijos guapísimos. Por favor, no lo haga.

—Dame la cartera.

El hombre se la entregó de inmediato y se puso de rodillas. Agachó la cabeza e intentó rezar sin dejar de murmurar:

—Por favor.

—Túmbate —ordenó Nevin y Scott lo hizo.

Noll le guiñó un ojo a Sammy, que se guardó la pistola en el bolsillo. Lo dejaron llorando en el campo de algodón. Una hora más tarde dejaron el sedán aparcado delante de una tienda en una zona marginal de Clarksdale. Las llaves se quedaron en el contacto. A dos manzanas de allí, Nevin se quedó esperando fuera, en la oscuridad, mientras Sammy franqueaba la puerta delantera del Big Bear's, pavoneándose, y abrazaba a su hermano.

Marlin los llevó a un motel de Memphis, donde se dieron una ducha larga y caliente, se comieron una hamburguesa con patatas fritas mientras se tomaban una cerveza fría y, después, se vistieron con ropa más decente. Se repartieron el botín: doscientos diez dólares en efectivo que ahorraron en la cárcel y treinta y cinco del pobre Scott. Tiraron su cartera y sus tarjetas de crédito.

En la estación de autobuses se despidieron sin abrazarse. No les convenía llamar la atención. Se dieron la mano como amigos perdidos. Nevin se fue primero, en un autocar con destino a Dallas. Media hora más tarde, Sammy partió hacia San Luis.

Marlin se sintió aliviado cuando se libró de ambos. Sabía que lo tenían todo en contra, pero, siendo dos hombres que se enfrentaban a años, si no décadas, en Parchman, ¿por qué no correr el riesgo?

Dos días después, la policía estatal informó a Keith. Una fuga siempre era inesperada, pero a él no le sorprendió. Tras la misteriosa desaparición de Henry Taylor, sabía que la presión contra Nevin Noll aumentaría. Y confiaba en que terminaran dando con él.

Aun así resultaba inquietante saber que el susodicho andaba suelto. Era tan culpable de matar al padre de Keith como Taylor y Hugh Malco, así que su lugar se encontraba en una celda del corredor de la muerte.

A Sammy Shaw lo detuvieron en Kansas City cuando la policía recibió un aviso de Crime Stoppers. Alguien que lo conocía necesitaba quinientos dólares en efectivo.

Pasó un mes y seguían sin noticias de Nevin Noll. Luego dos meses. Keith intentaba no pensar en él.

Lance Malco tampoco estaba preocupado. El último lugar en el que al otro se le ocurriría presentarse era la costa. Él le había puesto un precio de cincuenta mil dólares a su cabeza y se aseguró de que Nevin lo supiera.

Si tenía dos dedos de frente, y los tenía, encontraría la manera de largarse a Brasil.

58

Igual que un boxeador acorralado contra las cuerdas, machacado y ensangrentado, que se negaba a caer, la defensa legal de Hugh Malco recibía un golpe tras otro y volvía a por más. En octubre de 1984, el juez federal de Hattiesburg rechazó todas las demandas. Los abogados apelaron al quinto distrito judicial, que confirmó la decisión del tribunal de primera instancia en mayo de 1985. Ya no les quedaban más opciones, así que los abogados recurrieron de nuevo al Tribunal Supremo de Estados Unidos. Aunque la institución ya le había dicho que no al demandante Malco en dos apelaciones anteriores, tardaron siete meses en decirle que no por tercera vez. Ordenaron al estado de Mississippi que fijara una fecha para la ejecución.

Keith estaba en el capitolio preparándose para declarar ante el comité judicial del senado estatal cuando Witt Beasley dio con él. Sin mediar palabra, le entregó un trozo de papel en el que había garabateado: «Ejecución fijada para el 28 de marzo a medianoche. Enhorabuena».

La noticia se propagó por todo el estado y cobró fuerza. Casi todos los periódicos publicaron titulares y fotos de archivo de Jesse Rudy en las escalinatas de varios juzgados. El *Gulf Coast Register* volvió a rescatar la vieja foto de Keith y Hugh como estrellas de las Ligas Menores y aquellos antecedentes resultaron irresistibles. Surgieron historias sobre su infancia en Point. Localizaron y entrevistaron a antiguos entrenadores, profesores, amigos y compañeros de equipo. Algunos se negaron a hacer declaraciones, pero la mayoría tuvo algún detalle pintoresco que añadir.

A Keith le llovieron las peticiones de entrevistas, pero, pese a lo mucho que le gustaba la publicidad, las rechazó todas. Sabía que aún había muchas posibilidades de que se retrasara la ejecución.

En los dos años que llevaban en el cargo, el gobernador y el fiscal general habían trabajado bien juntos. Bill Allain había ocupado el puesto de fiscal general durante los cuatro años anteriores a Keith y siempre estaba dispuesto a aconsejarlo si era necesario. Había disfrutado de su mandato; su cargo actual era otra cosa. Durante una desagradable campaña, lo habían calumniado con acusaciones de grotescas conductas sexuales inapropiadas y, aunque había obtenido el 55 por ciento de los votos, aquella nube negra no desaparecería jamás. Añoraba la privacidad de la vida de abogado rural en su ciudad natal de Natchez.

Los hombres blancos que habían redactado la constitución del estado en 1890 querían una legislatura fuerte y un gobernador débil, de ahí el límite de cuatro años para el cargo. Ningún otro cargo electo estatal tenía esa restricción de un mandato.

Bill Allain tendría que dejar el puesto y no veía la hora de hacerlo.

Keith y él tenían una cita fija, el primer martes de cada mes, para comer juntos en la mansión del gobernador. Durante esos encuentros, ambos hacían verdaderos esfuerzos por evitar hablar de política. El fútbol y la pesca eran sus temas favoritos. Los dos eran católicos, una rareza en un estado con un 95 por ciento de protestantes, y se reían haciendo chistes sobre baptistas, predicadores de carpa, adiestradores de serpientes e, incluso, lanzándoles algún que otro golpe bajo a los sacerdotes. En febrero de 1986, sin embargo, no hubo manera de esquivar la noticia más importante del estado.

Allain, que era el gobernador y, además, un narrador nato, fue el que más habló. Como fiscal general había estado en el meollo de la ejecución de Jimmy Lee Gray y le gustó rememorar el drama.

—Al final es una locura. Los abogados acribillan con mociones y peticiones a todos los juzgados posibles, hablan con los periodistas, intentan atraer a las cámaras. Los políticos persiguen esas mismas cámaras, piden más ejecuciones a gritos. Al gobernador Winter lo machacaban por un lado los defensores de los derechos humanos y, por el otro, los partidarios de la pena de muerte. Recibió unas seiscientas cartas de veinte países diferentes. Intervino hasta el papa, que decía que le perdonaran la vida al chico. El presidente Reagan decía que lo gasearan. Como hacía tanto tiempo que no ejecutábamos a nadie, se convirtió en noticia nacional. La prensa liberal se nos estaba merendando y la conservadora nos aclamaba. A dos días de la ejecución parecía que sí iba a suceder y Parchman se convirtió en un zoológico. Cientos de manifestantes aparecieron como de la nada. A un lado de la autopista 49 había gente que gritaba pidiendo sangre, fanáticos de las armas que agitaban rifles; al otro lado, monjas, curas y gente más bondadosa que rezaba mucho. Todos los sheriffs del estado encontraron una excusa para acudir a Parchman y no perderse la fiesta. Y eso fue solo el calentamiento. La ejecución de Malco será un circo aún mayor.

—Ayer presentó una petición de clemencia.

—Acabo de verla. Está en algún lugar de mi escritorio. ¿Qué opinas?

—Quiero que lo ejecuten.

—¿Y tu familia?

—Lo hemos hablado muchas veces. Mi madre tiene ciertas dudas, pero yo quiero venganza, al igual que mis tres hermanos. Es así de sencillo, gobernador.

—Nunca es así de sencillo. La pena de muerte no tiene nada de sencilla.

—Discrepo.

—De acuerdo, te demostraré lo complicada que es. Esta te la voy a dejar a ti, Keith. La decisión sobre la clemencia la tomarás tú, no yo. Yo puedo optar tanto por una cosa como por la otra. Conocía a tu padre y lo respetaba mucho. El asesinato por encargo de un fiscal de distrito fue un ataque contra el núcleo mismo de nuestro sistema judicial y no debe tolerarse. Lo entiendo. Puedo dar ese discurso; de hecho, lo he dado. Comprendo la necesidad de venganza. Soy capaz de pulsar ese interruptor. Pero, por otro lado, si matar está mal, y en eso estamos todos de acuerdo, entonces ¿por qué permitimos que el Estado lo haga? ¿Cómo es posible que sea tan farisaico de elevarse por encima de la ley y justificar sus propios asesinatos? Estoy confuso, Keith. Como ya te he dicho, no es una cuestión sencilla.

—Pero la clemencia es potestad tuya, no mía.

—Eso dice la ley, sí, pero nadie tiene por qué enterarse de nuestro acuerdo. Lo sellamos con un apretón de manos. Tú tomas la decisión. Yo la hago pública y aguanto el chaparrón.

—¿Y las repercusiones?

—Eso no me preocupa, Keith, porque nunca volveré a presentarme a unas elecciones. Cuando me vaya de aquí, y estoy impaciente por que llegue el momento, se acabó la política. Sé de buena tinta que la legislatura estatal se está planteando en serio permitir que el gobernador opte al cargo de nuevo. Me lo creeré cuando lo vea, pero, de todas maneras, a mí no me afectará, porque ya me habré ido. Mis días de recabar votos han terminado.

—Bueno, gracias, supongo. No es algo que haya pedido y no tengo claro si quiero cargar con esa responsabilidad.

—Ve acostumbrándote, Keith. Eres el favorito para hacerte con este puesto dentro de dos años. Hay al menos cuatro casos de condenados a muerte en camino.

—Más bien cinco.

—Los que sean. A lo que me refiero es a que el próximo gobernador va a tener mucho trabajo.

—No soy precisamente imparcial en este asunto, gobernador.

—Entonces ¿has tomado una decisión? Si rechazas la petición de clemencia, Malco acabará en la cámara de gas.

—Déjame pensarlo.

—Muy bien. Y mantenlo en secreto, ¿vale?

—¿Puedo contárselo a mi familia?

—Claro que sí. Haré lo que tu familia y tú queráis y nadie se enterará nunca. ¿Trato hecho?

—¿Tengo elección?

El gobernador esbozó una no muy habitual sonrisa y contestó:

—No.

59

El gobernador tuvo la generosidad de ofrecerle el Learjet del estado y el fiscal general lo aceptó de inmediato. Cuando se rechazó la última apelación, poco después de las ocho de la tarde, Keith salió de su despacho de Jackson y voló hasta Clarksdale, la ciudad más cercana a Parchman con una pista lo bastante larga como para aterrizar. Lo esperaban dos policías estatales que lo acompañaron hasta su coche patrulla. Nada más salir del aeropuerto, Keith les pidió que apagaran las luces azules intermitentes y redujeran la velocidad. No tenía ni prisa ni ganas de conversación.

Solo, desde el asiento trasero, contemplaba los interminables cultivos llanos del delta, tan alejados del océano.

Tienen doce años.

Es la semana más maravillosa del año: campamento de verano en Ship Island con otros treinta scouts. Hace tiempo que los chicos han olvidado el decepcionante final de la temporada de béisbol mientras duermen en tiendas, pescan, buscan cangrejos, cocinan, nadan, navegan, hacen senderismo, kayak y vela y pasan horas interminables en las aguas poco profundas que rodean la isla. Su casa está a solo veinte kilómetros de distancia, pero parece otro mundo. El colegio empieza dentro de una semana e intentan no pensar en ello.

Keith y Hugh son inseparables. Como estrellas son muy admirados. Como líderes de patrulla son muy respetados.

Están solos en un catamarán de cuatro metros de eslora con la isla a la vista, a un kilómetro y medio de distancia. El sol empieza a ponerse por el oeste; otro largo y perezoso día en el agua va llegando a su fin. Ya se les ha escapado la mitad de la semana y quieren que dure para siempre.

Keith maneja el timón y vira con lentitud hacia una suave brisa. Hugh está tumbado sobre la cubierta, con los pies descalzos colgando de la proa. Dice:

—He leído un reportaje en *Boys' Life* sobre tres chicos que se criaron juntos cerca de la playa, creo que en Carolina del Norte, y cuando tenían quince años se les metió en la cabeza la idea de arreglar un velero viejo y cruzar el Atlántico con él cuando acabaran el instituto. Y eso hicieron. Le dedicaron un montón de horas de trabajo, lo restauraron, ahorraron para comprar piezas, suministros y cosas así y zarparon al día siguiente de graduarse. Las madres lloraban y el resto de la familia pensaba que estaban locos, pero a ellos les daba igual.

—¿Qué les pasó?

—De todo. Tormentas. Tiburones. Se quedaron sin radio durante una semana. Se perdieron varias veces. Tardaron cuarenta y siete días en llegar a Europa; desembarcaron en Portugal. Todos de una pieza. No les quedaba ni un centavo, así que vendieron su querido barco para comprar el billete de vuelta a casa.

—Suena divertido.

—Un tipo escribió la historia diez años después. Los tres quedaron en el mismo muelle para reencontrarse. Dijeron que fue la mayor aventura de su vida.

—Me encantaría pasar unos días en alta mar, ¿y a ti?

—Claro. Días, semanas, meses… —dice Hugh—. Sin nada de lo que preocuparte, con alguna novedad cada día.

—Tendríamos que hacerlo, ¿no?

—¿Hablas en serio?

—¿Por qué no? Solo tenemos doce años, así que nos quedan…, qué, ¿seis años para prepararnos?

—No tenemos barco.

Lo piensan mientras la brisa cobra fuerza y el catamarán se desliza por el agua.

Keith repite las palabras de su amigo:

—No tenemos barco.

—Bueno, esos tres tampoco lo tenían. En Biloxi debe de haber mil veleros viejos en dique seco. Buscamos uno barato y nos ponemos a trabajar.

—Nuestros padres no nos dejarán.

—A sus padres tampoco les hacía gracia la idea, pero tenían dieciocho años y estaban decididos a hacerlo.

Otro silencio largo mientras disfrutaban de la brisa. Cada vez estaban más cerca de Ship Island.

—¿Y qué pasa con el béisbol? —preguntó Keith.

—Sí, eso podría ser un problema. ¿Te has preguntado alguna vez qué pasará si no llegamos a las Grandes Ligas?

—La verdad es que no.

—Yo tampoco. Pero ¿y si...? Mi primo me dijo que este año, 1960, no hay ni un solo jugador de la costa en las mayores. Que es imposible llegar.

—No me lo creo.

—Vale, pero imagínate que pasa algo y no lo conseguimos. Nuestra aventura en velero podría ser el plan B. Zarparemos hacia Portugal el día después de la graduación.

—Me gusta. Quizá necesitemos a un tercero.

—Queda mucho tiempo. Mejor lo mantenemos en secreto un par de años.

—Trato hecho.

A varios kilómetros de distancia vieron las luces parpadeantes de dos helicópteros que sobrevolaban la prisión como luciérnagas. La autopista 49 tenía poco tráfico incluso en el día más ajetreado, pero a las nueve de la noche había atasco tanto hacia el norte como hacia el sur de la entrada principal. El arcén del lado oeste estaba atestado de manifestantes que sostenían velas y carteles pintados a mano. Cantaban en voz baja y muchos rezaban. Al otro lado de la carretera, un grupo más pequeño observaba y escuchaba respetuosamente mientras agitaba sus propias pancartas. Ambos laterales estaban vigilados de cerca por lo que parecía un ejército de ayudantes de sheriff y policías estatales. Justo enfrente de la verja habían improvisado un recinto para la prensa que albergaba una decena de furgonetas de canales televisivos. Cámaras y cables se movían de acá para allá mientras los periodistas esperaban noticias corriendo de un lado a otro.

Keith se fijó en una furgoneta de la WLOX-Biloxi, pintada de colores chillones. Por supuesto que la costa no iba a perdérselo.

Su conductor giró hacia la verja y se dispuso a esperar detrás de otros dos coches patrulla. Chicos del condado. Era una ejecución, una gran noche para las fuerzas del orden, y se estaba reviviendo una vieja tradición. Se esperaba que todos los sheriffs del estado se desplazaran hasta Parchman en un coche patrulla último modelo y se sentaran a esperar la noticia de que las cosas habían salido según lo planeado. Habían eliminado a otro asesino. Muchos de ellos se conocían y formaron corrillos para cotillear y reír mientras un equipo de reclusos preparaba hamburguesas para cenar. Cuando llegara la buena noticia, si llegaba, se alegrarían, se felicitarían y volverían a casa. El mundo era más seguro.

En la puerta del edificio de administración, Keith se quitó de encima a un periodista con las credenciales necesarias para entrar en la prisión. Enseguida se corrió la voz de que el fiscal general había llegado. Se lo consideraba víctima y, por tanto, se le permitía presenciar la ejecución. Su nombre estaba en la lista.

Agnes le había pedido que no fuera. Ni Tim ni Laura tenían estómago para ello, pero querían venganza. Beverly dudaba y estaba resentida con el gobernador por haber obligado a la familia a cargar con la presión. Ellos solo querían que todo acabara.

Keith se dirigió de inmediato al despacho del superintendente y lo saludó. El letrado de la cárcel también estaba allí y le confirmó que los abogados defensores se habían rendido. «No les quedan más recursos que presentar», dijo en tono sombrío. Charlaron durante unos minutos y luego se subieron a un furgón blanco de la prisión y se encaminaron hacia el Corredor.

Había dos sillas plegables en el centro de una sala pequeña y sin ventanas. Alguien había arrimado contra la pared un escritorio y una silla de oficina. Keith se sentó y esperó, con la chaqueta quitada, la corbata floja y las mangas recogidas. Era una noche cálida para ser finales de marzo. El pestillo de la puerta crujió con fuerza y lo sobresaltó. Entró un guardia seguido de Hugh Malco y, después, de otro guardia. El preso miró a su alrededor con nerviosismo. La presencia de Keith lo tenía visiblemente alterado. Llevaba esposas y cadenas en los tobillos y vestía una camisa y unos pantalones blancos que parecían bien planchados. El uniforme de la muerte. Ropa de entierro. Lo devolverían a Biloxi y lo enterrarían en la tumba familiar.

Keith no se levantó, sino que miró al primer guardia y le dijo:

—Quítele las esposas y las cadenas.

El guardia se resistió, como si le hubieran pedido que cometiera un delito. Él le espetó:

—¿Quiere que llame al alcaide?

Ambos guardias le quitaron las esposas y las cadenas y las dejaron sobre el escritorio. Mientras uno abría la puerta, el otro dijo:

—Estaremos aquí mismo.

—No los necesitaré.

Se marcharon y Hugh se sentó en la silla plegable vacía. Los zapatos de uno y otro estaban a solo metro y medio de distancia. Se miraron de hito en hito; ninguno de los dos pestañeaba ni deseaba mostrar la menor inquietud.

Hugh fue el primero en hablar:

—Mi abogado me había dicho que vendrías de testigo, pero no me esperaba esta visita.

—Me manda el gobernador. Está teniendo dificultades con el tema de la clemencia y necesita un poco de ayuda, así que me ha transferido el poder. Es decisión mía.

—Vaya, vaya. Te viene que ni pintado. Es una cuestión de vida o muerte. Así podrás jugar a ser Dios. El soberano supremo.

—No me parece el mejor momento para empezar con los insultos.

—Perdona. ¿Recuerdas la primera vez que me llamaste listillo?

—Sí. En sexto, en clase de la señora Davidson. Me oyó, me echó al pasillo y me pegó tres azotes por insultar a un compañero. Tú te pasaste una semana riéndote del tema.

Ambos esbozaron una breve sonrisa. Un helicóptero zumbó al sobrevolar el tejado de la cárcel y luego se alejó.

—Menudo espectáculo hay montado ahí fuera, ¿eh? —dijo Hugh.

—Pues sí. ¿Lo estás viendo?

—Sí. Tengo un pequeño televisor en color en la celda y, como los guardias de por aquí son tan majos, me han dejado un rato extra en la última noche de mi vida. Parece que voy a irme por la puerta grande.

—¿Es eso lo que quieres?

—No, quiero volver a casa. Según tengo entendido, el gobernador tiene cuatro opciones: clemencia, no clemencia, aplazamiento o indulto.

—Eso dice la ley.

—Pues lo que yo tenía en mente era un indulto.

Keith no estaba de humor para frivolidades ni nostalgias. Lo fulminó con la mirada y le preguntó:

—¿Por qué mataste a mi padre?

Hugh respiró hondo, bajó la mirada y después la levantó hacia el techo. Tras un silencio prolongado, dijo:

—No tendría que haber ocurrido así, Keith, te lo juro. Sí, contratamos a Taylor para que pusiera una bomba en su despacho, pero nadie debía salir herido. Era una advertencia, un acto de intimidación. Tu padre había metido al mío entre rejas y estaba investigando el asesinato de Dusty Cromwell. Venía a por nosotros y sabíamos que estaba a punto de pillarnos. Bombardear su despacho del juzgado sería la advertencia definitiva. Te juro que no teníamos intención de hacerle daño a nadie.

—No me lo creo. Oí todo lo que Henry Taylor y Nevin Noll dijeron ante el juez. Me fijé en sus ojos, en su lenguaje corporal, en todo, y a nadie le quedó la menor duda de que lo contratasteis para matar a mi padre. Sigues mintiendo, Hugh.

—Te juro que no.

—No te creo.

—Te lo juro, Keith.

La dura fachada de criminal se resquebrajó un poco. No estaba suplicando, pero parecía que decía la verdad y que ansiaba con todas sus fuerzas que alguien lo creyera. Keith lo miró fijamente y ninguno de los dos parpadeó; el primer rastro de humedad le nubló los ojos. Hacía años que no se hablaban y, de pronto, la idea de que tal vez las cosas habrían sido diferentes si hubieran seguido hablando lo abrumó.

—¿Lance tuvo algo que ver con el asesinato?

—No, no, no —dijo Hugh al mismo tiempo que sacudía la cabeza, una reacción sincera—. Estaba aquí, en la cárcel, y no sabía nada. Y se suponía que no iba a ser un asesinato.

—Eso díselo a mi madre, Hugh. Y a mi hermano y a mis hermanas.

Malco cerró los ojos y frunció el ceño, su primera expresión de dolor.

—La señorita Agnes —masculló—. Cuando era pequeño, creía que era la mujer más guapa de Biloxi.

—Lo era. Sigue siéndolo.

—¿Me quiere muerto?

—No, pero ella es más bondadosa que el resto de la familia.

—¿O sea que estáis divididos?

—Eso no es asunto tuyo.

—¿En serio? Pues yo diría que sí, porque es mi cuello el que está en la guillotina, ¿no? Bueno, ¿cómo va la cosa?, ¿se supone que debo suplicarte por mi vida, Keith? Tú tienes el poder del rey, arriba o abajo, vida o muerte, cortarme la cabeza o dejar que la conserve. ¿Por eso has venido antes del evento principal? ¿Quieres que me arrastre?

—No. ¿Fue Lance quien se ocupó de Henry Taylor?

—No lo sé. Lo creas o no, Keith, estando en el Corredor no me llegan muchos cotilleos de la costa y, además, he tenido otros asuntos más importantes en la cabeza. Pero no me sorprendería que Lance se hubiera encargado de Henry Taylor. Así funciona nuestro mundo. Es el código.

—Y el código decía que había llegado el momento de deshacerse de Jesse Rudy.

—No, vuelves a equivocarte. El código decía que había llegado el momento de darle una lección, no de hacerle daño. Por eso decidimos bombardear el juzgado, un ataque bastante descarado contra el sistema. Taylor lo estropeó.

—Me alegro de que esté muerto.

—Pues ya somos al menos dos.

Keith le echó un vistazo a su reloj de pulsera. Se oían voces en el pasillo. Un helicóptero traqueteaba a lo lejos. En algún lugar, un reloj hacía tictac.

—¿Va a venir Lance esta noche? —preguntó.

—No. Quiso estar conmigo hasta el final, pero no aprobé su pase. No soporto siquiera pensar en que alguno de mis padres me vea morir así.

—Yo tampoco voy a quedarme. Tengo que irme.

—Mira, Keith… Ha llegado mi hora, vale, y estoy en paz con ello. He pasado mucho tiempo con el cura, he rezado mis oraciones, todo eso. Llevo aquí ocho años y, si el gobernador o tú aprobarais mi solicitud de clemencia, saldría del corredor de la muerte y viviría ahí fuera con los presos comunes durante el resto de mi vida. Piénsalo, Keith. Tú y yo tenemos treinta y ocho años, no hemos llegado aún ni a la mitad del camino. No quiero pasar los próximos cuarenta años en este lugar tan horrible. Eso sería peor que la muerte. No te fustigues. Mejor apretamos el botón y acabamos con esto de una vez.

Él asintió y vio que a Hugh le rodaba una lágrima por la mejilla izquierda.

Malco continuó:

—Pero, en serio, Keith, solo una cosa. Tienes que creerme cuando te digo que no tenía intención de matar a Jesse Rudy. Por favor. Nunca le haría daño a nadie de tu familia. Por favor, créeme, Keith.

Era imposible no creerlo.

—Soy hombre muerto, Keith —prosiguió Hugh—. ¿Por qué iba a seguir mintiendo? Por favor, dile a la señorita Agnes y al resto de la familia que no era mi intención.

—Lo haré.

—¿Y me crees?

—Sí, Hugh, te creo.

Malco se enjugó los ojos con el revés de una manga. Apretó los dientes y luchó con uñas y dientes por recuperar la compostura. Tras un silencio largo, murmuró:

—Gracias, Keith. Siempre será culpa mía. Yo lo puse todo en marcha, pero te juro que el plan no era hacerle daño a Jesse. Lo siento mucho.

Rudy se puso de pie y se encaminó hacia la puerta. Miró a su viejo amigo, un hombre al que había odiado durante los últimos diez años, y casi sintió compasión.

—El jurado dijo que mereces morir, Hugh, y yo estuve de acuerdo entonces. Estoy de acuerdo ahora. He pasado mucho tiempo soñando con ver tu ejecución, pero no soy capaz. Voy a volver en avión a Biloxi para estar con mi madre.

Hugh levantó la vista, asintió, sonrió y dijo:

—Hasta la vista, amigo. Te veré en el otro lado.

Nota del autor

A mediados del siglo pasado había unas cuantas pandillas de delincuentes que se movían por el sur causando estragos. Compraban y vendían cualquier cosa que fuera ilegal y tenían una desagradable tendencia a la violencia. Nunca estuvo claro si sus respectivas actividades estaban relacionadas. Alguien, probablemente algún miembro de las fuerzas del orden, los bautizó como «la mafia Dixie» y nació una leyenda.

Es cierto que algunos de estos personajes se asentaron en la costa del Golfo hacia 1950, sin duda atraídos por la relajada actitud hacia el vicio que imperaba en la zona. La peculiar historia de Biloxi, de su industria marisquera y de los inmigrantes que la construyeron, se describe con exactitud. Todo lo demás es pura ficción.

Dos agentes del FBI, Keith Bell y Royce Hignight, trabajaron en la costa durante las décadas de 1970 y 1980. Ahora están jubilados y me han contado anécdotas como para llenar diez libros. Algunas las he utilizado aquí, adornándolas sobremanera.

Mike Holleman y yo somos amigos íntimos desde nuestros días de la facultad de Derecho de la Ole Miss. Ha vivido siempre en Gulfport, es un verdadero hijo de la costa y fue una valiosa fuente de conocimientos en áreas como la historia, la geografía, la gente, las leyendas, los mitos y los procedimientos legales. Su padre, el gran Boyce Holleman, fue fiscal de distrito y después se convirtió en un legendario abogado litigante.

Existió una Mary Mahoney real que abrió un buen restaurante en Biloxi en 1964. Lo llamó The Old French House y todavía sigue en pie, ahora regentado por su hijo Bob, un buen amigo. Se crio en Point, es un nativo orgulloso y conoce más historias que esos dos tipos del FBI.

Gracias también a Gerald Blessey, Paige Gutierrez, Teresa Beck Tiller, Michael J. Ratliff, Ronnie Musgrove y Glad Jones.